NATASHA LESTER
DIE KLEIDER DER FRAUEN

aufbau taschenbuch

NATASHA LESTER

Die KLEIDER der FRAUEN

ROMAN

Aus dem Englischen
von Christine Strüh

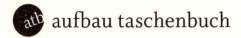

Die Originalausgabe unter dem Titel
The Paris Seamstress
erschien 2018 in Australien und Neuseeland bei Hachette Australia, Sydney,
und in Großbritannien bei Sphere,
einem Imprint von Little, Brown Book Group Ltd.

ISBN 978-3-7466-3567-5

Aufbau Taschenbuch ist eine Marke
der Aufbau Verlag GmbH & Co. KG

2. Auflage 2020
© Aufbau Verlag GmbH & Co. KG, Berlin 2020
Copyright © Natasha Lester 2018
Gesetzt aus der Adobe Devanagari durch die LVD GmbH, Berlin
Druck und Binden CPI books GmbH, Leck, Germany
Printed in Germany

www.aufbau-verlag.de

Für Ruby

*Ich habe dir versprochen, dass du mit zwölf anfangen kannst,
meine Bücher zu lesen. Damals schien das so weit weg zu sein.
Aber nun ist es so weit, meine kleine Seelenverwandte,
und ich hoffe, du wirst Bücher und
historische Geschichten immer lieben.
Viel Spaß beim Lesen, mein wunderbares Mädchen.*

Teil 1

ESTELLA

Kapitel 1

2. JUNI 1940 | Estella Bissette rollte einen Ballen goldene Seide aus und sah, wie der Stoff zu tanzen begann und quer über den Arbeitstisch einen Cancan hinlegte. Fasziniert strich sie mit der Hand über den Stoff, der sich so zart und sinnlich anfühlte wie Rosenblüten und nackte Haut. »*What's your story, morning glory*«, murmelte sie auf Englisch.

Prompt hörte sie ihre Mutter lachen. »Estella, du klingst amerikanischer als jeder Amerikaner.«

Estella lächelte. Ihr Englischlehrer, der letztes Jahr den Unterricht beendet hatte, um sich dem Exodus aus Europa anzuschließen, hatte genau das Gleiche gesagt. Kurz entschlossen klemmte sie den Stoffballen unter den Arm, drapierte die Seide über die Schulter und schwang sich, ohne auf die warnenden »*Attention!*«-Rufe der anderen Frauen zu achten, in einen wilden Tango. Von den Zwischenrufen angestachelt begann sie zu singen, und stimmte spontan, immer wieder von Lachsalven unterbrochen, Josephine Bakers rasantes *I Love Dancing* an.

Nach einer gekonnten Rückbeuge richtete sie sich zu schnell wieder auf, so dass die goldene Seide über den Arbeitstisch der beiden jungen Näherinnen wischte, Nannettes Kopf knapp verpasste, um schließlich auf Maries Schulter zu landen.

»Estella! *Mon Dieu!*«, schimpfte Marie und fasste sich an die Schulter, als wäre sie verletzt.

Estella küsste sie auf die Wange. »Aber sieh nur, er verdient mindestens einen Tango«, erklärte sie und deutete auf den Stoff, der selbst in der alltäglichen Umgebung des Ateliers leuchtete wie der Mond im Sommer und ganz eindeutig für ein Kleid bestimmt war, das nicht bloß für Aufmerksamkeit sorgen, sondern die Blicke schneller auf sich ziehen würde, als Cole Porters Finger im berüchtigten Jazzclub Bricktop's in Montmartre über die Klaviertasten jagten.

»Der Stoff hat vor allem eines verdient – dass du dich mit ihm hinsetzt und endlich anfängst zu arbeiten«, grummelte Marie.

Angelockt von dem Lärm erschien auch Monsieur Aumont an der Tür, warf einen Blick auf die seidendrapierte Estella und meinte lächelnd: »Was hat *ma petite étoile* sich denn jetzt wieder ausgedacht?«

»Mich mit diesem Stoff zu prügeln!«, beklagte sich Marie.

»Ein Glück, dass du gut gepolstert bist und Estellas Späße aushalten kannst«, neckte sie Monsieur Aumont, und Marie nuschelte etwas vor sich hin, das niemand verstand.

»Was machen wir daraus?«, fragte Estella und strich zärtlich über die goldenen Falten.

»Das hier«, antwortete Monsieur Aumont. Mit einer eleganten Verbeugung reichte er ihr eine Skizze.

Es war ein Lanvin-Kleid, eine Überarbeitung der berühmten La-Cavallini-Robe aus den zwanziger Jahren, aber statt mit Tausenden Perlen und Kristallen war die große Schleife hier mit Hunderten winzigen goldenen Rosenknospen verziert.

»Oh!«, hauchte Estella und berührte behutsam die Zeichnung. Sie wusste, dass die zarten Blumenreihen von Weitem aussehen würden wie ein einziger funkelnder Goldstrudel und ihre wahre Komposition – ein geschwungenes Band von Rosen – erst zu erkennen sein würde, wenn man der Trägerin nahe genug kam. Und es gab bei diesem Kleid keine militärischen Schulterklappen, keine umgehängte Gasmaskentasche, genauso wenig wie es in einem der zahlreichen Blautöne gehalten war – Maginot-Blau, Royal-Air-Force-Blau, gedecktes Stahlblau –, die Estella inzwischen allesamt aus tiefstem Herzen hasste. »Wenn meine Entwürfe eines Tages so aussehen«, sagte sie und betrachtete bewundernd Lanvins exquisite Illustration, »werde ich so glücklich sein, dass ich nie wieder einen Liebhaber brauche.«

»Estella!«, wies Marie sie zurecht, als dürfte eine Zweiundzwanzigjährige dieses Wort nicht kennen und schon gar nicht laut aussprechen.

Grinsend schaute Estella zu Jeanne, ihrer Mutter, hinüber.

Diese hatte, wie es ihre Art war, während des ganzen Geschehens unbeirrt weiter winzige Kirschblüten aus Seide geformt. Sie blickte nicht auf, mischte sich nicht ein, aber Estella sah, dass sie sich ein Grinsen verkneifen musste, denn sie wusste, wie viel Spaß es ihrer Tochter machte, die arme Marie zu schockieren.

»Ein Kleid ist doch kein Ersatz für einen Liebhaber«, meinte Monsieur Aumont ernst und deutete auf die Seide. »Du hast zwei Wochen Zeit, um das hier in ein goldenes Bouquet zu verwandeln.«

»Wird es Reste geben?«, fragte Estella, den Stoffballen noch immer fest an sich gedrückt.

»Wir haben vierzig Meter bekommen, aber nach meinen Berechnungen solltest du nur sechsunddreißig brauchen – wenn du sorgfältig arbeitest.«

»Ich werde so exakt arbeiten wie beim Klöppeln von Calais-Spitze«, erwiderte Estella ehrfürchtig.

Die Seide wurde zum Spannen mit Nägeln auf einem Holzrahmen befestigt, dann, um sie fester zu machen, mit einer Zuckerlösung bestrichen, so dass Marie mit den schweren eisernen Stanzformen Kreise herausstechen konnte.

Als Marie fertig war, legte Estella ein sauberes weißes Stück Stoff über einen Schaumstoffblock, erhitzte ihre Modellierkugel auf niedriger Flamme, überprüfte die Temperatur in einer Schüssel mit Wachs, legte eine der runden goldenen Stoffscheiben auf das weiße Tuch und drückte dann die warme Kugel in die Seide, die sich sofort darumschmiegte und zu einem wunderschönen Blütenblatt formte. Estella legte das Blatt zur Seite, wiederholte den Vorgang mit dem nächsten goldenen Seidenkreis, und bis zum Mittag hatte sie bereits zweihundert Rosenblüten zusammengesetzt.

Wie jeden Tag plauderte und lachte sie bei der Arbeit vergnügt mit Nannette, Marie und ihrer Mutter, doch alle wurden ernst, als Nannette leise sagte: »Ich habe gehört, dass inzwischen mehr französische Soldaten aus dem Norden fliehen als belgische oder niederländische Zivilisten.«

»Wenn die Soldaten fliehen, was steht dann noch zwischen uns und den Deutschen?«, fragte Estella. »Sollen wir Paris mit unseren Nähnadeln verteidigen?«

»Der Wille des französischen Volkes steht zwischen uns und den *Boches*. Frankreich wird sich nicht ergeben«, erklärte Jeanne mit Nachdruck, und Estella seufzte.

Die Diskussion war sinnlos. So gern Estella ihre Mutter in Sicherheit gebracht hätte, so sicher wusste sie, dass sie und ihre Mutter niemals weglaufen, sondern weiterhin im Atelier sitzen und Stoffblumen formen würden, als wäre Mode das Wichtigste auf der Welt. Für sie gab es keinen Ausweg. Sie würden sich nicht den nach Süden strömenden Flüchtlingen aus den Niederlanden, Belgien und Nordfrankreich anschließen, denn sie hatten keine Verwandten auf dem Land, bei denen sie Zuflucht finden konnten.

In Paris hatten sie ein Zuhause und Arbeit, jenseits der Stadt hatten sie nichts. Obwohl der Glaube ihrer Mutter, dass die Franzosen der deutschen Armee Widerstand leisten könnten, ihr Sorgen bereitete, wusste Estella keine Erwiderung darauf. Und war es denn so falsch, solange Couturiers wie Lanvin nach goldenen Stoffblumen verlangten, innerhalb der vier Wände ihres Ateliers wenigstens noch ein paar Tage so zu tun, als könnte alles gut gehen?

In der Mittagspause aßen sie in der Küche des Ateliers Kanincheneintopf. Estella saß etwas abseits und zeichnete. Mit Bleistift skizzierte sie ein Kleid mit bodenlangem, schmal geschnittenem Rock, Flügelärmeln, einer schmalen Schärpe aus goldener Seide um die Taille und einem eleganten V-Ausschnitt, den als unerwartetes Detail ein Revers wie auf einem Herrenhemd zierte, was das Kleid modisch und besonders zugleich machte. Obwohl der Rock eng anlag, würde man darin gut tanzen können; kühn und golden, war dies ein Kleid, um das Leben zu feiern. Und alles, was Leben verhieß, war in Paris im Juni 1940 hochwillkommen.

Als Jeanne mit dem Essen fertig war, ging sie, obwohl die Mittagspause erst in fünfzehn Minuten zu Ende wäre, durchs Atelier zu Monsieur Aumonts Büro. Estella beobachtete die Gesichter der beiden, die leise miteinander tuschelten. Monsieur Aumont hatte im Großen Krieg gekämpft und gehörte zu den *gueules cassées* – so nannte man die Männer, deren Gesicht von einem Artilleriegeschoss, einer Kugel oder was auch immer zerstört worden war. Ihm hatte ein Flammensturm die Lippen verformt und von der Nase kaum etwas gelassen. Ein schrecklicher Anblick, der Estella längst nicht mehr auffiel, den Aumont jedoch außerhalb seines Ateliers unter einer Kupfermaske verbarg. Er machte kein Hehl aus seiner tiefen Abneigung gegen die Deutschen, die *Boches*, wie er und Jeanne sie nannten. In letzter Zeit hatte Estella immer wieder mitbekommen, dass Männer im Atelier aus und ein gingen und sich im Treppenhaus mit Aumont trafen. Angeblich lieferten sie Stoff oder Färbemittel, aber ihre Kartons wurden nur von Monsieur Aumont höchstpersönlich ausgepackt.

Jeanne gehörte zu den 700 000 Kriegswitwen aus dem Großen Krieg – ihr Mann war bald nach der Hochzeit gefallen, sie war damals gerade erst fünfzehn gewesen. Hier tuschelten also zwei Menschen ständig miteinander, die allen Grund hatten, die Deutschen zu hassen, und ihre Ernsthaftigkeit wies keinesfalls auf eine heimliche Romanze hin.

Estella beugte sich wieder über ihre Skizze, als ihre Mutter zurückkam.

»*Très, très belle*«, sagte Jeanne mit einem Blick auf den Entwurf ihrer Tochter.

»Das nähe ich mir heute Abend aus den Stoffresten.«

»Und ziehst es an, wenn du ins La Belle Chance gehst?«, fragte ihre Mutter. Das La Belle Chance war ein Jazzclub in Montmartre, den Estella besuchte, obwohl kaum noch Männer in der Stadt waren, seit die französische Armee vergangenes Jahr mobilgemacht hatte und die Briten bei der Schlacht von Dunkerque im Mai geflohen waren. Eigentlich gab es nur noch Männer, die in der Kriegsindustrie arbeiteten und deshalb vom Wehrdienst freigestellt waren.

»*Oui.*« Estella lächelte ihrer Mutter zu.

»Ich gehe nachher zur Gare du Nord.«

»Dann wirst du morgen müde sein.«

»Genau wie du heute«, erwiderte Jeanne.

Gestern war es Estella gewesen, die auf dem Bahnhof gestanden und Suppe an die Flüchtlinge verteilt hatte, die durch Paris zogen. Manche hatten es geschafft, mit dem Zug hierherzukommen, während andere auf der Flucht vor den Deutschen Hunderte von Kilometern zu Fuß zurückgelegt hatten. Sobald sie sich gestärkt hatten, machten die Flüchtlinge sich von Neuem auf den Weg, um Zuflucht bei Verwandten zu suchen, oder sie schleppten sich, so weit die Füße sie trugen, fort von der Front, auf die andere Seite der Loire, wo man angeblich in Sicherheit war.

Der Tag verging, Rosenknospe um Rosenknospe. Um sechs verließen Estella und ihre Mutter gemeinsam das Atelier. Sie gingen die Rue des Petits-Champs hinter dem Palais-Royal entlang, vorbei an der Place des Victoires und an Les Halles, vor denen anstelle der üblichen Lkw nun von Pferden gezogene Wagen warteten, um Lebensmittel anzuliefern. Die Realität, die Estella mit einem Stoffballen wunderschöner goldener Seide zu verdrängen versucht hatte, machte sich hier mit Nachdruck bemerkbar.

Zuallererst war es die gespenstische Ruhe – es war nicht wirklich still, aber um diese Uhrzeit hätte es hier von Näherinnen, Schneidern, Zuschneidern und Models wimmeln sollen, die nach Feierabend auf dem Heimweg waren. Doch kaum jemand eilte an den leeren Ateliers und Läden vorbei. Wo noch vor einem Monat alles voller Leben gewesen war, herrschte trostlose Leere. Als am 10. Mai der *drôle de guerre* – der »seltsame Krieg«, dann als »Sitzkrieg« bezeichnet – vorbei war und Hitlers Armee in Frankreich einmarschierte, hatten viele Menschen Paris auf schnellstem Wege verlassen. Als Erstes die Amerikaner in ihren schicken Limousinen mit Chauffeur, dann die Familien mit älteren Autos, dann diejenigen, denen es wenigstens gelungen war, Pferd und Wagen aufzutreiben.

Es war ein warmer, milder Juniabend, der Flieder duftete, wie mit Perlenketten behangen blühten die Kastanien, hier und dort gab es noch ein offenes Restaurant, ein Kino oder ein Modehaus, dessen Pforten noch nicht geschlossen waren wie bei der Maison Schiaparelli. Irgendwie ging das Leben weiter. Wenn man nur die Katzen hätte ignorieren können, die, von ihren geflüchteten Besitzern zurückgelassen, durch die Straßen streunten. Die abgedeckten Straßenlaternen, die Fenster mit Verdunkelungsvorhängen. Nichts davon erzählte von einem Pariser Sommer der Liebe.

»Ich habe gesehen, wie du mit Monsieur Aumont geredet hast«, begann Estella unvermittelt, als sie die Rue du Temple überquert hatten und der Marais sie mit seinem vertrauten Geruch nach Abfall und Leder empfing.

»Er begleitet mich heute Abend, wie üblich«, erklärte Jeanne.

»Zur Gare du Nord?«, hakte Estella nach. Sie wurde das Gefühl nicht los, dass sich ihre Mutter in letzter Zeit, wenn sie abends wegging, nicht nur um das Verteilen von Suppe kümmerte.

»*Oui*«, antwortete Jeanne und drückte ihren Arm. »An der Gare du Nord fange ich an.«

»Und dann?«

»Bin ich vorsichtig.«

Was Estellas Verdacht bestätigte. »Ich komme mit.«

»Nein. Genieße lieber die Zeit, die noch bleibt.«

Auf einmal begriff Estella, dass das ganze Gerede, Frankreich werde standhaft bleiben, nicht mehr als ein brennender Wunsch war – jedoch kein Irrglaube, nein, ein Wunsch, an dem ihre Mutter ihr zuliebe festhielt. Nicht zum ersten Mal in ihrem Leben überkam Estella tiefe Dankbarkeit. Jeanne hatte sie allein großgezogen, sie in die Schule geschickt, hatte hart gearbeitet, um für Essen, Kleidung und ein Dach über dem Kopf zu sorgen, und obwohl ihr Leben enge Grenzen kannte und sich fast ausschließlich auf das Atelier und ihre Tochter beschränkte, beklagte sie sich nie.

»Ich liebe dich, Maman«, flüsterte Estella und küsste ihre Mutter auf die Wange.

»Das ist das Allerwichtigste«, erwiderte Jeanne und schenkte ihr eines ihrer seltenen, wunderschönen Lächeln, das ihr Gesicht völlig veränderte und sie auf einmal so jung aussehen ließ, wie sie tatsächlich war. Siebenunddreißig, alles andere als alt. Am liebsten hätte Estella diesen Moment festgehalten und für alle Ewigkeit auf den Nachthimmel gestickt.

Sie blickte ihrer Mutter nach, die nun auf der Rue du Temple in Richtung der Gare du Nord weiterging, und machte sich dann selbst auf den Weg zur Passage Saint-Paul, einer kleinen, schmutzigen Gasse, die zu einem versteckten Eingang der wunderschönen Église Saint-Paul-Saint-Louis führte. Hier wohnten sie. Als sie die Haustür öffnete, begrüßte sie der Concierge – Monsieur Montpellier, ein alter, stets betrunkener Mann – mit einem unfreundlichen Knurren und streckte ihr einen Zettel entgegen.

Estella las ihn und fluchte leise. Das passte ihr überhaupt nicht.

»*Putain*«, blaffte der Hausmeister, der sie gehört hatte und dem ihre Wortwahl nicht gefiel.

Estella ignorierte ihn, sie musste sich um etwas anderes kümmern. So schnell sie konnte, rannte sie die Wendeltreppe zu ihrer Wohnung im sechsten Stock hinauf und hüllte sich, obwohl es Juni war, in einen langen Umhang. Dann eilte sie denselben Weg zurück, zur Einkaufszentrale eines der amerikanischen Kaufhäuser in einer Seitenstraße der Rue du Faubourg Saint-Honoré.

Wie üblich war Madame Flynn, eine der wenigen amerikanischen Staatsangehörigen, die sich noch in Paris aufhielten, allein in ihrem Büro. Auf dem Schreibtisch stand ein Stapel Kartons mit der Aufschrift *Schiaparelli*. »Erledigen Sie das so schnell wie möglich«, sagte Madame Flynn, drehte sich weg und tat so, als wüsste sie gar nicht, was sie Estella auftrug. Dabei war natürlich das Gegenteil der Fall.

Estella holte die Kleider aus den Kartons, versteckte sie unter ihrem Umhang und rannte ohne ein weiteres Wort zu Madame Flynn die Treppe hinunter, die Straße entlang und dann eine andere Treppe hinauf zu dem Kopierhaus, in dem Estella, wenn dort Modenschauen stattfanden, ihrer Nebenbeschäftigung nachging. Während der Vorführungen konnten Zeichnerinnen wie sie an einem guten Tag fünfzehn Haute-Couture-Kleider abzeichnen, die sie dann dem Kopierhaus oder den Einkäufern amerikanischer Kaufhäuser verkauften.

Kopien der großen französischen Couturiers – Chanel, Vionnet, Lanvin, Callot Soeurs, Mainbocher – waren in Amerika ebenso gefragt wie in Paris. Estella wusste, dass sie mehr Geld verdient hätte, wenn sie offiziell im Kopierhaus gearbeitet hätte, aber sie wusste auch, dass sie nie die Courage aufbringen würde, etwas Eigenes zu entwerfen, wenn sie Tag für Tag nichts anderes täte, als die Entwürfe anderer Designer zu kopieren – genau genommen zu stehlen. Deshalb arbeitete sie nur während der Schauen als Zeichnerin, ließ ihren Bleistift diskret übers Papier sausen, damit die *vendeuse* nicht merkte, dass sie nicht nur die Nummer eines Kleides notierte, das ihr Interesse geweckt hatte, sondern die Modelle genauestens analysierte und jedes Detail registrierte – die Zahl der Falten in einem Rock, die Breite eines Jackenrevers, die Größe eines Knopfs. Wobei sie immer darauf hoffte, dass die Models, die die Kleider elegant durch den Raum schweben ließen, möglichst langsam an ihr vorbeitänzelten, damit sie nicht am Schluss mit unfertigen Skizzen dastand, die sie nie würde verkaufen können.

Die Schau von Chanel gefiel Estella immer am besten. Allerdings war es dort am allerschwierigsten, fünfzehn Skizzen zu schaffen. Zwar waren die Schnitte schlicht, aber von solcher Eleganz, dass es umso schwieriger war, sie korrekt einzufangen – bei diesen Entwürfen ging es um viel mehr als nur um Stoff, Knöpfe und Reißverschlüsse. Hier hatte jedes Kleid eine Seele. Außerdem verliefen die Präsentationen bei Chanel immer ruhig und abgeklärt, es herrschte keine Zirkusatmosphäre wie beispielsweise bei Patou, wo man kleine Schummeleien im allgemeinen Trubel gut verbergen konnte. Nein, die *vendeuse* von Chanel hatte schärfere Augen als ein Scharfschütze, jeder Besucher bekam nur ein einziges Blatt Papier für Notizen, kein dickes Programmheft, das sich zum Verbergen von Skizzen wunderbar eignete, und Estella durfte den Bleistift beim Zeichnen praktisch nicht bewegen.

Estella hatte sich immer eingeredet, es wäre nur ein Spiel, aber jetzt, wo die amerikanischen Einkäufer wegen des Krieges nicht mehr zu den Schauen nach Paris kamen und sie in der letzten Saison dadurch viel weniger verdient hatte, sagte sie sich, dass sie jede Gelegenheit nutzen musste. Nur auf diese Weise könnte sie bei Monsieur Aumont weiter ihre Schulden abbezahlen. Jeanne hatte darauf bestanden, dass ihre Tochter ordentlich Englisch lernte, und so hatte Estella, seit sie sechs war, jeden Tag nach der Schule Privatstunden bekommen, für die ihre Mutter jedoch nicht selbst aufkommen konnte. Monsieur Aumont war eingesprungen, denn in Frankreich durften Frauen kein eigenes Konto eröffnen und deshalb natürlich auch kein Bankdarlehen aufnehmen. Genauso wenig durften sie wählen – im Grunde waren Frauen Menschen zweiter Klasse, deren Existenzberechtigung darin bestand, brav zu Hause zu sitzen, zu backen und Kinder zu bekommen.

Für viele Frauen war der Krieg ein Schock, weil sie nichts anderes gewohnt waren, als sich so hübsch anzuziehen, wie es der Verdienst des Ehemanns erlaubte. Zum Glück hatte Jeanne Bissette ihre Tochter – notgedrungen – zu deutlich mehr Lebenstüchtigkeit erzogen. Auch wenn Monsieur Aumont zweifellos bereit gewesen wäre, ihnen die ganze Summe zu erlassen, wusste Estella ganz genau, dass es für ihre Mutter eine Frage der Ehre war, die Schulden bis zum letzten Centime zurückzuzahlen, und das war nur möglich, wenn Estella etwas dazuverdiente.

Dank der Englischstunden war Estella als Zeichnerin sehr gefragt, denn keiner der amerikanischen Einkäufer sprach Französisch. Wenn sie nun die Kopieraufträge nicht übernahm, würden die Schulden allein auf den Schultern ihrer Mutter lasten, und die Summe war in dem Jahr, das Estella an der Pariser Modeschule auf der Place des Vosges – dem französischen Ableger der New York School of Fine and Applied Art – verbracht hatte, sogar noch angewachsen. Inzwischen war die Schule wegen des Kriegs geschlossen, aber dort war Estellas Traum geboren worden, eines Tages ein eigenes Modestudio und Kundinnen zu haben, die von ihr entworfene, statt von ihr gestohlene Kleider tragen würden. In Momenten wie diesem, mit sechs Schiaparelli-Kleidern unter ihrem Umhang, zweifelte Estella zwar daran, dass ihr Traum jemals wahr werden würde, denn sie wusste nur zu gut, dass es alles andere als ehrenwert war, wenn eine amerikanische Einkäuferin wie Madame Flynn bereit war, eine Auswahl von Kleidern zum

Kopieren weiterzugeben, und dass eine Designerin wie Elsa Schiaparelli, hätte sie es erfahren, Estella die Augenlider zunähen würde.

Estella schwor sich, dass es heute zum letzten Mal passieren sollte.

Doch jetzt wartete Madame Chaput darauf, dass Estella loslegte, denn anhand der Kleider, die sie unter dem Umhang hervorholte, erstellten die Anpasser die Schnittmuster, während Estella zeichnete und Madame Chaput notierte, welche Art von Knöpfen sie brauchte, und von den Nähten, an denen niemand es bemerken würde, kleine Stoffproben stahl. Danach bekam Estella von Madame Chaput Geld für ein Taxi und brachte die Kleider zusammen mit der Kommission, die Madame Chaput bezahlt hatte, zurück zu Madame Flynn. Estella wusste, dass die Kleider sich schon morgen auf einem Schiff nach New York befinden würden – falls in dem Chaos, das seit Kurzem herrschte, überhaupt noch Schiffe ablegten –, und dass Madame Chaput innerhalb von zwei Tagen die Modelle nähen ließ, um sie dann an ihre treuen Pariser Stammkundinnen zu verkaufen, die das *haute* ohne den Preis der *couture* in ihrem Kleiderschrank haben wollten.

Anschließend ging Estella zurück in den Marais. Ihr war klar, dass sie sich beeilen musste, wenn sie tatsächlich noch ihr Goldkleid nähen und vor Mitternacht im Jazzclub sein wollte. Wieder zu Hause, füllte sie am Wasserhahn im Hof einen Eimer mit Wasser, den sie unter dem schadenfrohen Blick des Concierge die Treppe hinaufschleppte, in die oberste Etage, wo man am wenigsten Miete zahlte. Der Mann hasste Estella und ihre Mutter, weil sie weder vor ihm kuschten noch ihm zu Weihnachten Portwein schenkten, und er weidete sich für sein Leben gern an ihren Mühen im Alltag, die sie mit all denen gemeinsam hatten, die in einem der zahlreichen Pariser Wohnhäuser ohne fließendes Wasser lebten.

Oben angekommen, goss Estella etwas Wasser in einen Topf, stellte ihn auf den Herd und kochte sich einen Kaffee. Dann setzte sie sich an die Nähmaschine, nahm ihre Schere und schnitt nach dem Entwurf, den sie im Atelier gezeichnet hatte, den Stoff zu. Nur zu gern hätte sie einen Zuschneider gehabt, der das Kleid so aus dem Stoff gezaubert hätte, dass es sich dem Körper genau so anschmiegte, wie sie es wünschte – aus ihr würde leider nie eine Madeleine Vionnet werden, die »Königin des Schnitts«, die keine Skizzen anfertigte, sondern gleich die Schere benutzte.

Nach anderthalb Stunden war sie fertig und betrachtete ihr Werk mit einem zufriedenen Lächeln – das Kleid war so geworden, wie sie es sich vorgestellt hatte, und sie zog es sofort an. Wieder einmal fielen ihr ihre abgetragenen Schuhe auf, aber das Schusterhandwerk beherrschte sie nun einmal nicht, und für neue Pumps fehlte ihr das Geld. Für den Fall, dass es später kalt wurde, warf sie wieder den Umhang über, verzichtete jedoch auf die Gasmaske, die eigentlich Vorschrift war. Immerhin hielt sie sich an die Anweisung ihrer Mutter und band ein weißes Halstuch um, damit Autofahrer sie in den verdunkelten Straßen besser sehen konnten.

In Montmartre angekommen, ging sie am Bricktop's vorbei, das für sie unbezahlbar war, und betrat einen Club, der weniger elegant, aber dafür wesentlich amüsanter war und in dem sich das hier am Montmartre gesprochene Argot auf interessante Weise mit den Saxophon-Riffs mischte. Als sich ein Mann, der garantiert in einer Munitionsfabrik arbeitete, etwas zu dicht an ihr vorbeidrängte, wies sie ihn mit eisigem Blick und ein paar scharfen Worten in seine Schranken und setzte sich dann an einen Tisch zu Renée, Monsieur Aumonts Tochter.

»*Bonsoir*«, sagte Renée und küsste Estella auf die Wangen. »Hast du vielleicht noch eine Gauloise für mich?«

Estella holte ihre letzten zwei Zigaretten heraus, und sie zündeten sich beide eine davon an.

»Was ist das für ein Kleid?«, fragte Renée bewundernd.

»Das hab ich gerade genäht.«

»Hab ich mir gedacht. So was findet man nicht im Kaufhaus.«

»Stimmt.«

»Aber findest du es nicht ein bisschen zu … ausgefallen?«

Estella schüttelte den Kopf. Renée trug ein Kleid im Heidi-Stil, das einsam und vergessen an einem Ständer im Au Printemps gehangen haben mochte, als hätte es den Rückweg ins Gebirge nicht mehr gefunden. Damit sah sie aus wie alle anderen Frauen im Club, brav und unspektakulär – genau wie der verwässerte Wein, der ihnen serviert wurde.

»Von Estella erwarten wir doch nichts anderes!«, mischte sich eine andere Stimme unüberhörbar amüsiert ein – sie gehörte Huette, Renées Schwester, die sich nun zu Estella beugte und ihr die üblichen Begrüßungsküsschen auf die Wangen drückte. »Du siehst *magnifique* aus!«, rief sie.

»Tanz mit mir!«, unterbrach ein Mann sie ziemlich unverschämt. Er roch wie das Pigalle um Mitternacht – nach zu viel Alkohol, vermischt mit dem Parfüm all der Mädchen, mit denen er heute Abend schon auf der Tanzfläche geknutscht hatte. Ein Mann, der seinen Seltenheitswert genoss, weil er, wären nicht die meisten Männer beim Militär gewesen, mit seinen schlechten Umgangsformen bei den Frauen keine Chance gehabt hätte.

»Nein, danke«, erwiderte Estella.

»Ich tanz mit dir«, bot sich Renée an.

»Aber ich will die da.« Er deutete auf Estella.

»Nur will dich keine von uns«, entgegnete diese.

»Doch, ich schon!« Renée klang fast verzweifelt, was typisch für die derzeitige Situation war – es konnte passieren, dass ein Mädchen den ganzen Abend keinen Tanzpartner fand, und hier stand nun einer vor ihnen, ein ziemlicher Rüpel zwar, aber was machte das schon?

»Tu's nicht, Renée«, warnte Huette.

Estella sah, wie Huette ihrer Schwester die Hand auf den Arm legte, eine spontane Geste der Zuneigung, obwohl Renée sie manchmal wahnsinnig machte, und Estella war ein bisschen neidisch. Natürlich war ihr bewusst, dass es albern war, sich nach etwas zu sehnen, was sie nie haben würde, einer Schwester. Sie ermahnte sich, lieber daran zu denken, dass sie wenigstens noch eine Mutter hatte, statt neidisch auf ihre Freundinnen zu werden.

Auf der Tanzfläche zog der Mann Renée so eng wie möglich an sich, und als Estella sah, wie ungeniert er seine Genitalien an sie presste, wandte sie angewidert den Blick ab.

»Komm, lass uns singen, irgendetwas Schnelles, damit sie ihn wieder loskriegt«, sagte Estella.

Huette folgte ihr hinüber zur Band, vier Männer, mit denen Estella und Huette schon an vielen Abenden Klavier gespielt, gesungen und den Musikunterricht aus der Schule sinnvoll genutzt hatten. Estellas Mutter hatte in der Klosterschule singen gelernt, sang zu Hause viel und mit Leidenschaft, als wolle sie die Wohnung lieber mit Musik als mit unnötigem Krimskrams füllen, und diese Liebe zur Musik hatte sie Estella von klein auf vermittelt. Aber während Jeanne vor allem die Oper liebte, bevorzugte Estella den dunklen, rauen Jazz.

Ohne ihr Spiel auch nur eine Sekunde zu unterbrechen, küssten die Musiker Estella auf die Wangen, und Luc, der Pianist, lobte ihr Kleid in einem heftigen Argot, das viele andere Französinnen wohl kaum verstanden hätten. Er spielte den Song zu Ende, stand dann auf, um sich an der Bar etwas zu trinken zu holen, und an seiner Stelle setzte Estella sich ans Klavier, während Huette neben Philippe ans Mikrophon trat. Estella nahm sich die Noten von *J'ai Deux Amours* vor, jener Hymne auf Paris, die durch Josephine Baker jeder kannte, und die Leute klatschten, als sie loslegte. Beim Spielen hoffte sie inständig, dass diese Liebe zu Paris, die gewiss alle in diesem Raum empfanden, ausreichen würde, um ihre Stadt vor dem zu beschützen, was ihr mit dem Näherrücken der Deutschen womöglich bevorstand. Doch schon bald schubste Huette ihre Freundin vom Klavierhocker, weil sie selbst die hohen Töne nicht gut traf und Estella an ihrer Stelle ans Mikrophon treten lassen wollte.

In den Refrain stimmten alle Gäste ein, und ein paar Sekunden lang gelang es Estella tatsächlich, daran zu glauben, dass doch noch alles gut werden würde. Paris war zu grandios, zu legendär, zu außerordentlich, als dass ein grotesker kleiner Mann namens Adolf Hitler ihm etwas anhaben konnte.

Nach dem Lied blieb sie nicht mehr lange, wechselte nur noch ein paar Worte mit Philippe, Huette und Luc und musste feststellen, dass sie es nicht geschafft hatte, Renée zu retten, denn die verließ den Club gerade mit dem schrecklichen Mann, der sie zum Tanzen aufgefordert hatte. Plötzlich fühlte sich Estella müde, als sei sie viel älter als zweiundzwanzig und melancholischer denn je.

»Ich muss los«, verkündete sie und gab allen die üblichen Küsschen zum Abschied.

In der Stille dieser Pariser Nacht angekommen, machte sie sich nicht sofort auf den Heimweg, sondern wanderte noch eine Weile durch die heruntergekommenen Straßen des Marais. Besonders auffallend war der Verfall bei den *Hôtels particuliers*, den einst so prachtvollen Stadthäusern des Adels, denen man noch immer ihren Stolz ansah, ganz gleich, was man aus ihnen gemacht hatte – manche wurden als Marmeladenfabriken genutzt, und viele der imposanten Innenhöfe waren mit windschiefen Bretterverschlägen verschandelt oder unter Stapeln von Wagenrädern und Paletten kaum mehr zu erkennen. Wie über den goldenen Stoff im Atelier strich Estella mit der Hand über die Steinmauern und fragte sich, ob die Eleganz, die diesen Mauern innewohnte, den Bomben der Stukas und einer Armee eisgrauer Uniformen standhalten könnte – so wie ein Couture-Kleid, anders als ein Prêt-à-porter-Modell, das Wesen seiner Eleganz niemals verlöre.

Auf den Märkten im Carreau du Temple war alles still, die Stoff-

und Gebrauchtkleiderhändler lagen längst im Bett, bereit, in der Morgendämmerung jene Kleider feilzubieten, die von den Bewohnern der Champs-Élysées in ihren Mülltonnen entsorgt worden waren. Das ganze Viertel wirkte verlassen, und Estella begegnete kaum einem Menschen, während sie durch ihre Stadt schlenderte und auf einmal Dinge wahrnahm, die ihr schon lange vertraut waren, deren Schönheit sie jedoch erst jetzt, wo sie möglicherweise dem Untergang geweiht waren, nicht mehr für selbstverständlich nehmen konnte: den verblassenden rot-gold-blauen Glanz des Gemäldes über dem Tor des Hôtel de Clisson, die runden Türmchen, die wie zwei dicke Wächter das Tor des Gebäudes flankierten; die symmetrischen Pavillons und die große gewölbte Passage des Musée Carnavalet.

Ohne es zu wollen, stand Estella plötzlich vor einem Haus in der Rue de Sévigné, einem verlassenen *Hôtel particulier*, das sie als Kind oft zusammen mit ihrer Mutter besucht und wo sie in den nicht bewohnten Räumen gespielt hatte. Sie hatte den Verdacht, dass Jeanne sich hier mit Monsieur Aumont träfe, konnte aber nicht erkennen, ob sich jemand in dem Gebäude befand, denn alle Verdunkelungsvorhänge waren zugezogen. Lediglich die abgedeckten Laternen verbreiteten ihr gespenstisches blaues Licht. Anders als seine Nachbarn nicht im französischen Barockstil gebaut, ohne erkennbare Symmetrie und Form, besaß das Haus alle schaurigen Eigenschaften eines Spukhauses, es schien der bucklige Unhold der Straße.

Spontan öffnete sie die Holztür, die in den Innenhof führte, wo von den Hausmauern Skulpturen der vier Jahreszeiten herrisch auf sie herabblickten, der Sommer allerdings kopflos und all seiner Macht beraubt. Die Kieswege waren seit Jahren nicht mehr gefegt und geharkt worden, bildeten jedoch noch immer einen Stern, jeder Strahl von Hecken eingerahmt, die längst keine Form mehr besaßen und wild wucherten, wohin sie wollten. Minze, die früher sicher zu einem Kräutergarten gehört hatte, wiegte sich im Wind. Und dann hörte

Estella es. Ein Scharren. Ihr lief ein kalter Schauer der Angst über den Rücken.

Suchend wandte sie sich nach dem Geräusch um und entdeckte auf einer schiefen Bank, völlig in sich zusammengesunken, Monsieur Aumont. Aus seiner Kleidung stieg unverkennbar der Geruch von Blut auf.

»*Mon Dieu!*«, stöhnte Estella.

Aumont hob den Kopf, und Estella sah einen dunklen Blutfleck vorn auf seinem Hemd. »Bitte nimm das«, flüsterte er und gab Estella ein kleines Päckchen. »Bring es zum Théâtre du Palais-Royal. Bitte. Tu es für Paris. Such den *engoulevent,* die Nachtschwalbe, ihm kannst du vertrauen.«

»Wo ist Maman?«, fragte Estella.

»Zu Hause. In Sicherheit. Geh!«

Er sank wieder nach vorn, und Estella schaffte es mit einiger Mühe, ihn mit dem Rücken an die Bank zu lehnen. Dann sah sie in seine flehenden Augen. »Geh«, wiederholte er heiser. »Tu es für Paris.«

Was immer es sein mochte, das Päckchen, das sie in der Hand hielt, bedeutete Gefahr. Doch es war offenbar so wichtig, dass er dafür sein Leben aufs Spiel gesetzt hatte. War es wirklich erst eine Stunde her, dass sie von ihrer Liebe zu Paris gesungen hatte? Und nun flehte jemand sie an, etwas für ihre Stadt zu tun.

Monsieur Aumont schloss die Augen. Estella rollte das Bündel auf und entdeckte darin auf Seide gezeichnete Grundrisse von Gebäuden. Zum Glück ließen sie sich leicht in die unauffällige Tasche schieben, die sie ins Futter ihres Umhangs eingearbeitet hatte, um darin kopierte Kleiderentwürfe zu transportieren. Doch sie selbst war viel zu auffällig in ihrem nachtblauen, mit Silberperlen besetzten Samtumhang über einem schimmernden goldenen Kleid.

»Geh!«, flüsterte Monsieur Aumont noch einmal mit zusammengebissenen Zähnen.

Estella nickte, denn auf einmal fühlte sie, wie wahr die Worte waren, die sie im Club gesungen hatte: Paris schwebte in ernster Gefahr, und wenn sie Monsieur Aumonts Bitte erfüllte, konnte sie womöglich einen weiteren Übergriff auf ihre Stadt verhindern.

Kapitel 2

Estella rannte aus dem Innenhof, hinaus auf die Straße. In ihren Taschen raschelten leise die Karten, als wisperten sie ihr Geheimnisse zu, und sie dachte an all die Geschichten, die sie gehört hatte: dass die Deutschen aus der Luft vergiftete Süßigkeiten abwarfen, um die Kinder in der Stadt krank zu machen. Dass die Deutschen sich als Nonnen verkleideten, um die Einwohner von Paris auszuspionieren. Dass deutsche Fallschirmspringer mitten in der Nacht in der Stadt landeten. Und so fürchtete sie bei jedem, der ihr entgegenkam, er könnte zur Fünften Kolonne gehören, den faschistischen Sympathisanten und willigen Helfershelfern der Deutschen, und würde womöglich kein Mittel scheuen, um zu verhindern, dass sie mit ihrem Päckchen das Theater erreichte. Trotzdem ging sie weiter, die Rue Beautreillis hinunter, an der alten rostigen Uhr vorbei, die immer weiter tickte und die Pariser daran erinnerte, dass ihre Stadt unsterblich sein mochte, ihre Einwohner jedoch nicht. Und das galt auch für Estella.

Dann, in der Hoffnung, dass ihre zahlreichen Umwege sie im Mantel der Dunkelheit hatten verschwinden lassen, bog sie nach rechts ab und eilte in Richtung Palais-Royal. Als sie endlich das Theater erreichte, dankte sie Gott für ihr Kleid, das hoffentlich elegant genug war, den Eindruck zu erwecken, dass sie an einen solchen Ort gehörte.

Sie stieg die geschwungene, mit rotem Teppich bedeckte Treppe hinauf und gelangte oben in einen opulenten Empfangsraum, den sie unter anderen Umständen sicher bewundert hätte. Ein riesiger Kronleuchter verbreitete derart helles Licht, dass Estella unwillkürlich die Augen bedeckte. Üppig geraffte rote Samtvorhänge verhüllten die Eingänge zum Theaterraum, und die Wände waren in einem kräftigen Burgunderrot mit goldenen Verzierungen tapeziert. Auch sonst gab es allerorten Akzente in Gold – der Kronleuchter, die Geländer des obersten Rangs, der Fries, die Umrahmung des Deckenfreskos, das Flachrelief, das sich graziös über der Tür am anderen Ende des Raums wölbte. Frauen in Kleidern, die Estella als Modelle von Chanel, Lucien Lelong und Callot Soeurs identifizierte, saßen entspannt auf roten Samtsesseln, die Männer lachten und nippten Cognac oder Calvados. Estella wusste, dass viele Pariser ihr Leben voller Partys und Festlichkeiten führten wie bisher, aber nach dem, was sie gerade erlebt hatte, erschien es ihr, als wäre sie auf dem Mond oder sonst irgendwo fernab jener Realität gelandet, in der die deutsche Armee kurz davor stand, in Paris einzumarschieren.

Auf einem Klavier erklangen die ersten Takte eines Foxtrotts, und obwohl es dafür kaum Platz gab, begannen mehrere Paare zu tanzen. Estella schob die Kapuze des Umhangs von ihren langen schwarzen Haaren und betrat den Saal.

Wie sollte sie herausfinden, wer oder was diese offenbar männliche Nachtschwalbe war? Als sie den Blick über die Menge wandern ließ, merkte sie, dass in der Mitte des Raums und umringt von einem Kreis von Menschen ein Mann stand, der sie neugierig musterte, allerdings nicht mit dem gleichen unverhohlen lüsternen Blick wie einige der anderen Gäste.

Es half nichts, wenn sie jetzt den Mut verlor. Also machte sie sich, die zitternden Beine unter ihrem Kleid verborgen, auf den Weg durch den Saal, nahm die selbstbewusste Haltung ein, die sie bei so vielen Modenschauen gesehen hatte, und es wichen alle vor ihr zurück.

Als sie vor dem Mann stand, küsste sie ihn auf beide Wangen, lächelte und sagte laut: »*Salut, chéri*« – ebenfalls im Tonfall der Models, die mit dieser Methode oft genug erfolgreich die Ehemänner reicher Kundinnen verführten.

»Wie schön, dass du hier bist«, murmelte er und legte den Arm um ihre Taille. Er spielte mit, und nun war Estella sicher, dass sie sich nicht in ihm getäuscht hatte.

»Ich interessiere mich für Ornithologie«, murmelte sie leise. »Vor allem für die *engoulevents*.«

Er ließ sich nicht anmerken, ob ihre Bemerkung sein Interesse erweckte. »Wollen wir tanzen?«, fragte er nur, nahm ihre Hand, entschuldigte sich bei den anderen und führte Estella zu den Paaren, die im Takt der Musik umherwirbelten.

Als er jedoch Anstalten machte, die Schleife ihres Umhangs zu öffnen, schüttelte Estella hastig den Kopf, denn sie musste um jeden Preis verhindern, dass die Skizzen in die Hände des Theaterpersonals gelangten. »Ich behalte ihn lieber an«, erklärte sie.

Ohne ein weiteres Wort schloss er sie in die Arme, und so schwebten sie über die Tanzfläche. Die Musik war gerade in einen langsamen Walzer übergegangen, und da zu der späten Stunde viele der Theaterbesucher ziemlich angetrunken waren, schien es den meisten dabei vor allem um die körperliche Annäherung zu gehen. Estella wurde klar, dass sie ebenso verfahren musste, um nicht aufzufallen. Als ihr Partner einen Schritt auf sie zumachte, kam sie ihm entgegen, bis sie schließlich Brust an Brust, Wange an Wange tanzten und sie seinen festen, muskulösen Körper fühlte. Seine Sonnenbräune deutete darauf hin, dass er viel Zeit im Freien verbrachte, seine Haare waren fast so dunkel wie ihre, die Augen braun. Er sah sehr gut aus, und unter anderen Bedingungen hätte Estella den Tanz wohl genossen. Er schien kein gebürtiger Franzose zu sein, dafür sprach er zu korrekt, zu präzise.

Estella überlegte, ob sie etwas sagen sollte. Aus Monsieur Aumonts Verhalten und dem Blut auf seinem Hemd schloss sie, dass er und vielleicht auch ihre Mutter in etwas verwickelt waren, das viel gefährlicher war, als auf dem Bahnhof Flüchtlingen zu helfen, und dass ihr Tanzpartner ebenfalls beteiligt war. Sie hätte ihm kein Vertrauen geschenkt, wenn Monsieur Aumont, den sie seit ihrer Kindheit kannte, es ihr nicht aufgetragen hätte.

»Ich glaube, ich habe etwas für Sie«, sagte sie schließlich auf Englisch.

Das verblüffte ihn. »Wer zum Teufel sind Sie?« Er sprach nun ebenfalls Englisch, mit leiser, kontrollierter Stimme.

»Sie kennen mich nicht«, antwortete sie, jetzt wieder auf Französisch.

»Sie eignen sich nicht besonders gut für eine Aktion im Geheimen.« Er deutete auf das Kleid, von dem Estella sich in diesem Moment wünschte, es würde weniger Blicke auf sich ziehen.

»Niemand, der etwas zu verbergen hat, zieht so ein Kleid an.«

Der Mann versuchte zwar, es zu kaschieren, dennoch hörte Estella es – er lachte.

»Das ist nicht lustig«, zischte sie verärgert und war kurz davor, die Fassung zu verlieren. Aber sie musste die Sache hinter sich bringen, damit sie zu Monsieur Aumont zurückkehren konnte – bitte, lieber Gott, mach, dass es ihm gut geht – und dann nach Hause, in der verzweifelten Hoffnung, dass ihre Mutter tatsächlich in Sicherheit war.

»Sie sind ziemlich kratzbürstig.«

»Weil ich verflucht wütend bin«, fuhr sie ihn an. »Ich muss mein Cape irgendwo aufhängen, wo es nicht in falsche Hände gerät. Was empfehlen Sie?«

»Da drüben bei der Treppe steht Peter – er kann sich darum kümmern.« Während des ganzen Gesprächs tanzten und lächelten sie, und außer Estella und diesem Mann ahnte niemand im Saal, dass nichts so war, wie es schien.

Estella nickte, machte sich los, und während sie in Richtung der

Treppe ging, löste sie die Schleife um ihren Hals und ließ die Hand einen kurzen Moment auf der linken Seitennaht ruhen. Wenn dieser Mann derjenige war, der die Pläne in Empfang nehmen sollte, für die es sich zu verbluten lohnte, würde er die Geste bemerken. Sie wollte ihren Umhang nicht verlieren; immerhin hatte sie ein ganzes Monatsgehalt für den Stoff ausgegeben. Aber es war ein geringer Preis, wenn sie damit Monsieur Aumont helfen konnte. Und ihrer Mutter. Und Paris.

Also überreichte sie ihren Umhang dem Mann, auf den ihr Tanzpartner gezeigt hatte, und rannte die Treppe hinunter, um so schnell wie möglich nach Hause zu kommen, eilte mit großen Schritten hinaus in die Nacht, weg von den Dingen, die ihr Angst einjagten und ihr zu verstehen gaben, dass ihr bisheriges Leben, das in einem Schneideratelier, umgeben von schönen Dingen, so vielversprechend begonnen hatte, vorbei war.

Plötzlich berührte eine Hand ihren Arm, und sie zuckte erschrocken zusammen. Sie hatte nicht gesehen, dass ihr Tanzpartner ihr folgte, aber irgendwie hatte er es geschafft, neben ihr aufzutauchen. »Ziehen Sie das über«, sagte er und gab ihr eine schwarze Jacke. »Um diese Uhrzeit und in diesem Kleid kommen Sie sonst nicht lebend nach Hause. An Ihrem Umhang ist Blut. Ist es Ihres?«

Seine Hand bewegte sich zu ihrem Gesicht, und sie wich instinktiv zurück, merkte jedoch, dass er nicht vorgehabt hatte, sie zu schlagen, sondern nur prüfen wollte, ob sie verletzt war. Ihre heftige Reaktion brachte ihn dazu, die Hand blitzschnell zurückzuziehen, und im nächsten Augenblick kam es ihr fast vor, als hätte er sie gar nicht erhoben.

»Es ist nicht mein Blut, sondern das von Monsieur –«

Er fiel ihr ins Wort. »Es ist besser, wenn ich nicht weiß, wie er heißt. Können Sie mich zu ihm bringen?«

Estella nickte, und er folgte ihr. Allem Anschein nach kannte er sich in den Straßen von Paris ebenso gut aus wie sie selbst, denn er fragte kein einziges Mal nach, sondern ging mit raschen Schritten ganz selbstverständlich neben ihr her. Erst als sie durch die Passage Charlemagne gingen und das Labyrinth der bröckelnden, weiß gekalkten Innenhöfe des Village Saint-Paul betraten, durch das ihnen niemand ungesehen würde folgen können, warf er ihr einen fragenden Blick zu.

Sie hatte nicht mit ihm gesprochen, seit sie losgegangen waren. »Es ist nicht mehr weit«, erklärte sie und fügte dann hinzu: »Wer sind Sie eigentlich?«

Er schüttelte den Kopf. »Es ist besser für Sie, wenn ich Ihnen das nicht sage.«

Ein Spion. Obwohl ihr klar war, dass er sie hier, in den Mauern des Village, verborgen im Marais, mühelos erschießen oder erstechen konnte – oder was immer Männer wie er mit den Menschen anstellten, die ihnen in die Quere kamen –, konnte sie sich die Frage nicht verkneifen: »Auf welcher Seite stehen Sie?«

»Ich habe mich noch nicht bedankt«, sagte er, was eigentlich keine Antwort war. »Aber diese Unterlagen werden dem französischen Volk einen großen Dienst erweisen.«

»Und den Briten?«, drängte sie nach mehr Information.

»Und allen Alliierten.«

Plötzlich standen sie vor der Holztür des Hauses in der Rue de Sévigné, und Estella betrat leise den Innenhof. Als sie sah, dass Monsieur Aumont auf dem Boden lag, blieb sie erst abrupt stehen, setzte sich aber gleich wieder in Bewegung, um zu ihm zu laufen.

Ihr Begleiter hielt sie zurück. »Ich werde tun, was ich kann«, sagte er. »Er hat ein ehrenhaftes Begräbnis verdient, und das wird er bekommen. Ich verspreche es Ihnen.«

Ein Begräbnis. O Gott! Und was war mit …? »Maman«, flüsterte Estella, und in der Nacht der verdunkelten Stadt war ihre Stimme kaum zu hören.

»Gehen Sie nach Hause und sehen Sie nach ihr«, antwortete er nur.

»Und Monsieur?«

»Ich kümmere mich um ihn.«

Sie wandte sich zum Gehen, doch auf einmal durchbrach die Angst den Panzer ihrer Gelassenheit. Sie sah nur noch das Gesicht ihrer Mutter vor sich und flehte zu Gott, dass Monsieur Aumont recht gehabt hatte und Jeanne tatsächlich in Sicherheit war.

»Verlassen Sie Frankreich, so schnell Sie können«, fuhr der Mann fort. »Und passen Sie gut auf sich auf.«

Der kalkulierende Tonfall in seiner Stimme war verschwunden, und an seiner Stelle hörte sie etwas anderes, fast Fürsorgliches. Daran klammerte sie sich, als sie nach Hause rannte. *Pass du auch gut auf dich auf,* Maman. *Ich bin gleich bei dir.*

Zum Glück saß der Concierge schnarchend in seinem Sessel, als Estella das Haus betrat, und sie musste nicht kommentieren, warum sie so abgehetzt war und wieso sie über ihrem Kleid ein Smokingjackett trug. Sie lief die endlose Wendeltreppe in den sechsten Stock hinauf, und als sie ihre Mutter in der dunklen Küche sitzen und einen Kaffee trinken sah, umhüllte sie Erleichterung wie weicher Seidenstoff. Aber das Gefühl wich sofort der Sorge, als sie sah, wie bleich Jeanne war und dass der Kaffee in der Tasse schwappte, weil ihre Hände so zitterten.

»Erzähl mir, was passiert ist«, bat Estella sie noch an der Tür.

»Ich weiß so gut wie nichts«, flüsterte Jeanne. »Monsieur Aumont arbeitet für die Engländer, glaube ich. So genau hat er es mir nie verraten, das durfte er natürlich nicht. Aber er hat so viele Cousins und Neffen, allesamt jüdisch natürlich, in Belgien, in der Schweiz und in Deutschland, und er hat Informationen weitergeleitet, die er von ihnen bekam. Die Juden haben für die Nazis nichts übrig, Estella. Monsieur Aumont auch nicht. Und ich genauso wenig.«

»Ich mag die Nazis auch nicht, aber bedeutet das, dass du dein Leben aufs Spiel setzen musst?«

»Was erwartest du von mir? Du hast sie doch gesehen. Wir konnten den jüdischen Kindern nichts weiter geben als ein bisschen Suppe und ein paar freundliche Worte, ehe wir sie auf ihrer Flucht aus Deutschland nach Frankreich und von dort in Richtung einer ungewissen Zukunft weitergeschickt haben. Man hat ihnen Mutter und Vater genommen, nur wegen ihrer Religion! Wenn wir ihnen irgendwie helfen können, müssen wir es doch tun, oder etwa nicht?«

»Wie sehr bist du involviert?«, fragte Estella, die natürlich der gleichen Meinung war.

Jeanne nippte an ihrem Kaffee. »Ich decke Monsieur Aumont und helfe ihm, in der Menge an der Gare du Nord die jeweilige Person ausfindig zu machen, die er sucht. Es kann leicht passieren, dass man einen roten Schal oder eine grüne Baskenmütze übersieht, wenn man allein danach Ausschau hält. Wenn er seinen Auftrag erledigt hat, treffen wir uns immer im hinteren Teil des Bahnhofs, und er begleitet mich von dort nach Hause. Aber heute Abend ist er nicht gekommen.«

»Er ist tot, Maman.«

»Tot?« Jeanne tastete nach der Hand ihrer Tochter. »Das darf nicht wahr sein.«

»Ich habe ihn gesehen. Und Dokumente für ihn übergeben.«

»Wie bitte?«

Estella drückte die Hand ihrer Mutter fester und erzählte ihr alles, was passiert war, erzählte von dem Haus, dem Blut, dem Theater, dem Mann, der versprochen hatte, sich um Monsieur Aumonts Leiche zu kümmern. »Ich glaube, das hat er ehrlich gemeint«, schloss sie leise.

»Aber nun bist du in die Sache verwickelt«, seufzte Jeanne, blass vor Angst und Sorge. »Überall lauern Spione. Und wer weiß, wie lange es noch dauert, bis die Wehrmacht hier die Macht an sich reißt.« Sie atmete tief ein und richtete sich auf. »Du musst Frankreich verlassen.«

»Nein, ich gehe nicht weg.«

»Doch. Du musst.« Jeanne klang entschlossen. »Du kannst nicht bleiben. Wenn dich jemand gesehen hat …« Sie sprach den Satz nicht zu Ende.

»Mich hat niemand gesehen.«

»Aber du weißt Bescheid über diese Skizzen, und dir wird allzu bald das Gleiche blühen wie Monsieur Aumont. Außerdem wirst du hier nie etwas anderes werden können als eine kleine Näherin in einer Schneiderwerkstatt. Genau wie ich. Nein, ich schicke dich nach New York.«

»Ich bleibe gern eine kleine Näherin.« New York! Das war doch lächerlich.

»Unsinn. Sieh dir nur dein Kleid an, solche Kleider macht nur ein Couturier. Wir befinden uns mitten im Krieg. Schon bald wird es in Paris keine Modeindustrie mehr geben.«

»Aber was soll ich denn in New York anfangen?« Estella versuchte, so unbekümmert zu klingen, als wäre das Ganze ein Scherz. Doch das Bild von Monsieur Aumont, der zwischen dem Unkraut auf dem Boden lag, ging ihr ebenso wenig aus dem Sinn wie der Gedanke daran, dass ihre Mutter nur um Haaresbreite einer großen Gefahr entgangen war. »Ich gehe nicht allein«, sagte sie mit erstickter Stimme.

»Doch, Estella. Monsieur …« Jeanne brach ab, die Augen voller Tränen. »Er hat mich schon vor Wochen gebeten, das Atelier zu übernehmen, falls ihm etwas zustößt. Unser *métier* ist kurz davor auszusterben, ich muss es am Leben erhalten, Monsieur Aumont zu Ehren. Ich hatte nichts mit der Aktion heute Abend zu tun. Du schon.«

»Ich bin nicht in Gefahr.« *Verlassen Sie Frankreich, so schnell Sie können.* Sie musste daran denken, was der Mann beim Abschied zu ihr gesagt hatte.

»Das hat Monsieur Aumont auch gedacht.«

Estella stand auf, holte eine Flasche Portwein aus dem Schrank, goss sich und ihrer Mutter ein Glas ein und leerte ihres sogleich. Ein Leben ohne ihre Mutter konnte sie sich nicht vorstellen. Als Estella fünf war, hatte Jeanne sie das erste Mal an eine Nähmaschine gelassen. Von da an hatte sie immer Stoffreste mit nach Hause gebracht, aus denen Estella die phantasievollsten Kleider für ihre Stoffpuppe nähte. In den Ferien – oder wenn Jeanne Überstunden machen musste – saß Estella unter dem Arbeitstisch und bastelte aus kleinen Reststückchen nach Lust und Laune alle möglichen Stoffblumen.

Estella und ihre Mutter hatten immer zusammengehört. Jeden Samstagmorgen machten sie zusammen in Les Halles den Wocheneinkauf. Jeden Sonntagmorgen beteten sie zusammen in der Église Saint-Paul-Saint-Louis. Seite an Seite lagen sie abends im Bett und unterhielten sich darüber, was Estella, Huette und Renée im La Belle Chance angestellt hatten, oder sanken gelegentlich, wenn Estella bis spät in die Nacht Skizzen entworfen hatte, sofort in einen tiefen, traumlosen Schlaf. Außer ihnen beiden gab es niemand anders in ihrer Welt.

Manchmal wünschte Estella sich eine Schwester, damit sie, wenn Jeanne – Gott behüte! – einmal nicht mehr da war, wenigstens noch Familie hätte. Natürlich war das ein vergeblicher Wunsch. Wenn Jeanne starb, würde Estella völlig allein sein. Über den abwesenden Vater redete ihre Mutter nie, sie hatte Estella lediglich erzählt, dass er im Großen Krieg gefallen war.

Estella setzte sich und nahm wieder Jeannes Hand. »Es verkehren doch gar keine Schiffe mehr«, sagte sie leise. »Bestenfalls noch von Genua aus – und dorthin schaffe ich es garantiert nicht.«

»Letzte Woche hat der amerikanische Botschafter eine Anzeige im *Le Matin* veröffentlichen lassen und darin alle Amerikaner aufgefordert, sofort nach Bordeaux aufzubrechen, von wo das letzte amerikanische Schiff nach New York ablegen wird.«

»Ich bin Französin. Was soll mir das helfen?«

Ihre Mutter zog die Hand weg und ging durch die winzige Wohnung, die jeder vernünftige Mensch wahrscheinlich gern hinter sich gelassen hätte – kein fließendes Wasser, kein Aufzug, im obersten Stockwerk, die Räume winzig klein, nur ein Schlafzimmer und eine Küche, in der der Tisch öfter zum Nähen als zum Essen benutzt wurde und wo es gerade genug Platz für das Allernötigste gab. Und die Nähmaschine natürlich. Aber mehr konnten Jeanne und Estella sich mit ihrem Näherinnengehalt nicht leisten.

Mit ihrer *boîte à couture*, einem alten Nähkasten aus Buchenholz, kam Jeanne zurück. Er war der schönste Gegenstand, den sie besaßen. Auf dem Deckel war eine Lithographie zu sehen: blaue, windgepeitschte Schwertlilien, die Stängel auf eine Art geneigt, die Estella schon immer als trotzig und tänzerisch, nicht als Kapitulation vor dem Sturm empfunden hatte. Ihre Mutter öffnete den Deckel, holte die Nadelbüchsen heraus, den silbernen Fingerhut, die Fadenrollen, die schwere Schere. Ganz unten lagen Dokumente. »Du hast amerikanische Papiere«, sagte sie lakonisch und hielt sie Estella hin.

»Was?« Estella staunte.

»Du hast amerikanische Papiere«, wiederholte Jeanne mit fester Stimme.

»Wie viel hast du dafür bezahlt? Auf gefälschte Papiere fällt doch niemand herein, jetzt erst recht nicht mehr.«

»Sie sind echt.«

Estella rieb sich die Augen. »Wieso habe ich amerikanische Papiere?«

Eine lange Pause trat ein, bis ihre Mutter endlich sagte: »Dein Vater war Amerikaner. Du bist in den USA geboren.«

»Mein Vater war ein französischer Soldat«, protestierte Estella.

»Nein.«

Erneut legte sich Schweigen über den Raum, wie eine schwere Jutedecke, unter der man kaum atmen konnte. Dann leerte Estellas Mutter ihr Glas.

»Ich war früher einmal in New York«, sagte sie dann. »Um dich auf die Welt zu bringen. Ich wollte dir nichts davon erzählen, aber jetzt geht deine Sicherheit vor.«

Estella faltete die Papiere auf und sah, dass tatsächlich ihr Name dort stand. Die Unterlagen schienen die Behauptung ihrer Mutter zu bestätigen. »Aber wie kann das sein?«

Ihre Mutter hatte Tränen in den Augen: »Ich kann nicht darüber sprechen, es schmerzt zu sehr.«

Estella erschrak über die Tränen ihrer Mutter. »Maman, verzeih mir. Ich will es doch nur verstehen!«

»Im Augenblick ist es vollkommen unwichtig, ob du es verstehst. Du musst Paris verlassen. Der letzte Sonderzug geht morgen. Ich war letzte Woche bei der Botschaft und habe mich erkundigt. Für den Fall des Falles. Aber dann hatte ich nicht den Mut, es dir zu sagen. Ich wollte dich nicht verlieren. Doch jetzt bleibt uns nichts anderes übrig.«

»Aber ich will dich nicht verlassen!« Estellas Stimme schwankte, sie konnte sich nicht vorstellen, in einen Zug voller Amerikaner zu steigen, quer durch ein Land im Kriegszustand nach Bordeaux zu reisen und dort als amerikanische Staatsbürgerin ein Schiff zu besteigen, das sie nach New York brachte. Ohne ihre Maman.

»Du kannst es – und du wirst es tun.«

Estellas Antwort war nicht mehr als ein Schluchzen.

»*Chérie*«, flüsterte Jeanne, schloss ihre Tochter in die Arme und drückte sie an die Brust. »Nicht weinen. Sonst fange ich auch noch an. Und dann werde ich vielleicht nie mehr aufhören können.«

Die Verzweiflung in Jeannes Stimme war zu viel für Estella, sie konnte die Tränen nicht länger zurückhalten und begann zu weinen, wie sie noch nie geweint hatte. Sie sah ihre Mutter vor sich, allein im Atelier, allein in ihrer Wohnung, allein in ihrem Bett, und dachte an all die Jahre, die vor ihnen lagen und die sie getrennt verbringen mussten, ohne zu wissen, ob und wann sie sich wiedersehen würden.

Kapitel 3

Als der Morgen dämmerte, hörte man das Dröhnen der Stukas über Paris und das schrille Pfeifen der Bomben, die sie über der Citroën-Fabrik abwarfen. Sosehr Estella es gehofft hatte, war ihr doch gleichzeitig klar gewesen, dass ihre Mutter es sich nicht anders überlegen würde – im Gegenteil, die Bombenangriffe bestärkten sie nur noch in ihrem Entschluss, Estella außer Landes zu bringen.

Nach einem nervenaufreibenden Vormittag in einem engen und völlig überfüllten Luftschutzkeller eilten Jeanne und Estella schweigend zur Gare d'Austerlitz. Der Frühsommerhimmel von gestern war schwarz von Rauch und Qualm.

»Ich hoffe, sie lassen den Zug warten«, murmelte Jeanne. Estella hoffte das Gegenteil – dass der Zug es irgendwie geschafft hatte, trotz des Bombardements pünktlich abzufahren, denn dann hätte sie keine andere Wahl, als bei ihrer Mutter in Paris zu bleiben.

Niemand hatte mitten in der Nacht an die Tür geklopft. Niemand hatte nach ihr gesucht. Eine junge Frau, die so wenig wusste wie sie, war doch bestimmt nicht wichtig genug, um Aufmerksamkeit auf sich zu ziehen, oder? Doch dem Gedanken folgte die Erinnerung an die Warnung des Mannes: *Verlassen Sie Frankreich, so schnell Sie können.* Was, wenn sie hierblieb und ihre Mutter damit in Gefahr brachte? Die Vorstellung war so schrecklich, dass sie sich schon allein deswegen bemühte, das Tempo ihrer Mutter einzuhalten – obwohl Koffer und Nähmaschine ihr bei jedem Schritt schmerzhaft gegen das Bein schlugen. Der Nähkasten füllte den Koffer fast vollständig, aber Jeanne hatte darauf bestanden, dass Estella ihn und die Maschine mitnahm, auch wenn Estella die Vorstellung, wie ihre Mutter ohne sie in ihrer Wohnung saß, kaum ertragen konnte. Andererseits war auch der verletzte Ausdruck in den Augen ihrer Mutter kaum auszuhalten gewesen, als Estella versucht hatte, die Geschenke abzulehnen. So hatte sie schließlich nachgegeben, und natürlich war sie dankbar für die beiden wertvollen Dinge, die sie jedes Mal, wenn sie sie benutzte, an ihre Mutter erinnern würden.

Im Bahnhof drängten sich so viele Menschen, dass man kaum vorankam. Der Bombenangriff hatte in der ganzen Stadt Panik ausgelöst. Wenn es zweihundert deutschen Sturzkampfflugzeugen gelang, so viele Bomben so dicht über den Wohnhäusern abzuwerfen, wollte niemand mehr abwarten, was beim nächsten Angriff passieren würde. Überall lagen zurückgelassene Koffer und Möbelstücke herum, die nicht mehr in die Züge gepasst hatten – zerbrochene Lampen und Vasen, Teddybären mit ausgerissenen Armen, eine kaputte Standuhr.

Es war heiß, schrecklich heiß. Der Schweiß lief Estella über den Rücken, obwohl sie ein leichtes Sommerkleid trug. Das Atmen fiel ihr schwer, als hätten die Menschenmenge und die brütende Hitze alle Luft verbraucht.

Überall roch sie die Angst, sah sie in der Hektik der Menschen, die ihre Babys hoch über die Köpfe der dicht gedrängten Menge hinweg weiterreichten, um zu verhindern, dass sie zerquetscht wurden. Die Kinder wurden auf einem Tisch am Zug gesammelt, wo sie von den Müttern abgeholt wurden, sobald diese sich nach vorn gekämpft hatten. Doch Estella beobachtete, dass einige Frauen weit weg vom Tisch mit den Kindern einstiegen, gewiss in der Überzeugung, die Kleinen wären schon im Waggon, und erst zu spät merkten, dass sie ihr Baby zurückgelassen hatten. Den Mund in stummem Schreien aufgerissen, hämmerten sie verzweifelt an die Fensterscheiben des ausfahrenden Zuges. Wer würde sich jetzt um diese Kinder kümmern? Estella konnte die Frage nicht beantworten und umklammerte fest die Hand ihrer Mutter.

»Wir müssen dorthin«, rief Jeanne und führte Estella zu einem weniger überfüllten Bahnsteig, den Blick standhaft von den Müttern der verlorenen Kinder abgewandt.

Als sie sich dem Zug näherten, der für die amerikanischen Staatsbürger reserviert war, bekam Estella ein schlechtes Gewissen. Was war sie anderes als eine Betrügerin? An ihr war nichts Amerikanisches außer ihrem amerikanischen Akzent, der nur daher rührte, dass sie die Sprache von einem Amerikaner gelernt hatte. Der Zug war gut besetzt, aber nicht so voll, dass sich Passagiere wie in vielen anderen Zügen auch noch in die Toilettenkabinen quetschen mussten, damit mehr Menschen mitgenommen werden konnten. Auch standen an diesem Bahnsteig weder Tische mit zurückgelassenen Säuglingen, noch waren die Wände mit Kreidebotschaften für getrennte Familienmitglieder vollgekritzelt. Für alle, die das Glück hatten, diesen Zug nehmen zu dürfen, gab es nur ein einziges Ziel – Amerika.

Die amerikanischen Männer trugen elegante Anzüge und blank polierte Schuhe, einige wurden von Frauen in leichten Sommerröcken, Handschuhen, Hüten und Pumps begleitet. Die Franzosen auf dem gegenüberliegenden Bahnsteig hatten Mäntel, mehrere Kleider und Pullover übereinander angezogen – eben alles, was nicht mehr in den Koffer gepasst hatte.

Nur allzu bald kam Estella bei dem Mann an, der die Papiere kontrollierte, und bevor sie ihre Unterlagen abgab, packte sie ihre Mutter am Arm. »Bitte, Maman, erzähl mir noch etwas von meinem Vater.«

Aber Jeanne schüttelte nur den Kopf. »Dafür ist jetzt keine Zeit. Benimm dich, *ma chérie*.« Sie küsste ihre Tochter auf die Wangen.

Estella sank ihr in die Arme. »Ich benehme mich doch immer«, murmelte sie mit einem traurigen Lächeln.

»Du hast dich noch nie benehmen wollen!«, widersprach ihre Mutter gespielt tadelnd. »Bleib, wie du bist.«

Plötzlich hatte Estella einen dicken Kloß im Hals und brachte kein Wort mehr heraus. *Vielen Dank,* wollte sie sagen. *Ich werde dich nie vergessen. Pass auf dich auf.* Ihre Tränen tropften auf die Bluse ihrer Mutter.

»Du musst los«, drängte Jeanne, trat einen Schritt zurück und schob ihre Tochter sanft in Richtung Zug, als wäre Estella ein kleines Mädchen, das nicht in die Schule wollte.

»Ich liebe dich, Maman«, brachte Estella schließlich heraus. »Das hier ist für dich«, fügte sie hinzu und gab ihrer Mutter ein Päckchen mit einer Bluse, die sie aus den allerletzten Resten der goldenen Seide genäht hatte. Die ganze Nacht hatte sie daran gearbeitet. »Die musst du immer anziehen, wenn du traurig bist.«

»Geh jetzt.« Noch nie hatte Estella ihre Mutter so gesehen, jede Gelassenheit war aus ihrem Gesicht gewichen, und auf einmal zeigte sich die ganze Liebe, die Jeanne für ihre Tochter empfand, gemischt mit verzweifelter Angst.

Estella zwang sich, in den Zug zu steigen, und obwohl ein Mann sich beschwerte, sie solle gefälligst aufpassen, drängte sie sich neben ihn ans Fenster, um ihrer Mutter nachschauen zu können. Kurz bevor Jeanne in der Menschenmenge verschwand, drehte sie sich noch einmal um, und als sie Estella entdeckte, warf sie ihr eine Kusshand zu und drückte die Bluse fest ans Herz – alles, was ihr von ihrer Tochter geblieben war. Dann war ihre Mutter verschwunden.

Estella wischte sich die Augen, setzte sich auf ihren Platz, ließ das letzte Bild ihrer Mutter noch einmal an sich vorüberziehen und betete stumm für eine sichere Reise nach Bordeaux. Sie fürchtete immer noch, dass man sie dort abweisen würde. Was Jeanne ihr gestern über die Herkunft ihres Vaters und den Ort ihrer Geburt gesagt hatte, erschien ihr nach wie vor völlig absurd.

Doch als der Zug die Stadt verlassen hatte, ließ sie das, was Estella jenseits des Zugfensters sah, alle Rätsel ihres eigenen Lebens vergessen. Anfangs rührte sie noch der Anblick der Schar stolzer, aufrechter Frauen auf den Landstraßen. Sie marschierten in Gruppen, alle in Hosen – feine Kleider waren für eine Flucht wohl kaum geeignet –, die Haare mit patriotisch blau-weiß-roten Tüchern zurückgebunden. Die hohen, ebenso aufrechten Pappeln am Straßenrand schienen den Frauen mit ihren langen Schatten den Weg in eine sichere Zukunft zu weisen. Aber je weiter der Zug sich von Paris entfernte, desto klarer wurde, dass kein Ort der Zuflucht in Sicht käme, und Estella erblickte Elend, das weit größer war als ihr eigenes, viel schlimmer als alles, was sie sich hätte vorstellen können.

Als sie an einer Karawane völlig abgemagerter Menschen vorbeifuhren, deren Äußeres unzweifelhaft verriet, dass sie offensichtlich schon sehr lange unterwegs waren, verstummte das Geplauder im Zug endgültig. Estella sah ein Kind, das mit starrem Blick einen leeren Vogelkäfig umklammerte, einen älteren Mann, der mit letzter Kraft eine Handkarre mit Kindern vor sich herschob, eine gebrechliche alte Frau, die in einem Kinderwagen kauerte, ein kleines Mädchen, das seine völlig zerfetzte Puppe an sich presste. Überall Koffer, Töpfe, Haustiere, Deckenbündel, überall Frauen und Kinder, nur ganz selten ein Mann. Einige der Flüchtenden fuhren auf Fahrrädern, doch die meisten waren zu Fuß unterwegs. Autos mit aufs Dach geschnallten Matratzen kamen nicht von der Stelle, so dicht war die Menge. Pferde und Karren versuchten, sich an ihnen vorbeizudrängen, Lieferwagen und Lkw hupten und waren so überfüllt, dass Estella sich wunderte, dass die Fensterscheiben dem Druck all der Menschenleiber standhielten.

Und immer wieder sah Estella aus dem fahrenden Zug heraus auch Menschen, die reglos am Straßenrand lagen. Alte Menschen, die so ausgehungert waren, dass sie nicht mehr weitergekonnt hatten. Estella begann von Neuem zu weinen. Wenn sie von dieser Not gewusst hätte, wäre sie gestern Abend gewiss nicht in ihrem goldenen Kleid ausgegangen, um sich zu amüsieren. Sie musste daran denken, dass sie vor nicht allzu langer Zeit beobachtet hatte, wie die bunten Glasfenster der Sainte-Chapelle auf der Île de la Cité in Laken gewickelt aus der Kirche geholt und in Sicherheit gebracht wurden. Sie war schockiert gewesen, weil die Regierung ein Bombardement auf Paris offenbar für wahrscheinlich hielt, gleichzeitig jedoch auch froh, dass die Schönheit ihrer Stadt allem zum Trotz bewahrt werden sollte. Nun aber begriff sie die Sinnlosigkeit dieser Maßnahme – wenn die Regierung davon ausgegangen war, dass Bomben fallen würden, warum hatte sie statt der Buntglasfenster dann nicht die Bevölkerung in Schutz genommen und an einen sicheren Ort gebracht?

―

Die *SS Washington* war mit so vielen amerikanischen Flaggen geschmückt, dass sie aussah, als mache sie Werbung für ihr Land – was sie natürlich tat, aber vor allem dienten die Flaggen dem Zweck, unmissverständlich klarzustellen, dass sie kein Kriegsschiff war, also nicht torpediert oder beschossen werden durfte, sondern ein Recht auf freies Geleit nach Amerika hatte – eine internationale Vereinbarung, die tragischerweise bei vielen seit Kriegsbeginn versenkten Schiffen nicht eingehalten worden war. Als Estella an Bord ging, kam sie aus dem Staunen nicht mehr heraus – wie konnte es sein, dass noch genug Zeit blieb, die Autos der Wohlhabenden mit Kränen aufs Schiff zu hieven und dafür zu sorgen, dass die Passagiere wirklich alles, was ihnen lieb und wert war, aus Frankreich mitnehmen konnten, während Estella wie so viele andere ausgerechnet den Menschen, der ihr am wertvollsten war, nämlich ihre Mutter, hatte zurücklassen müssen?

Als sie schließlich in Bordeaux ablegten, war das Schiff nur zur Hälfte besetzt, was Estella ebenfalls wunderte – hätte man nicht noch ein paar der verzweifelten Menschen mitnehmen können, die sie durch Frankreich hatte ziehen sehen – auch ohne amerikanische Papiere? Aber dann wurde das Schiff nach Lissabon umgeleitet, um dort die Leute aufzunehmen, die seine Abfahrt in Bordeaux verpasst hatten. Tatsächlich war es danach so voll an Bord, dass man im Großen Salon, in der Bibliothek und im Palmengarten Pritschen aufstellte und selbst der Swimmingpool, aus dem man das Wasser abgelassen hatte, als Schlafraum genutzt wurde. Trotz der vielen Menschen war es still auf dem Schiff, als wären die Passagiere Geister, sichtbar zwar, aber stumm. In den Gesichtern waren große Sorge und Angst zu lesen, vor allem als die Order ausgegeben wurde, immer mit der Schwimmweste unter dem Kopfkissen zu schlafen. Doch niemand sprach darüber. Jeden Tag trafen neue Berichte über Niederlagen ein, inzwischen standen die Deutschen tatsächlich vor den Toren von Paris. Die französische Regierung ignorierte das Kommende, solange sie konnte, ergriff dann ebenfalls die Flucht und ließ Paris in der Asche der von den Ministerien verbrannten Papiere zurück, die den Deutschen nicht in die Hände fallen durften.

In den frühen Morgenstunden des 11. Juni, als das Schiff bereits von Lissabon nach Galway unterwegs war, um dort weitere amerikanische Passagiere abzuholen, war Estella an Deck, weil sie nicht schlafen konnte. Über dem Meer war es noch dunkel, aber dort, wo sie stand, schimmerte der Himmel im Glanz der stets hell erleuchteten amerikanischen Flaggen. Auch Estella leuchtete: Sie hatte als Ersatz für die Umarmung ihrer Mutter ihr goldenes Kleid angezogen. Müde schloss sie die Augen und stellte sich vor, dass Jeanne ihre von Estella genähte Bluse trug und sie so über das Meer hinweg durch den Seidenstoff miteinander verbunden waren.

Bleib, wie du bist. Immer wieder fielen ihr die Abschiedsworte ihrer

Mutter ein. Aber wie war sie denn? Wer war sie? Sie hatte kein Zuhause, keine Arbeit, keine Familie. Und eine Vergangenheit voller Lügen und Irrtümer.

Sie fühlte, wie jemand sich neben sie stellte.

»Lucky Strike?«, fragte eine Männerstimme.

»Woher haben Sie amerikanische Zigaretten?«, antwortete Estella mit einer Gegenfrage. Der junge Mann neben ihr hatte dunkelblonde Haare, Augen wie Bernstein, ein freundliches Lächeln und vor allem etwas anderes zu bieten als immer neue Sorgen. Dankbar nahm Estella eine Zigarette und sog den Rauch tief ein.

»Meine Eltern haben mehrere Stangen mitgebracht, als sie letztes Jahr nach Frankreich gekommen sind. Es sind immer noch welche übrig.«

»Haben Ihre Eltern nicht gewusst, dass es in Frankreich auch Zigaretten gibt?«

»Sind Sie Französin?«

»Ja«, antwortete Estella mit Nachdruck und voller Stolz. »Aber ich bin in Amerika zur Welt gekommen.« Die Worte hingen in der Luft wie ein Leuchtsignal, nackt und gefährlich.

»Hoffentlich sind Sie trotzdem nicht gekränkt, wenn ich Ihnen sage, dass meine Eltern finden, Gauloises schmecken, als würde man Erde rauchen.«

»Und Lucky Strikes schmecken nach gar nichts. Man könnte genauso gut Luft rauchen«, erwiderte Estella grinsend.

In gespieltem Entsetzen drückte der junge Mann die Hand aufs Herz. »Wollen Sie damit andeuten, dass die Franzosen robuster sind als die Amerikaner?«

»Uns bleibt ja nichts anderes übrig. Niemand würde sich trauen, in Amerika einzumarschieren.« Estella schnippte die Asche ins Wasser, in die Dunkelheit, wo Gott weiß welches Grauen lauerte – U-Boote, Torpedos, nur an Eisberge dachte man nicht mehr.

»Übrigens – ich heiße Sam«, sagte der Mann. »Und ich entschuldige mich.«

»Ich bin Estella. Und Sie müssen sich nicht entschuldigen, es sei denn, Sie haben vor, ebenfalls in Paris einzumarschieren. Was haben Sie in Frankreich gemacht?«

»Mein Vater ist Arzt, meine Mutter Krankenschwester. Sie sind mit dem Roten Kreuz hierhergekommen. Aber nun gehen sie wieder zurück.«

»Brauchen die Menschen das Rote Kreuz gerade jetzt nicht mehr denn je?«

»Ja, aber meine Mutter ist krank. Sie ist vor ein paar Wochen versehentlich von einem Soldaten angeschossen worden. Und die Wunde hat sich infiziert.«

»Wird sie wieder gesund?«, erkundigte sich Estella. Wieder einmal wurde ihr klar, dass auch andere Menschen Mütter hatten und sich Sorgen machten, nicht nur sie.

»Ich denke schon. Meinem Vater ist die Rückkehr unangenehm, weil er das Gefühl hat, wegzulaufen. Dabei denke ich, dass er im Grunde froh ist über einen Vorwand, Paris zu verlassen. Ich allerdings wäre ohne die Gesundheitsprobleme meiner Mutter geblieben.«

»Sind Sie auch Arzt?«

»Nein.« Er zögerte kurz. »Sie fangen bestimmt an zu lachen, wenn ich Ihnen sage, was ich mache.«

»Dann müssen Sie es mir unbedingt sagen. Ich würde schrecklich gern mal wieder lachen.«

Sam grinste. »Okay. Um Sie zum Lachen zu bringen, gestehe ich Ihnen, dass ich mein Medizinstudium für ein Jahr unterbrochen habe, um mit meinen Eltern nach Frankreich zu gehen und dort als Zuschneider im House of Worth zu arbeiten. Ich habe Sie vor allem deswegen angesprochen, weil ich wissen wollte, wer Ihr Kleid entworfen hat. Seine Linie erinnert an Vionnet, die moderne Eleganz an ein Modell von McCardell. Aber egal, von wem es stammt – für diesen Designer würde ich gern zuschneiden.«

»McCardell?«

»Ja, Claire McCardell. Eine amerikanische Modedesignerin.«

»Hm. Der Entwurf stammt aber leider nicht von ihr«, gestand Estella. »Sondern von mir.«

Sam pfiff leise durch die Zähne. »Wo haben Sie gelernt, solche Kleider zu entwerfen?«

»Meine Mutter hat mir das Nähen beigebracht. Ich bin im Atelier groß geworden. Mein Spezialgebiet sind künstliche Blumen. Und ich habe ein Jahr an der Pariser Modeschule studiert. Nach ihrer Schließung war ich jedes Wochenende auf den Märkten im Carreau du Temple und habe alles an gebrauchter Couture gekauft, was ich mir leisten konnte, habe zu Hause die Nähte aufgetrennt und die Sachen wieder zusammengenäht, um zu verstehen, wie sie gemacht sind. Und am darauffolgenden Wochenende habe ich sie dann gegen andere Modelle ausgetauscht.«

»Dann verstehen Sie bestimmt, was ich meine, wenn ich sage, dass ich viel lieber Stoff zuschneide, als Menschen aufzuschneiden. Hier.« Er bot Estella eine weitere Zigarette an, denn sie war mit ihrer schon fertig – es war seit Tagen ihre erste gewesen.

»Aber wie wird ein Medizinstudent Zuschneider in einem Modehaus?«

»Meine Mutter war eine gute Schneiderin, genau wie Sie. Ich bin Einzelkind, also habe ich ihr, als ich klein war, oft geholfen. In Manhattan haben meine Eltern sich immer um weniger wohlhabende Leute gekümmert, deshalb habe ich viel Zeit auf den Korridoren italienischer, jüdischer und polnischer Schneiderwerkstätten verbracht. Und alles genau beobachtet. Als in Paris dann alle Männer zum Militär mussten, gab es eine Stelle, und ich habe sie bekommen.«

»Sie müssen sehr gut sein, wenn Sie einen Job bei Worth bekommen haben«, sagte Estella, und im gleichen Moment zerriss ein greller Lichtstrahl die Dunkelheit.

»Was zum Teufel war das?«, fragte Sam.

»Keine Ahnung«, murmelte Estella. Wie Meereswellen durchwogte sie eine neue Angst.

Die Schiffsmotoren verstummten, und die plötzliche Stille, in der man nur das Wasser ans Schiff klatschen hörte, war beängstigender als jeder Lärm. Die wasserdichten Türen des Schiffs schlossen sich. Der Alarm ertönte. Dann eine Durchsage, dass alle Passagiere in die Rettungsboote steigen sollten.

»Was ist da draußen los?«, fragte Estella, ohne wirklich eine Antwort hören zu wollen, denn sie dachte an all die Schiffe, die im vergangenen Jahr von den Deutschen auf dem Meer torpediert worden waren.

»Die Deutschen«, murmelte Sam.

Das ist das Ende, dachte Estella. Auf hoher See, umgeben von schwarzem Wasser und noch schwärzerer Nacht. Ohne ihre Mutter. Ohne einen Menschen, den sie kannte – außer diesem jungen Mann, mit dem sie nicht mehr verband als ein paar Zigaretten.

Wie wird es wohl sein?, überlegte sie und hielt dabei die Zigarette so krampfhaft fest, dass sie gar nicht mehr daran ziehen konnte. Würde es eine Explosion geben? Oder würde alles lautlos ablaufen, durch eine Bombe, die wie ein Haifisch durchs Wasser glitt und sich auf sie stürzte, wenn sie es am wenigsten erwarteten, so dass sie den Tod nicht einmal nahen fühlten? Verdammt. Und an allem war nur dieser dunkelhaarige Spion aus dem Théâtre du Palais-Royal schuld – ohne ihn wäre sie jetzt nicht hier.

Ich liebe dich, Maman.

»Kommen Sie mit«, sagte Sam.

»Sie sollten Ihre Eltern suchen«, entgegnete Estella. »Ich komme schon zurecht.« Sie bemühte sich, gefasst zu wirken – als wäre es gar nicht so schrecklich für sie, allein auf einem Schiff zu sein, das gleich in die Luft fliegen würde. Sie zog an der Zigarette, um sich Mut zu machen, während um sie herum die Passagiere drängelten, die Schiffsoffiziere Befehle ins Megaphon brüllten und verkündeten, dass ein deutsches U-Boot die *SS Washington* im Visier habe.

»Würden Sie mir einen großen Gefallen tun?«, sagte Sam. »Frauen und Kinder werden ja als Erste in die Rettungsboote gelassen, und meine Mutter ist bestimmt völlig aufgelöst, aber weder mein Vater noch ich dürfen mit ihr ins Boot. Würden Sie sich um sie kümmern?«

Obwohl Estella den Verdacht hatte, dass Sam den Zustand seiner Mutter womöglich etwas übertrieben schilderte, war sie froh über seinen Vorschlag. »Einverstanden«, sagte sie und folgte ihm, während er sich einen Weg durch die Menge bahnte.

Als sie Sams Mutter entdeckten, wurde sie gerade unter heftigen Protesten in ein Rettungsboot bugsiert.

»Sam!«, rief sein Vater, der dabeistand. »Gott sei Dank!«

»Das ist Estella«, erklärte Sam seiner Mutter. »Sie kümmert sich um dich, bis wir uns wiedersehen.«

»Sammy«, rief die Mutter und küsste ihn auf die Wange. »Verzeih mir.«

»Was soll ich dir verzeihen?«, fragte Sam verwundert.

»Dass ich dich daran gehindert habe, zu tun, was du tun willst. Aber du solltest es unbedingt machen, wenn wir …«

Wenn wir überleben.

»Darauf komme ich zurück!«, erwiderte Sam. Dann wandte er sich an Estella: »Wir sehen uns irgendwo im Wasser.«

Seine Worte rüttelten sie wach. »Ja, natürlich«, antwortete sie mit fester Stimme. Sie durfte die Hoffnung nicht aufgeben. Ganz gleich, was ihnen bevorstand, konnte sie doch nicht zulassen, dass die Deutschen ihr auch noch die Zuversicht raubten. Entschlossen setzte sie sich neben Sams Mutter.

Alles lief geordnet und leise ab, ganz anders, als Estella sich eine solche Situation vorgestellt hätte. Kein Jammern, kein Schluchzen, kaum jemand weinte. Vielleicht reagierten Menschen so, wenn sie schon viel durchgemacht hatten, vielleicht stumpfte man ab, wenn man zu viel Grauen erlebt und gesehen hatte. Zumindest fühlte Estella sich so, als die Schiffsoffiziere verkündeten, dass die Deutschen ihnen zehn Minuten gegeben hatten, um das Schiff zu evakuieren, was ihnen zwar eine Chance zum Überleben gab, aber sie mussten sich in ihren Rettungsbooten dem unermesslichen Ozean ausliefern, bis sie vielleicht irgendwann gerettet wurden.

Estella griff nach der Hand von Sams Mutter. Bei ihrer eigenen Mutter hätte sie das Gleiche getan, und Sams Mutter sah aus, als könne sie etwas Aufmunterung gut gebrauchen. Zusammengesunken und mit gesenktem Kopf kauerte sie neben Estella auf der Bank.

»Danke, meine Liebe«, sagte sie leise und hielt dabei mit der freien Hand den mit Silberpailletten und rosaroten Perlen besetzten Ausschnitt des Kleids fest umklammert, das sie unter ihrem Mantel trug. Estella erkannte eine erstklassige Kopie von Jeanne Lanvins Zyklon-Kleid, einem Abendkleid aus grauem Seidentaft mit einem weiten Stufenrock, entworfen für einen prächtigen Ballsaal, nicht für ein von einem deutschen U-Boot bedrohtes Rettungsboot mitten auf dem Atlantik.

»Vermutlich denken Sie, ich bin ein bisschen verrückt oder mache mich lächerlich, weil ich unter solchen Umständen dieses Kleid trage«, entschuldigte sich Sams Mutter, als sie merkte, dass Estella sie musterte. »Sams Vater ist jedenfalls dieser Meinung und hat mir eine ordentliche Standpauke gehalten, als ich es angezogen habe.«

Sie öffnete den Mantel, und Estella sah die seitlich aufgesetzte, paillettenverzierte Tasche, den üppigen Stoff, dunkel wie die Nacht, in der sie jetzt gefangen waren, aber dennoch schimmernd wie die Hoffnung.

»Na ja – dann bin ich auch verrückt«, sagte Estella und zeigte auf ihr eigenes Kleid.

»Dieses Kleid macht mir Mut«, erklärte Sams Mutter weiter, richtete sich auf und reckte den Hals. »Wenn ich es anziehe, fühle ich mich wie die beste Version meiner selbst. Als wäre ich die Frau, die ich schon immer sein wollte. Wahrscheinlich können Sie das nicht verstehen.«

Estella spürte, wie ihre Augen feucht wurden, und sie erwiderte mit heiserer Stimme: »O doch, ich verstehe das nur zu gut.«

Und so war es. Auf die gleiche Weise, wie das Kleid Sams Mutter den Mut gab, sich gefasst einem deutschen U-Boot entgegenzustellen, hatte das goldene Seidenkleid auch Estella neun Tage früher zu einer Frau gemacht, die über sich selbst hinauswuchs, die sich auf ein äußerst riskantes Treffen mit einem Unbekannten einließ, weil jemand, dem sie vertraute, ihr versichert hatte, es sei das, was getan werden müsse. Und auch vorhin, als sie an Deck gestanden und an ihre Mutter gedacht hatte, die nun statt ihrer Tochter eine Bluse in den Armen hielt, hatte es sie getröstet.

Erstaunlich, dass ein Kleidungsstück so viel Bedeutung haben konnte und eine Macht besaß, die weit über Stoff, Faden und Schnittmuster hinausging.

Noch war ihr Rettungsboot am Schiff befestigt und schwebte über den dunklen Wellen, doch gleich sollte es zu Wasser gelassen werden. Dem Tod so nah wie nie zuvor, schwor sich Estella, falls sie überlebte, um jeden Preis ihren Träumen zu folgen und sich nicht einreden zu lassen, sie seien unmöglich. Zwar konnte sie nicht in den Krieg ziehen, konnte Paris nicht retten, aber sie konnte Kleider nähen, Kleider, in denen Frauen sich stärker, wagemutiger und tapferer fühlten. Denn das würden sie brauchen, um diese finsteren Zeiten zu überstehen.

Solche Gedanken gingen ihr durch den Kopf, als die Morgendämmerung sich wie eine goldene Hand am Himmel auszustrecken begann. Plötzlich hörte man einen Jubelruf, und Estella fühlte, wie die

Schiffsmotoren ansprangen. Langsam setzte das Schiff sich wieder in Bewegung, schob sich durchs Wasser, der Sonne entgegen, als läge dort die Rettung.

»Was ist los?«, fragte Sams Mutter.

»Ich weiß nicht«, antwortete Estella. »Vielleicht haben wir die Gefahr überstanden.«

»Wirklich?«

»Ja«, antwortete Estella und wünschte sich, es sei wahr.

Dann kam die Nachricht, dass sie, zumindest für den Augenblick, tatsächlich in Sicherheit waren, weil der Kapitän des U-Boots sie irrtümlich für ein anderes Schiff gehalten hatte und weiterfahren ließ. Zwar sollten die Passagiere für den Fall des Falles in den Rettungsbooten bleiben, doch der Jubel, der nun ausbrach, war ohrenbetäubend, wildfremde Menschen umarmten sich, und die lächelnden Gesichter strahlten heller als die am Himmel höher steigende Sonne.

So fuhren sie im stärker werdenden Sonnenschein weiter. Estella hielt sich schützend die Hand über die Augen und sorgte dafür, dass auch Sams Mutter ein bisschen Schatten bekam.

»Ich heiße übrigens Clarice.« Endlich konnte Sams Mutter ihre Hand entspannen und ihr Kleid loslassen. »Ich glaube, wir sind einander noch gar nicht richtig vorgestellt worden.«

Estella lächelte. »Ich bin Estella. Und ich bin froh, dass wir die Gelegenheit haben, uns vorzustellen.«

»Ja, das ist allerdings besser, als auf dem Meeresboden zu landen. Aber ich wüsste gern, wo Sam ist.«

Estella entdeckte ihn ziemlich rasch in einem der weiter entfernten Rettungsboote und machte Clarice auf ihn aufmerksam.

»Was meinen Sie, wie lange wir noch in diesem Boot bleiben müssen?«, fragte Clarice und rutschte unbehaglich auf ihrem Platz herum.

Estella fiel ein, dass Sam ihr erzählt hatte, seine Mutter sei krank. »Hoffentlich nicht mehr so lange. Ich habe jedenfalls keine Lust, hier zu schlafen«, sagte Estella, um Clarice ein bisschen abzulenken. »Obwohl eine Pritsche in einem ehemaligen Postraum auch nicht viel komfortabler ist.«

»Warum haben Sie denn keine Kabine?«

Estella zuckte die Achseln. »Es gab keine mehr. Und ich bin auch nicht die Einzige mit einer provisorischen Unterkunft.«

»Ich bestehe darauf, dass Sie mit mir die Kabine teilen. George, mein Mann, kann zu Sam ziehen.«

»Nein, das ist wirklich nicht nötig«, wehrte Estella ab.

»Eine Pritsche im Postraum – das ist nichts für eine Frau, die allein unterwegs ist. Ihnen könnte alles Mögliche zustoßen.«

Estella musste lachen. »Da sitzen wir hier in einem Rettungsboot mitten auf dem Atlantik, irgendwo in der Nähe treibt ein U-Boot sein Unwesen, und Sie machen sich Sorgen, weil ich im Postraum schlafe?«

Clarice lachte ebenfalls. »Ich finde einfach, Sie wären eine gute Gesellschaft für mich. George kümmert sich die meiste Zeit um die vielen Kranken an Bord, und er will nicht, dass ich ihm helfe. Er sagt, ich muss mich ausruhen, damit ich wieder zu Kräften komme. Und Sam ist auch dauernd unterwegs. Da liege ich dann allein in meiner Kabine und mache mir Sorgen. Davon werde ich bestimmt nicht schneller gesund. Und ich hätte wirklich gern Gesellschaft.«

Das Schiff änderte den Kurs, und nach der gemeinsam erlebten und überstandenen Gefahr entspannten sich die Passagiere, und ein Gefühl großer Verbundenheit stellte sich ein. Schließlich hielt das Schiff an, sie durften die Rettungsboote verlassen und konnten sich an Deck die Beine vertreten.

Sam und sein Vater eilten sofort zu Clarice, um sie in die Arme zu schließen. Estella wandte sich ab, als würde sie ihre eigene Mutter weniger vermissen, wenn sie nicht hinsah. Sie hörte, wie Clarice den Männern die neue Kabinenaufteilung erklärte, und erwartete, dass die beiden sich sträuben würden, aber Sam grinste nur und sagte zu

Estella: »Gut. Dann weiß ich wenigstens, wo ich Sie finde, wenn ich das nächste Mal jemanden brauche, der mit mir um fünf Uhr morgens eine Zigarette raucht.«

»Haben Sie auch wirklich nichts dagegen?«, fragte sie.

»Ob ich etwas dagegen habe? Nein, im Gegenteil. Wenn ich meiner Mutter noch eine einzige Seite aus *Vom Winde verweht* vorlesen muss, damit sie im Bett bleibt, verwandle ich mich in Rhett Butler.«

Alle lachten gut gelaunt, und Sam ging mit Estella zum Postraum, um ihren Koffer und die Nähmaschine zu holen.

»Meinen Sie, Ihre Mutter hält ihr Versprechen, wenn Sie alle wieder an Land sind, und lässt Sie den Beruf ergreifen, den Sie sich wünschen?«, fragte Estella.

Sam grinste. »Ich werde sie schon oft genug daran erinnern.«

»Gibt es denn in Amerika Arbeit für Sie?«

»Mehr als genug. Paris ist ja durch den Krieg von allem abgeschnitten, deshalb muss die amerikanische Modewelt nun endlich eigene Wege gehen.«

»Daran habe ich noch gar nicht gedacht«, sagte Estella nachdenklich, denn Sam hatte natürlich recht. Die Amerikaner konnten nicht nach Paris reisen, um für die nächste Saison ihre Schränke zu füllen, und wenn dieses Schiff wirklich das letzte war, das Europa verließ, würden auch keine kopierten Skizzen mehr über den Atlantik gelangen. Dann war Amerika vom Einfluss der französischen Mode völlig abgeschnitten.

»Und Sie?«, wollte Sam wissen. »Haben Sie einen Job?«

»Nein.« Estella zögerte einen Moment, dann entschloss sie sich, mit offenen Karten zu spielen. Sie erzählte ihm von ihrer Arbeit als Kopistin, dass sie jede Saison Kopien an die amerikanischen Einkäufer in Paris übergeben hatte, die sie nach New York mitnahmen, um dort »originale« Chanel-Kleider zu produzieren. »Ich kenne also ein paar Leute in New York. Einkäufer und Hersteller. Als Erstes will ich bei ihnen nachfragen, ob sie Arbeit für mich haben.«

»Ich kann Ihnen auch helfen«, sagte Sam lebhaft. »Sie sollten unbedingt in der Seventh Avenue anfangen. Das ist sozusagen der Basar der Duplikate, dort würde man sogar Ihre Großmutter kopieren, wenn man der Meinung wäre, dass jemand sie tragen will. Man nennt die Gegend auch den *Garment District*, das Kleidungsviertel. Auf der Seventh Avenue müssen Sie so nah wie möglich an die Hausnummer 550 rankommen – und dürfen auf keinen Fall bei einer Hausnummer unter 450 arbeiten. Aber wenn Ihr Goldkleid auch nur der leiseste Hinweis auf das ist, was Sie können, dann möchte ich wetten, dass Sie demnächst Ihr eigenes Modeatelier eröffnen.«

Estella lächelte. Sie hoffte so sehr, dass dies in Erfüllung ging.

Kapitel 4

In Galway kamen noch einmal fast tausend Menschen an Bord, so dass die Anzahl der Passagiere die Kapazität des Schiffes nun um fast das Doppelte überstieg. Doch alle machten bereitwillig Platz für die Neuankömmlinge. Estella und Clarice teilten sich ihr Zimmer mit zwei älteren Damen, denen sie die Betten überließen, während Clarice auf einer Pritsche schlief und Estella mit dem Boden vorliebnahm. Dann erreichte sie auf ihrer Fahrt die Nachricht, dass Paris fast ohne Gegenwehr gefallen war. Estella mochte sich kein Bild davon machen, was das bedeutete.

Jeden Tag las sie Clarice aus *Vom Winde verweht* vor, das ihr recht gut gefiel, auch wenn Scarlett Kleider aus Vorhängen schneidern musste. Nachts stahl sie sich aus der Kabine und ließ ihren Blick über den Horizont schweifen, als suche sie ihre Mutter. Sie fragte sich, was aus dem Atelier geworden war, in dem so viele Juden arbeiteten, und betete, dass es in Paris keine zweite Kristallnacht geben würde. Sie bat Sam, ihr alles über die Bekleidungsindustrie in New York zu erzählen, was er wusste – leider längst nicht so viel, wie sie gehofft hatte, denn er hatte seiner Leidenschaft für Mode in den letzten Jahren, bevor er mit seinen Eltern nach Frankreich gereist war, kaum nachgehen können.

An seiner Seite hörte sie im Radio zum ersten Mal eine Rede von Charles de Gaulle, die aus London übertragen wurde. Der General sprach das aus, was die französische Regierung sich anscheinend nicht zu sagen traute, und bei seinen Worten strömten ihr die Tränen über die Wangen. »… *ist damit das letzte Wort gesprochen? Müssen wir die Hoffnung begraben? Ist die Niederlage endgültig? Nein! … Was auch geschehen mag, die Flamme des französischen Widerstands darf und wird nicht verlöschen.*«

Endlich war da jemand, der etwas unternahm, der Menschen wie ihr, die um ihr Heimatland weinten, einen Traum gab, an dem sie sich festhalten konnten. Jemand würde ihrer Mutter helfen. Sie konnte ein Schluchzen nicht unterdrücken, und Sam legte ihr, sanft und ohne etwas zu sagen, den Arm um die Schultern, so dass sie Charles de Gaulles Worte in Ruhe aufnehmen und die Flamme der Hoffnung in ihrem Innern heller lodern lassen konnte.

Schließlich fasste sie sich so weit, dass sie ihm danken konnte. »Du bist für mich der beste Freund, den man sich vorstellen kann.«

»Es ist mir ein Vergnügen«, sagte er und ließ den Arm sinken.

Drei Tage später kam New York in Sicht, so unvermittelt wie spektakulär. Die Menschen an Bord weinten, genau wie Estella bei de Gaulles Rede geweint hatte. Sie ergriff Sams Hand und lief mit ihm zum Bug des Schiffes, wo man den besten Ausblick hatte. In ihrer Eile vergaß sie, ihren Hut richtig festzustecken, so dass der Wind ihn ihr vom Kopf riss und ins Hafenbecken wehte, wo er einen kurzen Moment sanft auf und ab wogte wie eine Seerose aus türkisfarbener Seide, bis er schließlich unter dem einfahrenden Schiff verschwand.

»Hutlos und heimatlos«, stellte Estella mit einem sarkastischen Grinsen fest, umfasste die Reling mit beiden Händen und beugte sich darüber, so weit sie konnte, in dem Wunsch, das Wasser zu berühren, das ihre neue Heimat umgab.

»Pass bloß auf, dass du nicht auch noch ins Wasser fällst!«, rief Sam lachend und zog sie zurück.

»Ist das etwa das Empire State Building?«, fragte sie und deutete auf ein Gebäude, das es zwar in seinem Traditionsreichtum nicht mit Notre-Dame aufnehmen konnte, aber dennoch forsch seinen Status als höchstes Gebäude der Welt beanspruchte. Estella hoffte, dass sie ebenso viel Courage beweisen würde, wenn es um die Verwirklichung ihrer Ambitionen ginge.

»In der Tat«, bestätigte Sam.

Kurz darauf legte das Schiff an und wurde in Windeseile entladen. Estellas Papiere wurden überprüft, und wieder wurde sie einfach durchgewinkt, als wäre sie tatsächlich Amerikanerin.

»Du wirst heute Nacht bei uns bleiben, meine Liebe«, sagte Clarice. Inzwischen waren sie so gute Freunde geworden, dass Estella nicht nur Sam, sondern auch seine Eltern duzte. »Und ein richtiges Bad nehmen. Ich kann immer noch nicht glauben, dass sie das Badewasser von fast zweitausend Leuten rationiert und keinen einzigen Gedanken daran verschwendet haben, wie es auf dem Schiff dann riechen würde.«

»Jemand hat meiner Mutter die Adresse der Jeanne d'Arc Residence ganz in der Nähe der amerikanischen Botschaft gegeben, da werde ich hingehen«, entgegnete Estella weit fröhlicher, als ihr beim Gedanken, allein nach Manhattan zu spazieren, zumute war.

Es wäre ein Leichtes gewesen, auf Clarices Angebot einzugehen. Estella hatte sich geweigert, von ihrer Mutter mehr anzunehmen als das Geld für die Überfahrt, weil ihr klar gewesen war, dass ihre Mutter ihre Reserven dringender brauchen würde als sie. Deshalb würde sie keine Unterkunft, so einfach sie auch sein mochte, länger als eine Woche bezahlen können, und gleichzeitig war sie ziemlich sicher, dass es bei Clarice wesentlich gemütlicher wäre als im Jeanne d'Arc.

»Ist das ein Frauenkloster?«, fragte Clarice. »Ich hoffe, du nimmst mir das nicht übel, aber du wirkst ein bisschen zu weltlich für ein Kloster.«

Estella lachte und fühlte sich sofort besser. Selbst jetzt war es noch möglich, zu lachen. »Zu meinem großen Glück ist das Jeanne d'Arc kein Kloster, sondern ein von Nonnen geführtes Wohnheim für Frauen. Sie werden mich bestimmt bei sich aufnehmen.«

Genau das hatte ihre Mutter sie gelehrt – auf eigenen Beinen zu stehen. Wenn sie Manhattan nicht gleich am ersten Abend direkt und allein in Angriff nahm, würde sie sich womöglich von allem, was geschehen war, überwältigen lassen. Sie spürte, dass Jeanne ihre Entscheidung gebilligt hätte, und fühlte sich ihrer Mutter mit einem Mal verbunden.

»Dann bestehe ich aber darauf, dass du morgen zum Abendessen kommst«, verkündete Clarice. »Und Sam ebenfalls.« Sie sah ihren Sohn beschwörend an.

»Du weißt, dass sie mir das Leben zur Hölle machen wird, wenn du dich weigerst«, meinte Sam grinsend zu Estella.

»Das kann ich natürlich nicht zulassen.« Auch Estella lächelte, froh, dass sie wenigstens einen Freund in der Stadt hatte.

Clarice bestand darauf, Estella in ihrem Taxi mitzunehmen und mit ihr zu dem sechsstöckigen Backsteingebäude in der West 24th Street zu fahren, um sicherzustellen, dass sie auch wirklich ein Zimmer bekam. Es war spartanisch eingerichtet, jedoch kaum schlichter als ihre Wohnung in Paris.

Nachdem Clarice gegangen war und noch bevor sie ein Bad nahm, ging Estella in die kleine, von Kerzen erleuchtete Kapelle neben dem Wohnheim, kniete sich auf eine Bank und betete in der Hoffnung, die Inbrunst, mit der sie ihr Gebet vorbrachte, würde dazu führen, dass die heilige Jeanne sie erhörte.

Bitte kümmere dich um meine Mutter, flüsterte sie. *Kümmere dich um meine Stadt. Kümmere dich um mein Land. Mach, dass niemand stirbt. Lass die Deutschen nur für kurze Zeit bleiben, und bitte sorge dafür, dass Charles de Gaulle Frankreich möglichst schnell rettet, bevor zu viele Menschen zu Schaden kommen.*

Als Estella am nächsten Morgen auf den Bürgersteig hinaustrat, fühlte sie sich sofort von Elan und Energie umgeben, und plötzlich wurde ihr bewusst, wie lange Paris schon keine Lebendigkeit mehr ausgestrahlt hatte – als hielte es den Atem an, bis irgendwann alles versiegt war. Doch in New York herrschte rege Geschäftigkeit, es hatte das Flair und den *Éclat* einer Lanvin-Modenschau. Und so vieles erschien ihr vertraut. Die Straßen um das Wohnheim waren von Gebäuden mit streng strukturierten Fassaden und vielen Fenstern gesäumt, so dass sie sich fast an die Pariser Architektur Haussmanns erinnert fühlte. Es gab eine Métro, hier Subway genannt, mit der sie nun zum Times Square fuhr. Und dort veränderte sich alles.

Neben Coca-Cola-Werbeplakaten hingen solche für Planters Peanuts, für Macy's und für etwas namens Chevrolet. Aus einer Reklametafel für Camel-Tabak wurde tatsächlich Rauch auf die Passanten geblasen, und Estella blieb sprachlos vor Staunen davor stehen, so dass alle anderen Passanten sich um sie herumschlängeln mussten, was sie klaglos taten. In Frankreich hätte man Estella zumindest ermahnt und höchstwahrscheinlich beschimpft.

Seltsamerweise thronte inmitten all des Trubels und Pomps vor einem Kreuz die Statue eines Mannes – der Inschrift zufolge *Father Duffy* –, als würde er dem amerikanischen Luxus huldigen. Estella fragte sich, ob man in New York denn nicht in Kirchen ging und stattdessen am Straßenrand vor solchen Denkmälern beten musste.

Sie schloss die Augen und verdrängte die Erinnerung an ihre Mutter, wie sie jeden Sonntag neben ihr in der Église Saint-Paul-Saint-Louis gekniet hatte. Wie sollte sie nur allein in dieser Stadt ihren Weg finden?

Als sie die Augen wieder öffnete und um sich blickte, wurde ihr klar, dass es ein Ding der Unmöglichkeit war, all das, was es hier zu sehen gab, wirklich aufzunehmen. In Manhattan glitt der Blick automatisch nach oben, wo pyramidenartig gestufte Bauwerke in den Himmel emporragten. In Paris war der Eiffelturm das einzige hohe Gebäude, in New York jedoch spielte Höhe anscheinend eine sehr wichtige Rolle.

Ein Lächeln breitete sich über ihr Gesicht aus. Sie war in New York – vielversprechend, glitzernd, genau der richtige Ort für ein gewagtes goldenes Kleid. Trotz des Krieges und obwohl sich ihr Magen jedes Mal so scheußlich zusammenzog, wenn sie an ihre Mutter dachte, durchströmte sie auf einmal eine freudige Erregung, die sie beschwingt weiterwandern ließ.

Als sie in die Seventh Avenue einbog, traf ihr Blick dort auf etwas so wundervoll Vertrautes, dass ihr Lächeln noch breiter wurde. Aus den Fenstern quoll der Dampf der Bügeleisen, mit denen die Kleider vor den Schauen bearbeitet wurden. Allerdings kam der Dampf von sehr weit oben, aus dem zwanzigsten, vielleicht dreißigsten Stockwerk stiegen die Dampffetzen auf, als wollten sie sich mit den am Himmel ziehenden Wolken vereinen, und das musste doch bedeuten, dass in allen Stockwerken dieser Gebäude Kleider hergestellt wurden. Unvorstellbar. Beim Bügeln, Nähen, Skizzieren, Entwerfen so hoch über der Straße zu sitzen. Bestimmt war das Licht dort oben ausgezeichnet.

Sie beschloss, bei den Herstellern anzufangen, die in Paris früher Skizzen von ihr gekauft hatten. Wenn sie keine Arbeit für sie hatten, würde sie es bei den Einkäufern der Kaufhäuser versuchen. Zu ihrer großen Freude stand auf der Visitenkarte von Mr Greenberg – eines ihrer Bekannten – sogar die Adresse, die Sam ihr als Anlaufpunkt empfohlen hatte: 550 Seventh Avenue. Sie ahnte, dass diese Adresse ein Symbol für die Chance war, die sie beim Schopf packen musste.

Aber als sie Mr Greenbergs Büro erreicht hatte, sank ihre Stimmung ziemlich rasch auf den Tiefpunkt. Zwar freute er sich, sie zu sehen, dennoch lehnte er es rundheraus ab, sie als Designerin einzustellen.

»Ich brauche Sie im vergleichenden Einkauf«, sagte er. »Die anderen kriegen die Details nicht richtig mit, sie achten nicht auf Knöpfe und

Nähte. Sie dagegen hatten schon immer ein Auge dafür, was ein Kleid besonders macht.«

»Vergleichender Einkauf?« Von so etwas hatte Estella noch nie gehört – vielleicht handelte es sich um eine amerikanische Besonderheit.

»Sie gehen in die Geschäfte – Bergdorf Goodman, Saks, Forsyths –, sehen sich an, was dort verkauft wird, mit besonderem Augenmerk auf alles, was französisch aussieht, skizzieren es, geben dem Zuschneider die Skizzen, und er fertigt danach die Schnitte.«

»Wie bitte?«, fragte Estella. Irgendetwas musste sie falsch verstanden haben, vielleicht hatte ihr Gehirn sich noch nicht ganz auf die englische Sprache umgestellt.

Doch Greenberg fuhr unbeirrt fort. »Nehmen Sie Ihr Skizzenbuch …« – hier drückte er ihr einen schlichten Block in die Hand – »… und Ihren Stift und besorgen Sie uns etwas, woraus ich eine Vorlage machen kann. Wegen dieses lästigen Kriegs bekommt niemand mehr genügend Entwürfe. Ich zahle Ihnen einen Dollar fünfzig pro Skizze. Wie in Paris.«

Bevor Estella etwas sagen konnte, was sie womöglich bereuen würde, drehte sie sich um und ging. Der Krieg war keine bloße Unannehmlichkeit; sie hatte Tote gesehen, Menschen, die gestorben waren, weil sie sich in Sicherheit hatten bringen wollen, Menschen wie Monsieur Aumont, der versucht hatte, gut und richtig zu handeln, was so viele andere nicht wagten.

Draußen auf der Straße wurde sie angerempelt und vertrat sich den Fuß. »Verdammt«, fluchte sie und betastete ihren Knöchel.

Aber es spielte keine Rolle, ob es schmerzte. Wenn sie ihre Miete bezahlen, etwas zu essen und einen Fahrschein für die Bahn zurück zum Wohnheim kaufen wollte, würde sie über kurz oder lang tun müssen, was Mr Greenberg von ihr verlangte. Etwas, von dem sie sich geschworen hatte, es nie wieder zu tun: die Arbeit eines anderen kopieren. Warum wollte nur niemand ein echtes Original haben? Warum waren hier alle den Pariser Modeschöpfern regelrecht hörig?

Doch es war müßig, diese Fragen zu stellen. Sie hatte nur noch zwanzig Dollar im Portemonnaie. Also studierte sie den Stadtplan, den sie im Wohnheim bekommen hatte, und ging quer durch die Stadt zu Saks Fifth Avenue. Zum Glück trug sie ein Kleid, das sie selbst entworfen hatte und das deutlich eleganter war als alles, was sie normalerweise zur Arbeit in einem Atelier tragen würde. Sie hatte einen guten Eindruck auf Mr Greenberg machen wollen, nun musste sie aussehen wie eine Frau, die es sich leisten konnte, bei Saks einzukaufen.

Wieder einmal nahm sie die Haltung und den selbstbewussten Gang an, den sie sich von den Models abgeschaut hatte, und steuerte forsch auf die Damenabteilung zu. Das erste Kleid, das sie sah, war ein gefälschter Maggy-Rouff-Entwurf in wunderschönem schwarzen Satin, der in sanften Wogen zu Boden fiel. Sie warf einen Blick auf das Preisschild: 175 Dollar! In Paris hätte ein Kleid bei Maggy Rouff selbst wahrscheinlich das Dreifache gekostet. Was Mr Greenberg wohl dafür verlangen würde? Vermutlich noch weniger als 175 Dollar. Und ganz am Ende einer langen Reihe von Kopien befand sich Estella mit ihrem Dollar fünfzig pro Skizze.

Unauffällig machte sie sich so viele Notizen, wie sie konnte, bevor eine Verkäuferin ihr zu folgen begann, dann machte sie sich auf den Weg zu Bergdorf Goodman, wo die Angestellten weniger aufmerksam waren, und brachte die Details sechs weiterer Kleider zu Papier. Danach ging sie zurück zu Greenbergs Büro, um die Zeichnungen auszuarbeiten, ehe die Erinnerung verblasste.

Schon bald fand sie heraus, dass Greenberg überhaupt keinen Designer beschäftigte – ihm zufolge war das in der Seventh Avenue gang und gäbe. Niemand stellte Designer ein, und niemand designte. Sie kopierten allesamt Paris und sich gegenseitig.

»Amerika ist Gewerbe, Paris ist Kunst«, erklärte er ihr. »Paris kreiert, wir produzieren.« Der Zuschneider würde die Modelle anhand von Estellas Skizzen anfertigen.

»Er kann vielleicht Stoff schneiden, aber hat dieser Mann überhaupt eine Ahnung, was die Frauen heutzutage tragen wollen? Ich könnte vollkommen neue Kleider für Sie entwerfen«, bot sie an. »Wenn Sie möchten, bringe ich morgen ein paar meiner Skizzen mit.«

»Eine echte Chanel-Kopie kann ich um einiges teurer verkaufen als das Original einer Unbekannten«, erwiderte Greenberg.

Eine echte Chanel-Kopie. Estella musste sich eine bissige Bemerkung verkneifen, aber sie skizzierte weiter und dachte lieber nur an die zehn Dollar fünfzig, die sie soeben verdient hatte – genug, um eine Woche lang ihr Zimmer bezahlen zu können. Irgendwie war es anders gewesen, als ihre Skizzen nach Amerika verschickt wurden und sie selbst in Paris geblieben war, weit weg vom Ort des Geschehens. Jetzt steckte sie so tief mit drin, dass es sich anfühlte, als wäre ein schwarzer Vorhang zugezogen worden, der das ganze Sonnenlicht aussperrte, das sie noch am Morgen auf den Straßen gespürt hatte.

Eine halbe Stunde später unterbrach Mr Greenberg ihre Arbeit. Ihn begleitete eine große blonde Frau mit phantastischen Kurven, die etwa im gleichen Alter war wie Estella und sich in ihrem Körper offensichtlich sehr wohlfühlte.

»Sie muss in zehn Minuten angezogen und im Vorführraum sein«, erklärte er Estella, als wäre dies ein Teil ihrer Arbeit, über den sie bereits gesprochen hatten. »Ein Einkäufer von Macy's ist hier. Schade, dass die Modelle noch nicht fertig sind«, meinte er und deutete auf Estellas Skizzen, »aber wir werden uns mit dem behelfen müssen, was wir haben.« Damit verließ er den Raum, und Estella hörte, wie er in dem kleinen Empfangszimmer jemanden begrüßte.

»Ich bin Janie«, stellte die junge Frau sich unterdessen freundlich vor, mit einem Akzent, den Estella nicht richtig einordnen konnte. »Das Hausmodel. Ich habe erst letzte Woche angefangen, was lang genug ist, um zu wissen, dass ich nicht ewig hierbleiben will. Und du?«

Estella musste lachen. »Ich hätte es nicht besser ausdrücken können«, sagte sie, »und ich habe erst heute Morgen angefangen. Das hier ...« Sie nahm einen militärisch anmutenden Einteiler, eins der Modelle, das sie erst im April für Greenberg kopiert hatte, vom Kleiderständer, »... wird Ihnen präsentiert von Miss Schiaparelli höchstpersönlich. Inklusive großer Taschen, damit Sie bei der Flucht in Ihren Luftschutzbunker auch Ihren halben Haushalt mitnehmen können, für den Fall, dass etwas aus dem Himmel auf uns herabfällt.«

Janie kicherte. »Ist es nicht lächerlich?«

»Völlig übergeschnappt«, sagte Estella. »Warum sollte jemand in einer Stadt, in der es weder Alarmsirenen noch Luftschutzbunker gibt, solch einen Sirenenanzug kaufen?«

»Du wärst überrascht«, sagte Janie. »Du musst mir nur helfen, alle Modelle schnell genug an- und wieder auszuziehen, sonst gibt es Ärger. Greenberg war so reizend, da drüben einen Vorhang aufzuhängen, um zumindest den Anstand zu wahren.«

Sie gingen hinter den Vorhang, und Estella half Janie in ein Kleid, das Estella nicht zuordnen konnte. Dann erkannte sie, dass es sich ebenfalls um eine Maggy-Rouff-Fälschung handelte, der Rock jedoch gut zwei Zentimeter zu kurz zugeschnitten worden war und dadurch trotz seiner Fülle so schlaff um Janies Beine hing, als wäre sie zu lange im Regen herumgelaufen.

»Das Original war bodenlang«, sagte Estella. »Mir hat es nie gefallen; zu viel pseudoviktorianische Nostalgie, aber wenigstens stand ein Konzept dahinter. Jetzt weiß das arme Kleid überhaupt nicht mehr, was es sein möchte.« Sie trat einen Schritt zurück und begutachtete Janie – Kleider zu kopieren war nicht das, wofür ihre Mutter sie nach

Amerika geschickt hatte. Jeanne, die von den Deutschen in Paris eingeschlossen war, hatte es verdient, dass Estella mehr aus der Chance machte, die sie bekommen hatte.

»Warte mal einen Moment«, sagte sie, nahm sich eine Handvoll Nadeln und steckte den Saum geschickt gut zehn Zentimeter höher, so dass der Rock fiel, wie ein Rock fallen sollte, und als sie fertig war, wirkte das Kleid keck und fröhlich, als könnte es gleich von selbst davonhüpfen und ein Tänzchen wagen.

»Himmel, es sieht ja vollkommen anders aus«, stellte Janie bewundernd fest.

»Wir warten«, hörten sie Mr Greenbergs ungeduldige Stimme.

Janie grinste. »Dann mal los.«

Als Estella sah, wie sie sich auf den Weg ins Vorführzimmer machte, war ihr sofort klar, dass Janie für diese Arbeit geboren war. Ihr natürliches Selbstbewusstsein hätte jedem Kleid eine besondere Ausstrahlung verliehen. Verstohlen spähte Estella ins Vorführzimmer und beobachtete, wie Mr Greenberg aufsprang, als hätte sie ihn anstelle des Kleids mit Nadeln gespickt.

»Entschuldigen Sie mich bitte«, wandte er sich bemüht höflich an den Einkäufer, packte Janie am Arm und führte sie zur Tür hinaus. »Was ist das denn?«, herrschte er sie draußen an.

»Ein Kleid«, sagte Janie, die Unschuld in Person.

»Ich habe es instand gesetzt«, schaltete Estella sich ein. »Ich weiß nicht, wer es für Sie kopiert hat, aber wer auch immer es war, braucht dringend eine Brille.«

»Aber Röcke sind nicht so kurz, seit Jahren nicht mehr«, fauchte Mr Greenberg.

»Aber sie entwickeln sich wieder in diese Richtung«, entgegnete Estella. »Wenn Sie sich die Rocklängen bei den Modenschauen von April ansehen und sie mit denen von Oktober vergleichen, werden Sie feststellen …«

»Hier und jetzt, in Amerika, sind Röcke nicht so kurz. Bringen Sie das in Ordnung!«

»Nein!« Zum ersten Mal, seit sie hier war, fasste Estella Mut und weigerte sich, ein Kleid zu verunstalten, das jemand einst mit viel Herzblut entworfen hatte.

»Dann sind Sie gefeuert!«

»Sie schulden mir zehn Dollar fünfzig!«, konterte Estella. »Es sei denn, Sie wollen, dass ich dem Einkäufer da drin verrate, woher Sie Ihre Modelle bekommen.«

So blieb Greenberg keine andere Wahl, als Estella ihren Lohn auszuzahlen, und vor Wut bebend drückte er ihr die Dollarscheine in die Hand. »Sie sollten sich in Acht nehmen, junges Fräulein«, stieß er zum Abschied hervor, »sonst werden Sie große Schwierigkeiten haben, in der Seventh Avenue Arbeit zu finden.«

»In sechs Monaten werden Sie nichts anderes mehr verkaufen als Kleider, die so kurz sind wie dieses, und dann werden Sie sich fragen, wie Sie so dumm sein konnten, mich gehen zu lassen«, revanchierte sich Estella, nahm ihre Tasche, stolzierte davon und ließ ihre Wut am Fahrstuhlknopf aus, während sie sich anstrengte, nicht daran zu denken, was sie gerade getan hatte. Im Foyer stieg sie aus, blieb stehen und fragte sich, was sie jetzt machen sollte.

»Warte!«, hörte Estella im nächsten Moment eine Stimme, und als sie sich umdrehte, sah sie Janie aus dem Aufzug steigen.

Und mit einem Mal konnte Estella das Lachen nicht mehr unterdrücken. »Hast du sein Gesicht gesehen?«, rief sie. »Als hätte ich dich in Unterwäsche zu ihm geschickt!«

»Ich glaube, das wäre ihm lieber gewesen«, sagte Janie mit einem Grinsen.

Sie brachen beide in lautes Kichern aus, und Janie hakte sich bei Estella unter, als sie auf die Straße hinaustraten.

Waren die Straßen Estella zuvor schon laut und geschäftig vorgekommen, war sie dennoch nicht auf das gefasst, was sich um die Mittagszeit im Garment District abspielte. Angestellte hetzten an ihnen vorbei, um sich für die Mittagspause die letzten Plätze in den ohnehin überfüllten Cafés zu sichern, Kleiderständer wurden auf der Straße wie auf einem Schienenstrang hin und her geschoben, der gesamte Bürgersteig war mit Lkw zugeparkt, aus denen Stoffrollen und Kisten mit Knöpfen, Reißverschlüssen, Bordüren und Zierbändern entladen wurden. Fertige Kleider wurden auf Lieferwagen verfrachtet, die bereitstanden, um sie an die Geschäfte auszuliefern. Der Verkehr war komplett zum Erliegen gekommen, die Lkw blockierten alles, und nichts, was breiter war als ein Fußgänger, kam an ihnen vorbei. Ein ununterbrochenes Hupkonzert erklang als hektische Hymne Manhattans, begleitet vom Dröhnen unzähliger Motoren, dem Klappern der Rollwagen und den Rufen der Lieferanten.

»Ich bin am Verhungern«, verkündete Janie und nahm Estella mit zu einem Café gegenüber, wo sie einen Burger und Kaffee bestellte. Estella sehnte sich nach dem Eintopf, den es im Atelier in der Mittagspause immer gegeben hatte, aber alles auf der Speisekarte schien auf Schnelligkeit ausgelegt, nicht auf eine genussvolle Mahlzeit. Da sie nun wieder arbeitslos war, bestellte sie das Günstigste, was sie finden konnte – eine Suppe, zu der als Beilage ein dünnes weißes Etwas serviert wurde, das wohl Brot sein sollte. Ein Blick auf Janies Kaffee genügte ihr, um zu wissen, dass es sich nicht lohnte, ihn zu bestellen.

»Woher kommst du?«, fragte sie Janie.

»Aus Australien«, antwortete ihre neue Freundin. »Ich habe das Geld für die Überfahrt von meinen Eltern geklaut und bin abgehauen, sonst hätte ich mich wahrscheinlich in einen Apfel verwandelt, den man vergessen hat zu ernten – braun, verschrumpelt und höllisch bitter, wie alle anderen in Wagga Wagga.«

»Gibt es diesen Ort wirklich?«, hakte Estella etwas unsicher nach.

»Du Scherzkeks. Wagga ist genauso echt wie ich! Vor dir sitzt die

Tochter des Textilkaufmanns. Seit ich laufen kann, führe ich Stoffe vor. Eine Freundin von mir hat beschlossen, nach England zu segeln, um dort als Krankenschwester zu arbeiten. Ich bin mit ihr zum Hafen gegangen, habe dann aber lieber das Schiff nach New York genommen. Jetzt bin ich schon fast ein Jahr hier. Lange genug, um zu wissen, dass dieser Laden«, sie deutete auf Mr Greenbergs Geschäft auf der anderen Straßenseite, »weder für dich noch für mich der richtige Ort ist.«

»Aber wo ist der richtige Ort?«, überlegte Estella laut. »Ich brauche Geld. Ich brauche eine Arbeit.«

»Ich auch. Obwohl ich dort fast noch weniger Freiheit habe als bei meinen Eltern, muss ich irgendwie meine Miete im Barbizon bezahlen.«

»Ich wohne im Jeanne d'Arc, und das hat große Ähnlichkeit mit einem Kloster.«

Janie kicherte mit vollem Mund. »Wir Unglücksraben. Da leben wir in einer Stadt, die die Freiheit verkörpert wie keine andere, und sind doch weiter von ihr entfernt als je zuvor.«

»Ich muss die ganze Zeit an Coco Chanel denken und dass sie sich von einem Mann finanziell unterstützen lassen musste, um den Einstieg zu schaffen. Das will ich nicht. Und ich will mein Geld ganz bestimmt nicht länger damit verdienen, dass ich für Mr Greenberg Kleider fälsche.«

»Das tun doch alle«, meinte Janie fröhlich. »Skrupel sind genauso unmodern wie Glockenhüte. Eine meiner Mitbewohnerinnen aus dem Barbizon hat eine Stelle, bei der man ihr Geld gibt, damit sie in den richtig guten, piekfeinen Modehäusern Kleider kauft. Die werden dann von Typen kopiert, die wesentlich mehr Geld haben als Greenberg. Als Bezahlung darf meine Bekannte das jeweilige Kleid behalten. Models wie ich können sich etwas dazuverdienen, wenn sie Informationen zu den Kleidern, die sie vorführen, an das Atelier im Stockwerk darunter weitergeben. Ich habe sogar schon von Lieferboten gehört, die mit ihren Kleiderständern auf der Seventh Avenue entlanggondeln und sich dafür bezahlen lassen, wenn jemand sie anhält und einen Blick auf die Sachen werfen will, bevor sie in die Geschäfte kommen.«

»Das ist ja schlimmer als in Paris«, stöhnte Estella.

»Aber weißt du was?«, sagte Janie. »Im Barbizon kann man eine Freundin bei sich auf einer Liege übernachten lassen und zahlt dafür nur einen Dollar pro Nacht. Für ein eigenes Zimmer brauchst du drei Empfehlungsschreiben und ein Vorstellungsgespräch, aber wir könnten uns doch eine Weile eines teilen – ich glaube, das würden wir hinkriegen.«

»Drei Empfehlungsschreiben? Ist das Barbizon etwa eine Art Mädchenpensionat?«

Janie grinste. »Das wäre es gern. Kein Männerbesuch, nur die besten Frauen, die New York zu bieten hat, werden aufgenommen. Und vor dir steht die Miss Sydney 1938 – die Gewinnerin des größten Schönheitswettbewerbs des Landes. Ich habe drei makellos gefälschte Empfehlungsschreiben aus Australien vorgelegt, und weil niemand auf die Idee kommt, da unten einen Kontrollanruf zu machen, habe ich jetzt ein Zimmer.«

»Du klaust Geld von deinen Eltern, du fälschst Briefe ... Gibt es sonst noch irgendwas, was ich über dich wissen sollte?«, fragte Estella grinsend.

»Nur, dass wir beide sehr viel Spaß zusammen haben werden.«

»Dessen bin ich mir sicher!« Estella stand auf. »Lass uns einkaufen gehen.«

»Mit welchem Geld?«, fragte Janie zweifelnd.

»Wir kaufen nichts, wir schauen uns nur um. Ich will wissen, wer gute Arbeit leistet, damit wir nicht wieder bei einem wie Greenberg landen. Es muss doch irgendjemanden in Amerika geben, der seine eigene Mode entwirft.«

Sie gingen zu Forsyths, zu B. Altman, zu Lord & Taylor und zu Bloomingdale's, wobei Janie mit ihrer Größe und strahlenden Schönheit viel Aufmerksamkeit auf sich zog.

Auf den Kleiderständern fanden sie zwischen vielen öden, wenig originellen und erwartungsgemäß von Pariser Modenschauen abgekupferten Modellen einige wenige mit Flair. »Ich glaube, es gibt vier Kategorien«, stellte Estella nach einer Weile fest. »Gefälschtes Paris, imitiertes Hollywood, Maßgeschneidertes und Freizeitsachen. Die gefallen mir.« Sie hielt zwei schlichte Wickelkleider hoch. *Townley Frocks* stand auf dem Etikett. »Auf dem Bügel machen die Sachen nicht viel her, aber der Schnitt ist gut und wird sich den meisten Frauenkörpern anpassen. Und sie sind keine Kopien. Oder das hier – Clare Potter. Vielleicht könnten wir bei einem dieser Labels arbeiten.«

»Wenn man uns einstellt …«

»Dich werden sie garantiert nehmen«, sagte Estella im Brustton der Überzeugung. »Du bist zum Model geboren. Aber ich kenne jemanden, der uns vielleicht weiterhelfen kann. Und zum Glück sind wir heute Abend dort zum Essen eingeladen.«

»*Wir* sind zum Essen eingeladen?«

»Bei Leuten, die es bestimmt nicht stört, wenn ich eine Freundin mitbringe.«

Während sie zur Lexington Avenue und dann zur 63rd Street weiterschlenderten, erzählte sie Janie von Sam. »Ich bin sicher, dass er sich freuen wird, wenn du mitkommst«, sagte Estella grinsend und mit vielsagendem Blick.

»Pah«, schnaubte Janie. »Ich habe zwar blonde Haare und lange Beine, aber du bist so atemberaubend wie das Chrysler Building bei Sonnenuntergang. Wenn er dich kennt, habe ich keine Chance, und wenn ich noch so viel flirte.«

»Wir sind nur Freunde«, sagte Estella. »Also kannst du so viel mit ihm flirten, wie du magst.«

Das Barbizon an der Ecke Lexington Avenue und East 63rd Street war ein wunderschönes Gebäude aus hellrotem Backstein, mit smaragdgrünen und schwarzen Verzierungen. Der gotisch anmutende, üppig verzierte Prachtbau überragte seine Nachbarn um einiges, und Estella starrte staunend zu seinem First hinauf. »Ich bin an sechsstöckige Häuser gewöhnt«, erklärte sie. »Ich kann mir gar nicht vorstellen, derart hoch zu wohnen.«

»Damit kann man sich anfreunden«, sagte Janie fröhlich und führte sie zur Eingangstür. »In Australien gibt es nur einstöckige Häuser, aber jetzt stehe ich auf dem Balkon im achtzehnten Stock und merke kaum noch, wie hoch das ist.«

Als sie hineingingen, deutete Janie auf die Holzbrüstung über ihnen. »Da oben ist der Aufenthaltsraum, mit einer Bühne und einer Orgel. Manchmal gibt es Konzerte, die Zimmer werden nämlich gern an eine künstlerisch interessierte Klientel vergeben – Schauspielstudentinnen, Musikerinnen, Malerinnen, Models – und Sekretärinnen. Außerdem gibt es noch ein Schwimmbecken, Dampfbäder, einen Sportraum – kein Mensch kann alles nutzen. Man braucht eine schriftliche Genehmigung, um Gäste mitzubringen, also holen wir uns jetzt eine, und ich lasse meinen ganzen Charme spielen, damit sie dich bei mir wohnen lassen. Wenn du ihnen sagst, dass du aus Paris fliehen musstest, haben sie bestimmt Mitleid mit dir.«

Und so erfand Janie eine herzzerreißende Geschichte über eine Freundin, die vor den Deutschen geflohen war, unvorstellbare Gräuel erlebt und genug gelitten hatte, so dass man sie unter keinen Umständen auf die Straße setzen durfte. Während sie auf diese Weise die Hausmutter beschwatzte, beobachtete Estella die jungen Frauen, die mit Musikinstrumenten, Büchern und sogar einer Staffelei durch den Aufenthaltsraum kamen. Alle hatten etwas zu tun, alle verfolgten ein Ziel, und, was noch wichtiger war, alle brauchten die richtige Kleidung dafür! Wenn in diesem Haus hauptsächlich künstlerisch interessierte Frauen lebten, wie Janie gesagt hatte, würden sie Kleider, die eigens für ihre Bedürfnisse entworfen – und nicht kopiert – waren, höchstwahrscheinlich zu schätzen wissen. Das wiederum bedeutete, dass man sie zu einem Preis produzieren musste, den sich eine berufstätige junge Frau leisten konnte. Estellas Kopf begann zu schwirren vor lauter Möglichkeiten.

Natürlich schaffte Janie es, die Hausmutter zu überzeugen. Und so nahmen sie, nachdem sie Estellas Sachen abgeholt und sich frisch gemacht hatten, die Subway zum Haus von Sams Eltern. Clarice begrüßte Estella mit einer herzlichen Umarmung und winkte nur ab, als sich Estella dafür entschuldigte, einen unangekündigten Gast mitgebracht zu haben. Die beiden Männer waren ohnehin hin und weg, als sie Janie sahen.

»Du wirst dich bestimmt freuen zu hören, dass sie vorhat, mit dir zu flirten«, flüsterte Estella Sam zu, als seine Eltern sie ins Wohnzimmer führten.

»Na, wenigstens flirtet dann eine von euch mit mir. Auf dich wage ich gar nicht mehr zu hoffen.« Er grinste und wandte sich Janie zu.

Das Essen war köstlich, und der Abend verging wie im Flug. Clarice forderte Estella und Janie ausdrücklich auf, Sam über die New Yorker Modebranche auszufragen und sich nicht verpflichtet zu fühlen, höfliche, aber nutzlose Konversation zu betreiben.

»Was ist mit Tina Leser?«, fragte Janie. »Ich habe bei Lord & Taylor eine Kombination von ihr gesehen, und ich würde meine eigene Mutter verkaufen, um mir so eine leisten zu können.«

»Tina Leser wohnt und arbeitet auf Hawaii, wenn du also nicht gerade einen Inselurlaub planst, wirst du für sie wohl kaum arbeiten können«, sagte Sam.

»Ich hätte nichts gegen Hawaii«, erwiderte Janie.

»Auf jeden Fall würdest du gut hinpassen«, meinte Sam und ließ seinen Blick über ihren Körper gleiten.

Estella stöhnte. »Hört schon auf damit, ihr zwei.«

Clarice schüttelte den Kopf. »Meine Liebe, ich muss mir manchmal in Erinnerung rufen, dass du Französin bist. Deine amerikanische Aussprache ist einwandfrei.«

»Mein Vater war Amerikaner«, antwortete Estella, statt wie üblich zu erklären, dass sie einen amerikanischen Lehrer gehabt hatte. Aber schon als sie die Worte aussprach, fühlten sie sich falsch an. Also wandte sie sich schnell wieder an Sam. »Du kannst mit Janie flirten, so viel du willst, sobald wir mit dem Geschäftlichen fertig sind.«

»Wo bleibt dein Sinn für Romantik?«, neckte Sam sie.

»Den habe ich in Paris gelassen«, sagte Estella, nur halb im Scherz.

»Sorry«, murmelte er zerknirscht. »Hast du die Zeitung von heute gesehen?«

»Nein.«

Clarice stand auf und kam mit der *New York Times* zurück. Auf dem Titelblatt war ein Bild vom Eiffelturm zu sehen, an dem eine Hakenkreuzfahne wehte. »Frankreich hat ein Waffenstillstandsabkommen mit Deutschland unterzeichnet. Das Land wurde in zwei Zonen geteilt. Die freie Zone ist hier, im Süden.« Clarice deutete auf eine Landkarte von Frankreich. »Und hier die besetzte Zone, zu der auch Paris gehört.«

»Meine Mutter ist in Paris«, sagte Estella leise.

»Das tut mir sehr leid.« Clarice berührte sie am Arm.

Estella starrte auf die Bilder in der Zeitung: eine Hakenkreuzfahne lag auf dem Grabmal des unbekannten Soldaten am Arc de Triomphe, auf der Place de l'Étoile standen vier Kanonen, die bedrohlich in alle vier Himmelsrichtungen zielten. Sie schob die Zeitung weg und versuchte sich vorzustellen, wie Maman mit Nannette und Marie, aber ohne Monsieur Aumont im Atelier arbeitete und Kleider für die deutschen Frauen mit Stoffblumen schmückte. Da traf Estella die Erkenntnis wie ein Schlag. Marie war Jüdin. Angesichts der Geschichten, die sie gehört hatte, wurde ihr elend beim Gedanken, was mit den Frauen, mit denen sie früher gearbeitet hatte, geschehen sein mochte. Was würde mit ihrer Mutter geschehen, wenn sie gegen den Befehl der Deutschen weiterhin verfolgten Menschen half? »Glaubst du, dass alle das heil überstehen werden?«

»Ich hoffe es«, sagte Clarice.

Hoffnung. Wieder dieses Wort. Wie viel Hoffnung gab es in diesen Tagen noch? Schon zu wenig? Oder gerade noch genug?

»Wo soll ich nur anfangen?«, fragte sie, um das Gespräch wegzulenken von den Dingen, die wehtaten, weg von der Vergangenheit und hin zur Zukunft, zu den Dingen, die sie tun konnte, um etwas Sinnvolles aus dem Leben zu machen, das ihre Mutter ihr geschenkt hatte. »Ich meine, bei dem, was die Mode angeht«, fügte sie, für den Fall, dass sie zu schnell das Thema gewechselt hatte, schnell hinzu.

»Es spielt keine Rolle, wo du anfängst. Wichtig ist nur, wo du letztlich hinwillst«, sagte Sam.

»Stimmt«, pflichtete Estella ihm bei. Und dann strömten sie heraus, die Gedanken, die im Barbizon begonnen hatten, Gestalt anzunehmen, noch nicht zu Ende gedacht und teils lachhaft, teils das Gegenteil. »Bei Couture geht es doch immer darum, Kleider *für jemanden* zu schaffen. Aber Kopien sind für *niemanden,* sie werden nur gemacht, weil es in der Branche schon immer üblich war. Und was wäre, wenn ich Kleider für alle entwerfen würde – für Frauen wie mich und dich?« Sie wandte sich an Janie. »Würden wir uns darin nicht viel authentischer fühlen, weil es eben keine Imitationen wären? Wir könnten alle zusammenarbeiten. Wir drei. Uns selbstständig machen.«

Sie unterbrach sich – die beiden würden sie auslachen. Sie kannten sich ja kaum, im besten Fall würden sie denken, sie wäre verrückt oder anmaßend. Aber dann öffnete sich Estellas Mund trotzdem wieder, denn der Enthusiasmus, der Marie so oft zur Weißglut gebracht hatte, der sie antrieb, stets ihre Meinung zu vertreten, gefährliche Planzeichnungen weiterzuleiten und mit goldenen Seidenballen Tango zu tanzen, war so wenig zu bändigen wie eh und je.

»Natürlich erst, wenn ich genug Geld habe«, fügte sie hinzu. »Nicht sofort. Aber wenn ich was gespart habe, könnte ich Kleider entwerfen, Sam könnte sie zuschneiden und Janie als unser Model arbeiten. Natürlich nur, wenn euch meine Sachen gefallen.«

»Machst du Witze?«, fragte Sam. »Hast du ihr goldenes Kleid gesehen?«, wandte er sich an Janie.

Janie nickte. Estella hatte es im Barbizon in Janies Kleiderschrank gehängt, und Janies Augenbrauen hatten sich sogleich zu einem perfekten Bogen hochgezogen.

»In meinen Ohren klingt das wie eine verdammt gute Idee«, sagte Janie. »Zumindest weiß ich, dass du mich für meine Dienste als Model nicht betatschen wirst, Estella. Auch wenn ich vielleicht gar nichts dagegen hätte.« Sie zwinkerte Sam verschmitzt zu.

Der brach in schallendes Gelächter aus. »Mit einem Model wie dir, Entwürfen wie denen von Estella und meiner Schere werden wir dafür sorgen, dass New York die Spucke wegbleibt.«

Clarice lächelte und hob ihr Glas. »Wie wollt ihr euch nennen?«

»Stella«, verkündete Janie, ohne eine Sekunde zu zögern. »Weil wir nach den Sternen greifen.«

»Stella Designs«, wiederholte Sam.

»Seid ihr sicher?«, fragte Estella, und im selben Moment rief Janie: »Brillant! Was sollte da schiefgehen!«

Lachend blickte Estella in die Gesichter ihrer neuen Freunde, die tollkühn genug waren, ihr Glück mit ihr zu versuchen, und hob ihr Glas. »Auf Stella Designs!«

Kapitel 5

Ihre nächste Stelle fand Estella ziemlich rasch. Auch wenn Amerika nicht am Krieg teilnahm, waren viele Männer zum Wehrdienst eingezogen worden, so dass ihre Positionen in Manhattans Modebranche mit Frauen besetzt wurden. In der Hoffnung, dort mitten im Geschehen zu sein und mit inspirierenden Ideen in Kontakt zu kommen, fing sie bei Maison Burano an, einem gefragten New Yorker Couturier. Aber Buranos Stil war so wenig originell, dass er genauso gut ein Schild mit der Aufschrift *Chanel in Amerika* über die Eingangstür hätte hängen können.

Doch die Arbeit war einfach, sie musste nur Kleider nähen, die denen glichen, für die sie schon in der vorletzten Saison Skizzen angefertigt hatte. Bei Maison Burano variierte man die meistverkauften Kleider höchstens ein wenig, verschob den Ausschnitt um ein paar Millimeter oder änderte den Ärmelaufschlag, wich jedoch nie weit von den grundlegenden Formen ab, von denen die amerikanischen Modeschöpfer glaubten, dass sie nach dem, was sie in Paris gesehen hatten, gerade aktuell waren, ohne auch nur einen Gedanken daran zu verschwenden, was die Frauen in New York tatsächlich tragen wollten.

Nach nur einem Monat war ihre Vorgesetzte, die Erste Directrice, so beeindruckt von ihrer Arbeit, dass sie Estella gestattete, bei den Anproben dabei zu sein. Die Directrice war gerade aus der Anprobe gerufen worden, und als Estella die große Kundin in dem Kleid betrachtete, die vor ihr stand, konnte sie nicht widerstehen, ihr die Ärmel etwas weniger voluminös und ihre Form eleganter zu machen, indem sie die Naht enger steckte. Coco Chanel ging es stets darum, dass erst die Frau und dann ihr Kleid wahrgenommen werden sollte, und Estella glaubte, dass ihr ebendies nun, da sich die Ärmel den eleganten, schlanken Armen der Frau anpassten, statt sie zu kaschieren, gelungen sei.

Sie begutachtete ihr Werk mit einem zufriedenen Lächeln – bis ihre Directrice zurückkam, einen Blick auf die Ärmel warf, in Richtung der Kundin »Entschuldigen Sie uns bitte« nuschelte und Estella mit sich hinauszog.

Als sie außer Hörweite der Kundin waren, meinte sie: »Dir scheint bei den Ärmeln ein Fehler unterlaufen zu sein.«

»Aber nein«, schwärmte Estella, »ich habe sie verbessert.«

»Es ist nicht deine Aufgabe, etwas zu verbessern.«

»Aber so sieht es doch viel schöner aus«, verteidigte sie sich.

»So ist es nicht modern«, beharrte die Directrice. »Du bist Schneiderin. Woher willst du denn wissen, was die Damen an der Upper East Side tragen wollen?«

»Ich wohne an der Upper East Side«, erwiderte Estella, obwohl sie genau wusste, dass das Barbizon kaum die Art Unterkunft war, auf die sich ihre Vorgesetzte bezog.

»Ich hoffe, du hast in deinem Upper-East-Side-Zuhause ein bisschen Geld beiseitegelegt, denn hier gibt es für dich nichts mehr zu tun.«

Schon wieder hatte Estella es geschafft, mir nichts, dir nichts gefeuert zu werden. Niemand in der amerikanischen Modebranche blickte in die Zukunft. Niemand hatte den Mut, etwas Neues auszuprobieren. Als sie ihre Sachen zusammenpackte, hörte sie die begeisterten Rufe der Kundin. Wie sehr sie das Kleid liebte. Vor allem, weil es ihre Arme so schön zur Geltung brachte und sie viel eleganter aussehen ließ. Ob sie es wohl einmal in Schwarz und einmal in Rot bestellen könne?

»Natürlich«, säuselte die Directrice.

Zehn Minuten wartete Estella darauf, dass sie zurückkommen und sich bei ihr entschuldigen würde. Aber nichts dergleichen geschah. Maison Burano verkaufte zwei Kleider mit Estellas Ärmelversion, doch sie selbst ging leer aus.

Später im Barbizon meinte Janie mitfühlend: »Vielleicht war es besser so. Irgendwann findest du einen Ort, wo man dein Talent zu schätzen weiß.«

»Ich hoffe es«, sagte Estella, wenngleich sie ihre Zweifel hatte.

In dieser Nacht, der Nacht ihres dreiundzwanzigsten Geburtstags, schrieb sie, nachdem Janie eingeschlafen war, einen Brief an ihre Mutter – es war bereits der zehnte, aber sie hatte nie eine Antwort bekommen. Als sie auf dem Postamt nachfragte, wurde ihr gesagt, zwar kämen manche Briefe nach Paris durch, sie könne jedoch keine Antwort erwarten, weil die Deutschen alles taten, um zu verhindern, dass die Welt erfuhr, was in den besetzten Gebieten vor sich ging. So konnte Estella weiter nichts tun, als den Mann, dem sie in Paris die Pläne gegeben hatte, zu verfluchen, weil er schuld daran war, dass sie nicht hatte bleiben können, und in ihrem Brief eine Geschichte darüber zu erfinden, wie gut es ihr ging – in der Hoffnung, dass es ihrer Mutter helfen würde, auszuhalten, was immer sie aushalten musste.

Einstweilen hatte Janie das große Glück, eine Stelle als Model bei Hattie Carnegie zu ergattern, einem Modesalon für Maßanfertigungen. Sam fand Arbeit als Zuschneider in einem Konfektionshaus in der 550 Seventh Street und schien damit recht zufrieden zu sein.

»Es geht um ganz andere Dinge als bei der Arbeit im House of Worth«, erklärte er Estella und Janie eines Abends, als alle drei zusammen etwas trinken gegangen waren. »Aber mir gefällt es. Die

Kleider sind natürlich furchtbar, ich frage mich allerdings, ob das, was in solch einem Kaufhaus nachgefragt wird, in der Zukunft vielleicht an Bedeutung gewinnen wird.«

»Wie meinst du das?«, fragte Janie.

»Was ziehst du an, wenn du zur Arbeit gehst, Janie?«, fragte Estella, denn sie wusste, worauf Sam hinauswollte. »Es ist nicht mehr wie vor zwanzig Jahren, nicht einmal mehr wie vor einem oder wie vor dem Krieg. Inzwischen sind so viele Frauen berufstätig. Wir haben keine Zeit, uns erst für die Arbeit anzuziehen, dann für zu Hause umzuziehen und zum Essen ein weiteres Mal die Garderobe zu wechseln. Wir brauchen Sachen, die wir zur Arbeit anziehen können, die sich aber ebenso für einen Drink nach Feierabend eignen – etwas, was wir im Beruf am Schreibtisch und genauso zu einem Rendezvous tragen können.«

»Weil du nach der Arbeit immer so viele Verabredungen hast«, bemerkte Janie trocken.

Estella lachte. »Ich treffe bei der Arbeit nur verheiratete Männer und Schneider der älteren Jahrgänge, da habe ich selten die Chance auszugehen.«

Mit ihrer nächsten Arbeitsstelle kehrte sie in die Seventh Avenue zurück, denn sie war fast sicher, dass Sam recht hatte – Konfektionskleidung passte besser zu diesen turbulenten Zeiten als Couture, die in dieser Zeit, da auf der anderen Seite des Ozeans so viele Menschen starben, genauso fehl am Platz wirkte wie die Deutschen im Ritz an der Place Vendôme, was sie zuletzt in der Zeitung hatte sehen müssen.

Die Arbeit mit den Schneiderinnen in der Bekleidungsfabrik überzeugte sie immer mehr, dass es möglich wäre, Amerikas Talent für Massenproduktion mit dem Wesen ihrer Entwürfe zu verbinden. Sie lernte, dass es bei der Herstellung von Konfektionskleidung unerlässlich war, weniger Schnittteile und preiswertere Stoffe zu verwenden. Und sie lernte viel über den Umgang mit den einzelnen Geräten:

mit der Legemaschine, mit der die Stofflagen übereinandergespannt werden konnten, ohne zu knittern oder Falten zu bilden, oder dem Gradierer, mit dem das Schnittmuster an jede gewünschte Größe angepasst werden konnte. Zum ersten Mal hörte sie von Factoringbanken und begriff, dass Geschäfte mit Konfektionskleidung spezielle Risiken mit sich brachten; dass sie entsprechend der Bestellungen eines Einzelhändlers Kredite bei einer Factoringbank würde aufnehmen müssen, weil es für gewöhnlich zehn Wochen dauerte, bis die bestellte Ware bezahlt wurde. Und sie verstand, dass sie, um ein Unternehmen wie Stella Designs aufzubauen, sehr viel mehr Geld würde ansparen müssen, als sie ursprünglich gedacht hatte.

Zwar gelang es ihr etwas länger, ihre Zunge im Zaum zu halten, als bei Maison Burano, als man sie jedoch aufforderte, den Stoff in einem schrägen Fadenverlauf zuzuschneiden, so dass er hinterher am Bauch spannen und an den Hüften Falten werfen würde, wusste sie, dass das Maß voll und Zurückhaltung unmöglich war.

Innerhalb von fünf Monaten war sie nun dreimal gefeuert worden. Ihr Lebenslauf war so grauenhaft, dass sie, nachdem sie zwei Wochen arbeitslos gewesen war, die einzige Stelle annahm, die sie ergattern konnte: bei einem Kürschner, so weit unterhalb der 550 Seventh Street, dass es schon fast Battery Park hätte sein können. Im Fur District, dem Pelzviertel. Und Estella wurde zur Sklavin, die den Boden fegte, die Pelze schleppte und absolut nichts tat, was auch nur das geringste Talent erforderte.

»Ich habe in einem Atelier in Paris gearbeitet«, sagte sie ärgerlich zu Mr Abramoff, ihrem Chef. »Ich kann wahrscheinlich besser nähen als Sie.« Kaum waren die Worte über ihre Lippen, hätte sie sich am liebsten eine Handvoll Pelz in den Mund gestopft. Warum lernte sie nicht aus ihren Fehlern? »Entschuldigung«, stieß sie hervor.

Als Antwort reichte ihr Mr Abramoff einen Besen. »Fegen Sie einfach.«

Also rief sie sich ins Gedächtnis, dass das richtige Leben eben erst um sechs Uhr abends begann, dann, wenn sie im Barbizon an ihren eigenen Skizzen arbeitete und Zigaretten rauchend mit Janie plauderte.

Die Arbeit in der Kürschnerei war noch öder, als sie es erwartet hatte. Jeder arbeitete immer nur an einem Teil – Ärmel, Kragen –, nie am ganzen Kleidungsstück. So beugte man sich über den Ärmel, bis er fertig war, dann über den nächsten und so weiter – eine endlose Abfolge des immer Gleichen, langweiliger als Schafezählen in einer schlaflosen Nacht.

Am Feierabend taten Estellas Arme vom Pelzeschleppen und Fegen weh, aber immerhin hatte sie Arbeit und ging Janie und Sam lächelnd entgegen, wenn sie sich abends trafen. Aber nach zwei Wochen wurde ihr klar, warum Mr Abramoff so bedacht darauf war, dass sie ständig sauber machte, denn sie erwischte ihn dabei, wie er ihr unter den Rock schielte, als sie sich bückte, um die Pelzabfälle aufzusammeln.

Wutentbrannt wischte sie mit ihrem Besen sämtliche Ärmel, Kragen, Stoffmuster, Pelze und Stecknadeln vom Arbeitstisch zu Boden. Dann reichte sie den Besen Mr Abramoff. »Da es Ihnen so viel Spaß macht, mir beim Fegen zuzuschauen, können Sie es jetzt mal selbst ausprobieren«, erklärte sie, nahm ihre Tasche und rauschte zur Tür hinaus.

»Vier Jobs in sechs Monaten!«, beklagte sie sich später bei Sam, nachdem sie ihn auf beide Wangen geküsst hatte – eine Pariser Gewohnheit, die inzwischen auch Janie angenommen hatte –, und ließ sich aufs Bett sinken.

Sam hatte in Chelsea eine Wohnung im London Terrace gefunden, einem großen modernen Wohnkomplex, der für Manhattan jedoch eigentlich zu bieder und unauffällig war. Nun mixte er ihr einen Sidecar und setzte sich auf einen Stuhl, während sie bäuchlings auf dem Bett lag, als wäre sie im Studentenwohnheim, und ihr Schicksal beklagte.

»Bereust du etwa, dass du gegangen bist?«, fragte Sam und nippte an seinem Whiskey.

»Nein, überhaupt nicht!«, antwortete Estella nachdrücklich.

»Dann habe ich kein Mitleid mit dir.«

Estella warf ihm ein Kissen an den Kopf. »Du könntest doch wenigstens so tun, als ob.«

»Warum?«

»Weil ich morgen quer durch die Stadt laufen und Arbeit suchen muss. Schon wieder. Wenn ich so weitermache, habe ich Ende des Jahres vermutlich alle Stellen durch, die es in New York gibt.«

»Es gibt ein Label, bei dem du noch nicht gearbeitet hast.«

»Wo soll das sein? Auf dem Mond?«

»Nein.« Er legte eine Kunstpause ein. »Bei Stella Designs.«

»Aber das kommt erst später. Wenn ich genug Geld habe. Das kann ich jetzt noch nicht.«

»Warum nicht?«

In diesem Moment platzte Janie mit einem breiten Grinsen im Gesicht und einem Stapel Zeitschriften unter dem Arm herein. »Zieht die schicken Fummel an. Wir gehen auf eine Party«, rief sie.

»Was für eine Party?«, fragte Sam.

»Eine piekfeine, Ritz-würdige Weihnachtsparty in Gramercy Park«, sagte Janie triumphierend. »Eine der Frauen, für die ich heute gemodelt habe, hat ihre Tasche unbeaufsichtigt stehenlassen, und obendrauf lag ein hübscher Stapel Einladungen. Da habe ich natürlich zugegriffen.«

»Du hast Einladungen geklaut?« Sam war fassungslos.

»Nur drei, also kannst du leider keine Freundin mitnehmen. Aber du hast ja uns als Begleitung«, sagte Janie. »Ich bin schon über ein Jahr in New York, aber obwohl ich wirklich mein Bestes gegeben habe, war ich noch nie auch nur in der Nähe einer solchen Veranstaltung. Also gehen wir hin. Die passenden Klamotten habe ich uns unterwegs auch schon besorgt«, wandte sie sich dann an Estella. »Ich bin nach New York gekommen, um einen Ehemann zu finden, und das ist die beste Gelegenheit.«

»Ich dachte, du bist nach New York gekommen, um Model zu werden«, erwiderte Estella überrascht.

»Ich will doch nicht ewig als Model arbeiten. Ein Ehemann mit einer Wohnung in der Park Avenue, einem Ferienhaus in Newport und genug Geld, einen Fonds für unsere Kinder einzurichten, das wäre perfekt.«

»Im Ernst?«, fragte Estella. »Ich hatte keine Ahnung …« Sie verstummte. *Dass es dir darum geht*, hatte sie sagen wollen, verbiss sich die Bemerkung aber in letzter Sekunde.

»Hast du denn nicht vor, demnächst zu heiraten?«, fragte Janie.

»Nein«, antwortete Estella. Eigentlich hatte sie nie darüber nachgedacht. Die Ehe schien für andere Leute bestimmt zu sein, nicht für sie selbst, nicht jetzt. Nicht, solange es noch so viel gab, was sie tun wollte, so viel, was sie nicht mehr würde tun können, wenn sie heiratete. »Wäre dir das wirklich lieber?«

»Wem denn nicht?«, entgegnete Janie. »Die letzte Umfrage der *Mademoiselle* hat ergeben, dass nur sieben Prozent der Frauen glauben, dass man einen Ehemann und eine erfolgreiche Karriere unter einen Hut bringen kann. Man muss sich für eins von beidem entscheiden, und auf eine Hochzeit werde ich nicht verzichten.«

Estella wusste nicht, warum sie das so überraschte. Schließlich hatten viele Frauen, mit denen sie sich im Speisesaal des Barbizon unterhalten hatte, genau dasselbe Ziel – sie suchten einen Mann zum Heiraten. Und Janie war der Inbegriff einer solchen Frau, immer gut gekleidet, immer bereit, einen Mann anzulächeln, der sie vielleicht zum Essen ausführen würde, und offensichtlich erpicht auf das naturgemäße Finale: einen Ring an ihrem Finger.

»Wenn ich meine eigene Modelinie kreieren wollte, wo sollte ich damit anfangen?«, überlegte Estella und kehrte damit abrupt zu ihrem ursprünglichen Gesprächsthema mit Sam zurück.

»Genau hier«, antwortete Sam. »Wozu haben wir denn hier ganz in der Nähe des Garment District eine Wohnung, die den ganzen Tag leer steht und groß genug ist?«

»Aber hier kann ich doch nicht arbeiten«, erwiderte Estella.

»Warum denn nicht?«, fragte Janie, zündete sich eine Zigarette an und legte sich neben Estella aufs Bett. »Wenn du erst einmal genug Kleider hast, müssen wir nur ein Zimmer für Privatschauen mieten, wo ich deine Sachen vorführe, dann bekommst du so viele Bestellungen, dass du dir eigene Geschäftsräume in 550 Seventh Avenue mieten kannst.«

»Du willst nicht wirklich, dass ich dein Apartment mit meinem Zeug vollstopfe«, wandte Estella sich an Sam.

»Doch, natürlich. Außerdem mache ich das aus eigennützigen Gründen.«

»Und die wären?«

»Ich möchte das goldene Kleid so schneidern, wie es geschneidert werden sollte.«

»Meinst du das wirklich ernst?«

»Ja.«

»So einfach?«

»Ich will euch ja nicht eure goldene Seidenstimmung verderben, aber ...« Janie blätterte in den Zeitschriften, die sie mitgebracht hatte, und hob eine von ihnen hoch. »... die *Vogue* hat letztes Jahr unter dem Titel ›Mode, die Amerika am besten kann‹ einen zweiseitigen Artikel veröffentlicht.« Sie reichte die Zeitschrift Estella. »Anscheinend sind sportliche Modelle, Strickkleider und gemusterte Kleider das Einzige, was man hier machen kann.«

Estella blätterte eine Weile. »Aber wer hat die entworfen?«, fragte sie. »Hier stehen nirgends ihre Namen.«

»In Modezeitschriften macht sich niemand die Mühe, die Namen irgendwelcher amerikanischen Designer zu erwähnen. Die sind nicht wichtig genug.«

»Sie erwähnen die Namen der Designer nicht?«, wiederholte Estella fassungslos.

Sam schüttelte den Kopf. »Nein. Claire McCardell muss mit ansehen, wie ihre Kleider unter dem Namen Townley Frocks verkauft werden. Jeder, den du auf der Straße fragst, könnte dir sagen, dass Coco Chanel Kleider entwirft. Aber ich wette, sie könnten dir keinen einzigen amerikanischen Designer nennen.«

Estella stand auf und begann im Halbkreis um das Bett herumzuwandern. »Und das heißt, es geht nicht nur darum, Kleider herzustellen. Es geht darum, den Leuten klarzumachen, dass Kleider, die hier hergestellt wurden, genauso gut und mit Bedacht gestaltet sind wie die von Coco Chanel und dass sie es verdienen, den Namen ihres Designers zu tragen.«

»Und es geht darum, sie billig anzubieten«, fügte Sam hinzu.

»Preiswert«, korrigierte Estella. »Es ist obszön, Kleidung für Hunderte von Dollar zu verkaufen, wenn Krieg herrscht.«

»Janie«, sagte Sam, »hast du auch die Ausgabe der *Vogue* dabei, von der du mir erzählt hast, in der verschiedene Frauentypen aufgelistet werden? Die Lässige Lady, die Weltenbummlerin, Madame Sparsam und die Geschäftsfrau – oder so ähnlich.«

»Hier ist sie!«, rief Janie triumphierend und förderte eine weitere Zeitschrift zutage. Mit übertriebenem Upper-East-Side-Akzent las sie vor: »*Die Geschäftsfrau arbeitet konzentriert und effizient von neun Uhr dreißig bis zwölf Uhr dreißig. Von zwölf Uhr dreißig bis zwei Uhr lässt sie sich die Haare machen, weil sie der Ansicht ist, dass eine schicke Frisur für ihren Erfolg unerlässlich ist. Während die Haare trocknen, bekommt sie eine Maniküre …*«

Estella schnaubte. »Anscheinend muss die Geschäftsfrau nicht sehr viel arbeiten, wenn sie sich einfach so den Nachmittag freinehmen kann, um sich die Haare und Nägel machen zu lassen. Ist auch nur eine dieser Frauen real? Wie soll man sich jetzt im Krieg eine Weltenbummlerin vorstellen? Ich will die Frauen ansprechen, die tatsächlich arbeiten. So wie wir. Echte Frauen, so müsste man sie nennen. Für sie möchte ich Kleider machen, die bequem, zeitgemäß und auf eine besondere Art schön sind.« Während Estella ihre Gedanken aussprach, nahmen sie nach und nach Form an. »Die Stoffblumen, die ich früher für die Haute Couture gemacht habe – ich will, dass sie das Markenzeichen meiner Modelinie werden.«

Janie zog eine Augenbraue hoch. »Könnte funktionieren.«

Vielleicht könnte es wirklich funktionieren, dachte Estella. Im Grunde brauchte sie dafür nur ihren Zeichenblock, ihre Nähmaschine und eine große Portion Entschlossenheit. Mit Sam als Zuschneider würde sie weniger Schnittteile benötigen und könnte ihre Entwürfe zu einem bezahlbaren Preis in die fertige Form bringen. Und wenn Janie als Model für sie arbeitete … nun, dann würde niemand widerstehen können. Alles, was fehlte, war Kundschaft.

»Aber ich muss das alles verdammt schnell auf die Beine stellen«, sagte Estella. »Sonst werde ich mir mein Zimmer im Barbizon nicht mehr lange leisten können.«

»Das klingt nach etwas, worauf wir anstoßen sollten.« Janies Augen funkelten. »Und das Beste an einer solchen Party ist, dass die Getränke umsonst sind.« Sie wedelte mit ihren gestohlenen Einladungen in der Luft herum.

Sam lachte. »Sie hat recht«, sagte er zu Estella. »Du brauchst etwas Geeignetes zum Anziehen. Und ich weiß, dass du irgendwo ein ganz besonderes goldenes Kleid versteckt hast.«

»Ich habe es mitgebracht«, verkündete Janie und holte es aus ihrer Tasche.

»Dann sollte ich mich wohl jetzt lieber umziehen.« Estella ging hinter den Sichtschirm in der Ecke des Zimmers und zog sich um.

Janie tat es ihr gleich, dann war Sam an der Reihe. Kurz darauf erschienen ein extrem gut aussehender Sam im Smoking und eine schlicht umwerfend schöne Janie in einem schwarzen, hochgeschlossenen Abendkleid mit schmalem bodenlangem Rock, das zwar streng wirkte, aber an Janie mit ihren blonden Haaren, ihrer sinnlichen Figur und den roten Lippen nur darauf zu warten schien, aufgeknöpft zu werden. Auf genau diese Wirkung hatte Estella gehofft, als sie das Kleid für ihre Freundin entworfen hatte.

Sie stießen an, tranken noch einen letzten Schluck, zogen ihre Mäntel über die schicken Sachen. Nicht zum ersten Mal sehnte sich Estella nach dem Umhang, den sie bei dem rätselhaften Mann in Paris hatte zurücklassen müssen, denn sie hätte gern für solche Anlässe etwas Hübscheres besessen als den schlichten Mantel, den sie tagsüber trug. Sam winkte ein Taxi herbei, und sie machten sich auf den Weg nach Gramercy Park.

Das Taxi hielt vor einem Gebäude, das Estella seltsam vertraut vorkam, das sie aber, da die Straßenlaternen nicht funktionierten, nicht wirklich gut sehen konnte. Trotzdem lief ihr eine Gänsehaut über den Rücken, als wäre die Kälte der Dezembernacht ihr plötzlich in die Knochen gefahren, und sie zog den Mantel enger um sich.

»Ist dir kalt?«, fragte Sam.

Sie schüttelte den Kopf. »Nein. Mir war nur grade, als hätte ich einen Geist gesehen.«

»Lasst uns reingehen – Licht und Champagner werden die Geister schon vertreiben«, meinte Janie. Sie schwebte förmlich die Treppe hinauf, zwinkerte dem Türsteher zu und hielt ihm die Einladungen unter die Nase, woraufhin sie völlig problemlos eingelassen wurden. »Ich hab euch ja gesagt, dass es ein Kinderspiel sein wird«, sagte sie.

Der Saal war verraucht, was das Glitzern der Edelsteine, mit denen die anwesenden Frauen sich reichlich geschmückt hatten, jedoch kaum dämpfte. Estella war froh, dass sie in ihrem Kleid zumindest nicht das Gefühl haben musste, am falschen Ort zu sein. Janie brauchte nicht lange, um einen Mann zu finden, der sie über die Tanzfläche wirbelte, Sam schloss sich einer Gruppe von Männern an, die Poker spielten und Whiskey tranken, bis er von einer hübschen Brünetten und – ehe diese ihn erneut in Beschlag nehmen konnte – von einer Rothaarigen auf die Tanzfläche gelockt wurde.

So stand Estella entweder an der Bar oder ließ sich ebenfalls auf die Tanzfläche ziehen, obwohl die jungen Männer mit steigendem Alkoholspiegel immer nachdrücklicher darauf drängten, ihr die Bibliothek zeigen zu dürfen, und das wohl kaum in der Absicht, ihr dort etwas vorzulesen. Nach dem vierten Mal sprach sie nur noch Französisch, tat, als würde sie nichts verstehen, und trank eindeutig zu viel Champagner.

Was wahrscheinlich der Grund dafür war, dass sie, als sich Janie zu ihr gesellte, auf eine Frau zeigte und viel zu laut herausposaunte: »Sieh dir nur diese armselige Lanvin-Fälschung an. Genau dieses Kleid habe ich letzte Saison bei einer Modenschau skizziert. Wenn ich gewusst hätte, was sie daraus machen, hätte ich mich geweigert.«

Janies Blick folgte Estellas ausgestrecktem Finger zu einer Frau in einem Kleid mit einem Bahnenrock aus abwechselnd schwarzer und weißer Seide und einem schwarzen Oberteil, das am Hals von einem Perlenkragen gehalten wurde.

»Bei den Rockbahnen haben sie mit Stoff geknausert, um Geld zu sparen«, schimpfte Estella. »Der Rock müsste das doppelte Volumen haben – so sieht er aus wie ein Schmetterling mit nur einem Flügel.«

Janie lachte. »Was erkennst du sonst noch alles wieder?«

Estella wirbelte herum und sah sich einer Frau gegenüber, die ihre Bemerkung offensichtlich gehört hatte. »Sie sind sich Ihrer ja sehr sicher«, meinte sie barsch.

Estella sah sofort, warum die Frau so unfreundlich war – sie trug ebenfalls eine Kopie, einen grauenhaften Abklatsch eines ihrer Lieblingskleider von Coco Chanel, das sich sanft wie die Hand eines zärtlichen Liebhabers um den Körper seiner Trägerin schmiegen sollte. Das Original war aus schwarzer Spitze und entfaltete sich sanft zu einem langen Rock. Ein Bouquet weißer Leinenkamelien an der rechten Schulter verbarg einen Teil des Dekolletés, das der herzförmige Ausschnitt freigab. Bei der Fälschung, die die Frau trug, saßen die Kamelien zu tief, die Spitze war so schlecht ans Futter geheftet, dass sie auf einer Seite hochrutschte, und der Rock hing haltlos zu Boden, anstatt elegant zu fallen. Der Rechtfertigungsdrang der Frau legte nahe, dass sie befürchtete, Estella könne wissen, dass ihr Kleid keineswegs edler Haute Couture entstammte, wie sie wahrscheinlich sonst gern behauptete.

»Ich frage mich nur, warum jemand so viel Aufwand für etwas betreibt, das nicht ist, was es sein sollte«, sagte Estella, die Zunge vom Champagner gelöst, aber auch im Bemühen, höflich zu bleiben.

»Und was soll Ihr Kleid darstellen? Einen kleinen Sonnenstrahl vielleicht?«, fragte die Frau, und der Hohn in ihrer Stimme war nicht zu überhören.

»Es ist ein Original. Von Stella Designs. Kommen Sie einfach mal bei mir vorbei, wenn Sie von den Imitationen genug haben.«

»Stella Designs. Das werde ich mir merken.«

Die Frau stolzierte davon, und Estella wurde das Gefühl nicht los, einen Fehler gemacht zu haben. Dass sie wieder einmal mindestens einen Satz früher den Mund hätte halten sollen.

Kurz nach Mitternacht hörte sie dann, wie unter den Gästen der Feier der Satz »Alex ist da« die Runde machte, bei den Frauen begleitet von strahlendem Lächeln und einem Erschaudern, wie es sonst eher ein unerwarteter Saxophon-Riff auslöste. Estella fragte sich, wer wohl fähig war, unter diesen Leuten, die doch offensichtlich schwer zu beeindrucken waren, einen solchen Aufruhr auszulösen.

»Er ist mindestens so rätselhaft wie Gatsby«, hörte sie an der Bar eine Frau zu einer anderen sagen, »und seine Herkunft ist genauso mysteriös. Ich habe gehört, dass sein Vater Pirat auf dem Pazifik war.« Die Frau kicherte, fuhr dann aber unbeirrt fort. »Ich weiß, dass man als Anwalt gut bezahlt wird, aber er scheint mehr Geld zu haben, als man rechtmäßig verdienen kann. Wenn man dazu noch seinen tödlichen Charme kennt, wundert man sich nicht, warum alle Frauen hier im Saal angefangen haben zu zittern.«

Estella grinste leise. Ein Pirat mit tödlichem Charme – das klang nach einem Mann, von dem sie Janie unbedingt fernhalten musste. Und bestimmt nicht nach einem, der sich für die Ehe eignete. Sie blickte sich um, und da ihre Freundin nirgends zu sehen war, machte sie sich auf die Suche nach ihr. Unterwegs warf sie Sam ein Lächeln zu – inzwischen hatte ein blondes Mädchen es sich auf seinem Knie bequem gemacht –, merkte jedoch auch, dass sie sich nicht mehr ganz sicher auf ihren Beinen fühlte und es für sie Zeit war, nach Hause zu gehen. Sie sagte sich, dass Janie gewiss schlau genug wäre, nicht einem Piraten auf den Leim zu gehen, holte ihren Mantel und ging zum Rand des Saals, wo sie den Ausgang zu finden hoffte. Aber das Saallicht drang nicht zwischen die Säulen vor, so dass Estella kaum etwas erkennen konnte. Natürlich war es auch nicht hilfreich, dass der Raum sich dank ihres Alkoholkonsums vor ihren Augen zu drehen begann.

Auf einmal bekam Estella einen Schubs, der sie noch weiter zwischen die Säulen beförderte, und ein Mann, der es offenbar eilig hatte, drängte sich, ohne im Geringsten auf sie zu achten, mit einem lauten: »Alex! Ich hab schon die Gerüchte gehört«, an ihr vorbei, wobei sie einige Spritzer seines in der Hast überschwappenden Getränks abbekam.

»Das sind keine Gerüchte, ich bin leibhaftig hier«, erwiderte ein anderer Mann fröhlich – sicher der mysteriöse Alex.

»Bis wir dich das nächste Mal aus dem Land jagen«, gab der erste Mann mit einem grimmigen Lachen zurück, und Estella schüttelte sich seinen Whiskey von den Fingern.

»Wenn du derjenige bist, der sich darum kümmert, werde ich wohl noch eine Weile hierbleiben«, sagte Alex. »Aber jetzt entschuldige mich bitte.« Seine Stimme klang seltsam vertraut. Nahezu akzentfrei.

Estella war damit beschäftigt, ihren ebenfalls alkoholbespritzten Mantel notdürftig abzuwischen, als sie sich unvermittelt in den Armen eines Mannes wiederfand, der ihr einen ganz und gar unkeuschen Kuss auf die empfindsame Stelle unter ihrem Ohrläppchen gab. »Da bist du ja«, sagte die gleiche Stimme – Alex.

Estella überlegte fieberhaft.

Wer um alles in der Welt war dieser Mann? Warum konnte sie sich nicht an ihn erinnern? Sich auf irgendwelchen Partys sinnlos zu betrinken gehörte eigentlich nicht zu ihren Gewohnheiten. Aber es war zu finster, um ihn richtig zu sehen, sie konnte nur erkennen, dass seine Haare dunkel waren und seine Lippen den ihren näher kamen.

Im Licht eines in der Nähe aufflammenden Feuerzeugs erhaschte sie einen Blick auf leuchtend braune Augen und die Umrisse eines Gesichts, das ausgesprochen *séduisant* war – ein Wort, für das es ihrer Meinung nach keine wirklich passende Übersetzung gab. *Attraktiv* war zu banal, *verführerisch* zu offenkundig. Nein, dieser Mann war so anziehend, dass es beinahe wehtat, ihn anzusehen, er war anziehend auf eine rücksichtslose Art, der man am besten aus dem Weg ging. Als wüsste er genau, welche Wirkung sein Äußeres auf andere Menschen hatte. Hatte sie ihn schon einmal getroffen?

All diese Gedanken stürmten in einem einzigen Augenblick auf Estella ein, denn bevor sie die Gesichtszüge des Mannes deutlich erkennen und den Pfad der Erinnerung zurückverfolgen konnte, war das Feuerzeug erloschen.

Und dann küsste dieser Alex sie auf eine Art, wie sie seit Langem nicht mehr – oder eigentlich überhaupt noch nie – geküsst worden war, und weil es sich so unglaublich gut anfühlte, reagierte sie, öffnete den Mund und begegnete seiner Zunge. Seine Hand vergrub sich in ihren Haaren, um sie noch inniger küssen zu können, mit der anderen umfasste er ihre Taille, strich über den dünnen Stoff ihres Mantels und setzte die Haut darunter in Brand.

Die Begierde, die sie ergriff, war intensiver als alles, was Estella je zuvor empfunden hatte, und sie trat einen Schritt zurück, weg von diesem Mann, den sie nicht kannte und dennoch küsste, als kenne sie ihn besser als alle anderen. Dabei wandte er den Blick nicht von ihrem Gesicht, und sie hatte das Gefühl, sich so nackt und ungeschützt vor ihm zu offenbaren, dass ihr Herz zu sehen war. Und sie war ganz und gar nicht sicher, ob sie ausgerechnet diesem Mann das gestatten wollte.

»Warte«, sagte er sanft, ein Flüstern, so zärtlich wie vorhin seine Hand und doch begierig, als wolle er etwas von ihr, das er vermutlich viel zu oft und viel zu leicht bekam.

Er griff nach ihrer Hand, und seine Fingerspitzen trafen die ihren, eine so harmlose wie verlockende Berührung, Haut auf Haut, dann wandte sie sich ab.

Triff mich morgen Abend im Jimmy Ryan's, meinte sie ihn sagen zu hören, bevor sie vom Gedränge der Tanzfläche erfasst wurde und ein Schwarm teils freundlicher, teils ungehaltener Stimmen sich um Alex gruppierte. Estella stolperte einmal, zweimal, und es war nicht der Alkohol, sondern der Kuss, der sie aus dem Gleichgewicht brachte.

Irgendwann fand sie den Ausgang. Wie schon zuvor bekam sie eine Gänsehaut, als sie den gotischen Torbogen durchquerte und die Treppe hinunterrannte. Draußen winkte sie ein Taxi heran, erinnerte sich aber im letzten Moment, dass sie kein Geld bei sich hatte. Also ging sie den ganzen weiten Weg zum Barbizon zu Fuß, allein und eine trostlose Flut von Bildern ihrer Mutter im Kopf.

In ihrem Zimmer angekommen, machte sie sich nicht einmal die

Mühe, ihr Kleid auszuziehen, sondern ließ sich einfach aufs Bett fallen, rollte sich zusammen und träumte davon, nackt in den Armen eines Mannes zu liegen, träge und wohlig müde.

Als sie aufwachte, war es Morgen, doch als sie sich an den Mann schmiegen wollte, war da nur Leere, und Stück für Stück kehrten die Erinnerungen an letzte Nacht zurück. Der Kuss. Er, der vertraut und zugleich fremd war. Und alles danach war nur ein Traum gewesen. Plötzlich hatte sie einen Kloß im Hals, und Tränen schossen ihr in die Augen.

Triff mich morgen Abend im Jimmy Ryan's. Oder war das auch nur Teil ihres Traums gewesen?

Estella verbrachte den nächsten Tag an der Nähmaschine und nähte ein Kleid für ein Rendezvous, das sie sich womöglich nur eingebildet hatte. Janie rief an, um ihr zu sagen, dass sie nach der Arbeit mit einem Mann ausgehen würde, den sie auf der Party kennengelernt hatte, und Estella atmete erleichtert auf, denn sie wollte nicht erklären müssen, was sie gerade tat. Nicht, dass sie es selbst gewusst hätte.

Am Nachmittag legte sie eine kurze Pause ein, um eine Runde im Pool des Barbizon zu schwimmen. Seit einiger Zeit ging sie täglich schwimmen, denn sie mochte das Gefühl, wenn ihre Arme durchs Wasser strichen und ihren Körper vorantrieben, wenngleich sie keine besonders gute Schwimmerin war.

Doch sie hatte einen schlechten Zeitpunkt gewählt und lief der Hausmutter in die Arme, als sie gerade den Aufzug in ihrem selbst genähten Badeanzug betreten wollte – einem schlichten weißen Baumwollhemd für Männer, das sie zu einem Spottpreis erworben, von den Ärmeln befreit und mit einem Stück schwarzer Baumwolle verlängert hatte, damit der Intimbereich bedeckt war – ein Badeanzug, der modern, schick und zum Schwimmen wesentlich praktischer war als die schweren, aufgeblähten Badekleider, die alle anderen Frauen trugen.

»Was ist das denn?«, fuhr die Hausmutter sie ärgerlich an.

»Ich gehe schwimmen«, erklärte Estella.

»So stolzieren Sie mir gefälligst nicht im Hotel herum.«

»Ich gehe doch nur zum Pool.«

»Ziehen Sie sich anständig an, sonst können Sie sich eine andere Unterkunft suchen. Wir sind hier in Amerika, nicht in Frankreich.«

»Das ist mir bewusst«, gab Estella zurück, stürmte in ihr Zimmer, nahm den Rest schwarzer Baumwolle und band ihn sich wie einen Rock um die Hüfte. Sie musste zugeben, dass das gar nicht schlecht aussah, also merkte sie sich die Idee für später und warf der Hausmutter zum Dank im Vorbeigehen frech eine Kusshand zu.

Gegen acht Uhr zog sie sich ihr neues Kleid an. Grüner Jersey mit einem langen, schmalen Rock, dem sich in der Taille eine Schärpe entwand, die zu einem Nackenträger wurde. Der wiederum wurde über der Brust gekreuzt, dann um die Hüften gewickelt und seitlich gebunden. Zuerst hatte sie vorgehabt, die Bänder einfach gerade herunterfallen zu lassen, sich in letzter Minute jedoch noch entschieden, sie zu einer Blume zu knoten, die an eine Pfingstrose erinnerte. Das Kleid war rückenfrei, was man nach der klassischen Eleganz des Vorderteils nicht unbedingt erwartete – eine Hommage an die eleganten Schnitttechniken und Drapierungen Madeleine Vionnets, aber aus einem Stoff, den sich auch eine junge Frau wie Estella leisten konnte.

Sie trug Mascara und roten Lippenstift auf, die Haare ließ sie offen, so dass sie in dunklen Wellen über ihren Rücken fielen, auf einer Seite von einer sternförmigen Strassspange gehalten, die ihre Mutter ihr zum sechzehnten Geburtstag geschenkt hatte. Sie berührte den Stern und flehte das Universum an, ihr eine Botschaft zu schicken, ob es ihrer Mutter gut ging. Aber alles, was sie hörte, war das alltägliche Hupkonzert auf den Straßen von Manhattan.

Dann, bevor sie es sich anders überlegen konnte, nahm sie die Subway zur 52nd Street. Das Jimmy Ryan's war ein Jazzclub im Keller eines Stadthauses, das viel gewöhnlicher aussah, als die herausdringende Musik hätte vermuten lassen.

»Zwei Dollar«, sagte der Barmann, als sie ihren üblichen Cocktail, einen Sidecar, bestellte.

Sie zuckte zusammen und tat, als würde sie in ihrer Handtasche kramen, obwohl sie genau wusste, dass sie sich keinen Drink für zwei Dollar leisten konnte. »Ich habe mein Geld an der Garderobe vergessen«, sagte sie. »Bitte verzeihen Sie.« Sie schob das Glas weg.

»Der geht aufs Haus«, meinte der Barmann daraufhin freundlich und zwinkerte ihr zu.

»Danke.« Sie hob das Glas an die Lippen und nippte dankbar daran. Aber dann sah sie plötzlich Alex neben sich auftauchen, und wieder verspürte sie diese dunkle Anziehungskraft von ihm ausgehen.

»Du bist gekommen«, sagte er mit dieser Stimme, die sie von der Party, aber nicht nur von dort kannte.

Dann traf die Erinnerung sie wie ein Schlag, und sie knallte ihr Glas auf den Tresen zurück. Das Théâtre du Palais-Royal! Dort hatte sie mit einem Mann getanzt, der mit Tod und Geheimnissen zu tun hatte. Und dieser verfluchte Mann war Alex.

Bevor sie etwas sagen konnte, gesellte sich eine andere Frau zu ihnen, hakte sich bei Alex unter und küsste ihn auf die Wange. Estella verschlug es den Atem.

Denn diese Frau sah ihr so ähnlich, dass Estella kaum hätte sagen können, wo sie aufhörte und die andere begann. Allerdings handelte es sich um eine Estella aus einer Zukunft, die es hoffentlich nie geben würde, eine Estella mit verschatteten Augen, eine erschöpfte, gebrochene Estella.

Alex trat einen Schritt zurück und sah zwischen den beiden Frauen hin und her.

Am liebsten hätte Estella die Augen geschlossen und so getan, als hätte sie die andere Frau nie gesehen – wer zum Teufel war sie? –, aber sie wollte Alex und seiner Geliebten nicht zeigen, wie verwirrt und verängstigt sie war. »Ist das nicht merkwürdig?«, stieß sie mit Tränen in den Augen hervor, machte auf dem Absatz kehrt und hastete aus dem Club.

Draußen auf der Straße, als sie sich in Sicherheit glaubte, krümmte sie sich zusammen und hielt sich an der Hauswand fest, ohne wirklich Halt zu finden.

Alex hatte sie nur deshalb geküsst, weil er sie für eine andere gehalten hatte. Das erklärte zumindest einen Teil des Rätsels. Und den Rest wollte sie gar nicht lösen – seit ihrer ersten Begegnung in Paris hatte dieser Mann ihr nichts als Leid und Kummer gebracht.

Teil 2

FABIENNE

Kapitel 7

MAI 2015 | »Die Ausstellung *Die Schneiderin von Paris* ist hiermit eröffnet!«

Die Menschenmenge, die sich zur alljährlichen Gala im Metropolitan Museum of Art zusammengefunden hatte, klatschte und jubelte, dann begann man, gemächlich durch die Ausstellungsräume zu defilieren. Fabienne ließ sich zurückfallen und wünschte sich, es wäre nicht so voll und sie könnte in Ruhe vor jedem Ausstellungsstück stehen bleiben und es bewundern. Sie war so stolz auf ihre Großmutter. Als sie merkte, dass sie neben Anna Wintour stand, breitete sich ein albernes Grinsen auf ihrem Gesicht aus, das noch breiter wurde, als Anna, die ebenfalls ein Kleid von Stella Designs trug, Fabiennes Kleid begutachtete, anerkennend nickte und murmelte: »Eine ausgezeichnete Wahl.«

Der ganze Abend kam ihr vor wie ein Traum. Von den gaffenden Menschenhorden bei ihrer Ankunft in der Fifth Avenue (was für eine Enttäuschung Fabienne für sie gewesen sein musste, da sie niemand kannte) bis zu ihrem Gang über den roten Teppich, wo sie einen Haufen Prominenter erkannt zu haben glaubte.

Wenn Estella doch bloß hier sein könnte, dachte Fabienne. Mamie hätte sich so über die begeisterten Reaktionen gefreut, die ihr Stars-and-Stripes-Kleid hervorrief – in klassischem Marineblau, mit schmalen weißen Streifen und einem frechen roten Stern über dem Herzen. Oder der rote Rock, ein Einzelstück von 1943, auf den drei winzige Hexen samt Besen gestickt waren. Und auch die Blusen von 1944, mit verblassten Stadtplänen von Paris bedruckt, so dass die Straßen darauf aussahen wie ein filigranes Zickzackmuster – eine subtile Erinnerung daran, wie die Stadt um die Rückkehr ins Licht hatte kämpfen müssen. Als Fabienne näher herantrat, um sich den inzwischen noch undeutlicher gewordenen Plan auf einer der Blusen anzuschauen, stolperte sie über den Fuß eines anderen Besuchers. Instinktiv streckte sie die Hand aus und suchte den nächstbesten Halt – wie sich herausstellte, am Rücken eines Mannes.

»Oh, entschuldigen Sie bitte!«, rief sie etwas atemlos. »Ich war so fasziniert von der Bluse.«

Der Mann und seine Begleiterin hatten sich zu ihr umgedreht, und beide lächelten Fabienne freundlich an.

»Die Bluse ist phantastisch, nicht wahr?«, meinte die Frau. »Ich suche den Arc de Triomphe, deshalb ist Ihnen mein Fuß in die Quere gekommen. Verzeihung.«

»Haben Sie ihn gefunden?«, fragte Fabienne.

»Ja, hier. Rechts unten.« Der Mann deutete auf den Stadtplan, und Fabienne konnte nicht umhin, festzustellen, wie gut er aussah – dunkle Haare, blaue Augen, ein eleganter Smoking –, und dass unter seinem Ärmel ein Tiffany-Manschettenknopf aus Titan hervorlugte.

Hastig richtete sie ihre Aufmerksamkeit wieder auf die Bluse, hoffentlich hatte niemand bemerkt, wie sie ihn anstarrte. Sie ermahnte sich im Stillen, nicht den Begleiter einer anderen Frau zu begehren – vor allem nicht, wenn diese Frau so nett zu ihr gewesen war. Als sie den winzigen Eiffelturm entdeckte, lächelte sie, und ihr Blick schweifte weiter über die Champs-Élysées zur Rue de Rivoli und verharrte schließlich auf der Brusttasche über dem Herzen, wo ein X auf der Rue de Sévigné eingezeichnet war, an genau der Stelle, wo das Haus ihrer Großmutter lag, das Haus, in dem Estella nie gelebt hatte.

»Ihr Kleid ist wunderschön«, sagte die Frau und musterte Fabienne voller Bewunderung. »Dürfte ich die Blume anfassen? Sie sieht so echt aus.«

Fabienne lachte. »Natürlich.«

Behutsam strich die Frau über die Blütenblätter der schwarzen Pfingstrosen aus Leder, die Fabiennes Schulter zierten. »Wirklich bezaubernd. Man würde nicht denken, dass ausgerechnet dieses Material und diese Blüten so gut zusammenpassen, aber das macht sie nur umso faszinierender.« Sie blickte über Fabiennes Schulter und stieß ein versonnenes Seufzen aus. »Und sehen Sie sich dieses Kleid da drüben an. Das könnte man auch heute noch tragen, und man würde absolut umwerfend darin aussehen.«

Als Fabienne sich umdrehte, sah sie ein wunderschönes goldenes Kleid, eines der Lieblingskleider ihrer Großmutter. Estella hatte immer erzählt, es sei dieses Kleid gewesen, was ihr Schicksal besiegelt habe. »O ja«, stimmte Fabienne zu.

Einen Moment herrschte Schweigen, und Fabienne wurde klar, dass sie, eine Wildfremde, schon viel zu viel von der Aufmerksamkeit des Pärchens in Anspruch genommen hatte. »Viel Vergnügen noch bei der Ausstellung«, sagte sie und ging weiter.

Die nächsten zwei Stunden schlenderte sie durch die Ausstellungsräume, und die Zeit verging wie im Flug. Dabei ging ihr immer wieder durch den Kopf, wie sehr ihre Großmutter das alles hier lieben würde. Und ihr Vater ebenso.

Sie trank Champagner und wurde vom Kurator des Costume Institute einigen Leuten vorgestellt, die sie sehr beeindruckten. Mamie ließ sich nie beeindrucken, von niemandem, rief Fabienne sich ins Gedächtnis und versuchte, so zu tun, als wären alle anderen genauso gewöhnlich wie sie. Gegen ein Uhr morgens beschloss sie, dass es Zeit war, aufzubrechen; sie hatte genug gesehen, um Estella einen Überblick vermitteln zu können. Sie ging nach draußen und lief die Treppe hinunter, um ein Taxi heranzuwinken, als sie vor sich einen Mann und eine Frau sah, die Schwierigkeiten zu haben schienen. Der Mann hatte den Arm um die Frau geschlungen, die sich langsam und schwerfällig bewegte, als hätte sie sich verletzt, als wäre jeder Schritt eine Qual.

»Kann ich helfen?«, fragte Fabienne und eilte zu ihnen. Sie konnte die qualvollen Bewegungen der Frau kaum mit ansehen und machte sich Sorgen, dass das Paar jeden Moment die Treppe hinunterfallen könnte.

»So treffen wir uns wieder«, sagte der Mann mit einem kleinen Lächeln, und Fabienne erkannte sie als das gleiche Paar, mit dem sie sich vorhin unterhalten hatte.

»Oh, richtig«, sagte sie. »Kann ich vielleicht die andere Seite übernehmen? Oder soll ich ein Taxi für Sie holen?« Als sie den Arm der Frau berührte, sah sie ihr Gesicht – blass, schweißbedeckt und so ausdruckslos, als hätte sie sich gänzlich in sich zurückgezogen.

»Ein Taxi wäre großartig«, sagte der Mann.

Fabienne rannte den Rest der Treppe hinunter und winkte ungeduldig, bis endlich ein Taxi am Straßenrand hielt – genau in dem Moment, in dem das Paar den Bürgersteig erreichte.

»Danke«, sagte der Mann und lächelte wieder höflich, aber das Lächeln erreichte nicht seine von Sorge überschatteten Augen. Er half der Frau ins Taxi, das in die Nacht verschwand.

»Wie lange muss ich noch warten?«

Fabienne schreckte auf, in der festen Überzeugung, es sei mitten in der Nacht, aber als sie schläfrig blinzelnd die Augen öffnete, sah sie, dass es draußen hell und ihr in Watte gepackter Kopf auf den Jetlag und die lange Nacht zurückzuführen war.

»Sie hat darauf bestanden, dich zu besuchen«, entschuldigte sich die Krankenschwester, die Fabiennes Großmutter im Rollstuhl hereinschob. »Ich habe sie so lange aufgehalten, wie ich konnte.«

»Ist schon gut«, sagte Fabienne, setzte sich auf und drückte ihrer Großmutter einen Kuss auf die Wange.

»Sie hat schon gegessen und ist bereit für den Tag«, sagte die Schwester, bevor sie ging.

»Hattest du einen schönen Abend?«, fragte Estella mit ihrer Stimme, die Fabienne so vertraut war und die mit ihrer seltsamen Mischung eines französischen und amerikanischen Akzents so anders war, als wäre sie nicht von dieser Welt. Und genau so, dachte Fabienne traurig, sah sie auch aus. Als wäre sie nicht mehr Teil des täglichen Lebens, als hätte sie sich ihrem Großvater im Himmel angeschlossen, als wäre der seidene Faden, der sie noch an diese Welt band, gerissen. Aber ihre Großmutter war siebenundneunzig Jahre alt, da konnte Fabienne sich wahrhaftig glücklich schätzen, dass sie ihre Mamie überhaupt noch hatte. Vor allem, weil Estella noch ebenso scharfsinnig war wie früher, selbst wenn ihr Körper sie im Stich ließ.

»Es war perfekt, Mamie«, sagte Fabienne und erzählte ihrer Großmutter alles: was die Leute getragen hatten, welche Kleider ausgestellt worden waren, wer gekommen war, was gesagt worden war, mit wie viel Lob und Bewunderung Estella Bissette und ihre legendäre Modelinie Stella Designs überhäuft worden waren.

Estella reichte ihr einen geöffneten Briefumschlag. »Aber du warst mit Abstand die Schönste, Fabienne«, sagte sie voller Stolz.

Fabienne zog ein Foto aus dem Umschlag, der heute früh von einer Bewunderin ihrer Großmutter bei der *Vogue* verschickt worden sein musste. Es zeigte Fabienne auf dem roten Teppich in dem atemberaubenden Kleid, das Mamie ganz allein für sie entworfen hatte – silberne Seide, die nahtlos um ihren Körper drapiert war, mit einem voluminösen Rock, der auch an einer Prinzessin nicht fehl am Platz gewirkt hätte, einem tiefen Ausschnitt und außen an den Schultern angeschnittenen Ärmeln, die ihr Schlüsselbein zur Geltung brachten. Die schwarzen Pfingstrosen, die ähnlich einer Rosette an der linken Hüfte und über der rechten Brust platziert waren, bewahrten das Kleid allerdings davor, zu prinzessinnenhaft zu wirken. Und dennoch fühlte sich Fabienne darin viel weniger wie eine tollpatschige Australierin, die über die Füße fremder Leute stolperte, als sonst.

»Ich glaube, du bist voreingenommen«, sagte Fabienne lächelnd.

»Dein Vater hätte mir zugestimmt.«

Fabienne nahm Estellas Hand und drückte sie sanft. »Er wäre bestimmt liebend gern dabei gewesen.« Und ihr kamen wieder die Tränen, von denen sie doch gehofft hatte, sie wären endlich versiegt.

»*Ma petite* Fabienne«, seufzte Estella. »Ich vermisse ihn auch.«

Eine Weile herrschte Stille, und Fabienne wusste, dass ihre Großmutter genau wie sie an Xander Bissette dachte, Fabiennes Vater und Estellas Sohn. An den brillanten und liebevollen Mann, der nie älter zu werden schien – selbst mit vierundsiebzig hatte er noch dunkle Strähnen in den grauen Haaren –, bis er vor einem Monat einen tödlichen Schlaganfall erlitten hatte.

»Deine Mutter wollte nicht mit dir nach New York kommen?«, fragte Estella.

Fabienne schüttelte den Kopf. »Ich glaube, sie hatte Angst, dich zu sehen. Du siehst ihm so ähnlich. Sie …« Wie sollte sie beschreiben, was seit dem Tod ihres Vaters mit ihrer Mutter passiert war? »Sie kann kaum noch aufrecht stehen. Ich mache mir Sorgen um sie. Natürlich hat sie sich sofort wieder in die Arbeit gestürzt, wie immer.«

Während Fabienne die Hand ihrer Großmutter fest in ihrer hielt, spürte sie dieselbe Verbundenheit, die sie schon als Kind viel mehr mit Mamie als mit ihrer Mutter empfunden hatte, obwohl sie Estella nur sah, wenn ihr Vater und sie jedes Jahr im Juli von Sydney nach New York und von dort weiter nach Paris reisten.

»Du siehst auch ziemlich geschafft aus«, stellte Estella fest und lehnte sich im Rollstuhl zurück, um ihre Enkeltochter zu betrachten. »Zu traurig für jemanden in deinem Alter. Was nicht nur am Tod deines

Vaters liegt, wie ich vermute. Warum ist dieser junge Mann, von dem du so oft erzählst, nicht mitgekommen?«

»Wir haben uns getrennt«, erklärte Fabienne.

Mit diesem jungen Mann, Jasper, war sie die letzten zwei Jahre zusammen gewesen, wobei er gar nicht so jung war – genau genommen war er schon siebenunddreißig und damit acht Jahre älter als Fabienne. Am Tag nach dem Tod ihres Vaters hatte sie endlich erkannt, wie unterschiedlich ihre und Jaspers Vorstellung von Liebe war. Für ihn bedeutete es, bei jeder Vernissage eine schöne Frau am Arm und jede Nacht bei sich im Bett zu haben, eine Frau, bei der er sich keine Mühe geben musste, weil sie sich bereits für ihn entschieden hatte und er nicht mehr ihr Herz gewinnen musste. Für Fabienne dagegen bedeutete Liebe eine Intensität, die alle anderen Gefühle in den Schatten stellte, ein kaum auszuhaltendes Sehnen, wann immer der geliebte Mensch in der Nähe war, dessen Hand man auf ewig würde halten wollen. Was vermutlich eine Phantasievorstellung war – Fabienne wusste, dass sie eine Liebe wie die, von der ihre Großmutter sprach, wahrscheinlich nie selbst erleben würde, weil sie aus einer längst vergangenen Zeit stammte.

»Gut. Ich mochte ihn nie«, sagte Estella entschieden, und Fabienne musste lachen. »Du solltest nach Paris ziehen«, fuhr ihre Großmutter fort. »Paris ist der Ort, an dem die Liebe zu finden ist.«

»Mamie, Liebe gibt es überall auf der Welt. Dafür muss ich nicht in Paris wohnen.«

»Die Liebe, die man in Paris findet, ist anders«, beharrte Estella. »Mach wenigstens einen Ausflug übers Wochenende. Erhol dich, bevor du nach Sydney zurückfliegst und deinen neuen Job anfängst. Du hast doch nichts zu verlieren.«

»Aber ich bin den ganzen weiten Weg hergekommen, um dich zu sehen«, sagte Fabienne sanft. Außerdem gab es etwas, das sie ihre Großmutter fragen wollte, und das könnte sie nicht in Paris erledigen.

»Es gefällt mir nicht, dich so zu sehen. Ich möchte die Fabienne vor mir haben, die du sein solltest, die Frau, die du eines Tages werden wirst – die schon zu erahnen war, als ich dich als Baby zum ersten Mal in den Armen hielt. Diese Fabienne hast du noch nicht gefunden.« Bei diesen Worten stieß ihre Großmutter den Finger in die Luft, als wolle sie das Gesagte unterstreichen, und Fabienne bekam eine Gänsehaut, so eindringlich war ihre Stimme.

Die Fabienne, die du sein solltest. Wer war sie? Und worin unterschied sie sich von der Fabienne, die sie jetzt war? Ja, sie war traurig, aber ihr Vater war gerade erst gestorben und sie hatte sich von Jasper getrennt. Was sollte ein Wochenende in Paris da bewirken?

———

Als sie das Théâtre du Palais-Royal betrat, erkannte Fabienne, wie viel klüger als sie ihre Großmutter war. Am Ende hatte sie Mamies beharrlichem Drängen nachgegeben und war nach Paris geflogen. Nun war sie erst einen Tag hier, und schon fühlte sie sich besser. Der Nachtflug war nicht sonderlich anstrengend gewesen, und nichts schmeckte so gut wie französisches Baguette und französischer Kaffee in einem Straßencafé im Herzen des Marais. Es lag in der Nähe des Hauses ihrer Großmutter, wo Fabienne und ihr Vater, nur ganz selten auch ihre Mutter, so oft Urlaub gemacht hatten, dass es sich so vertraut und behaglich anfühlte wie ein weicher Pyjama – womit sie das prachtvolle uralte Haus keineswegs beleidigen wollte. Und jetzt würde sie den Abend in ihrem Lieblingstheater verbringen, in dem sie so oft mit ihrer Großmutter gewesen war. Für sie spielte es keine Rolle, welches Stück aufgeführt wurde – allein der Aufenthalt an diesem intimen, entzückenden Ort reichte aus, um unweigerlich von seiner zeitlosen Schönheit berührt zu werden. So hatte sie nicht nachgesehen, was eigentlich gezeigt wurde, und stellte zu ihrer Überraschung fest, dass es keine Theaterproduktion war, sondern ein Film. Auf einer Leinwand, die eigens im Theater installiert worden war, lief eine Dokumentation über Jean Schlumberger, der, wie im Programm zu lesen war, nicht nur ein gefeierter Designer von Tiffany & Co. war, sondern auch bei Charles de Gaulles *Forces françaises libres* im Zweiten Weltkrieg gedient hatte.

Sie machte die Reihe ausfindig, die auf ihrem Ticket stand, musste jedoch an einem Pärchen vorbei, das bereits Platz genommen hatte. Die beiden waren so in ihr Gespräch vertieft, dass sie einen Moment wartete und dem Platzanweiser auf Französisch versicherte, dass sie zurechtkommen würde. »*Excusez-moi*«, sagte sie schließlich höflich.

Die beiden blickten auf, und sie wusste sofort, dass sie das Paar kannte.

»Das Met«, sagten sie und die Frau wie aus einem Mund, und beide lachten.

»Wenigstens bin ich dieses Mal nicht über Sie gestolpert«, sagte Fabienne.

»Ich bin Melissa Ogilvie. Und das hier ist Will.« Lächelnd deutete Melissa auf den Mann.

Fabienne setzte sich neben Will. »Ich bin Fabienne Bissette.«

»Bissette?«, wiederholte Melissa erstaunt. »Wir haben uns bei einer Ausstellung von Estella Bissettes Entwürfen kennengelernt, und Sie tragen denselben Familiennamen. Das ist gewiss kein Zufall?«

»Estella ist meine Großmutter.«

»Wow«, sagte Melissa. »Daher hatten Sie also Ihr phantastisches Outfit. Ich habe mich auf den ersten Blick in Ihr Kleid verliebt, aber ich vermute, es ist ein Unikat.«

Fabienne nickte. »Sie hat es extra für mich designt. Es ist so schön, dass ich es fast über Nacht angelassen hätte, weil ich den Gedanken, es wieder auszuziehen, kaum ertragen konnte.«

Melissa lachte erneut.

»Woher kommen Sie?«, fragte Will. »Ich habe Sie mit dem Platzanweiser perfekt Französisch sprechen hören, und Sie sind offensichtlich keine Amerikanerin, sonst hätten Sie allen im Met erzählt, wer Ihre Großmutter ist.«

»Ich komme aus Australien«, sagte sie.

»Und dennoch sprechen Sie fließend Französisch?«

Fabienne schüttelte den Kopf und versuchte auszublenden, wie attraktiv sie ihn fand. »Meine Großmutter hat darauf bestanden, dass ich von klein auf anfange, Französisch zu lernen. Bei jedem Besuch hat sie mir französische Verben und Vokabeln eingetrichtert. Wofür ich jetzt dankbar bin, auch wenn ich es damals vermutlich nicht war. Und wir haben jeden Sommer Urlaub in Paris gemacht. Estella hatte ein Haus im Marais.«

»Durch den Marais würde ich zu gern einmal schlendern«, sagte Melissa.

»Es ist der schönste Teil von Paris. Ihr solltet definitiv einen Tag dort verbringen. Wie lange seid ihr hier?«, fragte Fabienne.

»Nur übers Wochenende«, sagte Melissa. »Mein Bruder hat es sich zur Aufgabe gemacht, mich jeden Monat an einen neuen Ort mitzunehmen.« Sie hielt inne und wandte sich Will zu.

Fabienne versuchte, sich nicht anmerken zu lassen, wie sehr sie sich freute, dass er Melissas Bruder war.

Will schüttelte den Kopf, seine Schwester redete jedoch weiter. »Ich habe Eierstockkrebs«, erklärte sie. »Im Endstadium. Ich weiß, dass Will denkt, ich sollte das für mich behalten und uns nicht alle damit deprimieren, aber so ist es nun mal. Solange es mir gut genug geht, bringt er mich jeden Monat an interessante Orte in aller Welt.«

Melissa legte Will zärtlich die Hand auf den Arm, und Fabienne sah seinen bekümmerten Blick.

»Danke, dass du uns neulich Abend geholfen hast«, sagte er zu Fabienne. »Auch deshalb wusste ich, dass du keine Amerikanerin bist.

Ein echter New Yorker wäre einfach über uns hinweggestiegen, statt uns ein Taxi zu rufen.«

»Ich habe doch kaum etwas gemacht«, sagte Fabienne und wünschte plötzlich, sie hätte mehr getan. Angesichts der traurigen Tatsache, dass eine junge Frau wie Melissa – sie war bestimmt nicht älter als Mitte zwanzig – so krank war, war ihre Geste kaum der Rede wert. Da ihre Mutter eine der ersten auf Frauen spezialisierten Krebskliniken in Sydney eröffnet hatte, wusste sie, wie brutal diese Krebsart sein und wie schnell es für die Betroffenen bergab gehen konnte.

»Ich habe hin und wieder Rückenschmerzen«, sagte Melissa. »Manchmal sind sie kaum zu ertragen. Und offensichtlich hatte ich bei der Gala zu viel Spaß und musste in meine Grenzen verwiesen werden. Jedenfalls wurden sie plötzlich so schlimm, dass ich wie betrunken davongetorkelt bin.«

»Bestimmt sagen dir alle, wie leid es ihnen tut«, sagte Fabienne. »Darum werde ich das nicht tun. Aber ich bin froh, dass du nach Paris gekommen bist. Meine Großmutter schreibt der Stadt Paris einen größeren therapeutischen Effekt zu als den besten Medikamenten.«

»Ich bin auch sehr froh, dass wir hergekommen sind«, stimmte ihr Melissa zu.

Will legte seiner Schwester den Arm um die Schultern und küsste sie zärtlich auf die Wange. Fabiennes Kehle war wie zugeschnürt, ihr kamen die Tränen.

Zum Glück wurde es in diesem Moment dunkel im Saal, und sie konnte sich die Augen trocknen, bevor es jemandem auffiel. Zumindest glaubte sie das, bis Will ihr ein perfekt gebügeltes und gefaltetes weißes Stofftaschentuch zusteckte. Wie viele Männer trugen so etwas noch bei sich? Mamie wäre begeistert gewesen. »Danke«, flüsterte sie.

Auf den Film konnte Fabienne sich kaum konzentrieren, zu widersprüchlich waren die Gefühle, die in ihr stritten: auf der einen Seite ein tiefes Mitgefühl für die junge Frau, die sie kaum kannte und die mit ihrem Temperament und ihrer Lebensfreude unter anderen Umständen sicher eine Freundin hätte werden können; heftiges Unbehagen auf der anderen Seite, weil sie neben Will saß und jede kleinste Bewegung von ihm mitbekam. Seit sie ihren Vater verloren hatte, schienen alle ihre Empfindungen intensiver und unmittelbarer geworden zu sein, und sie gab sich große Mühe, die Heftigkeit ihrer Reaktion darauf zu schieben. Aber tief im Innern wusste sie, dass Will Ogilvie mit seinem klassisch guten Aussehen, seiner rührenden Zuneigung zu seiner Schwester und seinen gefalteten Stofftaschentüchern etwas in ihr berührte.

In der Pause wollte sich Fabienne zurückziehen, damit die Ogilvies Zeit füreinander hatten, aber Melissa beugte sich zu ihr und sagte: »Komm, lass uns zusammen etwas trinken gehen. Dann bekomme ich wenigstens, was ich haben möchte, und nicht, was der Barkeeper sich aus Wills grauenhaftem Französisch zusammenreimt.«

Will lachte. »Du hast behauptet, der Fisch gestern Abend hätte dir geschmeckt!«

»Ich habe versucht, die Speisekarte zu entziffern«, flüsterte Melissa ihr verschwörerisch zu, »und er meinte, eine *daurade* wäre eine Art Rind!«

»Vielleicht eine Seekuh«, lachte Fabienne.

Will lächelte sie an, und ihr Magen zog sich zusammen.

Reiß dich zusammen, ermahnte sie sich. *Du benimmst dich wie ein Teenager.* »Was hättest du gern?«, fragte sie, dankbar für den Vorwand, sich an die Bar zurückziehen zu können. »Das geht auf mich«, sagte sie, als Will seinen Geldbeutel zückte.

»Einen Gin Tonic«, antwortete Melissa. Will warf ihr einen skeptischen Blick zu. »Einen Drink kann ich schon vertragen, er wird mich nicht umbringen«, beruhigte Melissa ihren Bruder mit düsterem Humor.

»Liss«, erwiderte er sichtlich besorgt.

Fabienne stahl sich zur Bar davon, um der Kabbelei zu entgehen. Unterwegs fiel ihr ein, dass sie Wills Antwort nicht abgewartet hatte, und so bestellte sie ihm kurz entschlossen einen Aperol Spritz, wie sich selbst.

»Gute Wahl«, sagte er, als sie ihm den Drink mit einer Entschuldigung reichte. »Cheers«, sagte er. »Auf neue Freunde.«

»Arbeitest du für deine Großmutter, Fabienne?«, fragte Melissa.

»Nein. Obwohl sie sich das wünscht – genauer gesagt, obwohl sie Jahr für Jahr versucht, mich dazu zu überreden. Ich arbeite in der Modebranche, aber in einem anderen Bereich, und habe gerade eine neue Stelle angenommen.« Fabienne lächelte. Da sie die Zusage erst vor einem Monat bekommen hatte, hatte sie sich daran noch nicht gewöhnt, es jedoch laut auszusprechen, fühlte sich gut an. »Als leitende Kuratorin für Mode des Powerhouse Museum in Sydney. Das ist mein Traumjob«, gestand sie den beiden.

»Gratuliere«, sagte Melissa und stieß mit ihr an. »Aber warum willst du nicht für deine Großmutter arbeiten?«

»Liss«, warf Will ein, »du bist wirklich zu neugierig.« Er wandte sich an Fabienne. »Sie denkt, weil jeder Mitleid mit ihr hat, kann sie sich alles erlauben. Aber sag ihr bitte ehrlich, wenn sie zu weit geht.«

»Schon in Ordnung«, winkte Fabienne ab. Doch das war gelogen, denn sie hatte den wahren Grund noch nie jemandem gebeichtet, sondern ihn in die dunkelste Ecke ihres Hinterkopfs verdrängt. »Ich glaube, ich habe einfach Angst«, erklärte sie zögernd. »Ich bin nicht sicher, ob ich ihren Erwartungen gerecht werde. Meine Großmutter ist eine wahre Naturgewalt. Und schon so lange erfolgreich. Ich will nicht diejenige sein, die neu dazukommt und alles vermasselt.« Unwillkürlich zuckte sie zurück. Das war zu persönlich. Sie kannte diese Leute doch kaum, und jetzt wussten sie schon mehr über sie als die meisten anderen in ihrem Umfeld.

»Das verstehe ich gut«, sagte Will leise.

»Ja, das kann er gut nachvollziehen«, stimmte Melissa zu. »Ich musste ihn praktisch zwingen, den Job als Chefdesigner bei Tiffany & Co. anzunehmen. Er wollte nicht den legendären Ruf des Unternehmens zerstören. Was für ihn sowieso völlig unmöglich wäre«, fügte sie spöttisch hinzu.

»Chefdesigner bei Tiffany«, wiederholte Fabienne erstaunt. »Deshalb interessiert ihr euch so für den Film über Schlumberger. Was für ein Job ...«

»Ist nicht schlecht«, gab Will mit einem Grinsen zu.

»Und die Zusatzleistungen sind auch nicht schlecht«, fügte Melissa hinzu und streckte ihren Arm aus, den ein atemberaubendes, mit Diamanten besetztes Armband schmückte.

Der Pausengong rief sie ins Theater zurück. Als sie den Gang hinuntergingen, legte Will kurz die Hand auf Fabiennes Rücken, um ihr den Vortritt zu lassen, und ihr Körper erwachte auf eine Art zum Leben, die ihr vollkommen neu war.

Am nächsten Morgen probierte Fabienne drei verschiedene Outfits an, verwarf sie aber alle und verfluchte sich innerlich, als ihr klar wurde, dass sie sonst nichts dabeihatte; ein Rendezvous mit einem attraktiven Mann war ihr beim Packen überhaupt nicht in den Sinn gekommen. Am Ende entschied sie sich für einen kurz geschnittenen Overall, einen Klassiker von Stella Designs aus dem Jahr 1950, in einem blassen Marineblau, das sie mit einem roten Schal und rotem Lippenstift noch besser zur Geltung brachte. Dann traf sie sich mit Melissa und Will im Hôtel des Invalides.

Das Treffen war Melissas Idee gewesen; sie wollte sich den Marais von jemandem zeigen lassen, der sich dort auskannte. Fabienne hatte ihr etwas verlegen gestanden, dass sie ihrer Großmutter hatte versprechen müssen, sich eine Ausstellung im Musée de l'Armée im Gebäudekomplex von Les Invalides anzuschauen – eine Bitte, über die Fabienne sich wunderte, aber da Estella stolze siebenundneunzig Jahre alt war, sollte sie auf die eine oder andere Seltsamkeit gefasst sein –, und Melissa hatte gesagt, sie würden einfach mitkommen und danach alle zusammen in den Marais fahren.

Das Hôtel des Invalides war ein beeindruckendes Gebäude, und Will hatte gesagt, er sei noch nie dort gewesen, daher hoffte Fabienne, die schiere Pracht würde den Ausflug lohnenswert machen, auch wenn ihnen die Ausstellung womöglich nicht gefiel. Sie trafen sich am Eingang, und Fabienne küsste Melissa auf die Wangen – wie immer, wenn sie in Paris war, fiel sie sofort zurück in die französischen Gepflogenheiten, daher erschien es ihr auch angebracht, Will auf die gleiche Weise zu begrüßen. Als sie sich ihm entgegenstreckte, strömte ihr der frische Duft von Zitrusfrüchten, Ambra und Meer entgegen – wie bei einem Besuch an der Riviera. »Tut mir leid, wenn du dir den Tag anders vorgestellt hattest«, sagte sie.

»Besser hätten wir den Tag gar nicht verbringen können«, erwiderte er, und sein strahlendes Lächeln überzeugte sie, dass er es auch so meinte.

»Worum geht es bei der Ausstellung?«, erkundigte sich Melissa.

»Estella meinte, es gehe um den Zweiten Weltkrieg – um einen Teil ihrer Jugend, über den sie nie spricht. Auch deshalb dachte ich, ich sollte ihr die Bitte erfüllen.« Fabienne warf einen Blick in die Broschüre.

»*MI9: Die geheime Regierungsabteilung des Zweiten Weltkriegs*«, las sie vor. »*Der MI9 wurde im Dezember 1939 als zwischen den Streitkräften agierende Geheimdienstabteilung gegründet, um britischen Kriegsgefangenen die Flucht zu ermöglichen und denen, die in den besetzten Gebieten der Festnahme entgangen waren, zu helfen, nach Großbritannien zurückzukehren. Die Organisation war im Zweiten Weltkrieg ein Rettungsanker für viele Flüchtlinge und Gefangene, auch wenn kaum jemand außerhalb des Militärs von ihr wusste, und ihre Einsätze retteten unzähligen britischen Soldaten das Leben. Die Ausstellung würdigt all die französischen Bürger, die in Zusammenarbeit mit dem MI9 Fluchtrouten durch Frankreich schufen, und auch diejenigen, die abgestürzten Piloten halfen, nicht dem Feind in die Hände zu fallen. Gewürdigt werden ebenso die Agenten des MI9, die gemeinsam mit dem französischen Volk dafür sorgten, dass Geflüchtete und Verfolgte zu den Streitkräften zurückkehren und so den Deutschen Gegenwehr leisten konnten.*«

»Das klingt ja sehr erheiternd«, meinte Will trocken.

»Ja, ihr solltet unbedingt etwas anderes unternehmen«, stimmte Fabienne zu.

»Das sollte ein Scherz sein – schauen wir doch mal, was es damit auf sich hat«, erwiderte er und ging weiter.

Obwohl Fabienne sich immer noch nicht erklären konnte, warum ihre Großmutter darauf bestand, dass sie sich diese Ausstellung anschaute, war sie schon nach einer halben Stunde vollkommen fasziniert, und anscheinend ging es Will und Melissa genauso. Zwar machte es ihnen nicht gerade Freude, dies alles zu erfahren – dafür war das Thema doch zu quälend –, dennoch empfanden sie es als große Bereicherung.

Fabienne übersetzte für Melissa und Will einige der Informationstafeln, auf denen zu lesen war, dass man zumindest den Versuch einer Flucht als die Pflicht eines in Gefangenschaft geratenen Soldaten ansah, dass die Männer Fluchttaktiken lernten, bevor sie in den Krieg zogen, und dass in den Kriegsgefangenenlagern Fluchtkomitees gebildet wurden, die Nachrichten an den MI9 schickten und viele erfolgreiche Fluchtpläne erarbeiteten.

Zu dritt bestaunten sie Knöpfe, in denen Kompasse versteckt waren, und all die anderen verrückten Erfindungen: Kampfstiefel, die sich in Bauernschuhe umfunktionieren ließen, gemusterte Decken, aus denen Zivilkleidung genäht werden konnte, in Füllfederhaltern versteckte Metallsägen, die erste aus Seide gefertigte Karte von Schloss Colditz bei Leipzig, in dem besonders hartnäckige Flüchtige interniert wurden – eine Karte, die vielen Männern geholfen hatte, aus der vermeintlich unüberwindbaren Festung zu entkommen. Aber ihre Begeisterung ließ schlagartig nach, als sie eine Liste all jener Franzosen sahen, die gefangengehaltenen Verbündeten und abgeschossenen Luftwaffenpiloten geholfen hatten, nach England zu fliehen, und dies mit ihrem Leben bezahlt hatten.

»Hier steht, dass jeder MI9-Agent, der gefasst wurde, sowie alle Franzosen und Französinnen, die einem Agenten zur Flucht verholfen hatten, zum Tode verurteilt wurden. Oder sie wurden in ein Konzentrationslager geschickt, was nur wenige überlebten«, las Fabienne vor.

»Wie jung sie waren«, murmelte Melissa, die Hand auf einer Vitrine, in der es um eine Fluchtroute ging – die *Pat O'Leary Line* –, auf der Flüchtlinge und Verfolgte aus Frankreich geschleust wurden, und hierbei im Besonderen um das Schicksal von Andrée Borrel, einer 22-jährigen Französin, die dort geholfen hatte.

Fabienne zuckte zusammen, als sie das tiefe Mitgefühl in Melissas Stimme hörte – vielleicht hatte sie genau das selbst schon viel zu oft gehört. So jung. Zu jung zum Sterben. Natürlich war sie das. Genau wie Andrée Borrel, die verraten, festgenommen und in ein Konzentrationslager gebracht worden war, wo man ihr im Juli 1944 eine tödliche Dosis Phenol verabreichte – nur einen Monat bevor Frankreich befreit wurde.

»Unglaublich, wie mutig manche dieser Menschen waren«, sagte Fabienne und fühlte, dass Will sich neben sie stellte. »Anderen zu helfen, ohne etwas dafür zu bekommen, in der Hoffnung, dem Allgemeinwohl zu dienen … Ich frage mich, ob es solche Leute noch gibt.«

»Fragst du dich nicht auch, was du in einer solchen Situation getan hättest?«, fragte Will. »Ob du dich nur um dich selbst gekümmert und dich aus allem rausgehalten hättest? Oder ob du getan hättest, was du konntest, genau wie diese Leute damals?«

»Ich würde gern glauben, dass ich das Richtige getan hätte«, sagte Fabienne leise. »Aber da ich nicht einmal mutig genug bin, das Geschäft meiner Großmutter zu übernehmen, erscheint mir das eher unwahrscheinlich.«

»Das erfordert eine andere Art Mut«, erwiderte er. »Du willst sie nicht enttäuschen, weil dir deine Großmutter und ihr Vermächtnis so sehr am Herzen liegen. Der Mut, den sie gezeigt haben, war …« Er brach ab und suchte das richtige Wort.

»Heldenhaft«, beendete Fabienne seinen Satz.

»Genau«, stimmte er zu. »Ich glaube, heutzutage gibt es nicht mehr viele echte Helden.« Während er sprach, legte er seiner Schwester die Hand auf die Schulter.

Fabienne zog sich zurück, um den beiden diesen Moment zu zweit zu gönnen. Sie selbst schaute sich eine Fotoreihe mit der Überschrift *Die tapferen Männer des MI9* an. Die meisten Männer waren jünger als sie. An einem Namen blieb ihr Blick hängen: *Alex Montrose*.

Obwohl sie ihre Überraschung schnell mit einem Niesen zu kaschieren versuchte, schnappte sie nach Luft. Denn jetzt wusste sie, warum es ihrer Großmutter so wichtig gewesen war, dass sie diese Ausstellung sah – der Grund war Alex Montrose. Bis vor drei Wochen hatte Fabienne den Namen noch nie gehört, aber er stand auf einem Zettel, den sie in ihrer Handtasche aufbewahrte, einem Zettel, der ihr in die Hände gefallen war, als sie nach der Beerdigung ein paar Sachen ihres Vaters aussortiert hatte.

Estella wusste nicht, dass Fabienne das Dokument gefunden hatte. Aber offenbar wollte sie, dass Fabienne etwas über Alex Montrose erfuhr. Und das bedeutete, dass sie die wenigen Stunden, die ihr am Montag vor ihrem Abflug nach Sydney in Manhattan noch blieben, dafür nutzen würde, ihrer Großmutter einen Besuch abzustatten und sie nach dem Dokument zu fragen. Offensichtlich spielte Alex Montrose eine wichtige Rolle in Estellas sowie in Fabiennes eigenem Leben, und sie musste herausfinden, warum.

Sie brauchten die ganze Fahrt mit der Métro, um die Stille nach dem Museumsbesuch zu durchbrechen. Doch als sie an der Station Saint-Paul ausstiegen und sich in den schmalen Straßen und der Schönheit des Marais verloren, hellte sich ihre Stimmung wieder auf.

Fabienne lud die beiden zum Mittagessen auf dem Marché des Enfants Rouges ein, wo es neben dem alten Carreau du Temple an einer Handvoll wackliger Tische vorzügliches Essen gab. Dann schlenderten sie durch zwei der *Hôtels particuliers* - das Carnavalet und das Salé –, tranken einen Kaffee und wanderten anschließend durch das Labyrinth der Plätze und Höfe des Village Saint-Paul – nachdem Fabienne der Weg dorthin wieder eingefallen war. Hier hatte sich jetzt eine bunte Mischung aus Antiquitätengeschäften, Kunstgalerien und Cafés angesiedelt, es gab überall Gelegenheiten zum Stöbern nach schönen Dingen, und Melissa belud Will gnadenlos mit einer Einkaufstüte nach der anderen. Schließlich erreichten sie den Ort, der für Fabienne schon immer das Sahnehäubchen des Marais gewesen war: die Place des Vosges.

»Oh, ist das schön hier«, rief Melissa, als sie von der Rue des Tournelles auf den Platz abbogen, der auf allen Seiten von Stadthäusern mit blauschwarzen Schieferdächern umgeben war, alles perfekt symmetrisch und sogar noch schöner durch die Einheitlichkeit der Fassaden, die klaren Linien und atemberaubende Eleganz. Arkaden aus kühlem Stein trugen sie in der Zeit zurück, während die modernen Kunstgalerien darunter sie fest in der Gegenwart verankerten. In der Mitte befand sich der Park, eine kleine grüne Oase, in der man gern picknickte.

»Das finde ich auch.« Fabienne strahlte vor Freude, dass es Melissa hier auch gefiel. Sie spürte, wie Wills Hand die ihre streifte, als er einem Passanten auswich, und er sah zwar kurz nach unten, zog die Hand aber nicht gleich zurück. Noch gestern wäre Fabienne sofort zurückgezuckt, um nicht den Anschein zu erwecken, sie wäre mehr an ihm interessiert als er an ihr, doch heute ließ sie ihre Hand, wo sie war. Und die schlichte Berührung seines Handrückens auf dem ihren fühlte sich so sinnlich an wie Seide auf nackter Haut.

»Machen wir ein Picknick!«, rief Melissa hellauf begeistert, klatschte in die Hände wie ein Kind und sah ihren Bruder an, als erwarte sie, dass er Einwände erheben würde. »Ich bin nicht müde. Genauer gesagt fühle ich mich so gut wie schon lange nicht mehr. Fabiennes Großmutter hat recht – Paris hat wirklich einen therapeutischen Effekt.«

»Das Haus meiner Großmutter ist gleich um die Ecke«, sagte Fabienne. »Ich hole rasch eine Decke, Teller und Gläser – heute Abend steht Champagner auf dem Programm, meint ihr nicht auch?«

Will lachte. »Gibt es in Paris einen Abend, an dem Champagner nicht auf dem Programm steht?«

»Nein«, grinste Fabienne. »Auf dem Rückweg besorge ich uns in der Bäckerei etwas zu essen. Oh, und in der Straße, durch die wir gerade gekommen sind, gibt es ein gutes Käsegeschäft.«

»Lass mich doch einkaufen gehen«, schlug Will vor. »Brot und Käse werde ich bestimmt bestellen können.«

»Wer weiß, was wir dann essen müssen«, neckte Melissa ihren Bruder. »Vielleicht solltest du lieber nur auf die Sachen zeigen und den Mund halten.«

Sie ging rasch davon, um sich auf einen freien Platz auf einer der Bänke zu quetschen und Wills Retourkutsche zu entgehen. Fabienne zeigte Will, in welche Richtung die Geschäfte lagen, dann eilte sie zur nahe gelegenen Rue de Sévigné, um die Sachen fürs Picknick zu holen. Dort angekommen, piepte ihr Smartphone. Sie öffnete die Nachricht.

Hey, Fab, ich brauche ein Date für eine Dinnerparty nächsten Samstag. Bist du dabei? Oder redest du immer noch nicht mit mir? Jasper

Sie zog in Erwägung, die Nachricht einfach zu ignorieren. *Redest du immer noch nicht mit mir?* Das klang, als wäre sie einfach nur nachtragend – als hätten sie nur eine kleine Meinungsverschiedenheit gehabt, die sie grundlos in die Länge zog –, dabei hatte sie ganz deutlich gemacht, dass sie nicht mehr mit ihm zusammen sein wollte. Und er hatte nur die Achseln gezuckt, als sei so etwas nun wirklich keine nennenswerte Reaktion wert, geschweige denn, Gefühle zu zeigen. Was eine ziemlich zutreffende Zusammenfassung der letzten Jahre ihrer Beziehung war. *Nein, Jasper, ich bin nicht dabei*, schrieb sie zurück und ignorierte das nächste Piepen ihres Telefons.

Als sie zurückkam, konnte sie weder Melissa noch Will entdecken. Sie ging tiefer in den Park hinein, um zu sehen, ob sie vielleicht schon einen guten Platz zum Picknicken gefunden und ihn besetzt hatten, aber sie waren nicht mehr da. Ihr Herz wurde schwer. Vielleicht war es doch keine gute Idee gewesen, sie in ein Kriegsmuseum mitzuschleppen.

»Sorry, dass es so lange gedauert hat. Anscheinend haben heute sehr viele Leute Lust auf Brot und Käse.«

Sie wirbelte herum und stand vor Will, der ein Baguette und eine Tüte mit verschiedenen Käsesorten in der Hand hielt. »Ich weiß nicht, wo Melissa ist«, sagte Fabienne besorgt, dennoch war sie froh, dass er nicht auf schnellstem Weg in sein Hotel geflohen war.

»Sie hat mich angerufen«, erklärte er. »Anscheinend war sie müde und hat sich ein Taxi zurück ins Hotel genommen. Ich hab ihr gesagt, sie soll auf mich warten – dass ich sie begleiten würde, aber sie meinte, wenn ich das tue, würde sie hierbleiben und ich müsste sie das ganze Picknick über in ihrem müden Zustand ertragen. Sie ist zu stur, es lohnt nicht, sich mit ihr zu streiten, also hab ich sie gehen lassen. Ich glaube …« Er unterbrach sich kurz. »… das könnte ein nicht sonderlich subtiler Schachzug von ihr sein, um mich mit dir allein zu lassen. Was du hoffentlich nicht allzu furchtbar findest.«

Fabienne wurde rot. »Erinnere mich bitte daran, ihr für die Einmischung zu danken.«

Will lachte und nahm ihre Hand. »Wo wollen wir uns niederlassen?«

Und Fabienne antwortete lächelnd: »Wie wär's dort drüben?«

Während des Essens unterhielten sie sich angeregt, und Fabienne hörte von seiner traurigen Familiengeschichte. Seine Mutter war mit Mitte dreißig an Brustkrebs gestorben, Melissa hatte das Gen geerbt und eigentlich geplant, sich nach ihrem dreißigsten Geburtstag präventiv Brust und Gebärmutter entfernen zu lassen. Aber der Krebs hatte sie zu früh befallen.

»O nein«, sagte Fabienne leise.

»Ja«, stimmte Will zu.

»Dann habt ihr sicher eine enge Beziehung zu eurem Vater, richtig?«, vermutete sie. »Wo er der Einzige ist, der euch geblieben ist.« Auch Fabienne hatte immer das Gefühl gehabt, dass ihr Vater alles war, was sie hatte. Ihre Mutter war in ihrem Leben viel weniger präsent gewesen – die Arbeit in der Klinik hatte den Großteil ihrer Zeit und Energie in Anspruch genommen.

»Mein Vater hat bei anderen Frauen Trost gesucht, nicht bei seinen Kindern«, sagte Will, und seine Stimme nahm einen raueren, härteren Ton an. »Liss und ich hatten einen besseren Kontakt zu unserer Haushälterin als zu ihm.«

»Kein Wunder, dass Melissa und du euch so nahesteht.«

»Liss war zwölf, als unsere Mutter gestorben ist. Ich war siebzehn. Als ich einundzwanzig war, hatte sich unser Vater schon ein zweites Apartment gemietet, damit er ›Gäste empfangen‹ konnte, ohne meine missbilligenden Blicke ertragen zu müssen, wie er sich ausdrückte. Er hat uns einmal die Woche besucht, bis ich ihm gesagt habe, dass er sich die Mühe sparen kann. Wir haben ihn seit Jahren nicht mehr gesehen.«

»Das ist sehr traurig«, sagte Fabienne, die in seinen Augen für einen kurzen Moment eine Spur des verletzten Jungen sah, der schon so jung die Fürsorge seiner Schwester übernommen hatte und dem es das Herz brechen würde, wenn auch sie starb.

»Viel zu traurig für einen schönen Abend in Paris mit wundervoller Gesellschaft und dem besten Champagner, den ich je getrunken habe.« Er füllte erst ihr, dann sein Glas wieder auf.

»Abende in Paris sind wirklich unvergleichlich«, bestätigte Fabienne, denn es war offensichtlich, dass er das Thema wechseln wollte.

Sie legte sich satt und mit einem wohligen Seufzen rücklings auf die Decke. Zwar war es bereits neun Uhr, aber noch hell, und das fröhliche Gelächter der Kinder, die im Brunnen spielten, drang zu ihnen herüber und vermischte sich mit der Musik, die jemand in ihrer Nähe mitgebracht hatte. Überall auf dem Platz fühlte man die schlichte Freude, die es allen bereitete, mit Familie und Freunden einen wunderschönen Abend hier draußen zu verbringen.

Auch Will ließ sich auf die Ellbogen zurücksinken und rutschte ein Stück näher zu ihr. »Ich sollte zurück ins Hotel und nach Liss sehen.«

»Natürlich.« Fabienne setzte sich auf, klopfte ihren Overall ab und fing an, die Sachen zusammenzupacken. »Ich hoffe, sie ist nicht allzu erschöpft.«

Sie stand auf, und er folgte ihrem Beispiel, nahm ihr jedoch den Picknickkorb aus der Hand und stellte ihn auf den Boden. Die Musik, die zu ihnen herüberwehte, ging in *The Nearness of You* über, ein bluesartiges Jazzstück, das ihr Verlangen nach seiner Nähe auf den Punkt zu bringen schien.

In diesem Moment schlang Will die Arme um ihre Taille und murmelte: »Bitte sag mir, dass ich aufhören soll, wenn du das nicht möchtest.«

Im selben Moment, in dem ihr die Antwort durch den Kopf schoss – *bitte hör nicht auf!* –, küsste er sie, eine Hand auf ihrem Rücken, die andere in ihren langen schwarzen Haaren, und sie drückte sich so eng an ihn, wie sie konnte, denn sie wollte nichts lieber, als Will Ogilvies Nähe zu spüren.

Kapitel 9

Am nächsten Morgen packte Fabienne gerade ihren Koffer, als ihr Smartphone klingelte. Sie stürzte sich regelrecht darauf, als sie Wills Namen auf dem Display entdeckte. »Guten Morgen!«

»Dir auch einen guten Morgen.«

War es möglich, dass seine Stimme noch anziehender klang als gestern Abend? Sie rief sich ihren Kuss in Erinnerung – den Kuss, den sie die ganze Nacht in Gedanken wiederholt hatte –, einen Kuss, der nirgendwohin führen konnte, weil sie in einem öffentlichen Park waren und Will zurück zu seiner Schwester musste, einen Kuss, der jedoch ein schmerzliches Sehnen in ihr ausgelöst hatte. Doch sie gab sich einen Ruck, kehrte in die Gegenwart zurück und fragte: »Wie geht es Melissa?«

»Sie schläft noch. Ich weiß, dein Flug geht bald, aber wollen wir vorher vielleicht einen Kaffee trinken gehen? Ich denke, Liss wird sich noch eine Weile ausruhen, also habe ich sicher eine Stunde oder mehr.«

»Natürlich, gern«, willigte sie ein. »Wenn du nichts gegen ein paar Hipster hast, könnten wir ins Ob-La-Di gehen – das ist ganz in der Nähe, und es gibt dort guten Kaffee.«

»Es kann so hip sein, wie es will«, sagte Will sanft. »Ich hab sowieso nur Augen für dich.«

Plötzlich hatte Fabienne Schmetterlinge im Bauch. »Will ...«, murmelte sie. *Bring mich nicht dazu, mich in dich zu verlieben*, wollte sie sagen. *Ich lebe in Sydney. Du lebst in New York. Bitte sei nicht der netteste Mann, den ich je getroffen habe.* Vielleicht kam das nur daher, dass sie in Paris war. Sie war der Stadt der Liebe verfallen und drohte nun auch noch zu einem wandelnden Klischee zu werden und so etwas wie eine Wochenendaffäre anzufangen.

»Dann sehen wir uns dort in einer halben Stunde«, sagte sie.

Sie packte ihre Sachen und ging dann zur Rue de Saintonge, wo sie Will sofort entdeckte, der auf dem Trottoir auf sie wartete. Sie winkte ihm zu, und er löste das Problem, dass sie nicht wusste, wie sie ihn begrüßen sollte, indem er sie sanft und zärtlich küsste.

Die Versuchung war groß, einfach in seiner Umarmung zu verharren, aber sie war sich der gehetzten Kellner mit ihren voll beladenen Tabletts und des schmalen Bürgersteigs bewusst, also löste sie sich widerwillig von ihm. »Ich glaube, wir sollten damit aufhören, sonst werden wir noch verscheucht, weil wir den Betrieb stören.«

»Das ist wirklich sehr schade«, sagte er lächelnd, nahm ihre Hand und führte sie hinein.

Bei einer Tasse Kaffee fragte er sie nach ihrem neuen Job, und sie erzählte ihm, dass es genau das war, worauf sie nach ihrem Abschluss hingearbeitet hatte. »Für einen Kurator in Australien, der sich für Mode interessiert, ist diese Stelle das absolute Sahnehäubchen«, erklärte sie. »Wie das Met in New York. Ich fange Mittwoch an, und ich sollte nervös sein, aber ich bin zu aufgeregt, um irgendwas anderes zu fühlen als Vorfreude, endlich meine erste Ausstellung zu planen. Ging es dir auch so, als du die Stelle bei Tiffany bekommen hast?«

Er nickte. »Nachdem ich mich entschieden hatte, sie anzunehmen, ja. Aber Liss hat ganz recht – ich habe eine Weile gebraucht, mich dazu durchzuringen, weil ich eine Heidenangst davor hatte, die Sache in den Sand zu setzen. Aber als ich zugesagt habe, sind zum Glück alle Zweifel von mir abgefallen. Jean Schlumberger war immer eine Inspiration für mich, und seine ganze Arbeit in den Archiven zu sehen und genau wie er damals ein Tiffany-Designer zu sein, ist einfach unglaublich.«

»Ähneln sich Schmuckdesign und Modedesign eigentlich?«, fragte sie. »Man fängt mit einer Skizze an und arbeitet von dort aus weiter?«

Er nickte. »Es ist wohl in etwa der gleiche Prozess. Man hat eine Themenidee für eine Kollektion, entwirft die einzelnen Schmuckstücke, lässt sie herstellen, manches eignet sich, anderes nicht, und nach vielen Versuchen und Irrtümern hat man eine Kollektion.«

»Ein Kinderspiel«, scherzte sie.

»Entwirfst du auch? Mode, meine ich.« Er signalisierte dem Kellner, dass sie mehr Espresso wünschten.

»Ja. Mein Vater hat mir das Zeichnen beigebracht. Er war so talentiert, eigentlich sollte er das Geschäft meiner Großmutter übernehmen. Er hat sich schon von Kindheit an für Mode interessiert und hatte ein atemberaubendes Gespür dafür.«

»Und dann?«, fragte Will.

»Dann hat er sich verliebt«, sagte sie und erzählte ihm die Geschichte, mit der ihr Vater immer alle ins Schwärmen gebracht hatte. »Er hat Urlaub in Australien gemacht, um sich von der Landschaft inspirieren zu lassen. Zuvor hatte er eine einzige Stella-Kollektion entworfen, die ein sensationeller Erfolg war. Ein Meilenstein in der Modebranche. Die Presse schrieb, er hätte das Potenzial, noch besser zu werden als Estella. Aber in Australien traf er auf einer Party meine Mutter. Sie war Onkologin und hatte gerade eine Praxis eröffnet, die auf Krebs bei Frauen spezialisiert war. Natürlich konnte sie nicht einfach nach New York ziehen, immerhin trug sie die Verantwortung für das Leben zahlreicher Frauen. Also hat mein Vater stattdessen alles für sie aufgegeben. Damals gab es kein Internet und keine Möglichkeit, über den Ozean hinweg zu arbeiten. Es wären seine Fußstapfen, in die ich treten müsste. Ich hätte immer das Gefühl, sein verlorenes Potenzial erreichen und überbieten zu müssen. Deshalb hab ich es lieber gar nicht erst versucht.«

»Das war eine gewaltige Entscheidung für deinen Vater.«

Fabienne gab sich Mühe, nichts in Wills Worte hineinzulesen und aus ihnen keine speziellen Ansichten über Fernbeziehungen und die damit einhergehenden Risiken und Opfer herauszuhören. »Er hat immer gesagt, wenn man nicht bereit ist, alles für den Partner aufzugeben, dann ist es keine wahre Liebe, sondern ein Strohfeuer, das nicht das Streichholz wert war, mit dem man es angezündet hat.« *Und jedes Mal, wenn er das sagte, sah er meine Großmutter an, und sie wendete sich mit Tränen in den Augen ab – ich dachte immer, sie wäre traurig, weil er so weit weggezogen war, aber jetzt bin ich mir da nicht mehr so sicher*, dachte Fabienne, sprach es jedoch nicht aus.

»Dein Vater war sehr poetisch.«

»Und hoffnungslos romantisch. Er fehlt mir.« Die Worte waren aus ihrem Mund, ehe sie sie aufhalten konnte, und ihre Stimme war rau und zittrig geworden.

»Was ist mit ihm passiert?«, erkundigte sich Will behutsam und ergriff ihre Hand.

»Er ist vor einem Monat gestorben, an einem Schlaganfall. Seitdem ist nichts mehr, wie es war.«

»Ich weiß, was du meinst«, sagte er, und sie wusste, dass er die Wahrheit sagte; für ihn war sicher auch nichts mehr so, wie es gewesen war, bevor seine Schwester von ihrer Krankheit erfahren hatte. Die Nähe des Todes veränderte alles, setzte die üblichen Regeln von Höflichkeit und Selbstbeherrschung außer Kraft, verwandelte die Zukunft, die vorher selbstverständlich gewesen war, in etwas Außergewöhnliches.

Kirchenglocken tönten durch den Morgen, und erst als Fabienne sie hörte, fiel ihr auf, wie spät es war. Offenbar hatte Will Ogilvie die Fähigkeit, ihre Aufmerksamkeit vollständig in Beschlag zu nehmen.

»Ich muss leider los«, sagte sie, kramte in ihrer Handtasche und holte eine Visitenkarte heraus. »Meine Nummer hast du ja, hier ist noch meine Mailadresse. Per Mail sind New York und Sydney gar nicht so weit voneinander entfernt«, meinte sie leichthin, um ihm zu versichern, dass sie keine große Geste wie die ihres Vaters erwartete, die in eine weniger vernünftige Vergangenheit gehörte.

»Und hier ist meine.« Will reichte ihr ebenfalls eine Visitenkarte. »Ich bin sehr froh, dass wir zweimal praktisch miteinander zusammengestoßen sind«, sagte er lächelnd und stand auf.

»Genau genommen bin ich nur einmal mit dir zusammengestoßen. Das andere Mal habe ich mich an dir vorbeigedrängelt.« *Schön locker und unkompliziert*, dachte Fabienne. Sie hielten das Ganze locker und unkompliziert, bis sie das Café verließen und ein Taxi heranwinkten. Als Will Fabiennes Gepäck im Kofferraum verstaute, sagte sie: »Ich glaube, ich muss dich noch einmal küssen, bevor ich gehe.«

Sie umarmte ihn und ließ ihre Lippen leicht über seine gleiten. Wie war es möglich, dass ein Kuss sie derart berauschte, dass sich seine harten Rückenmuskeln unter ihren Fingern so gut anfühlten, dass ihr die Leidenschaft, mit der sich ihre Körper aneinanderdrückten, vorkam, als könne sie sich für immer in dieser Umarmung verlieren?

»Fabienne«, murmelte Will schließlich. »Wir müssen aufhören, sonst werde ich Himmel und Hölle in Bewegung setzen und dich überreden, noch eine Nacht zu bleiben, und dann verpasst du deinen Flug.«

Der Ausdruck in seinen Augen machte mehr als deutlich, was er sich von dieser Nacht wünschte. Widerwillig zog sie sich ein Stück zurück. Sie konnte nicht bleiben, sosehr sie auch wollte. In New York hatte sie sechs Stunden Aufenthalt, und diese Zeit brauchte sie, um ihrer Großmutter die Fragen zu stellen, die ihr auf den Nägeln brannten, und dann würde sie den Flug nehmen, der sie rechtzeitig in ihr neues Leben nach Sydney bringen würde.

»Danke für dieses wundervolle Wochenende«, sagte sie, stieg ins Taxi und schloss die Tür, ehe die Versuchung die Oberhand über die Vernunft gewann.

Auf dem Weg zum Flughafen sah sie, dass er ihr eine Freundschaftsanfrage bei Facebook geschickt hatte, die sie sofort annahm. Die nächsten zehn Minuten scrollte sie durch sein Profil und sah sich Fotos von ihm an, von denen es leider längst nicht genug gab. Dann kam eine Nachricht von Melissa: *Will ist gerade zurückgekommen, und er sah sehr glücklich aus. Ich nehme an, ihr hattet eine schöne Zeit zusammen. Das freut mich! So habe ich ihn schon lange nicht mehr lächeln sehen. Ich hab deine Nummer von ihm geklaut, damit wir in Kontakt bleiben können. Ich hoffe, du hast nichts dagegen. xoxo*

Fabienne schrieb zurück: *Ich möchte unbedingt mit dir in Kontakt bleiben. Es freut mich sehr, dass ich euch beide kennengelernt habe. xoxo*

Kurz darauf traf eine Nachricht von Will ein. *Ich vermisse dich jetzt schon.*

Ich dich auch, schrieb sie sofort zurück. *Ich dich auch.*

Ihr Flugzeug startete ausnahmsweise pünktlich, und sobald sie in New York gelandet und durch den Zoll war, nahm Fabienne ein Taxi zum Haus ihrer Großmutter in Gramercy Park. Sie schloss die Tür auf und lauschte. Nichts zu hören; wahrscheinlich war Estella schon im Bett.

Sie eilte die Treppe hinauf, und als sie ins Schlafzimmer ihrer Großmutter kam, bettete die Pflegerin Mamie gerade auf ihre Kissen. Fabienne küsste Estella auf die Wangen, deren Haut so dünn und durchscheinend war wie zusammengeknitterte Gaze, als sei sie nicht mehr lange fähig, den Anforderungen des Alltags standzuhalten.

Du darfst nicht sterben, dachte Fabienne unvermittelt, zum ersten Mal ehrlich von Mamies Gebrechlichkeit erschüttert. Natürlich wusste sie, dass ihre Großmutter siebenundneunzig war und was das bedeutete, sie konnte nicht mehr laufen und verließ kaum noch das Haus, es sei denn, Fabienne oder die Pflegerin schoben sie im Rollstuhl über die Schotterwege im Gramercy Park. Doch in diesem Augenblick wurde Fabienne bewusst, dass Estellas Leben irgendwann zu Ende sein würde. Vielleicht bedeutete das, dass sie nicht weiter nachhaken, sondern ihrer Großmutter erlauben sollte, das Geheimnis, das hinter der Geburtsurkunde ihres Sohnes, Fabiennes Vater, steckte, mit ins Grab zu nehmen. Aber sie wusste, dass sie das nicht konnte. Seit dem Tod ihres Vaters war ihre Großmutter die letzte Verbindung zwischen Vergangenheit und Gegenwart, und wenn Fabienne nicht jetzt fragte, würde sie es nie tun.

»Paris hat dir anscheinend gutgetan«, sagte Estella und musterte Fabienne auf eine Art, die ihr die Röte ins Gesicht steigen ließ. »Was ist dort passiert, dass du so glücklich aussiehst?«

Fabienne nahm die starre Hand ihrer Großmutter, strich behutsam über ihre Finger und zeichnete die Adern nach, die ihre Haut durchzogen wie Stränge violetter Wolle. »Ich habe jemanden kennengelernt«, sagte sie.

Estella hob ihr Kinn an, und ihren Augen entging nichts; weder das Lächeln, das Fabienne nicht unterdrücken konnte, noch ihre hochroten Wangen, noch ihr vergebliches Bemühen, dem durchdringenden Blick ihrer Großmutter auszuweichen. »Er muss ein besonderer Mensch sein«, stellte sie fest.

»Das war er«, sagte Fabienne. »O ja, das war er.«

»War er? Oder ist er?«

»Er lebt in New York. Wir müssen uns mit einer Mailkorrespondenz oder einer gelegentlichen koketten SMS zufriedengeben.«

Estella kicherte. »Aaah, die SMS. Wie konnte ich nur ohne sie überleben oder gar lieben? Aber du wirst ihn doch bestimmt wiedersehen können, oder etwa nicht?«

»Nächstes Jahr, wenn ich mal wieder nach New York komme, vielleicht? Aber das ist keine Basis für eine Beziehung. Und außerdem haben wir auch gar nicht darüber geredet.«

»Junge Leute reden anscheinend nie über die Dinge, die wichtig sind«, tadelte Estella sie. »Alle sind zu beschäftigt damit, ihr eigenes Herz zu beschützen, statt das zu tun, was das Beste für sie wäre. Manchmal denke ich, ihr solltet alle in die Zeit vor siebzig Jahren zurückreisen und erleben, wie es ist, keine andere Kommunikationsmöglichkeit zu haben, als miteinander zu reden. In eine Zeit, in der Mut für die wirklich wichtigen Dinge aufgespart wurde statt dafür, einfach nur die eigenen Gefühle zu zeigen. Das könnte euch allen guttun.«

Vielleicht, dachte Fabienne. Also öffnete sie ihre Handtasche, holte die Geburtsurkunde ihres Vaters heraus und gab sie Estella.

»Was ist das?«, fragte Estella, griff nach ihrer Brille und starrte das Dokument mit zusammengekniffenen Augen an.

Mit dem Finger zeigte Fabienne auf die Angaben zu Xanders Eltern. Als Mutter stand dort nicht der Name Estella Bissette. Und als Vater nicht der von Fabiennes Großvater.

»Wer sind Alex Montrose und Lena Thaw?«

Teil 3

ESTELLA

Kapitel 10

DEZEMBER 1940 | Etwa eine halbe Stunde nachdem sie aus dem Jazzclub geflohen war, klopfte Estella an Sams Tür. »Ich bin's, Estella!«, rief sie.

Sie hörte Schritte, und wenig später wurde die Tür geöffnet. Sam, der seine gestreifte Schlafanzughose trug, rieb sich mit der Hand über die Augen. »Was verschafft mir die Ehre?«, fragte er gähnend.

»Brauche ich eine Erklärung, um einen Freund zu besuchen?«, erwiderte sie und versuchte, schlagfertig zu klingen, versagte damit aber auf ganzer Linie. Sie schob sich an ihm vorbei, bevor er ihr Gesicht sehen konnte. Doch offenbar hatte er ihren Ton genau registriert.

»Was ist passiert?«, erkundigte er sich.

»Ich …«, setzte sie an, stockte dann und blieb mit dem Rücken zu ihm neben der Kommode stehen.

Sie hörte, wie er sich auf die Bettkante setzte und sein Schlafanzughemd anzog. Dann klopfte er auf den Platz neben sich. »Komm her«, sagte er sanft.

Estella sank neben ihm aufs Bett, und er nahm sie in den Arm. Sie lehnte den Kopf an seine Schulter, die Augen weit geöffnet, als könnte sie die dummen Tränen so daran hindern zu fließen.

Sam griff hinter sich. »Zigarette?«

Estella nickte, und er holte zwei Stück aus der Packung, steckte sie sich in den Mund, zündete sie an und reichte ihr eine davon. Sie zog kräftig daran und blies blauen Rauch ins graue Morgenlicht seines Apartments.

»Wie viel Uhr ist es?«, fragte er, ließ sich auf den Rücken fallen und schloss die Augen. »Ich muss mich hinlegen.«

Estella musste lachen. »Ich finde es großartig, dass du der einzige Mann bist, bei dem ich darauf vertrauen kann, dass du das ohne Erwartungen sagst.«

Auch er lachte. »Ich habe nie etwas von dir erwartet, Estella. Du zerschlägst ja meine Erwartungen immer sofort.« Er schob sich ein Stück weiter hoch, so dass sein Kopf auf dem Kissen lag.

Estella rutschte nach hinten und lehnte sich mit dem Rücken an die Wand. »Ich war in einem Jazzclub und habe einen Mann getroffen …«

»Hat er dir wehgetan?« Mit einem Ruck richtete Sam sich auf, als mache er sich bereit, in die Nacht hinauszulaufen und Estellas Angreifer aufzustöbern.

Estella zog an ihrer Zigarette. »Nein, er hat mir nicht wehgetan. Nicht körperlich jedenfalls. Erst war alles gut, aber dann tauchte eine Frau auf, die aussah wie ich.« Sie schüttelte den Kopf. »Und das ist eine Untertreibung. Sie *war* ich, Sam. Vollkommen identisch mit mir. Sie hatte nicht nur eine große Ähnlichkeit oder die gleiche Frisur. Es war, als würde ich in einen Spiegel schauen und mich selbst darin sehen.«

Sam stieß einen Pfiff aus. »Aber wie ist das möglich? Warum passiert in deiner Umgebung eigentlich nie etwas Normales?«

»Ich weiß auch nicht«, flüsterte sie.

»Komm her«, sagte er, und Estella kuschelte sich an ihren Freund, der schützend seinen Arm um ihre Schultern gelegt hatte. »Du siehst aus, als wären alle Geister Manhattans aus dem Grab gekommen, um Jagd auf dich zu machen. So verstört habe ich dich noch nie erlebt – nicht mal, als wir auf hoher See um ein Haar von diesem U-Boot abgeschossen worden wären.«

»Ich bin nicht verstört. Ich habe entsetzliche Angst.«

Er versuchte sie nicht mit irgendwelchen Floskeln abzuspeisen, und dafür war sie ihm dankbar. Er hielt sie einfach im Arm, ohne weitere Fragen zu stellen, und sie war froh, einen Freund zu haben, der intuitiv begriff, dass sie ebenso wenig über ihr Erlebnis sprechen wie sie allein sein wollte. Sie war froh, dass er ihr nicht einzureden versuchte, sie hätte sich das alles nur eingebildet, denn es war schlimm genug, dass sie sich in jeder Einzelheit an das Gesicht dieser Frau erinnerte und ständig an sie dachte.

Irgendwann, nachdem Sam sich für den Fall, dass sie doch jemanden zum Reden brauchte, mühsam wach gehalten hatte, schlief er wieder ein. Aber Estella kam nicht zur Ruhe. In ihrem grünen Kleid saß sie auf dem Bett, Alex' Gesicht und das der mysteriösen Frau als hartnäckige Schreckbilder vor Augen, und dachte daran, dass das Rendezvous, für das sie ihr Kleid entworfen hatte, sich ungeahnt zur Katastrophe entwickelt hatte.

Bei Tagesanbruch stand sie auf, aber als sie versuchte, sich lautlos aus dem Staub zu machen, hörte sie Sams Stimme: »Bist du auf der Flucht?«

Sie lächelte kleinlaut. »Ich habe offensichtlich nicht genug Erfahrung damit, mich frühmorgens aus dem Apartment eines Mannes zu schleichen. Nachdem ich dich gestern so unsanft geweckt habe, wollte ich dich schlafen lassen. Tut mir leid.«

»Muss es nicht.« Sam setzte sich auf, die Haare völlig zerzaust, das Gesicht vom Schlafen kindlich weich, und musterte sie eindringlich. »Willst du herausfinden, wer sie ist?«

Diesmal hatte Estella eine Antwort. »Nein. Ich werde meine Nähmaschine holen und arbeiten, am besten den ganzen Tag. Heute Abend will ich die ersten Skizzen für dich zum Zuschneiden fertig haben. Wenn …« Sie stockte. »Wenn du immer noch bereit bist mitzumachen.«

»Selbstverständlich. Aber bist du sicher, dass das die richtige Entscheidung ist?«

Sie wusste, dass er von der Frau sprach, nicht von seiner Arbeit an ihren Entwürfen. Dennoch tat sie, als hätte sie ihn falsch verstanden. »Das ist das Einzige, was ich tun kann«, sagte sie.

―

Mit Nähmaschine und Skizzenblock kehrte Estella in Sams Apartment zurück und zeichnete Kleider ohne Firlefanz, bequem und praktisch, leicht anzuziehen, flexibel, einfach zu pflegen. Kleider, die Stil hatten und dennoch für alles geeignet waren, was eine junge Frau heutzutage in ihrem Alltag zu bewältigen hatte.

Sie fing mit dem Badeanzug an. Ein Kleidungsstück, in dem man schwimmen konnte, nicht nur im Wasser herumplanschen, auch wenn das hemdartige weiße Oberteil eigentlich fast zu schick war, um nur im Swimmingpool getragen zu werden. Anschließend machte sie sich an die Sachen, die Frauen zur Arbeit tragen konnten. Jeder Entwurf bekam eine einzige Verzierung in Form einer Blume: ein Sträußchen rosafarbener Blüten, die den dunklen Kragen eines Kostüms aufhellten, eine weiße Seidenlilie, die auf einer weißen Baumwollbluse kaum sichtbar war. Und auch auf der Schulter eines schwarzen Abendkleides prangte nur eine einzelne goldene Rose.

Am Ende des Tages lehnte sie sich zurück und blickte über den Schreibtisch. Die meisten der Skizzen würde sie wahrscheinlich nicht verwenden können, aber indem sie experimentiert und sich von ihrem Bleistift hatte leiten lassen, lagen nun einige wenige Entwürfe vor ihr, von denen sie sich durchaus vorstellen konnte, dass sie funktionierten.

Als Nächstes musste sie den Stoffherstellern einen Besuch abstatten; sie brauchte Jersey in Schwarz und Silbergrau, den Farben des Wassers, als ihr Schiff dem deutschen U-Boot in der frühen Morgendämmerung die Stirn geboten hatte. Morgen würde sie in den Garment District zurückkehren und jeden Stofffabrikanten aufsuchen, bis sie einen fand, der ihren Auftrag ausführen konnte. Weiße Baumwolle war leicht herzustellen, silbergraue hingegen nicht. Obendrein wollte sie noch zwei weitere Farben: ein sattes Grün, das nicht zu auffällig für die Arbeit, aber schön genug war, dass man es danach auch in eine Bar oder zu einem Abendessen tragen konnte, und ein helles, leicht schimmerndes Gold, wie das Licht des Sonnenaufgangs, als die Deutschen sie endlich hatten weiterfahren lassen, eine Farbe, in der eine Frau sich zuversichtlich, selbstbewusst und einzigartig fühlen konnte.

Darüber dachte sie nach, als sie am frühen Abend auf die West 23rd Street hinaustrat, in der festen Absicht, ins Barbizon zurückzukehren. Doch als sie fühlte, wie jemand neben sie trat, wusste sie sofort, wer es war. Ein Mann mit schwarzen Haaren und dunklen Augen.

Ihre Gedanken überschlugen sich; wenn sie einfach weiterging, würde Alex zweifellos an ihrer Seite bleiben. Natürlich konnte sie weglaufen, was aber würde das bringen? Dem Bild der Frau im Jimmy Ryan's, das sich in ihr Gedächtnis eingebrannt hatte, konnte sie nicht entkommen. Jedes Mal, wenn dieser Alex auftauchte, zerfiel ihr Leben in Bruchstücke, wie Teile eines Kaleidoskops, um sich dann zu etwas zusammenzusetzen, was an der Oberfläche ähnlich aussah, ihr jedoch unendliches Leid brachte.

»Ich habe kein Interesse daran, mit Ihnen zu reden«, fuhr sie ihn an. Es war unmöglich zu erkennen, ob ihm ihre Worte etwas ausmachten; er hatte denselben undurchschaubaren Ausdruck im Gesicht, an den sie sich schon aus Paris erinnerte.

»Wollen Sie denn nicht wissen, wer sie ist? Wer Sie selbst sind?«, fragte er.

»Offensichtlich nicht so sehr wie Sie«, sagte sie. »Hat sie Sie hergeschickt?«

»Nein.«

»Was geht Sie das dann überhaupt an?«

Sein Gesicht hatte sich deutlich verfinstert, und sie dachte kurz, dass sie sich mit diesem Mann wahrscheinlich nicht anlegen sollte, war aber so wütend, dass sie nicht anders konnte, als ihrem Ärger Luft zu machen.

»Hören Sie«, sagte er. »Das Haus im Marais, zu dem Sie mich mitgenommen haben, gehört einer Frau namens Jeanne Bissette. Ich musste das prüfen, nachdem wir uns in Paris getroffen hatten, um sicherzugehen, dass wir keine Spuren hinterlassen haben. Ist sie mit Ihnen verwandt?«

Estella erstarrte. Das Haus konnte unmöglich ihrer Mutter gehören. Sie verdiente den Lohn einer Schneiderin, hatte kaum Geld und besaß mit Sicherheit kein früheres Adelsdomizil. »Sie irren sich. Das Haus ist verlassen, wie so viele im Marais. Es gehört niemandem.«

»Nein. *Sie* sind es, die sich irrt.«

Seine Stimme war ausdruckslos, ohne jede Emotion, als würde er lediglich eine Tatsache feststellen, die ebenso offensichtlich war wie die neugierigen Blicke der Leute, an denen sie vorübergingen. Warum log er sie an? Wie um alles in der Welt war sie überhaupt an diesen Menschen geraten? Und was hatte das alles zu bedeuten?

»Treffen Sie sich mit Lena. Morgen Abend.«

Lena. Das war also ihr Name. »Nein.«

»Ich werde Sie nicht in Ruhe lassen, bis Sie es tun.«

»Verdammt nochmal! Wie würde es Ihnen denn nach einer solchen Begegnung gehen?« Estella biss sich auf die Lippen, denn sie wollte ihm eigentlich nicht zeigen, wie sehr sie ihr Treffen gestern Abend aufgewühlt hatte. Nun, da sie an allem zweifelte, was sie über sich zu wissen geglaubt hatte, taumelte sie vollends ohne Orientierung durch eine endlose Leere. Erst die Erkenntnis, dass ihr Vater Amerikaner und sie in New York zur Welt gekommen war. Und jetzt die absurde Behauptung, dass ihre Mutter ein Haus im Marais besaß? Und zu allem Überfluss trieb sich auch noch eine Frau in Manhattan herum, die ihr ähnelte wie ein Ei dem anderen.

»Tut mir leid«, sagte er, seine Stimme klang plötzlich viel sanfter.

Das gehörte vermutlich zu seinem Charme. Lügen und Schroffheit hatten nicht funktioniert, also versuchte er es mit einer anderen Taktik, einer uralten zudem – der Verführung. Aber vielleicht würde er sie endlich in Ruhe lassen, wenn sie einwilligte und sich morgen mit dieser Lena traf. »Wo?«

»Café Society. In Greenwich Village.«

»Café Society«, wiederholte sie und zog eine Augenbraue hoch. Natürlich gehörte er zur besseren Gesellschaft – im Gegensatz zu Estella. So viel hatte sie schon in Paris begriffen.

»Das Lokal ist anders, als der Name es nahelegt. Dort wird eine Art Jazz gespielt, wie Sie ihn noch nie gehört haben.«

»Ich bin Pariserin und habe ganz sicher schon weit besseren Jazz gehört, als Sie sich vorstellen können.«

»Nun, wenn Sie nicht mir oder Lena zuliebe kommen wollen, kommen Sie doch wegen der Musik. Dann können Sie mir wenigstens sagen, wer von uns beiden mit dem Jazz recht hatte.«

Sie musste grinsen, verkniff es sich jedoch, ehe er es bemerkte.

»Ich nehme Ihr Schweigen als Zusage. Café Society, morgen Abend um zehn«, sagte er, drehte sich um und ging davon.

Estella kam absichtlich später als vereinbart. Spektakulär aufgemacht, gut geschützt von ihrem goldenen Kleid, bereit, alles an sich abperlen zu lassen, wovon sie nichts wissen wollte. Was vermutlich eine Menge sein würde.

Als Verstärkung nahm sie außerdem noch Sam und Janie mit. Janie kreischte vor Begeisterung, als sie hörte, wo Estella mit Alex und Lena verabredet war. »Man sagt, das Café Society ist der falsche Ort für die richtigen Leute«, erklärte sie. »Und alle wollen hin.«

»Ich nicht«, widersprach Estella. »Ich will nur, dass du mir glaubhaft versicherst, dass diese Frau sehr ähnlich, aber nicht genau so aussieht wie ich.«

»Wahrscheinlich hattest du einfach zu viel getrunken«, sagte Janie.

»Einen winzigen Schluck, mehr nicht!«, protestierte Estella, und wenig später sah sie Alex aus der entgegengesetzten Richtung auf sie zukommen. Sie trafen sich oben auf der Treppe, die zum Eingang des Clubs hinunterführte.

»Das«, erklärte sie Sam und Janie, »ist Alex. Der Liebhaber meiner Doppelgängerin.«

Alex fuhr sich mit der Hand durch die Haare. »Freut mich, Sie kennenzulernen«, sagte er zu Estellas Freunden und dann, an sie gewandt: »Kein guter Einstieg.«

»Was erwarten Sie, wenn Sie mich in einen Club einladen und eine Frau mitbringen, die genauso aussieht wie ich? Sind Sie so gleichgültig beim Küssen, dass Sie eine Eroberung nicht von der anderen unterscheiden können?«

Estella sah, dass Janie und Sam einen verwunderten Blick wechselten, dann hob Janie die Achseln, als wolle sie sagen: *Keine Ahnung, wovon sie redet.*

Alex zuckte zusammen. »Wenn ich mich recht erinnere, haben Sie sich auch nicht gerade benommen, als sähen wir uns das erste Mal.«

»Sie denken also, Sie hätten eine Sonderbehandlung bekommen?« Estella lachte. »Vielleicht bin ich mit jedem Mann so, den ich treffe.« Was nicht stimmte, doch das musste er nicht wissen.

Sie ging die Treppe hinunter, bevor sie noch kratzbürstiger werden konnte – was sie gar nicht von sich kannte, aber Alex schien das Schlechteste in ihr zum Vorschein zu bringen. Sie betrat den Kellerclub, wo der Jazz sie sofort an Paris erinnerte und die Mischung verschiedenster Menschen – Schwarze und Weiße, manche elegant, andere bewusst unkonventionell gekleidet – erfrischend anders war als die sonst in New York übliche Trennung nach Rasse und Klasse. Manche tanzten, manche hörten der Musik zu, andere saßen an den Tischen und unterhielten sich. Auf der Bühne stimmte Billie Holiday, von der Estella schon viel gehört hatte, die sie aber noch nie hatte auftreten sehen, gerade *Strange Fruit* an.

»Ich suche uns einen Tisch«, sagte Sam und bedeutete Janie vorzugehen, so dass Estella und Alex die Nachhut bildeten.

Estella marschierte geradewegs zur Bar und lächelte dem Barkeeper kokett zu. »Einen Sidecar bitte. Am besten extrastark.«

»Macht er Ihnen Probleme?«, fragte der Mann mit einem argwöhnischen Blick in Alex' Richtung.

»Nichts, womit ich nicht fertig werde.« Sie zwinkerte dem Barkeeper zu und überließ es Alex, die Rechnung zu begleichen. Als sie sich abwandte, stieß sie mit einer Frau zusammen, die sie sofort wiedererkannte. Lena.

Estella nahm einen großen Schluck von ihrem Drink und setzte ein Lächeln auf, das den ganzen Broadway hätte beleuchten können. »Ich bin Estella«, sagte sie. »Ich glaube, wir sind uns noch nicht vorgestellt worden, auch wenn ich das Gefühl habe, Ihr Gesicht mindestens ein Dutzend Mal täglich im Spiegel zu sehen.«

»Nur ein Dutzend?«, bemerkte Alex sarkastisch.

Zu ihrer eigenen Überraschung musste Estella lachen. »*Touché*«, sagte sie. »So eitel bin ich nun auch wieder nicht.«

»Ich bin Lena«, sagte die Frau, und auf ihrem Gesicht erschien ein höfliches, aber keinesfalls erfreutes Lächeln.

Estella lief es kalt über den Rücken. Sie sah zu, wie Lena ein Paar, das ihr zuwinkte, einen Mann, der sie freundlich grüßte, und einen anderen, der ihr im Vorbeigehen zugrinste, mit dem gleichen Lächeln bedachte. Die Leute hier schienen sie zu kennen, aber ihre Haltung und die Art, wie sie sich kleidete, ließen Estella vermuten, dass sie üblicherweise in wohlhabenden Kreisen verkehrte.

»Meine Freunde haben einen Tisch für uns gefunden«, sagte sie und zeigte zu Janie und Sam, die den Schlagabtausch mit offenem Mund verfolgten. Estella ging zu den beiden hinüber und setzte sich. »Eurem Gesichtsausdruck entnehme ich, dass ich nicht übertrieben habe.«

»Wenn überhaupt, dann hast du untertrieben«, sagte Janie. Dann wandte sie sich lächelnd an Alex. »Ich hatte noch keine Gelegenheit, es zu sagen, aber es freut mich, Sie kennenzulernen.«

»Die Freude ist ganz meinerseits«, erwiderte er. »Sie kommen aus Australien?«

»Ja«, sagte sie und schenkte ihm ihr spezielles Janie-Lächeln. »Ich bin Model. Nicht die Art Frau, die verwundete Soldaten pflegt, sondern die, von der sie träumen.«

Estella verdrehte die Augen. Sie kannte niemanden, der so unverfroren war wie Janie. Sam lachte, Alex lächelte, aber Lena reagierte nicht. *Sie ist kälter als der Nordpol*, dachte Estella und fragte sich, was Alex in einer Frau sah, die so wenig Gefühl zeigte. Nicht, dass sie das wirklich interessierte. Sie musterte Lena unauffällig, und der einzige Unterschied, den sie zwischen ihr und sich erkennen konnte, war Lenas etwas üppigere Figur.

»Nachdem Sie sich so wenig für ein Gespräch über die Verbindung zwischen Lena und Ihnen erwärmen konnten, dachte ich, Sie würden sich lieber unter vier Augen darüber unterhalten wollen«, sagte Alex und sah demonstrativ zu Sam und Janie hinüber.

Estella schüttelte heftig den Kopf. »Das würde bedeuten, dass ich mit Lena allein wäre. Aber wenn sie mit Ihnen hier ist, können meine Freunde auch bleiben.«

»Jetzt weiß ich es!«, rief Janie unvermittelt. »Ihr seid Zwillinge. Bei der Geburt entführt. Erbinnen eines großen Vermögens.«

Estella lachte, auch wenn Janies Witz einen wunden Punkt bei ihr traf, weil es sie an die ganzen Dinge in ihrem Leben erinnerte, die sie sich nicht erklären konnte. Ihr amerikanischer Vater, ihre amerikanischen Papiere, das Haus im Marais, das angeblich ihrer Mutter gehörte. Sie trank einen großen Schluck. »Das ist das Lächerlichste, was ich je gehört habe.«

Alex reichte Lena eine Zigarette, und als er sie ihr anzündete, sah er sie auf diese ganz besondere Weise an, wie sie Liebespaaren eigen war. Sam zupfte an Janies Hand. »Komm, lass uns tanzen«, sagte er, und trotz all ihrer Bedenken ließ Estella die beiden gehen. Sie mussten ja keinen unangenehmen Abend verbringen, nur weil ihr einer bevorstand.

Dann wandte Lena ihr den Blick zu und sagte: »Ihr Kleid ist außergewöhnlich schön.«

»Danke«, stammelte Estella überrascht. »Ich habe es selbst entworfen. Ich bin Modedesignerin.«

»Ich hab Ihren Namen noch nie gehört«, erwiderte Lena ruhig.

Estella wurde rot. »Ich fange gerade erst an, aber ich hoffe, dass ich in ein paar Monaten genügend Entwürfe zusammenhabe, um sie zu präsentieren.«

»Wie finanzieren Sie sich?«, fragte Lena im gleichen gelassenen Ton.

Estella wurde noch röter, und sie sah sich Hilfe suchend nach Sam und Janie um, aber Janie wirbelte auf der Tanzfläche von einem potenziellen Liebhaber zum nächsten, und Sam gab gerade einer Frau an der Bar einen Drink aus. »Man braucht nicht viel mehr als eine Nähmaschine und ein paar Musterstücke, um in der Modebranche zu arbeiten.«

Lena betrachtete sie prüfend. »Haben Sie schon mal von der Fashion Group gehört?«

»Ich hab zwar kein Geld, aber ich bin nicht blöd«, sagte Estella. Natürlich hatte sie von der Fashion Group gehört, dem Kollektiv der einflussreichsten Frauen in der New Yorker Modebranche – unter ihnen Dorothy Shaver von Lord & Taylor und Carmel Snow, Chefredakteurin von *Harper's Bazaar*.

»Elizabeth Hawes, eines der Mitglieder, macht Kleider für mich. Vielleicht hätten Sie Interesse, sie kennenzulernen.«

Wollte sie Lena zu Dank verpflichtet sein? Estella hätte gern Einwände erhoben, aber ein Treffen mit einer Frau der Fashion Group konnte sie einfach nicht ablehnen. »Dafür wäre ich sehr dankbar«, sagte sie, obwohl sie damit eingestand, dass sie den beiden anderen an diesem Tisch deutlich unterlegen war. Lena hatte offensichtlich Geld, das war an ihrer Kleidung und ihrem Schmuck unschwer zu erkennen. Alex trug, obwohl alles darauf hinwies, dass er ein Spion war, untadelige Maßanzüge, die nur von einem Meister seines Fachs stammen konnten. Und daneben Estella, die arme, aus Frankreich geflüchtete junge Frau, die nicht einmal wusste, wer ihr Vater war. Genauso wenig, wie sie verstand, wie es dazu gekommen war, dass sie ihrem Ebenbild gegenübersaß.

»Wer sind Sie?«, platzte sie heraus.

Lena schenkte ihr ein kleines, freudloses Lächeln. »Eine sehr gute Frage. Eigentlich bin ich Lena Thaw, Patenkind und entfernte Verwandte der Familie Thaw. Haben Sie schon von den Thaws gehört?«

Estella schüttelte den Kopf.

»Eine Familie von Wahnsinnigen.«

»Lena«, sagte Alex mit sanftem Tadel, und Estella beobachtete verwundert, wie fürsorglich er Lena behandelte, was doch überhaupt nicht zu dem Mann passte, für den Estella ihn hielt – als wäre Lena ein zarter Edelstein, ein Topas, der jeden Moment zerbrechen konnte.

Nach außen hin wirkte Lena nicht, als müsse sie beschützt werden, wenn Estella ihr jedoch genauer in die Augen sah, erkannte sie dort etwas, das ganz anders war als bei ihr selbst. Lenas Augen wirkten gealtert; ihr Blau mochte einst klar gewesen sein, nun schien es unwiederbringlich eingetrübt.

»Wahnsinnige?«, hakte Estella nach. »Gleich so dramatisch?«

»Die Thaws sind Kohlebarone aus Pittsburgh«, fuhr Lena mit mattem Sarkasmus fort, und Estella tat es weh, ihr zuzuhören. »Ihr Sohn, Harry Kendall Thaw, ist mein Pate. Er möchte, dass ich ihn ›Onkel‹ nenne. Ich bin im August 1917 geboren und wurde den Thaws von einer unverheirateten Verwandten aufgedrängt, die gerade erst fünfzehn war. Die Thaws waren so reizend, mich aufzunehmen und meine Erziehung Harry zu überlassen, nachdem er 1924 aus der Nervenheilanstalt entlassen worden war. Harry ist ein verurteilter Mörder, der letztlich wegen Unzurechnungsfähigkeit für nicht schuldig befunden wurde. Er ist grausam, verkommen, geistesgestört und besessen. Zum Glück ist er nach Virginia gezogen, als er sich nicht mehr um mich kümmern musste. Ich glaube, das ist eine mehr oder weniger vollständige Beschreibung meiner Person.« Lena lehnte sich an Alex, der den Arm um sie legte.

»Ich bin nicht sicher, ob Estella mit dieser Erklärung sonderlich viel anfangen kann«, sagte er.

Sie spielten mit ihr, gaben ihr verwirrende Antworten auf Fragen, die eigentlich ganz einfach zu klären sein sollten. Sie mussten ihr doch nur sagen, wer Lena *wirklich* war, dann hätte Estella die Gewissheit, dass sie nicht verwandt sein konnten, weil sich ihre Lebensgeschichten nicht überschnitten. Von den Leuten, die Lena erwähnt hatte, kannte Estella niemanden. Die einzige Gemeinsamkeit war, dass sie ebenfalls im August 1917 geboren war. Sie leerte ihren Cocktail in einem Zug, doch er benebelte ihre Sinne längst nicht so, wie sie es sich erhofft hatte.

»Und was hat das alles mit Ihnen zu tun?«, herrschte sie Alex an. »Ach, eigentlich ist es mir völlig egal. Ich gehe tanzen.«

Doch bevor sie einen Tanzpartner finden konnte, war Alex neben ihr, und ihr blieb nichts anderes übrig, als sich von ihm im Kreis schwingen zu lassen, wenn sie nicht von den anderen Paaren auf der Tanzfläche umgestoßen werden wollte.

»Als ich Ihnen gesagt habe, dass Sie aus Frankreich verschwinden müssen, dachte ich nicht, dass wir uns hier wiedersehen würden«, begann Alex.

Estella konnte nicht recht beurteilen, ob das eine Entschuldigung oder ein Vorwurf sein sollte. »Ich habe das letzte Schiff nach Amerika genommen, das Frankreich verlassen hat. Die *SS Washington*. Das Schiff, das fast torpediert worden wäre. Vielleicht haben Sie davon gehört«, entgegnete sie bissig, als wäre auch das seine Schuld.

»Ich wusste nicht, dass Sie es sind«, sagte er. »Auf der Party, als ich Sie geküsst habe, dachte ich, Sie wären Lena. Das war dumm, verzeihen Sie mir.«

Im Rhythmus der Musik drehte sie sich von ihm weg und zurück in seine Arme. Tat es ihm wirklich leid? »Sie sind ein Spion«, sagte sie, um zu testen, ob er mehr preisgeben würde.

»Sie wissen, dass ich Ihnen darauf keine Antwort geben kann.«

»Oder nur ein Dieb?«, hakte sie weiter nach. »Welchen Titel bevorzugen Sie?«

»Sie sind noch genauso garstig wie eh und je.«

Estella spürte, dass Lena sie und Alex beobachtete.

Vielleicht ging es Alex genauso, denn er fuhr hastig fort: »Ich war im Auftrag der Regierung in Frankreich, ja. Das ist streng geheim, aber da Sie ohnehin schon die Hälfte wissen, ist es vielleicht besser, Sie kennen die ganze Geschichte und ziehen nicht Ihre eigenen halbgaren Schlüsse. Monsieur Aumont hat für das Kriegsministerium gearbeitet. Ich habe ... den Austausch von Schriftstücken ermöglicht.«

Sein harter, distanzierter Ton hätte sie wütend machen sollen, aber sie erinnerte sich daran, dass ihm die Konsequenzen seiner Arbeit wichtig genug gewesen waren, um ihr bei der Suche nach Monsieur Aumont zu helfen. Dass er, als sie Monsieur Aumont tot aufgefunden hatten, im Gegensatz zu Estella nicht wie jemand reagiert hatte, der noch nie eine Leiche gesehen hatte, sondern im Gegenteil schon viel zu viele.

»Was waren das für Pläne?«, fragte sie.

Er antwortete nicht gleich, und sie dachte schon, er würde ihr die Erklärung schuldig bleiben, doch dann sagte er: »Baupläne von Oflag IVc, dem Offizierslager. Auch bekannt als Schloss Colditz. Ein Kriegsgefangenenlager in Deutschland, in dem auch viele alliierte Soldaten interniert sind.«

Sie schwiegen beide, und Estella merkte nicht, dass die Musik langsamer wurde, so sehr folgte ihr Körper unbewusst dem Takt und ließ sich von ihm führen. »Sie helfen also Kriegsgefangenen ... wobei denn? Helfen Sie ihnen zu fliehen?«

»Niemand möchte von den Deutschen festgehalten werden, bis dieser verdammte Krieg endet.«

»Nein.« Mehr gab es dazu nicht zu sagen. Er hatte ihre Vermutung nicht ausdrücklich bestätigt, aber auch nicht zurückgewiesen. Und nebenbei hatte er es für sie sehr viel schwerer gemacht, ihn zu hassen – schließlich begab er sich in große Gefahr, um ihrem Heimatland zu helfen.

»Ich bin Anwalt«, fügte er hinzu. »Ich arbeite für internationale Unternehmen wie die Chase National Bank, deshalb bin ich teils hier und teils in London.«

»Und in Frankreich.«

»Gelegentlich, ja.«

»Sind Sie Engländer?« Sie konnte seinen Akzent immer noch nicht zuordnen.

»Das ist eine lange Geschichte«, antwortete er und wechselte geschickt das Thema. »Wissen Sie vielleicht, wie Ihre Mutter zu dem Haus in Paris gekommen ist? Es sieht nämlich ganz genauso aus wie ...«

Estella entzog sich ihm, ehe er den Satz beenden konnte. Sie hatte das Gefühl, er würde nach jedem losen Faden ihres Lebens greifen, wobei er offenbar glaubte, das Recht zu haben, ihr dasselbe verwehren zu dürfen. »Die Erklärung ist bestimmt nicht länger als die, wie es kommt, dass dort drüben eine Frau sitzt, die meine Doppelgängerin sein könnte. Und Sie scheinen doch ganz erpicht darauf zu sein, dass diese Geschichte erzählt wird.«

»Sie muss mehr sein als Ihre Doppelgängerin.«

Ehe sie sich abwandte, begegnete sie Alex' Blick, und was sie in seinen Augen sah, war eine so tiefe Anteilnahme – sicher nicht für sie, sondern für Lena –, dass ihre Wut sich beinahe in Luft auflöste. Warum versuchten er und Lena, ein paar dürftige Fakten zu einer echten Bindung aufzubauschen? Wenn es stimmte, was Alex da gerade angedeutet hatte, dann gab es einen Zusammenhang zwischen Estella und Lena, der Jeanne, ihre Mutter, für sie zu einer Fremden machte. Und dies ängstigte Estella mehr als alles andere. Sie würde Alex und Lena gewiss nicht dabei helfen, den Schleier von den Geschichten zu reißen, die ihr und Lena erzählt worden waren, denn das würde sie nackt und ohne jeden Halt zurücklassen.

Stattdessen würde sie so tun, als könne sie ihrer Mutter immer noch am Arbeitstisch im Atelier gegenübersitzen, und Jeanne würde ihr zulächeln, die Hand ausstrecken und sagen: *Alles ist wie immer,* ma chérie. *Wir beide sind eine Familie, und das ist das Einzige, was zählt.*

Kapitel 11

Am nächsten Morgen fand Estella am Empfangstresen des Barbizon eine Nachricht von Lena vor, die sie einlud, um halb zehn zu ihr nach Hause zu kommen und sie dann zu einem Treffen mit Elizabeth Hawes zu begleiten. Estella zeigte Janie die Nachricht.

»Vielleicht ist das gar nicht schlecht«, meinte Janie. »Anscheinend kennt Lena viele wichtige Leute. Hast du gestern Abend noch irgendwas herausgefunden?«

»Nichts weiter, als dass es ein riesiger Zufall ist, dass ich Lena so ähnlich sehe.« Estella nahm eine Schere und suchte ihre Nähte gründlich nach losen Fäden ab. Aber sie fand keine.

Janie zog eine Augenbraue hoch. »Und ich bin die Geliebte des Präsidenten. Machst du Witze? Ihr zwei müsst doch miteinander verwandt sein.«

»Und wennschon! Was spielt das für eine Rolle?«

»Bist du denn gar nicht neugierig? Ich würde platzen vor Neugier.«

»Gibt es nicht dieses Sprichwort – Neugier ist der Katze Tod oder so?« Endlich sah sie Janie ins Gesicht.

»Dann hast du ja Glück, dass du keine Katze bist«, meinte Janie grinsend und steuerte in ihrem Morgenmantel aufs Badezimmer zu.

Natürlich wusste Estella nur zu gut, dass ihre Neugier größer gewesen wäre, hätte sie nicht befürchten müssen, die Antworten, die sie finden würde, könnten ihre Mutter auf irgendeine Weise in Misskredit bringen. Und auch wenn sie es nicht wahrhaben wollte, hatte Janie dennoch recht – Lena wirkte tatsächlich wie jemand, der die richtigen

Leute kannte. Und das wäre mit Sicherheit hilfreich, wenn sie etwas aus Stella Designs machen wollte.

Also richtete sie sich die Frisur, begab sich mit der Subway auf den Weg zu der Adresse, die Lena ihr hinterlassen hatte, und stellte fest, dass die Party, zu der Janie ihnen die Einladungen besorgt hatte, bei Lena zu Hause stattgefunden hatte. Wenn sie sich ein Haus in Gramercy Park leisten konnte, musste aus Lena doch etwas geworden sein, Mörderonkel hin oder her.

Als Estella dann aus der Bahn in die klirrend kalte, klare Winterluft hinauskam und in die Sonne blinzelte, breitete sich ein Lächeln auf ihrem Gesicht aus. Sie würde sich mit Elizabeth Hawes treffen, jede Hilfe annehmen, die sie ihr anbot, und unentwegt an ihrer Kollektion arbeiten, bis sie im Frühjahr 1941 ihre Sachen der Öffentlichkeit präsentieren konnte. Das war ihr Plan – ein Plan, der sie zuversichtlich stimmte und in dem gerade so viel Gewissheit lag, wie sie nach all den Ungewissheiten, die der gestrige Abend aufgeworfen hatte, dringend benötigte.

Doch als sie auf Gramercy Park East abbog, vertrieb das flaue Gefühl in ihrem Magen das Lächeln, und die kalte Hand der Angst legte sich in ihren Nacken.

Sie stand vor dem Haus, das sie bei der Party in der Dunkelheit nicht richtig hatte erkennen können. Doch jetzt sah sie es nur zu gut, und Alex' Worte hallten in ihrem Kopf nach: *Wissen Sie vielleicht, wie Ihre Mutter zu dem Haus in Paris gekommen ist? Es sieht nämlich ganz genauso aus wie ...* Jetzt wusste sie, was er hatte sagen wollen. *Es sieht ganz genauso aus wie Lenas.*

Genau wie Lena das Ebenbild Estellas war, so hatte auch das *Hôtel particulier* in der Rue de Sévigné im Marais ein Ebenbild in Manhattan, und Estella stand direkt davor. Lenas Haus war eine genaue Nachbildung des Hauses, in dem Estella in jener Nacht, in der ihre gesamte Welt aus den Fugen geraten war, mit Alex gewesen war.

Ungläubig starrte sie das opulent gewölbte Eingangsportal an. Bei Tageslicht fiel das Haus in New York so sehr aus dem Rahmen, dass Estella glaubte zu träumen. Durch die schön geschnitzte Holztür – die bei ihrem letzten Besuch offen gestanden haben musste – gelangte man in einen Vorhof, und der Eingang war sogar von den typischen *chasseroues* flankiert, konisch gerundeten Prellsteinen, die die Wände vor Beschädigung durch Wagenräder schützten. Roter Backstein, durchzogen von hellen Streifen, ein blaugraues Schieferdach, ein Vorgarten, durch den sich gepflegte Kieswege zogen, ein erfrischender Geruch nach Minze in der Luft und eine mit Figuren der vier Jahreszeiten geschmückte Fassade – der Winter gebeugt und verzagt, der Sommer hocherhobenen Hauptes, unerbittlich.

In diesem Moment schwang die Tür auf, und Lena zog irritiert die Stirn kraus, als sie Estellas Gesicht sah. »Sie sehen aus, als bräuchten Sie etwas zu trinken«, sagte sie.

Estella folgte ihr ins Haus und stellte fest, dass die Räume im Innern ebenfalls genau die gleiche Größe, Form und Anordnung hatten wie ihre Pendants in Paris und in ihrem äußerst gepflegten Zustand eine Pracht ausstrahlten, die auch das Stadthaus in Paris einst besessen haben musste. Der Fries an den hölzernen Decken erstrahlte in leuchtenden Farben, und hier konnte Estella sehen, dass die Bilder Blumen, Perlen und Putten zeigten, während die in der Rue de Sévigné fast zur Unkenntlichkeit verblasst waren. Und dort war die elegant geschwungene Treppe, gestützt von den Säulen, unter denen sie Alex geküsst hatte.

Im Empfangszimmer mixte Lena ihr einen Sidecar. »Trinken Sie das.«

Estella nahm den Cocktail dankbar entgegen und trank einen großen Schluck, obwohl es noch nicht einmal zehn Uhr vormittags war. »Ich weiß nicht, ob ich das vor einem Treffen mit einer Dame der Fashion Group wirklich tun sollte.«

»Aber Sie sollten bei dem Treffen auch nicht aussehen, als könnten Sie jeden Moment in Ohnmacht fallen«, erwiderte Lena. »Sie sind doch sicher nicht der nervöse Typ, den Eindruck haben Sie auf mich jedenfalls nicht gemacht.«

Estella schüttelte den Kopf und suchte nach Worten, fragte sich jedoch zugleich, ob sie die Antwort nicht lieber für sich behalten sollte. Aber die Wahrheit war so überwältigend, so seltsam und beängstigend, dass sie sie einfach mit jemandem teilen musste. »In Paris gibt es ein Haus, das eine perfekte Kopie dieses Gebäudes ist. Und wenn ich von einer Kopie spreche, dann meine ich, sie sind sich völlig gleich, genau wie wir. Es muss zwischen ihnen einen Zusammenhang geben.«

»Dann meinen Sie also, dass es zwischen uns auch einen gibt, dass wir verwandt sein müssen?«

Wieder dieser unerschütterliche Ton, der nichts verriet. Estella hatte keine Ahnung, was Lena von all dem hielt. Ob sie ebenso beunruhigt war wie sie selbst oder ob es sie tatsächlich kaltließ. Statt ihr eine Antwort zu geben, fuhr Estella fort: »Allerdings muss dieses Haus eine Nachbildung des Hauses im Marais sein, denn das wurde im 17. Jahrhundert erbaut.«

»Mein Onkel hat es in dem Jahr gebaut, in dem ich geboren bin«, sagte Lena.

»Der wahnsinnige Mörderonkel?«

»Eben jener.« In Lenas Gesicht zeigte sich ein kleines Lächeln, und Estella fragte sich, ob das alles war, was sie je von sich preisgab, dieses leichte Heben der Mundwinkel, das kurze Aufblitzen weißer Zähne, ein so streng bewachtes Lächeln, dass eine ganze Armee notwendig gewesen wäre, zu ihr vorzudringen.

»Ich habe zuvor nie von Ihrem Onkel gehört«, sagte Estella, als würde das etwas beweisen.

»Und ich nie von Ihrer Mutter.«

»Dann können wir beide also nur spekulieren.« Estella starrte zu den bemalten Dachbalken empor. »Und ich muss mich auf dringendere Angelegenheiten konzentrieren, auf das Treffen mit Elizabeth Hawes zum Beispiel und wie ich es schaffen kann, in der New Yorker Modewelt Fuß zu fassen. Ich muss Probleme angehen, die ich lösen kann, nicht dieses immer komplizierter werdende Rätsel, was uns möglicherweise verbindet.«

»Dann gehen wir doch los und treffen uns mit Liz«, schlug Lena entschlossen vor.

Genau das taten sie. In einem eleganten Stadthaus an der Upper East Side, wo eine ebenso elegante Dame Estellas Kleid in Augenschein nahm, ehe sie ihr ins Gesicht sah. »Von Ihnen entworfen, nehme ich an?«

»Ja.« Estella nickte. »Ich habe Ihr Buch gelesen«, fügte sie hinzu und meinte damit den Enthüllungsbericht über die Modeindustrie, den Elizabeth Hawes vor zwei Jahren veröffentlicht hatte und in dem sie die Methode, Pariser Entwürfe zu kopieren, und die Vorgehensweisen der Fabriken in der Seventh Avenue und der auf Maßanfertigungen spezialisierten Betriebe an der Upper East Side so aufrichtig und amüsant schilderte, dass ihr Buch für großes Aufsehen gesorgt hatte. Hawes leitete das von ihr gegründete Unternehmen inzwischen nicht mehr selbst, aber Estella wusste nicht, ob sie die Entscheidung freiwillig getroffen oder man in Manhattan nachgeholfen hatte, weil man nicht davon angetan gewesen war, dass Hawes die Wahrheit sagte. »Ich habe in Paris auch als Modezeichnerin gearbeitet«, fügte Estella hinzu.

»Hat es Ihnen gefallen?«, fragte Elizabeth.

»Es war eine gute Möglichkeit, meine Rechnungen bezahlen zu können. Und viel zu lernen, besser zu werden. Beides spielte eine große Rolle für mich, und das tut es noch immer.«

»Allerdings. Selbst wenn man dafür seine Seele verkaufen muss, war es auch für mich das beste Training, das ich je hatte.« Elizabeth musterte Estella prüfend. Dann lächelte sie Lena an. »Ich würde mich gern noch ein bisschen mit Miss Bissette unterhalten. Das macht dir doch nichts aus?«

»Aber nein, ich hatte es gehofft. In einer Stunde bin ich wieder da.« Lena küsste Elizabeth auf die Wange – anscheinend verbarg sich doch etwas Wärme in ihrem Innern, wenn sie zu einer Freundschaft fähig war –, dann ließ sie die beiden allein.

»Ihrem Kleid nach zu schließen, entwerfen Sie gerade Freizeitbekleidung«, sagte Elizabeth, stand auf und kam zu Estella herüber, um den überdimensionierten weißen Kragen ihres Kleids zu befühlen, das einer edlen Weiterentwicklung eines maßgeschneiderten Herrenhemds glich, mit einer weißen Seidenlilie im Knopfloch. »Das meine ich nicht despektierlich. Aber wenn Sie mein Buch gelesen haben, wissen Sie, welche Probleme ich beim Entwerfen von Freizeitbekleidung sehe.«

»Ja, natürlich. Aber das galt in der Zeit vor dem Krieg.«

»Also, dann sagen Sie mir doch, was Sie von Claire McCardells berühmtem Monastic Dress halten?«, fragte Elizabeth und bezog sich auf den ersten amerikanischen Entwurf, der häufig imitiert worden war, ein zeltförmig geschnittenes Kleid, das sich erst durch die Bindung eines gekreuzten Taillengürtels der Silhouette seiner Trägerin anpasste.

»Mir gefällt die Idee, die dahintersteht«, antwortete Estella ehrlich. Wie ehrlich sollte sie sein? Was, wenn Elizabeth den Monastic Dress liebte und jegliche Kritik von ihr als Ignoranz auffasste? Immerhin gehörte auch Claire McCardell zur Fashion Group. Aber ihre Zunge im Zaum zu halten war noch nie Estellas Stärke gewesen, und wie so oft würde sie das wahrscheinlich auch diesmal in Schwierigkeiten bringen.

»Es ist praktisch, man kann dieses Kleid schnell anziehen und leicht waschen«, sagte sie. »Aber es ist auch sehr schlicht, und seine größte Stärke – die Formlosigkeit – bedeutet zugleich, dass es nicht allen Frauenfiguren zugutekommt.«

»Was würden Sie anders machen?«

Es war unmöglich zu erkennen, ob Elizabeth ihr zustimmte oder ob Estella dabei war, sich mit jedem Wort tiefer in die Bredouille zu bringen. »Ich würde in dieser Preisspanne bleiben und ebenfalls Kleider aus alltagstauglichen, leicht zu pflegenden Materialien für zwanzig bis dreißig Dollar anbieten. Aber McCardells Mode lässt der Leidenschaft keinen Raum – ihre Kleider regen nicht dazu an, sie vom Kleiderbügel zu reißen und sie sich begeistert überzustreifen. Sie sind praktisch, aber nicht schön. Und trotz des Krieges habe ich noch immer einen Sinn für Schönheit. Deshalb würde ich auf kleine Verzierungen Wert legen. Mein Spezialgebiet in Paris waren Stoffblumen für die Haute Couture. Ich möchte, dass meine Kleider immer etwas Verspieltes haben, einen Hauch von Chic, der sie von der Masse abhebt. Wie diese Lilie«, erklärte sie und deutete auf die Blume an ihrem Kleid. Es war ebenfalls schlicht und aus einem bezahlbaren Stoff, aber figurbetonter geschnitten, so dass eine schlanke Frau wie sie nicht darin unterging, wie es beim Monastic Dress der Fall gewesen wäre.

Elizabeth Hawes antwortete nicht gleich. Schließlich sagte sie: »Sie wissen, dass es zwei Jahre dauert, bis es ein Pariser Trend an die Seventh Avenue schafft. Oder zumindest war es früher so«, korrigierte sie sich. »Was Sie letztes Jahr überall in Paris gesehen haben, wird frühestens 1941 den Weg in die Bürogebäude von Manhattan finden.«

»Das stand auch in Ihrem Buch.«

»Aber woher sollte im Krieg überhaupt irgendjemand wissen, was die Frauen in Paris tragen?«, überlegte Elizabeth laut. »Woher sollten die Käufer wissen, was ein Experiment und was eine Nachbildung eines Lucien Lelong ist? Werden sie dadurch noch konservativer? Oder offener für Neues?«

»Ich habe gehört, dass Claire McCardell durchsetzen konnte, dass ihr Name auf dem Label von Townley Frocks steht«, sagte Estella. »Und die *New York Times* hat endlich angefangen, amerikanische Designer zu nennen. Wenn genug von uns sagen: ›Das ist die Mode von heute, das sind Kleider, in denen ihr arbeiten, euch den ganzen Tag bewegen und außerdem zum Essen ausgehen könnt‹, dann werden die Leute doch irgendwann daran glauben, oder nicht? Sie werden Schiaparellis lächerliche Behauptung ignorieren, dass amerikanische Frauen nicht elegant genug sind, um aus Manhattan ein Zentrum der Mode zu machen. Sie werden mit eigenen Augen sehen, dass keinesfalls *alle schönen Kleider von französischen Modeschöpferinnen hergestellt werden.*«

Elizabeth lachte, als Estella ihr Buch zitierte. Das fasste Estella als Ermutigung auf und preschte weiter vor. »Ich habe Ihre Modenschau 1931 in Paris gesehen. Meine Mutter hat mich mitgenommen.«

»Und wie hat sie Ihnen gefallen?«

Wenn sie log, würde Elizabeth es merken. Wie sollte sie ihre Meinung auf eine Art ausdrücken, die ihren Eindruck von jener Modenschau einfing, aber nicht beleidigend war? »Sie war wie die Freiheitsstatue im Vergleich zum Eiffelturm – französisch inspiriert«, sagte Estella schließlich, »aber selbstgefälliger.«

Elizabeth lachte erneut. »Besser hätte ich es nicht ausdrücken können.« Doch plötzlich wurde ihr Gesicht wieder ernst. »Wussten Sie, dass die große, von Lord & Taylor 1932 initiierte Bewegung zur Förderung amerikanischer Designs ein absoluter Fehlschlag war?«

»Und Sie denken, ich werde auch scheitern?« Estellas Blick senkte sich auf ihren Schoß. Hieß das, dass es Zeitverschwendung gewesen war, herzukommen? Dass alles, wovon sie in einem Rettungsboot mitten auf dem Atlantischen Ozean geträumt hatte, genauso schwer erreichbar war wie ein Ende des Krieges?

»Ganz im Gegenteil. Vielleicht ist die Zeit jetzt reif dafür.«

»Wirklich?« Hoffnungsvoll blickte Estella zu Elizabeth auf.

»Die Modeindustrie ist eine der wenigen Branchen, in denen Frauen Einfluss und Macht haben – wenn auch in einem männerdominierten Umfeld. Die Hersteller sind allesamt Männer, die Eigentümer der Modezeitschriften sind Männer, die Warenhausmanager sind Männer. Sie führen das Geschäft; aber wir entwerfen die Mode – und tragen sie. Deshalb gibt es einen ständigen Kampf zwischen der Autorität, die uns unsere Entwurfskompetenz und unser Verständnis der Kundinnenwünsche verleihen, und der Tendenz der Männer, sich überall einzumischen, weil sie nach wie vor die finanzielle Oberhoheit haben.«

Estella runzelte die Stirn. Wenn Elizabeth sie ermutigen wollte, war ihr das nicht ganz gelungen.

Doch Elizabeth nippte an ihrem Tee und fuhr fort: »Ich werde nie den Artikel in *Fortune* vergessen, in dem stand, um bei Mode, Design oder auch beim Verkauf von Kosmetika erfolgreich zu sein, sei kein oder zumindest sehr wenig Talent erforderlich. Beispielsweise hätte aus Elizabeth Arden niemals ein Henry Ford werden können, weil das, was sie macht, keine Karriere in einem echten Wirtschaftszweig bedeute. Kosmetik und Mode seien weiter nichts als Wochenendhobbys. Das Ende des Artikels hat sich für immer in mein Gedächtnis eingegraben: *Kurz gesagt, kann man Elizabeth Arden und ihresgleichen nicht als Geschäftsfrauen bezeichnen.* Vergessen Sie diese Formulierung niemals. Sie müssen in Ihrem Beruf zehnmal so gut sein wie ein Mann in seinem.«

»Ich kann nicht glauben, dass so etwas gedruckt wird!« Estella setzte ihre Tasse unsanft auf der Untertasse ab. »Obwohl – doch. Ich war immer enttäuscht von Coco Chanel und all den anderen Modeschöpferinnen, die nur deswegen ins Modegeschäft einsteigen konnten, weil sie die Geliebte eines einflussreichen Mannes waren. Aber darf man es ihnen verübeln? Ist es für eine Frau überhaupt möglich, Erfolg zu haben, ohne mit einem reichen Mann zu schlafen? Und selbst wenn es eine schafft, würde man sie trotzdem nicht als Geschäftsfrau anerkennen. Offenbar ist es den Männern lieber, wir bleiben im Negligé im Bett, als dass wir etwas von Bedeutung tun.«

Hör auf, ermahnte sich Estella, als ihr Verstand ihren Mund wieder einholte. *Hör dieses eine Mal einfach auf.* Das Gespräch hatte sich in eine positive Richtung entwickelt. Und jetzt?

»Sie sind sehr direkt.« Elizabeth schwieg einen Moment, dann fuhr sie lächelnd fort: »Da Sie mein Buch gelesen haben, wissen Sie bereits, dass Direktheit eine Eigenschaft ist, die ich sehr schätze. Ich werde tun, was ich kann, um Ihnen zu helfen. Sie brauchen nicht viel, um mit der Kleiderproduktion anzufangen. Weit schwieriger ist es, bekannt zu werden und Geschäftskunden zu finden. Aber da komme ich ins Spiel. Zuerst einmal werde ich Sie Babe Paley vorstellen, einer Moderedakteurin bei der *Vogue* – Ihr Stil passt eher zur *Vogue* als zu *Harper's Bazaar* –, und Marjorie Griswold, die für Lord & Taylor Freizeitkleidung einkauft. Und vielleicht werden Sie ja all den Zweiflern zeigen, dass amerikanische Frauen sehr wohl den Mut haben, sich modisch zu kleiden, und zwar auf eine Art, die viel besser zu ihnen passt als das, was den Französinnen steht.«

Jetzt konnte Estella sich nicht mehr zurückhalten – sie stürzte zu Elizabeth, küsste sie auf beide Wangen und bedankte sich so überschwänglich, dass Elizabeth sie am Ende freundlich, aber bestimmt bitten musste, sich zu beruhigen.

Als Lena zurückkam, um Estella abzuholen, hatte sie eine Mäzenin gefunden und einen Weg, das nötige Geld zu verdienen, um ihren Einstieg ins Modegeschäft zu finanzieren. Elizabeth Hawes hatte ihr geraten, sich an die André Studios zu wenden, einen Modedienst, für den sie zeichnen könnte. Die Entwürfe würden anschließend an Hersteller verkauft, die keine eigenen Designer hatten und auch keinen vergleichenden Einkauf betrieben – was auf den Großteil der Seventh Avenue zutraf. Der Job wäre ein Leichtes für Estella, denn damit hatte sie reichlich Erfahrung. Und so könnte sie die Zeit, bis sie ihre eigenen Entwürfe präsentieren würde, sinnvoll nutzen.

»Verkaufen Sie noch ein bisschen mehr von Ihrer Seele, dadurch werden die Teile, die Sie für sich behalten, umso kostbarer.« Diesen Rat hatte Elizabeth ihr noch lächelnd mit auf den Weg gegeben.

»Danke«, sagte Estella zu Lena, als sie im Auto saßen. »Ich weiß es wirklich zu schätzen, dass Sie das für mich getan haben.«

»Schön, dass ich helfen konnte«, sagte Lena so gelassen wie immer, als hätte sie Estella eine Tasse Zucker geliehen und nicht sich als eine Art Lebensretterin betätigt. »Sie könnten Ihre Modenschau doch in meinem Haus machen. Vermutlich haben Sie noch keinen anderen Veranstaltungsort, oder?«

»Ich habe noch nicht einmal Kleider, die ich präsentieren könnte, geschweige denn einen Ort, wo ich sie präsentieren könnte«, sagte Estella. »Aber das Angebot kann ich nicht annehmen.«

»Warum denn nicht?«

Weil ich Sie nicht kenne. Weil ich Angst davor habe, was Ihre bloße Existenz für mich und mein Leben bedeuten könnte. »Ich denke nicht ...« Estella hielt einen Moment inne, doch es gab keine Möglichkeit, es vorsichtig auszudrücken. »Ich denke nicht, dass ich mir Ihr Haus als Veranstaltungsort leisten könnte.«

»Natürlich wäre es kostenlos. Ich denke, das können Sie sich leisten. Aber können Sie auch Ihre Skrupel überwinden?« Lena zog die Augenbrauen in die Höhe. »Als Gegenleistung können Sie ein Kleid für mich entwerfen. Ein Unikat. Das wäre doch eine angemessene Bezahlung.«

Estella wollte einwilligen. Aber wenn sie das tat, war sie Lena verpflichtet – sie kennenzulernen, mehr über sie in Erfahrung zu bringen. Da begegnete sie Lenas Blick und sah wieder diese Traurigkeit in ihren Augen, die so abgrundtief war, dass sie sich durchrang zu sagen: »Ich würde die Modenschau sehr gern in Ihrem Haus veranstalten.«

»Treffen Sie die nötigen Vorbereitungen und kommen Sie dann zu mir, damit wir die Einzelheiten besprechen können. Wäre ein Termin im späten Frühjahr denkbar?« Lena zögerte einen Moment. »Versuchen Sie doch bitte, vor Neujahr mal vorbeizukommen. Ja?«

War 1941 wirklich schon so nah? In der ganzen Aufregung der letzten Wochen hatte Estella jegliches Zeitgefühl verloren. Nun lebte ihre Mutter schon seit sechs Monaten unter deutscher Besatzung, und Estella hatte nichts von ihr gehört. Sie würde ihr noch einen Brief schicken, sie fragen, wer ihr Vater war, und ihr von Lena erzählen. Und wenn sie darauf wieder keine Antwort bekam, würde sie zu Lena gehen und mit ihr zusammen versuchen, das Geheimnis ihrer Herkunft zu enträtseln. Denn was, wenn Lena tatsächlich ihre Schwester war? Eine Schwester, die sie sich immer gewünscht hatte. Wäre es das nicht wert, die Wahrheit herauszufinden?

Also traf sie eine Entscheidung. Sie würde Lena wiedersehen, wenn auch nicht vor Neujahr. Denn vorher würde sie ihrer Mutter noch eine letzte Gelegenheit geben, ihr die Wahrheit zu erzählen.

Der Neujahrstag verstrich, ohne dass sie etwas von ihrer Mutter hörte. Estella beschloss, noch bis Mitte Januar zu warten, ehe sie die Hoffnung aufgab und sich mit Lena, einer Frau, die sie kaum kannte, statt mit ihrer Mutter, die sie besser zu kennen geglaubt hatte als irgendjemanden sonst, in äußerst schmerzhafte Themen vertiefte.

Um sich abzulenken, arbeitete sie jeden Tag bei den André Studios und zog sich jeden Abend in Sams Apartment zurück, um zu zeichnen und zu nähen, fest entschlossen, genügend Kleider für eine Modenschau im Frühjahr fertigzubekommen.

In einer eisig kalten Nacht im Januar, während Sam die Kleider zuschnitt, an denen Estella die Woche über gearbeitet hatte, schüttete sie eine Einkaufstüte auf dem Küchentisch aus und machte sich daran, in dem winzigen Backofen einen Schokoladenkuchen zu backen. Sie wusste, wenn sie sich nicht anderweitig beschäftigte, würde sie Sam bei seiner Arbeit die ganze Zeit über die Schulter schauen und ihm fürchterlich auf die Nerven gehen. Das Rezept für den Kuchen hatte sie von ihrer Mutter, und für Estella war er immer das beste Trostessen gewesen. Sie wollte, dass der vertraute Duft das Apartment erfüllte und sie an jene wundervollen Nächte in Paris erinnerte, in denen sie mit ihrer Mutter Kuchen gegessen und Kaffee getrunken hatte, am Kamin zusammengekuschelt, glücklich.

Es klingelte, während Estella die Schokolade schmelzen ließ, und sie öffnete Janie, die vor Freude strahlte.

»Ich habe nur eine Stunde«, sagte sie. »Ich treffe mich mit Nate im Club Twenty One.«

»Das musst du dringend näher erklären«, neckte Estella sie, fuhr mit dem Finger den Rand der Rührschüssel entlang und leckte den Kuchenteig ab.

»Nate ist der Mann, den ich auf der Party in Gramercy Park kennengelernt habe«, verkündete Janie.

»Heißt ›kennengelernt‹ bei dir das Gleiche wie ›geküsst‹?«, erkundigte sich Sam. »Was bei der Party zwischen euch ablief, würde ich nicht unbedingt als Kennenlernen bezeichnen.«

Janie stemmte die Hände in die Hüften. »Zum Kennenlernen habe ich keine Zeit. Ich werde dieses Jahr vierundzwanzig, also uralt. Ich muss mich ranhalten.«

Estella schüttelte den Kopf. »Janie, du wirst noch mindestens hundert Jahre lang hinreißend sein.«

»Genau dafür musst du mir bitte was zum Anziehen heraussuchen«, grinste Janie. »Ich hab gesehen, dass du gestern ein silbernes Kleid angefangen hast, und ich glaube, Silber wäre magisch zu meiner Haarfarbe.«

»Ganz sicher wäre es das«, stimmte Estella ihr zu, »aber es ist noch nicht fertig.«

»Dann aber hopphopp!«, feuerte Janie sie an.

»Ich weiß sehr wohl, dass du das nicht nur scherzhaft meinst«, erwiderte Estella in gespielt brummigem Ton, schob den Kuchen in den Ofen und setzte sich an die Nähmaschine.

»Wenn du erst ein richtiges Atelier hast«, sagte Sam, »solltest du unbedingt Janie zur Chefin machen. Sie weiß, wie man Leute für sich arbeiten lässt.«

»Ist doch nur gut, wenn sie in Übung bleibt«, kicherte Janie, plauderte fröhlich weiter und unterhielt sie mit Anekdoten über Nate, der in einer Bank arbeitete, ihr Blumen schickte und ihrer Ansicht nach ein sehr guter Fang wäre.

Kurze Zeit später stand Estella auf und reichte Janie das fertige Kleid. »Hier ist deine Angel. Ich hoffe, dein Fisch ist es wert, an Land gezogen zu werden.«

Janie küsste Estella auf die Wange. »Zumindest ist er ein kostenloses Essen im Twenty One wert. Und ich hab ihn gebeten, einen Freund mitzubringen. Also wirf dich in Schale.«

»Ich muss arbeiten. Und ich kann mir selbst einen Liebhaber angeln.«

»Ach wirklich?« Janie zog die Augenbrauen hoch. »Und wo sind diese Liebhaber? Verstecken sie sich unter dem Bett?« Janie streifte ihr Hemdblusenkleid ab, so daran gewöhnt, sich vor anderen Leuten auszuziehen, dass ihr völlig egal war, wer zusah. Aus Höflichkeit wandte Sam sich trotzdem ab.

»Du weißt schon, dass sie es lieber hätte, wenn du zusiehst«, scherzte Estella, und Sam lachte.

»Mach dich fertig«, befahl Janie. »Wir haben ein Date.«

Estella wusste, dass es nichts brächte, mit Janie zu diskutieren. »Ich komme mit. Aber ich werde um zehn gehen, damit ich wenigstens noch ein bisschen arbeiten kann.«

»Vielleicht willst du um zehn noch gar nicht gehen«, erwiderte Janie, und während sie sich umzog, fragte Estella sich, ob sie womöglich recht hatte und ihr mysteriöses Date jemand war, den sie gern wiedersehen würde.

Als Estella sich die Haare kämmte, fischte Janie ein Exemplar der *Women's Wear Daily* aus ihrer Handtasche. »Hast du das hier gesehen?«, fragte sie und zeigte auf ein Bild von einem »Kitchen Dinner Dress«, einem Claire-McCardell-Entwurf, an dem sogar ein Topflappen angebracht war.

»Ich hoffe, es soll ironisch sein«, sagte Estella grimmig. »Ich verstehe, was sie damit sagen will – dass man das Kleid bei der Arbeit, bei der Hausarbeit und anschließend beim Abendessen tragen kann –, aber hätte sie vielleicht stattdessen etwas anderes anbringen können, zum Beispiel eine … ich weiß auch nicht … eine …«

»Packung Kondome?«, schlug Janie vor.

Estella bog sich vor Lachen. »Du bist unmöglich!«, rief sie. »Aber du verstehst, was ich meine, obwohl ich eher an etwas wie eine Schreibmaschine gedacht hatte. Die Frauen im Barbizon sind allesamt Künstlerinnen, Musikerinnen, Schauspielerinnen, Sekretärinnen. Die kochen nicht nur Abendessen.«

»Eine Schreibmaschine wäre aber längst nicht so lustig«, sagte Janie grinsend.

Sie nahmen ein Taxi zum Club Twenty One, wo Estellas Hoffnung auf einen angenehmen Abend sofort schwand, als ihr Rendezvouspartner Eddie sagte, sie sei ja ein »echter Hingucker«. Anschließend beglückte er sie mit einer ausufernden Zusammenfassung sämtlicher Regeln und Besonderheiten des Baseball und führte als Begründung an, da sie jetzt keine Französin mehr sei, müsse sie darüber unbedingt Bescheid wissen.

»Ich werde immer Französin sein«, entgegnete sie etwas steif, obwohl sie eigentlich keine Ahnung hatte, was das in einer Welt noch bedeutete, in der an jedem Pariser Hotel, Denkmal und Verwaltungsgebäude ein Hakenkreuz hing.

Statt weiter an Frankreich zu denken, musterte sie dann Nate, der einen freundlichen Eindruck auf sie machte. Er war nicht so attraktiv, wie sie erwartet hatte, aber er fand offensichtlich, dass auch Janie ein »Hingucker« war. Zwar beteiligte er sich an dem Gespräch über Baseball, hatte jedoch wenigstens den Anstand, Janie Wein nachzuschenken, sie zu fragen, ob ihr das Essen schmecke – das er für sie bestellt hatte –, sich zu erkundigen, ob ihr kalt sei, ob sie lieber Sekt trinken würde und ob sie jemals so leckeren Hummer gegessen habe.

Nein, hätte Estella am liebsten erwidert, *unser Leben war schrecklich langweilig, bevor ihr aufgetaucht seid. Wir konnten nicht unsere eigenen Getränke bestellen oder selbst merken, ob uns kalt ist, oder eine Entscheidung bezüglich unseres Essens treffen, ohne vorher eure Meinung einzuholen.*

Aber Janie schien das alles nicht zu stören. Sie lächelte und bat Nate, ihr noch mehr über die Yankees zu erzählen, wer auch immer das sein mochte. Estella entschuldigte sich, weil ihre Laune von Minute zu Minute sank und sie hoffte, ein kurzer Ausflug zur Damentoilette würde ihr helfen.

Janie begleitete sie. Sobald sie außer Hörweite waren, sagte Estella trocken: »Ich hatte ja keine Ahnung, dass du dich so brennend für Baseball interessierst.«

»Ach Unsinn, Baseball könnte mir nicht gleichgültiger sein«, entgegnete Janie fröhlich, während sie ihren Lippenstift auffrischte. »Aber Männer lieben es, wenn man ihnen viele Fragen stellt. Dann fühlen sie sich wichtig. Und das macht sie glücklich.«

»Fragt er dich denn je irgendetwas?«

»Warum sollte er?« Janie zuckte die Achseln. »Ich ziehe ein Kleid an, stolziere darin herum, lege es wieder ab und ziehe das nächste an.« Sie klappte ihre Puderdose zu. »Du kannst immer noch Kleider machen, wenn du vierzig bist. Aber meine einzige Einnahmequelle ist mein Gesicht. Niemand wird mich mehr dafür bezahlen, wenn ich vierzig bin.« Janie ging zur Tür.

Estella hielt sie am Arm zurück. »Du hast recht. Tut mir leid. Du solltest tun, was immer du tun musst. Aber ich fahre jetzt lieber zurück in Sams Wohnung und arbeite noch. Ich glaube, diese Arbeit ist meine Zukunft, nicht Eddie. Wäre das in Ordnung für dich?«

Janie umarmte sie. »Natürlich. Eddie hat sowieso den ganzen Abend die Beine der Frau am Nebentisch begafft. Er ist nicht der richtige Mann für dich.«

Estella lachte. »Danke. Meine Beine fühlen sich gedemütigt, aber mein Selbstwertgefühl ist noch intakt. Bis morgen.«

Als sie bei Sam ankam, beantwortete sie seine Frage nach ihrem Rendezvous, indem sie sich ein Stück von ihrem Schokoladenkuchen abschnitt, die Augen verdrehte und aufseufzte: »Wenn ich das Wort Baseball nie wieder höre, ist das immer noch zu oft.«

Sie schlüpfte aus ihrem Kleid und zog stattdessen eine schwarze Hose aus fließendem Rayonkrepp an, die sie im Gedenken an die Flüchtlingsfrauen entworfen hatte, die den mühseligen Marsch durch Frankreich bewältigen mussten. Die Hausmutter des Barbizon hatte ihr erneut eine Standpauke gehalten, als sie Estella letzte Woche in der Hose gesehen hatte.

»Frauen tragen im öffentlichen Bereich des Barbizon keine Hosen«, hatte sie geschimpft, als sie sich im Foyer begegnet waren.

»Dann sollte ich wohl besser schnell hinausgehen«, erwiderte Estella und eilte grinsend davon. Das hatte ihr eine schriftliche Ermahnung eingebracht, deshalb hatte sie die Hose diesmal vorsichtshalber bei Sam gelassen, denn sie wusste, dass sie es sich nicht leisten konnte, ihre günstige Unterkunft zu verlieren.

Jetzt genoss sie die Stille, stand hin und wieder vom Küchentisch auf, um zu sehen, wie Sam den Entwurf etwas abänderte, um ihn ökonomischer zuschneiden zu können, und die Bleistiftskizzen an der hölzernen Schaufensterpuppe, an der sie die Entwürfe ausprobierten, zum Leben erwachen ließ.

»Wenn wir das schräg zuschneiden«, erklärte er ihr bei einem Kleid, »kann man es einfach über den Kopf ziehen, und du sparst Zeit und Geld für Verschlüsse.« Oder: »Wenn du die Linie dieses Rocks leicht veränderst, kann ich ihn fast im geraden Fadenverlauf schneiden, er fällt schön, behält seine Fülle, und du sparst Schnittteile.« So arbeiteten sie die ganze Nacht weiter, bis Sam vor lauter Gähnen den Mund nicht mehr zubekam und Estella ihm nahelegte, schlafen zu gehen.

»Du kannst bleiben, so lange du willst«, murmelte er, ließ sich aufs Bett fallen und schlief sofort ein.

Estella beschloss, noch ein Kleid fertigzustellen und dann zum Barbizon zurückzufahren, sich durch den Dienstboteneingang zu schleichen, um nicht bei ihrem Verstoß gegen die Ausgangssperre erwischt zu werden, und ebenfalls ein paar Stunden zu schlafen. Sie schaltete das Radio ein, ganz leise, um Sam nicht zu wecken, und gerade rechtzeitig, um zu hören, wie Charles de Gaulle das französische Volk von England aus zum Kampf aufrief, es ermutigte, jeden möglichen Widerstand gegen die Deutschen zu leisten und sich niemals geschlagen zu geben.

Während sie ihm zuhörte, spürte sie deutlich, wie weit sie sich von ihrer Mutter und ihrem Heimatland entfernt hatte. Sie konnte nichts ausrichten, außer zu hoffen, zu wünschen und zu beten. Was tat ihre Mutter wohl in diesem Moment? Lauschte auch sie der Rede de Gaulles, heimlich, an einem Radio, das sie irgendwo in ihrer Wohnung versteckt hielt? Dachte sie an Estella? Dachte sie jemals an Lena? Wusste sie überhaupt von ihr? Bestimmt, das musste sie doch.

Auf einmal hörte sie ein Klopfen an der Tür und sah zu Sam hinüber, doch er hatte sich nicht gerührt. Es musste wohl Janie sein. Wenn sie hierher zurückkam, war womöglich etwas schiefgegangen mit ihrer Verabredung.

Auf Zehenspitzen schlich Estella zur Tür und öffnete sie mit dem Finger auf den Lippen, um ihre Freundin gleich wissen zu lassen, dass Sam schlief. Nur war es nicht Janie. Es war Alex.

Kapitel 12

Sie war so schön. Alex verbannte den Gedanken tief in sein Innerstes, während er beobachtete, wie ihr Zeigefinger sanft von ihren Lippen glitt. Auf ihrem Gesicht, das so leicht zu lesen war, zeigten sich nacheinander Überraschung, Ärger und dann Wut, so dass er ihre Absicht, die Tür sofort wieder zu schließen, gerade rechtzeitig erkannte, um die Schulter dagegenzudrücken und in die Wohnung zu schlüpfen.

Alex warf einen Blick auf das Bett an der Wand, in dem ein Mann mit dem Rücken zur Tür schlief. Unwillkürlich zog er die Augenbrauen in die Höhe – er hatte nicht gewusst, dass sie einen Liebhaber hatte. Warum auch nicht?

Eine Nähmaschine, auf dem Küchentisch verstreute Stoffreste, ein Kleiderständer, an dem zwei Kleider hingen. Sonst gab es hier nichts von ihr. Entweder besuchte sie den Mann im Bett nicht allzu oft, oder ihm war es lieber, wenn sie ihre Sachen anderswo aufbewahrte. Aber er war froh, dass sie hier war und nicht im Barbizon, denn das hätte selbst seine Fähigkeiten, unbemerkt in ein gesichertes Gebäude einzudringen, auf eine harte Probe gestellt.

Das Radio knisterte, und de Gaulle beendete seine Rede. Gut. Estella hatte sie also angehört und Frankreich nicht ganz aus den Augen und dem Sinn verloren. Denn Frankreich war darauf angewiesen, dass die Menschen sich weiter um sein Schicksal kümmerten, wenn die Deutschen in diesem riskanten Spiel, das die Alliierten spielten, jemals besiegt werden sollten.

»Ich nehme an, ich brauche nicht zu fragen, wie Sie mich gefunden haben?«, sagte sie in eisigem Ton. »Das ist doch bestimmt das Erste, was man in der Spionageschule lernt – wie man widerspenstige Leute ausfindig macht, um sie verhören zu können.«

»Ich bin nicht hier, um Sie zu verhören.«

»Wie haben Sie Lena kennengelernt?«, fragte sie abrupt.

Wie sollte er diese Frage beantworten, ohne die Distanz zwischen ihnen noch zu vergrößern? »Ich habe Lena vor ungefähr sechs Monaten kennengelernt. Hier in Manhattan. Nicht lange nachdem ich Sie getroffen habe.«

»Wie groß ist wohl die Wahrscheinlichkeit, dass Sie uns beide innerhalb weniger Wochen auf verschiedenen Kontinenten kennenlernen?«

Alex konnte nicht anders, er musste lachen.

Der Hauch eines Lächelns erschien auf Estellas Gesicht, was sie, wenn möglich, noch schöner machte. Schon der Anflug von Heiterkeit brachte ihre silbergrauen Augen zum Funkeln. Leider bewegte sich in diesem Moment der Mann auf dem Bett, und ihr Lächeln verblasste.

»Wie hart kann er zuschlagen?«, fragte Alex mit Blick auf den Mann, von dem er annahm, er sei ihr Liebhaber.

»Ich kann ihn aufwecken, wenn Sie möchten. Dann können Sie es herausfinden«, erwiderte Estella trocken.

Wieder lachte Alex leise. »Vielleicht sollten wir lieber dort drüben reden«, er deutete auf den Küchentisch, »dann bleibt es mir erspart.«

»Kuchen?«, fragte Estella und hielt einen Schokoladenkuchen hoch, der unglaublich köstlich aussah.

Als er nickte, schnitt sie zwei Stück ab, goss zwei Gläser Whiskey ein und mixte sich in ihrem einen Sidecar. Er zog den Kuchen dem Whiskey vor und gönnte sich einen großen Bissen. Es dauerte einen Moment, bis er wieder sprechen konnte. »Ich glaube, das ist das Beste, was ich je nach Mitternacht gegessen habe.«

»Den Kuchen habe ich früher mindestens einmal pro Woche gebacken. Immer wenn ich nach einer langen Nacht in Montmartre nach Hause gekommen bin.«

»Sie haben ihn selbst gebacken?«

»Ich habe durchaus noch andere Fähigkeiten, als auszusehen wie die Frau, mit der Sie schlafen.«

Einen Moment war Alex sprachlos, dann entgegnete er: »Ich nehme zurück, was ich neulich gesagt habe – Sie sind mehr als garstig. Frankreich hätte bessere Chancen gehabt, wenn Sie die Maginot-Linie verteidigt hätten.«

Es war nur ein kaum hörbarer Laut, aber es war definitiv ein Lachen, und es kam von Estella. »*Touché*«, sagte sie, und diesmal warf sie ihm ein echtes Lächeln zu. Ihm verschlug es den Atem. Sie war einfach hinreißend. Absolut und unwiderstehlich bezaubernd, aber er musste sich am Riemen reißen – und auf gar keinen Fall den Whiskey trinken –, wenn er nicht vorhatte, sie am Ende doch wieder zu küssen.

»Ich werde Sie übrigens nicht noch einmal küssen«, verkündete sie im nächsten Moment.

Zum ersten Mal seit Langem stieg Alex die Schamesröte ins Gesicht. Konnte diese Frau Gedanken lesen? »Wie schön, dass wir das geklärt haben – und dass Sie tatsächlich lächeln können, wenn Sie wollen«, gab er zurück.

»Wie wäre es, wenn wir eine Abmachung treffen? Ich höre auf, garstig zu sein, wenn Sie aufhören, mit mir zu flirten.«

»Ich flirte nicht.«

»Anscheinend können Sie nicht anders. Sie merken es nicht einmal.« Ihr Lächeln verschwand.

Scham. Ein ungewohntes Gefühl, aber er erkannte es sofort. Er benahm sich grässlich, er musste damit aufhören. Obwohl er sich geschworen hatte, genau das nicht zu tun, kippte er den Whiskey hinunter und setzte das teilnahmslose Gesicht eines Mannes auf, der schon sehr viel schwierigere und gefährlichere Situationen gemeistert hatte. Das Gesicht eines Mannes, der so daran gewöhnt war, seine wahre Identität zu verbergen, dass er nicht mehr einfach Alex Montrose sein konnte, ganz gleich, wie sehr er sich bemühte.

Sie bemerkte die Veränderung sofort. »Das ist besser«, sagte sie leise.

»Sie stellen eine Menge Mutmaßungen über mich und Lena an.«

»Ein Mann küsst eine Frau nicht so wie Sie mich, wenn er nicht mit ihr schläft.«

»Nein.« Er schwieg einen Moment. *Wenn er nicht mit ihr geschlafen hat. Ein einziges Mal. Vergangenheit, nicht Gegenwart.* »Ich dachte, das würde Sie vielleicht interessieren«, sagte er, reichte ihr einen Zeitungsartikel und nahm sich noch ein Stück Kuchen. »Ich weiß, dass Lena Ihnen neulich Nacht nicht viel erklärt hat. Es ist ... sehr schwer für sie, über Harry zu reden. Aber das hier könnte Ihnen erklären, wer er ist.«

Er beobachtete, wie sie den Artikel überflog, den Lena ihm vor Monaten gezeigt hatte.

26. Juni 1906
Harry Thaw tötet Stanford White in rasender Eifersucht

Der Mordprozess gegen Harry Thaw erinnert an einen Groschenroman. Bei der heutigen Gerichtsverhandlung gab es weitere spektakuläre Enthüllungen, die selbst die hartgesottensten Reporter sprachlos zurückließen und sicherlich dafür sorgen, dass diese Gerichtsverhandlung für viele Wochen in den Schlagzeilen bleiben wird.

Unter dem Artikel waren Fotos dreier Personen zu sehen: Thaw selbst, oder, wie die Zeitung ihn nannte, »der Mördermillionär«; das Mordopfer, ein Architekt namens Stanford White; und Thaws Ehefrau Evelyn Nesbit Thaw, eine Schauspielerin, deren Heirat mit Harry im vergangenen Jahr der Zeitung zufolge eine Sensation gewesen war.

Estella verdrehte die Augen, und Alex wusste, dass sie sich fragte, was diese Leute mit ihr zu tun haben sollten. Aber sie las weiter.

Der Millionär Harry Kendall Thaw erzählte heute vor Gericht seine Version der Vorkommnisse. Als Motive für den Mord an Stanford White, dem weltberühmten Architekten, nannte er Eifersucht, Hass und Rache. Laut Thaws Aussage hatte White seine Frau Evelyn Nesbit vor ihrer Hochzeit gegen ihren Willen ihrer Jungfräulichkeit beraubt.

Bei einer darauffolgenden Begegnung mit White auf einer Party in Manhattan habe Nesbit, »meine arme, sensible Ehefrau« – so Thaw – »heftig gezittert, als sie sich dem Übeltäter White gegenübersah. Aber jetzt wird er keine Familien mehr zerstören. White hat bekommen, was er verdient hat.«

Es war eine öffentliche Hinrichtung: Thaw marschierte bei einer Vorführung im Dachtheater des Madison Square Garden – einem von White entworfenen Gebäude – direkt auf diesen zu und schoss ihm aus nächster Nähe in den Kopf, während die Darsteller auf der Bühne I Could Love a Million Girls *zum Besten gaben.*

Aber hat sich Harry Thaw ebenso gewalttätig an seiner Frau vergriffen wie Stanford White? Als weitere Zeugin berichtete eine Freundin Nesbits in einer höchst schockierenden Aussage, dass sie vor zwei Jahren in Paris versucht habe, Nesbit aus Thaws Fängen zu befreien. Nach Aussage der Zeugin wurde Nesbit von Thaw wiederholt brutal geschlagen und anschließend in ihrem Zimmer eingeschlossen, während er selbst anderen Frauen nachstellte. In Paris habe Thaw seine Frau regelrecht gefangen gehalten, und die Zeugin äußerte die Überzeugung, er würde sie früher oder später umbringen. Solche Taten könne nur ein Sadist und Geisteskranker begehen, gab sie zu Protokoll.

Thaw rechtfertigte sein Verhalten jedoch damit, dass er herauszufinden versucht habe, was Stanford White seiner Frau angetan hatte.

Was für eine Frau kann eine solche Raserei der Eifersucht auslösen? Evelyn Nesbit ist eine bekannte Schönheit, ein unabhängiges, elegantes Gibson Girl, die Muse zahlreicher Künstler, und sie ist Schauspielerin. Schon in jungen Jahren zog sie die Aufmerksamkeit vieler New Yorker Gentlemen auf sich, unter ihnen auch John Barrymore, Stanford White und Harry Thaw. Einen Heiratsantrag Barrymores lehnte sie aufgrund der mangelnden finanziellen Sicherheit des Schauspielers und wegen Whites Einmischung ab, doch in der Zeit, als er Nesbit umwarb, unterzog sie sich zwei Blinddarmoperationen, die Gerüchten zufolge lediglich zur Tarnung anderer Eingriffe dienten und die junge Frau vor Schande bewahren sollten. Mindestens einmal musste Nesbit zur Erholung nach Paris reisen.

Estella ließ die Zeitung sinken. »Ich brauche was zu trinken«, verkündete sie und leerte ihren Cocktail in einem Zug. »Was ist am Ende mit ihm passiert? Ich weiß nicht, ob ich weiterlesen möchte.«

»Mit Thaw, meinen Sie?«

Sie nickte.

Als Antwort holte er einen weiteren Artikel mit grauenhaften Schlagzeilen hervor. »Da in seiner Vorgeschichte nicht nur Drogenkonsum, sondern auch extrem bizarres Verhalten dokumentiert war, konnte er zunächst wegen Unzurechnungsfähigkeit auf verminderte Schuldfähigkeit plädieren. Wenige Jahre später hatte er neue Anwälte, die nachwiesen, dass er angeblich nicht mehr geisteskrank war, und seine Freilassung erwirkten – vergessen Sie nicht, dass er eine Menge Geld hatte. Daraufhin reichte Evelyn die Scheidung ein.«

»Wenn es stimmt, was hier steht, und dieser Mann sie in Paris tatsächlich so behandelt hat, warum hat sie ihn dann überhaupt geheiratet?«

Alex zuckte die Achseln. »Ich schätze, sie war einfach jung. Junge Leute machen manchmal Dummheiten.« Damit kam er der Wahrheit über seine eigene Vergangenheit gefährlich nahe, und um das Gespräch zurück auf Harry Thaw und somit auf Lena zu lenken, zeigte er auf den Artikel. »Bevor die Thaws Lena bei sich aufnahmen, hatte Harry Ende 1916 einen Jungen mit einer Peitsche beinahe bewusstlos geschlagen. Daraufhin wurde er von Neuem für geistesgestört erklärt und eingesperrt. Aber diesmal dauerte es sieben Jahre, um seine geistige Gesundheit zu beweisen und ihn freizubekommen. Anschließend übernahm er anstelle seiner Mutter Lenas Erziehung.«

»Als Vaterfigur scheint er mir nicht sehr geeignet zu sein«, sagte Estella mit finsterem Gesicht.

»Das war er auch nicht«, antwortete Alex knapp und wünschte nicht zum ersten Mal, Lena würde Estella einfach erzählen, was Harry ihr angetan hatte – bei Estella würde sie gewiss auf tiefes Mitgefühl stoßen. Aber Lena hatte abgelehnt und auch ihm ausdrücklich verboten, darüber zu reden. Also tat er, was er konnte, um Estella zumindest einen Teil der Geschichte verständlich zu machen, ohne dabei Lenas Vertrauen zu missbrauchen. Denn wie alle anderen wusste auch Alex letztlich nicht, was diese ganze Geschichte zu bedeuten hatte oder wie sie Lena und Estella miteinander verband.

Völlig unvermittelt stand Estella auf. Alex hatte es sich mit seinem Whiskey und seinem verdammten Kuchen viel zu gemütlich gemacht, nun richtete er sich hastig auf und sah sie abwartend an.

Estella lehnte sich mit dem Rücken an die Wand und musterte ihn ebenfalls. »Erzählen Sie mir doch etwas über sich.«

Er schaltete die Lampe aus. »Dafür, dass es erst zwei Uhr morgens ist, ist es hier drinnen sehr hell. Und nein, ich mache das Licht nicht aus, um Sie zu verführen.« Ohne das Licht war ihm wohler, es ließ mehr Möglichkeiten, sich zu verstecken. »Was wollen Sie wissen?«, fragte er.

»Woher kommen Sie? Wie sind Sie Spion geworden? Und für wen spionieren Sie?«

»Ist das alles?«, erwiderte er und bemühte sich um einen scherzhaften Ton, doch sie ging nicht darauf ein. Wahrscheinlich war er ihr tatsächlich Erklärungen schuldig, achtete jedoch sorgfältig darauf, sein Gesicht dabei möglichst reglos zu halten. »Ich komme von überall und nirgends«, sagte er salopp. »Geboren bin ich als Sohn eines Diplomaten in London, gelebt habe ich in Frankreich, London, Shanghai, Florenz und in Hongkong. Hier in New York habe ich studiert, und ich kann mich, wenn nötig, als Amerikaner ausgeben; wäre ich als Engländer nach Frankreich gereist, hätte man mich sofort eingesperrt. Doch Amerika ist noch immer neutral. Ich habe mich für diese Arbeit entschieden, weil mir das Konspirieren im Sinne des Guten und die Politik hinterm Vorhang im Blut liegen und weil ich viel Geld damit verdiene. Das ist alles, was ich dazu sagen kann. Und Sie?«

Estella drehte sich zum Fenster, wandte ihm den Rücken zu und blickte hinaus in die Dunkelheit – eine wahre Geisterstunde, diese Zeit zwischen Nacht und Morgen. Als sie schließlich sprach, blieb ihre Stimme ausdruckslos, und er lauschte angestrengt auf eine Änderung im Tonfall, einen Hinweis auf die Wahrheit, die naturgemäß irgendwo zwischen dem lag, was sie sagte, und dem, was er hörte.

»Mein Vater ist angeblich Amerikaner. Ich habe amerikanische Papiere. Meine Mutter wurde als Baby ausgesetzt und von Nonnen in einem Kloster großgezogen, die ihr auch das Nähen beigebracht haben. Als sie mich bekommen hat, war sie erst fünfzehn, und sie hat mir immer erzählt, mein Vater sei ein französischer Soldat gewesen und im Großen Krieg gefallen – einen Tag nach ihrer Hochzeit. Aber wenn ich amerikanische Papiere habe, kann nichts davon wahr sein.«

»Sie wissen genauso wenig über Ihre Herkunft wie Lena«, stellte Alex nachdenklich fest.

»Was nichts bedeuten muss.« Estella wandte sich ab, ihr Gesicht ein

Schattenriss im Licht der Straßenlaternen – dieses Gesicht, das er im Théâtre du Palais-Royal gesehen hatte, diese atemberaubende, überwältigende, erregende Silhouette, die er nicht hatte vergessen können. Das Gesicht und den Körper, die er in Lena wiedergefunden zu haben glaubte, bis er nach einer Nacht mit ihr festgestellt hatte, dass sie eine ganz andere Frau sein musste als die, an die er sich aus Paris erinnerte.

»Und alles bedeuten könnte«, erwiderte er.

»Warum interessieren Sie sich eigentlich so dafür?«, brauste sie auf. »Das hat doch nichts mit Ihnen zu tun! Tun Sie es für Lena? Lieben Sie sie?«

Auf kaum eine Frage hätte er ihr schlechter Antwort geben können. Und Estella verstand sein Zögern vollkommen falsch.

»Lena liebt Sie, aber Sie erwidern ihre Gefühle nicht«, folgerte sie. »Sie haben einen interessanten Ruf. Die Leute auf Lenas Party schienen Sie für den Schürzenjäger schlechthin zu halten.«

Unter anderen Umständen hätte Alex über diese Beschreibung seiner Person gelacht und die Achseln gezuckt. Sollten die Leute ihn ruhig für einen Frauenhelden halten – was tat das schon zur Sache? Das war er wohl. Er war ein Mann ohne ein eigenes Leben, hatte Häuser in drei verschiedenen Ländern, verbrachte in keinem davon viel Zeit, ohne Heimat und ohne Wurzeln hastete er von einem Auftrag zum nächsten, lebte im Schatten, genau wie die Menschen, mit denen er zu tun hatte. Aber aus irgendeinem Grund war ihm wichtig, was sie dachte, und sie starrte ihn an, als könnte sie tief in ihn hineinsehen, bis zu der Person, die er einst gewesen war. Als hätte sie gefunden, was er längst verloren zu haben glaubte. Und das brachte ihn mehr aus der Fassung, als er sich eingestehen wollte.

»Ich bin hier, weil ich Sie in Paris in Schwierigkeiten gebracht habe«, sagte er. »Ich bin hier, weil Lena eine richtige Familie verdient hat und weil Sie das womöglich sind. Ich bin hier, weil ...« *Weil ich wenigstens einmal in meinem Leben etwas Anständiges tun will.* Doch diesen Teil brachte er nicht über die Lippen.

Er stand auf. »Reden Sie mit Lena«, sagte er unvermittelt. »Denken Sie auch daran, wie es ihr geht. Treffen Sie sich mit ihr, wie Sie es versprochen haben. Lena braucht Sie. Dank Harry Thaws verfluchtem Vermächtnis – und seinem Vermögen – ist sie berühmt, aber auch berüchtigt. Sie hat keine Freunde, die es verdienen, so genannt zu werden.« Er unterbrach sich. Lena würde wütend werden, wenn sie wüsste, was er über sie gesagt hatte, selbst wenn es stimmte. »Sie müssen sich keine Sorgen machen, dass ich Sie noch einmal belästige«, endete er brüsk. »Ich reise ab.« Dann ging er, bevor er sich in etwas einmischte, was ihn, wie Estella gesagt hatte, nichts anging.

Die ganze restliche Nacht hatte Estella seine Worte im Kopf. *Ich bin hier, weil Lena eine richtige Familie verdient hat und weil Sie das womöglich sind. Denken Sie auch daran, wie es ihr geht.* Er hatte sie beschämt. Ihr bewusst gemacht, dass es, was auch passieren mochte, nicht nur um sie selbst und ihre Gefühle ging. Es ging auch um Lena, um einen anderen Menschen, dessen Gefühle ebenso wichtig waren wie ihre. Sie hatte Lena versprochen, sie zu besuchen, aber sie hatte es nicht getan. Es wurde höchste Zeit.

An ihrem nächsten freien Tag nahm Estella die Subway nach Gramercy Park. Als sie aus der Station trat, regnete es in Strömen, und der stürmische Wind zerrte an ihrem Mantel. Doch trotz des schlechten Wetters war die Schönheit des Viertels unverkennbar. Der Park, der dem Viertel seinen Namen gegeben hatte, lag direkt im Zentrum, und niemand außer den Bewohnern der eleganten Stadthäuser besaß einen Schlüssel für die Tore in dem die Grünfläche umgebenden schwarzen Eisenzaun, der mehr über die Exklusivität dieser Gegend aussagte, als unendlich viele Butler es gekonnt hätten.

In dieser Umgebung hatte Lenas Haus etwas Düsteres an sich, als verberge der Bau hinter seiner eindrucksvollen Fassade große Traurigkeit. Estella schauderte und klopfte an die Tür.

Eine große, dünne, schon etwas ältere Frau, die an eine Gouvernante aus einem Dickens-Roman erinnerte, öffnete ihr. »Sie müssen Estella sein«, sagte sie mit einer Herzlichkeit, die nicht zu ihrem Äußeren passte. »Lena hat mich gebeten, Ihnen das zu geben.«

Damit reichte sie ihr einen Zettel, auf dem stand: *Ich weiß nicht, ob Sie diese Nachricht je erhalten, aber ich muss für eine Weile fort. Ich hoffe, Sie kommen mich wieder besuchen, wenn ich zurück bin. Sie können das Haus trotzdem gern für Ihre Modenschau nutzen. Meine Haushälterin, Mrs Pardy, wird Ihnen in jeder Weise behilflich sein. Lena*

Estella knüllte die Nachricht in der Faust zusammen. Alex hatte gesagt, er müsse weg. Und jetzt war Lena ebenfalls verreist. Wahrscheinlich machten sie einen romantischen Ausflug und ließen sie mit all ihren Fragen und ohne Aussicht auf Antworten allein. Natürlich wusste sie, dass sie nicht ganz fair war. Lena hatte sie gebeten, bis Neujahr vorbeizukommen – was sie nicht getan hatte.

»Kommen Sie doch herein«, sagte die Frau, die Mrs Pardy sein musste. »Ich hole uns eine Tasse Tee und Kekse.«

»Danke«, sagte Estella.

Sie folgte Mrs Pardy durch den Flur und bestaunte die geschmackvolle Einrichtung. Überall an den Wänden hing moderne Kunst – von Frida Kahlos bunter Farbenpracht bis hin zu Magrittes surrealen Täuschungen. Die Bilder verwandelten das Haus, dessen Pariser Pendant Estella immer als kalt und unheimlich erlebt hatte, in etwas atemberaubend Schönes. Der Eingangsraum war gigantisch; seine enorme Höhe lenkte den Blick auf die bemalte, mit Intarsien verzierte Decke.

Die Möbel waren modern und elegant, aus poliertem Metall, Holz und Stein, wobei die klaren Linien abgemildert wurden durch die Gemälde an den Wänden und die schönen Stoffe, die für Vorhänge und Sofabezüge verwendet worden waren. Sie musste zugeben, dass Lena einen ausgezeichneten Geschmack hatte.

Mrs Pardy öffnete die Tür zu einem gemütlichen Raum, in dessen Entsprechung im Marais man sich von Spinnweben und Verfall förmlich erdrückt gefühlt hatte. Sie bedeutete Estella, Platz zu nehmen, verschwand und kam kurz darauf mit einem Teller Gebäck in der Hand zurück, das dem, was Estella sich früher oft zu ihrem Morgenkaffee gekauft hatte, so ähnlich war, dass sie fast das Gefühl hatte, sie wäre wieder in Paris.

»Die sind köstlich«, sagte sie, während sie sich ein paar Gebäckkrümel vom Kleid klaubte, und lächelte Mrs Pardy an.

»Lena hat mir gesagt, dass Sie Französin sind, und ich habe schon immer gern gebacken.«

Estella stellte ihren Teller ab. Lena hatte ihrer Haushälterin also von ihr erzählt. Sie war genauso unergründlich wie Alex, gleich einem Heckenlabyrinth in einem französischen Schloss – schön anzuschauen, aber erschreckend komplex und irreführend, sobald man sich hineinbegab. »Das war nett von ihr«, sagte sie. »Wie lange arbeiten Sie schon hier?« Sie wusste, wie dreist diese Frage war.

»Vier Jahre. Seit Lena neunzehn geworden ist und das Haus übernommen hat. Ich möchte nirgendwo anders arbeiten. Nach einer Chefin wie Miss Thaw muss man lange suchen.«

»Tatsächlich?«, fragte Estella, unfähig, ihre Überraschung zu verbergen.

»Unbedingt. Nach außen wirkt sie vielleicht verschlossen, aber ich würde sie eher zurückhaltend nennen. Nicht wie manche reichen Damen, die es kaum erwarten können, mit Geld um sich zu werfen wie mit Konfetti.«

»Ja.« Estella nickte. »Da haben Sie wahrscheinlich recht. Und es ist ausgesprochen freundlich von ihr, dass sie mir ihr Haus für die Modenschau zur Verfügung stellt. Sind Sie sicher, dass ihr das nichts ausmacht?«

»Es würde ihr etwas ausmachen, wenn Sie das Angebot nicht annehmen. Sie hat mir strikte Anweisungen gegeben, Ihnen einen Besuch abzustatten, wenn Sie sich hier bis Ende des Monats nicht blicken lassen. Soll ich Sie jetzt herumführen?«

Estella verschlang den Rest ihres Gebäcks und stand auf.

»Miss Thaw hat vorgeschlagen, diesen Raum als Umkleide für die Models zu benutzen«, sagte Mrs Pardy. »Dann können sie durch den Flur ins vordere Wohnzimmer laufen, von dem aus man einen großartigen Blick auf den Park hat. Ein hübscher Raum.«

Ein hübscher Raum. Die Beschreibung war stark untertrieben. Als Mrs Pardy die Tür öffnete, betrat Estella den schönsten Raum, den sie je gesehen hatte. Sicher, sie war in einer Zweizimmerwohnung im Dachgeschoss eines heruntergekommenen Gebäudes in einem schäbigen Viertel von Paris aufgewachsen, wo es kein fließendes Wasser und eine Gemeinschaftstoilette auf dem Treppenabsatz gab, daher mochte ihr der Vergleich fehlen. Aber durch ihre Zeichenaufträge war sie auch in den prächtigen Hotelzimmern der amerikanischen Käufer im Ritz gewesen. Dieser Raum war mindestens ebenso wundervoll, und als wäre das nicht genug, blickte man hinaus auf den Park, wobei man dank der breiten Fensterfront das Gefühl hatte, sich in einem Glashaus inmitten der Wiesen, Bäume und Büsche zu befinden.

Über dem Kamin hing ein weiteres Porträt Frida Kahlos, besser gesagt ein doppeltes Porträt zweier Frida Kahlos, die mit entblößten Herzen auf einem Sofa nebeneinandersaßen. Von einem Herzen zum anderen verlief eine Blutader, die beide Frauen miteinander verband. Lange studierte Estella das Bild und fragte sich, was es wohl bedeutete. Hatte Lena schon vor ihrer ersten Begegnung von Estellas Existenz gewusst, oder war es reiner Zufall, dass sie ein Gemälde gekauft hatte, auf dem zwei identische Frauen durch das schwächste, aber auch heiligste Band – ihr Blut – miteinander verbunden waren?

»Dieses Bild ist mir unheimlich«, gestand Mrs Pardy, als sie Estellas Blick bemerkte. »Ich ertrage es kaum, dass sie ihre Herzen über den Kleidern tragen, wo alle sie sehen können.«

»Das macht sie verletzlich«, sagte Estella.

»Das macht sie makaber.«

Schließlich riss sich Estella von dem Bild los. »Der Raum ist perfekt.«

»Das hätten wir also geklärt. Miss Thaw hat Ihnen eine Liste von Leuten dagelassen, die Sie ihrer Meinung nach einladen sollten. Ich lasse ihnen Einladungen zukommen, wenn Sie so weit sind.«

»Danke.« Wieder hatte Estella ein schlechtes Gewissen, weil sie das Treffen mit Lena so lange hinausgezögert hatte. Lena hatte sich überlegt, welche Räume sich für Estellas Zwecke am besten eignen würden, ihr sogar eine Liste mit wichtigen Namen hinterlassen. Aber warum war sie so plötzlich abgereist?

»Es ist mir ein Vergnügen.« Mrs Pardy strahlte. »Ich mag es, wenn das Haus voller Menschen ist. Ich werde ein paar Leckereien zubereiten, damit alle etwas zum Naschen haben. Wir wollen ja, dass die Gäste sich wohlfühlen und viele Kleider kaufen.«

»Das wäre wundervoll«, erwiderte Estella lachend. »Ich kann mein Glück kaum fassen, dass ich für meine erste Schau solche Räume nutzen darf.«

»Nicht doch, meine Liebe. Eine Modekollektion zu präsentieren erfordert so harte Arbeit. Wie wäre es, wenn wir uns bis zu der Schau einmal die Woche treffen? Dann können Sie sicher sein, dass alles nach Plan läuft. Aber bevor ich es vergesse: Miss Thaw wollte, dass ich Ihnen etwas zeige.«

Mrs Pardy führte sie die Treppe hinauf in einen Raum, der vermutlich ursprünglich als Schlafzimmer gedacht war. Er war leer bis auf einen langen Tisch, in dem Estella das Gegenstück des Küchentischs in dem Haus im Marais erkannte. Allerdings wirkte der Tisch vor ihr eher wie eine kostbare Antiquität, während man dem im Marais lediglich sein Alter und die jahrelange Vernachlässigung angesehen hatte. Unter einem Buntglasfenster mit Blick über den Park, wo die Bäume Estella mit ihren kahlen Ästen zuwinkten, stand ein Klavier – ein Bösendorfer, genau wie im oberen Stockwerk des Hauses in der Rue de Sévigné.

»Miss Thaw sagte, dass Sie hier arbeiten könnten, wenn Sie möchten«, sagte Mrs Pardy. »Dass Sie hier mehr Platz hätten als an Ihrem derzeitigen Arbeitsplatz.«

»Das ist nun wirklich zu viel des Guten«, protestierte Estella.

»Das Haus wird etwa drei Monate leer stehen. Außer mir wird niemand hier sein, und ich würde mich über die Gesellschaft freuen. Dem Haus tut es nicht gut, wenn es nicht bewohnt ist. Dann …« Mrs Pardy zögerte. »Irgendwann fühlt es sich an, als würden die Geister der Vergangenheit wach.« Auf ihrem Gesicht erschien ein kleines Lächeln. »Hören Sie mir bloß mal zu! Ich erzähle Unsinn.«

»Nein. Ich verstehe Sie sehr gut.« Auch im Haus im Marais hatte Estella stets das Gefühl gehabt, Spuren vergangener Zeiten wahrzunehmen. »Aber ich kann mir gar nicht erklären, warum Lena so großzügig zu mir ist.«

Mrs Pardy lächelte. »Niemand erwartet so etwas von ihr, weil sie so zurückhaltend ist, aber Miss Thaw gehört zu den reizendsten Menschen, die ich kenne. Und es besteht kein Zweifel, dass Sie beide auf irgendeine Art verwandt sind. Ich habe noch nie erlebt, dass zwei Menschen sich so ähnlich sehen. Vielleicht ist das ihre Art, Ihnen zu sagen, dass sie gern mehr über Sie erfahren möchte.«

Wie an dem Abend, als Alex sie dazu gezwungen hatte, sah Estella die Situation auf einmal aus Lenas Perspektive. Ohne Eltern aufzuwachsen, mit einem Vormund, der nach Alex' Beschreibung gewalttätig war, musste schwer gewesen sein. Wie konnte ein Mensch, der so wenig Liebe erfahren hatte, anders werden als zurückhaltend? Estellas Herz zog sich zusammen. Sie war so schroff, fast unverschämt zu Lena gewesen, und obwohl Estella ihr nichts als Misstrauen entgegengebracht hatte, bot Lena ihr nicht nur einen Arbeitsplatz an, sondern eigentlich alles, was sie sich wünschte.

»Wenn Sie das nächste Mal mit Lena in Kontakt sind, Mrs Pardy«, sagte sie, »könnten Sie ihr dann bitte ausrichten, dass ich ihr überaus dankbar bin? Und dass ich mich mit vielen Kleidern revanchieren werde?«

»Das würde sie bestimmt sehr freuen.«

»Sie haben vorhin gesagt, dass sie ein paar Monate verreist sein wird? Dann hätte ich genügend Zeit.«

Mrs Pardy nickte. »So ist es. Ich dachte ja, sie hätte endlich einen Mann gefunden, der sie interessiert. Schade, aber anscheinend lag ich falsch.«

»Ist sie nicht mit Alex unterwegs?«

»Nein, sie ist nicht mit Mr Montrose unterwegs.« Mrs Pardy seufzte. »Wirklich ein Jammer. Wenn sie nur …« Sie unterbrach sich. »Nun, sich zu verlieben ist für jeden schön, oder etwa nicht?«

»Da haben Sie sicher recht«, sagte Estella.

Als sie das Haus verließ, in der Hand eine Schachtel Gebäck, dachte sie, dass sie wohl kaum die Richtige war, diese Frage zu beantworten. Estella hatte in Paris mit zwei Männern geschlafen, die sie beide nicht geliebt hatte, und das auch nur, weil sie ihre Neugier hatte stillen wollen, warum die Liebe in so vielen Büchern, Filmen, in der Kunst und überall auf der Welt gepriesen wurde. Soweit sie wusste, war selbst ihre Mutter nie verliebt gewesen. Vielleicht würde Estella dieses Gefühl nie erleben. Sie hatte keine Zeit für die Liebe. Sie hatte eine Modekollektion zu erschaffen.

Kapitel 13

Alex wollte nur so schnell wie möglich weg aus London, trotz aller Proteste seiner Vorgesetzten, dass er nicht gleich wieder an die Front sollte und dass er ihnen lebend in einem Büro mehr nutzte als tot in Frankreich. »Das kommt darauf an, wie Sie lebend definieren«, sagte er, bevor er über einem Feld in Frankreich aus einer Lysander der Royal Air Force sprang.

Das war's, dachte er, als er die Reißleine zog und der Fallschirm sich nur halb öffnete, als er flog, wie ein Mensch nicht fliegen sollte, und der Boden rasend schnell auf ihn zukam.

Zum Glück waren seine Kameraden da. Zum Glück hatte der Landwirt erst am Morgen einen frischen Heuhaufen aufgeschichtet. Zum Glück landete er darauf. Aber das erfuhr er erst viel später. Mehrere Monate später, nachdem er sich von dem Sturz erholt hatte, bei dem er sich eine Kopfverletzung zugezogen und einen Arm und ein Bein gebrochen hatte, als er die Seemannsmission in Marseille, einen Sammelplatz der Widerstandskämpfer, verließ, nur um festzustellen, dass der Krieg längst nicht vorbei war, sondern noch genauso unerbittlich tobte wie zuvor.

Schließlich schaffte er es, über Toulouse nach Paris zu gelangen, um Estellas Mutter das Päckchen zuzustellen. Allerdings überbrachte er es nicht selbst, sondern beauftragte Peter, einen seiner Männer, es in den Briefkasten zu werfen. Er konnte nicht riskieren, sich der Mutter der Frau zu nähern, die er nicht mehr aus dem Kopf bekam. Er wollte sie nicht in noch größere Gefahr bringen.

In dem Päckchen befanden sich drei Dinge. Zum einen ein unsignierter Brief, in dem er Jeanne Bissette inständig bat, nicht in Monsieur Aumonts Fußstapfen zu treten, indem sie abgestürzten Luftwaffenpiloten in ihrer Wohnung Unterschlupf gewährte, denn er wusste, dass ihre Tochter außer sich vor Wut sein würde, wenn sie erfuhr, dass sich ihre Mutter einem solchen Risiko ausgesetzt und Alex davon gewusst hatte. Allerdings nahm er stark an, dass Jeanne Bissette, wenn sie auch nur die geringste Ähnlichkeit mit ihrer Tochter hatte, den Brief einfach ignorieren und verbrennen würde.

Zweitens befand sich ein Packen deutsches Geld darin, genug, um Schnaps auf dem Schwarzmarkt zu kaufen und den Pförtner ihres Hauses so abzufüllen, dass Jeanne, wenn sie beschloss, den Alliierten trotz allem weiterhin zu helfen, wenigstens die Gewissheit hatte, dass der Pförtner zu betrunken war, um etwas davon mitzubekommen. Und drittens ein Brief von Estella an ihre Mutter, den er hatte mitgehen lassen, weil er wusste, dass er mit der Post niemals nach Frankreich gelangen würde. Er wünschte, er könnte eine Antwort abwarten, aber das wäre ein Risiko zu viel.

Überall in Frankreich, von Paris über Lyon und Marseille bis nach Perpignan, lieferte er ähnliche Päckchen aus – Geld, Zigaretten und woran es sonst fehlte –, an die Kuriere und die Schlepper, die *passeurs*. Es waren Frauen wie Jeanne, die den Widerstand in Frankreich aufrechterhielten, weil niemand sie dessen verdächtigte, und genau das war ihre große Stärke. Alex' Aufgabe war es, dafür zu sorgen, dass alle, die für ihr Land ihr Leben riskierten, die Mittel dazu hatten. Doch Estellas Mutter war die Einzige, der er einen Brief ihrer Tochter überbrachte.

———

Das Arbeitszimmer in Gramercy Park war paradiesisch. Wenn Estella früh am Morgen, bevor sie zur Arbeit in die André Studios fuhr, ein paar Stunden an dem großen alten Tisch verbrachte, der im Handumdrehen zu ihrer Werkbank geworden war, fiel so viel Licht durch die Fenster, dass Estella ihr Glück kaum fassen konnte. Sie nähte die Teile zusammen, die Sam am Abend zuvor zugeschnitten hatte, genoss Sonne und Ruhe, fühlte sich fast, als gehöre sie in diesen Raum.

Nach Feierabend fuhr sie mit Sam wieder nach Gramercy Park, und Mrs Pardy brachte ihnen etwas Gutes zu essen. Manchmal aß sie mit ihnen, und auch Janie schloss sich ihnen gelegentlich an, bevor sie mit Nate ausging. Es waren Augenblicke purer Freude, wenn sie mit Sam über Kreationen lachte, die nicht so geworden waren, wie sie es sich erhofft hatte, und sie nie den Mut verlor, weil Sam sie immer wieder von Neuem auf seine sanfte Art ermunterte: »Versuch es noch einmal. Beim nächsten Mal wird es klappen.«

Und falls es beim nächsten Mal doch nicht klappte, dann vielleicht beim übernächsten. Sam war ein exzellenter Zuschneider, und eines Abends, nachdem sie sechs Wochen ununterbrochen an ihrer Kollektion gearbeitet hatten, sagte sie zu ihm: »Wie ist es möglich, dass ich auf einem Schiff mit unzähligen Passagieren zufällig neben dem Mann an Deck stand, der mir am allerbesten helfen kann?«

Er lächelte und legte seine Schere weg. »Ich weiß nicht, ob ›zufällig‹ das richtige Wort ist. Ich hatte dich an Deck gesehen und fand, dass du die faszinierendste Frau bist, der ich je begegnet bin. Ich dachte, wenn ich schon zwei Wochen auf einem Schiff verbringen muss, dann tue ich es lieber in Gesellschaft von jemandem wie dir.«

Estella lachte. »Hattest du vor, mich zu verführen, bevor das U-Boot dazwischengekommen ist?«

»Nein. Ich wollte nur mit dir reden. Um zu sehen, ob du wirklich so unfassbar schön bist, wie du von Weitem aussahst.«

Estella wurde rot. »Hör auf«, sagte sie, unsicher, worauf diese Unterhaltung hinauslief. Mit Sam verband sie nichts als Freundschaft, und das machte alles so viel leichter. Sie konnte nachts mit ihm allein sein, es gab keine Erwartungen, keine Enttäuschungen. Sie konnte akzeptieren, dass er einen so großen Teil seiner Zeit in die Arbeit mit ihr investierte, weil es ihm offensichtlich Freude machte, und sie brauchte keine Angst zu haben, dass er auf eine Gegenleistung hoffte.

»Erst später habe ich erkannt, was für eine Sklaventreiberin du bist, und seither sehe ich nichts anderes mehr in deinem Gesicht als eine Frau, die mir einen Entwurf nach dem anderen mit den entsprechenden Stoffballen auf den Tisch knallt und mich anherrscht: ›Zuschneiden – so schnell du kannst!‹«, scherzte er, und sofort war die Stimmung wieder so, dass sie sich wohlfühlte.

»Das tue ich aber nicht wirklich, oder?«, fragte Estella. »Bitte entschuldige. Du würdest bestimmt lieber ausgehen wie Janie und jemanden kennenlernen, der netter zu dir ist als ich.«

»Ich wollte dich nur aufziehen. Du weißt, wie sehr mir die Arbeit gefällt. Ich habe später noch genug Zeit, um auszugehen. Außerdem habe ich natürlich trotzdem meine Hintergedanken.«

»Ach ja?«

»Ich will, dass du Erfolg hast. Dann kann ich endlich aufhören, kopierte Couture zuzuschneiden.«

»Sobald ich dich angemessen bezahlen kann, hast du einen Job bei mir sicher, aber nicht als einfacher Zuschneider, sondern als Leiter meines Ateliers«, sagte sie lächelnd, und Sam lächelte zurück.

In solchen Momenten glaubte Estella daran, dass sie es schaffen konnte. Dass ein, zwei Einkäufer zu ihrer Modenschau kommen, ihre Entwürfe mögen und Bestellungen aufgeben würden. Dann könnte sie Sam und Janie einen Arbeitsplatz verschaffen, und Stella Designs würde möglicherweise eine Modemarke werden, nach der Frauen beim Einkaufen Ausschau hielten.

Samstags fuhr Estella immer noch frühmorgens nach Gramercy Park und schlich sich aus dem Barbizon, um Janie nicht zu wecken, die oft erst nach Mitternacht nach Hause kam. Samstag war ihr Zeichentag, an dem sie die Bilder in ihrem Kopf zu Papier bringen und Bleistiftskizzen anfertigen konnte, die sie anschließend mit Wasserfarben ausmalte, um den Faltenwurf eines Rocks oder den Fall eines Ärmels detailgetreu zu erfassen. Zu guter Letzt fügte sie noch detaillierte Anmerkungen über Knöpfe, Gürtelschnallen oder einen bestimmten Stoff hinzu.

Ihre Hand sauste über den Skizzenblock, ohne innezuhalten, so konnte sie am besten arbeiten, als sie plötzlich spürte, dass jemand sie beobachtete. Vor Schreck setzte ihr Herz einen Schlag aus, es fühlte sich an wie ein Schlag in die Rippen. In der Tür stand ein gut gekleideter Mann, der eine solch durchdringende Kälte ausstrahlte, dass Estella die Arme um sich schlang.

Sie stand auf. Mrs Pardy konnte ihn nicht hereingelassen haben, sie nahm samstags immer frei. Doch Estella hatte die Haustür für Janie und Sam unverschlossen gelassen, die erst in ein paar Stunden kommen würden. Was bedeutete, dass sie allein war mit diesem Mann, der ihr Unbehagen zu genießen schien. Seine Augen funkelten dunkel, und seine Lippen verzogen sich zu einem Lächeln, das keinerlei Freundlichkeit ausstrahlte.

»Ah«, sagte er, »es gibt also wirklich zwei von euch.«

Also musste er Lena kennen. »Und Sie sind …?«, fragte sie.

Er trat ins Zimmer und nahm eine von Estellas fertigen Skizzen, die Bleistiftkonturen mit Wasserfarbe ausgefüllt, die Stoffmuster an der Seite befestigt. »Was für ein fleißiges Bienchen Sie sind«, meinte er spöttisch.

»Es wäre mir lieber, wenn Sie die Skizzen nicht anfassen würden«, sagte sie steif.

Aber er nahm sich noch eine. Und noch eine. Das Grauen, das Estella überkam, war größer als jenes auf dem von deutschen Torpedos bedrohten Schiff. Damals hatte sie wenigstens gewusst, wer der Feind war und was sie aller Wahrscheinlichkeit nach erwartete. Jetzt wusste sie nichts, weder was dieser Mann beabsichtigte, noch wozu er fähig war.

»Könnte ich meine Sachen bitte wiederhaben?« Estella streckte die Hand aus und bemühte sich um einen gelassenen Ton, denn sie wollte ihm nicht zeigen, dass sie Angst hatte, er könnte die Skizzen zerreißen oder noch näher kommen oder auch nur noch etwas sagen – mit seiner grässlich schrillen Stimme, die klang wie die eines Kindes, das seine Grenzen nicht kannte.

»Sie haben wohl nicht sonderlich viel Vertrauen. Noch etwas, das Sie mit meinem Mündel gemeinsam haben.«

Sein Mündel. Das Blut wich ihr aus den Gliedern. »Sie sind Harry Thaw.«

Sein Lächeln schien ebenso wahnsinnig wie grausam. »Ja.«

Estella verfluchte sich innerlich, dass sie so vehement ignoriert hatte, wer Lena war und was für eine Verbindung zwischen ihnen bestand, dass sie sich nicht die Mühe gemacht hatte, mehr über Harry Thaw herauszufinden. Beschränkte sich sein Hang zu Gewalt auf seine Frau und auf die Männer, die mit seiner Frau geschlafen hatten, oder war seine Aggression willkürlich?

Sie wollte nichts mehr, als aus dem Haus rennen und um Hilfe rufen. Doch stattdessen wartete sie, den Blick auf ihre Skizzen gerichtet, auf seine Hände, die sie festhielten, und beschwor ihn in Gedanken, sie niederzulegen, zu gehen und nie wiederzukommen. »Ich dachte, Sie wohnen in Virginia«, sagte sie. Ihre Stimme zitterte, zum Glück jedoch nur leicht.

»Ich habe gehört, dass es in Manhattan etwas gibt, das einen Besuch wert wäre.« Er legte ihre Skizzen weg. »Wo ist denn die hübsche Lena?«

»Sie ist verreist.«

»Wohin?«

»Das weiß ich nicht.«

»Vor Ihnen hat sie wohl auch Geheimnisse, was?« Er zündete sich eine Zigarette an, und als der Rauch zu Estella hinüberwehte, wusste sie sofort, dass das kein Tabak war.

»Oder sind Sie womöglich das Geheimnis?«, fuhr er fort. »So muss es wohl sein, es gibt keine andere Erklärung für Ihre Existenz.«

»Ich habe wirklich zu tun«, sagte Estella so höflich wie möglich, um ihn nicht zu verärgern. »Kann ich Ihnen irgendwie helfen?«

»Ich weiß nicht, ob Sie das können«, sagte er und stieß einen Schwall widerlich süßen, beißenden Rauch aus. »Aber jetzt, da ich Sie mit eigenen Augen gesehen habe, werde ich Sie früher oder später wissen lassen, was Sie für mich tun können.«

Damit drehte er sich um und ging davon.

»O Gott«, rief Estella aus, als sie die Haustür ins Schloss fallen hörte. Sie war wie gelähmt, und ihre Hände zitterten, während sie sie auf den Tisch presste, auf ihre Skizzen, als wären sie das Einzige, was sie schützen musste.

Sie ließ sich schwer auf ihren Stuhl fallen. Seinem überraschten »Es gibt also wirklich zwei von Ihnen« nach zu schließen, hatte er nicht mit ihrer Anwesenheit gerechnet. Offenbar hatte er nichts von ihr gewusst, bis er von Lenas Doppelgängerin gehört und sich auf den Weg gemacht hatte, um es mit eigenen Augen zu überprüfen. Das Treffen mit Elizabeth Hawes und der Abend im Café Society hatten wohl dazu geführt, dass sich die Nachricht herumsprach.

Wo zum Teufel steckte Lena? Und Alex? Sie waren die Einzigen, mit denen sie über Harry Thaw reden konnte.

Langsam ging Estella zur Küche und machte unterwegs halt, um die Haustür abzuschließen. Sie kochte sich eine Tasse Kaffee. Dann wartete sie; eine halbe Stunde stand sie still und stumm in der Küche, bis das Koffein wirkte und sie endlich wieder normal atmen konnte. *Vergiss Harry Thaw*, sagte sie sich. *Dann wird er hoffentlich auch dich vergessen.*

Den nächsten Monat verbrachte Estella vor allem mit Recherchen. Sie beobachtete, wie Frauen aus der Bahn ausstiegen, zum Bus rannten, beim Mittagessen zusammensaßen, wie sie selbst sich bückte, um einen Saum abzumessen, oder längere Zeit an der Nähmaschine saß – ihr Pendant zur Schreibmaschine –, und sie sah sich an, was die Frauen in den Bars und Clubs trugen, in die Janie sie und Sam so gern mitnahm.

Nach und nach erkannte sie, wie sehr die ästhetischen Vorstellungen der amerikanischen Frauen von denen der Französinnen abwichen. So sagten ihnen etwa die aufwendigen Veredlungen und Verzierungen, die den Pariserinnen so wichtig waren, überhaupt nicht zu – sie bevorzugten klarere Linien, suchten Glanz und Eleganz eher im Stoff und in der Art, wie das Kleid fiel und sich am Körper bewegte, doch nichts nachträglich Hinzugefügtes oder Aufgezwungenes. Im Grunde entsprach das genau dem, was Estella mit ihrem Goldkleid verwirklicht hatte, obwohl sie damals gar nicht begriff, wie ungewöhnlich das Modell für eine Pariserin war.

Also zeichnete Estella, radierte, warf weg, fing wieder von vorn an, radierte, kolorierte, zerknüllte den Entwurf und zeichnete ihn erneut. Sie nähte, passte die Sachen Janie an, ließ sich von ihr jedoch auch ein paar andere Models nach Gramercy Park schicken, die sie von dem Geld bezahlte, das sie bei den André Studios verdiente. Alle waren hellauf begeistert von Estellas Kleidern und gaben ihr das Gefühl, dass die Leute sie womöglich tatsächlich zu schätzen wissen würden. Die größeren Probleme verdrängte Estella fürs Erste – beispielsweise, dass sie weder Personal noch ein Atelier hatte, weder eine Stofflegemaschine noch eine Overlock-Nähmaschine zur Kantenversäuberung, die sie dringend brauchte, wenn sie größere Bestellungen annehmen wollte – und rechtfertigte es damit, dass sie sich nach der Modenschau darum kümmern würde, wenn und falls tatsächlich Bestellungen hereinkamen.

Schließlich war sie so weit. Zwanzig Kleidungsstücke waren fertig. Elizabeth Hawes, die ihr noch einige Namen für die Gästeliste geschickt hatte und mit der sie sich inzwischen schon mehrfach getroffen hatte, hielt das für eine ideale Stückzahl. Für den Anfang zwei Badeanzüge mit passenden Wickelröcken, zwei Hosenanzüge – Estella war nicht sicher, was gewagter war: die Badeanzüge oder die Hosen –, vier Tageskleider, zwei Kostüme, zwei kurze Overalls, vier Abendkleider und vier Kleider, die ihrer Meinung nach ebenso für die Arbeit wie für zu Hause und auch für das Ausgehen am Abend geeignet waren. Sie hoffte, dass sich zwanzig Teile problemlos anfertigen lassen würden, bis sie genügend Geld hatte, um geeignete Räume zu mieten, mehr Stoff zu kaufen und ein Atelier zu eröffnen, das nicht vom Schlafzimmer einer Villa in Gramercy Park aus geleitet wurde.

Sie verschickte die Einladungen, und Käufer und Journalisten sagten ihr Kommen zu. Es war an der Zeit, Manhattan zu zeigen, was Stella Designs zu bieten hatte.

Der Tag, an dem die Modenschau stattfand, war trübe, voller stahlgrauer Wolken über dem nassen Bürgersteig und dem metallischen Schimmern der Wolkenkratzer, die Sonne suchten.

»Das ist aber kein böses Omen, oder?«, fragte Estella Janie, als sie sich fertig machten.

»Natürlich nicht«, schnaubte Janie. »Ein böses Omen wäre es, wenn du nach Gramercy Park kommst und feststellst, dass jemand sämtliche Modelle gestohlen hat.«

Estella lachte. »Vielleicht wäre das aber auch ein gutes Zeichen, denn es würde zumindest zeigen, dass jemand sie haben möchte.«

»Das ist die richtige Einstellung! Genau diesen Optimismus liebe ich so an dir.«

Doch alle Zuversicht war ihr abhandengekommen, sie konnte nur daran denken, dass diese Schau ihre einzige Chance war und alles davon abhing. Wenn sie kein Erfolg war, würde Janie ihren Nate heiraten und aus New York wegziehen. Sam würde nie die Arbeit machen können, die er sich wünschte, er würde bitter enttäuscht von ihr sein und sich jemand Neues suchen, der jemanden wie ihn verdient hatte. Und Estella würde ihr ganzes restliches Leben in den André Studios festsitzen, mit dem Gefühl, dass ihr Talent und ihre Seele in immer kleinere Stücke zerteilt wurden. Ihre Mutter würde erfahren, dass sie ihre Chance, mehr zu werden als eine kleine Schneiderin in einem Pariser Atelier, vertan hatte. Und Lena, wer immer sie sein mochte, würde sie als jemanden ansehen, der eine Menge versprach, aber nichts davon hielt. Vor dem Scherbenhaufen ihrer Träume würde Estella einsam und allein zurückbleiben.

Diese Gedanken gingen ihr durch den Kopf, während sie mit Janie nach Gramercy Park fuhr, wo Mrs Pardy sie mit ihrem üblichen Strahlen empfing – als wolle sie die Sonne ersetzen, die sie an diesem trüben Tag so nötig gehabt hatten. »Ich habe Kaffee gekocht, damit Sie gleich anfangen können«, sagte sie. »Und gebacken habe ich auch.«

Janie stöhnte. »Sie ruinieren mir die Figur, Mrs Pardy.«

»Ach Unsinn«, erwiderte sie. »Sie sind doch genau die Art Frau, die alles essen kann, ohne zuzunehmen. Das sollten Sie genießen.«

»Das habe ich auch vor«, sagte Janie, stürzte sich auf das Gebäck und suchte sich das größte Stück aus.

Estella trank einen Schluck Kaffee und setzte sich gar nicht erst. »Okay, fangen wir an. Mrs Pardy, wir schauen uns das Empfangszimmer an und sehen nach, ob wir noch irgendetwas erledigen müssen. Janie, kannst du im Umkleidezimmer alles vorbereiten?«

»Klar.« Janie rauschte davon, um die gekennzeichneten Kleider auf den Ständern anzuordnen.

Das Erste, was Estella sah, als sie die Tür zum Empfangszimmer öffnete, waren die Vasen überall im Raum, die an sich schon eine Pracht waren; bauchig, mit einer gesprenkelten türkisfarbenen Glasur, die leuchtete wie das Tropenmeer. Dann sah sie die Blumen darin: Pfingstrosen in leuchtendem Rosa, was ein bezaubernd lebhafter Kontrast zum satten Blaugrün der Vasen war.

»Wie haben … wer hat …?«, stammelte Estella.

»Da Lena verreist ist, hatte ich so viel Haushaltsgeld übrig, dass ich dachte, ein paar Blumen würden sich hier gut machen.«

»Sie sind wunderschön«, seufzte Estella. »Aber das kann ich nicht annehmen. Sie bewirten mich, Janie und Sam, und ich bin sicher, dass wir viel mehr essen als Lena. Sie können unmöglich so viel Geld übrig haben.«

»Ich wusste, dass Sie das sagen würden. Aber ich wollte Ihnen damit auch für das hier danken.« Mrs Pardy deutete auf ihr elegantes saphirblaues Kostüm, das Estella für sie gemacht hatte und das Mrs Pardy nach eigener Aussage nie wieder ausziehen wollte.

Estella lächelte. »Danke. Der Raum sieht großartig aus.«

So war es. Die Farbe der Vasen passte perfekt zum satten Grün des Parks vor dem Fenster, die rosafarbenen Blumen erinnerten an das Schimmern feiner, wunderschöner Gewänder, und selbst das graue Licht des Himmels verlieh dem Raum eine Sanftheit, die er in der Sonne niemals gehabt hätte. Ein guter Hintergrund, vor dem Estellas Kleider in vollem Glanz erstrahlen würden.

Danach hatte sie keine Zeit mehr, sich den Kopf zu zerbrechen. Sie konnte sich nur ein letztes Mal vergewissern, dass Sam, der sich wie sie und Janie bei seiner Arbeitsstelle krankgemeldet hatte, genauso zufrieden mit den Modellen war wie sie und dass Janie und die anderen Mädchen wussten, wer welches davon tragen würde und in welcher Reihenfolge sie sich aufzustellen hatten.

Es war halb zwei, Mrs Pardy drückte Estella ein Glas Champagner in die Hand, und es gelang ihr, fast genussvoll daran zu nippen; die Bläschen prickelten in ihrer Nase, entlockten ihr ein Lächeln, und mit einem Mal waren ihre Sorgen verflogen. »Auf euch beide«, sagte sie zu Sam und Janie und hob ihr Glas. »Die besten Freunde, die man sich wünschen kann. Und auf Mrs Pardy.« Sie stießen an, und alle tranken einen kleinen Schluck, bevor Estella fortfuhr: »Und auf Lena, die so unfassbar großzügig war.«

Auch darauf tranken sie, und Sam lächelte und strich Estella eine verirrte Haarsträhne aus dem Gesicht. »Du solltest auch stolz auf dich selbst sein.«

Bevor sie antworten konnte, hörte sie Schritte hinter sich, drehte sich um und sah zu ihrem Entsetzen Harry Kendall Thaw auf sich zukommen.

»Mr Thaw«, sagte Mrs Pardy in strengem Ton. »Was kann ich für Sie tun?«

»Ich wollte mir die Modenschau ansehen«, antwortete er.

Estella nahm all ihren Mut zusammen. »Ich glaube nicht, dass Sie an Damenmode interessiert sind.«

»Nein, das bin ich tatsächlich nicht. Aber ich bin sehr an Ihnen interessiert.« Er lächelte Estella freudlos zu, und Sam legte ihr schützend die Hand auf den Rücken.

»Das«, stieß Estella mühsam hervor, »ist – oder war – Lenas Vormund. Harry Thaw.«

Janie musterte Thaw auf ihre übliche forsche Art, die mehr als deutlich machte, was sie von ihm hielt. »Sie begaffen wohl gern die Models, stimmt's?«

Doch seine Antwort: »Und ich beschränke mich durchaus nicht aufs Gaffen«, verschlug sogar Janie die Sprache.

Und nicht nur ihr – alle schwiegen, peinlich berührt, angewidert und schockiert.

»Estella«, sagte Sam schließlich, ohne seine schützende Hand von Estellas Rücken zu nehmen.

»Schon in Ordnung«, sagte sie. »Dann nehmen Sie doch bitte Platz, Mr Thaw.« Sie hatte keine andere Wahl. Sie war nicht stark genug, um ihn hinauszuwerfen, und sie wollte so kurz vor ihrer ersten Modenschau keine Szene provozieren. Vielleicht gehörte ihm das Haus. Sie wusste zu wenig – eigentlich gar nichts – über Lena und hatte keine Handhabe, sich gegen diesen Mann zu wehren.

»Kannst du ihn bitte im Auge behalten?«, flüsterte sie Sam zu, als Harry es sich auf einem der besten Plätze ganz vorn bequem machte.

»Allerdings, das werde ich«, antwortete Sam grimmig.

Da die ersten Gäste eintrafen, hatte Estella keine Zeit mehr, sich Gedanken um Harry Thaw zu machen. Lenas und Elizabeths Gästeliste erwies sich als wirklich bemerkenswert. Der Einkäufer von Lord & Taylor war gekommen, ebenso die Einkäufer von Macy's, Saks, Gimbels und Best & Co. Die *New York Times*, *The New Yorker*, *Vogue* und *Mademoiselle* hatten Reporter geschickt. Elizabeth Hawes rauschte herein, küsste Estella auf die Wangen und stellte sie einer Freundin vor, die sie mitgebracht hatte – Leo Richier, Besitzerin eines riesigen Kosmetikkonzerns, deren Augen aufleuchteten, als Estella ihr das Programmheft zeigte und nebenbei erwähnte, dass ihr das schwarze Abendkleid, das sie für das Finale eingeplant hatte, bestimmt ausgezeichnet stehen würde.

Es waren noch einige andere Frauen gekommen, die Estella zwar nicht kannte, deren modischer Schiedsspruch in Manhattan aber offensichtlich geschätzt wurde, wenn Lena und Elizabeth sie eingeladen hatten. Doch sie wirkten so reich und glamourös, dass Estella sofort wusste, dass sie bei dieser Kollektion nicht fündig werden würden. Diese Frauen brauchten ihre Art von Kleidern nicht, weil sie nicht arbeiteten. Sie hatten Chauffeure, gingen morgens zur Maniküre, gaben der Haushälterin Anweisungen fürs Mittagessen und schenkten ihrem Ehemann beim Abendessen einen Drink ein. Die meisten von ihnen starrten Estella an und entfernten sich dann in kleinen Grüppchen, tuschelten und schauten immer wieder zu ihr herüber. Erst als eine von ihnen Lenas Namen erwähnte, wurde Estella klar, dass es ihre Ähnlichkeit war, die ihnen so viel Gesprächsstoff lieferte, und sie ärgerte sich, dass sie nicht früher daran gedacht hatte – natürlich würden sich die Leute wundern. Schließlich ging es ihr selbst nicht anders.

Doch sie empfing die Gäste, machte Konversation, gab Anweisungen und teilte Programmhefte aus, als wäre alles in Ordnung, als könnte sie nicht die ganze Zeit Harry Thaws Blick auf sich spüren. Hoch aufgerichtet saß er an seinem Platz, ohne mit irgendjemandem zu reden, und beobachtete alles. Auch seine Person war der Gegenstand vieler geflüsterter Kommentare, neugieriger Blicke und verstohlen ausgestreckter Zeigefinger. Wie schrecklich musste es für Lena sein, seinen Namen zu tragen und überall dieselbe Art neugieriger Faszination über sich ergehen lassen zu müssen.

Zu den wenigen Gästen, für die Harry Thaw und Estellas Ähnlichkeit mit Lena nicht die Hauptattraktionen waren, gehörte Babe Paley von der *Vogue,* doch als Estella sich gerade mit ihr ins Programm vertiefen wollte, hörte sie jemanden sagen: »So treffen wir uns also wieder.«

Sie blickte auf, und vor ihr stand eine Frau, die ihr tatsächlich bekannt vorkam, aber als ihr einen Moment später klar wurde, wer sie war, wurden ihre Augen groß vor Schreck. Das grauenhafte kopierte Chanel-Kleid auf Lenas Party in diesem Haus, die Frau, die Estella damals eingeladen hatte, bei ihr vorbeizukommen. Nun war sie hier und machte ganz und gar nicht den Eindruck, als wolle sie sich von Estellas Entwürfen begeistern lassen.

»Mein Name ist Diana Goldsmith, ich arbeite für *Harper's Bazaar*«, erklärte sie. »Wie schön, Sie endlich offiziell kennenzulernen. Ich habe unseren kleinen Plausch nicht vergessen.«

»Nun, heute werden Sie sehen, was ohne Fälschungen aus Paris möglich ist«, erwiderte Estella entschlossen – sie steckte ohnehin schon in ernsthaften Schwierigkeiten, da konnte sie sich ihre Skrupel gleich sparen –, doch Diana rauschte davon und setzte sich neben Harry Thaw, als wisse sie, dass Estella das ganz sicher nicht wollte.

Vergeblich versuchte sie, Sams Blick zu erhaschen und ihn dazu zu bringen, Diana von Harry fortzulocken, aber eine einfältig lächelnde Modejournalistin beanspruchte seine ganze Aufmerksamkeit.

Es war Zeit, anzufangen, auch wenn bisher nichts so gelaufen war, wie Estella es sich erträumt hatte. Sie setzte die Nadel auf den Plattenspieler und bat alle, Platz zu nehmen. Dann schlüpfte sie durch die Tür in den Umkleideraum und sah Janie und die anderen Models hinausschweben. Bewundernd beobachtete sie wieder einmal Janies Bewegungen – es war, als gleite sie auf Schlittschuhen über eine Eisfläche, so elegant und geschmeidig, während die Kleider ihre Haut liebkosten, als hätte ein Zauber sie herabbeschworen. Die reine Magie.

Und dann verging die Zeit wie im Flug: Die Models schritten mit den vorbereiteten Kleidern durch die Halle in den Salon, machten dort drei Umdrehungen, um dann den gleichen Weg zurückzuschweben, im Umkleideraum das gezeigte Kleidungsstück abzuwerfen und das nächste überzuziehen. Estella richtete Ärmel, strich verirrte Haarsträhnen zurück, schloss Knöpfe und vergewisserte sich, dass alle Schuhschnallen fest saßen. Hin und wieder hörte sie ein seltsames Geräusch aus dem Salon, ein merkwürdiges Lachen, aber da es keinen Grund zu lachen gab, versuchte Estella sich einzubilden, es wäre nur das Zwitschern eines Vogels oder die Schallplatte, die ab und an stecken blieb.

Als es Zeit für die beiden letzten Modelle – die Abendkleider – wurde, schlich Estella sich zurück in den Salon, während die Aufmerksamkeit der Gäste den präsentierten Abendkleidern galt. Sie unterschieden sich so stark von der immer noch vorherrschenden einengenden Silhouette, die Mitte des 19. Jahrhunderts in der Damenbekleidung üblich gewesen war, dass Estella einige überraschte Ausrufe hörte.

Die beiden Kleider hätten kaum unterschiedlicher sein können. Janie mit ihren blonden Haaren und ihrer umwerfenden Figur präsentierte das schulterfreie schwarze Samtkleid mit nur einem Träger um die Schulter, einer schmalen Taille und einem Rock, der in wallenden, sinnlichen Wogen bis zum Boden fiel. Dazu trug sie schwarze, ellbogenlange Handschuhe und sah so zeit- und alterslos aus, dass ihre atemberaubende Schönheit in jedes Jahrhundert gepasst hätte. Ihre Kollegin dagegen führte ein Kleid vor, das deutlicher in die Jetztzeit gehörte. Estella hatte den Trend zu schimmerndem Lamé aufgenommen und mit Silber durchwirktes Seidengewebe verarbeitet, das funkelte wie ein Piratenschatz. Das Kleid legte sich tief ausgeschnitten in griechischem Faltenwurf über die Brüste, war um die Taille mit einer Schärpe gerafft und fiel, ohne anzuliegen – Lamé durfte niemals anliegen –, sanft bis zum Boden hinab.

Beide Models sahen phantastisch aus, und zum ersten Mal erschien ein Lächeln auf Estellas Gesicht. Sie sah zu Sam hinüber, der ihr Lächeln erwiderte, und formte lautlos mit den Lippen: »Danke.« Ohne ihn hätte sie das alles nicht geschafft – besonders der Lamé, der sich nur dank des besten Zuschneiders der Welt so in Form bringen ließ, wie sie es sich vorgestellt hatte.

Doch da hörte sie es erneut; dieses seltsame Lachen, wie ein Ächzen, fast gespenstisch. Es kam von Harry Thaw. Er lachte – nein, er ächzte vor Vergnügen, mit einer hämischen Freude, die in einem Salon von Gramercy Park und obendrein bei einer Modenschau absolut nichts zu suchen hatte. Estella wusste sofort, dass es das gleiche Geräusch war, das sie vorhin gehört hatte – dass Harry Thaw sich, während sie das Ergebnis ihrer monatelangen Arbeit von Janie und ihren Kolleginnen präsentieren ließ, vor Belustigung gekrümmt und die Blicke und Kommentare der anderen Gäste gnadenlos auf sich gezogen hatte. Gerade erhob sich Diana von *Harper's Bazaar* mit angeekeltem Gesicht und verließ mit raschen Schritten den Raum.

Estellas Herz wurde so schwer, dass sie meinte, es auf dem Boden aufschlagen zu hören. Über so viele Eventualitäten hatte sie sich den Kopf zerbrochen – dass ein Model krank werden, dass eine Naht reißen, dass niemand kommen könnte –, aber damit, dass ein Verrückter ihre Modenschau zu einer Farce machen würde, hatte sie nicht im Traum gerechnet.

Sie schritt in den Raum und sagte, so ruhig und gelassen sie konnte: »Vielen Dank, dass Sie heute gekommen sind, um sich die erste Kollektion von Stella Designs anzusehen. Ich würde mich gern mit Ihnen über eine Zusammenarbeit in naher Zukunft unterhalten, also bleiben Sie doch bitte und genießen Sie den Champagner.«

Über die ganze Dauer ihrer kurzen Rede hinweg hörte Harry Thaw nicht auf zu heulen wie ein hysterischer Werwolf, den der Wahnsinn einer Vollmondnacht gepackt hatte. Kaum war Estella fertig, standen alle anwesenden Damen auf, küssten einander die Wangen, lehnten den angebotenen Champagner dankend ab und flohen in großen Gruppen zur Tür, um dem Irrsinn zu entkommen.

Harry Thaw erhob sich ebenfalls und ging wortlos davon – was hätte er noch sagen sollen? Er hatte gesiegt.

Fünf Minuten später waren nur noch Estella, Sam, Janie, Mrs Pardy und Elizabeth Hawes übrig, die fassungslos zwischen ungeöffneten Champagnerflaschen, unberührtem Gebäck und schamgebeugten Pfingstrosen standen und versuchten, sich gegen den Pesthauch des Versagens zu wehren.

»Du hast es versucht«, sagte Elizabeth tröstend.

»Ich würde ihm zu gern nachlaufen, ihn verführen und ihm mitten im Rausch der Leidenschaft einen ganz bestimmten Teil seiner Anatomie abschneiden«, sagte Janie.

»Selbst das wäre noch zu gut für ihn«, sagte Sam grimmig.

»Verdammt« war alles, was Estella herausbrachte.

Noch nie hatte etwas ihr derart wehgetan. Die Liebe und Hingabe, die in jedem der Kleider steckten, fühlten sich auf einmal völlig bedeutungslos an, eine wertlose Spielerei. Sie hatte Janies, Sams, Mrs Pardys und Elizabeths Zeit verschwendet und ihr ganzes Geld ausgegeben;

ihre schlimmsten Befürchtungen waren Realität geworden. Sie stand allein mit ihren Kleidern da, die niemals getragen werden würden und genauso nutzlos waren wie die Hoffnungen, an die sie sich geklammert hatte.

Wortlos marschierte sie aus dem Salon, durch die Halle, die Haustür und über die Straße in den Gramercy Park, den stillen Zufluchtsort, den niemand ohne Schlüssel betreten konnte. Sie schloss das Tor auf und schaffte es irgendwie bis zu dem Baum, der ihr am nächsten war, lehnte sich mit dem Rücken an einen Stamm und rutschte langsam zu Boden. Die raue Baumrinde zerriss den Stoff ihres Kleids und schürfte ihre Haut auf. Doch sie fühlte keinen körperlichen Schmerz, weil nichts schlimmer wehtun konnte als ihr blutendes Herz. Wie betäubt kauerte sie auf dem kalten Boden, der Regen durchnässte ihr Kleid, aber sie merkte es nicht und rührte sich nicht, bis die Tränen endlich aufhörten zu fließen und sie ins Haus zurückgehen konnte, um ihren Freunden zu sagen, dass es vorbei war.

Teil 4

FABIENNE

MAI 2015 | In dem Haus in Gramercy Park, der Nachbildung des Hauses in Paris, das sie gerade erst verlassen hatte und dessen Gleichartigkeit Estella immer als verrückte Idee irgendeines Verwandten vor langer Zeit abgetan hatte, hielt Fabienne ihrer Großmutter die Geburtsurkunde entgegen.

»Wo hast du das her?«, fragte Estella.

»Aus Dads Schreibtisch«, antwortete Fabienne.

»Dann wusste er es also.« Estella sank in die Kissen zurück und schloss die Augen. »Die ganze Zeit.«

»Was wusste er? Ich verstehe nicht, warum auf Dads Geburtsurkunde weder dein Name noch der von Grandpa steht.«

Ihre Großmutter antwortete nicht.

Fabienne stockte der Atem, als sie überall Beweise nicht nur für Estellas hohes Alter, sondern für einen Menschen am Ende seiner Zeit sah, einen Körper, der nicht dafür geschaffen war, so lange zu überdauern, und einen Geist, von dem Fabienne gedacht hatte, er wäre unermüdlich, der jedoch vom Verlust des Mannes, des Sohns, der Freunde erschöpft war und sich nur noch mit letzter Kraft ans Leben klammerte, zu welchem Zweck auch immer.

»Ich will nicht, dass du stirbst«, sagte Fabienne, nahm die Hand ihrer Großmutter und drückte sie an die Lippen. »Du bedeutest mir so viel, ich will dich nicht verlieren.«

»Es ist Zeit. Ich spüre, dass das Ende naht. Ich versuche, es abzuwehren, aber diesen Kampf werde ich nicht gewinnen. Ich will nur lange genug leben«, sagte Estella, öffnete die Augen und sah Fabienne eindringlich an, »dass ich dich überzeugen kann, das Geschäft zu übernehmen. Niemand anders wäre dafür so geeignet wie du.«

»O Mamie«, seufzte Fabienne. »Es gibt viele Leute, die weitaus bessere Qualifikationen haben. Die es bestimmt nicht vermasseln.«

»Jeder vermasselt mal etwas. Ich habe es auch vermasselt, als ich gerade erst angefangen hatte. Das war meine lehrreichste Erfahrung.«

»Davon hast du mir nie erzählt.«

»Zu viele Geschichten. Und nie genug Zeit.« Estella lächelte Fabienne liebevoll an.

»Wie diese Geschichte.« Fabienne zeigte auf die Geburtsurkunde.

»Ja.« Ihre Großmutter schloss die Augen wieder, und die Stille fühlte sich an wie schwerer Samt, der sie niederdrückte und unter seinem dichten Gewebe begrub. »Ich werde dir die Geschichte erzählen, versprochen. Aber ich muss mir erst darüber klar werden, wie.« Estella blickte abrupt zu ihr auf. »Ich will sie richtig erzählen. Um Lena gerecht zu werden. Und Alex.«

Erschüttert sah Fabienne zu, wie die Augen ihrer Großmutter sich mit Tränen füllten, als sie diesen Namen – Alex – mit brüchiger Stimme hervorpresste, und auf ihrem Gesicht ein unsäglich harter, trauriger Ausdruck erschien, als nehme ein Schatten dessen, was damals geschehen war, plötzlich Gestalt an. »Du musst nicht …«, setzte sie hastig an. Wenn sie gewusst hätte, wie viel Schmerz sie Mamie mit ihrer Frage bereiten würde, hätte sie die Geburtsurkunde einfach weggeworfen.

»Es ist wohl das Beste, am Anfang zu beginnen«, fiel Estella ihr ins Wort. »In dem Bücherregal dort drüben, im obersten Fach, gleich neben *Vom Winde verweht*, steht ein Buch. Nimm es mit und lies es, dann reden wir weiter.«

Danach musste Fabienne zum Flughafen. Sie schlief im Flugzeug, um an ihrem ersten Tag im neuen Job in Bestform zu sein. Sie konnte sogar noch für ein paar Stunden in ihr eigenes Bett schlüpfen, musste sich jedoch am Morgen mühsam aus den Federn wälzen, als ihr Wecker klingelte. Der Rest des Tages verging in einem diffusen Kaffeerausch und dem Bemühen, die Müdigkeit mit einem Lächeln zu vertreiben und zu beweisen, wie gut sie sich in der Modegeschichte auskannte – vor allem natürlich vor Unity, ihrer Chefin, die Fabienne nicht persönlich eingestellt hatte, weil sie selbst gerade erst gekommen war.

Als sie am Abend nach Hause kam, war sie so erschöpft, dass sie sofort ins Bett fiel. Viel zu schnell war es zwei Uhr morgens, und sie stieß ein tiefes Seufzen aus, als sie die Ziffern auf ihrem Telefon sah. Sie lag schon eine Stunde wach, offenbar immer noch auf New Yorker Zeit eingestellt. Sie überlegte, aufzustehen und ihre Mails zu checken, verwarf den Gedanken aber, weil sie das nur noch wacher machen würde. Dann fiel ihr ein, dass sie eingeschlafen war, bevor sie Will anrufen und ihm für die Blumen danken konnte, die er ihr an ihren Arbeitsplatz geschickt hatte. Sie stützte das Kinn in die Hand, suchte seinen Namen bei ihren Kontakten und startete einen Videoanruf, ehe sie es sich anders überlegen konnte.

Der Bildschirm flackerte, und da war er, in Anzug und Krawatte und so umwerfend schön, dass sie sich die Augen reiben wollte, um sich zu vergewissern, dass er real und nicht nur ein Produkt ihrer Phantasie war.

»Hey«, sagte er, das Telefon vor sich ausgestreckt. »Moment, ich mache nur schnell die Tür zu.«

Beim Gedanken, dass sie eine Person war, mit der er am liebsten hinter verschlossenen Türen reden wollte, schlug ihr Herz höher.

»So ist es besser«, sagte er und setzte sich. »Wie geht es dir? Wie spät ist es bei dir?«

»Zwei Uhr morgens«, gestand Fabienne. »Ich wollte dir schon die ganze Zeit für die Blumen danken, aber als ich gewartet habe, bis es nicht mehr zu früh war, um dich anzurufen, bin ich eingeschlafen. Und jetzt bin ich hellwach. Also danke. Sie sind wunderschön.«

»Genau wie ihre Besitzerin«, sagte er zärtlich, und diesmal machte ihr Herz einen Salto. »Wirst du rot?«, neckte er sie, als sie nicht antwortete.

»Flirtest du mit mir?«, erwiderte sie lächelnd.

»Ja«, antwortete er wie aus der Pistole geschossen. »Soll ich aufhören?«

»Hmmmm«, sagte sie und tat, als müsse sie darüber nachdenken. »Nein, es gefällt mir.«

»Außerdem«, fügte er hinzu und zog eine Augenbraue hoch, »kannst du mir wohl kaum vorwerfen, dass ich mit dir flirte, wenn du selbst im Bett liegst.«

Sie lachte. »Da hast du recht. Ich bin zu müde, um aufzustehen und mich auf die Couch zu setzen wie ein normaler Mensch, aber nicht müde genug, um wieder einzuschlafen.«

»Für mich ist das völlig in Ordnung«, sagte er. »Dass du mich im Bett anrufst, ist mit Abstand das Beste, was mir heute passiert ist.«

Jetzt flirtete er wirklich, und Fabienne fühlte, dass ihr ganzer Körper zu prickeln begann, genau wie vor ihrer Abreise aus Paris, als er sie geküsst und gebeten hatte, noch eine Nacht bei ihm zu bleiben.

»Wie war dein erster Tag?«, fragte er.

»Großartig«, sagte sie. »Ich muss die Hauptausstellung nächstes Jahr organisieren, also konnte ich direkt ans Eingemachte gehen, was die beste Art zu lernen ist. Ich überlege, eine Ausstellung über Verzierung und Schmuck zu machen. Kleider mit Blumen, Federn, Stickereien, Spitze, Lederapplikationen, Pailletten und Juwelen. Die alten *métiers*. Estella hat in einem Atelier angefangen, das Blumen für Haute-Couture-Kleider herstellte, und es hat mich immer fasziniert, dass sie bei ihren Kleidern stets mit Blumen gearbeitet hat.«

»Du willst dir nicht zufällig ein Abendkleid aus dem späten 19. Jahrhundert ausleihen, das die Frau von Cornelius Vanderbilt getragen hat und das mit Tiffany-Diamanten bestickt ist, oder?«

»Machst du Witze?« Fabienne schnappte nach Luft. »So etwas gibt es nicht wirklich, oder?«

»Doch, es ist hier im Archiv.« Ihre unverhohlene Begeisterung brachte ihn zum Lächeln. »Ich bin vor ein paar Monaten darauf gestoßen, als ich mir ein paar Tiffany-Sammlerstücke aus dem Gilded Age angesehen habe, und es würde bestimmt gern mal nach Australien reisen. Ich werde sehen, was ich tun kann.«

»Das wäre absolut phantastisch. Aber nur, wenn du sicher bist, dass es dir wirklich keine Umstände macht. Du hast bestimmt Wichtigeres zu tun.«

»Ich hab nichts Wichtigeres zu tun, nein.«

Schweigen trat ein, ein Schweigen, in dem Fabienne sich inbrünstig danach sehnte, sie könnte ins Display greifen, mit den Fingern über Wills Wange streichen und ihn noch einmal küssen. Ein Schweigen, in dem sie seinen Blick über ihre Wangenknochen und dann über ihre Lippen wandern spürte.

»Ich erwarte nichts«, platzte sie heraus. »Von dir, meine ich.« O Gott, warum hatte sie das nur gesagt? Doch jetzt, da sie damit angefangen hatte, musste sie erklären, was sie meinte. »Es ist nur ... Ich weiß, dass wir einfach nur ein gemeinsames Wochenende in Paris verbracht haben. Dass ich hier lebe und du dort. Ich weiß, du willst dein Leben weiterführen, und ich glaube, das ist auch gut so. Und das sage ich nicht, weil ich dich abwimmeln will und dich im Grunde gar nicht mag, denn ich mag dich sehr, aber ich weiß, dass es unmöglich ist ...«

Halt lieber den Mund, Fabienne, ermahnte sie sich. Sie sollte niemanden um zwei Uhr nachts anrufen. Der Filter in ihrem Gehirn, der sie normalerweise daran hinderte, sich lächerlich zu machen, war offensichtlich der einzige Teil von ihr, der ein Nickerchen machte.

»Ich habe das Gefühl, dass ich dir das Gleiche sagen sollte – ich meine, dass ich nichts von dir erwarte.« Will rieb sich das Kinn und wandte das Gesicht ab, als wäre er auch ziemlich verlegen. »Ich will dich nicht von irgendwas abhalten, nur weil du ein schönes Wochenende mit mir verbracht hast. Aber ich will dich trotzdem wiedersehen und herausfinden, was daraus werden könnte. Wenn du das auch möchtest.« Er blickte wieder auf sein Smartphone, und Fabienne verfluchte die körperlichen Beschränkungen eines Videogesprächs.

»Hast du nicht eine ganze Reihe von jungen Frauen in Manhattan, mit denen du dich jeden Abend treffen könntest, statt auf eine zu warten, die nur einmal im Jahr nach New York kommt?«

»Ich habe nachgesehen, ob es möglich wäre, übers Wochenende nach Sydney zu fliegen. Ist es leider nicht.«

»Du hast nachgesehen?« Noch nie hatte jemand etwas so Romantisches für Fabienne getan. »Ich kann noch keinen Urlaub nehmen, weil ich diesen Job gerade erst angefangen habe«, sagte sie.

»Und ich habe jeden Monat ein langes Wochenende gemacht, um mit Liss um die Welt zu reisen, deshalb habe ich keine Urlaubstage mehr.«

»Dann würden wir uns wirklich höchstens ein- oder zweimal im Jahr sehen.«

»Und zwischendurch ganz oft telefonieren.«

»Ist das genug?«

»Nein. Aber es ist mir lieber, als dich zu verlieren.«

»Will«, sagte Fabienne sanft. *Du bist der netteste Mann, den ich je kennengelernt habe*, wollte sie sagen. Und was, wenn er das wirklich war? Was, wenn sie ihn abwies, ihm sagte, dass er sie vergessen solle, und sie dann in ein paar Jahren zurückblickte und mit der Klarsicht der Erfahrung erkannte, dass dies wahre Liebe und sie zu engstirnig gewesen war, das zu erkennen? »Wenn du hier wärst, würde ich dich jetzt küssen«, wagte sie sich stattdessen weiter vor.

»Wenn du hier wärst, würde ich gern mehr tun, als dich nur zu küssen.«

Fabienne lachte. »Du flirtest schon wieder. Und das heißt, ich sollte gehen.«

Er lächelte wehmütig. »Wahrscheinlich hast du recht. Schlaf gut. Und träum was Schönes.«

»Das werde ich«, sagte Fabienne. Und sie tat es auch.

Als sie am nächsten Morgen zur Arbeit kam, fand sie eine Mail von Will vor.

Liebe Fabienne, lautete sie. *Ich freue mich, Dir zu bestätigen, dass Tiffany & Co. sich freuen würde, Dir ein mit Tiffany-Diamanten verziertes Gilded-Age-Kleid von Paul Poiret für Deine bevorstehende Ausstellung zur Verfügung zu stellen, sofern Du Verwendung dafür haben solltest. Um alles Weitere zu regeln, wende Dich bitte an unsere Archivarin Tania Fowler, deren Adresse ich angehängt habe. Herzliche Grüße, Will*

Gleich darunter war die nächste Mail von ihm. *Ich wollte noch sagen, dass es wirklich schön war, mit Dir zu reden, und dass wir uns das zur Gewohnheit machen sollten. Ich rufe Dich heute Abend an. Will x*

Fabienne strahlte, offensichtlich etwas zu auffällig, denn Charlotte, eine ihrer Rechercheurinnen, die einen akkuraten Bob mit geradem Pony trug, zog fragend eine Augenbraue über ihrer Brille hoch. »Da sieht ja jemand sehr glücklich aus.«

»Das bin ich auch«, sagte Fabienne. »Ich habe uns gerade das einzige Kleid, das von Poiret und Tiffany gemeinsam entworfen wurde und mit echten Tiffany-Diamanten besetzt ist, als Leihgabe gesichert. Das perfekte Herzstück für unsere Ausstellung.«

»Genial! Wie haben Sie das geschafft?«

»Ich habe in New York den Chefdesigner von Tiffany kennengelernt, und er hat mir das Kleid angeboten.«

»Ist er wirklich so attraktiv, wie alle behaupten? Ich habe ein Bild von ihm in der *Vogue* gesehen und hätte mich fast wieder in einen Teenager verwandelt und es an meine Schlafzimmerwand gehängt.«

Fabienne verfluchte ihre helle Haut, auf der das geringste Erröten sofort sichtbar wurde. »Ist mir gar nicht aufgefallen. Wir haben nur über geschäftliche Dinge geredet«, log sie.

Charlotte lachte. »Natürlich! Sie sind knallrot geworden, daran sieht man gleich, dass Sie nichts anderes wahrgenommen haben als seine beruflichen Qualitäten.«

Fabienne lächelte. »Wird es nicht Zeit für unser Meeting?«, fragte sie. »Holen Sie doch die anderen. Wir haben eine Ausstellung zu planen.«

»Jawohl, Ma'am«, sagte Charlotte neckisch. »Und ich verspreche, dass ich Sie vor den anderen nicht weiter ausfragen werde.«

»Danke.«

Das Meeting verlief reibungslos. Ihr Team wartete mit vielen neuen Ideen auf, anschließend verschwanden alle wieder, um sich an die Arbeit zu machen, während Fabienne und Charlotte den Nachmittag im Archiv verbrachten und sich berieten, was als Ausstellungsstück infrage kam.

Als Fabienne in ihr Apartment in Balmoral zurückkehrte, das sie in aller Eile gemietet hatte, nachdem sie aus der gemeinsamen Wohnung mit Jasper ausgezogen war, wusste sie, dass sie sich irgendwie wach halten musste. Andernfalls würde sie auf der Stelle einschlafen und um zwei Uhr nachts wieder schlaflos an die Decke starren. Also machte sie sich eine Tasse Kaffee und holte das Buch heraus, das ihre Großmutter ihr gegeben hatte. Umschlag und Einband waren verschlissen, die Seiten so spröde wie ein zweihundert Jahre alter Brautschleier. Darauf stand: *Die Memoiren von Evelyn Nesbit*.

Fabienne schlug die erste Seite auf.

Mein Name ist Evelyn Nesbit, und über mich wurde mehr geschrieben als über sonst eine junge Frau, so bekannt bin ich, auch wenn es eine traurige Berühmtheit ist. Sie glauben sicher, alles über mich zu wissen: Ich bin das Mädchen aus der Zeitung, die junge Frau, deren Ehemann ihren Liebhaber vor aller Augen auf dem Dach des Madison Square Garden erschossen hat, das Mädchen, dem die Jungfräulichkeit geraubt wurde. Und dennoch kennen Sie mich nicht. Deshalb schreibe ich auf, wie ich wirklich bin.

Ich war zweifellos ein ehrgeiziges Mädchen, und das nicht ohne Grund. Denn meine Schönheit raubte jedem Mann die Besinnung.

Das erkannte ich, als mich meine Mutter mit zwölf Jahren die Miete von den Männern eintreiben ließ, die in unserer Pension wohnten und nicht pünktlich bezahlten. Die Männer baten mich in ihr Zimmer, während sie nach ihren Geldbörsen suchten, und ich musste ihnen das Geld direkt aus der Hand nehmen. Sie hielten sich alle für unglaublich schlau, weil sie ihre Spielchen trieben mit einem zwölfjährigen Mädchen, das mit einem Gesicht und einer Figur gesegnet war, denen keiner widerstehen konnte.

Bald erkannten das auch die Maler, für die ich stundenlang Modell saß. Ich verdiente einen ganzen Dollar damit, dass ich in einem Sessel für sie posierte und sie mein Bild in Öl, Wasserfarben oder Kohle verewigen ließ. Natürlich wollten sie irgendwann auch wissen, wie ich nackt aussah, und da wir das Geld brauchten, ging ich auf diese Wünsche ein. So gern meine Mutter es auch bestreitet, die Porträts, die Church und Beckwith von mir gemalt haben, beweisen es.

Dazu kam meine Arbeit als Model – gibt es irgendein Produkt, dem ich nicht mein Gesicht geliehen habe? Als Gibson Girl verkörperte ich das damalige Ideal weiblicher Schönheit, und all das gab mir die Möglichkeit, Geld zu verdienen und Mama den Lebensstandard zu garantieren, an den sie sich gewöhnt hatte.

Erst als das Theater sich meldete, überschlugen sich die Ereignisse. Obwohl nun wahrscheinlich viele Leser glauben, zu diesem Zeitpunkt wäre ich bereits so verdorben gewesen, dass ich alles, was danach kam, *verdient hatte. Aber in Wirklichkeit war ich damals noch immer völlig unschuldig. Bis John in mein Leben trat. Und Stanford. Und Harry.*

Verwirrt blickte Fabienne von dem Buch auf. Wer war diese Evelyn Nesbit, und was zum Teufel hatte sie mit ihr zu tun? Sie nahm ihr Tablet und googelte den Namen. Wie Evelyns Memoiren vermuten ließen, fand sie eine Geschichte von Mord, Vergewaltigung, Missbrauch und Wahnsinn – eine üble Geschichte, die mehr mit einem Groschenroman gemeinsam hatte als mit den Fragen, die sie ihrer Großmutter gestellt hatte. Als Nächstes gab sie *Lena Thaw* ein, fand jedoch nur einen kurzen Eintrag auf Harry Thaws Wikipedia-Seite.

»Na toll«, murmelte sie, »die Person, die auf der Geburtsurkunde meines Vaters genannt wird, war das Mündel eines geisteskranken Mörders.«

Dann versuchte sie es mit *Alex Montrose*. Nichts außer derselben Beschreibung, die sie bei der Ausstellung überflogen hatte und die sie jetzt noch einmal richtig las, weil sie damals zu erschüttert gewesen war, um wirklich etwas aufzunehmen. Sie erfuhr, dass Alex Montrose ursprünglich für den MI6 gearbeitet hatte, später jedoch zu einem Mittelsmann zwischen eben jener Division und dem MI9 geworden war. Er hatte hauptsächlich als Fluchthelfer in Frankreich gearbeitet und vielen Angehörigen der alliierten Streitkräfte, vor allem entflohenen Kriegsgefangenen und abgestürzten Piloten, zur Rückkehr nach England verholfen. Zu diesem Zweck hatte er dafür gesorgt, dass es auf den Fluchtrouten loyale Helfer und genügend Geld und Vorräte für Schleuser und Kuriere gab.

Einen Moment verharrten Fabiennes Hände über der Tastatur. *Lena Thaw*, tippte sie schließlich ein, *und Alex Montrose*. Nichts. Dann *Estella Bissette und Alex Montrose*. Alles, was sie fand, war ein verschwommenes Bild von den American Fashion Critics' Awards 1943, auf dem die beiden inmitten einer Menschenmenge zu sehen waren.

Doch dass sie sich bei einer Preisverleihung getroffen hatten, erklärte nicht, warum sein Name – neben dem einer anderen Frau – auf der Geburtsurkunde von Estellas Sohn stand.

Schließlich rief sie ihre Mutter an, obwohl sie fast sicher war, dass diese ihr nicht weiterhelfen konnte. Zwar war Fabiennes Mutter inzwischen schon siebzig und hätte längst in den Ruhestand gehen können, aber für sie standen immer noch ihre Patientinnen an erster Stelle, nicht die Familie.

Die Rezeptionistin brauchte eine Weile, um ihre Mutter ausfindig zu machen. Als sie endlich an den Apparat kam, erwähnte Fabienne wie beiläufig, dass sie, als sie die Sachen ihres Vaters durchgesehen hatte, ein paar Dokumente und unter anderem auch seine Geburtsurkunde gefunden habe.

Ihre Mutter zeigte keinerlei Reaktion. Sie sagte nur hörbar müde: »Du kannst alles behalten, wenn du möchtest.«

»Willst du nichts davon haben?«, hakte Fabienne nach.

»Dein Vater ist in meinem Herzen. Ich brauche keine Dokumente, um mich an ihn zu erinnern.«

Womit sie vermutlich andeutete, dass es besser war, wenn auch Fabienne das nicht täte. Ihre Mutter machte stets einen Wettbewerb daraus, wer Xander mehr geliebt hatte, und für gewöhnlich ließ Fabienne sie gewinnen. »Wie geht's dir?«, erkundigte sie sich.

»So gut es mir ohne deinen Vater eben gehen kann. An manchen Tagen denke ich, ich sollte einfach genügend Morphium nehmen, um Schluss zu machen.«

»Sag so was nicht«, entgegnete Fabienne heftig. »Ich komme morgen nach der Arbeit vorbei.«

»Nein, lieber nicht. Du siehst ihm zu ähnlich. Es tut mir weh, dich zu sehen.«

Das reichte – Fabienne legte auf.

Nicht zum ersten Mal stellte sie sich die Frage, ob das wirklich Liebe war – dieser Wunsch, gemeinsam zu sterben, weil man das Leben ohne den Partner nicht ertrug. Ihre Großmutter hatte ihren Großvater inzwischen um siebzehn Jahre überlebt. Hieß das, dass sie ihn nicht wirklich geliebt hatte? Oder dass sie einfach einen Weg gefunden hatte, ohne ihn weiterzumachen?

Fabienne seufzte. So viele Fragen, so viele Rätsel. Und kaum Antworten. Wenn sie ihre Großmutter am Wochenende besuchte, würde sie sie bitten, ihre Geschichte weiterzuerzählen.

Rastlos stand sie auf und versuchte, das Buch in ihr Regal zu schieben. Doch da war kein Platz. Aufs Geratewohl zog sie einen Stapel heraus und erkannte sofort ihre alten Skizzenbücher, die sie sich seit einer Ewigkeit nicht mehr angesehen hatte.

Sie setzte sich auf den Boden, lehnte sich mit dem Rücken an die Wand und schlug das erste auf. Als sie die grobe Bleistiftskizze eines Kleids sah, die offensichtlich ausgiebig mit einem Radiergummi bearbeitet worden war, zuckte sie zusammen. Die Skizze auf der nächsten Seite war mit Wasserfarben koloriert, wie Estella es ihr beigebracht hatte, detaillierter, vermutlich einigermaßen zufriedenstellend, aber ohne jeden Pfiff. Es folgten Zeichnungen von Menschen mit viel zu kurzen Beinen und viel zu kleinen Gesichtern; die seltsamen Proportionen ruinierten jedes darauf skizzierte Kleid. Schließlich öffnete sie das zweite Buch, in dem die Körper zumindest die richtigen Proportionen besaßen und die Köpfe einfach weggelassen worden waren, weil sie für die Kleider sowieso nicht von Belang waren. Beim dritten jedoch staunte sie über ihre eigene Entwicklung als Zeichnerin – es war nicht zu übersehen, wie sehr sie ihre Ideen, ihren Stil und selbst ihre Technik verändert hatte, ganz besonders ab dem vierten Buch. Ein oder zwei Skizzen gefielen ihr tatsächlich.

Als ihr Smartphone klingelte, zuckte sie erschrocken zusammen, nahm den Videoanruf jedoch sofort an, da sie Will auf dem Display sah. »Hey«, sagte sie mit diesem hemmungslosen Strahlen, das sich immer auf ihrem Gesicht ausbreitete, wenn sie auch nur an ihn dachte.

»Hey du«, antwortete er und lächelte zurück.

»Wo bist du heute?«, fragte sie, als ihr auffiel, dass der Hintergrund anders klang als bei ihrem Telefonat am Tag zuvor.

»Ich bin spät dran«, sagte er. »Es ist schon acht, ich müsste längst auf dem Weg zur Arbeit sein, aber Liss hatte eine schlimme Nacht, und ich bin mit ihr aufgeblieben. Und hab verschlafen.«

»Ist alles okay?«, fragte sie besorgt.

Sein Lächeln verschwand. »Sie schläft. Das ist gut.«

»Ich wusste gar nicht, dass ihr zusammenwohnt.«

»Sie hat die Wohnung unserer Eltern übernommen. Ich wohne in SoHo, bin aber dieses Jahr wieder zu ihr gezogen, um besser nach ihr sehen zu können.«

Als man Melissa gesagt hatte, dass der Krebs im Endstadium war. Fabienne verstand, was er ihr zwischen den Zeilen mitteilte, und wünschte, sie könnte die Hand ausstrecken, das Lächeln auf seine Lippen zurückzaubern und ihm Mut machen, dass alles wieder gut werden würde. Aber das wäre eine Lüge gewesen. Durch die Arbeit ihrer Mutter wusste sie genau, was Melissa bevorstand. Dass es für beide Ogilvies schmerzhaft und qualvoll werden würde.

»Der Arzt hat ihr gestern gesagt, dass der Hirntumor größer geworden ist.« *Dass sie nicht mehr lange zu leben hat.* Wieder hörte Fabienne die Worte, die er nicht aussprechen konnte.

»Bitte umarme sie von mir«, sagte Fabienne. »Sonst habe ich leider nicht viel Trost zu bieten.«

»Sie hat mir erzählt, dass du ihr gemailt hast und sie sich sehr darüber gefreut hat. Danke dafür. Alles, was sie glücklich macht, ist gut.« Er rieb sich das Kinn – eine Geste, die ihr mittlerweile charakteristisch für ihn vorkam. »Lass uns über etwas anderes reden. Was ist das?«, fragte er und deutete zu den Büchern auf Fabiennes Schoß.

»Meine alten Skizzenbücher«, sagte sie und wurde rot, weil er sie bei ihrer Reise in die Vergangenheit erwischt hatte. »Die habe ich mir seit Jahren nicht mehr angeschaut. Leider sind sie genauso furchtbar, wie ich sie in Erinnerung hatte.« Sie lächelte verlegen und versuchte, sich über ihre sinnlose Rückschau lustig zu machen.

»Du solltest mal meine alten Skizzenbücher sehen«, entgegnete Will. »Alles Müll. Aber ich glaube, man kann die guten Sachen nur zutage fördern, wenn man den ganzen Müll rauslässt. Ich wette, deine Skizzen sind besser, als du denkst.«

»Kann schon sein.« Fabienne zuckte die Achseln, erpicht darauf, erneut das Thema zu wechseln. »Wirst du Ende des Monats trotzdem mit Melissa verreisen?«

»Solange ich Urlaube für uns buche, gibt es Hoffnung«, sagte er schlicht. »Wir fahren nach Hawaii. Sie braucht Sonne und frische Luft.«

»Hawaii«, hauchte Fabienne. »Das klingt wundervoll. Ich war noch nie dort.«

»Melissa hat mich dabei erwischt, wie ich nachgeschaut habe, wie lange ein Flug von Sydney nach Hawaii dauert«, sagte er beiläufig. »Etwa neun Stunden. Das ginge übers Wochenende, wenn du einen Tag freinimmst.«

»Heißt das, du möchtest, dass ich mitkomme?«, fragte Fabienne ungläubig.

»Ja.« Er stand auf und wanderte hin und her, während er weiterredete. »Ich schreibe dir, wo Liss und ich übernachten werden, und wenn du möchtest, kannst du ja ein Zimmer im gleichen Hotel buchen, aber wenn du dir lieber etwas Eigenes suchen willst, verstehe ich das natürlich auch. Für Liss buche ich immer eins der besten Zimmer, du weißt schon – weil sie allen erdenklichen Luxus noch so lange wie möglich genießen soll, und ich quartiere mich irgendwo in der Nähe ein, falls sie mich braucht. Aber du kannst natürlich übernachten, wo du magst.«

Fabienne lachte. Zum allerersten Mal wirkte er richtig nervös, und er war so hinreißend. »Ich frage mich, ob es nicht noch schöner wäre, wenn ich mein Hotelzimmer mit jemandem teilen würde«, überlegte sie laut. »Da ich mich auf Hawaii nicht auskenne, wäre es vielleicht gut, jemanden in der Nähe zu haben, der mich herumführen kann.« Sie unterbrach sich, weil er abrupt stehen geblieben war. Der intensive Blick, mit dem er sie ansah, brachte sie wieder zum Erröten, und die Hitze breitete sich von ihrer Körpermitte bis in die Fingerspitzen aus.

»Meinst du das ernst?«, fragte er leise.

Sie nickte. »Wenn du es wirklich möchtest.«

»Machst du Witze? Ich habe seit dem Wochenende in Paris jede Nacht von dir geträumt. Auf Hawaii ein Zimmer mit dir zu teilen wäre …« Er schenkte ihr ein Grinsen, das dem auf ihrem eigenen Gesicht ähnelte, als sie den Vorschlag gemacht hatte. »Ich kann es kaum erwarten!«

Sie unterdrückte den überwältigenden Drang, vor Freude zu jubeln. »Nur noch ein Monat, und ich bin sicher, der vergeht wie im Flug.«

»Himmel, ich hoffe es«, sagte er.

Kapitel 15

Natürlich war Estella begeistert, als Fabienne sie anrief, um ihr zu sagen, dass sie nach Hawaii fliegen und sich mit Will treffen würde. Und wie üblich nahm sie kein Blatt vor den Mund. »Gut«, sagte sie. »Junge Leute sind so überheblich, wenn es um Zeit geht. Ihr scheint zu denken, ihr hättet unendlich viel, fast zu viel, und dass euch das Alter nie einholen wird. Aber das tut es. Und ihr denkt, dass Liebe …« Sie verstummte abrupt.

»Was?«, fragte Fabienne.

Eine lange Pause trat ein. Fabienne wollte schon nachhaken, als sie Estella seufzen hörte.

»Ihr denkt, Liebe wäre ein Gefühl, das in Filmen erschaffen und verkauft wird«, sagte sie. »Doch das stimmt nicht. Liebe ist real. Und sie verdient mehr Anerkennung, als man ihr zubilligt. Heutzutage hat man für die Liebe alle Freiheit der Welt, aber das scheint niemand zu begreifen. Frühere Generationen würden über euch den Kopf schütteln, weil ihr die Möglichkeiten nicht nutzt, die sie selbst nie hatten. Zu lieben kann Wunden reißen, aber es kann diese auch heilen. Daher hoffe ich, dass du dir ein Zimmer mit ihm teilen wirst.«

»Mamie!«

Estella lachte, und auch Fabienne musste lachen. Wie viele 97-jährige Frauen würden das zu ihrer Enkeltochter sagen?

»Ich habe die Krankenschwester gebeten, mir im Internet ein Foto von ihm rauszusuchen«, erzählte Estella, und Fabienne konnte sich das schelmische Funkeln in ihren Augen vorstellen. »Er ist sehr attraktiv. Ich würde mir ganz sicher kein eigenes Zimmer nehmen, wenn ich mit ihm nach Hawaii fahren würde.«

»Okay, ich teile mir ein Zimmer mit ihm. Jetzt haben wir aber genug über Will und mich geredet.« Fabienne hielt einen Moment inne, weil sie die Stimmung nicht verderben wollte, doch sie wusste, dass sie auf das Thema zu sprechen kommen musste. »Ich habe angefangen, Evelyn Nesbits Memoiren zu lesen.«

»Und ich nehme an, du hast mehr Fragen als je zuvor?« Jetzt war nichts Schelmisches mehr in Estellas Stimme.

»Ja.«

»Evelyn Nesbit«, begann Estella, hielt dann jedoch erneut inne und seufzte. »Ich werde wohl keinen Weg finden, es so zu formulieren, dass es dich nicht schockiert. Evelyn Nesbit und John Barrymore sind meine Großeltern.«

»Deine Großeltern?«, wiederholte Fabienne. Wie in aller Welt sollte es möglich sein, dass ein Showgirl und ein Schauspieler aus Amerika Estellas Großeltern waren?

»Sie waren verliebt, bevor Evelyn an Stanford White und dann an den unsäglichen Harry Thaw geriet. Sie wurde zweimal von John schwanger. Beim ersten Mal ließ sie eine als Blinddarmoperation getarnte Abtreibung vornehmen. Doch davon wurde sie so krank, dass sie bei der zweiten Schwangerschaft entschied, das Baby in Paris zur Welt zu bringen, wo sie vor der Presse und anderen neugierigen Blicken in Sicherheit war. Das Baby, also meine Mutter, ließ sie von den Nonnen großziehen. Das Haus in der Rue de Sévigné gehörte Evelyn; sie hat es von dem Geld gekauft, mit dem die Männer sie überhäuften. Es war ihr Liebesnest, der Ort, an dem John und sie am glücklichsten waren. Bis Evelyns Mutter entschied, dass er für ihre Tochter nicht wohlhabend genug war, und sich von Stanford White überzeugen ließ, sie lieber an den Meistbietenden weiterzureichen. Evelyn übertrug das

Haus meiner Mutter, aber irgendetwas ist dort mit ihr passiert, und Jeanne konnte nie dort leben. Ich dachte später, ich könnte den Fluch brechen, aber ...« Estella verstummte.

»Ich weiß nicht, was ich sagen soll«, stammelte Fabienne. »Ich hatte keine Ahnung, warum du wolltest, dass ich diese Memoiren lese, aber damit habe ich nicht gerechnet. Nach allem, was du mir über Harry Thaw erzählt hast, sollte ich wohl dankbar sein, dass er nicht mein Großvater ist.«

Sie schwiegen beide, während Fabienne sich anstrengte zu begreifen, dass ihre Ururgroßmutter eine Femme fatale gewesen war, die ihre Urgroßmutter als Baby weggegeben und von Nonnen hatte großziehen lassen, und dass aus alldem Estella hervorgegangen war. Aber wenn das Haus in Paris Evelyn gehört hatte, von wem stammte dann der Nachbau in Manhattan, in dem Estella wohnte? Und nichts davon erklärte die Namen auf der Geburtsurkunde ihres Vaters.

»Alles in Ordnung?«, erkundigte sie sich, als ihr bewusst wurde, dass ihre Großmutter schon eine Weile nichts mehr gesagt hatte.

»Ich bin nur ein bisschen müde«, sagte Estella. »Jedenfalls ist das der Anfang der Geschichte. Wenn Evelyn und John sich nicht miteinander eingelassen hätten, dann ...« Estella schwieg einen Moment. »Den Rest der Geschichte erzähle ich dir, wenn du aus Hawaii zurück bist. Hoffentlich bist du dann in einer solchen Hochstimmung, dass dich nichts, was ich sage, aus der Fassung bringt.«

»Warum sollte mich etwas aus der Fassung bringen?«, fragte Fabienne argwöhnisch. »Und was hat das alles mit Dad zu tun?«

Ihre Großmutter gähnte. »Wie ich schon sagte, ich werde dir alles erklären, wenn du von deinem Rendezvous zurückkommst. Versprochen.«

Sie legte auf, und damit hatte es sich.

Fabiennes Taschen waren gepackt, ein Bikini war gekauft, ihr Körper enthaart und künstlich gebräunt, und endlich saß sie im Taxi zum Flughafen. Am liebsten hätte sie sich selbst auf den Fahrersitz gesetzt und das Steuer übernommen, denn es ging ihr alles viel zu langsam. Aber sie sagte sich, dass es keine Rolle spielte, wie schnell sie fuhren, weil das Flugzeug trotzdem erst zur angegebenen Zeit losfliegen und es noch mindestens zwölf Stunden dauern würde, bis sie Will und Melissa wiedersah. Bis sie allein mit Will war und ihn küssen konnte …

Sie zwang sich, aus dem Fenster auf die schwarze Wand des Tunnels zu starren. Heiße Phantasien auf dem Rücksitz eines Taxis waren nicht hilfreich.

Stattdessen dachte sie an Melissa; Will machte sich Sorgen, dass es womöglich ihre letzte gemeinsame Reise werden könnte. Er hatte gesagt, der letzte Monat sei hart für sie gewesen, und in seiner vorsichtigen Formulierung deutete sich etwas an, was womöglich nicht einfach zu verkraften sein würde, wenn sie Melissa wiedersah.

Sie hatten sich fast unentwegt SMS und E-Mails geschrieben, und es brach Fabienne fast das Herz, sich vorstellen zu müssen, dass eine lebensfrohe junge Frau wie Melissa, die ein wundervolles Leben hätte haben können, schon bald dem Krebs erliegen würde. Und natürlich auch, welchen Effekt der Tod seiner Schwester auf Will haben würde.

Ihr Telefon klingelte, und zu ihrer Überraschung erschien Estellas Nummer auf dem Display. »Mamie?«, rief sie verwundert, als sie das Gespräch annahm.

»Tut mir leid, Fabienne, aber hier ist Kate.«

Mamies Pflegerin. Fabiennes Herz krampfte sich zusammen. »Was ist los?«, fragte sie.

»Estella ist gerade ins Krankenhaus gebracht worden. Als ich heute Morgen hergekommen bin, war sie nicht ansprechbar. Ich fürchte, sie hatte womöglich einen Schlaganfall.«

»O nein!« Fabienne schloss die Augen. »Ich komme. Genau genommen bin ich schon auf dem Weg zum Flughafen. Ich buche meinen Flug um und bin so schnell wie möglich da! Geht es ihr inzwischen besser?« *Lieber Gott, bitte mach, dass es ihr gut geht.*

»Sie lebt«, antwortete Kate schlicht.

Sie lebt. Darauf würde sich Fabienne konzentrieren und beten, dass Estella durchhielt, bis sie bei ihr war.

Sie rief die Fluggesellschaft an und buchte ihren Flug um. Dann rief sie ihre Chefin an und sagte ihr, dass sie etwas länger freinehmen müsse. Unity war nicht begeistert, aber Fabienne versicherte ihr, dass sie arbeiten würde, während sie weg war, dass sie per E-Mail und Telefon in Kontakt bleiben und es fast so sein würde, als wäre sie vor Ort. Sie konnte hören, dass Unity ihr nicht glaubte, doch das war ihr egal. Sie würde ihre Großmutter nicht in einem Krankenhaus am anderen Ende der Welt alleinlassen.

Sie warf einen Blick auf die Uhr. Will und Melissa waren höchstwahrscheinlich schon in der Luft. Sie schickte ihnen beiden eine Nachricht, erklärte, was passiert war, und entschuldigte sich, dass sie so kurzfristig absagen musste. An Will schrieb sie: *Es tut mir so, so leid. Ich habe mich so sehr auf dieses Wochenende gefreut. Ich hoffe, wir können das bald nachholen.* Sie zögerte kurz, ehe sie die SMS beendete mit: *In Liebe, Fabienne*

Schluchzend saß sie an Estellas Bett, hielt ihre Hand und tat all die sinnlosen Dinge, die Menschen an Krankenbetten taten. Sie flehte ihre Großmutter an, nicht zu sterben, genau wie sie es vor zwei Monaten bei ihrem Vater getan hatte. Schon als sie es zu ihrem Vater sagte, hatte sie gewusst, dass es nichts helfen würde, dass er sich von der entsetzlichen Blässe seiner Haut nie mehr erholen würde. Und nun sah ihre Großmutter genauso aus, noch schlimmer sogar, weil ihr Körper bereits vorher ausgezehrt gewesen war.

Die Ärzte informierten sie, dass ihre Großmutter tatsächlich einen Schlaganfall gehabt hatte. Jetzt musste man abwarten, wie viel Schaden er angerichtet hatte, und Estella würde noch vierundzwanzig Stunden unter dem Einfluss starker Beruhigungsmittel stehen. Fabienne sollte danach wiederkommen.

Was, wenn sie stirbt, solange ich fort bin?, wollte Fabienne fragen. Aber die Krankenschwestern redeten ihr gut zu, versicherten ihr, dass sie Bescheid geben würden, sobald die geringste Änderung eintrat, und schließlich schleppte Fabienne sich zu Estellas Haus, um zu duschen, frische Sachen anzuziehen und etwas zu essen. Sie bezog das Bett ihrer Großmutter frisch, kaufte Pfingstrosen, die sie in einer Vase auf den Nachttisch stellte, und schüttelte die Kissen auf, um den Raum so einladend zu machen, dass Estella gar keine andere Wahl haben würde, als zurückzukommen.

Dann las sie die Nachricht, die Will ihr geschickt hatte: *Mir tut es auch leid. Hoffentlich geht es deiner Großmutter bald wieder besser. Ruf mich an, wenn du kannst. In Liebe, Will*

In Liebe, Will. Gestern hätte sie vor Freude laut gelacht. Heute taten die Worte weh. Liebe und Leid, Leid und Liebe. Die beiden gingen viel zu oft Hand in Hand. Was konnte gut daran sein, sich in Will zu verlieben, wenn sie so weit voneinander entfernt lebten? Wo war das Gute in der Liebe zu ihrer Großmutter, wenn allein der Gedanke, sie zu verlieren, so unerträglich wehtat?

Nicht lange nachdem Fabienne ins Krankenhaus zurückgekommen war, berührte sie eine der Krankenschwestern an der Schulter. »Hier sind die Sachen Ihrer Großmutter.«

Fabienne öffnete die Tasche. Estellas Nachthemd befand sich ordentlich zusammengefaltet ganz unten. Darauf lagen ihre Uhr und der Tiffany-Schlüssel, den Fabiennes Großvater ihr zu ihrem siebzigsten Geburtstag geschenkt und den sie immer um den Hals getragen hatte. Aber da war noch eine andere Kette, mit einem Anhänger oder einem Medaillon. Fabienne erinnerte sich, dass sie immer eine silberne Kette unter Estellas Kragen hatte hervorschimmern sehen, und nahm sie aus der Tasche. Das Medaillon war ebenfalls aus Silber, und darauf war eine grobe Abbildung dreier Hexen auf Besen zu sehen. Fabienne drehte es um. Auf der Rückseite stand nichts. Ein seltsames Schmuckstück, im Gegensatz zu dem diamantbesetzten Tiffany-Schlüssel alles andere als schön und offensichtlich nicht wertvoll. Warum hatte ihre Großmutter so etwas jeden Tag ihres Lebens um den Hals getragen?

Plötzlich stieg eine Erinnerung in ihr empor. In der Ausstellung im Musée de l'Armée in Paris hatte sie einen Aufnäher mit den gleichen Hexen gesehen. Was hatte noch gleich auf dem Schild daneben gestanden? Sie schloss die Augen und versuchte sich an etwas zu erinnern, dem sie damals kaum Beachtung geschenkt hatte.

Auf einmal regte sich Estella. Ihre Hand umfasste die Fabiennes, und mit einem Ruck öffneten sich ihre Augen.

»Mamie!« Fabienne wollte sofort den Notfallknopf drücken, um den Arzt herzurufen.

Ihre Großmutter schüttelte den Kopf. »Liebe«, flüsterte sie.

»Du musst nicht reden«, sagte Fabienne. »Lass mich reden.«

»Ich habe ... so viel zu sagen.«

Und nur noch so wenig Zeit. Die unausgesprochenen Worte hallten in der Stille wider.

»Zwei Arten von Liebe«, wisperte Estella mit kaum hörbarer, dünner Stimme. Den Rest konnte Fabienne nicht genau verstehen – es klang wie: »... hatte das Glück ... beide ...«

»Grandpa hat dich so sehr geliebt«, sagte Fabienne in der Erinnerung daran, wie Mamie Fabiennes Großvater angeschaut hatte, als er auf dem Sterbebett lag. Fabienne hatte gesehen, wie ihr Herz brach, nicht Stück für Stück, sondern mit einem Mal; ein langer Riss, zu tief, um je wieder geschlossen werden zu können.

Estella lächelte, ihre Worte waren kräftiger geworden und strömten auf Fabienne ein, die sich bemühte, ihnen einen Sinn abzugewinnen. »Liebe ist wie ein Stück Leinen«, sagte Estella. »Der Hintergrund, auf den das ganze Leben aufgestickt wird. Aber niemand sieht es, niemand weiß von seiner Existenz. Niemand versteht, dass sich ohne es nichts zusammenfügen wird.«

»Mamie …«, setzte Fabienne an, aber ihre Großmutter sprach einfach weiter.

»Denn es ist die Liebe, die, stark und endlos wie eine Garnrolle, alles zusammenhält.« Estella musterte Fabienne. »Du verstehst mich nicht, oder?«

»Ich bin nicht sicher«, antwortete Fabienne zögernd. Sie öffnete die Hand, in der das Medaillon lag. »Was ist das?«

Estella nahm es und umschloss es fest mit den Fingern. »Warte niemals, Fabienne. Es geht alles so schnell.« Mit diesen Worten schlief Estella wieder ein, die Hand um ihr Medaillon gelegt, das Gesicht voller Sehnsucht.

Kapitel 16

Stunden später – Fabienne warf einen Blick auf die Uhr und konnte kaum glauben, dass sie schon über acht Stunden an Estellas Bett verharrte – regte sich ihre Großmutter erneut. Sie öffnete den Mund, dem ein heiseres Stöhnen entwich, für sie selbst anscheinend ebenso überraschend wie für Fabienne.

»Trink einen Schluck Wasser«, sagte Fabienne, stellte das Kopfende des Betts ein Stück höher und hielt Estella ein Glas mit einem Strohhalm hin. Ihre Großmutter trank ein paar kleine Schlucke, dann bewegte sie den Mund erneut, brachte jedoch wieder nur ein Stöhnen zustande, ein deformiertes Wort.

»Ich rufe den Arzt«, sagte Fabienne und griff nach dem Notfallknopf.

Estella hielt ihren Arm fest. Ihre weit aufgerissenen Augen blickten sie flehentlich an und versuchten verzweifelt, Fabienne das Unverständliche verständlich zu machen. Fabienne spürte, wie sich ihr Magen umdrehte, Übelkeit stieg in ihr auf, weil sie ihre Großmutter nicht beruhigen konnte und sich Sorgen machte, was genau es bedeutete, dass Estella nicht sprechen konnte.

Die Krankenschwester kam und schickte Fabienne mit der Information weg, dass es mindestens ein paar Stunden dauern würde, bis alle notwendigen Tests gemacht seien. Also ging Fabienne in die Cafeteria und holte sich einen Tee, konnte jedoch den schrecklichen Ausdruck auf dem Gesicht ihrer Großmutter nicht vergessen; wie ein Kind, das nicht in der Lage war, seiner Mutter zu sagen, dass direkt hinter ihnen ein Drache lauerte und sich bereitmachte, sie mit Feuer zu überziehen. Der Tee hatte zu lange gezogen und verschlimmerte ihre Übelkeit, deshalb schüttete sie ihn weg. Doch dann sah sie durch die Tür plötzlich einen vertrauten dunklen Haarschopf, ein Kinn, das stoppeliger war als das letzte Mal, als es ihre Wange gestreift hatte, und strahlend blaue Augen.

»Ich hoffe, du hast nichts dagegen, dass ich hergekommen bin«, sagte Will.

Statt zu antworten, schlang sie die Arme um ihn. Sie gab sich alle Mühe, ihre Tränen zurückzuhalten, und lehnte sich an seine Brust, so dass sie seinen Herzschlag hören konnte, während er sie an sich drückte, eine Hand in ihre Haare vergraben. Dann fragte sie: »Wie geht es Melissa?«

»Sie ist sehr müde. Kein gutes Zeichen.«

Jetzt legte sie ihm die Hand in den Nacken, zog seinen Kopf zu sich herunter, bis seine Stirn sich an ihre lehnte, und umarmte ihn fest, um ihm zu zeigen, dass sie verstand, wie er sich fühlte.

»Erzähl mir irgendwas Normales«, bat sie ihn, als sie sich schließlich von ihm löste.

Er überlegte einen Moment. »Manchmal weiß ich nicht einmal mehr, was normal ist«, gestand er. »Hast du Zeit, dich zu setzen?«

Fabienne nickte, und sie suchten sich einen der weniger klebrigen Tische und ließen sich mit ihren Bechern, die mit einer fragwürdigen, als Kaffee getarnten Substanz gefüllt waren, auf den Plastikstühlen nieder. Fabienne zwang sich, ihn zu trinken.

»Ich muss die neue Kollektion designen«, erzählte Will. »Tiffany bringt jedes Jahr einen Katalog heraus, das Blue Book, auf das die Leute ganz versessen sind. Im Internet bezahlt man für eine alte Ausgabe teilweise mehrere Tausend Dollar. Im Blue Book wird die jeweils neue Kollektion vorgestellt, es ist eine richtig große Sache, aber zum ersten Mal in meinem Leben fehlt mir eine Idee, ein Thema für die Kollektion. Ist das normal genug? Oder immer noch zu deprimierend?«

Ein kleines Lächeln erschien auf Fabiennes Gesicht. »Ich würde sagen, das ist normal genug. Das ist der einzige Vorteil, den man als Kurator hat – ich brauche nur eine einzige Idee, um eine Ausstellung auf die Beine zu stellen. Was weitaus weniger schwierig ist, als sich etwas für eine Schmuckkollektion auszudenken, auf die die ganze Welt wartet.« Sie runzelte die Stirn. »Wow, jetzt habe ich dir glatt noch mehr Druck gemacht, stimmt's? Ich bin echt eine große Hilfe.«

Will lächelte und legte seine Hand auf ihre. »Nein, es ist nicht der Erwartungsdruck, der mir zu schaffen macht. Es ist einfach schwer, Inspirationen für schöne Stücke zu haben, wenn Liss so krank ist.«

»Wovon lässt du dich normalerweise inspirieren?«, fragte Fabienne und lenkte das Gespräch in eine andere Richtung, bevor dieses eine Wort – krank – in ihr wieder die Angst, was die Ärzte bei ihren Untersuchungen feststellen würden, zum Rumoren brachte.

»Schwer zu sagen. Meistens ist es einfach irgendetwas, was ich sehe oder höre. Das kann alles sein – ein Gemälde, ein Lied oder einfach ein Blatt.« Er seufzte. »Mir fällt bestimmt noch etwas ein, muss es ja. Aber leider weiß ich auch, dass man Ideen nicht herbeizwingen kann.«

Fabienne nippte an ihrem Kaffee, verzog das Gesicht und schob den Becher von sich. »Nein, das kann man nicht. Ich habe mich immer von Menschen inspirieren lassen, wenn ich meine Skizzen angefertigt habe. Zum Beispiel habe ich ein Kleid gezeichnet, von dem ich als unreifes junges Mädchen dachte, es wäre perfekt für Estella oder für ihre beste Freundin Janie oder für irgendjemand anders, den ich mochte. Gott, wenn sie die Skizzen jemals gesehen und gewusst hätten, dass ich die Kleider für sie entworfen hatte, wären sie wahrscheinlich entsetzt gewesen.« Anfangs hatte sie sich ein Lächeln abringen können, aber sobald sie Estellas Namen aussprach, kamen ihr wieder die Tränen, die sie erneut mühsam wegblinzeln musste.

Will legte einen Finger unter ihr Kinn und küsste sie zärtlich. »Ich wette, sie hätten sich geehrt gefühlt.« Einen Moment musterte er sie aufmerksam, dann fuhr er fort: »Und ich glaube, du hast mich gerade auf eine Idee gebracht.«

»Wirklich?«

»Wirklich.«

»Nun, dann hatte dieser Tag wenigstens etwas Gutes.« Sie legte den Kopf auf seine Schulter, ließ sich von ihm den Nacken streicheln und fühlte sich für einen Moment tatsächlich besser.

»Ich bin froh, dass ich hergekommen bin«, flüsterte er ihr ins Ohr.

»Ich auch«, murmelte Fabienne. »Ich auch.«

»Sie hatte einen weiteren Schlaganfall«, sagten ihr die Ärzte später, »der zu einer Aphasie geführt hat. Das heißt, der Teil ihres Gehirns, der die Sprache kontrolliert, ist geschädigt. Leider können wir Ihnen noch nicht sagen, ob der Sprachverlust dauerhaft ist.«

Jetzt gab es also wirklich keine Worte mehr. Nur die traurigen Augen ihrer Großmutter, die sie anflehten, ihr zu helfen, sie wieder zum Sprechen zu bringen, damit sie all die Dinge sagen konnte, die sie noch nicht gesagt hatte. Nachdem Mamie eine schier endlose Zeit lang gestikuliert, gezeigt und wieder das schreckliche Stöhnen hervorgestoßen hatte, brach sie in Tränen aus, und auch Fabienne musste weinen.

»Es tut mir so leid«, flüsterte Fabienne, während sie sanft über die feinen Strähnen der einst so dichten schwarzen Haarmähne ihrer Großmutter strich.

Es dauerte lange, Estella zu beruhigen. Als die Tränen endlich versiegt waren, griff sie an ihren Hals, ihre Augen wurden groß und die Tränen drohten wieder zu fließen, als sie dort nichts fand.

»Deine Ketten sind hier«, sagte Fabienne und holte den Schlüssel und das Medaillon aus ihrer Handtasche, weil sie nicht wusste, welches von beidem Estella wollte.

Estella drückte das Medaillon an sich und deutete dann auf Fabiennes Handtasche, als wolle sie, dass sie noch etwas herausholte. Fabienne hielt die Tasche auf, und ihre Großmutter kramte alles hervor, bis sie endlich die Geburtsurkunde von Fabiennes Vater fand.

Estella faltete das Dokument auseinander, zeigte erst auf das Medaillon und dann auf Alex Montroses Namen. Hin und her, hin und her, jedes Mal aufgeregter als das Mal zuvor.

»Ist das sein Medaillon?«, fragte Fabienne.

Estella nickte, und zum ersten Mal an diesem Nachmittag zeigte sich in ihren Augen etwas anderes als Frustration.

»Warum hast du es?«, wollte Fabienne wissen. »Warum hast du es so lange behalten? Wer ist er? Und Lena, wer ist sie?« Jetzt kämpfte sie mit ihrer Frustration – natürlich konnte Mamie keiner ihrer Fragen beantworten, genau das war ja der Punkt. Sie hatten zu lange gewartet, und jetzt würde womöglich niemand je die Wahrheit erfahren.

Estella schloss die Augen und war in Sekundenschnelle eingeschlafen. Die Strapazen hatten sie vollkommen ausgelaugt.

Fabienne starrte auf die Geburtsurkunde und das Medaillon und erinnerte sich, was ihre Großmutter über die Liebe gesagt hatte: dass es zwei Arten gebe und dass sie beide erlebt habe. Fabienne hatte angenommen, dass sie irgendeine jugendliche Schwärmerei meinte, aber wenn sie jetzt, da ihr Leben zu Ende ging, davon zu reden anfing, musste es sich um etwas Bedeutsameres handeln. Und nichts davon erklärte, warum Estellas Name und der von Fabiennes Großvater nicht auf der Geburtsurkunde ihres Vaters standen. Was, wenn Estella wirklich nicht Xanders Mutter war? Dann wäre Fabienne, obwohl sie beide das gleiche schöne schwarze Haar hatten, überhaupt nicht mit Estella verwandt. Der Gedanke war zu schrecklich, um ihn auch nur in Betracht zu ziehen.

Tage vergingen, die Fabienne unablässig am Bett ihrer Großmutter verbrachte, ihr vorlas, an Will und Melissa schrieb oder mit ihnen telefonierte. Schließlich teilte ihr der Arzt mit, wenn sie wolle, könne sie Estella mit nach Hause nehmen. Sofern sie der Meinung sei, das sei ein schönerer Ort für Estella …

Zum Sterben.

Also fuhr Fabienne mit dem Krankenwagen zurück zum Haus in Gramercy Park. Sie vergewisserte sich, dass ihre Großmutter es im Bett bequem hatte, stellte das Bild ihres Großvaters auf ihren Nachttisch und lehnte das Medaillon dagegen, das ihre Großmutter so sehr am Herzen lag.

Estella hatte für die Fahrt Medikamente bekommen und rührte sich nicht. Die Krankenschwester hatte gesagt, sie würde wahrscheinlich nicht vor dem nächsten Morgen aufwachen. Also zog sich Fabienne in ein Zimmer im unteren Stockwerk zurück und fand schließlich Trost darin, zu zeichnen und ihren verwirrten Gedanken in den Umrissen von Kleidern Form zu verleihen. Die Skizzen waren nicht besonders gut, aber das war ihr egal. Ihren Bleistift über das Papier wandern zu lassen und vor sich entstehen zu sehen, was aus ihrem Unterbewusstsein hervordrang, hatte etwas Meditatives für sie.

Sie zeichnete bis weit in die Nacht hinein, über Stunden ohne Pause, und holte sogar die Wasserfarben ihrer Großmutter hervor, um die Entwürfe zu kolorieren. Die ersten beiden verpfuschte sie auf diese Weise, weil sie völlig aus der Übung war, aber nach und nach erinnerte sie sich wieder, wie man Skizzen mithilfe von Farbe und Wasser in schwingende Kleider mit räumlichen Dimensionen verwandelte.

Um zwei Uhr nachts hielt ihre Hand plötzlich wie von selbst inne, und mit einem Ruck hob sie den Kopf. Fabienne fühlte, wie etwas die Gegenwart hinter sich ließ und in eine Zeit zurückkehrte, die für Fabienne immer unerreichbar bleiben würde.

Sie rannte die Treppe hinauf ins Zimmer ihrer Großmutter. »Nein, nein, nein!«, schrie sie, als sie zum Bett hinübereilte.

Es war das Ende einer Welt. Nicht nur das Ende eines Lebens. Einer Frau. Das Ende einer Welt, die eine Bedeutung besaß, kühn und voller Wagemut und Inbrunst.

Teil 5

ESTELLA

Kapitel 17

JULI 1941 | Nach der katastrophalen Modenschau quälte sich Estella wochenlang jeden Morgen aus dem Bett und ging zur Arbeit bei den André Studios. Sie skizzierte kommentarlos Fälschungen, pflichtbewusst und sorgfältig, und tat nicht mehr als das, worum man sie bat. Sie las die ersten Zeitungsberichte über die Modenschau, alles nur Klatschkolumnen, in denen über ihre Beziehung zu Lena spekuliert und nur ganz zum Schluss kurz erwähnt wurde, dass sie Kleider entwarf. Danach hörte sie auf, darüber zu lesen. Sie fertigte keine eigenen Skizzen mehr an. Sie nähte nichts. Nur noch nachts träumte sie, denn das war die letzte Gelegenheit, Phantasien nachzuhängen, in der Dunkelheit, wo niemand sie sehen konnte.

Auf den ersten von Elizabeth Hawes' Anrufen reagierte sie noch und bedankte sich für ihre Hilfe, entschuldigte sich dafür, dass sie ihre Erwartungen nicht erfüllt hatte, und sagte: »Ich glaube, du hast recht damit, dass alle schönen Kleider in den Häusern der französischen Modeschöpfer hergestellt werden und dass alle Frauen nichts als diese haben wollen.«

»Das habe ich vor zwei Jahren geschrieben«, erwiderte Elizabeth barsch. »Die Dinge ändern sich, und das weißt du.«

»Ja«, sagte Estella. »Die Dinge ändern sich. Ich habe gelernt, nicht mehr so übertrieben selbstbewusst zu sein. Weil blinder Optimismus nur in Enttäuschung enden kann.«

Und so führte sie das Leben, vor dem es ihr immer gegraut hatte. Ohne ihre Mutter. In einem fremden Land. Mit einem Job, den sie hasste. Sie hatte ihr ganzes Geld ausgegeben und all ihre mühsam erarbeiteten Kontakte mit Harry Thaws irrem Kichern vergrault. Was ihr noch geblieben war, konnte sie an den Fingern einer Hand abzählen: ein Klappbett in einem kleinen Zimmer im Barbizon, Janies und Sams unerschütterliche Freundschaft und zwanzig Kleiderentwürfe, deren Anblick sie nicht ertrug. Dagegen war die Liste der Dinge, die ihr fehlten, ellenlang: Sie hatte kein eigenes Atelier, nirgends wurden die von ihr entworfenen Kleider verkauft, ihr fehlte ein Grund, mehr zu tun, als zu überleben, ebenso wie eine sichere Heimat und eine Mutter, von der sie nicht belogen worden war.

—

Trotz ernster Bedenken und nur nachdem er alles versucht hatte, was ihm in den Sinn kam, musste Alex einsehen, dass er Estellas Hilfe brauchte. Als er wieder in New York war, erzählte er Lena eines Nachts Ende Juli, was er vorhatte, und sie nickte. Nur eine kleine Geste, düster und trostlos, aber so war Lena nun einmal. Ein Mensch, der ohne Hoffnung auf Glück oder Freude durchs Leben ging. Und genau deshalb musste er Lena und Estella helfen, diesen ganzen Schlamassel endlich aufzuklären.

Von Vorteil war, dass Estellas Freundin Janie mit einem angesehenen Banker ausging und dieser am nächsten Abend eine große Feier veranstalten würde, zu der auch Lena eingeladen war. Janie würde mit ihren Freunden kommen – mit Estella und diesem Mann, Sam, dessen Rolle in Estellas Leben Alex noch immer nicht klar zuordnen konnte.

»Du kannst mich doch begleiten«, sagte Lena, aber es war nicht zu erkennen, ob sie das bitter oder einfach nur pragmatisch meinte.

Er beschloss, Letzteres zu glauben, und als er sie am nächsten Abend abholte, sah sie in ihrem maßgeschneiderten Kleid so atemberaubend aus wie immer: ein silbern schimmernder Stoff, der ihr Dekolleté zur Geltung brachte, dazu eine Perlenkette um den Hals, von der er wusste, dass sie nicht ansatzweise so viel Aufmerksamkeit auf sich ziehen würde wie der Körper, den sie zierte.

»Du siehst hinreißend aus«, sagte er, als er sie auf die Wange küsste. Er fühlte, wie sie den Kopf ein kleines Stück zur Seite drehte, so dass der Kuss auf ihrem Mundwinkel landete.

Entschuldige, Lena, wollte er schon sagen, doch da lächelte sie und deutete auf ihr Kleid. »Das ist von Estella. Sie hat es für mich gemacht.«

»Sie ist wirklich gut.«

»Das ist sie«, antwortete Lena in unergründlichem Ton.

Als sie in dem Haus in der Upper West Side eintrafen, entdeckte Alex sie sofort, kaum dass sie den Ballsaal betreten hatten. Estella trug ein Samtkleid, schwarz wie ihre Haare, und bei ihrem Anblick meinte man, die Mitternacht sei zum Leben erwacht. Das Kleid hatte nur einen Träger, direkt unterhalb einer Schulter, die andere lag frei, und ihre cremefarbene Haut verlangte förmlich danach, eine Hand über ihren Nacken gleiten zu lassen. Er atmete scharf ein, was Lena nicht entging.

»Sie sieht wunderschön aus«, sagte sie.

»Genau wie du«, erwiderte er.

Lena entfernte sich und verschwand in einer Gruppe von Menschen, die ihre Gesellschaft aufgrund ihres Rufs aus zweifelhaften Gründen schätzten. Alex hörte, was leise getratscht und gemurmelt wurde, sah die unauffällig auf Lena und Estella gerichteten Zeigefinger, fühlte die gierige Vorfreude auf das nächste Kapitel in Lenas aufregendem Leben, in dem sich womöglich ihre seltsame Ähnlichkeit mit Estella aufklären würde. Als er mitbekam, wie Lena demonstrativ die Schultern straffte, runzelte er die Stirn, denn er ahnte, wie es wirklich in ihr aussah. Trotzdem winkte sie ab, als er Anstalten machte, sich zu ihr zu gesellen, womit er eigentlich hätte rechnen müssen. Schon immer trug Lena ihre Kämpfe lieber allein aus.

Also wandte Alex seine Aufmerksamkeit wieder Estella zu – hoffentlich merkte sie nicht, dass die wilden Gerüchte diesmal auch sie betrafen. Er sah zu, wie sie an ihrem Sekt nippte und so tat, als würde sie einem Mann zuhören, der unbeholfen wie ein Schuljunge mit ihr flirtete. Ihr Blick wanderte durch den Saal und blieb an etwas hängen, das sie offensichtlich amüsierte, denn sie grinste, zog eine Augenbraue hoch, und Alex sah, dass es Sam galt.

Estella tat, als wolle sie gehen, und der unerfahrene junge Mann rief ihr laut und voller Enthusiasmus nach: »Du weißt ja, wo du mich findest, wenn du dir die Nase gepudert hast!«

»Eine Frau wie sie kannst du dir nicht leisten«, murmelte Alex, als er zu ihr hinüberging, sich eine Zigarette anzündete und einen langen Zug nahm, ehe er neben Estella an die Bar trat. »Sidecar?«, fragte er, und sie nickte.

»Sie sind also wieder aufgetaucht, wo immer Sie auch waren. Und Lena ebenfalls«, sagte Estella.

»Wo war Lena?«, fragte er verwundert.

»Woher soll ich das wissen?«

Der Barkeeper reichte ihnen ihre Drinks.

»Sie sehen …« Er unterbrach sich. In der gesamten englischen Sprache gab es kein Wort, das ihrer Schönheit auch nur ansatzweise gerecht würde. »… *exquise* aus«, entschied er sich schließlich für die französische Variante, die näher an das herankam, was er ausdrücken wollte.

»*Merci.*«

»Fehlt Ihnen das?«, fragte er unvermittelt. »Französisch zu sprechen? Französin zu sein?«

»Ich bin noch immer Französin, meinen Sie nicht?«, erwiderte sie leichthin, doch ihre Augen wurden schwarz wie die Nacht.

»Fühlen Sie sich hier in Manhattan noch als Französin?«

»Ich weiß nicht, wie ich mich fühle«, sagte sie, und die Sehnsucht in ihrer Stimme – wonach, konnte er nicht sagen, er war sich nicht einmal sicher, ob sie es selbst wusste – führte dazu, dass seine nächsten Worte auf völlig falsche Weise und im völlig falschen Moment herauskamen.

»Hier«, sagte er und reichte ihr ein Blatt Papier – die Kopie eines Dokuments, das er in Paris gefunden hatte. Die *matrice cadastrale*, die Immobilienbesitzurkunde, auf der stand, dass Evelyn Nesbit das Haus in der Rue de Sévigné für die königliche Summe von einem Franc an Estellas Mutter verkauft hatte.

Alle Farbe wich aus Estellas Gesicht. Sie sah ihn an, als wäre er der hassenswerteste Mann auf der ganzen Welt, und stürmte nach draußen.

Er holte sie an der West 77th ein und ließ sie noch eine Weile weiterlaufen, um die Wut zu dämpfen, die er wieder einmal in ihr entfacht hatte.

»Können wir kurz stehen bleiben?«, fragte er, doch sie antwortete nicht.

»Bitte?« Er legte ihr die Hand auf den Arm, was ein Fehler war – genauso gut hätte er die Finger in ein loderndes Feuer halten können. Dass schon die Berührung ihres Oberarms solche Gefühle in ihm auslöste, schockierte ihn. Doch Estella hielt inne, und er ermahnte sich, einigermaßen bei Verstand zu bleiben.

»Warum tun Sie das?«, flüsterte sie, und in ihrer Stimme schwang so viel Kummer mit, dass es selbst sein steinernes Herz erweichte.

Damit Sie nicht so enden wie ich und Lena: gebrochene Menschen, leere Hüllen, die Herz und Seele verloren haben. »Für Lena«, sagte er jedoch nur.

»Dann lieben Sie Lena also?«

Er nickte, denn das tat er, wenn auch nicht so, wie sie dachte. Wenn er so tun musste, als wäre er in Lena verliebt, damit sie ihm endlich zuhörte, dann sollte es so sein.

»Wo haben Sie das her?«, fragte sie leise und warf einen argwöhnischen Blick auf seine Jackentasche, als bewahre er darin etwas Gefährliches, Explosives auf, was im Grunde auch der Wahrheit entsprach.

»Können wir irgendwo hingehen und reden?«, fragte er. »Diese Unterhaltung sollten wir lieber unter vier Augen führen.«

Estella hob den Kopf. »Wir können zu Ihnen gehen«, sagte sie herausfordernd. »Bei Ihnen zu Hause rede ich mit Ihnen.«

Die Stille, die auf ihre Worte folgte, dehnte sich. Irgendwie schaffte sie es immer, seinen wunden Punkt zu treffen und ihm keine andere Wahl zu lassen, als sie auf Abstand zu halten, was ihn noch hassenswerter erscheinen lassen musste, als er für sie ohnehin schon war.

Als er nicht antwortete, wandte sie sich ab. »Ich wusste es«, sagte sie. »Sie stochern in meinem Leben herum, aber Ihr eigenes verbergen Sie hinter dicken Mauern.«

Zu den nächsten Worten musste er sich zwingen, denn sie hatte recht, und sie wussten es beide. »Okay«, rief er ihr nach. »Ich nehme Sie mit zu mir nach Hause. Das ist allerdings eine ziemlich lange Fahrt.«

»Es ist erst neun, wir haben bestimmt genug Zeit«, sagte sie im gleichen provokanten Ton.

Er führte sie zu seinem Auto und fuhr nach Norden, aus der Stadt heraus. Sie sagte nichts, sah einfach nur zu, wie Manhattan am Fenster vorbeirauschte, dann der grünere Teil New Yorks, die Windungen des Hudson River und die langsame Verwandlung der Stadt in eine idyllische Landschaft.

»Was hat Harry Thaw Lena angetan?«, fragte Estella unerwartet.

»Ich denke, das sollten Sie Lena fragen«, antwortete er. »Das ist ihre Geschichte, die sie selbst erzählen muss. Oder auch nicht.«

Estella verfiel wieder in Schweigen, und er war dankbar, dass sie nicht weiter nachhakte. Doch dann kam ihre nächste Frage. »Also, was ist Ihre Geschichte?«

»Die habe ich Ihnen doch schon erzählt«, erwiderte er, obwohl er genau wusste, dass sie das nicht meinte. »Ich bin der Sohn eines …«

»Diplomaten, ja, ich weiß. Aber an der Geschichte ist viel mehr dran, als Sie mir verraten haben. Ich will alles hören.«

Sie verschränkte die Arme vor der Brust und blickte ihn mit ihren überwältigenden, silbern funkelnden Augen an. Normalerweise hätte er, wenn er mit einer Frau wie ihr im Auto saß, einen Weg gesucht – nein, er hätte längst einen Weg gefunden, sie mit Worten zu verführen. Er zog die Stirn kraus. Vielleicht sollte er ihr tatsächlich etwas von dem erzählen, was sie wissen wollte. Zumindest würde das seine Gedanken wieder in eine anständige Richtung lenken.

»Mein Vater war Diplomat«, begann er und hob eine Hand, als sie missbilligend mit der Zunge schnalzte. »Wenn Sie wollen, dass ich Ihnen die Geschichte erzähle, will ich es auf meine Art tun.«

Sie nickte und erteilte ihm damit die Erlaubnis weiterzureden.

Und dann brach es aus ihm heraus, viel mehr von der Wahrheit, als er je jemandem anvertraut hatte. »Man könnte auch sagen, er war ein Zuhälter«, sagte er ausdruckslos, den Blick starr auf die Straße gerichtet, weil er ihr nicht ins Gesicht sehen konnte, während er davon erzählte. »Schon mit zwölf, und bis ich siebzehn war, war ich eine Art Söldner für jeden Gauner, Dieb, Verbrecher und Schwindler in Rom, Paris, Hongkong, Shanghai und Berlin. Wir mussten jedes Jahr umziehen, weil die britische Regierung wusste, dass etwas faul war, aber sie konnten meinem Vater nur den Gestank anhängen, nicht den Kadaver. Ich verkaufte Drogen, schmuggelte Waffen, handelte mit Regierungsgeheimnissen – alles Illegale, wovon Sie je gehört haben, und noch mehr.«

Estella rutschte unruhig auf ihrem Sitz hin und her. »Das hatte ich nicht erwartet«, sagte sie fast entschuldigend. »Ich dachte, es wäre die Geschichte eines …«

»… eines Jungen aus reichem Hause, der sich schlecht benimmt?«, schlug er vor. »Auf gewisse Weise stimmt das auch.«

»Nur nicht so, wie ich dachte.«

»Soll ich aufhören?«

»Nein. Sagen Sie mir, warum Sie dabei mitgemacht haben. Sie machen mir nicht den Eindruck, als würden Sie sich leicht herumschubsen lassen.«

Wenn er auf eine Atempause gehofft hatte, wurde er enttäuscht. »Wegen meiner Mutter.« Er unterbrach sich, denn die Worte kamen dem tiefen Schmerz in seinem Innern zu nahe, den Gefühlen, die er so lange weggesperrt hatte. Doch dann, unfassbarerweise, unter Estellas nun sanftem Blick, sprach er weiter.

»Sie hatte Tuberkulose«, sagte er. »Sie war schon seit Jahren krank und litt schrecklich. Meinem Vater war das gleichgültig, aber mir nicht, und das wusste er. Er drohte damit, ihr die Medikamente, die sie brauchte, nicht mehr zu kaufen und die Ärzte nicht mehr zu bezahlen, wenn ich nicht machte, was er wollte. Also sagte ich mir jedes Mal, wenn ich seine Aufträge erfüllte, dass ich meiner Mutter gerade einen weiteren Tag erkauft hatte, an dem sie versorgt war.«

»Das tut mir sehr leid«, flüsterte Estella und streckte die Hand nach ihm aus, zog sie jedoch wieder zurück. »Sie haben recht. Das geht mich nichts an.«

Er ließ es dabei bewenden, weil sie in diesem Moment endlich an seinem Haus im Hudson Valley direkt hinter Sleepy Hollow ankamen, einem Haus, das er sich vor drei Jahren gekauft und in dem er höchstens drei Monate gewohnt hatte. Niemand wusste von diesem Haus. Bis jetzt.

Er hielt vor der Eingangstür, stieg aus und lief auf die Beifahrerseite, um ihr die Tür zu öffnen, doch sie war ihm zuvorgekommen. Ihre Absätze versanken im Kies, und sie starrte mit offenem Mund auf das Haus und die schimmernden Lichter auf dem Seidenband des Flusses, in dem sich die nächste Ortschaft spiegelte. Plötzlich leuchtete die edle, aus dem für diese Region typischen cremefarbenen Feldstein erbaute Fassade vor ihnen auf, und Alex wusste, dass die Haushälterin sie gehört und das Licht angemacht hatte.

Estella staunte. »Wirklich beeindruckend. Nein, es ist wunderschön.«

Natürlich hatte sie recht, deshalb hatte er das Haus gekauft. Für ihn war es ein Luftschloss, ein Zufluchtsort, in den die wirkliche Welt noch nicht eingedrungen war.

»Es gleicht einer Traumrobe, von einem begnadeten Modeschöpfer entworfen«, fügte sie hinzu und ließ ihren Blick über das Haus wandern, »wo jeder Stich, jede Falte und jedes noch so kleine Detail mit eben jener Hingabe ausgearbeitet wurden, die ich jedes Mal spüre, wenn ich mich hinsetze, um ein Kleid zu nähen.« Sie errötete. »Ich gerate ins Schwärmen. Entschuldigung ...«

»Mir geht es genauso. Nur weniger poetisch.«

Er lächelte ihr zu, und zum zweiten Mal, seit er sie kannte, lächelte sie zurück. Vielleicht gab es einen Ausweg. Vielleicht konnte er ihr und Lena helfen herauszufinden, was sie verband, und Lena, die genau wie ihre Mutter das Opfer eines grausamen Mannes war, wäre endlich frei und würde die Liebe, nach der sie sich so sehr sehnte, von Estella bekommen, die doch ganz sicher ihre Schwester war.

Die Haustür ging auf, und Mrs Gilbert, die rundliche, fröhliche Haushälterin, kam die Treppe herunter und drückte ihm einen Kuss auf die Wange.

»Eines Tages werden Sie mich vorher benachrichtigen, wenn Sie vorbeikommen«, tadelte sie ihn auf eine Art, wie es sonst niemand wagte. »Wie lange bleiben Sie diesmal?«

»Nur eine Nacht, oder?« Er warf Estella einen fragenden Blick zu, und als sie irritiert die Stirn runzelte, versuchte er, seinen Fehler wiedergutzumachen, indem er erklärte: »Das ist Miss Estella Bissette. Bitte richten Sie ein eigenes Zimmer für sie her. Vielleicht im Ostflügel.«

Damit Estella seine Absichten auf keinen Fall missverstand, fügte er hinzu: »Mein Zimmer ist auf der anderen Seite des Hauses.«

»Gut«, sagte Estella, und die Kameradschaft, die er vorhin zwischen ihnen gespürt hatte, löste sich in Luft auf.

»Kommen Sie mit, Liebes«, sagte Mrs Gilbert und winkte Estella hinein. »Ich zeige Ihnen, wo Sie sich frisch machen können, dann stelle ich im Wohnzimmer für Sie beide etwas zu essen auf den Tisch.«

»Danke«, sagte Alex und sah Estella und seiner Haushälterin nach, bis sie im oberen Stockwerk verschwunden waren, dann machte er sich auf den Weg in sein Zimmer. Dort spritzte er sich etwas Wasser ins Gesicht, rieb mit der Hand über seine stoppelige Wange, nahm seine Fliege ab und öffnete den obersten Hemdknopf. Kurz spielte er mit dem Gedanken, etwas anzuziehen, was sich eher für ein Abendessen in Gesellschaft einer wunderschönen Frau eignete, entschied sich jedoch dagegen. Er wollte nicht, dass Estella dachte, er wolle sie mit so etwas beeindrucken. Was gut war, denn ein Blick in den Spiegel zeigte ihm, wie erschöpft er aussah. Womöglich forderten seine Kopfverletzung und die Strapazen der darauffolgenden Monate, in denen er in Frankreich eine Fluchtroute für abgestürzte Piloten etabliert hatte, nun, da er endlich eine Woche Urlaub hatte, ihren Tribut.

Er warf seine Jacke aufs Bett, krempelte die Ärmel auf und machte sich bereit für die Begegnung mit Estella. Sie war noch nicht da, als er im Wohnzimmer eintraf, also goss er sich einen Whiskey ein und vergewisserte sich, dass Mrs Gilbert das Feuer im Kamin angefacht und den niedrigen Tisch vorm Sofa für das Abendessen gedeckt hatte.

Wenig später rauschte Estella herein, mit einer Präsenz, die ihr selbst gar nicht bewusst zu sein schien. Er fragte sich, ob sie sich das von den Models abgeschaut hatte – jedenfalls verstand sie die Kunst des spektakulären Auftritts. Noch immer trug sie ihr wunderschönes Kleid, ganz ohne Schmuck oder Accessoires, was sie ohnehin nicht nötig hatte. Ihre schwarzen Haare, die grauen Augen, das schwarze Kleid – das genügte vollkommen.

»Hunger?«, fragte er und deutete auf das Essen.

»Ja.« Sie belud ihren Teller und setzte sich, mit dem Rücken ans Sofa gelehnt, auf den Boden, so dass sich ihr Kleid um sie bauschte wie der Nachthimmel, der sich endlich auf die Erde herabgelassen hatte.

Er bediente sich ebenfalls und setzte sich auf einen Sessel am Kamin.

Eine Weile aßen sie schweigend. »Sie sehen müde aus«, sagte sie schließlich.

»Das bin ich.« Er nippte an seinem Whiskey. Das vertraute Brennen beruhigte seine angespannten Nerven etwas.

»Waren Sie in Frankreich?«, fragte sie.

Er nickte.

»Wie war es dort?«

Er wusste, dass sie es merken würde, wenn er versuchte zu lügen. »In mancherlei Hinsicht war es, als wäre alles wie immer«, antwortete er. »Aber es war auch …« Er hielt einen Moment inne. »Schlimmer als alles, was ich je zuvor gesehen habe.«

»Inwiefern?«

»Die Deutschen verfolgen jeden, den sie verdächtigen, ihnen Steine in den Weg zu legen. Ganz besonders die Kommunisten. Und alle, deren einziges ›Vergehen‹ darin besteht, als Juden geboren zu sein. Wenn jemand etwas gegen die Deutschen unternimmt, werden zur Vergeltung französische Geiseln erschossen. Wie soll man Widerstand leisten, wenn man weiß, dass es Hunderte von Menschenleben kosten kann? Aber erstaunlicherweise werden immer noch Feste gefeiert, die Frauen tanzen, die Männer trinken, und manchmal kann man die Angst kaum spüren. Dennoch ist sie überall.«

»Ist meine Mutter …« Estella sprach so leise, dass er sie fast nicht verstand.

Vor dieser Frage hatte es ihm gegraut, denn alles, was er wusste, stammte aus Quellen, die nicht immer zuverlässig waren. Er hoffte inständig, dass sie diesmal richtiglagen. »Soweit ich weiß, ist sie am Leben. Leider kann ich nicht in ihrer Wohnung nach ihr sehen, weil jede Verbindung zu mir eine Gefahr für sie sein kann.«

»Woher haben Sie dann die *matrice cadastrale*?«

»Aus dem Rathaus.«

»Sie glauben also, dass Evelyn und Harry unsere Eltern sind. Meine und Lenas«, sagte sie kaum hörbar.

»Um Gottes willen, nein!«, versicherte er ihr hastig. »Sie waren bei eurer Geburt längst geschieden. Allen Berichten zufolge hat Evelyn ihn damals schon gehasst.«

Eine Weile war nichts zu hören außer dem Knistern des Kaminfeuers.

»Estella.« Es war das erste Mal, dass er ihren Namen laut aussprach, und das Gefühl war berauschend. »Ich weiß nur, dass Sie Lenas Schwester sein müssen. Evelyn Nesbit hat Ihrer Mutter eine prächtige, wenn auch etwas heruntergekommene Villa überschrieben. Und Lena, eine Frau, die Ihnen aufs Haar gleicht, wurde von Harry, Evelyns Exmann, aufgezogen. Das kann kein Zufall sein. Aber es bedeutet nicht, dass Evelyn und Harry eure Eltern sind.«

»Sie haben vergessen zu erwähnen, dass Lenas Haus eine genaue Nachbildung des Hauses in Paris ist, wenn Sie noch mehr Beweise brauchen, um meine Mutter, für was immer sie vor vierundzwanzig Jahren getan hat, zu verdammen.«

Sie klang niedergeschlagen, wie jemand, dem alles, woran er je geglaubt hat, genommen wurde – genau wie er sich damals gefühlt hatte, als er erfuhr, dass seine Mutter im Sterben lag. *Wie konnte eine Mutter jemals sterben?*, hatte er sich damals gefragt.

»Ich verdamme Ihre Mutter nicht«, sagte er, so sanft er konnte. »Aber angesichts all dieser Verbindungen …«

»… müssen wir Zwillinge sein. Aber wie ist das möglich? Wer ist mein Vater? Und ist meine Mutter überhaupt wirklich meine Mutter?« Ihre Stimme brach, und sie presste schnell die Lippen zusammen. Er wusste, sie wollte nicht, dass er sie weinen sah.

Alex setzte sich auf den Boden ihr gegenüber.

»Ich weiß es nicht«, sagte er. Und nach einer kurzen Pause: »Man kann mit Geheimnissen leben, wenn es sein muss. Das tue ich schon mein ganzes Leben.«

Sie starrte wortlos ins Feuer. In ihren Augen schimmerten Tränen. »Was ist passiert?«, fragte sie nach einer Weile unvermittelt.

Und er wusste, was sie damit meinte: Was ist mit Ihrer Mutter passiert? Diese Geschichte hatte er nur ganz wenigen Leuten erzählt, abgesehen von seinem Chef, als er für den MI6 rekrutiert worden war. Über sich selbst zu reden war meist reine Zeitverschwendung. Man erfuhr weit mehr, wenn man das Reden anderen überließ.

»An meinem siebzehnten Geburtstag ist sie gestorben«, sagte er und musste alles einsetzen, was er im Training gelernt hatte, um seine Stimme ruhig und gefasst zu halten. Doch dadurch klang sie nur noch härter. »An jenem Abend sollte ich meinem Vater Geld von einem Geschäft bringen, das ich für ihn abgeschlossen hatte. Ich habe es behalten und mich zwei Wochen in Hongkong versteckt. Dann fuhr ich als blinder Passagier auf einem Schiff nach New York und wurde nach Ellis Island gebracht. Ich hatte britische Papiere, also rief man den britischen Konsul an, Nachforschungen wurden angestellt, und man fand heraus, wer mein Vater war, und da wussten sie, dass sie mich in der Hand hatten. Sie waren so nett, mir im Austausch gegen Informationen über die Machenschaften meines Vaters ›Schutz und Unterstützung‹ anzubieten. Sonst hätten sie mich auf direktem Weg zu ihm zurückgeschickt.«

Er stellte seinen Teller weg, nahm sein Whiskeyglas und zwang sich weiterzureden. »Mein Vater hat sich an dem Tag erschossen, an dem sie kamen, um ihn zu verhaften. Ich sagte dem Konsul, dass ich in

New York bleiben wollte, und sie finanzierten mir ein Jurastudium, weil ich wertvoll für sie war: Ich sprach Chinesisch, Französisch, Deutsch, Italienisch, ich hatte mich in mehr Gassen herumgetrieben und wusste besser Bescheid über Kriminelle als jeder aus Sing Sing Entlassene. Ein Jurastudium verschaffte mir ein perfektes Alibi, denn ein internationaler Anwalt bekommt wesentlich leichter Zutritt in die feine Gesellschaft als ein britischer Spion.«

Estella sagte kein Wort, sondern starrte nur weiter in die Flammen. Er tat es ihr gleich, lauschte dem Knistern und Knacken des Feuers. Die Wärme, der Whiskey und sein Geständnis machten ihn müde, und doch wollte er nicht einschlafen, denn die ganze Nacht hier zu sitzen und mit ihr zu reden, war so ziemlich das Beste, was er je erlebt hatte.

Er wusste nun, dass sie ganz anders war als Lena. Ihr Aussehen war das Einzige, was die beiden Frauen gemeinsam hatten. An dem Morgen, nachdem er das erste und einzige Mal mit Lena geschlafen hatte, hatte er gewusst – und sie hatte es auch gewusst –, dass sie beide nicht das gefunden hatten, was immer sie in den Armen des anderen gesucht hatten. Lena war nicht die Frau, nach der er sich sehnte. Aber er schuldete ihr etwas, und er wollte ihr zeigen, dass sich unter ihrer perfekten Fassade mehr verbarg als die gebrochene, liederliche Person, als die sie sich sah.

»Das sind die Dinge, die Sie getan haben«, sagte Estella schließlich. »Nicht das, was Sie sind.«

Er fühlte, wie er sich verkrampfte. Plötzlich war ihm bewusst geworden, wie nah sie ihm war – wenn er die Hand ausstreckte, hätte er noch einmal die zarte Haut ihres Arms berühren können. Wenn er sich vorbeugte, hätte er die Lippen ganz sachte auf ihre drücken können. Es erforderte große Willenskraft, seinen Atem zu beruhigen, und dann sagte er es einfach, weil praktische und logistische Überlegungen die beste Ablenkung waren: »Ich möchte, dass Sie mit mir nach Paris reisen. Lena wird auch mitkommen.«

Zu seiner Überraschung lachte sie, ein Geräusch, das die nächtliche Stille zerriss, und ihm wurde klar, dass er es ganz falsch formuliert hatte.

»Was bin ich dann – eure Anstandsdame?«, fragte sie ungläubig.

Sie erhob sich mit einer fließenden, geschmeidigen Bewegung, und er wagte es, die Hand auszustrecken, um sie zurückzuhalten.

»Ich brauche Ihre Hilfe«, sagte er, damit sie nicht einfach seinen Autoschlüssel nahm und allein nach Manhattan zurückfuhr, wozu sie, wie er wusste, durchaus fähig war. »Einer meiner Agenten sitzt mit einem gebrochenen Bein in Paris fest, und niemand kann ihn finden. Er wurde bei einem misslungenen Einsatz verletzt und von einem hilfsbereiten Pariser zum Village Saint-Paul gebracht, was ein guter Ort ist, um jemanden zu verlieren – ein verfluchtes Labyrinth, in dem wir nicht das richtige Gebäude finden. Der Pariser hat uns in einem unserer Briefkästen eine Nachricht zukommen lassen, in der er den Aufenthaltsort des Agenten beschreibt, aber er ist nicht zu dem Treffen mit einem meiner Männer aufgetaucht, um ihm den Weg zu zeigen. Der Agent hat geschrieben, er könne vom Fenster einen verrammelten Buchladen, einen Haufen Wagenräder und ein Geschäft sehen, das vermutlich mal eine Schmiede war.«

»Ich erinnere mich an einen Buchladen im Village. Ich kann eine Karte für Sie zeichnen.«

»Können Sie eine so gute Karte zeichnen, dass ihn jemand finden wird?«

Sie zögerte. »Wahrscheinlich nicht«, gab sie zu. »Aber ich werde nicht mitkommen.«

Ihre Stimme klang verächtlich, als zweifelte sie an seinen Motiven. Aber er hätte niemals eine nicht ausgebildete Person gebeten, mit ihm in ein Kriegsgebiet zu kommen, wenn er einen anderen Ausweg gesehen hätte. Kein Angehöriger des MI9 oder des MI6 fand sich im

Village Saint-Paul zurecht. Die wenigen einheimischen Agenten hatten es versucht und waren allesamt gescheitert. Estella und ihre Mutter hatten nur wenige Straßen entfernt gewohnt. In jener Nacht in Paris hatte sie ihn durch das Village geführt. Ihre Mutter konnte er nicht darum bitten, weil sie, wie er gehört hatte, den Verdacht hegte, von den Deutschen beschattet zu werden.

Somit war Estella seine letzte Hoffnung. Eine Frau, die ihn hasste und nun Dinge sagte, die ihn fast zur Weißglut brachten.

»Wie kann man einen Mann verlieren?«, fragte sie verächtlich. »Was sind das für Leute, die für Sie arbeiten?«

»Die Besten«, fuhr er sie an. »Hauptsächlich französische Frauen, denn wie Sie sich denken können, gibt es in Frankreich kaum noch Männer und englische Spione werden dort nicht sonderlich gut behandelt. Diese Frauen haben alles zu verlieren und kaum etwas zu gewinnen außer der Hoffnung, dass ihr Land eines Tages wieder ihnen gehören wird.«

Estella musterte ihn immer noch voller Skepsis.

Plötzlich packte ihn die Wut, hart und kalt wie der französische Winter, den er gerade überstanden hatte. »Viele Frauen, die noch jünger sind als Sie, nehmen alliierte Soldaten auf der Flucht bei sich auf, bieten ihnen Unterschlupf, versorgen sie und schicken sie weiter zum nächsten sicheren Haus, obwohl sie wissen, dass ein falsches Wort ihren Tod bedeuten kann. Alles zum Wohle Frankreichs. Ich will Sie nicht verführen oder was Sie sich sonst als Grund dafür einbilden, weshalb ich Sie bitte, mit mir nach Frankreich zu kommen. Das Leben dieser Menschen liegt mir am Herzen. Und dann gibt es Frauen, die den Deutschen schöne Augen machen, im Fouquet's auf ihrem Schoß sitzen, Steak essen und die feinsten Couture-Kleider tragen, während der Rest von Paris hungert und in zerschlissenen Lumpen friert. Was würden Sie tun, Estella, wenn Sie geblieben wären?«

Das war die schlimmste Form von Erpressung, aber war das nicht alles, was er konnte? »Vergessen Sie es«, sagte er schroff. Die Idee war sowieso verrückt gewesen.

»Warum wollen Sie diesem Mann so dringend helfen?«, fragte sie, und er sah, wie ihre Hände zitterten, hörte das Stocken in ihrer Stimme, das schwere Schlucken, mit dem sie gegen die Tränen ankämpfte.

»Er ist einer meiner besten Agenten«, sagte er. »Er hat mir vor ein paar Monaten das Leben gerettet, als ich aus einem Flugzeug gesprungen bin und mein Fallschirm sich nicht richtig öffnen wollte. Während ich bewusstlos war, hat er mich dorthin gebracht, wo ich erwartet wurde. Ich schulde ihm etwas.«

»Warum können Sie mir nicht mehr sagen?«

»Weil Sie alle in Gefahr bringen könnten, wenn Sie mehr wüssten. Sie haben keine Ahnung, was die Deutschen den Menschen antun, die sie verdächtigen, sich gegen sie zu verschwören, oder mit welchen Methoden sie Gefangene zum Reden bringen. Je weniger ich Ihnen sage, desto sicherer sind wir alle.«

Er konnte zusehen, wie Estella allmählich zu glauben begann, dass er keine Spielchen mit ihr spielte. Dass dies wirklich die beste Möglichkeit war, seine Leute am Leben zu erhalten. Sie atmete flach und unregelmäßig; offenbar hatte sie verstanden.

»Ich komme mit«, sagte sie und griff nach ihrem Whiskey. »Und nur damit Sie es wissen, ich würde mich niemals einem Nazi auf den Schoß setzen«, fügte sie leise hinzu.

Das weiß ich doch. Stattdessen sagte er nur: »Danke.« Dann stand er auf, ehe sie das Zimmer verlassen konnte. »Ich habe Lena gebeten, als Anstandsdame für Sie mitzukommen«, sagte er. »Nicht andersherum. Weil Sie sich vor mir sicher fühlen sollen. Und weil Sie ein Modegeschäft aufmachen wollen und es daher überhaupt nicht gebrauchen können, dass jemand Ihre Absichten infrage stellt. Niemand soll glauben, Sie wären allein mit mir nach Europa gereist, und wenn Lena dabei ist, brauchen Sie nicht um Ihren guten Ruf zu fürchten.«

Er hatte kaum zu Ende gesprochen, da sprang sie auf und rannte nach oben. Und ließ dabei weit mehr zurück als ihren Geruch – süß und würzig wie Gardenien in einer heißen Sommernacht. Sie ließ ihn in dem ebenso unglaublichen wie verheerenden Wissen zurück, dass er sich hoffnungslos in sie verliebt hatte und nicht wusste, wie er je darüber hinwegkommen sollte.

Kapitel 18

»Ein Flugboot!«, rief Sam am nächsten Morgen und war genauso fassungslos wie Estella, als sie erfahren hatte, auf welchem Weg Alex, Lena und sie nach Paris gelangen würden. »Glaubst du, ihr kommt lebend zurück?«

»Die Flugboote sind vermutlich nicht die größte Gefahr, die uns droht«, meinte Estella.

»Du begibst dich mit einem Mann, den du kaum kennst, in ein Kriegsgebiet …«

Auf einmal drehte sich ihr Magen um, ihr wurde übel von den Cocktails und dem Whiskey gestern Abend, sie schwitzte und hatte Angst. Nur eines wusste sie mit Sicherheit: Trotz seines Rufs hatte Alex nicht versucht, sie zu verführen. Anscheinend hatte Lena ihn gezähmt.

Lena. Irgendein Zufall, eine Laune des Schicksals hatte dazu geführt, dass Lena bei Harry Thaw aufgewachsen war, während Estella eine Mutter gehabt hatte. Wie schon die ganze letzte Nacht, die sie in Alex' Haus bei Sleepy Hollow wach gelegen hatte, war ihr Herz voller Sorge. Was, wenn Jeanne Bissette gar nicht ihre Mutter war? In Paris würde Estella ihr diese Frage stellen müssen.

Bevor die Panik sie überwältigen konnte, dachte Estella an den Mann, der in Paris festsaß und sich vor den Deutschen versteckte. Den Agenten, der so vielen ihrer Landsleute helfen könnte, wenn er frei wäre. Sie musste nach Paris! Ihre Hände ballten sich zu Fäusten. Sobald sie Alex geholfen hatte, würde sie mit Lena zu ihrer Mutter gehen und sie bitten, ihnen alles zu erzählen. Sonst würde das Geheimnis sie ihr Leben lang verfolgen.

»Ich werde von einer Frau begleitet, die meine Schwester sein könnte«, sagte Estella zu Sam. »Ich dolmetsche nur für Alex – sein Französisch ist katastrophal.« Natürlich stimmte das nicht, aber Alex hatte sie gebeten, allen diese Geschichte zu erzählen: dass er in Paris für einige seiner amerikanischen Klienten juristische Angelegenheiten zu erledigen hatte und sie ihm mit der Sprache half. »Und ich kann meine Mutter besuchen. Das ist das Risiko allemal wert.« So war es, ganz gleich, was sie herausfand. Ihr Ton war nüchtern, Sam nahm ihre Hand und drückte sie sanft.

»Und außerdem«, sagte sie und rang sich ein Lächeln ab, »glaube ich mich zu erinnern, dass ich letztes Jahr mit einem Mann, den ich kaum kannte, aus einem Kriegsgebiet geflohen bin, und sieh dir an, wie gut das ausgegangen ist.«

»Komm her«, sagte Sam brüsk, und als sie einen Schritt auf ihn zutrat, schloss er sie fest in die Arme. »Estella ...«, begann er.

Im selben Moment wurde die Wohnungstür aufgerissen, Janie rauschte herein und streckte ihnen die Hand entgegen. »Seht euch das an!«, kreischte sie. »Ich bin verlobt! Nate hat mir einen Antrag gemacht. Und ich habe Ja gesagt. Ist der nicht riesig?«

»O ja«, sagte Estella und beugte sich über den Ring, um ihn zu begutachten. Dann umarmte sie ihre Freundin, als könne sie ihr ohne Worte all das sagen, was sie nicht zu sagen wagte: *Heirate nicht. Bleib, wie du bist.* Aber niemand blieb je so, wie er oder sie war.

»Darauf sollten wir anstoßen«, sagte Sam. »Das wird für eine Weile das letzte Mal sein, dass wir alle zusammen sind.« Er goss drei Gläser Whiskey ein und verteilte sie.

»Was wolltest du sagen, bevor Janie hereingeplatzt ist?«, fragte Estella.

»Ach, nichts.« Er hob sein Glas. »Auf deine Abenteuer, Estella.«

»Was denn für Abenteuer?«, wollte Janie wissen.

»Ich fahre nach Paris.«

Janie lachte.

»Wirklich«, sagte Estella. »In einem Pan-Am-Flugboot.«

»Warum zum Teufel solltest du das tun?«, fragte Janie fassungslos.

»Das ist eine lange Geschichte.«

»Und es fliegt wirklich?«, fragte Estella etwa zum zehnten Mal an diesem Morgen und musste schreien, um sich vom Notsitz aus bei Alex und Lena verständlich zu machen, die vorn saßen.

»Das tut es«, antwortete Alex.

»Findet ihr das nicht wenigstens ein kleines bisschen aufregend?«, rief Estella. »Hast du das schon mal gemacht?«, fragte sie Lena. Im Angesicht der gemeinsamen gefahrvollen Reise hatten sie alle begonnen, einander zu duzen.

»Nein, noch nie.« Lena drehte sich zu ihr um und schenkte ihr ein kleines Lächeln.

»Na bitte!«, rief Estella triumphierend. »Du bist also auch aufgeregt. Und du«, wandte sie sich an Alex, »hast das wahrscheinlich schon Dutzende Male gemacht und bist es inzwischen so leid, dass du nur möglichst schnell am Ziel sein willst.«

»Dutzende Male?«, erwiderte er in gespielt überheblichem Ton. »Versuch es mal mit Hunderten.«

Estella lachte. Lena kicherte ebenfalls, und kurz darauf brach auch Alex in Gelächter aus.

Wenig später erreichten sie das Marine Air Terminal am LaGuardia Airport, und Alex führte sie rasch hinein. Estella beobachtete, wie er sich mit zwei Männern in Militäruniformen unterhielt, die mit ihm lachten und ihn offensichtlich kannten.

Während sie warteten, wandte sich Estella an Lena. »Danke, dass du mitkommst.«

Lena zog überrascht die Augenbrauen hoch. »Das tue ich gern.«

Estella rang sich dazu durch, zu fragen: »Begleitest du mich, wenn ich meine Mutter in Paris besuche?«

Lena schüttelte den Kopf. »Ich glaube nicht.«

Estella nahm ihre Hand; es war das erste Mal, dass sie es wagte, Lena zu berühren. »Harry war bei meiner Modenschau, und das war schon das zweite Mal, dass er in deinem Haus in Gramercy Park aufgetaucht ist. Er ist so schrecklich, wie du ihn beschrieben hast. Ich bin in einem liebevollen Zuhause groß geworden, ich kann mir kaum vorstellen, wie es für dich gewesen sein muss, bei diesem Mann aufzuwachsen«, sagte sie. »Deshalb möchte ich, dass du meine Mutter kennenlernst. Ich möchte, dass wir zusammen mit ihr reden. Ich glaube ...« Sie zögerte, denn sie hatte Angst, Lena damit womöglich zu sehr zu bedrängen. »Ich glaube, es gibt Dinge, die du sie gern fragen würdest, genau wie auch ich Fragen an sie habe.« Sie ließ Lenas Hand los und wartete.

Statt zu antworten, kramte Lena in ihrer Tasche und reichte Estella ein Buch. Der Titel – *Die Memoiren von Evelyn Nesbit* – war in Rot auf dem Einband eingeprägt. »Ich denke, das solltest du lesen«, sagte Lena. »Es beschreibt Harrys Vorgeschichte besser, als ich es je könnte.«

Sie mied Estellas Blick, während sie das sagte, doch Estella hörte etwas Zaghaftes in ihrer Stimme und verstand, dass das Buch auch jene Dinge beschrieb, über die Lena nicht reden konnte. »Ich werde es im Flugzeug lesen«, versprach sie.

Lena drehte sich weg, als würde sie nach Alex suchen, und sagte mit abgewandtem Gesicht: »Ich würde deine Mutter sehr gern kennenlernen.«

Estella hielt den Atem an und gab sich alle Mühe, nicht in Tränen auszubrechen. Als der Kloß in ihrem Hals sich wieder einigermaßen aufgelöst hatte, sagte sie: »Dann wirst du sie auch kennenlernen.« Nach einem kurzen Moment fügte sie hinzu: »Es tut mir leid, dass ich so gehässig zu dir war, als wir uns das erste Mal getroffen haben.«

Hob Lena die Hand an die Augen? »Es gibt nichts, wofür du dich entschuldigen müsstest«, hörte Estella sie leise sagen, dann war Alex wieder bei ihnen.

Er führte sie einen Steg hinunter, der sich über das Wasser bis zu dem wie ein großer, träger Vogel auf den Wellen ruhenden Flugboot erstreckte. Alex half Lena beim Einsteigen, dann drehte er sich um und reichte auch Estella die Hand.

»Ich schaffe das schon«, sagte sie.

»Ich weiß. Aber ich versuche, dir zu zeigen, dass ich durchaus Manieren habe«, erwiderte er.

»Na gut. Ich will genauso wenig, dass du denkst, ich hätte keine.«

Sie nahm seine Hand und sah, wie sein Gesicht starr wurde, als hätte sie etwas Falsches gesagt. Sie wusste nicht, was es war, und konnte es kaum erwarten, dass die drei Sekunden, die es dauerte, bis sie im Flugboot war und ihm ihre Hand wieder entziehen konnte, endlich überstanden waren. Vielleicht hatte sie seine Hand zu fest gehalten, und er dachte, das hätte etwas zu bedeuten. Vielleicht glaubte er, sie fühle sich wie jede andere Frau, mit der er zu tun hatte, zu ihm hingezogen. Sie würde genauestens darauf achten, ihm keine derartigen Signale mehr zu geben, würde höflich und reserviert bleiben und nur reden, wenn es notwendig war.

Ihre Entschlossenheit ließ sie im Stich, kaum dass sie das Flugboot betreten hatte. »Das ist ja wie ein Palast«, rief sie aus, als sie die Leinentischtücher, die Kristallgläser und die Holzvertäfelung sah, denn sie hatte absolut nicht erwartet, dass das Innere eines solchen Gefährts so luxuriös und geräumig wäre. »Fast so schön wie …« Sie unterbrach sich abrupt, denn ihr war nicht klar, ob Lena von ihrem kurzen Aufenthalt in Alex' Haus im Hudson Valley wusste. Der Ausdruck in seinen Augen brachte sie dazu, zu sagen: »Wie dein Haus, Lena.«

»Wir sollten weiter«, sagte Alex. »Wir sind am Ende des Gangs untergebracht. In der Hochzeitssuite.«

»Das soll wohl ein Scherz sein«, sagte Estella. »Es gibt hier eine Hochzeitssuite?«

»Kannst du dir einen besseren Ort vorstellen, an dem du die Flitterwochen verbringen möchtest?«

In Wahrheit hatte Estella noch nie über Flitterwochen nachgedacht, geschweige denn darüber, sie mitten auf dem Atlantischen Ozean zu verbringen. »Du willst doch wohl nicht, dass ich mir die Hochzeitssuite mit dir teile.«

»Ich denke, Alex wird sich beherrschen können«, sagte Lena trocken und ging voraus.

»Ich bin sicher, dass ich mit … mit wem auch immer reden und andere Plätze für uns arrangieren kann«, meinte Estella.

Alex nahm ihren Arm und zog sie weiter. »Kannst du bitte weitergehen? Wir halten den ganzen Betrieb auf. Ich verspreche, mich niemandem gegenüber wie ein Mann in seiner Hochzeitsnacht zu benehmen, in Ordnung? Ich fliege oft, deshalb hat man mir die beste Kabine gegeben. Ich muss nach Frankreich, weil die Chase National Bank und das American Hospital in Paris Rechtsbeistand benötigen, du bist meine Dolmetscherin und Lena deine Begleiterin. Die Hochzeitssuite ist groß genug, dass ich unterwegs arbeiten kann.«

»Oh«, sagte Estella und begriff, dass es ihm um nichts weiter als seine Arbeit in Frankreich ging. »Natürlich.«

»Nehmt Platz«, wies er seine Begleiterinnen etwas schroff an, als sie die letzte Kabine erreichten. »Ich schließe die Tür, um Ruhe zu haben, nicht, weil ich etwas im Schilde führe.«

»Natürlich nicht«, stammelte Estella. »Das dachte ich auch nicht …«

Sie verstummte und beschloss, sich einfach hinzusetzen und still zu sein. Doch die Suite war atemberaubend. »Ich bin sprachlos«, sagte sie und blickte sich mit großen Augen um.

Als Lena lächelte, wandte Alex sich ihr zu und fragte: »Willst du es ihr sagen oder soll ich?«

»Nur zu«, antwortete Lena.

»Du bist nie sprachlos, Estella«, sagte Alex.

»Tja, tut mir leid, dass mich meine erste Reise in der Hochzeitssuite eines Flugboots nicht völlig gleichgültig lässt«, erwiderte Estella verärgert und setzte sich auf den Platz, der ihr am nächsten war. »Ich vermute, dieses Ding müsste erst explodieren, damit ihr überhaupt eine Reaktion zeigt.«

»Na, ganz so schlimm sind wir doch nicht, oder?«, witzelte Alex.

Aber Estella wollte sich nicht besänftigen lassen. »Doch«, widersprach sie, »das seid ihr sehr wohl.«

»Ich wette, wenn ich ihr sagen würde, dass die Suite sechshundertfünfundsiebzig Dollar pro Person kostet, wäre sie vielleicht wirklich sprachlos«, überlegte Lena laut, und Estella starrte sie entsetzt an.

»Sechshundertfünfundsiebzig Dollar? Das kann nicht sein.«

»Lena«, sagte Alex verzweifelt.

Estella wandte sich ihm zu. »Du hast sechshundertfünfundsiebzig Dollar ausgegeben, um mir einen Platz in einem Flugschiff nach Paris zu buchen?« Wen immer sie aus dem Village Saint-Paul retten wollten, er musste noch weit wichtiger sein, als sie angenommen hatte. Was sie hier taten, war kein Spiel. Kein Wunder, dass Alex sich nicht für das Interieur begeistern konnte. Er hatte einen Auftrag, einen gefährlichen Auftrag, an dem er bislang gescheitert war. Nun hatte er alle Möglichkeiten ausgeschöpft, und Estella war seine letzte Hoffnung – sonst hätte er sie niemals um Hilfe gebeten.

Alex antwortete nicht. Er setzte sich ebenfalls, schlug eine Zeitung auf und begann zu lesen. Lena schloss die Augen. Estella holte das Buch heraus, das Lena ihr gegeben hatte, las die ersten Zeilen – *Mein Name ist Evelyn Nesbit, und über mich wurde mehr geschrieben als über sonst eine junge Frau, so bekannt bin ich, auch wenn es eine traurige Berühmtheit ist* – und wappnete sich für das, was Evelyn über Harry Thaw zu sagen hatte. Eine halbe Stunde später legte sie das Buch weg, weil ihr von all der Grausamkeit übel wurde. Das meiste davon wusste sie schon aus den Zeitungsartikeln, die Alex ihr gezeigt hatte, aber es von Harry Thaws Opfer zu hören, das die Gräuel, die ihr angetan worden waren, in fast atemlos kindlichem Ton schilderte, war noch viel schlimmer.

Wenig später erschien ein perfekt zubereiteter Sidecar an ihrer Seite. »Ein Friedensangebot«, erklärte Alex.

»Wäre zu dieser Uhrzeit nicht eher ein Kaffee angebracht?«

»In Paris ist es schon Nacht«, erwiderte er.

»Das stimmt wohl«, gab Estella widerwillig zu, legte das Buch weg und nippte an ihrem Cocktail. Ein plötzliches Dröhnen ließ sie erschrocken zusammenfahren, und sie sprang auf. »Starten wir?«

»Du meinst, ob wir losfliegen?«

»Sieh nur!« Als ihr einfiel, dass Lena die Augen geschlossen hatte, senkte sie die Stimme zu einem Flüstern: »Sieh nur.«

Draußen vor dem Fenster rauschten Wassermassen vorbei, die Wellen, die von dem Flugboot aufgeworfen wurden, brandeten gegen die Scheiben. Noch nie hatte Estella sich so schnell bewegt, das ganze Schiff vibrierte so stark, dass sie fürchtete, es könnte jeden Moment auseinanderbrechen. Dann kippte es zur Seite, und sie klammerte sich im selben Moment an der Wand fest, in dem ihr Alex beruhigend eine Hand auf den Rücken legte.

»Verzeihung«, sagte er und zog die Hand schnell wieder zurück. »Ich hatte ja versprochen, mich zu benehmen.«

Doch Estella lenkte ein – das hier war ein einmaliges Erlebnis, sie konnte das Kriegsbeil zumindest vorübergehend begraben. »Schon gut«, sagte sie.

Plötzlich war das Flugboot kein Boot mehr, sondern ein Luftschiff, und sie schwebten hinauf in den Himmel, in ein unendliches Blau, die weichen blauen Wolken vor dem Fenster so nah, dass man sie fast hätte berühren können.

Alex trat näher zu ihr. »Schau mal, dort drüben. Man kann das Chrysler Building sehen. Und die Freiheitsstatue.«

Estella lächelte ihn an. »Einfach unglaublich.«

»Ja, das ist es«, stimmte er zu, und so standen sie die nächsten Stunden, während Lena schlief, Schulter an Schulter in der Hochzeitssuite eines Flugbootes, blickten aus dem Fenster und genossen schweigend das Wunder, dass sie übers Meer von einem Land ins andere flogen wie Zugvögel, sich in die endlose blaue Weite hinaufschwangen und fast die Sonne berührten.

Ich komme, Maman, dachte Estella und legte die Hand an die Fensterscheibe. Als sie die strahlend blaue Verheißung des Himmels vor sich sah, wurde ihr klar, dass sie ihre Mutter nicht nur nach Lena fragen wollte, sondern sich mehr als alles andere danach sehnte, endlich wieder von ihr in die Arme geschlossen zu werden.

Der Flug dauerte lange – siebenundzwanzig Stunden hatte Alex ihr vorausgesagt, mit einer Zwischenlandung auf den Azoren, in einer Stadt namens Horta, von der Estella noch nie gehört hatte –, aber sie konnte nicht schlafen. Ein- oder zweimal versuchte sie es, doch schon eine Stunde später war sie wieder auf den Beinen, schaute aus dem Fenster und wurde gewahr wie noch nie zuvor – nicht einmal auf dem Schiff nach Amerika –, wie groß die Welt und wie klein sie selbst war, wie unbedeutend. Während sie den Blick schweifen ließ, stellte sie sich Kleider in allen Farben des Himmels vor: ein hoffnungsvolles morgendliches Blau, das fast weiße, golddurchzogene Strahlen des Mittags, das kräftigere Blau des Nachmittags, das Grauviolett der Abenddämmerung, das silberne Schimmern des frühen Abends und dann die unergründliche tiefe Schwärze der Nacht.

Sie holte ihr Skizzenbuch heraus und begann zu zeichnen, ohne sich vom Dröhnen der Motoren, den gelegentlichen Turbulenzen und dem ständigen Vibrieren, von dem Lena schon einige Male schlecht geworden war, aus der Ruhe bringen zu lassen. Estella hatte Lena beigestanden, so weit sie es zuließ – was nicht besonders viel war. Nun schlief sie, blass und mit einem kindlichen, unschuldigen Ausdruck, wie ihn Estella noch bei keinem anderen Menschen gesehen hatte.

Sie sah ein paarmal zu Alex hinüber und staunte, wie auch er sich im Schlaf verwandelte. Sein Gesicht wirkte im Ruhezustand noch schöner – die antrainiert ausdruckslose Starre löste sich, plötzlich wirkte er offen, unverstellt. Sie wusste, es wäre ihm nicht recht gewesen, dass sie ihn so sah, aber sie lächelte und genoss es, endlich einmal die Oberhand zu haben, auch wenn er nichts davon mitbekam. Kurz fragte sie sich, wie sie selbst wohl im Schlaf aussah, welche Sorgen von ihr abfielen, welche Träume einen ganz neuen Ausdruck auf ihre Züge zauberten.

Sie verlor jedes Zeitgefühl, nahm nichts anderes wahr als den Bleistift auf dem Papier und erkannte zu ihrer großen Freude, dass sie trotz des Desasters bei der Modenschau noch immer mit Leidenschaft zeichnen konnte. Und dass sie, selbst wenn niemand sonst dieser Ansicht war, Kleider zu entwerfen vermochte, die es wert waren, den Körper einer Frau zu zieren.

Eine Bewegung ließ sie aufblicken. Alex war aufgewacht und sah nach Lena, die von dem Flug mittlerweile vollkommen erschöpft war. »Was kann ich dir bringen?«, hörte Estella ihn fragen.

»Ich glaube, mein Magen verträgt im Moment kein Essen«, antwortete Lena.

»Kaffee?«

»Nein. Nur Schlaf.« Lena lächelte ihn an.

Er berührte sie sanft an der Schulter, und auf einmal wurde Estella klar, dass sie nie einen Austausch liebevoller Gesten zwischen den beiden wahrgenommen hatte, der über Freundschaftliches – wie zwischen ihr selbst und Sam – hinausging. Sie hatte nie gesehen, dass er Lena auf den Mund küsste oder sie wie ein Liebhaber umarmte. Er berührte hin und wieder ihren Rücken, ihre Schulter oder ihren Arm, zog sie jedoch nie mit Leidenschaft, Sehnsucht oder gar Begierde an sich. Wie von selbst legte sich ihre Hand an ihre Lippen – Lippen, die Alex geküsst hatte ... Wie konnte Lena so zurückhaltend bleiben, wo sie doch jeden Tag die Chance hatte, sich so zu fühlen wie Estella, als sie Alex geküsst hatte?

Plötzlich bemerkte sie, dass Alex sie und vor allem die Hand an ihren Lippen neugierig beobachtete. »Entschuldige«, stammelte sie erschrocken. »Ich hab vor mich hin geträumt.«

»Ich hoffe, es war ein schöner Traum«, sagte er trocken, und sie spürte, wie sie vom Scheitel bis zu den Zehenspitzen errötete.

»Hast du Hunger?«, erkundigte er sich.

»Ja«, antwortete Estella. »Ich bin am Verhungern.«

Er streckte den Kopf zur Tür hinaus, und wenige Minuten später erschien ein Kellner mit einem Tablett voller Essen.

»Soll ich Lena auch etwas bringen?«, fragte Estella.

Er schüttelte den Kopf. »Sie will nichts.«

»Wie spät ist es?«

Alex warf einen Blick auf die Uhr. »In Paris ist es fast vier.«

»Dann bekommen wir jetzt unseren Afternoon Tea«, sagte sie und grinste beim Anblick der mit Hummer, kalt geräuchertem Lachs und Spargel beladenen Teller und der dampfenden Suppenterrinen.

»Entschuldige, ich habe vergessen, Scones zu bestellen«, sagte er, wobei er nahtlos zu einem höchst aristokratischen britischen Akzent überging, und Estella musste lachen.

»Du bist eigentlich ganz amüsant, wenn du dir Mühe gibst«, sagte sie.

»Verrat das bloß keinem«, flüsterte er verschwörerisch und nahm ihr gegenüber Platz. »Aber nebenbei bemerkt würde es dir sowieso niemand glauben.«

»Das lernt man wohl nicht auf der Spionageschule.«

»Nein, leider nicht.« Er deutete auf ihr Skizzenbuch. »Die sind wirklich schön.«

Impulsiv wollte sie ihre Zeichnungen mit der Hand verdecken, doch er klang so aufrichtig, dass sie fast gerührt war. »Danke«, sagte sie. »Aber ich weiß nicht, ob ich die Kleider je anfertigen werde.«

»Lass dich nicht von Harry abhalten. Genau das will er.«

»Nun, dann hat er jedenfalls bekommen, was er will. Ich glaube nicht, dass ich irgendwann in nächster Zeit noch einmal eine Modenschau veranstalten werde. Das kann ich mir nicht leisten.« Sie nahm sich etwas von dem Hummer und bot Alex den Teller an, doch er schüttelte den Kopf, trank einen Schluck Kaffee und erwiderte: »Wenn ich nicht wüsste, dass du zu Tode beleidigt wärst, würde ich dir das Geld auf der Stelle anbieten.«

»Umso besser, dass du vernünftig genug bist, es gar nicht erst zu versuchen«, sagte sie und schlug ihr Skizzenbuch mit einem Knall zu. »Ich bin kein Wohltätigkeitsprojekt, mit dem du um die Welt fliegen und das du mit Geld überhäufen kannst, wenn dir gerade danach ist.«

»Genau deshalb habe ich es dir nicht angeboten.« Er grinste, und sie erhaschte einen kurzen Blick auf den Mann, in den er sich im Schlaf verwandelt hatte und der er hätte werden können, wenn seine Geschichte eine andere gewesen wäre.

»Ich bin schon wieder ziemlich garstig, nicht wahr?« Auch auf ihr Gesicht schlich sich ein kleines Lächeln.

»Niemand würde je wagen, dich als garstig zu bezeichnen«, erwiderte er.

»Jedenfalls nicht, wenn ihm sein Leben lieb ist.«

Einen Moment schwiegen sie beide und genossen die seltene Harmonie.

»Ich sollte dich weiterarbeiten lassen«, sagte er schließlich. »Schläfst du eigentlich jemals?«

Sie lachte. »Ich hatte vergessen, dass wir uns kaum je vor Mitternacht gesehen haben. Aber ja, ich schlafe durchaus. Nur nicht sonderlich gut und auch nicht sehr lange.«

»Ich weiß, wie das ist«, sagte er. Und dann, leiser: »Estella.« Er unterbrach sich.

»Was?« Der Ausdruck in seinen Augen – als suche er nach den richtigen Worten, um ihr etwas Unangenehmes schonend beizubringen – machte ihr Angst.

»Frankreich hat sich sehr verändert, seit du weggegangen bist. Mach dich darauf gefasst. Und ich muss dir danken, dass du mitgekommen bist.«

Estella ließ sich den köstlichen Hummer und die Tatsache, dass er sich bedankt hatte, auf der Zunge zergehen. »Was steht als Nächstes an? Kannst du mir wenigstens das verraten?«

»Wir landen in Lissabon, fahren mit dem Zug nach Perpignan und von dort weiter nach Marseille. Wegen der Deutschen können die Flugboote nicht mehr in Marseille landen, was unsere Reisezeit verdoppelt. Wir müssen so schnell wie möglich weiter, damit wir Paris erreichen, bevor ...« Er verstummte, und sie wusste, dass er an den Mann dachte, der ihre Hilfe brauchte. »Ich habe Passierscheine für uns, die es uns erlauben, über die Demarkationslinie in die besetzte Zone einzureisen. Auf deinem steht dein richtiger Name. Du musst nicht so tun, als wärst du jemand anderes, das ist immer das Einfachste. Und du bist Französin, von daher sollte es keinen Verdacht erregen, dass du für mich, den hilflosen Amerikaner, als Dolmetscherin arbeitest.«

»Bist du seit Neuestem Amerikaner?«, fragte Estella.

»Natürlich. Wenn die Deutschen wüssten, dass ich Brite bin, würde ich sofort verhaftet. Dieses Geheimnis musst du für dich behalten.«

Alex schüttelte den Kopf. »Tut mir wirklich leid. Ich weiß, das sind alles nur Lügen und Halbwahrheiten. Aber ich will dich nicht in Gefahr bringen.«

»Oh, als ob dich das stören würde«, scherzte sie und war mehr als überrascht, als Alex ganz leise sagte: »Das würde es.«

Bestimmt tat er das nur, weil ihm Lena am Herzen lag und damit auch sie. Obwohl sie sich zunehmend fragte, welche Art von Zuneigung die beiden eigentlich verband. Er hatte doch gesagt, dass er Lena liebe.

Sie zuckte die Achseln. Es hatte keinen Sinn, den Gedanken weiterzuverfolgen. Alex hatte Estella geküsst, und sie hatte es genossen, sogar mehr als das – sie war kurz davor gewesen, ihm und sich selbst die Kleider vom Leib zu reißen. Und doch hatte er sie nur geküsst, weil er dachte, sie wäre Lena.

»Ich kann mich nicht erinnern, vor unserer Abreise informiert worden zu sein, dass ich für dich lügen muss«, sagte sie etwas gereizt.

»Weil du dann garantiert nicht mitgekommen wärst.« Er lächelte sie an, dieses gottverdammte, herzzerreißende Lächeln, das so verführerisch, so unglaublich charmant war. Sie wandte hastig den Blick ab.

Er nahm seinen Kaffee und ging zurück zu seinem Platz, und Estella schlug ihr Skizzenbuch wieder auf, ließ ihren Bleistift über die Seite huschen, fügte hier noch ein Detail hinzu, verlängerte dort eine Linie oder änderte die Passform eines Ärmels. Weniger als eine Stunde später gab es nichts mehr zu verbessern; alles war perfekt. Doch sie hörte nur Lenas tiefen, ruhigen Atem. Alex' Gesicht war so ausdruckslos wie eh und je, und daran erkannte sie ohne jeden Zweifel, dass er zwar die Augen geschlossen hatte, aber nicht schlief.

Kapitel 19

Alex schlief für kurze Zeit im Zug, und auch Estella ruhte sich aus, wie er erleichtert feststellte. Eine halbe Stunde bevor sie in Marseille ankamen, beugte er sich zu Lena und flüsterte ihr etwas ins Ohr. Estellas grimmigem Blick nach zu urteilen dachte sie wohl, er würde ihr süße Nichtigkeiten zuflüstern, und sie machte Anstalten aufzustehen, doch er hielt sie zurück. Lena nickte nur zu seiner Bemerkung, wofür er dankbar war.

Er setzte sich neben Estella und erklärte ihr leise: »Falls unterwegs nach Paris irgendetwas passiert, versuch, nach Lyon oder Marseille zu kommen. Geh zum Vieux Port oder bleib in der Nähe der Cafés. Dort wird jemand dich aufgabeln.«

Sie starrte ihn an, bevor sie jedoch etwas erwidern konnte, öffnete er seinen Koffer, gab ihr und Lena jeweils einen kleinen Kunststoffbehälter, der leicht in eine Mantel- oder Handtasche passte, und sah zu, wie Estella den Deckel öffnete. Alex hatte die Liste des Inhalts im Kopf: Malzmilchbonbons, Benzedrintabletten, Streichhölzer, Schokolade, Verbandsmaterial, Kaugummi, Tabak, eine Flasche Wasser, Halazon zur Wasserdesinfektion, Nadel und Faden, Seife, eine Angelschnur. Sie hielt den Rasierer hoch. »Wozu brauchen wir das?«

»Er ist magnetisch«, sagte er. »Man kann ihn zur Not als Kompass benutzen. Tut mir leid, es gab leider nichts Feminineres.«

Estella schüttelte den Kopf. »Ich meine nicht den Rasierer. Wozu brauchen wir diese Box?«

Er nahm sie ihr ab und steckte sie in ihre Handtasche.

»Das ist eine Fluchtbox«, erklärte er knapp. *Die beste Ausführung.* Der MI9 stellte sie der britischen Luftwaffe und ihren Agenten zur Verfügung. »Verstau sie nicht in deinem Koffer, sondern behalte sie immer bei dir. Damit kannst du dich ein paar Tage durchschlagen. Den Tabak kannst du zum Tauschen benutzen.«

»Ich soll den Tabak zum Tauschen benutzen?«, wiederholte sie ungläubig.

»Estella«, sagte er eindringlich. »Lass es einfach mal gut sein.« Er hatte versucht, den richtigen Moment abzuwarten. Aber egal, wann er Estella die Fluchtbox gegeben hätte, ihre Fragen wären ihm nicht erspart geblieben. Manchmal wünschte er, sie wäre wie Lena, dann hätte sie die Schachtel einfach weggesteckt wie eine Puderdose.

»Oh, tut mir leid«, brauste sie auf. »Vielleicht warnst du mich das nächste Mal einfach vor, wenn du mir so etwas Eigenartiges gibst.«

Und auch wenn sie ihn für das, was er ihr jetzt sagen würde, noch mehr hassen würde, blieb ihm keine andere Wahl. »Du musst aufhören, meine Anweisungen zu hinterfragen. Sonst muss ich dich nach Lissabon zurückschicken. Ich brauche deine Hilfe, aber nicht, wenn ich dafür alles andere aufs Spiel setzen muss. Vertrau darauf, dass ich für alles, was ich sage oder tue, gute Gründe habe. Diese Woche besteht deine Aufgabe darin, einfach zu tun, was man dir sagt, ganz gleich, wie sehr es dich irritiert. Schaffst du das?«

Er bemühte sich um einen ruhigen Ton, hörte jedoch selbst, dass er ärgerlich klang. Estella war die Schwachstelle in diesem Plan, dennoch wollte er sich höchst ungern wie ein selbstherrlicher Geheimdienstoffizier benehmen. Aber er musste so streng sein, wenn sie alle am Leben bleiben wollten.

Als sie den Kopf senkte, um ihre vor Scham hochroten Wangen zu verbergen, und nur ein leises »Ja« hervorstieß, kam er sich endgültig vor wie ein Dreckskerl.

»Danke«, sagte er mit einer kontrollierten Schärfe, die gerade noch als Höflichkeit durchging. »In Frankreich werden wir kein Auto mehr nutzen können. Wir nehmen den Zug nach Paris, doch vorher muss ich zur Seemannsmission in Marseille.«

»Zur Seemannsmission?«, setzte Estella an, unterbrach sich aber sofort und nahm ihren Koffer. »Schon gut«, sagte sie.

Als der Zug in Marseille hielt, suchte er sogleich die Seemannsmission auf, was eine der zahlreichen Stationen war, die ein abgeschossener Pilot auf der langen, einsamen Flucht durch Frankreich möglicherweise anlaufen würde. Alex hinterlegte Geld und Tabak für die Kuriere – sehr viel Tabak, der inzwischen eine verlässlichere Währung als Papiergeld war. Zudem vergewisserte er sich, dass auf der Fluchtroute keine Probleme bekannt waren und dass kein Deutscher von ihrer Existenz erfahren hatte. Als er zum Bahnhof zurückkam, war der Zug schon abfahrbereit.

Nun begann die lange Reise von Marseille nach Paris, von der Alex hoffte, sie würde nicht mehr als anderthalb Tage dauern. Auf dem Weg mussten die Passagiere so viele Kontrollen über sich ergehen lassen, dass die ehemals problemlose Reise zu einer Tortur ausartete. Am nächsten Morgen um fünf Uhr stand er von seinem Platz auf und setzte sich neben Estella. Lena schlief schon seit Stunden, und er dachte, dass sie es wahrscheinlich bequemer hätte, wenn sie sich auf den Sitz legen konnte. Obwohl Estella von ihnen allen am erschöpftesten aussah, war sie immer noch wach.

Er begann kein Gespräch mit ihr, sondern lehnte sich zurück und schloss die Augen, um sich ein paar Minuten auszuruhen, sonst hätte er bald die erste Benzedrintablette einnehmen müssen, was er jedoch nur im äußersten Notfall tun wollte. Mit einem Ruck erwachte er eine Weile später – draußen wurde es langsam hell –, weil etwas seinen Oberschenkel berührte. Es war Estellas offene Hand. Sie war eingeschlafen und hatte nicht bemerkt, wie ihr Arm heruntergerutscht war.

Alex starrte auf ihre Hand, ihre eleganten Finger, die er dabei beobachtet hatte, wie sie ein Stück Papier mit einem Bleistift förmlich liebkosten und die Linien in atemberaubende Bilder verwandelten. In Daumen- und Zeigefingerspitze erkannte er winzige Verletzungen – wahrscheinlich Nadelstiche –, Begleiterscheinungen ihrer Leidenschaft für das Nähen. Im Schlaf sah ihre Hand ruhig und anmutig aus, und er erinnerte sich, dass man den französischen Schneiderinnen nachsagte, *des doigts de fée* zu haben, Feenfinger. Am liebsten hätte er seine Hand mit der ihren verflochten.

Aber dann schüttelte er den Kopf. Was war nur in ihn gefahren? Noch nie in seinem ganzen Leben hatte er das Bedürfnis gespürt, mit einer Frau Händchen zu halten. Doch jetzt wäre er voll und ganz damit zufrieden gewesen, Estellas Handfläche an seiner zu spüren und zu wissen, dass sie seine Hand hielt, weil sie ihn mochte. Stattdessen war sie nur hier, weil er sie auf die niederträchtigste Art dazu überredet hatte. Wenn er auch nur einen Finger ausstreckte und sie berührte, würde sie die Hand sofort zurückziehen, etwas Bissiges sagen und den Rest der Reise kein Wort mehr mit ihm wechseln.

Daher war es besser, an diesem frühen Morgen in Frankreich einfach im Zug zu sitzen und zuzusehen, wie die Sonne langsam am Himmel emporstieg. Es war besser, die Qual der Sehnsucht zu erdulden, ihre Hand einfach auf seinem Oberschenkel liegen zu lassen, denn er wusste, wenn sie wach wäre, würde es einen solchen Moment niemals geben.

Nachdem sie Lyon hinter sich gelassen hatten, stand Alex vorsichtig auf und ließ Estellas Hand von seinem Bein gleiten – sie anzufassen, wagte er noch immer nicht. Dann holte er das in Marseille gekaufte Brot, den Käse und den Wein aus seiner Tasche. Bald würden sie die Grenze zwischen der *zone libre* und der *zone occupée* überqueren, und das Essen würde ihnen helfen, beim Eintritt in das von den Deutschen besetzte Gebiet nicht den Kopf zu verlieren.

»Ich bin am Verhungern«, hörte er Estella murmeln, als das Rascheln der Papiertüte sie weckte.

Er reichte ihr Brot und Wasser, setzte sich wieder neben Lena und deutete mit dem Kopf aufs Fenster. »Du solltest noch möglichst viele Eindrücke von Frankreich sammeln«, sagte er zu Estella. »In der besetzten Zone ist es ganz anders.«

Der Zug fuhr entlang der steilen Böschung im Département Côte-d'Or, bis sich vor ihnen das Tal der Saône erstreckte. Die Blätter der Weinreben schimmerten golden im Sonnenlicht, und der Anblick erinnerte Alex an das Kleid, das Estella bei ihrem ersten Treffen getragen hatte. Wie ein blaues, sich langsam entrollendes Band zog der Fluss neben dem Zug entlang, und die Weinberge, das Wasser, das sanfte Auf und Ab der Landschaft waren herrlich anzusehen – ein Augenblick des Friedens auf dieser nervenaufreibenden Reise. Eine Idylle, die einen vergessen ließ, dass um sie herum ein Krieg tobte.

»Oh«, hörte er Estella seufzen, als sie den Blick aus dem Fenster richtete.

Sie aßen, ohne die Augen von der Idylle draußen abzuwenden, genossen Nahrung für Körper und Seele. Als Alex satt war, lehnte er sich zurück, streckte die Beine vor sich aus, und Lena lächelte ihm zu. Wie immer sah er die verletzte Seele, die sich unter der Oberfläche verbarg, und strich ihr sanft eine Haarsträhne hinters Ohr; eine Geste, die ihr zeigen sollte, wie sehr sie ihm am Herzen lag.

Da merkte er, dass Estella sie beobachtete und dass es für sie so aussehen musste, als wären sie ein Liebespaar. Und obwohl er tief im Innern nicht wollte, dass sie das dachte, war er dennoch froh darüber, weil es eine weitere Barriere zwischen ihnen schuf. Und das war gut so, denn nach seinen bisherigen Erfahrungen würde er Estella am Ende nur verletzen – und diesen Gedanken konnte er nicht ertragen.

Schließlich musste er sich wieder seiner Arbeit zuwenden. »Ich soll im Ritz übernachten«, sagte er. »Aber dort wimmelt es von Deutschen, und ich möchte lieber vermeiden, dass ihr der Wehrmacht so nahe kommt. Ich werde ab und zu im Hotel auftauchen, um den Schein zu wahren, aber ich hatte gehofft, wir könnten das Haus im Marais nutzen, Estella. Vor ein paar Monaten habe ich es außen als *maison habitée* gekennzeichnet, damit die Deutschen es nicht beschlagnahmen. Daher ist es sicher. Trotzdem solltest du nicht sofort zum Haus deiner Mutter gehen – für den Fall des Falles.« Er sagte allerdings nicht: *Für den Fall, dass du dabei erwischt wirst, wie du mir hilfst, einen verletzten Agenten aus Paris rauszuschmuggeln.*

Sie öffnete den Mund, und er sah, dass sie protestieren wollte, dass ihm ein weiteres der nie endenden Wortgefechte bevorstand. Doch zu seiner Überraschung nickte sie. »Was immer du für das Beste hältst. Ich will Maman nicht in Gefahr bringen.«

—

Erst als sie aus der Métro stiegen, erkannte Estella, was Alex gemeint hatte, als er sagte, das Leben in der besetzten Zone ihrer Heimat sei ein anderes geworden. Die Métro war überfüllt von reichen, vornehm gekleideten Frauen, die sich vor dem Krieg, bevor es in ganz Frankreich keine Autos oder zumindest kein Benzin mehr gab, niemals dazu herabgelassen hätten, mit der Bahn zu fahren. Und es gab noch etwas, was Estella hier früher nie gesehen hatte: abgemagerte Frauen in verschlissenen Kleidern, mit nackten Beinen und eingezogenen Schultern, den Kopf so tief gesenkt, als wollten sie sich unsichtbar machen. Der Gestank ungewaschener Körper machte das Atmen nahezu unerträglich. Estella stellte keine Fragen. Doch als sie die Rue de Rivoli erreichten, blieb sie wie angewurzelt stehen.

»Ich weiß«, hörte sie Alex flüstern. »Geh einfach weiter. Frag mich, was immer du willst, wenn wir in dem Haus im Marais sind, aber bleib nicht auf der Straße stehen.«

Also ging sie weiter. Als sie Alex gefragt hatte, ob es schlimm stand um Paris, hätte sie nicht mit dem gerechnet, was sie jetzt vor sich sah. Durch die Rue des Rosiers marschierten deutsche Soldaten in ihren stahlgrauen Uniformen, geifernde Schäferhunde an der Leine, und Estella beobachtete, wie die Passanten, den Blick ängstlich zu Boden gerichtet, einen großen Bogen um sie machten. Viele Läden waren geschlossen, und an anderen – der Schusterei von Monsieur Bousquet, dem Schneidergeschäft von Monsieur Cassin, dem Haushaltswarenladen von Monsieur Blum, allesamt jüdische Inhaber – prangten rote Plakate, auf denen stand, dass auf Erlass der Regierung das Geschäft einem nichtjüdischen Verwalter übergeben worden sei.

Was war wohl mit Nannette geschehen? Mit Marie und all den anderen Frauen, mit denen Estella zusammengearbeitet hatte? Und mit Maman? Estella gab sich alle Mühe, ihre Unruhe zu unterdrücken, sich nicht von der Sorge um ihre Mutter überwältigen zu lassen. Denn obwohl sie auf eine Umarmung, auf Lachen und Freudentränen hoffte, fürchtete sie sich auch davor, was sie in ihrer alten Wohnung in der Passage Saint-Paul tatsächlich vorfinden würde.

Vor ihrer Lieblingsbäckerei sah Estella ein bekanntes Gesicht. »Huette!«, rief sie und rannte über die Straße.

Ein Mädchen, eigentlich viel zu mager, um Huette zu sein, drehte sich zu ihr um – das Lächeln in ihrem Gesicht war noch das Handfesteste an ihr. »Estella! Wo kommst du denn her?«

Estella umarmte ihre Freundin und rang schockiert nach Luft, als sie Huettes knochigen Rücken spürte. Huette war immer wohlproportioniert gewesen, mit Kurven an all den richtigen Stellen, doch jetzt war selbst das kleinste Polster verschwunden. Und es ging von ihr der gleiche schlechte Geruch aus, der Estella schon in der Métro aufgefallen war. »Huette, *mais qu'est-ce que tu fais ici?*« Was machst du nur hier?, fragte sie auf Französisch, froh, endlich wieder ihre Muttersprache sprechen zu können.

»Ich stehe Schlange für mein Essen«, erklärte Huette. »Den ganzen Tag. Wir kommen um fünf Uhr morgens und warten hier stundenlang. Manchmal kriegen wir Brot. Oder Steckrüben. Chicorée als Kaffeeersatz. Als ich zum letzten Mal Fleisch gegessen habe, haben noch die Kirschbäume geblüht.«

»Steckrüben? Aber die sind doch Viehfutter! Warte, ich habe richtiges Essen dabei«, sagte Estella, als sie sich an den Kaffee und die Schokolade erinnerte, die Alex ihr gegeben hatte. »Komm, nimm dir was davon.« Sie öffnete ihren Koffer und suchte darin herum. Zu spät erkannte sie, dass sie eine Szene heraufbeschwor, weil die Leute, die vor der Bäckerei Schlange gestanden hatten, sich jetzt um sie drängten.

Kommentarlos klappte Alex den Koffer zu, zog Estella auf die Füße und führte sie und Huette gerade noch rechtzeitig von der Menge weg, ehe eine deutsche Patrouille die Bäckerei erreichte. Lena wartete auf der anderen Straßenseite auf sie.

Estella wusste sofort, dass sie einen Fehler gemacht hatte. Aber wie hätte sie sich dieses Elend tatenlos anschauen können? Wie konnte jemand durch Paris laufen und beim Anblick dieser verängstigten, halb verhungerten Menschen nicht alles mit ihnen teilen wollen, was er hatte?

»Warum bist du zurückgekommen?«, fragte Huette, während Alex sie eilig wegführte. Lena folgte ihnen, zum Glück weit genug entfernt, dass Huette sie nicht sah und ihr die verblüffende Ähnlichkeit mit Estella nicht auffallen konnte.

Die Lüge kam ihr so leicht über die Lippen, dass Estella es selbst kaum glauben konnte. »Ich arbeite für ihn, er ist Anwalt.« Sie deutete auf Alex. »Sein Französisch ist grauenhaft, und ich dolmetsche für ihn. Er ist Amerikaner – du weißt ja, wie es bei denen um Fremdsprachen bestellt ist.« Sie verdrehte theatralisch die Augen und war froh, als Huette kicherte und etwas von ihrer früheren Lebensfreude in ihrem Gesicht aufleuchtete.

Estella fühlte, wie sich Alex' Hand auf ihrem Rücken, die seit dem Vorfall an der Bäckerei zur Faust geballt war, allmählich entspannte. Sogar ein Lächeln sah sie über sein Gesicht huschen, als sie sagte, sein Französisch sei grauenhaft.

»Ich bringe dir etwas zu essen«, versprach sie Huette. »Wir treffen uns heute Abend. Sonst wird es dir wahrscheinlich direkt vor der Nase geklaut.«

»Alle haben Hunger«, sagte Huette bekümmert. »Nur Renée nicht.«

»Warum nicht?«

»Sie hat was mit einem deutschen Offizier und übernachtet meistens im Hôtel Le Meurice. Sie verkauft sich für Fleisch, für Kleider, für alles, was man nur auf dem Schwarzmarkt bekommt. Für Frauen gibt es keine Tabakrationen, und man kann nur staunen, wozu manche Leute für eine Zigarette bereit sind.« Die Bitterkeit in Huettes Stimme war unüberhörbar.

»Warum tut sie das nur?«

»Weil sie leben will, und das ist die einzige Möglichkeit. Wir anderen vegetieren nur dahin. Im Winter haben die Leute ihren Katzen das Fell abgezogen, um an den Pelz zu kommen, Estella. Und den Rest haben sie gegessen.«

»Nein«, flüsterte Estella. Sie war in New York gewesen, in einem winzigen Zimmer, aber wenigstens hatte sie immer genug zu essen gehabt, Kleider am Leib und einen Ofen, an dem sie sich stets wärmen konnte. »Hast du meine Mutter gesehen?«, stellte sie endlich die Frage, die sie schon die ganze Zeit, seit sie Huette getroffen hatte, hatte stellen wollen, vor der es ihr jedoch zugleich graute.

Huette schüttelte den Kopf. »Eine Zeit lang habe ich sie in der Schlange anstehen sehen. Aber diese Woche nicht. Letzte auch nicht. Wenn ich's recht überlege, schon seit letztem Monat nicht mehr. Womöglich hat sie ja eine andere Bäckerei gefunden«, fügte Huette hoffnungsvoll hinzu.

»Vielleicht«, gab Estella ihr recht, war aber alles andere als überzeugt.

Sie hörte Lena auf ihren hochhackigen Schuhen näher kommen, und Alex räusperte sich. »Wir sind spät dran zu unserem Treffen.«

Spät dran? Um ein Haar hätte Estella ihn erbost angefahren. Was für eine Rolle spielte das noch angesichts des Elends, das um sie herum herrschte? In diesem Moment strampelte eine halb verhungerte Frau auf einem Fahrrad vorbei, das sie mit einem Anhänger zu einem behelfsmäßigen Velotaxi umfunktioniert hatte, und kutschierte einen wohlgenährten deutschen Offizier und seine kichernde Freundin durch die Gegend. Und überall diese furchtbare Leere: leere Geschäfte, leere Gesichter, leere Straßen. Und, was das Traurigste war, leere Herzen. Doch ehe sie losschimpfte, rief Estella sich ins Gedächtnis, dass sie hier war, um Alex bei der Suche nach einem Mann zu helfen, der gegen ebendiese Leere kämpfte, um Frankreich wieder zu einem Ort zu machen, an dem man leben konnte.

»Ich komme heute Abend vorbei«, versprach sie Huette. »Mit Kaffee und Schokolade. Was brauchst du sonst noch?«

»Seife«, sagte Huette hoffnungsvoll. »Alle riechen schlecht.«

»Ich habe Seife«, sagte Estella. »Die kannst du gern haben.«

»Und ...« Huette zögerte.

»Was?«, fragte Estella eindringlich. »Was es auch ist, ich tue, was ich kann.«

»Können wir vielleicht zusammen ausgehen? Wie früher. Einfach so tun, als ob ...« Sie verstummte.

»Natürlich. Lass uns ins La Bonne Chance gehen«, sagte Estella entschieden. »Vorausgesetzt, das gibt es noch?«

»Die Clubs haben alle noch geöffnet. Die Deutschen und Frauen wie Renée wollen sich schließlich amüsieren.« Huette küsste sie auf beide Wangen, dann verschwand sie, gerade als Lena zu ihnen aufschloss, die Straße hinunter.

Hinter ihnen ertönte ein Klappern wie von Pferdehufen. Als Estella sich umdrehte, sah sie zwei Frauen, die mit Körben am Arm an ihnen vorbeieilten. Ihre Schuhe hatten Sohlen aus Holz, nicht aus Leder. Das Klappern hallte noch lange nach, und als die Frauen fort waren, bemerkte Estella, dass viele Leute ähnliche Schuhe trugen. Doch was ihr am deutlichsten auffiel, waren die Hüte und Kopftücher der Frauen, die mit allem möglichen Schnickschnack verziert waren: mit Fuchsköpfen, Federn, Blumen, Kirschen, Vogelnestern, Bordüren und extravagant zusammengeknäulten Spitzenhäufchen.

Alex bemerkte ihren erstaunten Blick und erklärte: »Es gibt kein Leder für Schuhe, genauso wenig wie Stoff für neue Kleider, aber anscheinend sind Hüte ziemlich leicht zu dekorieren.«

Estella grinste. Irgendwie war es typisch, dass die Französinnen auch das Letzte, was ihnen geblieben war, demonstrativ zur Schau trugen, um zu zeigen, dass sie selbst mit leerem Magen und ausgelaugtem Körper noch Wert auf ihr Äußeres legten und mit ihren Hüten einen Funken ihrer Wesensart aufrechterhielten. Der Anblick tröstete sie, denn er war ein Beweis, dass der Widerstand der Menschen nicht erloschen war. Sie hoffte, dass auch ihre Mutter zu diesen Frauen gehörte. Wenn diese Frauen es schafften, allen Widrigkeiten zum Trotz standhaft zu bleiben, würde auch Estella die einfache Aufgabe bewältigen, Alex ins Village Saint-Paul zu bringen.

Bald darauf erreichten sie die Rue de Sévigné und das Haus, in dessen Hof Estella in jener Nacht dem sterbenden Monsieur Aumont die Dokumente abgenommen hatte. Im Licht eines sonnigen Sommertages sah das Haus beinahe schön aus, eine vornehme alte Pariser Dame, deren Eleganz sich noch an den geschmeidigen Linien ihres Körpers und ihrer würdevollen Haltung ablesen ließ, während ihr Äußeres die Spuren eines langen, harten Lebens trug. Sie entdeckte auch die Aufschrift, von der Alex ihr erzählt hatte – *maison habitée* stand mit Kreide auf die Hausmauer geschrieben. »Hier«, sagte sie zu Lena. »Kommt dir das bekannt vor?«

»Mein Gott«, stieß die sonst so unerschütterlich wirkende Lena schockiert hervor.

Estella öffnete das Tor und führte sie auf den Hof. »Wer auch immer das Haus in Gramercy Park gebaut hat, muss hier gewesen sein. Es ist eine perfekte Nachbildung.«

»Ich habe dir doch gesagt, dass Harry Thaw es hat errichten lassen.«

Estella runzelte die Stirn. War Harry Thaw etwa hier gewesen? Sie ging durch den bogenförmigen Eingang. Der Garten war so ungepflegt wie eh und je, wenngleich die Minze unverkennbar nach dem Pariser Sommer roch. Im Haus strich Estella über die Wand des Korridors, der exakt dem von Lenas Zuhause entsprach, nur dass hier keine Bilder hingen und die Farbe abblätterte wie weißer Puder. Alex nahm ihr den Koffer ab. »Gehen wir«, sagte er. »Je länger wir warten, desto größere Sorgen mache ich mir um …«

»Deinen Freund«, beendete Estella seinen Satz. »Gut, gehen wir.«

Lena starrte zur Treppe; Alex hatte ihr verboten mitzukommen, und anscheinend wusste sie nichts mit sich anzufangen.

Auf einmal wurde Estella klar, dass Lena auf die Erlaubnis wartete, nach oben gehen zu dürfen – als hätte Estella in diesem Haus das Sagen. Was wohl zutraf, wenn das Haus wirklich ihrer Mutter gehörte, wie die *matrice cadastrale* nahelegte. »Such dir schon mal ein Zimmer aus«, sagte sie zu Lena. »Wahrscheinlich kennst du das Haus besser als ich.«

Lena ging die Treppe hinauf, und Estella folgte Alex nach draußen.

»Tu einfach so, als würdest du mir die Sehenswürdigkeiten der Umgebung zeigen«, sagte er. »Ich weiß, das ist die falsche Richtung, aber fangen wir mit der Place des Vosges an und gehen von dort zum Village Saint-Paul. Nur für den Fall, dass uns jemand beobachtet.«

Estella konnte nur nicken, denn sobald sie draußen und in dieser völlig fremden, grauenhaften Version von Paris waren, kehrte ihre

Angst zurück. Alle Romantik, das Gefühl, dass dies ein Ort der Liebe war, ein Ort, an dem jeder Stein, jeder Fensterladen, jede Straßenlaterne so viel zu erzählen hatte, war mit der französischen Regierung geflohen und wartete irgendwo in einem Versteck.

Estella schlug den fröhlichen Ton einer Reiseführerin an, die ihren Chef beeindrucken will. Deutsche Frauen in stahlgrauen Uniformen eilten den Bürgersteig entlang, auf dem es früher von Frauen in bunten Kleidern gewimmelt hatte. »Das ist die Place des Vosges«, erklärte Estella. »Der schönste Platz von Paris, sagt man, erbaut im 17. Jahrhundert. Der Pavillon der Königin ist im Norden, der des Königs im Süden. Victor Hugo hat hier gewohnt, und dort drüben war die Pariser Modeschule, ein Ableger der New York School of Fine and Applied Art. Dort habe ich ein Jahr lang studiert, dann wurde sie wegen des Krieges geschlossen.«

»Das wusste ich gar nicht«, erwiderte Alex mit gedämpfter Stimme.

»Woher auch?«, sagte sie und setzte ihre Führung durch den Marais fort. »Die Statue hier zeigt Louis XIII., aber es ist nicht das Original, denn das wurde während der Französischen Revolution enthauptet.«

»Gibt es sonst noch etwas Sehenswertes?«

»Aber ja, vor allem die Kirche Saint-Paul-Saint-Louis sollte man sich unbedingt anschauen.«

Zwei deutsche Soldaten, beide mit einem hübsch geschminkten, gut gekleideten Mädchen in Seidenstrümpfen und Lederschuhen am Arm, nickten ihnen im Vorübergehen zu.

»Wohin jetzt?«, erkundigte Alex sich auf Englisch mit deutlich amerikanischem Akzent bei Estella. Das Selbstvertrauen, das ihm sonst nur subtil anzumerken war, trug er jetzt zur Schau wie einen maßgeschneiderten Anzug. Auch seine Stimme war plötzlich viel lauter, und er mimte den dreisten Amerikaner so perfekt, dass Estella sich in Erinnerung rufen musste, dass er nur eine Rolle spielte. Doch es funktionierte.

»Paris ist herrlich, nicht wahr?«, rief einer der deutschen Soldaten auf Englisch und nickte Alex zu. Offenbar hielt er ihn tatsächlich für einen Touristen, und dass er Amerikaner zu sein schien, schützte sowohl ihn selbst als auch Estella. »Besonders die Frauen«, sagte der andere Soldat und starrte Estella lüstern an, woraufhin das Mädchen an seinem Arm ihm einen Klaps auf die Hand gab.

»Ja, sie sind nicht übel«, stimmte Alex zu.

Estella zwang sich weiterzugehen, obwohl sich ihre Knie wie Gummi anfühlten. Sobald die Deutschen weit genug weg waren, versuchte sie trotzdem, einen Witz zu machen. »Nicht übel? Du steckst ja voller Komplimente«, sagte sie, doch sie hörte selbst das Beben in ihrer Stimme.

»Ich habe nicht von dir geredet«, erwiderte er und wandte sich ihr zu. »Du bist der Inbegriff eines Übels. Stellst ständig Fragen. Aber dafür bist du eine ausgezeichnete Reiseführerin. Die Kirche, die du erwähnt hast, würde ich sehr gern sehen.«

Seine Antwort beruhigte sie etwas, ihre Beine taten wieder ihren Dienst, und ihre Stimme nahm wieder ihren übertrieben heiteren Ton an. Sie führte Alex in Richtung der Kirche, huschte jedoch, kurz bevor sie ihr vorgebliches Ziel erreichten, durch einen Geheimgang, von dessen Existenz nur die wirklich Ortskundigen wussten, ins Village Saint-Paul. Als die schmale Gasse auf einen kopfsteingepflasterten Hof mündete, der von weiß getünchten, unregelmäßig vorspringenden Mauern umgeben war, die weitere Höfe und Gässchen und ein verworrenes Labyrinth bildeten, sah Alex sie überrascht an. Hier hätte sich keiner seiner Agenten zurechtgefunden.

Früher hatte die Gegend zu einem Kloster gehört, doch jetzt war es ein Elendsviertel schlimmster Sorte. Seine Verwahrlosung und Unübersichtlichkeit hatten die Deutschen bisher ferngehalten, aber es lag weniger Müll herum, als Estella in Erinnerung hatte. Vielleicht hatten die Leute eine Verwendung für die alten Wagenräder und

Holzkisten gefunden, die sich an den Mauern getürmt hatten. Wenn der Winter so kalt gewesen war, wie Huette gesagt hatte, waren die Sachen wahrscheinlich von den Bewohnern des Viertels als Feuerholz genutzt worden. Selbst im warmen Sonnenschein fröstelte Estella, doch sie ging weiter in Richtung des alten Buchladens, an den sie sich in dem Wust kleiner Läden und Werkstätten zu erinnern glaubte und der jener sein musste, den Alex' Freund aus seinem Versteck heraus sehen konnte.

»Da drüben«, flüsterte sie Alex zu. Die Rollläden waren heruntergelassen, das Geschäft war offensichtlich seit langer Zeit nicht mehr geöffnet worden, und sie waren die einzigen Menschen in dem Hof.

Estella sah zu, wie Alex kopfschüttelnd den Blick über die Fenster der verfallenen, schmutzigen Gebäude schweifen ließ.

»Hier gibt es nichts Sehenswertes«, sagte er voller Abscheu. »Ich gehe zum American Hospital, um die Verträge aufsetzen zu lassen. Dort musst du nicht für mich dolmetschen, du kannst den Nachmittag ruhig freinehmen.«

Er wandte sich ab, sagte aber an der nächsten Ecke leise zu Estella: »Geh vor, wir treffen uns im Haus. Ich weiß, wo er ist.«

»Wie das?«, fragte Estella, erstaunt, dass er so schnell erkannt haben wollte, welches Gebäude das richtige war.

»In einem der Fenster wurde eine rote Geranie nach rechts geschoben. Das heißt, er ist hier, und ich kann ihn gefahrlos herausholen. Wir sehen uns nachher.«

»Kann ich helfen?«, fragte Estella.

»Du hast mir schon geholfen. Aber geh bitte nicht zu deiner Mutter, bevor ich wieder da bin. Ich muss mich erst vergewissern, dass es sicher ist.« Er lächelte ihr kurz zu, dann kehrte er zum Buchladen zurück.

Widerwillig machte Estella sich wieder auf den Weg zur Rue de Sévigné. Unterwegs begegnete sie mehreren deutschen Patrouillen und musste sich jedes Mal zusammenreißen, um nicht spontan die Flucht zu ergreifen. Auch die Geräusche der Straße waren andere geworden, wie ihr auf einmal bewusst wurde, keine Vögel waren zu hören, ihr fröhliches Gezwitscher war gänzlich verschwunden.

An jeder Straßenecke hingen Plakate, auf denen ein aufrechter deutscher Soldat auf ein Kind herabblickte – ein Aufruf an die Bewohner von Paris, den Soldaten, die doch nur zu ihrem Schutz hier wären, Vertrauen zu schenken. Estella war unsäglich erleichtert, als sie die wohlbekannte ramponierte Eingangstür des Hauses und die alten *chasse-roues* für die einst durchfahrenden Kutschen vor sich sah. Endlich konnte sie sich in den Schutz des Hauses zurückziehen.

Sie ging direkt in die Küche und erhitzte drei Töpfe Wasser. Während sie wartete, dass es warm wurde, wischte sie eine der Badewannen mit einem Vorhang aus, der vor langer Zeit herabgefallen war. Von Lena hörte sie nichts, wahrscheinlich hatte sie sich nach der langen, anstrengenden Reise schlafen gelegt. Estella trug die Töpfe vorsichtig zur Badewanne, fügte noch etwas kaltes Wasser aus dem Hahn hinzu und ließ sich mit einem Seufzen hineinsinken.

Geh bitte nicht zu deiner Mutter, bevor ich wieder da bin. Sie würde der Bitte nachkommen, obwohl es sie große Mühe kostete, nicht auf der Stelle zur Passage Saint-Paul zu eilen. Stattdessen wusch sie sich die Haare, bürstete sorgfältig alle Knoten aus, die sich in den letzten Tagen der Reise gebildet hatten, und wünschte sich, sie könnte auch die Verwirrungen in ihrem Leben so einfach auflösen.

———

Ganz unten in ihrem Koffer fand Estella das goldene Kleid, das sie dort versteckt hatte. Bevor sie morgen – oder wann immer Alex es ihr erlaubte – ihre Mutter besuchte, bevor ihr Leben sich durch das, was ihre Mutter ihr erzählte oder verschwieg, für immer veränderte, würde sie Huette zu einer unvergesslichen Pariser Nacht ausführen. Sie hielt es nicht aus, tatenlos herumzusitzen und an nichts anderes zu denken als an das Treffen mit Jeanne und Lena, bei dem sie womöglich etwas erfuhr, was sie tiefer verletzen würde als alles andere.

Sie schritt den Flur hinunter zu dem letzten Zimmer, das zur Straße hinausging. Als sie klein war und die Musikräume der Schule noch nicht nutzen durfte, hatte ihre Mutter sie oft in dieses Zimmer mitgenommen, in dem damals ein Klavier untergebracht gewesen war. Hier hatte Estella die Tonleitern geübt, Jeanne hatte zugehört, jedoch nur gelächelt, wenn Estella sie ansah, und sonst, sobald sie glaubte, Estella wäre auf das Instrument konzentriert, den Mund fest zusammengepresst und die Hände zu Fäusten geballt.

Estella öffnete die Tür und stieß einen Laut der Freude aus. Das Klavier war noch da. Und weil sie ihre Mutter so schrecklich vermisste, weil es ihrer Heimatstadt so schlecht ging und weil sie einen Spion nach Paris begleitet hatte, um einen anderen Spion zu finden – was sie, das begriff sie jetzt, nachdem sie die Angst der Pariser Bevölkerung mit eigenen Augen gesehen hatte, leicht das Leben kosten könnte –, setzte sie sich ans Klavier und spielte ein Lied, das ihre Mutter geliebt hatte.

Es war Ella Fitzgeralds *The Nearness of You*, und Estella spielte es langsamer und bewusster als je zuvor. Irgendwie passte es zu dieser Pariser Nacht, in der die Straßenlaternen kein Licht, sondern Trauer verströmten. Als sie den Text sang – über das große Glück, einem geliebten Menschen nahe zu sein –, hörte sie, wie sich die Tür öffnete, fühlte, wie sich jemand neben sie setzte und sie begleitete.

Virtuos bewegten sich Alex' Hände neben den ihren über die Tasten, und sie spürte ihn neben sich, aufrecht, die Arme locker, die Ärmel aufgekrempelt – der geborene Pianist. Dann, ganz leise, zu leise für jemanden mit einer solchen Stimme, begann auch er zu singen. Seine Stimme, die perfekt zu dem Lied passte, schlug sie sofort in ihren Bann.

Als der Song zu Ende war, rührte sich keiner von ihnen; ganz still saßen sie nebeneinander, ließen ihre Hände auf den Tasten ruhen und lauschten der verklungenen Musik nach.

»Ihr spielt wirklich gut zusammen.« Lenas Stimme durchbrach die Stille wie ein Paukenschlag.

Estella zuckte erschrocken zusammen und sah, wie sich Alex' Hände auf dem Klavier verkrampften.

»Ich gehe aus«, sagte Estella im Aufstehen, und als sie unter dem Kronleuchter hindurchging, erstrahlte ihr goldenes Kleid wie das einzige Fenster ohne Verdunkelungsvorhang in einer lichtlosen Stadt.

»Wohin gehst du in dieser Aufmachung?«, fragte Alex.

»Was soll das denn heißen?«, entgegnete Estella ärgerlich.

»Versteh mich bitte nicht falsch.« Er hob beschwichtigend die Hände. »Aber es ist nicht mehr so ungefährlich wie früher, bei Nacht durch Paris zu wandern.«

»Ich möchte zu Huette und sie zum Essen einladen. Wir gehen in einen Jazzclub in Montmartre, in dem wir früher oft waren. Damit sie ihre Sorgen eine Weile vergisst. Und damit ich eine Weile vergessen kann, wie sehr ich mir wünsche, meine Mutter wiederzusehen, aber dass sich alles verändern wird, sobald ich sie sehe. Ich hätte gern noch ein paar Stunden, in denen sich nichts ändert.« Der letzte Satz war heraus, ehe sie ihn aufhalten konnte, und sie schloss schnell den Mund, ehe sie noch mehr preisgeben konnte.

»Lena und ich kommen mit«, sagte Alex.

»Ich brauche keine Aufpasser«, erwiderte Estella schroff, um Zeit zu schinden und ihren Schutzwall wiederaufzubauen.

»Ich weiß. Aber vielleicht war ich ja noch nie in einem Jazzclub in Montmartre.«

»Das bezweifle ich.«

Alex grinste ironisch. »Okay, damit komme ich nicht durch, aber ich biete mich auch nicht als Aufpasser an.«

»Na gut«, gab Estella nach, konnte jedoch ihre nächste Frage nicht zurückhalten. »Wann kann ich Maman besuchen?«

»Morgen hoffentlich.«

»Wenn ich die Wahl gehabt hätte, hätte ich den Moment, in dem sich für mich alles geändert hat, auch gern aufgeschoben«, sagte Lena, wandte sich ohne ein weiteres Wort ab und ging hinaus.

Estella warf Alex einen unsicheren Blick zu. »Heißt das, sie kommt mit?«

»Gib mir einen Moment, um mich umzuziehen. Dann sehe ich nach.«

Er blieb erwartungsvoll stehen, bis Estella fragte: »Ziehst du dich jetzt um oder nicht?«

»Ich dachte, du wolltest, dass ich warte, bis du rausgegangen bist, aber wenn du darauf bestehst, zu bleiben … Du bist in meinem Zimmer.«

»Oh!« Hochrot eilte Estella davon.

Fünf Minuten später erschien Alex im Erdgeschoss, schöner, als es sich für einen Mann gehörte, besonders nach einer derart langen, anstrengenden Reise. Estella hatte nur ihr Kleid angezogen, sich die Nase gepudert, einen Hauch Lippenstift und Mascara aufgetragen, aber nun hatte sie plötzlich das Gefühl, sie hätte sich mehr Mühe geben sollen. Doch er würde sowieso an Lenas Arm gehen; sie würde den beiden nur folgen.

»Bereit?«, fragte er.

»Wo ist Lena?«

»Sie muss noch etwas Schlaf nachholen.«

»Du kannst mit ihr hierbleiben.«

»Ich weiß.«

Dennoch machte er keine Anstalten, wieder nach oben zu gehen.

»Du willst trotzdem mitkommen?«, fragte sie verwundert.

»Es sei denn, ich falle dir zur Last«, erwiderte er ungeduldig. »Willst du den ganzen Abend hier herumstehen und darüber diskutieren?«

Das reichte, und Estella trat hinaus auf den Hof, wo die Luft nach Minze und Jasmin duftete und die sanfte Wärme des Pariser Sommers wie Seide über ihre Haut strich.

»Wohin gehen wir eigentlich?«, fragte Alex, als er sie einholte. »Ins Bricktop's? Da wimmelt es allerdings von Deutschen.«

»Das kennst du natürlich. Nein, wir gehen ganz bestimmt nicht ins Bricktop's. Der Club, den ich im Sinn habe, ist nicht annähernd so exklusiv.« Sie grinste, als sie sich an all die Nächte erinnerte, die Huette und sie dort getanzt und gelacht hatten, sicherer denn je, dass ihre Freundin diese Auszeit brauchte, um am nächsten Morgen den Überlebenskampf wiederaufzunehmen. »Aber man hat dort auch sehr viel mehr Spaß.«

Kapitel 20

Auf dem Weg zu Huette hatte Estella nur eine einzige Frage an Alex: »War deine Arbeit heute Nachmittag erfolgreich?«

»Sehr sogar«, antwortete er. Da sich zugleich auch die Sorgenfalten auf seiner Stirn etwas entspannten, schloss sie daraus, dass sein Agent inzwischen in Sicherheit war.

»Freut mich.«

Als sie bei Huette ankamen, stellte Estella Alex als ihren Chef vor, den Anwalt, der kein Französisch sprach, und überreichte Huette den Beutel mit den versprochenen Sachen, die sie für wertvoller zu erachten schien als einen Schatz.

»Zigaretten!«, rief sie begeistert und drückte den Tabak an sich. Mit Tränen in den Augen beobachtete Estella, wie sie Lebensmittel, Seife und Schokolade befingerte.

»Hast du überhaupt noch irgendwas für die Reise zurück nach Lissabon übrig?«, fragte Alex sie auf Englisch.

»Die Fluchtbox habe ich behalten. Du hast gesagt, mehr brauchen wir nicht.«

Er seufzte, widersprach zum Glück jedoch nicht.

»Ich hab dir auch ein Kleid mitgebracht«, wandte Estella sich wieder auf Französisch an Huette. »Ich dachte, du konntest wahrscheinlich schon eine Weile keinen Stoff mehr kaufen, um dir etwas Neues zu nähen. Ich hab das Kleid schon getragen, aber es ist noch nicht alt.« Sie gab Huette das weiße Kleid, das sie bei ihrem Treffen mit Elizabeth Hawes getragen hatte.

Huette strahlte. »Es ist wunderschön, vielen Dank.«

»Zieh es doch gleich an, ich lade dich zum Essen ein, und du kannst so viele Zigaretten rauchen, wie du magst.«

Huettes Lächeln wurde noch breiter. »Abendessen und Zigaretten und ein Tanz mit deinem attraktiven Chef, das klingt perfekt.«

Alex gab ein Geräusch von sich, das sich zu einem Husten entwickelte, und Estella konnte der Versuchung nicht widerstehen hinzuzufügen: »Überleg dir das mit dem Tanzen lieber noch mal, er kriegt nämlich Ausschlag, wenn Frauen ihm zu nahe kommen. Ich glaube, er ist allergisch gegen sie.«

Doch Huette eilte gleich davon, um sich umzuziehen, und Alex meinte: »Das nächste Mal werde ich dir eine weniger einflussreiche Position als die meiner Dolmetscherin übertragen.«

Estella konnte ein Grinsen nicht unterdrücken.

Schließlich wanderten sie gemeinsam zu dem Club in Montmartre. Estella hakte sich bei Huette unter und nahm sich fest vor, mit Alex nur Englisch zu sprechen und nichts zu tun, was seine Tarnung in Gefahr bringen konnte, denn immerhin hatte er auf einen gemütlichen Abend mit Lena verzichtet und half ihr stattdessen, Huette eine Freude zu machen. Doch es dauerte nicht lange, bis die fröhliche Stimmung verflog, getrübt durch den Anblick all der Frauen, die die Straße säumten und sich Alex anboten – leichter zu kaufen als Butter.

»Ihre Ehemänner sind Kriegsgefangene«, erklärte Huette. »Sie haben kein Geld, und sie können tagsüber nicht arbeiten, weil sie Schlange stehen müssen, um Nahrungsmittel für ihre Kinder zu holen. Also stehen sie hier, um Geld zu verdienen.«

Erschüttert schaute Estella zu Alex.

In diesem Moment öffneten sich die Türen eines Clubs in ihrer Nähe, und man sah in einen Raum voll deutscher Soldaten, die mit wunderschön gekleideten und ganz und gar nicht abgemagerten Frauen tanzten.

»Kollaborateurinnen«, sagte Huette bitter mit einer Kopfbewegung zu den Frauen.

Und Alex' Worte – *was würden Sie tun, Estella, wenn Sie geblieben wären?* – hallten in Estellas Ohren wider, als ihr auf so unbarmherzige Weise vor Augen geführt wurde, welche Entscheidung die Frauen von Paris jeden Tag treffen mussten – langsam zu verhungern wie Huette oder einem Deutschen zuzulächeln und Essen auf dem Tisch zu haben.

Im Getöse der Musik, die aus dem Club dröhnte und es unmöglich machte zu hören, was irgendjemand sagte, flüsterte Alex ihr zu: »Eine meiner Informantinnen arbeitet jeden Tag von morgens bis abends in einem der zweihundert Pariser Bordelle. Sie hört niemals damit auf, weil ihr die Deutschen, wenn sie mit ihr im Bett liegen, Dinge erzählen, die sie an mein Netzwerk weiterleitet, und sie findet, dass die Sache den Preis, den sie dafür bezahlt, wert ist. Deshalb musste ich heute diesen Mann befreien – er ist ihr Kontaktmann, bekommt die Informationen von ihr und gibt sie an mich weiter. Ich überbringe all das dann nach London. So führen wir den Krieg.« Als die Türen des Clubs sich wieder schlossen und die Musik leiser wurde, verstummte er.

Estella schüttelte den Kopf und griff nach Huettes Arm, als hätte Alex nichts gesagt und als wäre sie noch genauso darauf erpicht, Huette auszuführen, wie zuvor. Himmel, was war sie für ein egoistischer Mensch! Warum war sie nicht sofort bereit gewesen zu helfen, als Alex sie gefragt hatte, ob sie nach Paris mitkommen würde? Er hätte ihr diese Geschichte schon an dem Abend erzählen können, als er sie dazu zu überreden versucht hatte, dann hätte sie sowieso keine andere Wahl gehabt, als zuzustimmen. Aber er hatte es nicht getan. Sicher, er hatte sie unter Druck gesetzt, sie jedoch nicht mit Horrorgeschichten erpresst und ihr damit die Chance gelassen, im sicheren Manhattan zu bleiben, wenn sie es gewollt hätte.

Obwohl sie so wenig über Alex' Arbeit wusste und obwohl sie ihn nach Monsieur Aumonts Tod dafür gehasst hatte, begriff sie in diesem Moment in aller Klarheit, dass er damit weitermachen musste. Jeder Pilot, den er rettete, war ein Pilot, der Bomben auf die deutschen Truppen abwerfen konnte, jeder Spion, dem er bei der Flucht aus einem sicheren Haus in Paris half, war einer mehr, der Informationen weitergeben konnte, um Europa endlich aus den Klauen der Nazis zu befreien, jedes Geheimnis, das er ihr nicht offenbarte, war ein Geheimnis, das denen, die ohnehin schon zu viel Macht besaßen und sie mit brachialer Gewalt einsetzten, nicht mehr in die Hände fallen konnte.

»Ich werde nie wieder etwas infrage stellen, worum du mich bittest«, sagte sie nur, und sie wusste, dass er sie verstand, denn er sagte: »Danke.«

Schließlich erreichten sie den Club, und kaum dass sie den Fuß über die Schwelle gesetzt hatten, verschlang sie auch schon der Klang eines Saxophons.

»Wieso war ich noch nie hier?«, fragte Alex auf Englisch, als er die Tür für Huette aufhielt und den Blick über die Jazzband, die Tanzenden und die Bar wandern ließ, in der es zumindest noch Wein zu geben schien.

»Du warst zu sehr damit beschäftigt, dich im Bricktop's mit all den Reichen und Schönen zu amüsieren«, sagte Estella.

»Das war wohl ein Fehler«, erwiderte Alex. »Alle Schönen sind ja hier.«

Woraufhin Estella so rot wurde wie ein Feld voller Klatschmohn.

Zuerst stand sie mit Huette an der Bar und plauderte mit dem Barkeeper, der sie wiedererkannte. Dann kamen die Musiker von der Bühne, küssten Estella auf die Wangen und holten sie an ihren Tisch, wo Estella alle weiteren Annäherungsversuche freundlich, aber bestimmt abwehrte.

Auch hier verteilte sie Tabak, einer der Männer hatte eine Flasche Whiskey vom Schwarzmarkt dabei, und alle lauschten hingebungsvoll Estellas Geschichten über ihr Leben in Manhattan, eine beeindruckender und amüsanter als die andere. Für eine Weile waren alle Gedanken an das Elend in Paris vergessen, aber Alex sah auch, wie Estellas Augen nervös umherhuschten, voller Angst, dass Wehrmachtssoldaten im Club aufkreuzten, sah, wie sie sich um Huette kümmerte und dafür sorgte, dass ihre Freundin etwas Ordentliches zu essen bekam, und wie sie, obgleich sie nach der langen Reise völlig erschöpft sein musste, immer weitermachte. Denn sie wusste genau, dass Huette und die Musiker und auch alle anderen Gäste gar nicht genug bekommen konnten von ihren New Yorker Märchen, die sie in eine andere Welt versetzten – weit weg vom besetzten Paris.

Alex beobachtete die Männer, die ihr allesamt bezaubert lauschten, und wie beim ersten Mal, als er sie im Théâtre du Palais-Royal gesehen hatte, zog ihn ihre Ausstrahlung ganz und gar in ihren Bann. Sie war so schön, dass es fast schmerzte, und verwegener als alle Männer, mit denen er jemals zusammengearbeitet hatte. Mehr als das, sie strahlte Freude aus. Mit dem Rücken an die Bar gelehnt, hörte er von fern ihr Lachen und war unfähig, den Blick von ihr abzuwenden.

Schließlich ging er hinüber und setzte sich an den Rand der Gruppe, froh, zu vergessen, dass er einen offiziellen Grund hatte, in Paris zu sein, froh, die Ruhe vor dem unvermeidlichen Sturm zu genießen. Er tat so, als verstünde er das Gespräch um ihn herum nicht, obwohl er mehr Straßenfranzösisch konnte als ein Hafenarbeiter aus Marseille und die derben Anspielungen sehr wohl mitbekam, die die Musiker einander über den Tisch hinweg zuwarfen.

Nach einiger Zeit traf sich sein Blick mit dem Estellas, und das Lächeln, das sie ihm schenkte, raubte ihm fast den Atem. Auch der Saxophonist, der neben ihm saß, sah es, stieß ihn mit dem Ellbogen an und meinte: »So ein Lächeln bekommt nicht jeder von ihr.«

Wie sehr Alex sich danach sehnte, dass dies der Wahrheit entsprach.

Estella wusste, dass sie womöglich ein bisschen angeheitert war, aber es kümmerte sie nicht im Geringsten. Huette lachen zu sehen, Französisch zu sprechen, war bittersüß und wunderbar, außerdem nahm der Whiskey dem Gedanken, dass ihre Mutter so nah und doch so fern war, die Spitze. Ob Maman wohl die goldene Bluse noch hatte, die aus dem gleichen Stoff gemacht war wie das Kleid, das Estella trug?

»Spiel mit uns, Estella«, sagte Luc, der Pianist, und der Klang ihres Namens holte sie wieder in die Gegenwart.

»Nein«, protestierte sie. »Mich will keiner hören.«

»Estella, Estella«, begann Huette zu skandieren, und schon stimmte der Rest der Band ein. Innerhalb weniger Augenblicke hatte der ganze Tisch sich dem Sprechchor angeschlossen.

Belustigt und verwundert nahm sie zur Kenntnis, dass auch Alex mitmachte. Er grinste sie über den Tisch hinweg an, und sie konnte ein Lachen nicht unterdrücken.

»D'accord«, rief sie schließlich und hob die Hände, denn sie war zu dem Schluss gekommen, dass es besser war, nachzugeben, als noch länger diese Peinlichkeit zu ertragen. Aber sie zeigte mit dem Finger auf Alex. »Wenn ich singe, musst du auch mitmachen«, sagte sie auf Englisch.

»Ist das eine Aufforderung?«, fragte er.

»Allerdings«, antwortete sie, und die Bandmitglieder applaudierten.

»Dein Wunsch ist mir Befehl«, sagte er und versank in eine ironische Verbeugung.

»Schön wär's«, gab Estella kopfschüttelnd und grinsend zurück, während er ihr und der Band auf die Bühne folgte und sich neben sie ans Klavier setzte. Spaßeshalber spielte sie die ersten Akkorde von Josephine Bakers *Don't Touch My Tomatoes*.

Philippe, der Sänger, pfiff laut. »Diese Frau hat keinen guten Einfluss auf uns!«

Estella zog eine Augenbraue hoch. »Also, das erste Mal habe ich den Song hier gehört, von euch.«

Alex schloss sich ihr mit seiner Begleitung an, und ihr wurde klar, dass auch er den Song kannte. Dann begann sie zusammen mit Philippe zu singen, und Alex fiel mit ein, improvisierte gelegentlich mit Variationen, die er, wie er Estella zwischendurch erklärte, in Marseille, in Toulouse und in irgendeinem Pyrenäendorf gehört hatte. Eine der Fassungen brachte sie so zum Lachen, dass sie nicht mehr spielen konnte, so dass er Melodie und Begleitung übernahm und alles noch mit ein paar Riffs verzierte, die das Saxophon aufnahm. Anscheinend war er am Klavier ebenso gut wie bei allem anderen, was er tat.

»Weißt du«, flüsterte sie ihm in einer Textpause zu, »wenn dein Beruf dir mal zu viel wird, kannst du immer noch Jazzpianist werden.«

»Manchmal denke ich, das wäre vielleicht das ideale Leben für mich«, flüsterte er zurück.

Am Ende begann er noch einmal *The Nearness of You* zu spielen – und jeder Ton traf Estella mitten ins Herz. Doch weil sie nicht einstimmte, sah er sie fragend an.

»Ich kann nicht«, erklärte sie leise. »Es ist perfekt, wie es ist.«

Aber als er beim Refrain anlangte, flüsterte er: »Bitte!«

In diesem Augenblick der Verletzlichkeit erhaschte Estella einen Blick auf den jungen Mann, der er einmal gewesen war, der seine Mutter so sehr hatte retten wollen, dass er alles dafür gegeben hatte, seine Moral, seine Seele.

Sie nickte, spielte jedoch nicht, sondern überließ es ihm, den Song weiter durch den Raum schweben zu lassen, langsam, zärtlich, so anrührend schön wie ihre Vision von ihm als Kind. Aber sie sang mit ihm, leise, er die Melodie, sie die zweite Stimme, gleich einer Einheit von Kummer und Freude, eine Brücke zwischen *chagrin* und *jouissance*.

Als das Stück endete, waren Estellas Augen voll Tränen, und ihre Stimme war heiser geworden. Beim Schlussakkord wandte sie den Kopf ab, weil sie nicht wollte, dass er sie so sah, aber er streckte die Hand aus und wischte sanft den Tropfen weg, der ihr über die Wange lief. Dann nahm er ihre Hand, hob sie an die Lippen und küsste sie.

Eine winzige, federleichte Geste mit überwältigender Wirkung. Ein sengender Schmerz durchfuhr sie, das Verlangen, sich an ihn zu lehnen. Ein Verlangen, das in ihr den Wunsch wachrief, von Neuem zu erfahren, wie seine Lippen sich anfühlten, wenn sie auf die gleiche Art nicht ihre Hand, sondern ihren Mund berührten.

Kapitel 21

Estella musste fort von hier, sofort. Sie hielt nur kurz inne, um Alex Bescheid zu sagen. »Ich gehe ins Haus zurück. Bitte folge mir nicht«, bat sie ihn, bahnte sich, ohne seine Antwort abzuwarten, einen Weg durch die applaudierenden Clubgäste und warf auch Huette im Vorübergehen einen hastigen Abschiedsgruß zu. Erst ein gutes Stück vom Club entfernt verlangsamte sie ihre Schritte.

Warum phantasierte sie davon, einen Mann zu küssen, der mit einer Frau zusammen war, die womöglich ihre Schwester war? Es war verrückt und dumm, ihr ohnehin aufgewühltes Inneres mit den Verlockungen einer Pariser Nacht noch mehr zum Fiebern zu bringen.

Sie musste zu ihrer Mutter. Ganz gleich, ob Alex gesagt hatte, sie solle warten. Sie würde ihre Sachen von der Rue de Sévigné holen und verschwunden sein, bis er aus dem Club zurückkam. Unmöglich, ihn auch nur anzusehen, ohne alle Empfindungen zu verraten, die sein Kuss ausgelöst hatte.

Langsam wanderte sie weiter. Sie konnte ihre Beine nicht dazu bringen, schneller zu gehen, konnte nur daran denken, wie sehr sie Alex' Anblick beim Singen berührt hatte, spürte noch immer die Hitze seiner Lippen auf ihrer Hand.

Schließlich erreichte sie das Haus in der Rue de Sévigné, öffnete die Tür und zuckte erschrocken zusammen, als sie Lena rufen hörte. »Alex?«

»Nein, ich bin es!«, antwortete sie.

Lena stand oben an der Treppe, und Estella hätte sich am liebsten ihrer Hand entledigt – es war Zeit für ein ehrliches Gespräch. Wenigstens das war sie Lena schuldig.

Also setzte sie sich auf die Treppe und blickte zu Lena empor. »Ich habe mich daran geklammert, nicht zu wissen, wie wir miteinander verwandt sind«, sagte sie. »Die Sicherheit der Ungewissheit schien mir besser, als mich dem Schmerz zu stellen, der mir bevorstehen könnte.« Sie musterte Lena, diese Frau, die ihr körperlich so ähnlich war, aber nicht einmal zu wissen schien, wie man lächelte. »Ich will meine Mutter besuchen, aber ich habe gehofft, du könntest mir vorher erzählen, wie es dazu kam, dass du bei Harry aufgewachsen bist.«

»Komm mit«, sagte Lena.

Estella stand auf und folgte Lena die Treppe hinauf, zum Ende des Korridors und zu einer weiteren Treppe, die Estella noch nie aufgefallen war und – vorbei an den Zimmern, in denen früher wahrscheinlich die Dienstboten gewohnt hatten – aufs Dach führte.

Als Estella in die Pariser Nacht hinaustrat, gab sie einen Laut des Erstaunens von sich. »Wie hast du das gefunden?«

»In meinem Haus gibt es die gleiche Treppe, deshalb bin ich davon ausgegangen, dass sie auch hier sein wird«, sagte Lena, während sie sich auf dem Dach niederließ.

Als Estella sich neben sie setzte, merkte sie, dass Lena einen Karton unter dem Arm hielt. Auf dem Etikett stand der Name des Schuhgeschäfts, in dem Estellas Mutter immer ihre Schuhe gekauft hatte. Beim Gedanken, was sich in der Schachtel befinden könnte, schauderte Estella. Sie deutete darauf. »Was ist da drin?«

»Ich hab die Schachtel hinter dem Klavier gefunden.« Lena gab sie ihr.

»Du hast sie noch nicht aufgemacht?«

»Ich wollte sie mit dir zusammen öffnen.«

»Danke«, flüsterte Estella und sah Lena an, die ihren Blick erwiderte und lächelte.

Estella stellte den Karton zwischen sie und öffnete ihn. Ganz oben lag ein Kleid, das erste, das Estella für sich genäht hatte, mit unregelmäßigen Stichen, die Knöpfe lose, der Stoff abgetragen. Die Unzulänglichkeiten waren ihr völlig egal gewesen, und ihre Mutter hatte sie das Kleid tragen lassen, sooft sie wollte, selbst im Winter. Wenn es kalt war, musste Estella darunter eine dicke Strumpfhose anziehen und obendrüber mehrere Jacken, um warm zu bleiben, aber Jeanne hatte sie kein einziges Mal ermahnt, etwas anderes anzuziehen.

Als Estella das Kleid nun in der Hand hielt, blitzte eine Erinnerung auf: Sie und ihre Mutter gingen durch den Marais und machten vor diesem Haus halt. Der Gesichtsausdruck ihrer Mutter war so verzweifelt gewesen, dass sie ihr die Arme um die Taille schlang. Jeanne hatte ein lautes Schluchzen ausgestoßen, sich dann jedoch beruhigt und ihre Tochter auf den Arm genommen, obwohl Estella damals wahrscheinlich längst zu groß war, um noch getragen zu werden. »Mein Herz tut einfach so weh«, hatte Maman ihr erklärt.

Jetzt wusste Estella, was sie meinte. Wie sie hier so neben einer Frau saß, die höchstwahrscheinlich ihre Schwester war, neben sich eine Schachtel voller Geheimnisse, in der Hand ein uraltes Kleidchen, tat auch Estellas Herz weh.

Zögernd griff sie erneut in die Schachtel und holte eine zusammengerollte Leinwand heraus, es war ein Porträt zweier Menschen, Mann und Frau. Sie schauten sich an, als wären sie leidenschaftlich ineinander verliebt. Mit gerunzelter Stirn studierte Estella das Gemälde. Den Raum, in dem das Paar dargestellt war, kannte sie genau: ein Fenster wie in einer Kirche, auf einer Seite ein Klavier, ein Ausblick, den Estella, am gleichen Klavier sitzend, durch den gleichen Fensterrahmen gesehen hatte.

»Die beiden sind in diesem Haus«, sagte sie nachdenklich. »Aber wer sind sie?«

»Das ist Evelyn Nesbit. Und John Barrymore – du hast ihn vielleicht schon in einem seiner Filme gesehen. Er war Evelyns Liebhaber, vor Stanford White und Harry.«

Estella drehte die Leinwand um. Auf der Rückseite stand in der ordentlichen Handschrift ihrer Mutter: *Mes parents, 1902.*

»Evelyn Nesbit und John Barrymore waren die Eltern meiner Mutter?«, fragte sie. »Hat Evelyn meiner Mutter deshalb das Haus überschrieben?«

»Ja. Und deshalb ist sie in einem Nonnenkloster aufgewachsen. Evelyn war nicht verheiratet, aber man weiß, dass sie in der Zeit mit John Barrymore mindestens eine Abtreibung hatte und angeblich nach Paris kam, um sich zu erholen. Einmal hat sie sich wohl entschieden, das Kind zur Welt zu bringen. Und dieses Kind war deine Mutter.«

Nun zog Estella eine auf einer Schreibmaschine getippte Manuskriptseite und eine Bleistiftzeichnung heraus, die sofort ihre Aufmerksamkeit fesselte. Die Skizze stammte von ihrer Mutter, das sah sie sofort. Ihre Mutter hatte immer mit Bleistift gezeichnet, und auf dem Bild waren zwei schlafende Säuglinge zu sehen. Zwei winzige Neugeborene.

»Es gab also zwei Kinder«, stellte Estella fest.

»Weißt du, wer das gezeichnet hat?«, fragte Lena leise.

»Meine Mutter«, antwortete Estella. »Also sind wir Zwillinge.«

»Ich hätte mir nie träumen lassen, dass ich einmal eine Schwester haben würde«, sagte Lena so leise, dass Estella sie kaum hören konnte.

»Du musst mich nicht als deine Schwester bezeichnen, wenn du nicht willst«, sagte Estella hastig. »Du kannst einfach weitermachen wie bisher – als gäbe es mich gar nicht.«

»Warum sollte ich?«, fragte Lena.

»Weil …« Estella verstummte. Es war ein merkwürdiges Geschenk, und in diesem Augenblick fühlte sie plötzlich etwas ganz Neues, Kostbares – die Tiefe ihrer Verbindung mit Lena. Das, was sie sich immer gewünscht hatte. Sie schlug die Hand vor den Mund, konnte das

Schluchzen, das sie an das ihrer Mutter an jenem Tag in der Rue de Sévigné erinnerte, jedoch nicht unterdrücken.

»Ich weiß, dass ich als Schwester wahrscheinlich eine Enttäuschung bin«, sagte Lena, und Estella sah zwei Tränen über die Wangen ihrer Schwester rollen.

Estella gab einen Laut von sich, halb Lachen, halb Weinen. »Du wirst für mich nie eine Enttäuschung sein.«

Lena lachte unsicher. »Aber nichts von alldem verrät uns, wer unser Vater ist.«

»Und es erklärt auch nicht, wieso du bei Harry aufwachsen musstest. Selbst wenn Evelyn meine Mutter zur Welt gebracht hat und Evelyn einmal mit Harry verheiratet war, erklärt das alles nicht, warum unsere Mutter, die Harry nicht einmal kannte, dich ausgerechnet ihm überlassen hat.« Das war die größte und schrecklichste Frage, denn jetzt, wo sie Harry begegnet war, konnte Estella sich noch weniger vorstellen, wie irgendjemand ihm ein Kind anvertrauen würde.

»Eigentlich hat sie mich zu Harrys Mutter gegeben. Man hat mir immer erzählt, ich sei das ungewollte Kind einer Verwandten, mit der Mrs Thaw Mitleid hatte. Dabei habe ich nie erlebt, dass Mrs Thaw mit irgendjemandem Mitleid hatte. Sie hat mich adoptiert, und als Harry aus der Nervenheilanstalt entlassen wurde, hat sie mich zu ihm gegeben, damit er auf mich aufpasst; er war jünger und angeblich besser geeignet, ein Kind aufzuziehen.«

Lena holte tief Luft, legte sich dann zurück auf das blauschwarze Schieferdach und starrte hinauf in den Nachthimmel. Anstatt weiterzusprechen, zog sie ihr Kleid ein Stück von der Schulter, wandte Estella den Rücken zu und deutete auf eine Unebenheit in ihrer Haut, eine Narbe. Jedoch keine gewöhnliche.

Nach einem Moment erkannte Estella, dass die weißen Hautwülste Buchstaben bildeten: *HKT*. »Harry Kendall Thaw«, flüsterte sie. »Aber so etwas kann er dir doch nicht angetan haben, das ist unmöglich.«

»Er hat mich gebrandmarkt, als ich meine erste Periode bekommen habe«, entgegnete Lena nüchtern. »Um mir klarzumachen, dass ich immer ihm gehören würde.«

Am liebsten hätte Estella sich die Ohren zugehalten. Sie wollte nichts mehr von diesem verabscheuenswerten Mann hören oder sehen, sie wollte nie mehr an ihn denken. »Und es war niemand da, der versucht hätte, diesem Mann das Handwerk zu legen«, sagte sie langsam. »Du hattest niemanden, der dir geholfen hat?«

»Nein. Harrys Mutter war ebenso verrückt wie er selbst. Zu diesem Zeitpunkt hatte ich Evelyns Memoiren gelesen und wusste, wie grausam Harry sein konnte und warum es für mich besser war, ihn tun zu lassen, was er wollte. Wenigstens hatte ich dann ein gewisses Maß an Freiheit. Hätte ich mich zur Wehr gesetzt, hätte ich auch das noch verloren. Am Abend, nachdem er mich gebrandmarkt hatte, hat er eine Party für mich gegeben und angekündigt, es sei mein gesellschaftliches Debüt, jetzt solle ich mich der Welt zeigen.«

Ich möchte es nicht wissen, dachte Estella. Aber das war unmöglich, sie musste zuhören. Lena war zu so schlimmen Dingen gezwungen worden, und dennoch war sie hier und am Leben. »Wie hast du das Haus in Gramercy Park bekommen? Wie hast du dich von ihm befreit?«

So kam alles ans Licht.

―

Am Tag der Debütantinnenfeier kam Harry ohne anzuklopfen in mein Zimmer, wie es seine Art war.

»Putz dich heute Abend heraus«, sagte er schroff und legte ein Abendkleid auf mein Bett.

»Selbstverständlich«, antwortete ich, denn der Schmerz in meiner Schulter erinnerte mich daran, dass es besser war, mich seinen Wünschen zu beugen. Ich setzte mich an meinen Toilettentisch, in dessen

Spiegel ich mein elegantes Zimmer und meinen Onkel sehen konnte. So viel Seide: Tapeten, Vorhänge, Bettwäsche. Dazu ein Übermaß an Blattgold: die Bettpfosten, die Fäden in der Tapete, die Malergold-Uhr, die wie eine dummdreiste Sonne vom Kaminsims leuchtete.

Ich tat alles, was er von mir verlangte, schminkte mir das Gesicht, schlüpfte in das tief dekolletierte Kleid und schlenderte in den Salon. Sofort richteten sich die Blicke der Männer auf mich. Harry lächelte hinter seinem Rotweinglas, und ich wusste, dass ich ihn zufriedengestellt hatte, was mir, wenn ich Glück hatte, etwas Freiheit erkaufen würde.

Als das Abendessen beendet war, stand Harry auf. »Gentlemen, ziehen wir uns zum Brandy zurück. Ladys, bitte machen Sie es sich im Salon gemütlich.«

Die Damen raschelten davon, bereit, sich mit ihren Gemeinheiten und Sticheleien zu vergnügen. Böse Bemerkungen übereinander und vor allem über mich.

»Du, Lena, wirst uns servieren«, befahl Harry mir.

Nichts anderes hatte ich erwartet. Obwohl es im Haus von Dienstboten wimmelte, war es natürlich viel extravaganter, die Arbeit von der dreizehnjährigen Familienangehörigen erledigen zu lassen.

So folgte ich den Männern ins Rauchkabinett und reichte ihnen die Zigarren. Als ich einem der Männer, den ich aus den Zeitungen als Frank Williams kannte, einen der größten geschäftlichen Konkurrenten der Familie Thaw, das Kistchen reichte – Harry hatte seine Feinde immer gern in seiner Nähe –, blaffte er mich an: »Wie heißt du?«

»Lena.«

»Lena? Deine Eltern hielten wohl nichts von Traditionen?«

»Meine Eltern sind tot.«

Frank zuckte die Achseln. Und nach dieser Geste der Gleichgültigkeit wusste ich, was ich versuchen würde. Die Tatsache, dass Harry diesen Mann hasste, könnte die Sache gelingen lassen. Ich knipste das Ende von Franks Zigarre ab.

»*Da wir gerade von Traditionen sprechen*«, *sagte Harry, der auf einem Sessel am Feuer saß, und lächelte großzügig.* »*Ich habe etwas für dich, mein Schatz.*«

»*Du hast mir doch schon so viel geschenkt, Onkel*«, *sagte ich süßlich.* »*Ich brauche nichts mehr.*«

»*Wie wäre es damit?*«, *fuhr er unbeirrt fort und hielt ein Silbermedaillon in die Höhe, kunstvoll graviert und mit seinem Bild im Innern.*

Sein Auftritt als gütiger Onkel, der seinem Mündel alles gab, was es sich nur wünschen konnte, war mir so vertraut, dass ich nur den Kopf neigte, damit er mir die Kette um den Hals legen konnte. Sie lastete schwer wie ein Mühlstein auf meiner Haut, aber ich lächelte zutiefst gerührt. Harry nickte.

»*Lass mich sehen*«, *rief Frank von seinem Sessel.*

Ich folgte seinem Wunsch und achtete darauf, mich tief zu ihm hinunterzubeugen. Sofort fixierte sein Blick mein Dekolleté, und ich wusste, dass mein Plan funktionieren könnte. »*Ich liebe Schmuck so sehr*«, *flüsterte ich.* »*Und auch die Männer, die ihn mir schenken.*«

Unbehaglich rutschte er auf seinem Stuhl herum und schlug die Beine übereinander. »*Bring mir noch einen Brandy.*«

»*Gern.*«

Ich bediente ihn mit aller Aufmerksamkeit, und am nächsten Tag traf eine Halskette mit einem noch größeren, diamantverzierten Medaillon für mich ein. Ein Geschenk von Frank. Von diesem Moment an schmeichelte ich ihm weiter, ermunterte ihn, wie ich nur konnte. Es reizte Frank, dass er, ganz gleichgültig, wie sehr er Harry im Geschäftlichen übertrumpfen mochte, bei dessen Lieblingsbesitz doch im Hintertreffen blieb. Hie und da zeigte ich Harry einen Ring oder eine Brosche, die ihn in helle Wut versetzte und dazu führte, dass er mir wiederum ein größeres Schmuckstück kaufte und es mir bei der nächsten Gelegenheit vor Franks Augen überreichte.

Sechs Jahre brauchte ich, um so viel Schmuck anzuhäufen, dass eine ordentliche Summe zusammenkommen würde, wenn ich ihn versetzte. Allerdings reichte es immer noch nicht, um ein Haus oder meine Freiheit zu kaufen. Also musste ich mir von Frank helfen lassen.

Ich erzählte ihm von einem Haus in Gramercy Park, an dem Harry immer wieder vorüberging und das er ebenso begehrlich musterte, wie Frank mich ansah. Wenn ich dieses Haus hätte, erklärte ich Frank, dann könnte er mich besuchen, sooft er wollte. Und wie das Harry ärgern würde!

Frank heuerte einen Anwalt an, um der Sache mit dem Haus auf den Grund zu gehen, und dieser fand heraus, dass das Haus Harry gehörte, dass er es hatte bauen lassen. Doch die Besitzurkunde war auf den Namen seiner Mutter ausgestellt, weil er damals als offiziell Geisteskranker keine Geschäfte abschließen konnte. Anscheinend hatte er das ursprüngliche Haus abreißen und eine Kopie von Evelyns Haus in Paris auf dem Grundstück errichten lassen. Damals fragte ich mich, warum er nicht darin wohnte, aber ich glaube, es war auch eines der Dinge, die er nur um des Besitzes willen haben wollte. Sein größter Wunsch war immer, Evelyn zu besitzen, und indem er ihr Haus nachbauen ließ, glaubte er wahrscheinlich, sie zumindest teilweise unter Kontrolle zu haben.

Wie dem auch sei – als Frank herausfand, dass das Haus Harry gehörte, war er umso erpichter darauf, es ihm wegzuschnappen. Und natürlich ging er davon aus, dass er, sobald ich in Gramercy Park wohnte, ungehindert Zugang zu mir hätte. Der Anwalt unterbreitete Mrs Thaw ein anonymes, sehr großzügiges Angebot, das sie nicht ablehnen konnte, und sie war froh, den extravaganten und vollkommen nutzlosen Prunkbau loszuwerden. Sobald ich die Schlüssel in Händen hielt, ließ ich die Schlösser auswechseln und untersagte Frank, das Haus jemals zu betreten. Aus Rache verleumdete er mich überall in der Stadt. Aber das war mir gleichgültig.

Was Harry anging, so wusste ich, dass er mir, wenn ich es ihm sagte, *nichts mehr antun konnte, was er mir nicht längst angetan hatte. Es war eher ein symbolischer Sieg als ein realer. Aber als ich ihn beim Weggehen hörte, wie er eine teure Vase an die Wand schmetterte, empfand ich große Zufriedenheit.*

―

Als Lena am Ende angekommen war, sagte Estella zunächst kein Wort. Irgendwann im Lauf der grässlichen Geschichte hatte sie Lenas Hand ergriffen, und so starrten sie nun, Hand in Hand nebeneinander auf dem Rücken liegend, in den Nachthimmel empor. Estella verstand, dass Lena lange Zeit in einer Nacht gelebt hatte, auf die kein heller Morgen, sondern stets nur eine weitere Nacht folgte – eine endlose, beklemmend leere Dunkelheit.

Sie drückte Lenas Hand – das war der einzige Trost, den sie anzubieten hatte. »Ich gehe jetzt zu Maman«, sagte sie schließlich. »Morgen nehme ich dich mit zu ihr, vorausgesetzt, dass du es dann noch willst. Ich weiß nicht, was sie mir erzählen wird. Aber es hilft nichts, wenn ich das Treffen mit ihr vor mir herschiebe, ich kann das, was in der Vergangenheit passiert ist, sowieso nicht mehr ändern.«

»Nein«, murmelte Lena. »Das ist das Gemeine an der Vergangenheit.«

Als Estella sich ihr zuwandte und sah, dass Lena ein wenig lächelte, fragte sie: »Wie schaffst du das? Ich meine, was hilft dir, trotz allem weiterzuleben? Wie ... wie bringst du es fertig, dich zu verlieben, wo du doch selbst nie Liebe bekommen hast?«

»So abscheulich das auch klingen mag – ich lebe für die Rache. Das ist mein Geheimnis. Ich habe weitergemacht, weil ich Harrys Gesicht sehen wollte, als ich ihn verlassen habe. Für mich war es eine große Genugtuung, ihm zu begegnen und zu wissen, dass er verloren hatte. Und was die Liebe angeht – da kann ich dir keine Antwort bieten.«

»Aber du und Alex ...«

»Alex ist genauso verkorkst wie ich. Vor langer Zeit haben wir uns in einer Nacht aneinander festgehalten. Seither war es uns beiden recht, dass wir zusammen zu den gesellschaftlichen Anlässen gehen können, wenn er in der Stadt ist. Das hält die Wölfe fern. Mehr ist nicht zwischen uns.«

»Aber es muss doch Liebe im Spiel sein«, beharrte Estella. »Er hat dich hierhergebracht, damit wir etwas herausfinden können, das vielleicht ...«

»Alles besser macht? Vorhin hast du selbst gesagt, dass man die Vergangenheit nicht ändern kann.«

»Aber die Zukunft ...«

Wieder fiel Lena ihr ins Wort. »Wir sind mitten in einer Stadt, die sich einem Tyrannen unterworfen hat. So ist das Leben. Das ist es, was die Zukunft bereithält.«

Nein, das stimmt nicht, wollte Estella protestieren. Aber stattdessen drückte sie noch einmal Lenas Hand. »Ich hoffe, dass du dich irrst.«

Lena schwieg so lange, dass Estella schon dachte, ihr Gespräch, ihr erster Augenblick echter Vertrautheit, sei vorüber. Doch dann sagte Lena: »Vielleicht ... vielleicht irre ich mich. Vielleicht ist es das, was die Zukunft für mich bereithält«, und wies auf ihre ineinanderliegenden Hände.

Estella wollte nichts mehr, als diesen Hoffnungsfunken, den ersten, den sie bei Lena gesehen hatte, in Zuversicht zu verwandeln. Sie nahm ihre Schwester in den Arm. »Ich werde dich immer lieben, Lena.«

Als sie die Worte aussprach, wurde Estella klar, wie sehr *sie* sich geirrt hatte. Wie konnte sie sich danach sehnen, von Alex geküsst zu werden, wie hatte sie seine Nähe genießen können? Lena hatte es einfach nicht verdient, dass Estella ihr das einzig Gute neidete, das sie gefunden hatte – den Trost, die Geborgenheit, die Alex ihr gab.

Sie spürte, wie Lena zitterte, und lächelte ihr zu, was Lena erwiderte, und sie hatten beide Tränen in den Augen. *Wir sind gleich*, dachte

Estella. *Wir wollen beide, dass das Band zwischen uns zu etwas Größerem wird, zu etwas Starkem, Unzerstörbarem, das unserem Leben einen unerwarteten Glanz verleiht.*

———

Bis zur Sperrstunde blieb ihr eine halbe Stunde, mehr als genug, um zum Haus ihrer Mutter zu gelangen. Auf den Straßen wimmelte es noch immer von Prostituierten und deutschen Soldaten, die sie bedrängten. Estella machte es ganz krank, dass Paris, ihre Heimatstadt, sich diesem schmutzigen Geschäft widmete, andererseits hatte sie sich nie allein durchschlagen müssen – wer weiß, was sie im Ernstfall fürs bloße Überleben tun würde. Was Lena getan hatte? Estella schauderte.

An der vertrauten Tür zum Haus ihrer Mutter angekommen, legte Estella gerade die Hand auf das Holz, als die Tür sich wie von selbst öffnete. Monsieur Montpellier, der schmierige Concierge, bleckte die Zähne. »*Bonsoir*«, nuschelte er, und Estella fiel auf, dass er keinesfalls abgenommen hatte und auch nicht hungrig aussah. Offensichtlich sorgte jemand dafür, dass er regelmäßig genug zu essen und zu trinken bekam.

Un collabo, ein Kollaborateur. Beim Gedanken, wer sich für Informationen von Monsieur Montpellier interessieren könnte, fröstelte sie erneut.

»Suchen Sie Ihre Mutter?«, fragte er beflissener als je zuvor.

Estella nickte.

»Oben«, lächelte der Concierge und deutete die Treppe hinauf. »Sie müssen nach oben.«

»Ich kenne den Weg«, gab Estella zurück.

Sie stieg die Treppe zum obersten Stockwerk hinauf, schob die Tür auf und drückte auf den Lichtschalter, aber es gab keinen Strom. Also suchte sie ihren Weg durch das dunkle Zimmer, das sie einst mit ihrer Mutter geteilt hatte. Das Bett war leer.

»Maman?«, rief Estella leise. Keine Antwort.

Sie runzelte die Stirn. In der Küche war kaum etwas Essbares. Staub überzog den Tisch mit einer dünnen, aber deutlich erkennbaren Schicht, in der Tasse, die darauf stand, war Ersatzkaffee getrocknet. Sie kehrte ins Zimmer zurück, legte sich aufs Bett und spürte die Leere, die sie umgab – die Abwesenheit des Geruchs ihrer Mutter –, während sie auf die Klänge ihrer Stadt unten auf der Straße lauschte: fremd, freudlos und voller Angst unter dem Stiefel der Deutschen.

Kurz darauf hörte sie, wie die Wohnungstür sich öffnete, und erstarrte.

»Estella?« Lenas Stimme, gefolgt von Alex, der lauter rief: »Estella!«

Sie hörte das Geräusch des vergeblich betätigten Lichtschalters, die Schritte der beiden, die sich durchs Zimmer bewegten, hörte Alex zu Lena sagen: »Bleib hier.«

Einen Augenblick später stand er vor ihr.

»Hat sie dir geholfen?«, fragte Estella mit monotoner Stimme.

»Ich hab sie gebeten aufzuhören.« Auch er klang hölzern. »Aber sie hat keinen Zweifel daran gelassen, dass sie es trotzdem tun würde, allein, ohne britische Unterstützung, auf die gefährlichste Art. Da hab ich sie gelassen. Es tut mir leid.«

Immer tat allen irgendetwas leid. Was sollte das helfen? Aber Estella wusste, wie stur ihre Mutter war – immer wieder hatte sie Monsieur Aumonts Angebot abgelehnt, das Geld, das sie ihm schuldeten, nicht zurückzuzahlen, sie hatte Estella gedrängt, nach New York zu gehen, sie hatte gearbeitet, seit sie fünfzehn war, um Estella versorgen zu können. Wenn ihre Mutter darauf bestanden hatte, auf ihre Art Widerstand gegen die Deutschen zu leisten, war es für Alex unmöglich gewesen, sie aufzuhalten.

Erst gesellte sich Lena zu Alex, setzte sich dann aber zu Estella aufs

Bett. Und Estella wusste, dass sie mit Alex auf die Suche nach ihr gegangen war, weil sie genauso stur war wie sie selbst und wie ihre Mutter.

Sie griff nach Lenas Hand.

»Deine Mutter hat befürchtet, dass jemand sie beobachtet«, sagte Alex. »Vielleicht ist sie an einen sichereren Ort gegangen. Ich werde alles Menschenmögliche tun, um es herauszufinden.«

»Wenn die Deutschen sie gefangen genommen haben, was werden sie mit ihr machen?«, fragte Estella.

»Wir müssen hier weg.« Alex hakte einen Finger um den Verdunkelungsvorhang und spähte hinaus, offensichtlich beunruhigt. Dann fluchte er. »Schnell«, befahl er. »Die Treppe runter, ehe sie reinkommen. In den dritten Stock.«

Estella wollte sich beeilen, aber es war, als hätte der Kummer sich wie Beton in ihren Gliedern festgesetzt und sie ihrer ganzen Behändigkeit beraubt. Stolpernd mühte sie sich die Treppe hinunter, glaubte jedoch verstanden zu haben, warum Alex sie in den dritten Stock und nicht ganz nach unten bringen wollte – in einer der Wohnungen hier gab es einen Raum, der über die Passage Saint-Paul hinwegführte. Eine Möglichkeit, aus dem Haus zu gelangen, ohne den Deutschen in die Arme zu laufen.

»Hier rein«, befahl Alex, schob die Tür auf und komplimentierte Estella und Lena in die Wohnung.

Estella konnte sehen, dass auch diese Wohnung leer stand; sicher war das alte Paar, das hier früher gewohnt hatte, in die freie Zone gezogen oder bei Familienmitgliedern in Paris untergeschlüpft.

Doch Alex führte sie nicht über die Passage, sondern öffnete ein Fenster direkt darüber. »Hier raus. Haltet euch mit den Händen am Sims fest, lasst euch so weit wie möglich runter, und dann springt ab. Es ist nicht sehr hoch, ihr werdet euch nicht verletzen.« Er hielt Lena die Hand hin.

»Lass Estella zuerst rausklettern«, sagte Lena.

Ohne großes Federlesen schoben die beiden Estella durchs Fenster, sie packte den Sims, ihr Körper baumelte über der Gasse. Doch bevor sie sich fallen ließ, hörte sie plötzlich schnelle Schritte, eine Tür wurde aufgerissen, dann ein lauter Knall. War es ein Schuss? Lena schrie auf. Nacktes Entsetzen packte Estella, ihre Handflächen wurden feucht vor Angst, und um ein Haar wäre sie abgerutscht. Mit der Kraft der Panik gelang es ihr, sich so weit hochzuhieven, dass sie durchs Fenster in die Wohnung sehen konnte.

Lena lag auf dem Boden, Alex stand schützend vor ihr. An der Tür stand, breit grinsend, der Concierge, neben ihm ein Mann in deutscher Uniform. Alex stürzte sich auf ihn, schlug ihm das Gewehr aus der Hand und rammte ihm ein Messer in den Bauch. Der Concierge ergriff die Flucht.

O Gott! Auf einmal fiel Estella wieder ein, wie wichtig es dem Concierge gewesen war, sie nach oben zu schicken. Und dass Alex gesagt hatte, ihre Mutter fühle sich beobachtet. Also war der Concierge, der sowohl Estella als auch ihre Mutter gehasst hatte, wirklich so dick, weil die Deutschen ihn für seine Informationen reichlich entlohnten.

»Lena«, versuchte sie zu rufen, aber ihr Mund war trocken vor Schreck, und ihre Arme zitterten so sehr, dass sie den Kopf nicht länger in die Höhe recken konnte. Sie sah nur noch, wie Alex die blutende und bewusstlose Lena hochhob.

Dann kam er auch schon durchs Fenster geklettert, Lena fest im Arm. »Beweg dich!«, zischte er Estella zu.

Sie erwachte erst aus ihrer Starre, als ihre Füße auf dem Boden aufschlugen.

Alex folgte ihr in kurzem Abstand und landete mit einem dumpfen Schlag neben ihr. »Verdammt, verdammt, verdammt«, fluchte er, befühlte Lenas Hals, beugte sich über sie und horchte nach Atemgeräuschen.

Wie erstarrt stand Estella da, unfähig, sich zu rühren oder zu sprechen, unfähig, darauf zu reagieren, dass der Concierge vielleicht schon in diesem Moment am Telefon bei den Nazis um Verstärkung rief.

Alex sah sie an und schüttelte den Kopf.

»Nein!« Estellas Mund formte das Wort, doch ihr Aufschrei blieb tonlos, ein Entsetzen, das sie nicht zum Ausdruck bringen konnte.

Alex schloss Lenas Augen. »Ich nehme sie mit.«

Und das tat er, so gut er konnte, quälte sich die Passage Saint-Paul entlang, in den Armen die leblose Lena, deren Glieder hin und her baumelten wie die einer Puppe. Natürlich wusste Estella, dass sie ohne Lena viel schneller wären, sie wusste, dass auch Alex es wusste, und sie wusste, dass er Lena ihretwegen mitschleppte. So eilte sie voraus, immer weiter in die Passage, an deren Ende sie die Hintertür der Église Saint-Paul-Saint-Louis erreichen würden, und betete, dass ihre Verfolger die Passage für eine Sackgasse hielten und ihre Suche deshalb draußen auf der Straße fortsetzen würden.

Sie schafften es zur Kirche. Zum ersten Mal in ihrem Leben wandte sich Estella in dem heiligen Raum nicht der kleinen Seitenkapelle zu, wo die wunderschöne Statue von Maria mit dem Jesuskind stand, eingerahmt von rotbraunen, weiß gesprenkelten Marmorsäulen und über dem Altar von der Inschrift *Regina Sine Labe Concepta* – Königin der unbefleckten Empfängnis. Sie verschenkte keinen Gedanken daran, was auf diesen Satz folgte: die Bitte, Maria möge für die Menschen beten. Denn wer betete für sie? Für ihre Mutter? Für Lena?

Am liebsten hätte sie Maria angeschrien, die ihr Kind so heiter und entspannt in den Armen hielt. Die einzigen Menschen auf der ganzen Welt, die noch an das glaubten, was diese Kirche mit ihrer beeindruckenden Kuppel, dem berühmten Gemälde von Eugène Delacroix und den von Victor Hugo gestifteten muschelförmigen Weihwasserbecken versinnbildlichte, waren Menschen, die noch glaubten, dass es Hoffnung gab, und sich blind und vergebens an solchen albernen Krimskrams klammerten.

Als sie von draußen Lärm und Geschrei hörte, wandte sie sich im selben Augenblick zu Alex wie er sich zu ihr, sah die Frage in seinen Augen und nickte. Behutsam, so behutsam, dass Estellas Kehle sich zuschnürte und ihr die Tränen über die Wangen strömten, legte er Lenas Körper auf den Boden und bekreuzigte sich. Um ein Haar hätte Estella sich abgewandt, denn ihn zu beobachten war eine Qual, die jeden Schmerz überstieg.

Noch einmal küsste er Lenas Wange und flüsterte ihr zu:

> *»Ich bin der nächtlich sanfte Sternenglanz.*
> *Steht nicht an meinem Grab und weint,*
> *Ich bin nicht tot, wie ihr es meint.«*

Estella schluchzte laut, beugte sich hinab und küsste ebenfalls Lenas Wange – zum ersten Mal. Der Hoffnungsschimmer, den sie in den Augen ihrer Schwester hatte aufleuchten sehen, als sie Hand in Hand auf dem Dach gesessen hatten, war für immer erloschen, ausgelöscht, kaum dass er entstanden war. Mit ihrem Wunsch, Lenas Leben besser zu machen, ihr Antworten zu vermitteln, ihr zu zeigen, dass die Liebe über die Gewalt triumphieren würde, hatte Estella genau das Gegenteil erreicht. Die Schwester, die sie sich immer gewünscht hatte und die Lena vielleicht ebenso herbeigesehnt hatte, war für immer verloren.

Alex griff nach ihrer Hand. »Wir müssen gehen.«

Estella folgte ihm hinaus auf die Rue Saint-Antoine, fort von Lena und fort von dem Glauben, je wieder die Person sein zu können, die sie einmal gewesen war.

Kapitel 22

Aber die Straßen hielten noch mehr Grauen bereit. Noch ehe das rötliche Licht des heraufdämmernden Tages sie ganz durchdrungen hatte, zeigte sich das besetzte Paris erneut von seiner schrecklichsten Seite. Als Estella und Alex vom Hauptportal der Kirche hinausspähten, bot sich ihnen ein barbarisches Schauspiel: Französische Polizisten trieben Hunderte, nein, Tausende ihrer Mitbürger wie Vieh vor sich her in wartende Busse – dass sich ihre eigenen Landsleute dafür hergaben, war für Estella das Allerschlimmste. Mit gesenkten Köpfen schlurften die eingeschüchterten, verschreckten Menschen dahin, wagten nicht aufzublicken vor lauter Angst, es könnte gewaltsam bestraft werden.

Zwar stellte Alex sich vor Estella und versuchte, ihr die Sicht zu versperren, doch es war unmöglich, der Zug der gepeinigten Menschen war zu lang. »Was ist da los?«, flüsterte sie schockiert.

»Es sind Juden«, erklärte er leise. »Schon wieder eine Massenfestnahme.«

»Wohin bringt man sie?«

Alex' Stimme war so leise, dass sie ihn kaum verstehen konnte. »Nach Drancy«, antwortete er.

»Drancy?«, hakte Estella nach.

»Ein Internierungslager.«

Ein Lager. Einer der Orte, die schlimmer sein mussten als der Tod. Aber waren es für ein Lager nicht zu viele Menschen? Sie blickte zu Alex auf, und er erkannte die Frage in ihren Augen.

»Ich tue alles, was ich kann. Aber nicht jetzt«, sagte er. »Ich riskiere nicht auch noch dein Leben nach dem von …«

Nach dem von Lena.

»Es ist schrecklich, das zuzugeben, doch das Chaos wird uns helfen zu entkommen«, sagte er grimmig. »Aber du musst genau das tun, was ich sage. Alles, ohne Fragen.«

Schon als er ihr das zum ersten Mal gesagt hatte, hatte sie ihn für gefühllos gehalten. Aber jetzt schien er dunkler und kälter als die Seine im Winter. Hätte sie ihn nicht gekannt, hätte sie Angst vor ihm bekommen, vor seiner Verwandlung in einen Mann, der kaltblütig einen anderen Menschen niedergestochen hatte, sei es auch, um Lena zu retten. Doch sie nickte nur stumm.

Sie eilten durch Seitenstraßen, durch Parks und Höfe. Bei einer Bar machte er halt und führte ein erhitztes Gespräch mit einem hinkenden Mann, den Estella als einen jener Männer erkannte, mit denen er im Club und auch in Marseille gesprochen hatte.

Als er wieder zu Estella trat, sagte er: »Die Rue de Sévigné ist noch sicher. Wir können dorthin zurück.«

Nicht viel später gingen sie durch das Tor in den Hof und betraten von dort das Haus. Alex verschwand die Treppe hinauf und schloss die Tür zu seinem Zimmer ohne ein weiteres Wort. Was gab es auch noch zu sagen?

Mit Lenas Karton stieg Estella wieder hinauf aufs Dach, wo sie erst vor ein paar Stunden neben ihrer Schwester gelegen hatte, holte die Zeichnung ihrer Mutter aus ihrer Tasche, strich mit der Hand über die Bleistiftkonturen der beiden Babys und dachte an Lena. An die Schwester, von der sie nie etwas erfahren hätte, wenn sie in Paris geblieben wäre, wenn es den Krieg nicht gegeben hätte.

Doch die Zeichnung bewies, dass Jeanne wirklich ihre und Lenas Mutter war, und das war ein kleiner Trost, obwohl es nicht das Rätsel löste, wer ihr Vater gewesen sein mochte und weshalb ihre Mutter nur eines ihrer beiden Kinder behalten und das andere bei den Thaws in Amerika gelassen hatte. Wind kam auf und hätte den Karton beinahe umgeworfen, aber als Estella ihn halten wollte, merkte sie, dass noch etwas darin war, das sie noch nicht gesehen hatte. Ein Foto. Sie holte es heraus.

Es war ein Bild ihrer Mutter, die lächelnd neben einem Mann stand, der aussah wie eine jüngere Version Harry Thaws. Estella erstarrte. Heißer Zorn durchfuhr sie, sie zerriss das Bild und warf die Fetzen hinunter auf die Straße. Dann kamen wieder die Tränen, Tränen für Lena, Tränen für das, was sie auf dem Foto gesehen hatte. Ihre Mutter hatte Harry Thaw also tatsächlich gekannt. Sie verschloss die Augen vor dem Gedanken, aber hinter zusammengekniffenen Lidern sah sie nur Lenas lebloses Gesicht vor sich.

Danach musste sie wohl eingeschlafen sein, denn sie erwachte in der Mittagssonne, die heiß auf sie niederstrahlte und ihr das Gesicht verbrannte. Sie hob schützend die Hand, wollte aufstehen, aber die Erinnerung an die letzte Nacht brachte sie zum Stolpern. Sie musste etwas essen. Und ein Glas Wasser trinken. Ihr Magen krampfte vor Übelkeit und Kummer.

Langsam ging sie hinunter auf den Korridor. Ein Geräusch ließ sie zusammenzucken – es klang, als wäre jemand dabei, sich zu übergeben. Ein Ächzen. Leise Stimmen. Sie schlich hinüber zu Alex' Tür und lauschte. Wieder die Würgelaute. Sie legte die Hand an die Tür und öffnete sie wütend.

Nach dem grellen Sonnenschein auf dem Dach war es im Zimmer so dunkel, dass sie kaum etwas erkennen konnte. Sie blinzelte mehrmals und hörte Alex murmeln: »Sag ihr bitte, sie soll gehen, Peter.«

Ein Mann erschien neben ihr, der hinkende. Bevor sie wusste, wie ihr geschah, hatte er sie aus dem Raum geschoben und die Tür hinter ihr geschlossen.

»Da hat wohl jemand seinen Kummer ertränkt, was?«, fragte Estella sarkastisch. Welchen Grund konnte es sonst für die Geräusche geben, als dass Alex sich sinnlos betrunken hatte? Es sah ihm ähnlich, dass er, während sie um Lena trauerte, in die nächstbeste Bar ging und sich mit Whiskey tröstete.

Doch Peter antwortete nicht.

»Ist das seine übliche Art, sich am Morgen nach einer Katastrophe zu erholen?«, stichelte sie weiter, und diesmal bekam sie, was sie wollte. Einen Streit.

Peter packte sie am Arm und schleppte sie die Treppe hinunter in die Küche.

»Sie haben keine Ahnung von ihm«, sagte er voller Wut. »Alex Montrose ist der beste Mann, mit dem ich jemals zusammengearbeitet habe. Ich bin seit fünf Jahren mit ihm unterwegs, und er würde für jeden seiner Männer sein Leben riskieren.«

»Nachdem er sich bewusstlos gesoffen hat, damit er so tun kann, als wäre nichts passiert, meinen Sie?«

»Ich weiß nicht, was letzte Nacht passiert ist, aber ich weiß, dass Sie dafür verantwortlich sind.« Peter stieß die Worte hervor, als wären es Geschosse. »Sie sind in die Wohnung Ihrer Mutter gegangen, obwohl er Ihnen gesagt hat, Sie sollen auf ihn warten. Sie haben ihn direkt in eine Falle gelockt, vor der Ihre Mutter klugerweise weggelaufen ist. Vielleicht haben Sie das noch nicht bemerkt, aber in einem Krieg geht es um Menschenleben.«

»Meine Schwester ist in diesem gottverdammten Krieg ums Leben gekommen«, brauste Estella auf. »Ich weiß sehr wohl, dass es um Leben und Tod geht.«

»Es geht vor allem darum, auch an andere Menschen zu denken, nicht nur an sich selbst.« Peter trat näher auf sie zu, und Estella erstarrte. Sie wollte weglaufen, sie hasste diesen Mann für das, was er sagte.

»Er wird mich dafür umbringen, dass ich Ihnen das sage, aber ich tue es trotzdem, damit Sie aufhören, hier das Unschuldslamm zu spielen«, tobte Peter weiter. »Er ist heute Morgen noch einmal zurückgegangen, um Lenas Leiche zu holen, und er hat sie draußen im Garten begraben. Er hat drei Männer, die eigentlich etwas Wichtigeres tun sollten, losgeschickt, um nach Ihrer Mutter zu fahnden. Erst dann hat er sich von einem dieser verfluchten Schwindelanfälle überwältigen lassen, die ihn quälen, seit er mit einem kaputten Fallschirm aus einem Flugzeug abgesprungen ist und fast gestorben wäre, und die ihn immer dann heimsuchen, wenn er mehr um die Ohren hat, als ein Mensch verkraften kann.«

Einen kurzen Moment hielt er inne, doch die Standpauke war noch nicht zu Ende. »Denken Sie mal nach«, fuhr er fort. »Wer hat Sie von Lissabon nach Paris gebracht? Wer hat einen Agenten mit einem gebrochenen Bein am helllichten Tag ins amerikanische Krankenhaus gelotst und ihn so fit bekommen, dass er auf eine Fluchtroute gebracht werden konnte – und das alles innerhalb von vierundzwanzig Stunden? Das ist nicht von selbst passiert, Estella, nein, Alex hat dafür gesorgt. Er hat Melder postiert, Informationen gesammelt, die sichersten Routen gefunden, nebenbei hat er noch die ganze Zeit Nachrichten an die Résistance weitergeleitet, während Sie dachten, alle wären zum Amüsement hier. Jetzt ist er so krank, dass er nicht aus dem Bett kommt, und das wird wahrscheinlich mindestens noch bis morgen Abend so sein. Aber wenn Sie es vorziehen, ihn als egoistischen Säufer zu sehen, dann tun Sie das, bitte sehr.«

Krank? Alex konnte nicht krank sein. Er war unverwundbar, unangreifbar. Allerdings hatte es nicht den Anschein, als mache der Mann Witze. Estella wollte etwas sagen, brachte jedoch kein Wort heraus.

Peter ging zum Herd, machte Kaffee, füllte ein Glas mit Wasser und wollte alles nach oben tragen. Seine Worte kreisten wild in Estellas Kopf, als wäre sie diejenige mit dem Schwindelanfall.

Wieder einmal hatte sie nur an sich selbst gedacht. Trotz Alex' Warnung war sie allein in die Wohnung ihrer Mutter gegangen. Dort war sie gedankenlos die Treppe hinaufgelaufen, wie der Concierge es ihr gesagt hatte, war nicht einmal auf die Idee gekommen, dass es eine Falle sein könnte, eine Falle, in die sie unwissentlich Alex und Lena gelockt hatte.

»Warten Sie!«, rief sie Peter nach.

Er blieb stehen.

»Sie haben recht«, sagte Estella entschlossen. »Sie haben Besseres zu tun. Sagen Sie mir, was ich tun kann, ich mache alles. Alex wird es hassen, aber er hat keine Wahl.«

Eigentlich war sie sicher, dass er nicht nachgeben würde, denn er starrte sie eine Weile stumm an. Sie erwiderte seinen Blick, ohne mit der Wimper zu zucken.

»Dann helfen Sie ihm, es durchzustehen«, sagte er schließlich. »Sorgen Sie dafür, dass er sich nicht bewegt und dass er genügend trinkt. Ihm wird übel werden, lenken Sie ihn ab, damit er sich möglichst nicht übergibt. Lassen Sie ihn sich nicht aufrichten oder gar aufstehen, bevor er wirklich dazu in der Lage ist. Das können Sie an seinen Augen erkennen – solange der Schwindel noch da ist, flackern sie.«

»In Ordnung«, sagte Estella. »Geben Sie mir das.« Sie nahm Peter das Wasser und den Kaffee ab. »Er hat gesagt, wir sind hier in Sicherheit. Stimmt das?«

»Ja. Ihr früherer Concierge hat Ihre Mutter beschattet. Alex wusste davon, deshalb ist er mit Ihnen in den Club gegangen, um Sie von ihrer Wohnung fernzuhalten. Aber ich bin sicher, dass niemand dieses Haus hier mit Ihrer Mutter in Verbindung bringt.«

Er ist mit Ihnen in den Club gegangen, um Sie von ihrer Wohnung fernzuhalten. Wieder hatte sie sich geirrt, wieder war sie egoistisch gewesen. Wenn sie anders gehandelt hätte, wäre Lena womöglich noch am Leben.

Natürlich versuchte Alex nach Kräften, gegen ihre Anwesenheit zu protestieren, doch Estella ignorierte ihn.

Schimpfend lag er auf dem Bett, wütend auf Peter, weil er Estella zu ihm ins Zimmer gelassen hatte, wütend auf Estella, vor allem war er wütend auf sich selbst. Sein ganzes Leben lang hatte er versucht, alle Schwächen auszumerzen, und ausgerechnet nun zeigte sein Körper eine, gegen die er machtlos war. Eigentlich wusste er, dass er Glück gehabt hatte, denn ihm war lange Zeit nichts wirklich Schlimmes passiert. Aber gerade als er dachte, er hätte sich von dem Absturz Anfang des Jahres einigermaßen erholt, hatten die Schwindelanfälle begonnen, die er weder steuern noch vorhersagen konnte. Auch jetzt konnte er nur auf dem Rücken liegen und Estella mit halb geschlossenen Augen beobachten, wie sie sich mit Wasser und Kaffee zu schaffen machte.

Als sie ins Zimmer kam, wollte er sich sofort aufsetzen, was ein gigantischer Fehler war. Der Boden klappte hoch, als wolle er ihm ins Gesicht schlagen, die Übelkeit überflutete ihn erneut, und er übergab sich direkt vor ihr in eine Schüssel, unfähig, diese danach ins Bad zu bringen und auszuwaschen. Er sah, wie sie es tat, und es war ihm so peinlich, dass er seine Energie damit verschwendete, ihr zu sagen, sie solle es lassen. Er bat sie zu gehen, schrie sie an zu verschwinden.

»Ich brauche keine Krankenschwester«, blaffte er sie an, als er wieder einigermaßen sprechen konnte.

»Das sehe ich«, erwiderte sie sarkastisch.

»Ich brauche dich nicht«, beharrte er, was ebenso wenig der Wahrheit entsprach.

»Ich weiß, aber momentan bin ich alles, was du hast.« Sie setzte sich auf den Klavierhocker und verschränkte die Arme.

Wenigstens wach wollte er bleiben, doch auch das schaffte er nicht und döste ein. Als er erwachte, sah er Estella übers Bett gebeugt vor sich, in der Hand das Wasserglas. Also schob er seinen Kopf ein kleines bisschen auf dem Kissen hoch, gerade so viel, dass er trinken konnte.

Schon diese kleine Bewegung brachte ihn an den Rand seiner Kräfte. Estella legte ihm einen feuchtkalten Lappen auf die Stirn, während er sich alle Mühe gab, das Erbrechen zurückzuhalten, dankbar für den kühlen Stoff, der auf seiner klammen, verschwitzten Haut eine Wohltat war und endlich den Schwindel etwas linderte.

Das Problem war nur, dass er, solange er still und stumm im Bett lag, viel zu viel Zeit zum Nachdenken hatte. Er dachte an Lena, an Estella, an das, was passiert war. Dass Lenas Tod seine Schuld war. Dass er seinen Schwur gebrochen hatte, nie etwas zu tun, worin sich sein Herz verstrickte. Er hatte geglaubt, in seinem Zynismus gut und sicher aufgehoben zu sein, versteckt hinter bedeutungslosen Affären mit bereitwilligen Frauen, mit denen es nie mehr als eine flüchtige Begegnung gab. Das war die einzige Möglichkeit, keinen anderen Menschen mit in den Abgrund zu ziehen, in dem er lebte.

Er war fünfzehn gewesen, als er das erste Mal seinem Herzen gefolgt war. Damals hatte er hinter dem Rücken seines Vaters einen dummen und gefährlichen Plan ausgeheckt, wie er seine Mutter aus Hongkong wegbringen könnte. Aber sein Vater war ihm auf die Schliche gekommen. So mussten Alex und seine Mutter zurück in das Haus seines Vaters, der Alex fast zu Tode prügelte.

Bis heute konnte er kaum daran denken, was mit seiner Mutter geschehen war. Auch sie wurde übel zugerichtet von ihrem Mann, der behauptete, jemand hätte sie auf der Straße überfallen – in Hongkong eine absolut glaubwürdige Erklärung für ihre Blessuren. An diesem Punkt hatte Alex beschlossen, seinen Vater zu töten.

Aber dieser war darauf vorbereitet. »Wenn du mich umbringst, wird auch deine Mutter sterben«, erklärte er seinem Sohn eiskalt. »Für den Fall, dass mir etwas zustößt, habe ich bei Freunden die Anweisung hinterlassen, dafür zu sorgen, dass auch sie den Tod findet.«

Um seine Mutter nicht zu verlieren, musste Alex seinen Vater am Leben lassen. Er musste tun, was von ihm verlangt wurde, und durfte sein Herz niemals mehr über seinen Verstand bestimmen lassen. Denn das hatte er fast mit dem Leben seiner Mutter bezahlen müssen. Genauso war Lenas Leben der Preis für den gestrigen Tumult gewesen.

Anscheinend hatte er laut geflucht, denn plötzlich schreckte er auf, weil etwas ihn berührt hatte – Estellas Hand auf seinem Arm, ganz leicht.

»Alex, du träumst«, sagte sie leise. »Trink noch etwas Wasser.« Wieder legte sie den Lappen auf seine Stirn, der sich schrecklich kalt anfühlte, und ihm wurde klar, dass er schwitzte und wirklich geträumt hatte. Und womöglich hatte er im Traum Dinge gesagt, die Estella lieber nicht hören sollte.

Als er diesmal den Kopf hob, um zu trinken, drehte das Zimmer sich immer noch heftig, aber es beruhigte sich schnell wieder. »Danke«, sagte er.

Und dann tat sie etwas, was er sich wünschte und zugleich um jeden Preis vermeiden wollte. Sie setzte sich, mit dem Rücken an die Wand gelehnt, neben ihn aufs Bett, in respektabler Distanz zwar, aber dennoch unerträglich nahe. »Ich glaube, du kannst mich jetzt allein lassen«, sagte er und versuchte, dabei nicht so barsch zu klingen wie vorhin. »Es geht schon wieder.«

»Ja, du siehst aus, als wärst du jederzeit bereit, mich noch einmal im Alleingang quer durch Frankreich zu führen.«

»Nur durch Frankreich?«, erwiderte er, und seine Stimme klang matter, als ihm recht war. Hoffentlich würde ein bisschen Geplänkel sie überzeugen, dass es ihm besser ging. »Ich glaube, ich könnte schon eins dieser Schiffe über den Atlantik fliegen.«

Estella grinste. »Kannst du fliegen?«

»Ja.«

»Gibt es überhaupt etwas, was du nicht kannst?«

Es war scherzhaft gemeint, aber er konnte nur an die lange Liste all der Dinge denken, die er tatsächlich nicht konnte: Er konnte Lena nicht wieder lebendig machen. Er hatte für sie nichts besser machen können, wie er es vorgehabt hatte – als wäre das eine Möglichkeit gewesen, sich dadurch bei seiner Mutter zu entschuldigen, dass er sie in ihren letzten Jahren nicht hatte glücklicher machen können. Und er konnte auch nicht die Hände ausstrecken und Estella berühren, nicht wegen des Schwindels, sondern weil das für ihn das Allergefährlichste war.

»Wirst du irgendwann mit mir über Lena reden?«, fragte sie.

»Reden ist wahrscheinlich das Einzige, wozu ich noch fähig bin«, gab er zu.

Er rutschte ein Stück nach oben, und sie schob sein Kissen zurecht, so dass er sie ansehen könnte.

»Ich habe Lena im Juli 1940 auf einer Party kennengelernt. Ich hatte eine Woche Urlaub, und wenn ich Urlaub habe, fahre ich immer nach New York. Die Party war ein Maskenball, und mir fielen Lenas Haare auf. Als ich einen Bekannten nach ihr fragte, lachte er und meinte, er sei überrascht, dass ich Lena nicht kenne. Sie sei berühmt-berüchtigt, was bedeute, dass sie immer zu den besten Partys eingeladen wurde.« Er zuckte zusammen. »Entschuldige, ich sollte so etwas nicht über sie sagen.«

Estella schüttelte den Kopf. »Erzähl es mir bitte genau so, wie es war. Ich merke es ohnehin, wenn du etwas veränderst, du hast nämlich die seltsame Angewohnheit, dich am linken kleinen Finger zu kratzen, wenn du lügst.«

Er lachte und wurde bleich, weil das Lachen noch zu viel für ihn war. »Das wusste ich nicht, damit sollte ich aufhören.«

»Erzähl weiter«, sagte sie, rutschte nach unten, um den Kopf an ein Kissen lehnen zu können.

»Lenas Ruf war fast so schlecht wie meiner«, fuhr er fort. »Ich habe sie zum Tanzen aufgefordert, weil ich dachte, ich hätte Haare wie die ihren irgendwo schon einmal gesehen. Beim Tanzen sprachen wir so gut wie gar nicht miteinander, und am Ende küsste sie mich. Und…«

Plötzlich fiel ihm auf, dass er seine rechte Hand auf die linke gelegt hatte und dabei war, seinen kleinen Finger zu kratzen.

»Und dann hast du mit ihr geschlafen«, ergänzte Estella. »Den Teil kannst du auslassen.«

»Danke«, meinte er ironisch. Dann zögerte er. »Es war nicht so, wie ich es erwartet hatte. Sie war ... kalt. Als wären keine Gefühle beteiligt, nur der Kopf.«

»Was normalerweise auch bei dir der Fall ist«, füllte Estella wieder die Leerstellen, von denen er nicht wusste, wie er sie erklären sollte. »Aber wie gesagt – ich brauche keine Details.«

Wie konnte er ihr verständlich machen, was er meinte, ohne in den Verdacht zu geraten, dass er mit seinen sexuellen Fähigkeiten protzen wollte? »Ich wollte damit sagen, dass ich Mitgefühl hatte – sie dachte, sie wäre so verkommen, dass sie kein Recht auf die Freuden des Lebens mehr hätte. Sie hat nur mit mir geschlafen, um zu vergessen. Aber ihre Haare hatten mich an jene Frau erinnert, die in Paris so beherzt ins Théâtre du Palais-Royal gestürmt war, als hätte sie schon ihr halbes Leben als Spionin gearbeitet, und mir mit mehr Geschick Papiere übergab, als ich bei vielen meiner Partner erlebt hatte.« Er brach ab, er hatte schon zu viel gesagt.

»Du hast aber bestimmt nicht mit Lena getanzt, weil du dachtest, sie wäre ich, oder?«, fragte Estella bedächtig.

O doch. Aber er fuhr fort: »Nach dieser ersten Nacht wusste ich, dass sie nicht du sein konnte, weil die Frau im Theater so voller Leben war. Anders als bei Lena hatte es niemand aus ihr herausgequetscht.«

Estella kniff die Augen zu. »Ich muss immer wieder daran denken, dass Lena all das, was sie erlitten hat, nicht zugestoßen wäre, wenn meine Mutter sie bei sich behalten hätte. Dass ich sowieso schon der Glückspilz von uns beiden bin. Ich hätte nach ihr aus dem Fenster klettern sollen. Ich hätte Lena eine Chance geben sollen zu leben, genau wie sie mir von Geburt an diese Chance überlassen hat.«

»Es war nicht deine Schuld.«

»Und hast du etwa nicht hier gelegen und dir deswegen Vorwürfe gemacht? Dir die Schuld daran gegeben?«

Er antwortete nicht, weil er es nicht konnte, jedenfalls nicht ehrlich.

»Sicher weiß ich nur, dass Lena an nichts davon schuld war«, sagte Estella leise, und Alex hörte, wie ihre Stimme versagte.

Auf einmal konnte er nicht mehr anders, griff nach ihrer Hand und hielt sie, allerdings nur ganz leicht, damit Estella sie ihm jederzeit entziehen konnte. Aber sie ließ es zu, und das Gefühl ihrer Haut an seiner war überwältigend.

»Lena und ich waren kein Liebespaar«, brach er nach einer Weile abrupt das Schweigen. »Nach dem ersten Mal war ich nie wieder mit ihr zusammen. Aber sie lag mir am Herzen, niemand sonst hat sich um sie gekümmert. So wurden wir füreinander eine Art Begleitschutz. Wenn ich in Manhattan war, gingen wir zusammen auf Partys, weil wir dann beide nicht …« *… den Drang spüren würden, mit einem wildfremden Menschen nach Hause zu gehen.* Aber er sprach es nicht aus. »Ich habe mir gewünscht, sie würde so etwas wie Frieden finden. Einen Frieden, den ich meiner Mutter nie geben konnte. Ich weiß, ich habe dich gedrängt, sie kennenzulernen – ich dachte, wenn irgendjemand sie glücklich machen kann, wärst du es. Es war dumm von mir zu glauben, dass ich irgendetwas wiedergutmachen könnte, wenn ich euch zusammenbringe.«

»Das wusste ich nicht«, sagte Estella leise. »Ich dachte, du und sie, ihr wärt … ein Paar.«

»Das waren wir nie.« Weil Lena nicht die Frau war, die ihn gleich, als er sie das erste Mal sah, überwältigt hatte, die Frau, die ihm den Atem raubte, wenn sie auch nur in seiner Nähe war. Eine Frau, die mit Liebe aufgewachsen war, nicht mit Hass. Dafür hatte er in der Wohnung ihrer Mutter den Beweis gesehen. Sie mochte noch so ärmlich eingerichtet sein, aber überall waren Andenken an Estella, Zeugnisse der tief empfundenen Liebe einer Mutter zu ihrer Tochter.

Als er sich ein bisschen zu ihr drehte, fiel das Licht der Kerzenflamme auf den Anhänger, den er an einer Silberkette um den Hals trug und auf dem das Bild dreier Hexen auf Besenstielen zu sehen war.

»Was ist das?«, fragte Estella und griff nach dem Anhänger, wobei ihr Finger leicht über seine nackte Brust strich, eine Berührung, bei der er nur den Atem anhalten konnte.

Als er wieder einen Ton herausbrachte, antwortete er: »Drei Hexen. Wie in dem Gedicht von Rudyard Kipling?«

Estella schüttelte den Kopf.

Also fing er an zu zitieren:

>*»Oh, die Straße nach En-dor ist alt*
>*Und verrückt wie sonst keine.*
>*Zur Wohnstatt der Hexe führt sie bald,*
>*Wie zu der Zeit, als dort Saul ging alleine.*
>*Und noch heute steht großes Leid dem bevor,*
>*Der gehet hinunter den Weg nach En-dor.*

Die Geschichte handelt von einer Hexe, die in die Zukunft blicken kann«, fuhr er fort, »und all jenen, die sich in Gefahr begeben, Trost spendet. *Die Straße nach En-Dor* war auch der Titel eines Buchs, das von der Flucht eines Soldaten aus einem türkischen Gefangenenlager im Großen Krieg berichtet. Deshalb sind die Hexen das Abzeichen meiner Einheit – sie sorgen dafür, dass uns nichts zustößt.«

Estella antwortete nicht, legte nur den Anhänger auf seine Brust zurück, wobei ihr Finger erneut seine Haut streifte. »Ich bin froh, dass dich etwas beschützt«, meinte sie dann.

Danach schwiegen sie beide. Alex fühlte, wie er langsam einschlief, doch bevor er ganz im Schlaf versank, dachte er, wenn er jetzt sterben würde, wäre er glücklicher als je zuvor, weil er wusste, dass sie an seiner Seite war.

Kapitel 23

Es war eine lange Nacht, immer wieder durchbrochen von Alex' Alpträumen, die Estella deutlich machten, dass er, was immer er getan hatte und was ihm zugestoßen sein mochte, Tag für Tag teuer dafür bezahlte. Dass es ihn kümmerte, zu sehr kümmerte, war vielleicht der Grund, warum er an der Oberfläche so gleichgültig erschien. Denn Alex war ein guter Mensch. Zu Lena war er mehr als gut gewesen, und damit hatte er sich Estellas Hochachtung verdient. Jedes Mal, wenn er im Schlaf etwas murmelte, ging sie hinüber ans Klavier und spielte ihm sanft und leise ein Lied vor, in der Hoffnung, dass die Musik ihn beruhigte.

Als sie danach am Klavier verharrte, die Stirn auf die Hand gestützt, die Gegenstände aus dem Karton ihrer Mutter auf dem Schoß, überwältigte sie die Trauer um Lena, um ihre Mutter und auch um Alex, und sie konnte die Tränen nicht zurückhalten. Dann hörte sie ihn plötzlich ihren Namen sagen.

»Estella?«

»Ich bin hier«, sagte sie, ging hinüber zum Bett und legte sich wieder neben ihn. Trotz der Dunkelheit sah sie, dass er die Augen geöffnet hatte, und musterte sein Gesicht. »Du hast immer wieder geträumt«, sagte sie, und das Papier in ihrer Hand raschelte.

»Schlechte Angewohnheit«, erwiderte er düster, blickte zu der Schachtel und fragte: »Was ist das?«

Sie erzählte ihm von allem, was sie und Lena gefunden hatten – außer von dem Foto, das sie zerfetzt hatte –, und hielt die Manuskriptseite hoch, für die Lena und sie keine Zeit mehr gehabt hatten. »Das ist ein Auszug aus Evelyn Nesbits Erinnerungen, aber diese Passage ist nicht in der Ausgabe, die Lena mir gegeben hat. Sie ist ziemlich intim – ich weiß schon, dass das auf das ganze Buch zutrifft, aber diese Seite hier ist nicht obszön oder anzüglich, sondern ganz zart, es geht um sie und John, um die Liebe zwischen den beiden. Sie erwähnt sogar die Rue de Sévigné, ihren Zufluchtsort. Und …« Sie hielt inne, unsicher, ob sie womöglich mehr hineininterpretierte, als wirklich gemeint war.

»Sprich weiter«, sagte Alex.

»Sie erwähnt ein Geschenk von John, das sie nicht behalten konnte. Ein Geschenk, das sie weggeben musste. Und dass das ihr das Herz gebrochen hat.«

»Deine Mutter.«

»Ich glaube, ja. Vielleicht ist diese Seite deshalb nicht in der Druckversion. Sadismus und Mord sind offenbar nicht so skandalös wie eine Frau, die ihr uneheliches Kind weggibt.«

»Wann wurden Evelyns Erinnerungen eigentlich veröffentlicht?«, fragte Alex.

»Das weiß ich nicht genau. Aber diese Manuskriptseite ist aus dem Jahr 1916.«

»Also dem Jahr, bevor du geboren bist«, sagte er nachdenklich. »Ist das Zufall? Hat die Niederschrift der Erinnerungen womöglich etwas mit dir und Lena zu tun?«

Estella runzelte die Stirn. »Ich kann mir nicht vorstellen, was das sein sollte.«

Alex strich sich mit der Hand übers Gesicht, als wäre er müde.

Estella setzte sich auf. »Entschuldige, ich hätte dich schlafen lassen sollen.«

»Bleib«, sagte Alex. »Ich habe nur nachgedacht.« Er hielt inne. »Lena hat gesagt, dass Harry das Haus in Gramercy Park 1917 erbauen ließ.

Also im Jahr eurer Geburt. Das bedeutet, er muss das Pariser Haus schon vor 1917 gesehen haben. Hat er durch Evelyns Erinnerungen von seiner Existenz erfahren?«

»Aber diese Seite ist in der veröffentlichten Version des Buchs nicht enthalten. Also kann es das nicht sein. Und hier steht, dass weder Evelyn noch John nach 1902 weiter in dem Haus gewohnt haben, nachdem meine Mutter zur Welt gekommen ist. Es hat jahrelang leer gestanden.« Sie schloss die Augen. Über Harry zu sprechen rief ihr wieder Lenas Erzählung darüber in Erinnerung, was er ihr angetan hatte. Sie schauderte. »Was für ein Unmensch er war«, sagte sie. »Warum lässt die Welt es zu, dass solche Monster ihr Unwesen treiben können? Harry Thaw. Hitler.« Bilder von Huette, die fast verhungert war, drängten sich ihr auf, von der leeren Wohnung ihrer Mutter, der Polizei, die Juden zu Tausenden aus dem Marais vertrieb. »Wenigstens durfte ich zwischen all diesem Leid noch meine Schwester kennenlernen.«

»Eine der besseren Launen des Schicksals«, meinte Alex, und sie konnte nicht abschätzen, ob er es sarkastisch meinte oder nicht.

Er rollte sich weiter auf die Seite, um sie besser anschauen zu können. Estella beobachtete seinen Atem, beobachtete, wie er abwartete, dass der Schwindel vorbeiging, der die Welt in seinem Kopf ganz sicher noch drehte.

»In Ordnung?«, fragte sie.

»Es wird allmählich.«

Estella studierte sein Gesicht. Obwohl er krank war, wirkte es so entschlossen. »Erzähl mir von dem, was ihr tut. Ihr kennt die Menschen nicht, die ihr rettet, sie sind Fremde. Wieso setzt du dein Leben aufs Spiel für Wildfremde, die sich nie bedanken werden?«

»Diese Menschen sind keine Fremden«, erklärte er leise. »Sie sind wie du und ich. Daher tun wir es für jeden Einzelnen der jüdischen Menschen, die wir gesehen haben, als sie nach Drancy abgeführt wurden. Für jeden Kurier oder Fluchthelfer, der an die Deutschen verraten und gefoltert und schließlich getötet worden ist. Für jeden der hundert Menschen, die von den Deutschen als Vergeltungsmaßnahme erschossen wurden, weil jemand das V für *Victory* in eine Mauer gekratzt hat. All diese Menschen sind mir nicht fremd, Estella, auch dir nicht. Aber wenn ich nicht dafür sorge, dass ihr Tod und ihr Leiden eine Bedeutung bekommen, haben sie ihr Leben umsonst verloren. Deswegen musst du dafür sorgen, dass Lenas Tod nicht sinnlos war.«

Estella starrte an die Decke. »Aber wie?«, flüsterte sie, beschämt, dass sie seinen Motiven jemals misstraut hatte.

»Du wirst eine Möglichkeit finden.«

Diesmal rollte sie sich auf die Seite, um ihm ins Gesicht sehen zu können. Seine dunklen Augen funkelten sie an, obwohl es Nacht war im Zimmer. Wieder fühlte sie, was sie am Klavier gefühlt hatte – dass in seiner Nähe zu sein beunruhigender war als alles, was sie beim Flug über den Atlantik empfunden hatte, dass sie ständig hin- und hergerissen war zwischen dem Wunsch, ihm nah zu sein und vor ihm wegzulaufen, denn was auch immer zwischen ihnen lag, war so übermächtig, dass es, wenn sie dieses Terrain betrat, kein Zurück geben würde.

Er wandte den Kopf und starrte an die Decke. »Du kannst mich jetzt ruhig allein lassen«, sagte er auf einmal barsch, und es fühlte sich an, als hätte er sie ins Gesicht geschlagen.

»Peter hat mir gesagt, ich soll solche Wünsche von dir ignorieren, bis du wieder stehen kannst«, sagte sie schwach, denn auf einmal hatte sie alle Energie verloren.

»Ich brauche keine Krankenschwester mehr.«

Eine Krankenschwester. Das war sie also für ihn. Sie erhob sich vom Bett.

Als sie an der Tür war, hörte sie seine Stimme.

»Falls irgendwas passiert, dann suche Peter in dieser Bar hier.« Er gab ihr eine Adresse.

»Was meinst du mit ›falls irgendwas passiert‹?«

»Gute Nacht, Estella.«

Er schloss die Augen und sperrte sie aus. Da wusste Estella, dass nur sie es gefühlt hatte, während er keinerlei Interesse daran hatte, ihr näherzukommen und sich auf das einzulassen, was geschehen würde, wenn sie einander berührten.

———

Estella konnte nicht schlafen. *Mein Gott*, ging es ihr in dieser Nacht immer wieder durch den Kopf, *ich bin in Alex verliebt. Ich bin so verliebt, dass ich nicht mehr klar denken kann.* Und dabei war es so eindeutig, dass er sie nicht liebte.

Gegen fünf Uhr morgens, als die Sonne bereits träge Strahlen über den Himmel streckte, hielt Estella es nicht mehr aus. Sie hatte keinen Plan, sie wusste nicht, ob sie ihm ihre Liebe gestehen oder einfach nur sein Gesicht sehen wollte. Aber sie ging den Korridor hinunter zu seinem Zimmer. In der Nacht hatte sie immer wieder Klaviermusik gehört, was bedeutete, dass er zumindest aufgestanden sein musste. Doch nun war schon seit über einer Stunde alles still gewesen.

Sie klopfte leise an die Tür. »Alex?« Da er nicht antwortete, trat sie leise ein.

Das Bett war leer. Ebenso der Klavierhocker. Das ganze Zimmer. Einzig seine Tasche war noch da, vielleicht war er also in der Küche. Sie schnupperte, ob es nach Essen oder Kaffee roch, schließlich hatte Alex seit über einem Tag nichts mehr gegessen. Doch da war nichts.

Er war nicht in der Küche. Auch nicht im Garten. Nicht auf dem Dach. Nirgendwo im Haus. Sie wartete eine Stunde, aber er kam nicht zurück. Schließlich eilte sie in ihr Zimmer, zog sich an und wanderte die Rue Pigalle hinunter zu der Adresse, die Alex ihr gegeben hatte. In der Bar entdeckte sie Peter hinterm Tresen, er polierte die Gläser. Fast hätte sie sich abgewandt. Bei ihrer letzten Begegnung hatte er ihr vorgeworfen, sie sei schuld an Lenas Tod, und sie wusste nicht, ob sie in diesem Moment stark genug war, weitere bittere Wahrheiten zu verkraften. Aber dann dachte sie an Alex – und ging zu einem Stuhl und setzte sich. Kurz darauf kam Peter, um ihre Bestellung aufzunehmen.

»Wo ist er?«, fragte sie leise.

»Ich habe Ihnen doch gesagt, Sie sollen ihn nicht aus den Augen lassen«, fauchte er sie an. Dann senkte er die Stimme. »Er ist also verschwunden?«

Estella nickte. »Eine Bloody Mary bitte«, bestellte sie und gestand dann leise: »Ich glaube, er hatte genug von mir.« Sie hatte so viel über ihre Probleme geredet, wobei doch seine viel wichtiger waren.

Peter beugte sich zu ihr und zwinkerte anzüglich. »Hinten ist in Ordnung für mich, Süße.«

Estella folgte ihm in eine Gasse hinter der Bar und fragte sich, was Peter wohl vorhatte. Er begann sie sofort wieder anzublaffen: »Genug von Ihnen? Er hat mich noch nie gebeten, auf eine Frau aufzupassen, und das sagt mir zwei Dinge – er hat Sie viel zu gern, und das ist verdammt gefährlich.«

Estella war sprachlos und starrte Peter an, als verstünde sie plötzlich kein Wort Französisch mehr. »Was?«, stieß sie schließlich hervor.

»Und Sie sind so verflucht dumm, dass Sie es nicht merken.«

Instinktiv hob sie die Hand, um Peters Aggression abzuwehren, eine nutzlose Geste, aber sie schaffte es einfach nicht, dem, was er gesagt hatte, irgendeinen Sinn abzugewinnen. »Ist mit Alex alles in Ordnung?«, fragte sie, weil das am wichtigsten war.

»Darauf sollten Sie hoffen.« Peter schlug mit der Hand gegen die Hauswand. »Ach, vergessen Sie's. Er möchte, dass ich Sie hier rausbringe, also tu ich es. Sorgen Sie dafür, dass Sie heute möglichst keinen Ärger kriegen, dann hole ich Sie gegen Abend ab und bringe Sie aus diesem verfluchten Land und möglichst weit weg.« Damit marschierte er zurück in die Bar.

Im gleichen Augenblick bogen zwei Wehrmachtsoffiziere mit schnüffelnden Schäferhunden in die Gasse ein, und Estella suchte so schnell wie möglich das Weite. In ihren Ohren dröhnte unablässig Peters Satz: *Er hat Sie viel zu gern.*

Warum? Weil sie Lenas Schwester war und er dachte, er sei es Lena schuldig, sie zu beschützen? Sie hatte den Gedanken noch nicht zu Ende gedacht, als sie bereits wusste, dass es nicht so war.

Auf einmal konnte sie klar sehen, was ihr bisher entgangen war: die Tatsache, dass Alex überhaupt nur deshalb Lenas Bekanntschaft gemacht hatte, weil er dachte, sie wäre Estella. Sie dachte daran, wie sie in einem Jazzclub nebeneinander auf dem Klavierhocker gesessen und gelacht hatten. Wie sie neben ihm auf dem Bett gelegen hatte und er sie kein einziges Mal anfasste, nie den Ruf bestätigte, der ihm vorauseilte, sondern sie immer behutsam und zurückhaltend behandelte. Sie hatte gedacht, er könne ihre Gegenwart nur mit Mühe ertragen, aber das war nicht der Grund gewesen. Er hätte es nicht ertragen, sie zu berühren, weil er Angst hatte, was dann passieren könnte.

In dem Haus im Marais angekommen, ging Estella in Alex' Zimmer und legte sich aufs Bett, auf die Seite, auf der er geschlafen hatte, und eine Woge des Begehrens und der Sehnsucht überflutete sie. In seinem Kissen war noch sein Duft, und während ihre Wange darauf ruhte, wusste sie, wenn das, was sie fühlte, keine Liebe war, musste Liebe etwas ganz und gar Unerträgliches sein. Denn schon das, was sie in diesem Moment empfand, war die reinste Qual.

Teil 6

FABIENNE

Kapitel 24

JUNI 2015 | Estellas Beerdigung fand in der Cathedral of Saint John the Divine statt, wie sie es gewünscht hatte. Klassische französische Pfingstrosen in Weiß überfluteten den Altar, bekränzten die Enden der Kirchenbänke und erfüllten die Luft mit einem Duft, den Fabienne schon immer mit Estella verbunden hatte. So viele Menschen strömten herbei, dass ein großer Teil von ihnen im Vorraum bleiben musste, weil alle anderen Plätze besetzt waren.

Fabienne saß in der ersten Reihe, ganz in der Nähe des Sargs ihrer Großmutter, um sie herum füllten alle, die je bei Stella Designs gearbeitet hatten, die Bänke. Fabiennes Mutter war zu beschäftigt, um von Australien herzufliegen. Vielleicht hatte sie auch einfach Angst, sich den Erinnerungen an Fabiennes Vater zu stellen.

Irgendwie schaffte es Fabienne, zu ihrer Trauerrede anzutreten, denn sie wusste, dass sie es ihrer Großmutter schuldig war, sie angemessen zu würdigen. Als ihr dennoch die Stimme versagte, nahm sie sich nach einer langen schrecklichen Pause entschlossen zusammen und fuhr fort: »Estella hat mir gesagt, dass es ein Gedicht war, das sie nach dem Tod der Menschen, die sie liebte, am meisten tröstete. Ich möchte es gern vorlesen:

> *Schlägst du die Augen auf im Morgenschweigen,*
> *Bin ich der hurtig hohe Reigen,*
> *Der stillen Vögel kreisend Tanz.*
> *Ich bin der nächtlich sanfte Sternenglanz.*

Steht nicht an meinem Grab und weint,
Ich bin nicht tot, wie ihr es meint.

Bei der letzten Zeile versagte Fabiennes Stimme, und sie schluckte schwer, um das Schluchzen zu unterdrücken, das sich Bahn brechen wollte. »Meine Großmutter ist körperlich vielleicht nicht mehr bei mir, aber ich weiß, dass sie nicht tot ist. Denn dazu ist ihr Erbe viel zu groß. Mehr als der sanfte Sternenglanz, mehr als der Reigen der Vögel, wandert sie durch die Straßen von Manhattan, die Straßen von Paris, von jeder Stadt, in der Frauen ihre Kleider tragen. Sie ist im Knopf an einem Ärmel, in der Falte eines Rocks, in der Blume auf der Schulter eines Kleids. Sie ist nicht tot«, wiederholte Fabienne. Ihr war klar, dass sie zum Ende kommen musste, sonst würde sie doch noch zusammenbrechen. »Und ich bin glücklich, dass es mir vergönnt war, sie meine Großmutter nennen zu dürfen – dass mein Leben durch ihre Gegenwart gesegnet war. Ich bin glücklich, dass sie gelebt hat.«

Die Hand vor den Mund gepresst, entfernte sie sich vom Mikrophon. Applaus für Estella brandete auf, schöner als jeder Choral.

Beim anschließenden Leichenschmaus in Gramercy Park sah Fabienne auch Will.

Er küsste sie auf die Wange. »Deine Rede war wundervoll«, sagte er.

Dann musste sie sich auch schon wieder den anderen Gästen widmen, mit ihnen sprechen und ihnen danken, musste mit den Angestellten ihrer Großmutter über die Geschichten von Estella und Fabiennes Großvater lachen, über die beiden Schreibtische, die sich in ihrem gemeinsamen Büro gegenüberstanden, wobei ihr Großvater den seinen allerdings nur selten benutzte, weil er sich lieber im Atelier aufhielt. Zwei Schreibtische, die nun schon über ein Jahr lang leer standen – der ihres Großvaters sogar noch länger und Estellas, seit sie zu gebrechlich geworden war, um noch ins Büro zu gehen.

Während sie redeten und in Erinnerungen schwelgten, fühlte Fabienne, was sie zuvor gesagt hatte – dass Estella nicht wirklich tot war, sondern hier bei ihnen im Raum, in den Herzen und Gedanken so vieler Menschen. Und in ihren Seelen. Zumindest in der Fabiennes.

Der schwierigste Augenblick dieses Tages kam, als Kimberly, die Designerin, die das ganze letzte Jahr das Atelier geleitet hatte, auf Fabienne zutrat. »Was hast du jetzt mit dem Geschäft vor?«, fragte sie.

Fabienne schüttelte ratlos den Kopf. »Das weiß ich noch nicht.«

Alles gehörte jetzt ihr – das Geschäft, das Haus in Gramercy Park, das Haus in Paris, die Möbel, das Kleiderarchiv, die Gemälde, das Geld. Sie hatte mehr, als sie fassen konnte, und keine Ahnung, was sie mit ihrem Reichtum anfangen sollte. Denn sie lebte in Australien, hatte ihren Job in Australien und konnte sich nicht vorstellen, die enorme Lücke zu füllen, die Estella hinterlassen hatte.

Nach und nach verabschiedeten sich die Gäste. Vor ein paar Stunden hatte Will sich höflich von Kimberly verabschiedet, die an ihm offensichtlich Interesse gefunden hatte, und ihr im Gehen noch zugewinkt. Fabienne war nicht eifersüchtig, nur traurig. Kimberly wäre perfekt für Will. Sie wohnte in New York. Und sie war eine Künstlerin der Mode, wie er es für den Schmuck war.

Endlich allein, sah Fabienne sich im vorderen Wohnzimmer des Hauses um, betrachtete die mit Lippenstift beschmierten Champagnergläser, die Teller und Servietten, die an Geschirr und Tischen klebenden Essensreste, den Mantel, den jemand auf einem Stuhl vergessen hatte, das Handy, das auf einem Sideboard liegengeblieben war und verzweifelt piepte, die Überbleibsel von Feierlichkeit und Trauer. Eine große Müdigkeit überkam sie.

Kurz entschlossen ließ sie alles hinter sich und verließ das Haus, legte den ganzen Weg zu den Büros ihrer Großmutter in der Seventh Avenue zu Fuß zurück. Als eines der letzten Modehäuser arbeitete Stella Designs noch hier und hielt damit an einer langen Tradition fest, die inzwischen wie Abfall weggefegt zu werden drohte, weil die Kleiderfabriken sich in die Kapitalbeschaffungs- und Technologieunternehmen des 21. Jahrhunderts verwandelten.

Im vierzehnten Stockwerk schloss sie die Türen auf; alle hatten diese Woche freibekommen, und Fabienne wusste, dass es still und friedlich sein würde. Vielleicht konnte sie hier das Gefühl für Estellas Vermächtnis wiederfinden und nicht nur ihren Verlust spüren.

Doch der Anblick ihres leeren Schreibtischs machte das Ausmaß dessen, was sie mit ihrer Großmutter verloren hatte, nur noch spürbarer. Hier standen die *boîte à couture*, der Nähkasten, den Estella damals aus Paris mitgebracht hatte, die Fotos von Fabienne, von ihrem Vater, ihrem Großvater, von Janie, der verstorbenen besten Freundin ihrer Großmutter – war es vor zehn Jahren gewesen? Nichts war von Dauer. Gar nichts.

Gegenüber stand der Schreibtisch ihres Großvaters, abgestaubt und in Ordnung gehalten von Estellas Sekretärin Rebecca, die sich im letzten Jahr auch um Estellas Schreibtisch gekümmert hatte. Auch hier waren Pfingstrosen platziert worden, in diesem Fall rosa, extravagant angeordnet in Estellas kugelförmigen aquamarinblauen Lieblingsvasen. Aber all das sah falsch aus ohne Estella, die zu ihrem Schreibtisch geschoben wurde oder die, wenn Fabienne noch ein Jahrzehnt oder weiter zurückblickte, auf ihre typische Art den Raum betrat, wie ein Model, als wäre das Leben ein Laufsteg, auf dem sie für immer entlangzustolzieren gedachte.

Behutsam ließ Fabienne sich auf Estellas Stuhl nieder, aber sie fühlte sich verloren darin und sprang sofort wieder auf, weil sie sich nicht von irgendjemandem dabei erwischen lassen wollte, wie sie hier thronte, eine Hochstaplerin, absolut ungeeignet, Estellas Platz einzunehmen.

»Fabienne?«

»Himmel«, rief Fabienne, fasste sich erschrocken ans Herz und wirbelte herum. »Rebecca, Sie haben mich erschreckt!«

Die zierliche, noch sehr junge, aber außerordentlich kompetente Sekretärin ihrer Großmutter lächelte. »Ihre Trauerrede war so schön.«

»Danke«, sagte Fabienne. »Aber hatte ich nicht allen die Woche freigegeben?«

Rebecca hielt ihr eine Schachtel entgegen. »Ich wollte das hier holen. Ich dachte, dass ich es Ihnen morgen vorbeibringe, aber da Sie jetzt hier sind, sollten Sie es gleich an sich nehmen.«

»Was ist das?«

»Ich weiß es nicht. Estella hat mir den Karton vor ungefähr fünf Jahren gegeben und mir gesagt, ich soll ihn aufheben, bis …«

Bis zu ihrem Tod. Die Worte blieben in der Luft hängen. Fabienne nahm die Schachtel entgegen. »Ich gehe zurück nach Gramercy Park«, sagte sie. »Es fühlt sich nicht richtig an, schon hier zu sein.«

Rebecca zögerte, legte dann jedoch die Hand auf Fabiennes Arm. »Sie hat mir gesagt, ich soll jede Woche frische Blumen in die Vasen stellen. Damit es hier immer einladend aussieht und man sich willkommen fühlt. Denn eines Tages würden Sie kommen und alles übernehmen, hat sie gesagt. Wenn Sie dazu bereit sind.«

Im Haus in Gramercy Park war das Chaos noch genauso, wie Fabienne es hinterlassen hatte. Seufzend sank sie auf die Couch, nahm die Schachtel auf den Schoß, öffnete sie und holte einen Stapel Papiere heraus.

»Oh«, stieß sie hervor, als sie merkte, worum es sich handelte. Skizzen, Dutzende davon, die Fabienne, auf dem Boden im Büro ihrer Großmutter auf dem Bauch liegend oder am Schreibtisch ihres Großvaters jeden Sommer in New York auf Schmierpapier gezeichnet hatte, seit sie alt genug war, einen Stift zu halten. Bis sie das Zeichnen dann irgendwann aufgegeben hatte. Doch Estella hatte sämtliche Skizzen aufbewahrt.

Als Fabienne sie jetzt durchschaute, hatte sie das Gefühl, durch einen Schacht in die Vergangenheit zu fallen und dabei die Moden und Trends der letzten Jahrzehnte an sich vorbeirauschen zu sehen: die Bootcut-Hosen, die Babydoll-Kleider und den farbigen Denim der frühen Nullerjahre; Khaki-Farbtöne, den Lingerie-Look, all den Samt und Kunstpelz der Neunziger. Einiges, was sie mit sechs Jahren produziert hatte, war so himmelschreiend, dass sie lachen musste, bei anderem konnte sie nur den Kopf schütteln über ihre Schüchternheit, dann wieder meinte sie das Erbe ihrer Großmutter zu sehen, aber auch etwas, das das Stilgefühl ihrer Großmutter an einen neuen, anderen Ort weiterführte, an den sie sich noch nicht gewagt hatte.

Sie seufzte, legte die Skizzen neben sich auf die Couch, griff erneut in die Box und zog eine CD heraus. Sie lächelte. Wann hatte sie zum letzten Mal eine CD gesehen? Sie steckte sie in den CD-Player.

Ein bluesiger, trauriger, sehnsuchtsvoller Song erfüllte das Zimmer. *Norah Jones – The Nearness of You* las Fabienne in der Handschrift ihrer Großmutter von der Hülle ab. Sie machte sich daran, ein paar Gläser wegzuräumen, aber dann zog der Text des Songs plötzlich ihre ganze Aufmerksamkeit auf sich – es war eine Hymne auf das atemberaubende, herrliche Gefühl, von einem geliebten Menschen in die Arme genommen zu werden.

In diesem Moment erklang die Türklingel. Fabienne wollte sie eigentlich ignorieren, doch dann warf sie schnell einen Blick auf den Videobildschirm. Es war Will. Sie öffnete die Tür.

»Hi«, sagte er. »Sorry, ich hatte vorhin keine richtige Gelegenheit, mit dir zu sprechen.«

»Schon okay«, antwortete sie. »Es waren einfach zu viele Leute da. Komm rein.«

Er folgte ihr ins Wohnzimmer, wo Fabienne sich plötzlich erinnerte, dass die Überbleibsel der Trauerfeier noch immer jede freie Oberfläche für sich in Anspruch nahmen.

»Ich habe Estellas Haushälterin die Woche freigegeben«, sagte sie als Erklärung für die Teller, Gläser, Servietten und Krümel. »Sie war so mitgenommen. An das Chaos, das zurückbleibt, habe ich irgendwie nicht gedacht.«

»Ich helfe dir«, sagte Will und begann einen Stapel Teller einzusammeln.

»Das musst du nicht. Ich wollte gerade anfangen.«

»Mit meiner Hilfe geht es schneller.« Er lächelte ihr zu.

»Danke«, sagte sie, ebenfalls mit einem kleinen Lächeln auf den Lippen, und sie gingen zusammen in die Küche, wo sie die Spüle mit Wasser und Schaum füllte.

Will wanderte hin und her, brachte Teller und Gläser, entsorgte Essensreste, und ihre einzige Konversation bestand darin, dass Fabienne ihm erklärte, wo alles hingehörte. Und es war gut so – es war ein mit Arbeit leicht zu lösendes Problem, und der Erfolg ihrer Bemühungen zeigte sich unmittelbar an dem glänzenden Stapel Kristallgläser, der rechts von Fabienne anwuchs und den Will nun in die Schränke einzuräumen begann.

»Die Haushälterin wird mich wahrscheinlich umbringen, wenn sie zurückkommt und nichts mehr findet, weil wir alles falsch eingeräumt haben«, meinte Will.

»Das wird sie nicht stören«, erwiderte Fabienne, und ihr war dabei mehr als bewusst, wie langweilig sie klang, wenn sie hier mit Will, dem stets von wunderschönen Dingen und inspirierenden Menschen umgebenen Chefdesigner von Tiffany, über Geschirr diskutierte. »Du musst nicht weitermachen, wir sind schon fast fertig.«

»Auf dem Sofa liegt noch einiges herum«, sagte er und zeigte ins Wohnzimmer. »Soll ich die Sachen dort wieder in den Karton packen?«

Fabienne schüttelte den Kopf. »Das sind Dinge, die meine Großmutter für mich aufbewahrt hat. Schon komisch, welche Bedeutung ein Stück Papier oder ein Song für einen Menschen haben kann. Ich erinnere mich noch genau daran, was sie gesagt hat, wenn ich ihr etwas zeigte, das ich gezeichnet hatte. ›*Die Farbe ist sehr gut, und ich mag die Rocklänge, aber die Ärmel sind zu kurz*‹«, imitierte Fabienne die Stimme ihrer Großmutter.

»Zeigst du mir die Skizzen?«, fragte Will.

Fabienne legte den Spüllappen beiseite und ging voraus ins Wohnzimmer, wo das Licht der Straßenlaternen die nächtliche Dunkelheit des Parks, den man durchs Fenster sah, mit Gold durchsiebte. Fast kein Grün war zu erkennen, es würde erst wieder auftauchen, wenn sich am Morgen die Sonne zeigte. Über dem Kamin hing wie immer Estellas Lieblingsbild von Frida Kahlo, zwei mit einer Blutader verbundene Frauen.

Sie drückte auf *Play*, und die Zeilen von *The Nearness of You* strömten durch den Raum wie die Tränen, die sie plötzlich über ihre Wangen rinnen spürte.

»O nein«, sagte sie und setzte sich auf den Boden. Wenn sie doch nur aufhören könnte zu weinen, sie wollte sich vor einem Mann, der ihr so viel bedeutete, nicht wie eine Heulsuse benehmen.

Aber Will setzte sich wortlos neben sie, griff in die Hosentasche und reichte ihr ein sauberes weißes, ordentlich gebügeltes Taschentuch.

»Dafür hätte dich meine Großmutter geliebt«, schniefte Fabienne.

»Mir wäre es lieber, wenn ihre Enkelin das täte«, sagte er leise.

Ruckartig wandte sie sich ihm zu. »Was hast du gesagt?«, fragte sie und war sicher, sich verhört zu haben.

»Ich hab gesagt, es wäre mir lieber, wenn ihre Enkelin das täte«, wiederholte Will, streckte die Hand aus und berührte sanft ihr Kinn. »Ich bin in dich verliebt, Fabienne. Und deshalb muss ich jetzt gehen. Weil ich dich küssen möchte – und nicht nur küssen –, aber nicht, solange deine Trauer so groß ist.«

Fabienne beugte sich vor und legte die Stirn an seine. So dicht waren seine Lippen an ihren, so schnell ging sein Atem – und sie war sich der Nähe Will Ogilvies so bewusst. Ihr war klar, wo es hinführen würde, wenn er sie jetzt küsste, und ihr war ebenfalls klar, dass er recht hatte. Es wäre ein Akt des Vergessens gewesen, doch sie wünschte sich, dass das zwischen ihr und Will etwas Erinnernswertes, etwas Eigenes war.

Er küsste sie zärtlich auf die Stirn und stand auf. »Ich verordne dir ein Glas Whiskey und dein Bett«, sagte er, und seine Wangen waren ebenso erhitzt wie ihre.

Fabienne tat, was er ihr geraten hatte, kippte einen Whiskey und kletterte ins Bett. Und Wills Worte – *ich bin in dich verliebt, Fabienne* – begleiteten sie in den Schlaf.

Kapitel 25

Entweder hatte das Abwaschen mit Will einen kathartischen Effekt gehabt, oder es war sein Rat, der Wunder gewirkt hatte, jedenfalls schlief Fabienne zum ersten Mal seit Tagen tief und fest und wachte erst gegen Mittag auf. Sie stand auf, zog sich an und räumte im Haus die letzten Reste auf. Dann wusste sie nichts mehr mit sich anzufangen. Auf dem Sofa stand noch immer der Karton, dessen Inhalt sie weiter erforschen könnte, aber sie wollte wenigstens ein paar Stunden lang nicht wieder zu weinen anfangen.

Schließlich nahm sie ihre Sonnenbrille und machte sich auf den Weg. Sie wanderte hinüber zur Fifth Avenue, schlenderte die Straße entlang und wich geschickt den Touristen aus, die alle nach oben starrten, als wäre Manhattan eine Himmelsstadt und nicht auf dem Erdboden verankert. Bei Saks ging sie an einem Schaufenster mit von ihrer Großmutter entworfenen Kleidern vorbei, und plötzlich stand sie vor Tiffany & Co. Im gleichen Augenblick hielt ein Taxi neben ihr am Straßenrand, und ein sehr attraktiver Mann im Anzug und mit einem nur für sie bestimmten Lächeln stieg aus.

»Fabienne«, rief Will. »Das nenne ich gutes Timing.«

»Ich brauchte ein bisschen frische Luft.« Auch sie lächelte. »Aber ich weiß selbst nicht so genau, wie ich bei Tiffany gelandet bin. Vielleicht besitzen Diamanten ja tatsächlich eine gewisse Anziehungskraft.«

Er lachte. »Da du schon mal hier bist, komm doch mit rein.«

»Hast du nicht zu viel zu tun?«

»Nicht, wenn du da bist.«

Sie folgte ihm durch den Laden zu einem Aufzug, und er führte sie in sein Büro. Unterwegs begrüßte er eine Frau, die vermutlich seine Sekretärin war, und bat sie, keine Anrufe durchzustellen.

Sie betraten einen Raum, der Fabienne von ihren Videotelefonaten vage bekannt vorkam: Eine Wand war in Tiffany-Blau gestrichen, auf Wills Schreibtisch herrschte großes Durcheinander, während alles andere sauber und ordentlich wirkte.

»Wie ich sehe, blüht deine Kreativität im Chaos auf«, sagte sie und deutete auf den Schreibtisch.

»Der Running Gag hier ist, dass ich eigentlich gar nicht jedes Jahr eine Kollektion entwerfen muss. Ich muss nur lange genug in den Stapeln auf meinem Schreibtisch wühlen, dann finde ich genug Skizzen für die nächste Saison.«

»Heißt das, du hast deine Idee für die nächste Kollektion gefunden?«

»So ist es, ja. Vielen Dank.«

»Wieso bedankst du dich?« Sie blickte ihn fragend an.

»Wie sich herausstellt, sind Ideen schöner Frauen in Krankenhaus-Cafeterias die besten.« Er grinste sie an, und sie wurde rot, strahlte aber übers ganze Gesicht.

»Wirklich? Dann benutzt du also die Menschen deiner Umgebung als Inspiration?«, fragte sie.

Jetzt war er an der Reihe mit dem Erröten. »Ja, das tue ich.«

»Darf ich einen Blick darauf werfen?«

»Na klar. Möchtest du einen Kaffee?«

»Das wäre großartig.«

Will streckte den Kopf aus der Tür und bat um zwei Tassen Kaffee, mit einer Höflichkeit, die Fabienne angenehm auffiel. Sie studierte währenddessen die Zeichnungen auf seinem Schreibtisch, jedoch ohne etwas zu berühren oder gar zu verschieben, für den Fall, dass ihm die Platzierung der einzelnen Dinge wichtig war.

»Das hier ist schön«, sagte sie. »Ich meine, schön sind diese Sachen alle, aber das mag ich besonders.« Sie deutete auf die Skizze eines Anhängers, genau genommen zweier miteinander verbundener Anhänger, einer davon milchig weiß, durchsetzt mit blauen Wölkchen wie ein umgekehrter Himmel, ergänzt von einem schwarzen, sternengesprenkelten Stein, der sich im Cabochon-Schliff kuppelförmig wölbte.

Er kam näher, um sich anzusehen, was sie meinte, und stand so dicht neben ihr, dass sie sein Aftershave roch, die gleiche Mischung aus Zitrus- und Ambraduft, an die sie sich von Paris erinnerte.

»Das ist Azurit«, erklärte er und deutete auf die Skizze des blau-weißen Steins. »Und der andere – das ist ein Fossil.«

»Ehrlich?«

»Hier.« Er wühlte in einer Schatulle und holte ein Schmuckstück heraus, das offensichtlich eine Anfertigung des gezeichneten Entwurfs war. »Dreh dich mal um.«

Sie tat es, hob die Haare vom Nacken und fühlte, wie der Anhänger über ihre Schlüsselbeine glitt, wie Wills Finger den Verschluss sicherten, fühlte seine Hände auf ihren Schultern. Ihr war klar, dass die Vorderseite seines Körpers die Rückseite des ihren fast berührte und dass er bestimmt das Herz in ihrer Brust schlagen spürte.

»Die Kette muss einen Zentimeter kürzer sein«, sagte sie und drehte sich zu ihm um. »In der nächsten Saison werden die Halsausschnitte weniger tief sein, und das ist ganz sicher kein Anhänger, den man unter dem Kleid verstecken möchte.«

»Nein«, murmelte er und sah ihr tief in die Augen. »Auf keinen Fall.«

Das Summen des Telefons erschreckte Fabienne.

»Sorry«, sagte Will, nahm die Hände von ihren Schultern und drückte auf einen Knopf am Telefon.

»Will, Emma Watson und ihre Stylistin sind hier, um sich etwas für

Emmas Filmpremiere auszusuchen. Sie haben nach Ihnen gefragt«, kam eine Stimme aus dem Lautsprecher.

»Emma Watson?«, wiederholte Fabienne leise.

Will zog eine Augenbraue hoch. »Klar. Schicken Sie sie rauf.« Dann legte er auf.

»Meint sie die tolle Schauspielerin?«

Er hatte den Anstand, ein bisschen rot zu werden. »Ja. Aber das ist der Teil des Jobs, den ich am wenigsten mag – Schauspielerinnen bei Laune halten zu müssen, weil sie unseren Schmuck zur Schau stellen.«

»O ja, das klingt schrecklich«, meinte Fabienne ironisch. »Dann gehe ich wohl lieber. Einer Emma Watson kann ich leider nicht das Wasser reichen.«

Will ergriff ihre Hand. »Und ob du das kannst. Wie wäre es, wenn wir uns heute Abend treffen?«

»Heute Abend fliege ich zurück. Ich besuche noch deine Schwester, dann fahre ich zum Flughafen.«

»Schon?«

»Ich muss wieder zur Arbeit, sonst habe ich bald keinen Job mehr.«

»Dann verabschiedest du dich also?«

Fabienne nickte.

»Aber wir hatten kaum Gelegenheit, uns zu unterhalten. Was hast du mit Stella Designs vor?«

Wieder summte das Telefon, und Will seufzte tief. »Sorry.«

»Ich lasse dich jetzt lieber arbeiten. Aber ich rufe dich morgen an – oder wann immer ich wieder in Sydney bin.« Sie nahm ihre Tasche. »Danke für gestern Abend«, sagte sie und wollte eigentlich fortfahren, aber die Stimme von Wills Sekretärin erfüllte knisternd den Raum, und sie kam nicht dazu.

Die Krankenschwester ließ Fabienne in die Wohnung der Ogilvies, führte sie hinauf in Melissas Zimmer, von dem man einen Blick auf den Central Park hatte, dessen grüne Pracht sich so üppig vor ihnen ausbreitete wie ein Ballen Seide.

»Fabienne!«, rief Melissa erfreut. »Komm, setz dich zu mir.« Sie klopfte auf ihr Bett, und Fabienne bemühte sich, ein möglichst neutrales Gesicht aufzusetzen und sich nicht anmerken zu lassen, wie sehr sie Melissas Anblick erschreckte.

»Ich sehe grässlich aus«, sagte Melissa, und Fabienne musste sich eingestehen, dass ihre Bemühungen vergeblich gewesen waren. Nach kurzem Zögern fügte Melissa hinzu: »Will wollte es dir nicht sagen, er wusste, dass du schon so viel um die Ohren hast. Aber die Ärzte haben gesagt ...« Sie vollendete den Satz nicht, ganz und gar untypisch für Melissa. Doch dann schien sie ihre Entschlossenheit zurückzugewinnen, und ihre nächsten Worte kamen mit ihrer üblichen Offenheit heraus: »Alles, was sie mir noch bieten können, ist Palliativpflege.«

Palliativpflege. Ein Euphemismus für die letzten Trittsteine auf dem Weg ins Grab, so hatte Fabiennes Mutter es immer beschrieben.

Fabienne wollte etwas sagen, doch Melissa schüttelte den Kopf. »Ich möchte nicht darüber reden. Das macht es nicht besser für mich. Erzähl mir lieber, wie es dir geht«, sagte sie mit fester Stimme, und Fabienne wusste, dass sie es so meinte.

Also schluckte sie die Worte hinunter, die sie hatte sagen wollen. »Ich bin traurig«, gestand sie allerdings, denn ihr war klar, dass es sinnlos wäre, Melissa anzulügen. »Verloren. Und ich habe Angst. Es fällt mir schwer, mir eine Welt ohne Estella vorzustellen. Klar, ich habe sie nur einmal im Jahr gesehen, aber ich habe alle paar Tage mit ihr gesprochen. Sie war immer ein Teil meines Lebens, und ich fühle mich, als hätte man mir die Füße amputiert und ich wüsste gar nicht mehr, wie man läuft.«

Melissa nahm ihre Hand, und Fabienne zuckte zusammen, als sie sah, dass Melissas Augen voller Tränen waren.

»Entschuldige bitte«, sagte sie rasch. »Ich bin eine schreckliche Freundin. Das Letzte, was du jetzt brauchst, ist mein Kummer.«

Doch wieder schüttelte Melissa den Kopf und wischte ihre Tränen weg. »Nein, du bist überhaupt keine schreckliche Freundin. Es ist nur so – als du das gesagt hast, ist mir plötzlich bewusst geworden, dass Will sich womöglich genauso fühlt, wenn …«

Wenn ich nicht mehr da bin. Sie ließ den Satz unvollendet.

»Hast du ihn gestern Abend gesehen?«, fragte Melissa stattdessen. »Ich habe noch geschlafen, als er heute früh zur Arbeit gegangen ist, und konnte ihn nicht mehr fragen.«

Fabienne nickte. »Ja, ich hab ihn gesehen. Und er …« Sie stockte. Wie sollte sie erklären, was der gestrige Abend für sie bedeutete? »Er hat mir beim Aufräumen geholfen. Das klingt jetzt vielleicht albern, aber er hat alles getan, was ich am Abend der Beerdigung meiner Großmutter gebraucht habe.«

»Bist du in meinen Bruder verliebt?«

Gott. Es wäre wirklich ein Wunder, wenn sie einen Tag durchstehen würde, ohne zu weinen. Schon wieder spürte Fabienne den vertrauten Druck im Hals und blinzelte. »Wie könnte ich das nicht sein?«, flüsterte sie.

»Komm her.« Melissa breitete die Arme aus, und Fabienne umarmte sie.

»Das ist das Einzige, was ich bedaure«, flüsterte Melissa nach einer Weile an Fabiennes Schulter. »Dass ich nie jemanden geliebt habe. Nicht so jedenfalls. Natürlich liebe ich Will, und ich liebe dich, und ich liebe meine Freunde, aber … ich war nie richtig in jemanden verliebt. Mit zwanzig bin ich krank geworden, und in den letzten fünf Jahren hatte ich keine Zeit, mich zu verlieben, weil ich mich fast immer beschissen gefühlt habe.«

Jetzt flossen Fabiennes Tränen umso schneller, und in ihrem Herzen schienen die Wunden der letzten Woche wieder aufzubrechen. Sie dachte an Estellas Worte: *Zu lieben kann Wunden reißen, aber es kann diese auch heilen.* Wenn Melissa die Gelegenheit gehabt hätte, sich zu verlieben, vielleicht ... Aber Fabienne verdrängte den Gedanken. Man konnte Krebs nicht mit Liebe heilen.

»Ich habe so viel Glück«, sagte Fabienne. »Dass ich dir begegnet bin, dass ich Will kennengelernt habe. Aber ich lebe in Australien. Momentan bin ich ein Häufchen Elend und habe das Gefühl, ich sollte mich lieber davonstehlen und ihm die Möglichkeit geben, eine andere zu finden.«

»Wenn du das tust, spreche ich nie wieder ein Wort mit dir«, entgegnete Melissa mit fester Stimme. »Ergreif die Chance, die ich nie hatte und nie bekommen werde. Ihr seid füreinander gemacht. Wie er dich anschaut ...«

Wie er dich anschaut. Im Taxi zurück nach Gramercy Park gingen die Worte Fabienne nicht aus dem Kopf, auch nicht beim Kofferpacken. Als das Taxi kam, das sie zum Flughafen bringen sollte, bat sie den Fahrer, unterwegs noch einmal anzuhalten, und als sie ein paar Blocks von Wills Arbeitsstelle entfernt war, schrieb sie ihm eine SMS: *Können wir uns unten auf der Straße treffen, nur für eine Minute?*

Natürlich, schrieb er zurück. *Ich komme.*

Als das Taxi hielt und Fabienne heraussprang, sah er sie mit fragendem Gesicht an. Sie nahm seine Hände in ihre und küsste ihn, zuerst ganz sanft, dann immer heftiger, die Arme um seinen Nacken geschlungen, und er zog sie an sich. Als ein Passant im Vorübergehen einen Pfiff ausstieß, trat Fabienne schließlich einen Schritt zurück und strich mit dem Finger über Wills Lippen.

»Jetzt trägst du Lippenstift«, stellte sie fest.

»Das stört mich nicht«, antwortete er, legte die Stirn an ihre, ihre

Körper berührten sich, und beide atmeten schwer. »Wir machen das immer, wenn ein Taxi wartet und du unterwegs zum Flughafen bist.«

»Ich weiß«, sagte Fabienne. »Aber ich wollte nicht gehen, ohne dir zu sagen, dass … ich weiß, es ist verrückt und unmöglich, aber … ich habe mich trotzdem in dich verliebt, und ich wollte, dass du das weißt.«

»Ich dachte schon, ich hätte dich gestern Abend vergrault.«

»Ganz und gar nicht.«

»Ich wünsche mir so, dass wir ein paar Tage in der gleichen Stadt sind, ohne Kummer und ohne Taxis und ohne Flugzeuge. Und das kriegen wir hin, Fabienne, ich verspreche es dir.«

»Ich werde dich beim Wort nehmen.« Widerwillig löste sie sich von ihm. »Jetzt muss ich los.«

Er wartete, während sie ins Taxi stieg, während das Taxi losfuhr, verharrte auf dem Gehweg, bis sie ihn aus den Augen verlor. Als er außer Sicht war, summte ihr Telefon. *Du hattest recht mit der Halskette. Ich habe sie gekürzt, und Emma Watson war begeistert. Du hast ein gutes Auge. Zweifle nie daran. Ich liebe dich. Will*

Der Jetlag weckte Fabienne wieder um zwei Uhr morgens. Eine Weile lag sie wach im Bett, dann beschloss sie, aufzustehen und etwas zu tun, was sie müde machte. Sie hatte den Schlaf bitter nötig, wenn sie bei der Arbeit einigermaßen funktionieren wollte. Also packte sie ihren Koffer fertig aus, wofür sie, als sie nach Hause gekommen war, zu erschöpft gewesen war. Dabei geriet ihr der Karton ihrer Großmutter in die Hand, und sie fragte sich, ob es das Richtige war, hineinzusehen, oder ob das ihren Kopf endgültig zum Schwirren bringen würde.

Schließlich trug sie die Box zum Bett, holte die Papiere heraus, die sie bereits angeschaut hatte, und legte sie beiseite. Darunter kam eine

Mappe zum Vorschein, mit weiteren Skizzen von ihr, diesmal solchen, die ihre Großmutter vervollständigt und für eine ihrer Stella-Kollektionen verwendet hatte. Als Estella zum ersten Mal einen Entwurf aus dem Stapel gezogen und Fabienne um Erlaubnis gebeten hatte, ihn benutzen zu dürfen, war Fabienne sechzehn gewesen und hatte gutes Geld dafür bekommen. So war es ungefähr acht Jahre weitergegangen, bei jeder Kollektion gab es einen Entwurf von Fabienne. Sie hatte immer angenommen, dass ihre Großmutter ihr nur etwas hatte gönnen wollen, aber jetzt sah sie, dass an jedes Design eine Verkaufstabelle der Saison geheftet war und dass ihre Entwürfe meist zu den am besten verkauften gehört hatten. Vage erinnerte sie sich, dass ihre Großmutter ihr das auch gesagt hatte, sie hatte es jedoch nicht zur Kenntnis genommen, so überzeugt war sie, dass es Estella nur darum ging, sie zu ermutigen, damit sie irgendwann doch in Betracht zöge, für ihre Großmutter zu arbeiten.

Dann spähte sie wieder in den Karton, holte ein Papier heraus und entfaltete es. Es war Estellas Heiratsurkunde. Als Fabienne das Datum las, runzelte sie die Stirn. *20. Juni 1947.* 1947?

Obwohl sie wusste, dass sie das Geburtsdatum ihres Vaters nicht zu überprüfen brauchte, tat sie es trotzdem, holte die Geburtsurkunde, die sie in ihrer Handtasche bei sich trug, seit sie sie gefunden hatte: *27. März 1941.* Sechs Jahre bevor Estella und Fabiennes Großvater geheiratet hatten. Da fiel ihr auf, dass der Hochzeitstag ihrer Großeltern nie gefeiert worden war, was sie im Rückblick seltsam fand, doch vielleicht wäre es einfach zu schwierig gewesen, gemeinsam zu feiern, weil sie in verschiedenen Ländern lebten.

Ihr Herz zog sich schmerzhaft zusammen, was sie aufs Bett sinken ließ, die Urkunden umklammert. Denn wenn ihr Vater sechs Jahre vor der Hochzeit ihrer Großeltern geboren war, konnte das nur heißen, dass die Namen auf seiner Geburtsurkunde doch der Wahrheit entsprachen: *Mutter: Lena Thaw, Vater: Alex Montrose.* Was wiederum bedeutete, dass Fabienne keinerlei Anrecht auf das Erbe ihrer Großmutter hatte – weder auf das Geschäft noch auf das Haus noch auf die Stellung einer Chefdesignerin. Nichts davon. Es bedeutete, dass Estella, ihre geliebte Großmutter, überhaupt nicht mit Fabienne verwandt war.

Kapitel 26

Bei der Arbeit am nächsten Tag trank Fabienne reichlich Kaffee, während sie sich abmühte, all der E-Mails, Telefonnachrichten und des Stroms von Menschen, die durch ihre Bürotür ein und aus gingen, Herr zu werden. Am späteren Vormittag erschien Unity, ihre Chefin.

»Freut mich, dass Sie wieder da sind«, sagte sie knapp, schlug die Beine übereinander, und ihre schimmernden fleischfarbenen Strümpfe erinnerten Fabienne daran, wie sehr sie fleischfarbene Strümpfe hasste.

»Es ist schön, wieder hier zu sein«, antwortete Fabienne in der Hoffnung, mit einem Lächeln und einer gewissen Leichtigkeit die Tatsache überspielen zu können, dass sie momentan rein auf Koffeinbasis funktionierte.

»Wie geht es mit den Ausstellungsplänen vorwärts? Charlotte schien alles im Griff zu haben, während Sie weg waren.«

»Ja, das hatte sie. Sie war eine große Hilfe«, pflichtete Fabienne ihr ehrlich bei, denn Charlotte hatte es geschickt geschafft, alle wichtigen Entscheidungen bis zu Fabiennes Rückkehr aufzuschieben und dabei den Eindruck zu erwecken, als ginge es vorwärts.

»Ich würde gern heute Nachmittag ein Konzept sehen. Da es Ihre erste Ausstellung für uns ist und Sie so häufig weg waren, habe ich ein wenig Sorge um den Zeitplan.«

»Ich weiß genau, wie viel Zeit wir brauchen, und alles ist unter Kontrolle. Aber es ist mir sehr recht, das Konzept heute durchzugehen. Auch wenn es nicht ganz leicht sein dürfte.« Fabienne lächelte unbeirrt, wenngleich die einzig angemessene andere Reaktion gewesen wäre, bei der Vorstellung, noch für diesen Nachmittag eine Präsentation vorbereiten zu müssen, die normalerweise frühestens in einem Monat fällig war, perplex und sprachlos dazusitzen.

»Gut. Vierzehn Uhr. In meinem Büro.« Unity erhob sich in ihrem makellosen weißen Rock, in dem nicht die kleinste Falte auszumachen war. Jil Sander vermutlich. Europäisch elegant, in deutscher Qualität gearbeitet und immer von klarer Schönheit.

Fabienne musste sich anstrengen, nicht instinktiv ihre weite Smokinghose samt Jackett und weißer Bluse glattzustreichen, die aus lauter Respekt vor Unitys Makellosigkeit gleich Falten zu schlagen schienen. Dieses Outfit trug sie immer dann, wenn sie keine Zeit zum Nachdenken hatte, und sie liebte es. Aber heute fühlte es sich weit weniger glanzvoll an, als ihr lieb war. Sie wartete, bis Unity in ihr eigenes Büro zurückgekehrt war, und flitzte dann auf den Korridor hinaus, um Charlotte zu suchen. »Wir müssen bis zwei Uhr heute Nachmittag ein Konzept zusammenstellen. Auf den Lunch werden wir leider verzichten müssen.«

Charlotte verdrehte die Augen. »Vielleicht nervt sie uns dann nicht mehr so.«

»Hoffentlich«, sagte Fabienne.

In Fabiennes Büro legten sie Fotos der Kleider aus, für die sie sich bereits entschieden hatten, und Fabienne begann einen Plan zu entwerfen, ein Narrativ, das die einzelnen Stücke in eine Ordnung brachte, aus der sich nach und nach eine Geschichte entwickeln würde. Damit war der Anfang gemacht – ein Konzept, an dem sie so lange feilen konnte, bis sie das Gefühl hatte, es sei stimmig. Hoffentlich war der Entwurf inhaltlich schon interessant genug, um Unity zufriedenzustellen.

Als sie ein paar Stunden diskutiert und gezeichnet hatten, streckte sich Fabienne. »Großartig. Ich habe genug, um damit weiterzumachen. Kannst du bitte eine Timeline erstellen, wann wir die Bildüberschriften schreiben, wann die einzelnen Leihgaben von den Museen spätestens eintreffen sollten, wann wir Kontakt mit den Bauherren aufnehmen und wann wir darüber nachdenken müssen, was wir für die Website nehmen – all diese Dinge. Wenn Unity merkt, dass wir wissen, was wir tun, wird sie uns schon machen lassen. Möglicherweise.«

»Alles klar«, sagte Charlotte.

»Wenn du fertig bist, schaue ich noch mal drüber, ob ich irgendwas verändern muss. Und das hier zeichne ich noch mal neu.« Fabienne zeigte auf den Konzeptentwurf. »Dann haben wir genug.«

Die nächsten zwei Stunden saß Fabienne am Schreibtisch, ohne auch nur ein einziges Mal aufzustehen. Sie plante, skizzierte, grübelte und sah die Fotos durch, die Charlotte und sie im Austausch unzähliger Mails im Lauf der letzten Woche in die engere Auswahl genommen hatten. Um zwei hatte sie das zuversichtliche Gefühl, dass Unity, wenn sie sah, was ihre beiden Kolleginnen auf die Beine gestellt hatten, sich vielleicht sogar ein Lächeln abringen würde, und holte Charlotte ab. Zusammen gingen sie in Unitys Büro.

Dort begann Fabienne mit einer kurzen Einführung der Idee, die hinter der Ausstellung steckte, und präsentierte Unity ihre Tour durch die Modegeschichte, die von Lanvins La-Cavallini-Kleid in beiden Versionen – die eine mit Blumen, die andere mit Kristallen – über Chanels Kamelienbroschen bis zu Diors Venus-Kleidern führte, woran sich ein spektakuläres, reich besticktes und mit Pailletten besetztes Jackett von Worth anschloss, gefolgt von einem glitzernden Schiaparelli-Kleid mit so vielen Pailletten, dass man fast glauben konnte, es sei kein Stoff darunter, einem frühen Samtkleid von Stella Designs mit einer weißen kristallgespickten Pfingstrose – eines der ersten Stücke, die ihre Großmutter je gezeigt hatte –, einigen Sachen von zeitgenössischen australischen Designern wie Collette Dinnigan und

Akira Isogawa und natürlich dem diamantbesetzten Vanderbilt-Kleid von Tiffany. Am Schluss war sie sicher, dass sie gute Arbeit geleistet hatte. Diese Ausstellung zollte den traditionellen *métiers*, die wesentlich zur Entwicklung der Mode von einem seit Urzeiten von den Frauen zu Hause ausgeübten Handwerk zu einer Kunstform beigetragen hatten, den angemessenen Tribut.

»Ich bin von der Idee nicht mehr ganz überzeugt«, sagte Unity. »Sie ist mir zu aufdringlich, diese ganzen Ausschmückungen, all dieser Zierrat. Wollen wir denn wirklich für unsere erste Ausstellung etwas so Hochtrabendes?«

Behutsam legte Fabienne ihre Skizzen auf den Schreibtisch. »Es ist eine Huldigung der verlorenen Handwerkszünfte«, erklärte sie mit ruhiger Stimme. »Für das Handgemachte, das Mühevolle, das Zeitraubende. All das, was kostbar ist, aber im modernen Zeitalter leicht in Vergessenheit gerät. Die Geschichte dieser Kleider knüpft perfekt an zeitgenössische Ideen zur Entschleunigung an, sie erinnert an das Zeitalter vor dem Internet, vor der Maschinisierung, als alles, was gefertigt wurde, mehr Zeit beanspruchte und die individuelle künstlerische Gestaltung der Dinge wegen ihrer Schönheit und ihrer Hochwertigkeit geschätzt wurde – nicht wegen ihrer Rentabilität. Es ist eine Hommage an einen Lebensstil, aus dem sich die Mode entwickelt hat, einen Lebensstil, bei dem es nicht darum ging, mehr zu besitzen, sondern darum, kreativ zu sein, mit den Händen Schönes zu schaffen. Ich denke, die Menschen werden es zu schätzen wissen, an diese Fertigkeiten erinnert zu werden, die fast verschwunden sind, und sie werden diese Anregung nutzen, um darüber nachzudenken, wie anders es wäre, wenn Mode kein Wegwerfprodukt wäre und wir das, was wir anziehen, als Kunst sehen würden, nicht als einen kurzlebigen Trend. Wenn man heute in eines dieser Stücke schlüpfen könnte, würde man nicht aussehen, als wäre man aus der Zeit gefallen. Dies Sachen sind das Gegenteil von Kurzlebigkeit, sie sind alterslos.«

Unity sagte nichts. Fabienne schwieg ebenfalls. Sie hatte alles gesagt, was sie zu sagen hatte, und nicht die Absicht, die Stille mit Geplapper zu füllen wie Charlotte, die bereits Vorschläge machte, wie man die besonders reich verzierten Kleidungsstücke durch etwas einfachere ersetzen könnte.

»Vielleicht sollten Sie beide sich auf eine einheitliche Linie einigen«, meinte Unity schließlich. »Entweder möchte man etwas Einfaches oder nicht.«

»Wir wollen es nicht«, sagte Fabienne bestimmt.

»Ich muss darüber nachdenken«, erwiderte Unity abschließend und stand auf.

Charlotte ging aus dem Büro, und Fabienne wollte ihr folgen, aber Unity hielt sie auf. »Ich habe gehört, dass Sie und Jasper Brande kein Paar mehr sind. Tut mir leid, dass es nicht geklappt hat.«

Fabienne neigte irritiert den Kopf. Bot Unity ihr etwa freundschaftliches Mitgefühl an?

»Er wird zukünftig Teil unseres Vorstands sein«, fügte Unity aalglatt hinzu. »Ich hoffe, das ist kein Problem für Sie.«

Warum sollte es?, hätte Fabienne am liebsten geschrien. Jasper war eine gesuchte Führungspersönlichkeit, aber warum musste er sich ausgerechnet diesen Posten aussuchen? »Das ist kein Problem für mich«, sagte sie in einem Ton, den sie dem von Unity anpasste – hart an der Grenze der Herablassung. »Ich habe mit dem Vorstand nichts zu tun. Das ist Ihre Aufgabe.« Damit verließ sie das Büro.

Als Fabienne ihre Wohnungstür öffnete und einen Berg Arbeit auf dem Flurtisch ablud, sehnte sie sich nur noch nach einem Glas Wein und ihrem Bett. Wenn sie wieder mitten in der Nacht aufwachte, würde sie sich mit dem Papierkram beschäftigen, obwohl sie nach dem heutigen Meeting deutlich an Enthusiasmus für ihren neuen Job eingebüßt hatte. Als sie sich gerade den Wein einschenkte, klingelte das Telefon, und da sie auf dem Display Wills Namen sah, sank sie freudig auf die Couch.

»Hi«, sagte sie. »Wie geht es dir?« Sein Gesicht verwandelte sich aus einem Pixelgeflimmer in einen Menschen, und sie stellte abrupt das Weinglas weg. »Was ist los?« Er sah aus, als hätte er seit ihrer letzten Begegnung auf dem Gehweg vor Tiffany nicht geschlafen und sich nicht rasiert.

»Es ist wegen Liss.« Er hielt inne, und Fabienne konnte spüren, wie viel Anstrengung es ihn kostete, sich zusammenzunehmen. »Es gab einen Notfall. Sie ist im OP.«

»Sie wird operiert? Ist ihr Zustand dafür stabil genug?«

»Das weiß ich nicht.«

»Will.«

Der Summer in ihrer Wohnung ertönte. »Sekunde«, sagte sie und streckte die Hand nach dem Knopf aus, um den Betreffenden hereinzulassen. »Wahrscheinlich irgendein Paket. Geh nicht weg, ich bin gleich wieder da.« Aber als sie die Tür öffnete, kam Jasper hereingeschlendert. »Fab! Wie geht es dir?«

Da Fabienne das Telefon in der Hand hielt, war ihr klar, dass Will Jaspers Stimme laut und deutlich hörte und wahrscheinlich auch sehen konnte, wie Jasper sich zu ihr beugte und sie auf die Wange küsste. »Moment mal bitte, Jasper«, murmelte sie, wandte sich dann wieder Will zu und erklärte: »Ich ruf dich gleich zurück. Es dauert nicht lange.«

»Okay«, erwiderte er etwas barsch und legte auf.

»Was führt dich zu mir, Jasper?«, fragte Fabienne matt. Inzwischen hatte er es sich schon auf dem Sofa gemütlich gemacht.

»Ich wollte dich sehen. Ist ewig her. Und ich hab gehört, dass deine Großmutter gestorben ist.«

Obgleich sie seine prosaische Art kannte, zuckte sie zusammen. »Ja«, sagte sie nur.

Er zögerte. »Ich weiß, früher hätte ich dir einfach bloß eine SMS geschickt. Aber ich wollte vorbeikommen und dir sagen, dass es mir leidtut. Ich vermisse dich, Fab.«

»Wirklich?«

»Ja, wirklich.« Er rutschte unbehaglich herum und suchte dann ihren Blick. »Ich vermisse dich sogar sehr.«

Genau deshalb war sie so lange mit Jasper zusammengeblieben. Weil er manchmal unter seiner lockeren, lebenslustigen Oberfläche ernsthaft und sehr einfühlsam sein konnte. Aber das reichte ihr nicht.

»Ich habe jemand anders kennengelernt«, platzte sie heraus.

»Ist es ernst?«, fragte er.

»Ja.«

»Wer ist es?«

»Du kennst ihn nicht, er lebt in New York.«

»Wie stellst du dir denn eine Beziehung mit einem Mann in New York vor?«

»Ich weiß es nicht, Jasper, aber das ist mein Problem. Du musst jetzt gehen. Ich war gerade mit ihm am Telefon.«

»Wäre das Leben nicht leichter mit jemandem hier in Sydney als mit einem auf der anderen Seite des Globus?« Er lächelte auf die Art, die sie stets hatte weich werden lassen. Früher einmal.

»Leichter vielleicht«, antwortete sie. »Aber leicht ist nicht das, was ich suche. Ich nehme alle Komplikationen auf mich, wenn ich Will wenigstens hin und wieder sehen kann. Er ist es wert.«

»Und ich nicht?«

Fabienne schüttelte den Kopf. »Tut mir leid.«

»Ich habe gerade für dich und mich ein Essen mit Unity und ein paar anderen Vorstandsmitgliedern ausgemacht.«

»Warum hast du das getan?«

»Ich dachte, es wäre gut für dich, den Vorstand kennenzulernen. Ein bisschen zu plaudern. Vorstandsmitglieder auf deiner Seite zu haben, ist immer nützlich für die Karriere. Und du hast mir immer vorgeworfen, dass ich nur an mich denke. Da wollte ich dir zeigen, dass ich auch an dich denken kann.«

»Ich werde nicht kommen können.«

»Du musst. Gehört zur Arbeit.«

Du musst. In diesen zwei Worten erkannte sie den Jasper, in den sie nicht mehr verliebt war, dem mehr an seiner Arbeit und an sich selbst lag als an irgendetwas sonst. »Ich muss jetzt telefonieren«, sagte sie nur.

Aber er blieb immer noch sitzen, sah ihr in die Augen und wartete darauf, dass sie nachgeben würde, das wusste sie. Doch sie tat ihm den Gefallen nicht. Endlich erhob er sich. »Acht Uhr. Donnerstag im Aria. Unity wird auch da sein.«

»Mach's gut, Jasper.«

Als die Tür hinter ihm ins Schloss fiel, rief sie Will zurück. Aber er ging nicht ans Telefon und antwortete auch nicht auf die Nachrichten, die sie ihm schrieb. Am Ende war Fabienne froh über die Arbeit, die sie mit nach Hause genommen hatte, weil sie sonst alle zwei Minuten der langen schlaflosen Nacht ihr Smartphone gecheckt hätte.

Die nächsten Tage waren sehr anstrengend. Sie verbrachte viel Zeit in den Archiven des Museums, schaute sich ein Stück nach dem anderen an und ergänzte ihre Liste australischer Designer für die Ausstellung. Aber sie hatte das seltsame Gefühl, dass sie alles nur zusammentrug, eine Armada von Kleidungsstücken aushob, statt für etwas zu kämpfen, was von Bedeutung war. Dass sie ihre Zeit im Glanz anderer zubrachte, Schachfiguren auf dem Brett herumschob, obwohl das Spiel längst ein Patt erreicht hatte. Mit einigen der Designer auf der Liste hatte sie studiert und früher einmal gedacht, es würde sie etwas verbinden. Aber jetzt hatte sie mit den meisten schon sehr lange nicht mehr gesprochen.

Jedes Mal, wenn sie das Archiv verlassen hatte und an ihren Schreibtisch zurückgekehrt war, überarbeitete sie das Ausstellungskonzept von Neuem, straffte das Narrativ, korrigierte Ungenauigkeiten. In diesen Momenten verspürte sie einen Schimmer von etwas, das nicht nur Sinnlosigkeit war. Dann lächelte sie und ließ die Welt ein paar Stunden hinter sich, zeichnete, zeichnete und zeichnete.

Jeden Tag schrieb sie an Will und Melissa. Einmal antwortete Will ihr: *Liss geht es nicht besonders gut.* Dann wieder nichts. Obwohl sie nicht an Gebete glaubte, betete sie, dass Melissa wieder gesund werden würde. Jeder Gott musste doch sehen, dass diese junge Frau es wert war, gerettet zu werden.

Es kam der Donnerstagabend mit dem Essen, das sie nicht hatte absagen können. Sie sagte Jasper, sie würde ihn dort treffen und gleich von der Arbeit ins Restaurant gehen. Unterwegs summte ihr Smartphone, eine Nachricht von Will.

Sie ist aus dem Krankenhaus entlassen, lautete sie. *Jetzt gewöhnt sie sich zu Hause wieder ein.*

Das freut mich, schrieb Fabienne zurück. *Wie geht es dir?*

Ging schon mal besser, war die Antwort.

Ich liebe dich, schrieb sie.

Danke.

Danke? Doch dann schüttelte sie den Kopf über sich selbst. Seine Schwester hatte gerade eine schwere Operation hinter sich, und da erwartete Fabienne von ihm, dass er per SMS Liebesschwüre versandte? Sie überlegte, ihn anzurufen, dachte dann jedoch, dass er sie bestimmt selbst anrufen würde, wenn er Zeit dazu hätte. Ein Mensch in Melissas geschwächtem Zustand brauchte nach einer Operation gewiss ständige Pflege.

Im Restaurant standen Unity und Jasper nebeneinander an der Bar und lachten. Sie wären das perfekte Paar, dachte Fabienne grimmig, als Jasper sie zur Begrüßung auf die Wange küsste.

»Jetzt sind alle da, wir können uns setzen«, sagte er, nachdem er Fabienne mit den anderen Vorstandsmitgliedern bekannt gemacht hatte.

Weil sie das Pech hatte, neben Jasper und gegenüber von Unity zu sitzen, wandte Fabienne sich ihrem Tischnachbarn auf der anderen Seite zu und stellte sich vor.

»Wie wird man denn Modekuratorin?«, fragte der Mann. »Das ist kein alltäglicher Job, oder?«

»Vermutlich nicht«, sagte Fabienne, die diese Frage gewohnt war. »Ich habe Modedesign und Kunstgeschichte studiert. Das Kuratieren verbindet meine beiden Interessen.«

»Fab hat früher auch designt«, mischte Jasper sich ein, und Fabienne zuckte zurück. Dieses Thema wollte sie lieber nicht in diesem Rahmen diskutieren.

»Man muss sehr gut sein, um Designer zu werden«, sagte Unity gespielt mitfühlend.

»Fab ist eine der Besten«, behauptete Jasper, und Fabienne warf ihm einen warnenden Blick zu. Er klang fast unterstützend, was eigentlich nicht zu ihm passte.

»Es gibt doch diesen Spruch: Wer nicht selber kann, wird Lehrer«, sinnierte Unity. »Vielleicht sollte es eher heißen: Wer nicht kreativ sein kann, wird Kurator.« Sie lachte über ihren eigenen Scherz, und ein paar der anderen am Tisch stimmten ein.

Wutentbrannt ging Fabienne auf ihr Sashimi los. *Und was genau sagt sie damit über die, die in der Führungsriege einer künstlerischen Institution sitzen und nichts anderes tun, als schick essen zu gehen?* Aber sie schluckte die Bemerkung hinunter und entschuldigte sich so bald wie möglich, um zur Toilette zu gehen. Bei ihrer Rückkehr passte Jasper sie ab, ehe sie den Tisch erreichte.

»Du bist zu gut für diese Leute, Fab«, sagte er. »Viel zu gut.«

»Warum bist du so nett zu mir?«, fragte sie argwöhnisch.

»Weil ich dich wirklich vermisse. Es tut mir sehr leid, dass du mich erst sitzenlassen musstest, ehe ich es bemerkt habe.«

Sie seufzte. »Mir tut es auch leid.«

Er berührte ihren Arm. »Ich weiß noch, dass du dauernd genäht hast, als du anfangs bei mir gewohnt hast. Ich bin mit meinen Freunden Rad fahren gegangen« – er hob die Hände –, »ich hab inzwischen verstanden, dass ich mit solchen Dingen viel zu viel Zeit verbracht habe, aber wenn ich dann am Nachmittag zurückkam und du hattest den ganzen Tag gezeichnet und genäht, sahst du so zufrieden aus, als hättest du mich kein bisschen vermisst. Als brauchtest du, um richtig glücklich zu sein, weiter nichts als einen Stift und eine Nähmaschine.«

»Daran erinnere ich mich gut«, sagte sie. »Das war eine schöne Zeit.«

»Stimmt. Aber dann hast du es immer weniger getan – ich weiß, ich habe dich ständig zu irgendwelchen Essen und Firmenevents mitgeschleppt, vielleicht hattest du einfach keine Zeit mehr und hast deshalb aufgehört. Aber als ich dich da gerade am Tisch habe sitzen sehen, so ausdruckslos und starr, da habe ich nichts davon wiedergefunden, was du ausstrahlst, wenn du einen Tag damit verbracht hast, etwas zu erschaffen.«

Eine Lawine von Erinnerungen überrollte Fabienne. An den Tagen, wenn Jasper stundenlang unterwegs gewesen war und sie die Wohnung für sich allein gehabt hatte, zeichnete und nähte sie, vergaß zu essen und fühlte sich so mit sich im Reinen, wie sie sich seit Langem nicht mehr gefühlt hatte. Wenn sie die Kleider dann trug, fielen sie oft irgendjemandem auf, aber sie zuckte stets nur die Achseln und sagte, es sei nur ein Hobby. Solange es nur ein Hobby war, hatte sie nichts zu verlieren. Aber dann hatte sie mehr gearbeitet und neue Jobs bekommen, hatte über die schönen Kleider anderer geschrieben oder

Schaukästen für Ausstellungen in Auftrag gegeben, Finanzierungsvorschläge zusammengestellt und aufgehört, Kleider zu entwerfen. Ganz langsam hatte sie den Alltagstrott die Dinge verdrängen lassen, die sie am meisten genoss.

Sie küsste Jasper auf die Wange. »Du bist toll. Danke.«

»Aber Will ist toller?«, fragte er leise, den Blick fest auf ihr Gesicht gerichtet.

»Für mich, ja.«

»Dann werde glücklich.« Er lächelte. »Geh nach Hause. Ich sage denen da drinnen, dass du dich nicht wohlfühlst. Und dann flirte ich auf Teufel komm raus mit Unity, bis sie vergisst, dass du überhaupt da warst, und dir nicht übel nimmt, dass du verschwunden bist.«

Fabienne lachte. »Viel Spaß.«

»Ich glaube, den werde ich haben.« Er grinste sie an und zog davon.

Sobald sie das Restaurant verlassen hatte, fühlte Fabienne sich, als hätte sie ein Kleid von sich geworfen, das ihr nicht mehr passte, als wäre darunter endlich ihr Selbst, das so lange verborgen gewesen war, zum Vorschein gekommen.

Sie fischte ihr Telefon aus der Tasche und rief die Nachlassverwalterin an, der sie vorläufig die administrative Verantwortung für Stella Designs anvertraut hatte. »Ich komme nach New York«, verkündete sie mit fester Stimme. »Um die nächste Kollektion zu entwerfen.«

Teil 7

ESTELLA

Kapitel 27

AUGUST 1941 | »Ich hab mir Sorgen gemacht um dich.« Sam umarmte Estella, als sie am Abend ihrer Rückkehr nach New York in seinem Apartment auftauchte.

Janie war sofort herübergekommen, nachdem Sam sie angerufen hatte, und lächelte sie an, aber Estella fand, dass ihr Lächeln nicht so strahlend wirkte, wie sie es von ihrer Freundin gewohnt war.

»Du siehst traurig aus, Estella«, sagte Sam, ehe sie Janie fragen konnte, wie es ihr gehe. »Was ist passiert?«

Sie erzählte den beiden von Lena. Vom Verschwinden ihrer Mutter. Aber nicht, dass auch Alex verschwunden war.

Ihre Freunde hielten sie im Arm und ließen sie weinen, versuchten, sie zu trösten, ihr zu sagen, dass mit ihrer Mutter alles gut werden würde und dass Lena in dieser Welt nie glücklich geworden wäre. *Aber wenn ich mehr auf sie zugegangen wäre, hätte ich wenigstens ihre letzten Monate schöner machen können*, dachte Estella und konnte nicht aufhören zu weinen.

Irgendwann aber wischte sie sich die Augen trocken und ging hinüber zum Fenster. »Und was habt ihr beiden so getrieben?«, fragte sie mit noch zittriger Stimme. »Ich habe das Gefühl, ich wäre monatelang weg gewesen.«

Janie sah Sam an, und er nickte. »Du solltest es ihr sagen«, meinte er.

»Was soll sie mir sagen?«, fragte Estella.

»Ich bin verheiratet«, verkündete Janie und wedelte mit der Hand, die nun mit zwei großen Ringen geschmückt war.

»Verheiratet?«, rief Estella. »Aber du hast dich doch gerade erst verlobt.«

»Es bringt doch nichts, rumzusitzen und zu warten«, erwiderte Janie mit einem Achselzucken.

»Und ich hab deine Hochzeit verpasst«, sagte Estella und umarmte ihre Freundin. »Das tut mir sehr leid.«

»Sollte es auch. Weil sonst niemand da war, musste Sam meine Brautjungfer sein.«

Estella kicherte. »Hat er wenigstens ein spektakuläres Kleid getragen?«

»Nein, aber ich«, erwiderte Janie. »Ich habe mir nämlich eins von dir geliehen.«

»Das freut mich«, sagte Estella.

»Was hast du jetzt vor, wo du wieder da bist?«, wollte Sam wissen.

Estella zuckte die Achseln. Das war etwas, worüber sie auf der langen Heimreise von Frankreich nicht hatte nachdenken können.

»Erst mal werde ich schlafen«, antwortete sie schließlich. »Morgen überlege ich weiter.«

»Guter Plan«, meinte Janie. »Jetzt, wo ich bei meinem Mann wohne, hast du das ganze Zimmer im Barbizon für dich allein.«

Estella berührte die Schlüssel zu Lenas Haus, die sie aus Frankreich mitgebracht hatte. »Könnte sein, dass ich eine Weile bei Lena sein werde.«

»Aber du willst doch nicht ganz allein in diesem großen Haus herumgeistern«, wandte Janie ein. »In großen Häusern fühlt man sich so einsam.«

Ihre Worte ließen Estella aufmerken. »Ist alles in Ordnung bei dir?«

Janies Lächeln sackte in sich zusammen, als hätten sich in einem Stoff die Fäden gelöst und ließen ihn in Falten fallen. »Mir war nicht klar, dass Verheiratetsein bedeutet, mit einem Fremden zusammenzuleben.«

»Wie meinst du das?«, fragte Estella leise.

»Einfach, dass …« Janie biss sich auf die Lippen. »Man lernt jemanden kennen, trifft sich ein paarmal, und dann soll man ihn heiraten. Aber ich weiß über Nate nicht viel mehr, als dass er irgendwas in einer Bank macht, dass er seinen Kaffee schwarz trinkt, dass er, wenn er nach Hause kommt, am liebsten schon einen Brandy im Glas hingestellt kriegt und ihm Hühnchen von allen Fleischsorten am wenigsten schmeckt. Und dass er kein gleichgültiger, aber ein ziemlich zielgerichteter Liebhaber ist.«

»Effizienz kann manchmal von Vorteil sein«, sagte Estella, bekam jedoch kein Lächeln zur Antwort.

»Am Tag nach der Hochzeit hatte ich eine Lebensmittelvergiftung«, erzählte Janie. »Mir war so übel, dass ich nicht aus dem Bett kam. Nate hat den Kopf zur Tür reingestreckt und mir gesagt, ich soll mich ausruhen, dann ist er zur Arbeit gegangen. Wenn wir im Barbizon gewesen wären, hättest du dich um mich gekümmert. Oder meine Brautjungfer hätte es getan.« Sie grinste in Sams Richtung. »Ich hab mich nach meiner Mum gesehnt. Wenn man krank ist, möchte man jemanden um sich haben, bei dem man sich gut aufgehoben fühlt. Jemanden, der einen so liebt, wie es nur bei einem Menschen möglich ist, den man ganz und gar kennt.«

Estella dachte an Alex, wie er im Bett gelegen hatte, wie sie ihm kalte Umschläge gemacht hatte und er schließlich neben ihr eingeschlafen war. Janie hatte recht. Das Gespräch, das sie geführt hatten, wäre unmöglich gewesen, wenn sie nicht so vertraut miteinander gewesen wären, wie Janie es gerade beschrieben hatte.

»Vielleicht braucht es einfach Zeit«, meinte Sam.

»Glaubst du wirklich, dass ich mich in einem Jahr nicht mehr so unbehaglich fühle, wenn ich direkt vor seinen Augen in eine Schüssel kotze?«, fragte Janie. »Oder legt er nur Wert auf das Lächeln und den Brandy und das Roastbeef?« Sie seufzte. »Es ist ja nicht seine

Schuld, so funktioniert die Welt anscheinend. Der Mann geht arbeiten, die Frau bleibt zu Hause, wenn sie Glück haben, verbringen sie abends ein paar Stunden zusammen, und sie haben Sex, wenn der Mann Lust darauf hat.«

Estella nahm Janie wieder in den Arm und trauerte der lebhaften, lustigen jungen Frau von vor ein paar Wochen nach, die den Männern den Kopf verdrehte. Jetzt war eine unsichere Person an ihren Platz getreten, dazu verdonnert, Kaffee zu kochen und lebenslang an einen Mann gebunden zu sein, den sie weniger kannte als ein fremdes Land.

»Arbeite doch wieder als Model«, sagte Sam.

»Verheiratete Frauen arbeiten nicht«, antwortete Janie fest. Dann straffte sie die Schultern, fast wie die Janie von früher. »Du hast Estella noch gar nicht erzählt, was du gemacht hast, Sam.«

»Ich habe mittelmäßige Kleider zugeschnitten«, sagte Sam. »Das haben wir für dich aufgehoben.« Er reichte Estella einen Ausschnitt aus der *Vogue*.

Estella überflog den Artikel. Er war von Babe Paley, und es ging um Estellas Entwürfe. Darin stand, man müsse ein Auge auf sie haben und dass die Leserinnen tun sollten, was sie konnten, um an eins ihrer Muster heranzukommen. Begleitet wurde der Artikel von einem Foto von Leo Richier – der Kosmetik-Queen, die auch bei Estellas Schau gewesen war – in der schwarzen Samtrobe, die Estella ihr damals so ans Herz gelegt hatte.

»Sie hat im Barbizon angerufen und nach dir gefragt«, berichtete Janie aufgeregt und deutete auf das Bild. »Sie wollte das Kleid bestellen. Da hab ich es einfach für sie eingepackt – ich weiß, dass du es einmal getragen hast, aber das wird niemand je erfahren, und du kannst dir selbst ja noch eines nähen –, es ihr rübergebracht, und sie hat hundert Dollar dafür bezahlt. Sie hat mir erzählt, dass sie mit Babe Paley befreundet ist, und dann – *voilà*!«, vollendete Janie ihre

Erzählung mit dem schlimmsten französischen Akzent, den Estella jemals gehört hatte. »Schon wurde das hier veröffentlicht.«

»Wirklich?«, fragte Estella.

»Außerdem hat sie mir noch die Visitenkarte ihres Mannes gegeben. Anscheinend gehören ihm die Forsyths-Kaufhäuser. Und er möchte eine Bestellung aufgeben.«

»Glaubst du, er meint das ernst?«

»Selbstverständlich«, sagte Sam. »Die Frage ist nur: Wie reagierst du darauf?«

»Sobald ich das rausgefunden habe, sage ich euch Bescheid«, versprach Estella bedächtig.

Wochenlang strich Estella um das Haus in Gramercy Park herum in der Hoffnung, jemanden zu finden, der ihr mehr über Lena erzählen konnte. Hier war so viel von ihr: Lenas Kleider, ihr Schminkzeug, ihr Schmuck, alles lag unbenutzt in ihren Zimmern; an den Wänden hing eine eklektische Sammlung von Kunstwerken, die ihren guten Geschmack bestätigte. Und doch gab es nichts Persönliches. Keine Briefe, keine Fotos, keine kleinen Erinnerungsstücke.

Da auch Mrs Pardy verschwunden war, herrschte Stille im Haus. Die meisten Tage verbrachte Estella in dem Raum, der ihr früher im Jahr als Arbeitszimmer gedient hatte. In dem Haus im Marais war es Alex' Zimmer gewesen. Hier in Gramercy Park stand Estellas Arbeitstisch an der gleichen Stelle wie in Paris sein Bett. Vom Tisch blickte Estella hinüber auf den Platz vor dem Spiegel, wo Janie hätte stehen sollen, um voller Inspiration in Stoffe gehüllt zu werden oder Skizzen in lebendige Kleider zu verwandeln. Aber natürlich kam Janie nicht mehr, sie wachte jeden Morgen neben dem Mann auf, den sie geheiratet hatte, schlief abends neben ihm ein, konnte sich umdrehen und sich jederzeit in seinen Arm schmiegen. Auch wenn sie dort wohl keine Liebe fand.

Während Estella auf sich allein gestellt war und nicht wusste, wer oder was sie war. Auch nicht, was sie fühlte. Unfähig, an Lena zu denken, die ihr für immer genommen worden war. Unfähig, an ihre Mutter oder an Alex zu denken, weil sie ebenfalls verschwunden waren und sie nicht wusste, ob sie sich jemals wiedersehen würden. Nicht willens, darüber nachzudenken, warum ihre Mutter nur eines ihrer Babys bei sich behalten hatte oder wer Estellas und Lenas Vater sein mochte – ganz sicher nicht der tote französische Soldat, von dem ihre Mutter ihr immer erzählt hatte.

Stattdessen konzentrierte sie sich darauf, Stoffballen zu verkaufen, weil sie nicht in der Lage war, etwas zu entwerfen, was sich zu nähen lohnte, und sie brauchte Geld, um zu essen, zu leben. So saß sie im Arbeitsraum und beobachtete, wie ihr frischgebackenes Unternehmen Stück für Stück verkauft wurde. Gelegentlich starrte sie auf den *Vogue*-Artikel und fragte sich, wie das, was darin stand, wahr sein sollte – ihr fiel nichts mehr ein, obwohl die Ideen ihr doch sonst zugeflogen waren. Dass sie nichts Neues vorzuweisen hatte, nutzte sie als Vorwand, den Einkäufer von Forsyths nicht zu kontaktieren.

Eines Tages Ende November saß sie wieder einmal in ihrem Arbeitsraum, die Wolken segelten wie eine Schicht Gaze über die Sonne und schufen ein Halblicht, ein rauchiges Stahlblau, das sie an den Moment erinnerte, in dem sie mit Alex am Klavier gesessen hatte. In dieser Nacht hatte sie in seinen Augen etwas gesehen, einen Hunger, der so mächtig war, dass sie den Blick nicht hatte abwenden können, und ein paar Sekunden lang hatte es nur sie und Alex und sonst nichts gegeben. Paradoxerweise hatte sie sich nie so frei gefühlt, so frei und gleichzeitig so gefesselt. Als gäbe es kein Morgen, als hätte sich alles aufgelöst und sie beide wären einander genug, ein Leben lang.

»Hol dich der Teufel, Alex!«, sagte sie. »Wo bist du?« Und wo war ihre Mutter?

Wie als Antwort siegten die Wolken draußen und ließen die Sonne vollends verschwinden. Dennoch hatte Estella noch immer dieses seltsame Gefühl, frei und zugleich eng verbunden zu sein, und auf einmal griff sie nach Stift und Skizzenblock. Sie blätterte durch die Seiten, bis sie zu den Skizzen kam, die sie auf dem Flugboot gemacht hatte: Kleider in allen Himmelsfarben, Kleider, die schwebten, Kleider, die auf einen Körper niederfielen, ihn gleich einer Welle umfingen, Kleider, die ihre Trägerin aussehen ließen, als sei sie soeben von den Sternen herabgestiegen. Ihr wurde klar, wie gut diese Entwürfe waren. Mehr als das. Sie waren das Beste, was sie je zu Papier gebracht hatte.

Sie nahm ein neues Blatt Papier und begann zu zeichnen. Stundenlang blieb sie sitzen, zeichnete in die Abenddämmerung hinein, ohne das Licht anzumachen; sie konnte kaum etwas sehen, aber das war auch nicht nötig, ihre Hand bewegte sich von allein und brachte das, was in ihrem Kopf war, zu Papier. Im Handumdrehen entstanden Kleider, deren Proportionen auf Anhieb stimmten und deren Details stimmig waren, ohne dass sie radieren musste: Die Gürtel betonten die Taille gerade richtig, die Ärmel fielen, wie sie sollten, Pfingstrosen rankten sich an Schultern, wurden aus Schärpen gebunden oder erblühten kühn aus einem Kragen.

Schließlich holte Estella ihre Wasserfarben und kolorierte die Entwürfe, sah zu, wie schwingende Röcke zum Leben erwachten, sah das Spiel von Licht und Schatten auf den Stoffen so deutlich, als würde die Hand, wenn man sie ausstreckte, statt Papier Seidenjersey berühren.

Auf einmal spürte sie einen kühlen Luftzug hinter sich und fröstelte. War die Tür aufgegangen?

»Estella.«

Als sie sich umdrehte, sah sie Alex an der Tür stehen. Sein Gesicht war so zärtlich und voller Sehnsucht, dass ihre Beine sie wie von allein zu ihm trugen. Gleichzeitig kam auch er auf sie zu, und als sie sich trafen, hob er sie hoch, und sie schlang die Beine um seine Taille. Ihr Mund presste sich auf seinen, immer heftiger und trotzdem nicht nahe genug, so lebenswichtig war es, alles von ihm in sich aufzunehmen, was sie konnte, bevor er wieder verschwand.

Eine Weile verharrten sie so. Er hatte die Finger in den dünnen Stoff ihres Kleids geballt, und ihr ganzer Körper schmerzte, aber ihr Mund konnte nicht von ihm ablassen. Sie küsste ihn, küsste ihn immer weiter, als könne sie ihm damit sagen, wie dumm sie gewesen war, wie sehr sie sich geirrt hatte, wie sehr sie ihn wollte, dass sie die ganze Zeit an ihn gedacht hatte, und es fühlte sich an, als verstehe er sie, denn er ließ sie nicht los, saugte sie in sich ein. Dann machte er ein paar Schritte vorwärts und setzte sie auf die Werkbank, ihre Beine blieben um ihn geschlungen, doch nun hatte er beide Hände frei, so dass er sie um ihr Gesicht legen und sie ansehen konnte. Sein Blick traf sie im Innersten.

»Gott, wie habe ich dich vermisst«, sagte er.

»Ich dachte schon, du wärst tot.«

»Und das hätte dir etwas ausgemacht?«, fragte er.

»Ich hatte furchtbare Angst um dich«, antwortete sie.

Er zog sie an sich, und sie hörte seinen Atem, ebenso unruhig wie der ihre, fühlte sein Herz und ihr eigenes viel zu schnell, doch im selben Rhythmus schlagen. »Ich sollte das nicht tun«, sagte er. »Es gibt so viele Männer, die besser für dich sind als ich.«

»Alex, wenn du jetzt aufhörst, dann werde ich so unerträglich, wie du es dir nicht vorstellen kannst.« Sie lächelte, aber er erwiderte ihr Lächeln nicht.

»Ich habe schreckliche Dinge getan, Estella. Mein Vater war der schrecklichste Mensch der Welt. Du solltest mit jemandem zusammen sein, der mehr über das Licht weiß als über die Dunkelheit, mehr über die Liebe als über den Hass. Eines Tages wirst du mich ansehen und dir wünschen, du hättest mich nie geküsst. Deshalb sollte ich jetzt lieber gehen.«

In seiner Stimme hörte sie die Anstrengung, die es ihn kostete, ruhig zu bleiben, hörte das leise Zittern, als er vom Gehen sprach. »Das ist mir gleichgültig«, erwiderte sie. »Ich weiß, wer du bist.« Sie suchte seinen Blick.

»Ich will dich nicht in das schmutzige Durcheinander hineinziehen, das mein Leben ist. Ich sollte verschwinden.« Er machte einen Schritt zurück.

Estella packte seine Hand. Statt zu antworten, zog sie ihn wieder zu sich und küsste ihn noch inniger, und nach einer Weile spürte sie eine Veränderung in seinem Körper, als er endlich seine Selbstzweifel losließ. Mit den Daumen strich er zärtlich über ihre Wangen, und nach einer Weile wanderten seine Hände zum Saum ihres Kleids, fanden ihren Weg unter den Stoff, glitten über ihre Schenkel, bis sie ihre Hüften erreichten. Sanft fuhren sie in ihren Slip, streichelten die Haut darunter, während er sie näher zu sich zog und sie spürte, wie sehr er sie begehrte.

»Alex …« An seinem Mund hauchte sie seinen Namen, ehe seine Lippen sich zu ihrem Hals bewegten und ihre Finger unter den Stoff seines Hemds glitten.

Seine Hände machten sich vergebens an den Knöpfen auf ihrer Brust zu schaffen, dann fragte er ungeduldig: »Wie zieht man das verdammte Ding aus?«

Estella lachte. »Die Knöpfe sind nur Dekoration.«

Sie öffnete den Knopf in ihrem Nacken, zog das Kleid über den Kopf, und dann saß sie vor ihm, nackt bis auf den Slip, und Alex atmete scharf ein.

»Mein Gott«, sagte er. »Du bist so schön, dass ich dich kaum anschauen kann.« Sanft strich er mit der Hand über die Haut ihrer Brust, was ihren ganzen Körper erschauern ließ, und ihre Hände packten sein Hemd fester.

»Und ich halte es kaum aus, wenn du das tust«, murmelte sie.

Doch er tat es noch einmal, und diesmal keuchte sie leise. Hart küsste er sie, doch zu kurz.

»Warte«, sagte er.

Dann entrollte er vor dem offenen Kamin einen Ballen blauen Samtstoff, riss ein Streichholz an und hielt es an das im Kamin geschichtete Papier und Anmachholz. Er kehrte zu Estella zurück, hob sie hoch, trug sie zum Feuer und legte sie behutsam auf den Samt.

»Das ist besser«, sagte er. »Hier kann ich mich zu dir legen.«

»Du weißt schon, dass das einer meiner teuersten Stoffe ist, oder?«

»Soll ich aufhören?«, fragte er.

Statt einer Antwort küsste Estella ihn von Neuem, knöpfte dabei sein Hemd auf und ließ die Hände über seine Brust wandern, fühlte jede Narbe, jeden perfekt definierten Muskel, jeden Zentimeter seines wunderschönen Oberkörpers. Dann beugte sie sich hinunter und küsste seinen Brustkorb, fühlte sein Herz an ihren Lippen pochen, bewegte den Mund weiter über seinen Bauch, vorbei am Nabel, ohne aufzuhören, seine Haut dabei weiter mit den Händen zu erforschen. Schließlich gelangte sie zu seinem Hosenbund und knöpfte ihn auf.

»Estella«, sagte er und zog sie hoch, bis ihre Köpfe wieder auf gleicher Höhe waren.

Seine Lippen hinterließen eine feurige Bahn auf ihrem Hals, und sie spürte, wie ihr Rücken sich wie von selbst wölbte und ihr Kopf zurücksank. Mit der einen Hand zog Alex seine Kleider aus, während die andere ihre Brust liebkoste, sanft an ihr spielte, dann zu ihrem Hüftknochen wanderte, zu ihren Schenkeln und schließlich zwischen sie. Eine Woge von Empfindungen ließ sie die Augen schließen. Er ließ eine Hand zwischen ihren Beinen kreisen, während sein Mund zu ihrem Knöchel wanderte und sich von dort ihr Bein hinaufküsste, bis sein Mund dort landete, wo zuvor seine Hand gewesen war, und Estella kaum noch atmen konnte, zu nichts anderem mehr fähig war, als seinen Namen zu rufen, und alles außer Alex verschwand.

Es dauerte einige Augenblicke, wieder zu Atem zu kommen, die Augen zu öffnen, und selbst dann konnte sie nichts anderes hervorstoßen als »O Gott«.

Er lächelte und sagte: »Küss mich noch einmal.« Und das tat sie, zog ihn auf sich und in sich, so vollständig, dass nun er die Augen schloss und an ihrem Hals ihren Namen murmelte. Er umklammerte ihre Hand, und Estella wusste, dass auch seine Welt versunken war, dass es in diesem Moment nur Estella und Alex gab und dieses einzigartige Gefühl zwischen ihnen.

Für lange Zeit danach rührten sie sich beide nicht, sie konnten nichts anderes tun, als nebeneinanderzuliegen, Körper an Körper, sich zu küssen, während sie ganz langsam wieder zu Kräften kamen. Schließlich rollte Estella sich auf den Bauch, stützte sich auf die Unterarme, und Alex drehte sich auf die Seite und ließ die Hand, auf einen Ellbogen gestützt, ihre nackte Wirbelsäule hinauf- und hinuntergleiten.

»Es war noch schöner, als ich es mir vorgestellt habe«, sagte er lächelnd.

»Jetzt klingst du wie der Frauenheld, der zu sein du immer vorgibst«, gab sie lachend zurück.

»Sollte ich es nicht genießen?«, fragte er und zog die Augenbrauen hoch.

»Das solltest du unbedingt«, antwortete sie. »Aber hast du es dir tatsächlich ... vorgestellt?«

Er streckte die Hand aus, hob ihr Kinn an und küsste sie sanft. »Wenn ich deswegen keine Schwierigkeiten kriege«, sagte er, »dann ja. Ich habe mir tausendmal vorgestellt, mit dir das zu tun, was wir gerade getan haben.« Er lachte. »Du wirst ja rot! Kaum zu glauben, dass die normalerweise so wortgewandte Estella einmal sprachlos ist.«

Sie schubste ihn auf den Rücken und legte die Arme auf seine Brust. »Ich war so ein Dummkopf«, gestand sie. »Ich hatte keine Ahnung. Vermutlich habe ich dich hauptsächlich als den Mann gesehen, der mein Leben durcheinandergebracht hat, und mir nicht gestattet, mir etwas darüber hinaus vorzustellen. Und ich dachte immer, dass du und Lena …«

Einen Moment schwiegen sie beide. »Ich verstehe«, sagte er schließlich. »Genau das wollte ich dich auch glauben lassen, weil es dich von mir fernhalten würde. Doch jetzt bin ich einfach nur froh, dass du das Gleiche fühlst wie ich.«

»Dafür kannst du dich bei Peter bedanken«, sagte sie. »Er hat mir die schlimmste Standpauke meines Lebens gehalten.«

Alex zuckte sichtbar zusammen. »Tut mir leid. Der Agent mit dem gebrochenen Bein im Village Saint-Paul war sein Bruder. Peters Schonungslosigkeit ist wohl seine etwas sonderbare Art, sich zu bedanken.«

»Das wusste ich nicht«, sagte Estella. »Aber ich bin froh, dass er mir die Meinung gesagt hat, sonst wäre ich jetzt womöglich mit einem anderen im Bett«, fügte sie mit schelmisch funkelnden Augen hinzu.

»Ich glaube, darüber kann ich keine Witze machen«, sagte Alex und küsste sie wieder, als wolle er sie überzeugen, dass hier der einzige Ort war, an dem sie sein sollte.

»Es müsste ein Gesetz gegen solche Küsse geben«, sagte sie, als er sie wieder losließ. »Es sei denn, man möchte, es endet …«

Weiter kam sie nicht, denn er küsste sie erneut, und sie glitt auf ihn, fühlte, wie seine Hände ihre Hüften umfassten, und bewegte sich mit ihm.

»Woran hast du gearbeitet, als ich gekommen bin?«, fragte er sie später, als er sich mit dem Rücken ans Sofa lehnte und eine Zigarette anzündete.

Estella stand auf, und er beobachtete sie, wie sie durchs Zimmer zu ihren Skizzen ging, nackt, wunderschön und in diesem Moment ganz die Seine. Er musste die Zigarette wieder ausdrücken, weil es ihm den

Atem raubte, sie nur anzuschauen, und der Rauch in der Lunge machte es nicht leichter.

»Das hier«, sagte sie und zeigte ihm den Skizzenblock.

Er streckte die Arme nach ihr aus, sie ließ sich neben ihn sinken und lehnte den Kopf an seine Schulter. Er küsste sie auf den Oberkopf, und wie vorhin stockte ihm der Atem beim Gedanken, dass sie auch das Innehalten der Zeit an einem Winterabend wie diesem mit ihm teilen wollte, nach der Lust, wenn das Tageslicht längst verblasst war, aber die Luft noch lebendig von dem, was sie gerade getan hatten, und von der Verheißung, dass sie es wieder tun würden, die über ihnen strahlte wie ein heller Vollmond.

Er betrachtete eine Skizze nach der anderen und fand Estella in allen wieder, ihren Körper, der sich sinnlich unter dem Stoff bewegte, ihr Lächeln, das sie ihm vielleicht schenken würde, während er ihr ein Kleidungsstück nach dem anderen auszog. »Stellst du eine neue Kollektion zusammen?«, fragte er, zündete die Zigarette wieder an, um seine Hände zu beschäftigen, die doch eigentlich nichts anderes wollten, als sie zu spüren.

»Ich weiß nicht«, antwortete sie. »Ich habe die letzten Monate gar nicht gearbeitet und mich zum ersten Mal im Leben richtig verloren gefühlt. Und heute kam plötzlich die Inspiration, aber ich habe noch nicht entschieden, was ich mit den Entwürfen anfangen will.«

»Ich hab etwas für dich«, sagte er, griff nach seiner Hose und zog einen Umschlag aus der Tasche. »Deshalb wollte ich dich besuchen. Da man mich nicht ins Barbizon gelassen hat, war ich bei Sam, und er hat mir gesagt, dass du hier sein könntest.«

Er gab ihr den Brief und wappnete sich für ihre Reaktion. Sie mochte noch so sehr alles verdient haben, was ihr in diesem Brief zugestanden wurde – das Stadthaus in Gramercy Park, die Gemälde, die dort an den Wänden hingen, die Möbel, das Geld auf Lenas Konten, was eine ziemlich große Summe war, da Lena die Erlöse der Schmuckstücke, die sie versetzt hatte, umsichtig und gewissenhaft angelegt hatte –, und dennoch wusste er, dass Estella anderer Meinung sein würde.

Während sie noch las, erklärte Alex: »Sie hat mich dieses Schreiben aufsetzen lassen, bevor wir nach Frankreich gegangen sind. Als hätte sie eine Vorahnung gehabt.«

Als Estella am Schluss angekommen war, blickte sie zu ihm auf. »Ich kann das nicht annehmen«, sagte sie. »Ich war ihr die schlechteste Schwester, die man sich denken kann. Immer habe ich sie auf Distanz gehalten … Es wäre, als würde ich das Leben stehlen, das sie hätte haben müssen.«

Er nahm sie in die Arme. Noch nie hatte er einen solchen Schmerz gespürt wie in diesem Augenblick, als er ihren sah. Wenn die Liebe so wehtat, war es ein Wunder, dass überhaupt ein Mensch liebte. Aber wenn die Liebe bewirkte, das, was einem auf der ganzen Welt am meisten bedeutete, so spüren zu können, dann war die Liebe das alles wert.

»Du musst es annehmen«, sagte er. »Es ist ein Geschenk, das Lena dir machen wollte. Sie möchte, dass du deinen Traum lebst, genau wie sie es in ihrem Brief ausdrückt. Sonst war ihr Leben wirklich sinnlos. Aber du kannst etwas aus dem machen, was sie war. Das bist du deiner Schwester schuldig.« Natürlich wusste er, dass er nicht ganz fair war, dennoch war es die Wahrheit. Nur Estella konnte Lenas Leben wettmachen, all das Leid in ein Vermächtnis von Zärtlichkeit, Wärme und Zuneigung verwandeln und damit der Sinnlosigkeit und dem Leiden ein Ende bereiten.

»Sie hat dich geliebt«, sagte er und küsste Estellas Stirn. »Das hat sie.«

Er fühlte, wie sie schauderte, hörte ein mühsam unterdrücktes Schluchzen. Er hielt sie noch fester, und sie klammerte sich an ihn. So saßen sie lange Zeit, ihre Verbundenheit ein unermesslicher Trost.

Als Estella sich von ihm löste, wischte er ihr die Tränen von den Wangen.

»Ich fühle mich …«, begann sie.

»Schuldig?«

»Ja.«

»Tu das nicht. Nur wenn du mit diesen Zeichnungen nichts anfängst, solltest du dich schuldig fühlen.« Er machte eine Handbewegung zu den Skizzen. »Mach diese Kleider – für Lena. Das hätte sie sich gewünscht.«

Tatsächlich nickte sie. »Ja, das werde ich. Und ich werde die Kollektion nach ihr nennen.«

»Perfekt.«

Einen Moment schwiegen sie, dann fragte Estella: »Wo warst du?«

Er hasste die Antwort, die er geben musste. »Das darf ich dir nicht sagen. Das weißt du.«

»Hast du meine Mutter gefunden?«, flüsterte sie.

Diesmal dankte er Gott für das, was er ihr sagen konnte. »Ja. Sie lebt. Aber an einem anderen Ort. Ich kann dir nicht sagen, wo.«

»Vermutlich kann ich ihr nicht schreiben, oder?«

»Noch nicht.«

»Wie lange bleibst du in New York?«

»Auch das kann ich dir leider noch nicht sagen«, antwortete er lächelnd. »Ich habe einen Monat Urlaub und möchte so viel Zeit davon wie möglich mit dir verbringen. Damit ich dich küssen kann, wann und wo ich will«, lachte er, beugte sich über sie und küsste ihren Nacken, ihre Brüste, zuerst sanft, dann immer fordernder. Als er bei ihrem Bauch angekommen war, blickte er zu ihr auf.

»Nicht aufhören«, flüsterte sie.

»Das habe ich nicht vor«, antwortete er.

―

Danach zog er sie an sich, mit dem Rücken an seine Brust. »Lass uns ins Hudson Valley fahren«, sagte er. »Fort von allem. Dort können wir einfach nur zusammen sein.«

Als sie nicht antwortete, fügte er hinzu: »Du kannst da draußen arbeiten, falls du dir deswegen Sorgen machst. Mir ist alles recht, solange du nur mitkommst.«

»Du möchtest wirklich deinen ganzen Urlaub mit mir verbringen?«, fragte sie, und er hörte die Ungläubigkeit in ihrer Stimme.

Er drehte sie zu sich, damit er ihr ins Gesicht sehen konnte. »Ich liebe dich, Estella.«

Sie sah ihn so erstaunt an, dass er lachen musste. »Ich hatte mir wenigstens ein Lächeln erhofft.«

»Ich kann mir einfach nicht vorstellen, dass du … dass du dich in mich verliebt hast.«

»Ich weiß, es klingt verrückt, aber schon in dem Augenblick, als du ins Théâtre du Palais-Royal gekommen bist und mit mir gesprochen hast, habe ich etwas gefühlt, das ich noch nie für jemanden empfunden habe«, sagte er und küsste sie.

Sie ließ den Kuss verweilen und meinte dann: »Lass uns nach Sleepy Hollow fahren. Aber ich werde dort nicht arbeiten können. Ich brauche Janie als Model und Sam, der für mich zuschneidet.«

»Sie können doch mitkommen«, sagte er.

Estella lachte. »Ja, weil du sie unbedingt um dich haben möchtest, wenn wir einen ganzen Monat nackt verbringen.«

Alex stöhnte. »So was darfst du nicht sagen«, flüsterte er. »Ich ertrage ja kaum den Gedanken, einen ganzen Monat mit dir zusammen zu sein.« Er hielt inne. »Aber realistisch betrachtet muss ich auch arbeiten. Ungefährliche Sachen, versprochen«, beteuerte er, als sie ihn missbilligend ansah. »Nur ein paar Treffen mit Regierungsvertretern. Wir könnten doch eine Woche zu zweit dort verbringen, und dann kommen die beiden nach, und du kannst mit ihnen arbeiten. Das stört mich nicht.« Wieder hielt er inne, zwang sich dann jedoch weiterzusprechen: »Bist du sicher, dass du und Sam …«

»Sam ist ein Freund. Ein sehr guter Freund, aber nur ein Freund. Das kann ich dir versprechen.«

»Ich glaube dir«, antwortete er. »Ich habe nur das Gefühl, dass er vielleicht besser zu dir passen würde.«

»Etwas Passendes interessiert mich nicht«, flüsterte sie. »Ich möchte das hier. Und danke, dass du mich mit meinen Freunden und meiner Arbeit teilen willst.«

Doch es gab nichts in der Welt, was er nicht für sie getan hätte. Er drückte sie fest an sich.

Sie streckte die Hand aus und berührte sein Kinn, zog ihn zu sich herab und schaute ihm ins Gesicht, sah ihn, wie ihn noch nie zuvor jemand gesehen hatte. Und dennoch küsste sie ihn, dennoch sagte sie: »Ich liebe dich, Alex.«

Endlich rissen sie sich von ihrem provisorischen Bett lange genug los, um in ein Auto zu steigen und ins Hudson Valley zu fahren. Die ganze Fahrt über redeten sie, und Estella empfand genau das Gegenteil dessen, was Janie erzählt hatte – sie hatte das Gefühl, Alex viel besser zu kennen als jeder andere, obwohl es so viel gab, was sie nicht von ihm wusste. Aber das waren bloße Fakten und Zahlen. Alles Wichtige an ihm war ihr vertraut.

»Wie alt bist du?«, war eine der Fragen, die sie ihm im Auto stellte.

»Als wir in Paris waren, bin ich siebenundzwanzig geworden.«

Siebenundzwanzig. So jung. »Ich erinnere mich, dass du einmal gesagt hast, dass du diese Arbeit inzwischen seit sechs Jahren machst«, sagte sie und nahm seine Hand. »Bestimmt fangen nicht viele Leute in so jungen Jahren eine solche Beschäftigung an.«

»Ich arbeite für die britische Regierung seit dem Tag, an dem ich mein Jurastudium abgeschlossen habe. Deshalb habe ich in den letzten sechs Jahren so wenig Zeit in New York verbracht. Nur genug, um meine Tarnung als Amerikaner aufrechtzuerhalten. Aber hauptsächlich war ich in Europa.«

»Tja«, sagte Estella, und ihr war klar, dass er wahrscheinlich nicht näher auf das Thema eingehen konnte, »dann wollen wir deinen Geburtstag gebührend nachfeiern, wenn wir ankommen.«

Was bedeutete, dass sie seine Haushälterin nur flüchtig begrüßten und gleich die Treppe hinauf in sein Schlafzimmer rannten, an dessen Tür Alex sie vielsagend angrinste. »Das wird das erste Mal sein, dass wir miteinander im Bett sind.«

Estella lachte. »Wir waren schon einmal zusammen im Bett. In Paris.«

Er zog sie an sich und küsste ihre Stirn, ihre Wangen, ihren Hals. »Das war die reinste Folter«, sagte er. »Ich war sowieso schon krank, und dann auch noch dazuliegen und so zu tun, als würde ich nichts für dich empfinden, während du mir so nahe warst, hat mich fast umgebracht.«

»Jetzt kannst du fühlen, was immer du willst.« Sie führte ihn zum Bett und berührte die Narbe direkt über seiner rechten Schläfe.

»Das ist von dem Fallschirmabsturz«, erklärte er.

Sie küsste die Narbe. Dann berührte sie die Narbenlinie auf seinem Kinn, die fast unter den Bartstoppeln verschwand.

»Eine Begegnung mit einem Doppelagenten in Marseille«, murmelte er.

Auch diese Narbe bekam einen Kuss. Und so weiter, seinen ganzen Körper entlang, während sie einen Knopf seines Hemds und seiner Hose nach dem anderen öffnete und die Geschichte seines Körpers kennenlernte. Jede einzelne Narbe berührte sie mit Fingern und Lippen, und er erklärte ihre Herkunft. Dann wanderte sie weiter, ließ ihn mit ihrem Mund spüren, wie sehr sie ihn begehrte, wie tief sie ihm vertraute. Dass sie es nicht ertragen konnte, von ihm getrennt zu sein.

Immer wieder hörte sie ihn ihren Namen flüstern und ihn dann noch einmal lauter sagen, und noch lauter, bis er sie schließlich zu sich emporzog. In seinen Augen sah sie sein Verlangen. »Ich will dich so sehr, Estella«, hörte sie ihn sagen.

Sie ließ sich von ihm auf den Rücken rollen, wo er ihre Haut mit Küssen bedeckte und all das wiederholte, was sie ihm mit ihren Küssen gesagt hatte.

Teil 8

FABIENNE

JULI 2015 | Um halb zehn betrat Fabienne das Atelier, wo sich auf ihre Bitte hin alle versammelt hatten. Es war so weit – dies war ihre Chance, die Belegschaft davon zu überzeugen, dass sie das Zeug hatte, Estellas Platz einzunehmen. Sie war erst tags zuvor in New York eingetroffen und hatte letzte Nacht lange darüber nachgedacht, was sie sagen sollte.

Als sie hereinkam, legte sich der Lärm im Arbeitsraum sofort. Die Legemaschinen breiteten keine Stofflagen mehr aus, die Schnittdirectricen unterbrachen die Größenanpassung der Schnittmuster, die Zuschneiderinnen stellten ihre elektrischen Messer ab, die Näherinnen nahmen die Füße von den Pedalen. Und als Fabienne in die Gesichter sah, von denen sie so viele kannte, weil sie schon seit Urzeiten für ihre Großmutter arbeiteten, merkte sie, wie sich ihr Körper entspannte. So viele Sommer hatte sie hier in der Fabrik verbracht, sich von den Näherinnen ihr Handwerk zeigen lassen, von den Büglerinnen das Aufbereiten der Stoffe, von den Zuschneidern den Umgang mit den Messern. Sie hatten ihr Geschenke gekauft, Plätzchen mitgebracht, sie bei der Arbeit neben sich sitzen lassen. Bei der Erinnerung lächelte Fabienne unwillkürlich. Vielleicht hatte sie doch schon immer hierhergehört, vielleicht lag ihr diese Arbeit tatsächlich so im Blut, wie ihre Großmutter immer behauptet hatte.

»Die letzten Wochen waren für uns alle schockierend«, begann sie. »Zwar mögen wir gewusst haben, dass Estella alt geworden war, aber ich glaube, die meisten von uns haben gehofft, sie würde für immer bei uns bleiben.«

Zustimmendes Gemurmel verbreitete sich im Raum.

»Zu meinen schönsten Erinnerungen gehört, wie Estella mir von den frühen Tagen ihres Geschäfts erzählt hat. Dass sie einen Arbeitsraum in ihrem Haus in Gramercy Park hatte und Janie, die wir alle schmerzlich vermissen, in allem, was Estella ihr überwarf, einfach bezaubernd aussah. Auf seine ruhige, sanfte Art brachte mein Großvater Estella alles bei, was sie wissen musste, um ihre Entwürfe in tragbare Kleidung zu verwandeln. Wenn sie mir diese Geschichten erzählte, fand ich es so unglaublich romantisch, dass mein Großvater und sie sich durch ihren gemeinsamen Wunsch, schöne, aber tragbare Kleidung zu machen, kennenlernten, dass aus ihrer Liebe zu den Dingen, die sie schufen, irgendwann Liebe zueinander erwuchs.«

Fabienne machte eine Pause und atmete tief durch, so gut es ging. Heute würde sie nicht weinen. Heute ging es um einen Neuanfang. Niemand im Raum rührte sich, alle beobachteten Fabienne aufmerksam, und bestimmt dachten sie auch an Estella und Sam und wie wunderbar sie stets zusammengearbeitet hatten.

»Estella hatte so viel Liebe zu geben«, fuhr Fabienne fort. »Und lange Zeit dachte ich, dass alles, was sie mir sagte, alles, was sie tat – zum Beispiel, dass sie für jede Kollektion einen meiner Entwürfe verwendete –, schlicht aus Liebe geschah. Doch obwohl Estella eine liebevolle Großmutter war, war sie immer auch Geschäftsfrau. Das musste sie sein, sie hatte ja buchstäblich mit nichts angefangen, hatte Paris im Krieg verlassen, nur mit einem Koffer und einer tragbaren Nähmaschine. Und aus nichts schuf sie das alles hier.« Fabienne machte eine ausladende Handbewegung in den Raum, in dem sie alle standen, die Fabrik in der Seventh Avenue, die seit siebzig Jahren Stella Designs beherbergte.

»Als sie mich bat, ihr Geschäft zu übernehmen, tat sie das, weil sie glaubte, dass ich es könnte. Ich möchte nichts von dem, was sie aufgebaut hat, missen. Wofür hätte Estella dann gelebt? Warum wäre sie dann so mutig gewesen, in ein anderes Land überzusiedeln und genau die Kleider zu produzieren, die die Frauen schon so lange gebraucht hätten, die sie jedoch zuvor nirgends kaufen konnten? Estellas Vermächtnis darf hier nicht enden. Und ich habe nicht vor, das zuzulassen.«

Sie wollte noch mehr sagen, aber der donnernde Applaus, der nach diesen Worten einsetzte, bedeutete, dass sie es ein andermal sagen musste. Und nun begriff Fabienne endlich und von ganzem Herzen, dass alle bei Stella Designs genau wie ihre Großmutter auf sie gewartet hatten.

Der Gedanke war ebenso wunderbar wie beängstigend. Fabienne hatte zwei Monate, bis die Frühjahrs- und Sommer-Kollektion vorgestellt werden musste, zwei Monate, um zu beweisen, dass sie das Vertrauen dieser Menschen verdiente.

Als sie am nächsten Morgen im vorderen Zimmer des Hauses in Gramercy Park saß, ihren Kaffee trank und über das üppige Grün des Parks blickte, las Fabienne einen Artikel über sich in der *New York Times*: *Enkelin der Modematriarchin übernimmt Stella Designs*.

Sie lächelte. Wie Estella sich dagegen gewehrt hätte, als Matriarchin bezeichnet zu werden! Aus irgendeinem Grund hatte sie immer darauf bestanden, dass das Wort nicht zu ihr passte.

Fabiennes Telefon klingelte, und mit einem noch breiteren Lächeln nahm sie das Gespräch an. »Hi!«

»Anscheinend hast du gestern ganz schön Eindruck gemacht«, sagte Will in lockerem Ton, doch Fabienne merkte sofort, dass irgendetwas nicht stimmte.

»Alles okay?«, fragte sie. »Ich wollte dich heute Vormittag noch anrufen und dich wissen lassen, dass ich hier bin. Ich hab mich ziemlich

Hals über Kopf dazu entschieden zu kommen. Wollen wir nachher zusammen lunchen?«

»Lunch wäre genau die Art Ablenkung, die ich gut gebrauchen könnte«, sagte er sehnsüchtig. »Aber Liss ... sie hat wahrscheinlich nur noch ein paar Tage. Ich wollte dich schon ein paarmal anrufen, aber dann weiß ich immer nicht, was ich sagen soll ...« Er hielt inne, aber Fabienne hörte, dass es ihm das Herz brach.

»Will ...?«

Er antwortete nicht, und Fabienne wusste, dass er einfach nicht sprechen konnte. Und sie wusste auch, warum er nicht den Videoanruf benutzt hatte – er war davon ausgegangen, dass er dann die Fassung verlieren würde.

»Darf ich Melissa besuchen?«, fragte Fabienne.

»Sie würde dich liebend gern sehen. Aber es könnte sein, dass sie dir verwirrt vorkommt. Sie isst nicht, sie kann nicht aufstehen. Ihre Hände ... ihre Hände sind ganz blau. Sie sieht ...«

»Melissa wird immer schön sein«, sagte Fabienne fest. »Ich würde gern heute Abend nach der Arbeit vorbeikommen. Ich habe etwas für sie. Ist sie zu Hause?«

»Ja. Ihr Zuhause ist jetzt der beste Ort für sie.«

»Will?«

»Ja?«

»Ich liebe dich.«

Sie hörte nur noch das scharfe Luftholen, mit dem er auflegte.

―

An diesem Tag erarbeitete Fabienne ihren Plan genauer. Die Produktlinie des Labels war zwar noch immer überzeugend, hatte sich jedoch zu sehr von ihren Ursprüngen entfernt, seit Estella zu gebrechlich geworden war, um viel Zeit in ihrem Büro zu verbringen. Sie hatte einen großen Teil der Arbeit Designern überlassen, die zweifellos ihr Bestes gaben, ihren Entwürfen aber auch ihren eigenen Stempel aufdrücken wollten – während es Fabienne nun darum ging, die Handschrift ihrer Großmutter wieder deutlicher sichtbar zu machen.

So verbrachte sie den Tag im Archiv, schaute Skizzen durch und entdeckte dabei einige jener Entwürfe, die Estella vor langer Zeit in ihrem Haus in Gramercy Park vorgestellt hatte, einer Vorführung, von der Fabienne bisher nichts gewusst hatte. Doch als sie jetzt einen kurzen Artikel durchlas, der damals in *Women's Wear Daily* erschienen war, verstand Fabienne, was Estella gemeint haben musste, als sie ihr erzählte, sie habe einmal einen großen Fehler gemacht, aus dem sie jedoch mehr gelernt habe als aus allem anderen.

Im Archiv fand sie einige Fotos und einen Ausschnitt aus der *Vogue* mit einem Bild von Estella, auf dem sie so jung und schön aussah, dass Fabienne nur leise den Kopf schütteln konnte. Nicht zum ersten Mal fragte sie sich, wie es möglich war, dass Estella nicht mehr lebte. Auf einem anderen Foto war eine ganze Gruppe von Menschen zu sehen: Janie – die wunderschöne Janie, die Fabienne beigebracht hatte, wie man sich mit Anmut bewegte – und Sam, Fabiennes liebevoller, freundlicher Großvater.

Großvater. Plötzlich fielen ihr die Geburtsurkunde wieder ein, die zwei Wildfremde als ihre Großeltern angab, und die Heiratsurkunde, die zu bestätigen schien, dass ihr Vater nicht Sams und Estellas Kind sein konnte. Fabienne schloss die Augen, als könne sie die schmerzhaften Gedanken so wegsperren.

Als sie die Augen wieder öffnete, fiel ihr Blick auf eine Zeile in dem *Vogue*-Artikel: *Die erste Schau von Stella Designs in Lena Thaws Haus in Gramercy Park.* Fabienne betrachtete die Seite näher. War sie, weil sie sich nach dem langen Flug sofort in die Arbeit gestürzt hatte, so übermüdet, dass sie halluzinierte? Der Artikel war eine ziemlich schlechte Kopie, aber der Name *Lena Thaw* war deutlich zu erkennen, ebenso wie die Wand im Hintergrund des Fotos – die Wand mit dem Frida-Kahlo-Gemälde über dem offenen Kamin. Es war eindeutig Estellas Haus. Warum stand dann in dem Artikel, das Haus gehöre dieser Lena Thaw? Jener Frau, deren Name auf der Geburtsurkunde ihres Vaters stand?

Fabienne schob alles zurück in die Mappe und holte ihr Smartphone heraus. Genau wie vor ein paar Monaten, als sie schon einmal nach Lena Thaw gesucht hatte, kamen nur sinnlose Suchergebnisse. Dann öffnete sie die Website der New York Public Library und klickte sich durch das digitale Bildarchiv. Als sie diesmal den Namen eingab, fand sie zwei Fotos, beide offenbar bei einer Party aufgenommen, und beide zeigten eine Frau, die eindeutig Estella war, wenngleich unter dem Bild ein anderer Name stand. Das zweite Bild, das von den Gesellschaftsseiten der *New York Times* stammte, zeigte Lena/Estella im Juli 1940, wie sie mit einem Mann tanzte. Darunter stand: *Lena Thaw und Alex Montrose.*

Und so wurden diese Menschen, die bis jetzt für Fabienne nur Namen gewesen waren, auf einmal real.

Das Einzige, was sie nach dieser verstörenden Entdeckung tun konnte, war arbeiten. Aber sie war viel zu unruhig, um sich auf Stella Designs konzentrieren zu können, deshalb holte sie das Kleid heraus, das sie für Melissa zu nähen begonnen hatte, öffnete den wunderschönen alten Nähkasten ihrer Großmutter und setzte sich an die Nähmaschine, dieselbe, die Estella damals aus Paris mitgebracht hatte. Sie hatte immer auf ihrem eigenen Tisch in Estellas Büro gestanden und funktionierte tadellos wie eh und je. Die nächsten zwei Stunden versank Fabienne geradezu im Zuschneiden und Nähen. Beim Zuschnitt musste sie noch dazulernen, hier waren ihre Fähigkeiten begrenzt, aber sie war sicher, dass sie es bei diesem Stück einigermaßen gut gelöst hatte.

Als sie fertig war, lächelte sie zufrieden. Das Kleid war gelungen. Und es hatte ihr geholfen zu vergessen. Sie legte es beiseite und machte sich von Neuem ans Zeichnen, wobei sie sich von den Skizzen von Estellas erster Schau inspirieren ließ. Um sechs Uhr stellte sie zufrieden fest, dass sie den Grundstein einer Kollektion gelegt hatte, packte Melissas Kleid ein und nahm ein Taxi zur Upper West Side.

Will öffnete die Tür und sah noch schlechter aus, als sie erwartet hatte. Offensichtlich hatte er sich seit Tagen nicht mehr rasiert, und dunkle Schatten umrahmten seine Augen. Er trug Jeans, ein weißes T-Shirt und war barfuß.

»Komm her«, sagte er und breitete die Arme aus.

Sie folgte seiner Aufforderung gern, fühlte, wie er zittrig Luft holte, und wusste, dass er sich bemühte, seine Gefühle in den Griff zu bekommen. »Ich hab dich vermisst«, flüsterte sie an seiner Schulter.

»Ich dich auch«, antwortete er, und so standen sie eine Weile eng umschlungen da.

Schließlich löste Will sich von ihr. »Ich weiß, als wir uns das letzte Mal gesehen haben, habe ich dir für uns dieselbe Stadt ohne Taxis und ohne Kummer versprochen«, sagte er. »Und schon breche ich mein Versprechen.«

»Aber du hältst immerhin zwei von drei, das ist besser als nichts«, sagte sie. »Lass uns zu Melissa gehen.«

Er führte sie zu Melissas Zimmer, und obwohl Fabienne sich fest vorgenommen hatte, nicht schockiert zu reagieren, war das fast unmöglich – Melissa war abgemagert, das Gesicht eingefallen, ihr ganzer Körper so schlaff, als wäre ihre Seele bereits davongeflogen und hätte nur die körperliche Hülle zurückgelassen. Ihre Hände lagen auf der Decke, und Fabienne erkannte das verräterische Blau der versagenden Durchblutung – ein Symptom dafür, dass der Tod nicht mehr fern war.

Flatternd öffneten sich Melissas Lider. Es dauerte lange, bis sie wach genug war, um zu verstehen, wo sie war und wer bei ihr war. Fabiennes Brust schnürte sich zusammen, als sie in Melissas Augen die Erkenntnis sah – wie wohl jedes Mal, wenn sie erwachte –, dass sie noch am Leben war.

Sie küsste Melissas Wangen und nahm sie in den Arm. »Ich habe dir etwas mitgebracht«, sagte sie und starrte dabei wild entschlossen auf einen Punkt an der Wand über Melissas Schulter, um nicht in Tränen auszubrechen. »Du hast gesagt, dass Nachthemden dich langweilen, also ...« Fabienne gab Melissa ein in Geschenkpapier eingewickeltes Päckchen.

»Was ist das?«, fragte Melissa und klang dabei so überschwänglich wie eh und je.

»Schau nach«, antwortete Fabienne. Will setzte sich auf die andere Seite des Betts, wo er seine Schwester so traurig ansah, dass Fabienne ihm am liebsten über die Haare gestrichen hätte, bis er einschlief, um ihn zu trösten, obwohl sie wusste, dass es keinen Trost für ihn gab.

Melissas Finger kämpften mit der Schleife, schließlich schaffte sie es jedoch, sie zu öffnen und das Papier zurückzuschlagen, und ein goldenes Kleid kam zum Vorschein. Nicht irgendein goldenes Kleid, nein – eine exakte Kopie jenes Kleides, vor dem sie im Metropolitan Museum of Art gestanden hatten, an dem Abend, als sie sich zum ersten Mal begegnet waren. Das Kleid, das Melissa so begeistert hatte.

»Wahrscheinlich ist es nicht ganz so perfekt gearbeitet wie das Original«, räumte Fabienne ein. »Ich bin doch etwas mehr eingerostet, als ich dachte. Aber ich hoffe, es ist wenigstens annähernd grandios genug für dich.«

»Machst du Witze?«, meinte Melissa mit dünner Stimme. »Es ist viel zu grandios für mich.«

Fabienne blinzelte heftig. »Ich helfe dir, es anzuziehen.«

»Dreh dich um«, befahl Melissa ihrem Bruder.

Er gehorchte, und Fabienne zog Melissas mageren Körper zu sich, half ihr aus dem Nachthemd und zog ihr das goldene Kleid über den Kopf. Dann holte sie eine Bürste aus der Handtasche, richtete ihr die Haare, schüttelte die Kissen auf, lehnte ihre Freundin daran und tupfte ein wenig Lippenstift auf ihre Lippen. »Perfekt«, stellte Fabienne dann lächelnd fest. »Findest du nicht, Will?«

Er wandte sich wieder zu ihnen um, und der Ausdruck auf seinem Gesicht brach Fabienne fast das Herz. O Gott, sie würde gleich weinen, trotz allem, was sie sich geschworen hatte. Aber es war in Ordnung, denn Melissa war die Erste, der eine Träne über die Wange rollte. Dann begannen Wills Augen verräterisch zu schimmern, und als Melissa die Arme ausbreitete und ihn und Fabienne zu sich zog, war es auch mit ihrer Beherrschung vorbei. Lange Zeit rührten sie sich nicht und verharrten in dieser Umarmung, die Fabienne in ihrem ganzen Leben nicht vergessen würde.

―

Irgendwann schlief Melissa wieder ein; Fabienne und Will blieben an ihrer Seite.

»Fabienne, ich werde eine Weile kaum zu gebrauchen sein«, sagte er. »Ich fürchte, ich habe dich hingehalten – du könntest jetzt mit jemandem unterwegs sein, statt hier zu sitzen.«

»Du hast Jasper an dem Abend damals gehört, nicht wahr?«, fragte Fabienne, und Will nickte.

»Jasper ist mein Exfreund«, erklärte sie. »Eigentlich habe ich es ihm zu verdanken, dass ich nach New York gekommen bin. Denn er hat mich an das erinnert, was ich immer geliebt habe. Nicht ihn«, stellte sie klar, »sondern Mode. Das Entwerfen. Zeichnen. Etwas schaffen. In weniger als zwei Monaten muss ich eine Kollektion präsentieren. Vor mir liegt eine Menge Arbeit. Deshalb bin ich hier, und ich möchte hier sein. Ich bin auch deinetwegen hier und wegen Melissa, aber ich stelle keine Ansprüche an dich. Ich warte, bis du bereit bist.«

»Ehrlich?«, fragte er, und seine Augen schimmerten erneut. Fabienne hielt es nicht mehr auf ihrer Seite des Betts aus, ging zu ihm hinüber und legte den Arm um ihn.

»Ehrlich«, bekräftigte sie. »Lass dir so viel Zeit, wie du brauchst.«

»Ich habe Angst, dass ich es vermassle«, gestand Will. »Vielleicht ist unser Timing einfach schlecht, und ich blicke in ein paar Monaten zurück auf das, was da zwischen uns war, und erkenne, dass es die Art von Liebe war, die ich um jeden Preis hätte festhalten müssen.«

»Es ist diese Art von Liebe«, sagte Fabienne. »Aber diese Art von Liebe kann warten, so lange es nötig ist.«

Sie fuhr ihm mit dem Finger übers Gesicht, um ihm die Tränen wegzuwischen. Dann küsste sie ihn sanft auf den Mund, und er antwortete mit einem Kuss, der so zärtlich war, dass es schmerzte. Doch zugleich durchströmte Fabienne eine atemberaubende, mächtige Empfindung, und die Worte ihrer Großmutter klangen in ihren Ohren: *Zu lieben kann Wunden reißen.* Will zu lieben tat weh. So sehr, dass sie es kaum aushielt. Denn er litt so unglaublich, dass der Schmerz, dies mit ansehen zu müssen, fast schlimmer war als ihre eigene Trauer um Estella.

Jetzt musste sie sich selbst die Augen wischen. »Ehe ich mich endgültig in ein Häufchen Elend verwandle, sollte ich lieber gehen«, sagte sie. »Aber ich komme jeden Abend vorbei und setze mich eine Weile zu Melissa. Und schaue, wie es dir geht.«

»Ich liebe dich, Fabienne«, sagte er.

»Ich weiß«, flüsterte sie, bevor sie ging. »Ich weiß.«

Im Taxi auf dem Rückweg nach Gramercy Park schwirrte ihr der Kopf. Melissa lag im Sterben. Sie und Will würden noch lange warten müssen, bis sie richtig zusammen sein konnten, bis die Trauer etwas nachgelassen hätte. Bis dahin musste sie all ihre Gedanken und Energien auf eine Kollektion richten. Und sie hatte ein Rätsel zu lösen – eine Kiste voller Geheimnisse. *Ja, Mamie,* dachte sie. *Zu lieben kann Wunden reißen. Und diese Wunde, dass du nicht wirklich mir gehörst, tut unendlich weh. Aber zu wem gehöre ich? Zu wem gehört mein Vater?*

Sie musste es herausfinden. Und vielleicht würde ihr die Liebe zu ihrer Großmutter helfen, die Geheimnisse zu begreifen, die Estella ihr hinterlassen hatte.

Teil 9

ESTELLA

Kapitel 30

DEZEMBER 1941 | Die Woche, in der sie nichts taten als zu reden, zu lieben und zu küssen, verging viel zu schnell. Eines wunderschönen Morgens, an dem die Sonne schien, als wäre schon der Frühling gekommen, lag Estella auf einer der Bambusliegen, die auf der großen, dem Fluss zugewandten Veranda des Hauses standen. Sie zeichnete und genoss den Ausblick, der so herrlich war an diesem Wintermorgen – Wasser, Himmel, Bäume, vom Sonnenlicht vergoldet. Vor dem Hintergrund des Flusses schwangen die Zypressen wie Ballkleider im leichten Wind, und ihre Blätter säumten das seidige Blau wie erlesene Spitze.

Sie sah Alex auf die Veranda kommen, unwiderstehlich wie immer, in aufgerollten Chinos und weißem Hemd mit aufgekrempelten Ärmeln, barfuß. Er beugte sich über sie und küsste sie so leidenschaftlich, dass sie den Motor des Autos, das die Auffahrt emporkam, gar nicht wahrnahm und auch nicht die Schritte, die sich über die Veranda näherten.

»Ihr zwei seht ja aus, als wärt ihr in den Flitterwochen!«, ertönte Janies Stimme, und sie fuhren erschrocken auf. Da stand sie, die Hände in die Hüften gestemmt, und grinste breit. Sam winkte Estella zu und sah Alex mit einem Gesichtsausdruck an, den Estella nicht recht deuten konnte, der ihr jedoch eher reserviert als freundlich vorkam. Als Estella ihn und Janie angerufen und hierher eingeladen hatte, hatte sie nicht viel über sich und Alex erklärt, denn ihr war klar, dass es offensichtlich sein würde, sobald sie da waren.

Sie sprang auf, umarmte die beiden und küsste Janie auf die Wange, so erleichtert, dass sie gekommen war – bei ihrem Telefonat hatte Janie ihr noch nichts versprechen können, aber das Beste gehofft, da Nate geschäftlich unterwegs war. Natürlich küsste sie auch Sam, aber weil Alex sie beobachtete, wandte sie sich dann schnell zu ihm um und lächelte ihn beruhigend an, um ihn daran zu erinnern, dass sie sich nicht für Sam interessierte und kein Grund zur Sorge bestand. Er erwiderte ihr Lächeln, als würde er anfangen, darauf zu vertrauen.

Alex richtete einen Snack auf der Veranda an, schleppte Jacken für alle herbei und machte Feuer, damit auch niemand frieren musste. So saßen sie dann im Wintersonnenschein, tranken Champagner, und Estella entspannte sich, als er Janie aus der Reserve lockte und sie dazu brachte, von Australien zu erzählen, was sie daran vermisste und was nicht. Als er Sam mit in die Bibliothek nahm und ihm seine Sammlung von Büchern über moderne Kunst zeigte, verlor auch dieser seine Hemmungen und meinte bei seiner Rückkehr auf die Veranda: »Wisst ihr, wenn es so weitergeht, lassen wir uns auf Dauer hier nieder.«

Janie ließ sich dramatisch auf eine Bambusliege sinken und hob zustimmend ihr Champagnerglas. »Verdammt richtig.«

Als Estella das nächste Mal an Alex vorbeiging, streifte sie seine Hand mit den Fingerspitzen und flüsterte: »Danke.« Sie sah, wie sich seine Augen verdunkelten, und wusste, woran er dachte, doch sie wusste auch, dass sie damit warten mussten, bis die Gäste sich für die Nacht zurückgezogen hatten.

So verging der Nachmittag in angeregter, erwartungsvoller Stimmung, Alex und Estella genossen die Gesellschaft ihrer Gäste, nahmen aber auch jede Gelegenheit wahr, nebeneinanderzusitzen und in irgendeiner Weise Körperkontakt aufzunehmen – Bein an Bein zu drücken, eine Haarsträhne aus dem Gesicht des anderen zu streichen, die Finger in Kontakt zu bringen, wenn sie Gläser oder Teller weiterreichten. Sie brauchten nicht miteinander zu sprechen, um genau zu wissen, was der andere dachte.

Als es Abend wurde und alle übereingekommen waren, dass Estella, Sam und Janie am nächsten Tag das sonnige Wohnzimmer im Erdgeschoss als Arbeitsplatz übernehmen würden, während Alex zu einem Termin musste, sank Estella schließlich neben ihn aufs Sofa, zog die Beine hoch, legte ihren Kopf auf seine Schulter und fühlte seine Hand über ihre Haare streicheln, gemächlich, vielversprechend.

»Janie, wie geht es Nate?«, fragte sie und schnitt damit ein Thema an, das ihre Freundin bisher sorgfältig vermieden hatte.

»Letzte Woche hatte er Geburtstag«, sagte sie, »und ich wollte ihn überraschen. Also war ich bei Bloomingdale's und schaute mich eine Ewigkeit um, aber nichts fiel mir ins Auge. Also ging ich weiter zu einem Buchladen, denn Nate liest gern – vorher hatte ich seine Regale studiert, um hinter seinen Geschmack zu kommen, aber ich hatte kein klares Bild und wusste natürlich auch nicht, was er schon gelesen hatte. Also fragte ich den Buchhändler nach einer Empfehlung, die ich dann auch kaufte. Als ich es Nate überreichte, hat er zwar behauptet, es gefiele ihm, aber ich habe ihn bisher kein einziges Mal darin lesen sehen. Anfang der Woche war ich dann zu einem Lunch eingeladen und habe eine der Frauen gefragt, wie lange es dauert, bis man den eigenen Ehemann richtig kennenlernt, und sie hat gelacht und gemeint, manchmal sei es besser, ihn nicht zu kennen.«

Estella sah zu Alex, und er warf ihr einen Blick zu, der ihr sagte, dass er dasselbe dachte wie sie – dass es nicht an der Institution der Ehe lag, ob man einem Menschen nahekam oder nicht.

Anscheinend bekam Janie etwas von dem mit, was zwischen ihnen vor sich ging, denn sie sagte: »Ich dachte, in der Liebe ginge es darum, jemanden zu finden, der einem einen Ring schenkt und die berühmten drei Worte sagt, aber jetzt stelle ich fest, dass ich keine Ahnung habe, was Liebe wirklich ausmacht.«

»Janie«, sagte Estella beunruhigt und eilte zu ihrer Freundin.

Aber Janie stand auf und sagte: »Ich sollte jetzt lieber ins Bett gehen.« Damit verschwand sie.

»Geht es ihr nicht gut?«, erkundigte Estella sich bei Sam, als sie weg war.

»Sie langweilt sich. Und sie ist einsam. Die Woche hier wird ihr guttun. Danke für die Einladung.« Sam lächelte sie an. »Ich hoffe, wir stören nicht.«

»Aber nein, niemals«, antwortete Estella, ging zu ihm und drückte seinen Arm. »Außerdem – wer könnte meine Entwürfe zuschneiden wie du? Ich möchte meine Mode nicht irgendeiner Schere anvertrauen. Und ich habe meine Freunde vermisst«, fügte sie hinzu.

Er küsste sie auf die Wange. »Ich freue mich schon, morgen endlich mal wieder von dir herumkommandiert zu werden. Gute Nacht«, sagte er und nickte Alex zu, der ihm ebenfalls eine gute Nacht wünschte.

Damit waren sie nun allein auf der Veranda, umgeben von der kühlen, samtweichen Nachtluft, und es dauerte nur Sekunden, bis sie einander in den Armen lagen und sich küssten, als hätten sie sich nie zuvor geküsst. Seine Hand glitt unter ihr Oberteil, um ihren Büstenhalter aufzuhaken, ihre Brüste zu liebkosen, ihre Brustwarzen zu streicheln, und ihre Hände wanderten unter sein Hemd, zu seinem muskulösen Rücken, sie fühlte, wie schnell sein Herz schlug, und genoss es, seinen Atem zum Stocken zu bringen, seinen Körper starr vor Verlangen zu machen.

»Lass uns nach oben gehen«, flüsterte sie.

»Du wirst mir fehlen, morgen«, sagte er und fügte hinzu: »Willst du mich heiraten?«

»Wie bitte?«

»Ich habe dich gefragt, ob du mich heiraten willst«, sagte er und blickte auf sie herab, wobei seine Hände nicht aufhören konnten, sie zu berühren und ihr zu sagen, dass er sie begehrte. Und Estella wusste, dass sie füreinander bestimmt waren, denn in seinen Augen, in jeder seiner Gesten las sie, dass er sie über alles liebte.

»Ja«, antwortete sie. »Ja, ich möchte dich heiraten. Und dann leben wir glücklich …«

»… und lustvoll …«, grinste er.

»… bis ans Ende unserer Tage.«

Als Alex am nächsten Abend zurückkehrte, war Janie in ein unglaublich schönes Gewand gehüllt, Sam schwang seine Schere, als wolle er ihr die Zehen abschneiden, wenn sie nicht stillstand, und Estella, seine Verlobte – war es denn zu glauben? –, lachte ihr wunderbares Lachen. Einen Augenblick lang blieb er in der Tür stehen und sah sie plötzlich in einem anderen Licht. Sie war ganz in ihrem Element, wie sie da Seite an Seite mit ihren Freunden arbeitete, und auf einmal begriff Alex, dass sie das ebenso sehr brauchte wie ihn – dass sie ohne das nicht Estella wäre.

Als spüre sie seine Gegenwart, wandte sie sich zu ihm um, kam lächelnd auf ihn zu, küsste ihn, aber er war mit einer kurzen Berührung ihrer Lippen nicht zufrieden, und der Kuss dauerte so lange, dass Janie damit drohte, sie mit Sams Schere voneinander zu trennen.

Widerwillig löste er sich von Estella. »Ich hab dich vermisst«, flüsterte er.

»Ich dich auch«, sagte sie.

»Wie war euer Tag?«

»Wir haben einen Plan«, antwortete Estella strahlend. »Stimmt's?«, wandte sie sich an Sam und Janie, die wie aus einem Mund bestätigten: »Allerdings!«

Alex lachte, so anstecken war ihre Begeisterung. »Und zwar?«

»Ich werde keine Schau mehr für die Damen der Gesellschaft machen«, verkündete Estella. »Mir ist etwas Besseres eingefallen. Im Barbizon wimmelt es von genau den Frauen, die meine Kleider kaufen sollen – Schauspielstudentinnen, Musikerinnen, Sekretärinnen, Models, Künstlerinnen, Frauen, die gutes Design zu schätzen wissen, sich aber Couture nicht leisten können und außerdem Sachen brauchen, in denen sie arbeiten können. Und deshalb werde ich dort eine Schau machen, nur für die Barbizon-Mädels. Sie können ihre Bestellungen vor allen anderen aufgeben und werden sich als etwas Besonderes fühlen. Natürlich rechne ich damit, dass sie die Kleider bei der Arbeit und im College tragen und andere Frauen sie danach fragen und die Sachen auch haben wollen. Ich habe Babe Paley von der *Vogue* angerufen, sie wird mit einem Fotografen ins Barbizon kommen und einen Artikel schreiben. Ich hoffe, dass die Bestellungen der Kaufhäuser nur so hereinströmen. Forsyths habe ich auch angerufen, und ich werde mich mit ihnen treffen, sobald die Kollektion steht.« Sie musste Luft holen. »Wie findest du das?«

»Es ist brillant«, rief Sam.

Alex nickte. »Genau das ist es«, bekräftigte er. »Vielleicht sollte ich öfter weggehen, wenn so etwas dabei herauskommt.«

»Ohne dich wäre nichts davon möglich«, sagte Estella, und es war wieder einer dieser Momente einer vollkommenen Verbindung zwischen ihnen beiden, was einem Unbeteiligten seltsam erscheinen musste, und als Sam sich räusperte, brach Alex sofort den Blickkontakt zu Estella ab.

»Jetzt müssen wir es nur noch schaffen, innerhalb des nächsten Monats genug Stücke zu produzieren«, sagte Sam.

»Das schaffen wir«, meinte Estella.

»Klingt, als wärt ihr ziemlich beschäftigt«, sagte Alex.

»Stört es dich?«, fragte sie.

»Nicht, wenn es dich so glücklich macht, wie du gerade aussiehst.« Er sah, wie Janie sich abwandte.

»Wie wäre es mit einem Glas Champagner?«, schlug er vor, um Janie aufzuheitern. »Und etwas zu essen.«

»Und dann früh ins Bett«, sagte Estella schelmisch, und er lachte.

―

An einem der nächsten Abende fuhr Estella in die Stadt und lud alle Mädchen, die sie im Barbizon erreichte, zum Ausgehen ein, ließ sich erzählen, was sie den Tag über machten, wie sie sich fortbewegten, was sie nach der Arbeit taten und wobei ihre Kleider sie im Stich ließen. So erfuhr sie, dass sie bei ihrer ersten Schau zu kühn gewesen war, dass zwar sie selbst des allgegenwärtigen »Victory Suit« – ein Kostüm aus A-förmigem Rock und tailliertem Jackett mit wattierten Schultern – überdrüssig sein mochte, andere Frauen jedoch noch an ihm hingen. Dass die meisten immer noch Kleider bevorzugten. Dass es ihnen immer noch verboten war, in den öffentlichen Bereichen des Hotels Hosen zu tragen. Also würde sie weniger Hosen und Blusen in ihre Kollektion aufnehmen, dafür aber eine Neuinterpretation des Victory Suit und zahlreiche Kleider in ihrem eigenen Stil und nicht in Imitation der französischen Mode.

Anschließend kehrte sie ins Hudson Valley zurück und setzte sich mit Bildern ihrer Himmelskleider an den Schreibtisch. Dann zeichnete sie jedes davon neu, verwandelte sie von etwas nur zum Anschauen gedachten Unberührbarem in etwas, was danach unbedingt angezogen und getragen werden wollte, aber mit genug Flair, dass es alle Blicke auf sich ziehen würde. Kleider, die nicht nur schön, sondern auch praktisch waren.

Die Skizzen gab sie sogleich an Sam weiter, und er schnitt sie möglichst ökonomisch zu, besprach mit ihr eventuell notwendige Veränderungen, um sie kostengünstiger herstellen zu können. Tag für Tag probierte Estella die Sachen an Janie aus, Sam schnitt nach, verschmälerte Säume, um Längenunterschiede zwischen Stoffrand und Nahtlinie zu reduzieren, damit der Schrägschnitt, der für Dehnbarkeit und Bequemlichkeit sorgte, gut am Körper saß. Er setzte alle Tricks ein, die Estella, deren Talente einfach beim Nähen und Zeichnen lagen, noch nicht durchschaut hatte.

»Weißt du«, sagte sie zu ihm. »Ich habe das Gefühl, dass ich dir viel mehr schulde, als ich dir jemals zurückzahlen kann. Selbst die Führung eines blühenden Werkraums kommt mir zu wenig vor, falls – nein – *wenn* wir Stella Designs zum Erfolg führen.«

»Mit dir zu arbeiten ist für mich Lohn genug«, erwiderte er fröhlich.

Janie nickte nachdrücklich. »So viel Spaß hatte ich schon lange nicht mehr. Das Schlimmste daran«, fügte sie nachdenklich hinzu, »das Schlimmste ist, dass ich Nate nicht das kleinste bisschen vermisse.«

»Warum fängst du nicht wieder an auszugehen?«, fragte Estella abrupt.

Janie starrte Estellas Spiegelbild an, als wäre ihre Freundin verrückt geworden. Sie trug ein Kleid, das mit einem schlichten Jäckchen zur Arbeit getragen werden konnte, sich aber ohne das Jäckchen in ein kokettes Etwas mit tiefem Rückenausschnitt verwandelte – ein Kleid für eine Verabredung, bei der man einen Schritt weiter gehen wollte, so hatte Janie es bezeichnet, als sie es in Augenschein genommen hatte.

»Hast du vergessen, dass ich verheiratet bin?«, entgegnete sie.

»Ich meine, mit deinem Ehemann auszugehen«, erklärte Estella, ging in die Hocke, nahm die Stecknadeln aus dem Mund und steckte sie in das Nadelkissen an ihrem Arm. »Verlieb dich in ihn. Bring ihn dazu, sich in dich zu verlieben. Geht aus, verführt einander, lernt alles, was es zu lernen gibt.«

In diesem Moment hörte sie ein Räuspern von der Tür her und drehte sich um. »Es ist jemand hier, der Sie sprechen möchte«, sagte Mrs Gilbert. »Ich habe ihn ins Wohnzimmer gebeten. Einen Namen wollte er mir nicht sagen, aber er ist durchaus etwas …« Mrs Gilbert zögerte. »… etwas ungewöhnlich.«

Estella stand auf. »Ich erwarte niemanden. Bin gleich zurück«, sagte sie zu Janie und Sam, dann folgte sie Mrs Gilbert ins vordere Wohnzimmer.

Es war Harry Thaw, der dort auf sie wartete, und der gleiche kalte Schauder wie bei ihrer ersten Begegnung in Lenas Haus kroch Estella über den Rücken. Doch sie ließ sich nichts anmerken, denn sie wusste, dass er ihr nicht mehr wehtun konnte. Alle Verletzungen, die er ihr zugefügt hatte, lagen in der Vergangenheit. Vorbei. Begraben.

»Du hast also alles übernommen, was Lena übrig gelassen hat, richtig?«, fragte er mit seinem scheußlichen Lächeln. »Ihr Haus, ihren Liebhaber …«

»Mr Thaw«, entgegnete Estella scharf. »Ich habe Sie nicht eingeladen und auch kein Interesse an Ihrem Besuch. Und ganz bestimmt habe ich nicht den Wunsch, mit Ihnen über Lena zu sprechen. Ihr Besuch ist reine Zeitverschwendung.«

»Das glaube ich kaum«, entgegnete er, setzte sich auf einen Stuhl, schlug die Beine übereinander und strich sich die Hosenbeine glatt. »Ein Brandy wäre jetzt genau das Richtige.«

»Von mir bekommen Sie keinen Brandy.«

Er lachte, ein unangenehmer, unfroher Laut. »Nicht für mich, meine Liebe. Der Brandy ist für dich. Aber wenn du die Neuigkeiten lieber ohne einen Drink hören möchtest, bitte sehr. Ich dachte, es wäre an der Zeit, dich über die Details deiner Herkunft zu informieren. Deiner Herkunft und der Lenas.«

Estella antwortete nicht. Sie blieb in der Tür stehen, ohne den Blick von Harry Thaw abzuwenden, so schwer es ihr fiel.

»Bitte schön«, fuhr er fort und streckte ihr ein Blatt Papier entgegen. »Deine Geburtsurkunde. Der einzige Fehler, den deine Mutter gemacht hat, war, eure Existenz aktenkundig zu machen. Vermutlich wollte sie euch die Möglichkeit geben, amerikanische Papiere zu bekommen. Aber es bedeutet, dass die Wahrheit, die sie zu verbergen suchte, unwiderlegbar dokumentiert ist. Also, sag Hallo zu deinem Vater.« Während seiner ganzen widerwärtigen Rede hatte das Lächeln keine Sekunde seine Lippen verlassen, war sogar noch breiter geworden, raubtierhaft, und in seinen Augen schimmerte ein irres Leuchten.

Wenn sie das Papier, das Harry ihr hinstreckte, nicht beachtete, würde es auch nicht wahr sein. »Das ist unmöglich«, sagte Estella und hielt sich so aufrecht sie konnte, wünschte sich jedoch, ihre Stimme wäre lauter.

»Dann lese ich es dir vor. Schauen wir mal: *City of New York. Amtlich beglaubigte Geburtsurkunde. Name des Kindes: Estella Bissette. Geschlecht: weiblich. Hautfarbe: weiß. Name des Vaters: Harry Kendall Thaw. Name der Mutter: Jeanne Bissette.*«

»Das ist eine Fälschung.«

Jetzt lachte er, das gleiche schreckliche Lachen, das sie von ihrer Begegnung in Gramercy Park in Erinnerung hatte. »Vielleicht hilft es, wenn ich dir erkläre, wie das möglich ist. Du wirst mitbekommen haben, dass Evelyn Nesbit 1916 ihre Erinnerungen veröffentlicht hat. Als ich davon gehört habe, bin ich bei ihrem Verlag vorstellig geworden und habe um Einsicht in das Manuskript gebeten. Mit Geld kann man alles kaufen, weißt du.«

»Nicht die Dinge, auf die es wirklich ankommt«, fiel Estella ihm ins Wort. »Weder Respekt noch Anstand noch Mut.«

»Du bist ebenso vorlaut wie deine Schwester, das zumindest habt ihr gemeinsam.«

Sie wusste, dass er sie provozieren wollte, indem er es wagte, Lenas Namen in ihrer Gegenwart auszusprechen, aber sie konnte nichts dagegen machen, dass sich ihr Rücken spannte, und erkannte an seinem Lachen, dass er es sehr wohl bemerkte.

Er sprach weiter und stand auf. »In dem Manuskript gab es einige

Seiten, von denen ich fand, dass niemand sie zu lesen brauchte. Seiten, auf denen sie von John und einem kostbaren Geschenk faselte, das er ihr gemacht hatte und das sie im Convent of Our Lady zurücklassen musste. Damals war sie unablässig betrunken und bereits morphiumsüchtig, wer also wusste, ob das alles sich wirklich so zugetragen hatte? Ich selbst habe nie an ihre ›Blinddarmoperationen‹ geglaubt. Deshalb bat ich den Verlag, die fraglichen Seiten zu entfernen, und fuhr nach Paris. Dort stellte ich der Mutter Oberin einen Scheck für die Reparatur der Kapelle aus, und sie bestätigte, dass sie Evelyn im Wochenbett versorgt und das Kind an sich genommen hatte. Es war immer noch im Kloster. Ein großes Glück für mich.«

Estellas Beine begannen zu zittern, ihre Hände, ihr ganzer Körper. Sie wollte sich setzen, aber das war unmöglich. Sie musste stehen bleiben und zuhören.

Im Weitersprechen kam er auf sie zu. »Eigentlich hätte ich wissen müssen, dass Evelyn eine Frau war, die es wagen würde, heimlich ein Kind auf die Welt zu bringen. Sie war nie angemessen dankbar für alles, was ich für sie getan hatte – und ich habe *alles* für sie getan.«

Bei der Betonung des Wortes überlief Estella wieder eine Gänsehaut. Sie wusste, dass er auf den Mord an Stanford White anspielte. »Sie sollten jetzt wirklich aufhören«, drängte sie, aber natürlich tat er es nicht.

»Deshalb dachte ich, es würde mehr Spaß machen, mich an Evelyns Kind zu rächen. Und was für ein hübsches Kind sie war, deine Mutter. Und sie fand mich so charmant. Soll ich weitermachen?«

»Sie sollten gehen«, stieß Estella hervor, solange sie noch sprechen konnte. Wenn sie doch nie das Foto von ihrer Mutter gesehen hätte, die lächelnd neben Harry stand. Dann hätte sie glauben können, dass die Urkunde gefälscht war und er ihr eine abstruse Geschichte erzählte. »Sie haben erreicht, wozu Sie hergekommen sind.«

»Das habe ich allerdings, meine Tochter.«

Eine überwältigende Übelkeit stieg in ihr auf, und einen Moment befürchtete sie, sich direkt vor Harry Thaw übergeben zu müssen. Als er zur Tür kam, zuckte sie zurück, aber er beugte sich zu ihr herüber und küsste sie auf die Wange. Würgend, die Hand fest vor den Mund gepresst, rannte sie ins nächste Badezimmer, wo sie sich ein ums andere Mal ins Waschbecken übergab.

Ekel und Hass schüttelten sie, und sie wusste, dass, ganz gleich, wie oft sie sich erbrach, sie sich der Scham über Harrys Worte nie würde entledigen können.

Kapitel 31

»Hör dir das an!« Auch Janie war blass wie ein Laken, als Estella ins Wohnzimmer zurückkam.

Eine Stimme im Radio sprach Worte, die Estella nur mit Mühe aufnehmen konnte. »*Heute Morgen um sieben Uhr achtundvierzig hawaiianischer Zeit haben die japanische Luftwaffe und Marine Pearl Harbor, Honolulu und noch andere Besitzungen der Vereinigten Staaten im Pazifik angegriffen. Es wird erwartet, dass die Vereinigten Staaten von Amerika in Kürze eine offizielle Kriegserklärung herausgeben werden.*«

»Wir müssen packen«, sagte Estella heiser, die Kehle noch rau. »Wir fahren zurück nach New York.«

»Alles in Ordnung?«, fragte Janie und musterte Estella besorgt.

»Setzt euch erst mal«, meinte Sam beruhigend. »Das wird schon werden. Vielleicht ist es gut für Frankreich, wenn Amerika in den Krieg eintritt.«

»Nichts wird wieder gut«, widersprach Estella ihm dumpf.

»Wer war denn dein Besucher?«, fragte Sam, als hätte er begriffen, dass Estellas Zustand nicht nur auf die Nachricht des bevorstehenden Kriegseintritts der Amerikaner zurückzuführen sein konnte.

»Darüber möchte ich nicht sprechen. Niemals«, fügte sie hinzu, als Sam etwas dazu sagen wollte.

In großen Stapeln warf sie Kleider in ihren Koffer, sammelte Nadeln, Bänder und Stoffe ein und wünschte sich dabei, sie wäre nie geboren worden. Wie konnte ihre Mutter mit einem Mann wie Harry Thaw geschlafen haben? Mit einem so abgrundtief bösen Mann, einem Mann, der keine Reue zeigte, sondern sein Vergnügen darin fand, andere immer weiter und immer schlimmer zu verletzen. Er hatte seine eigene Tochter vergewaltigt! War Estella das Kind eines menschgewordenen Teufels?

Zitternd packte sie weiter. Wenn Alex seinen eigenen Vater schon für böse hielt, musste Estellas Vater für ihn erst recht diabolisch sein. *Mein Vater war der schrecklichste Mensch der Welt*, hatte er gesagt. *Eines Tages wirst du mich ansehen und dir wünschen, du hättest mich nie geküsst. Deshalb sollte ich jetzt lieber gehen.*

O Gott! Sie versuchte, ein Schluchzen zu unterdrücken, merkte jedoch, dass Sam und Janie sie besorgt musterten, und wusste, dass es ihr nicht gelungen war. Ihr ganzer Körper schmerzte, als wäre ihr die Seele herausgerissen worden. Wenn Alex die Wahrheit erfuhr, würde er sie nicht mehr heiraten wollen, das war klar. Vielleicht war sein Vater ein furchtbarer Mensch gewesen, aber er hatte weder vergewaltigt noch gemordet. Harry war der schrecklichste Mensch der Welt. Und obendrein wahnsinnig. Deshalb musste sie gehen. Denn Alex würde an ihrer Stelle genauso handeln.

Und sie schämte sich entsetzlich. Eine furchtbare, alles verschlingende Scham, weil ihre Mutter eine Frau war, die auf einen Mann wie Harry hereinfiel und ihm dann, als sie endlich begriffen hatte, was für ein Mensch er tatsächlich war, Lena überlassen hatte. Das Blut, das in Estellas Adern floss, was mehr als schmutzig, es war besudelt von Schande. Nie mehr würde sie Alex anschauen können, ohne zu fühlen, dass die Vergangenheit alles zunichtemachte, was zwischen ihnen war.

Als Janie und Sam das Auto beluden, fühlte Estella sich von ihnen beobachtet. Spürte ihre Sorge, ihre Betroffenheit, wusste, dass sie annahmen, zwischen ihr und Alex wäre etwas passiert, und sie ließ sie in dem Glauben, weil sie dann nichts erklären musste.

Endlich waren sie bereit aufzubrechen. Estella bat Janie und Sam, draußen zu warten, versprach ihnen aber, zu ihnen zu stoßen, sobald sie mit Alex gesprochen hatte, der bald heimkommen würde. Und dann wartete sie darauf, ihm sagen zu müssen, dass sie ihn nie mehr wiedersehen konnte.

Als er hereinkam, wusste er sofort, dass etwas nicht stimmte. »Warum sitzen Janie und Sam im Auto?«, fragte er, ging auf Estella zu und wollte sie küssen. Aber dann sah er ihr Gesicht und blieb stehen wie angewurzelt. »Mein Gott, was ist passiert? Ist es wegen Pearl Harbor? Ich muss zurück nach Europa, aber …«

Estella stand auf. Selbst wenn sie die Hände vor sich verschränkte, konnte sie nicht verhindern, dass sie zitterten. Ihre Stimme klang schrill, halb erstickt, gar nicht mehr wie ihre eigene, aber sie war ja auch nicht mehr die Frau, in die er sich verliebt hatte, die Frau, die er heiraten wollte.

»Ich kann dich nicht heiraten«, sagte sie. »Tut mir leid.« *Nicht weinen*, ermahnte sie sich. *Bitte nicht weinen.* Lass ihn glauben, dass du ihn nicht willst, dann brauchst du ihm nicht von Harry zu erzählen und musst ihm nicht ins Gesicht sehen, wenn er erfährt, wer dein Vater ist.

»Was habe ich getan?«, fragte er verzweifelt. »Ich weiß, ich habe dir einen ganzen Monat Urlaub versprochen, und es tut mir sehr leid, dass ich zurückmuss, aber ich kann nicht bleiben, nicht nach dem, was passiert ist.«

Am liebsten hätte Estella geweint. »Es liegt nicht an dir«, sagte sie. »Auch nicht am Krieg. Es liegt nur an mir. Ich …« Wie sollte sie es ihm sagen? Wie konnte sie lügen, ohne dass er sie durchschaute? Aber sie musste es tun, ihm zuliebe. Wenn Harry verrückt war, konnte es ihr eines Tages nicht genauso ergehen? Ihr selbst und ihren Kindern? Und ihre Mutter hatte diesem Mann eines ihrer Babys anvertraut! Das war verrückt. Diese Schande Alex zu gestehen und zuschauen zu müssen, wie die Liebe aus seinen Augen verschwand, wenn er von ihrer verkommenen Abstammung erfuhr – allein die Vorstellung war unerträglich. Niemals würde sie laut aussprechen können: *Harry Thaw ist mein Vater.* Genauso wenig könnte sie jedoch ihre Beziehung mit Alex weiterführen und dieses unselige Geheimnis für sich behalten.

Also zwang sie sich zu sagen: »Ich habe einen Fehler gemacht. Ich kann nicht ...« Aber sie brachte es nicht über die Lippen, zu sagen *Ich kann dich nicht lieben.* »Ich kann nicht mit dir zusammen sein«, vollendete sie den Satz schließlich. »Nicht mehr.«

Damit wandte sie sich um und ging zur Tür, zwang ihren Körper, noch ein paar Augenblicke länger durchzuhalten. Aber dann schien plötzlich ihr Herz stillzustehen, sie bekam keine Luft mehr, ihr wurde schwarz vor Augen. *Nur noch ein paar Schritte*, befahl sie sich. Sie musste das Haus verlassen, ehe sie Alex noch weiter zerstörte – den besten, tapfersten Mann, den es gab. Die Liebe ihres Lebens.

»Estella«, hörte sie ihn traurig sagen.

Sie musste all ihre Willenskraft zusammennehmen, um sich nicht umzudrehen, ihn nicht in den Arm zu nehmen, zu weinen und immer wieder *Es tut mir leid, es tut mir so leid* zu stammeln. Denn in seinem Ton, im Klang ihres Namens hörte sie, wie seine Befürchtungen wahr wurden, dass sie ihn eines Tages verlassen würde. Dass er sie nicht verdiente. Dass er dachte, deswegen ginge sie.

Nein, Alex, dachte sie, als sie die Treppe zum Auto hinunterging, *ich verlasse dich, weil du etwas viel Besseres verdient hast als mich.*

»Warte!«, hörte sie ihn rufen, als sie die Autotür öffnete, und sie machte tatsächlich den Fehler, sich umzuwenden und sich anzuschauen, was sie getan hatte. Er war am Boden zerstört.

Um ein Haar hätte sie kehrtgemacht, ihn in die Arme genommen, hätte sein Gesicht gestreichelt und das Leuchten wiederhergestellt, das kennenzulernen sie das Glück gehabt hatte. Aber dann würde sie ihm alles erzählen müssen, und das würde nur das zerstören, was sie miteinander erlebt hatten.

Teil 10

FABIENNE

Kapitel 32

JULI 2015 | Als Fabienne in ihren Pyjama geschlüpft war, nahm sie das nächste Blatt Papier aus der Schachtel. Es war ein Brief, unterschrieben von Jeanne Bissette, Estellas Mutter.

21. April 1943

Meine allerliebste Estella,
man sagt mir, es gehe Dir gut. Alex, der Mann, der versprochen hat, dafür zu sorgen, dass Du diesen Brief bekommst, sagt, dass Du verliebt bist und ein Kind hast. Aber wenn ich ihm ins Gesicht schaue, dann sehe ich, dass auch er Dich liebt.

Ich hoffe, Du hast ihn nicht meinetwegen verlassen, obwohl ich den Verdacht habe, dass es so ist. Ich weiß, dass Du Lena getroffen hast. Wenn ich an sie denke, möchte ich sterben. Doch selbst das wäre nichts anderes als selbstsüchtig. Ich musste eine von Euch wählen, und wer kann jemals sagen, ob ich die richtige Wahl getroffen habe? Hier ist die einzige Erklärung, die ich dafür geben kann.

Ich habe Harry Thaw im Dezember 1916 kennengelernt, in einem bitterkalten Winter. Ich war vierzehn, aufgewachsen in einem Kloster und wusste nichts von der Welt. Harry umgarnte die Mutter Oberin, gab ihr Geld und bat sie, mich kennenlernen zu dürfen, mit der Begründung, dass er ein alter Freund von Evelyn Nesbit sei. Da die Mutter Oberin nichts über Harry Thaw wusste und überzeugt war, dass er es gut meinte, erlaubte sie ihm, sich mehrmals in einer Woche mit mir in den Räumen des Klosters zu treffen. Wir tranken Tee. Er machte mir

Geschenke. Er war der erste Mann, den ich näher kennenlernte, und sein einziges Ziel war es, mich um den Finger zu wickeln.

Das letzte Mal, als Harry Thaw ins Kloster kam, überredete er mich, das Kloster für einen Tag mit ihm zu verlassen. Ich hatte bis dahin kaum etwas von Paris gesehen, und er wollte mir die Stadt zeigen. Natürlich war ich begeistert von der Idee.

Zuerst benahm er sich sehr fürsorglich, führte mich zum Eiffelturm und zum Arc de Triomphe. An einem Platz ließen wir uns fotografieren, und er kaufte mir das Bild, dann aßen wir zu Mittag. Er bestellte mir einen Brandy. Dann noch einen. Und noch mehr. Ich war betrunken, mir war übel, und er brachte mich in das Haus in der Rue de Sévigné, in Johns und Evelyns Liebesnest, denn er wusste, dass hier seit vierzehn Jahren niemand mehr wohnte. Er befahl mir, mich aufs Bett zu legen, bis ich mich besser fühlte. Was dann passierte, brauche ich Dir nicht zu erzählen.

Als ich erwachte, war es Abend, und er war verschwunden. Ich musste den Weg zurück ins Kloster finden, und als ich es geschafft hatte, fiel mir etwas ein, was Harry bei jedem seiner Besuche zu mir gesagt hatte: dass Evelyn ihm etwas schuldete. Ich begriff, dass ich für das bezahlt hatte, was sie ihm seiner Ansicht nach schuldete.

Ein paar Monate später begriff ich außerdem, dass das, was Harry mit mir gemacht hatte, neben meiner Scham noch etwas anderes nach sich zöge. Als die Mutter Oberin bemerkte, dass ich zu lange keine Monatsbinden mehr gewaschen hatte, erzählte ich ihr alles, was passiert war. Jedoch nichts von der Gewalt. Nur dass ich mit Harry etwas Falsches getan hatte. Für eine Nonne wäre es unmöglich gewesen, sich vorzustellen, dass jemand so schlecht sein konnte.

Sie schrieb an die Familie Thaw und verlangte, dass sie die Verantwortung für Harrys Taten übernahmen. Harrys Mutter erklärte sich bereit, das Kind aufzunehmen. Außerdem würden sie meine Überfahrt nach New York bezahlen, wo ich das Kind zur Welt bringen sollte, und für meinen Aufenthalt in der Klinik sowie für meine Reise zurück nach

Frankreich aufkommen – vorausgesetzt, ich sicherte ihnen zu, nie wieder ein Wort über die Angelegenheit zu verlieren. Sie versprach – und das ist der einzige Grund, warum ich einwilligte –, dass das Kind vor Harry sicher sein würde. Ich hatte keine Ahnung, dass Harry den Wahnsinn von seiner Mutter geerbt hatte; ich dachte, sie wäre eine gütige Frau, die einem von ihrem Sohn missbrauchten Mädchen helfen wollte. Wenn ich mehr über sie gewusst hätte, wenn ich geahnt hätte, dass sie das Kind eines Tages Harry geben würde, hätte ich mich niemals darauf eingelassen. Ich stellte mir vor, das Kind würde in guten Verhältnissen aufwachsen und alles haben, was ich, eine unverheiratete Fünfzehnjährige, ihm niemals geben könnte. Ich dachte, es sei das Beste, was ich tun konnte.

Wie Du weißt, hielt sich Mrs Thaw nicht an ihr Versprechen. Letztlich wollte sie das Kind nur, damit ich sie nicht erpressen konnte – damals wusste ich nichts davon, aber nachdem Harry nach New York zurückgekehrt war, hatte er einen Jungen entführt; offenbar war seine Wut nach dem, was er mir angetan hatte, noch immer nicht gestillt. Der Name seiner Mutter war monatelang in den Schlagzeilen gewesen, und sie wollte um jeden Preis verhindern, dass nun ich, die Tochter von Evelyn Nesbit, Harrys früherer Ehefrau, ihn der Vergewaltigung beschuldigte. Denn das wäre erneut ein gefundenes Fressen für die Presse gewesen.

Die Mutter Oberin kam mit mir nach New York, denn sie fühlte sich schuldig, weil sie mich mit Harry Thaw bekannt gemacht hatte. Sie war genauso überrascht wie ich, als ich zwei Kinder zur Welt brachte. Inzwischen hatte sie Harry Thaws Mutter getroffen – ich nicht –, und ich glaube, sie hatte Zweifel an den Motiven dieser Frau. Nicht genug, um zu ahnen, was es bedeutete, ihr das Kind zu überlassen, aber doch ausreichend, dass sie den Thaws nichts von dem zweiten Kind verriet. Sie ließ eine Geburtsurkunde für Dich ausstellen, denn sie meinte, amerikanische Papiere könnten Dir eines Tages nützlich sein.

Wir konnten Euch nicht beide mitnehmen. Harrys Mutter war ein Kind versprochen worden, das sie als Beweis ihrer Wohltätigkeit zur

Schau stellen würde – sie hatte allen erzählt, sie wäre einer entfernten Cousine in der Not zu Hilfe gekommen. Dieses Kind zu adoptieren würde den Ruf ihrer Familie retten, dem Harrys Taten so geschadet hatten. Sie hätte es für die Mutter Oberin und mich unmöglich gemacht, Manhattan zu verlassen, ohne ihr das Baby zu übergeben. Erst viel später erfuhr ich, dass sie Deine Schwester an Harry weitergereicht hatte.

Ich hielt sie nur kurz im Arm, dann legte ich Euch beide zusammen in ein Bettchen, um Euch zu zeichnen und wenigstens eine Erinnerung an Lena zu haben. Ich konnte mich nicht entscheiden, welches Kind ich weggeben und welches ich behalten sollte – welche Mutter könnte so eine Entscheidung treffen? Die Mutter Oberin nahm sie mir ab. Und ich bin so froh, dass ich Dich hatte, Estella. Jeden Tag wünschte ich, auch Lena hätte bei uns sein können.

In Paris verabschiedete ich mich von der Mutter Oberin und sagte ihr, ich würde mir eine Stelle suchen und für das Baby sorgen. Sie gab mir einige Papiere, die Evelyn Nesbit nach meiner Geburt in ihrer Obhut hinterlassen hatte. Ein zusammengerolltes Bild – ein Gemälde von Evelyn und John – und die Besitzurkunde des Hauses in der Rue de Sévigné. Ich wollte dieses Haus nie haben, weil mich alles daran an Harry Thaw erinnerte. Deshalb haben wir dort nie gewohnt.

Das ist meine Geschichte. Aber Du bist eine eigenständige Frau, Estella. Wenn Du Dein Leben von den Umständen Deiner Geburt bestimmen lässt, wäre das ein weiterer Sieg für Harry. Und mit diesem Vermächtnis könnte ich nicht leben. Sei mutig. Liebe viel und mit aller Leidenschaft. Sei die Frau, die ich schon immer in Dir gesehen habe.

―

Fabienne las den Brief wieder und wieder. Dann schlug sie Evelyn Nesbits Memoiren auf, um sich zu vergewissern, dass sie alles richtig verstanden hatte. Evelyn Nesbit, ihres Zeichens Femme fatale, war von ihrem Liebhaber John Barrymore schwanger geworden, hatte das Kind heimlich zur Welt gebracht, und dieses Kind war Estellas Mutter. Evelyns Exmann, Harry Thaw, hatte fünfzehn Jahre später davon erfahren und war, von einer Mischung aus kaltem Kalkül und rasender Wut getrieben, nach Paris gefahren, hatte das Kind, inzwischen eine junge Frau, ausfindig gemacht und vergewaltigt, und daraus war Estella entstanden. Und ein weiteres Baby: Lena. Estella hatte eine Zwillingsschwester namens Lena. Und es war ihr Name, der auf der Geburtsurkunde von Fabiennes Vater stand.

»Ich brauche einen Drink«, murmelte Fabienne, als ihr Blick auf das nächste Dokument in der Kiste fiel: Lenas Sterbeurkunde. Sie war mit vierundzwanzig Jahren ums Leben gekommen.

Fabienne mixte sich Estellas Lieblingscocktail, einen Sidecar, und trank ein paar große Schlucke, während sie all das zu verarbeiten versuchte. Wenn auf der Geburtsurkunde ihres Vaters die Wahrheit stand, dann gab es zumindest eine gute Neuigkeit: Fabienne war mit Estella verwandt. Estella war ihre Großtante. Und Estellas Schwester Lena, von der sie noch nie gehört hatte, war ihre Großmutter. Der Geburtsurkunde zufolge war ihr Großvater ein mysteriöser Spion namens Alex Montrose, und wahrscheinlich hatte das Medaillon, das Estella ihr ganzes Leben lang getragen hatte, ihm gehört. Aber wie war das möglich?

In Jeanne Bissettes Brief stand, dass Estella ein Kind bekommen hatte. Und dem Datum des Briefes nach zu urteilen, musste es sich dabei um ihren Vater handeln. Also war die Urkunde womöglich falsch.

Ein zweiter Sidecar brachte keine neuen Einsichten, und Fabienne kam zu dem Schluss, dass sie an diesem Tag keine weiteren Enthüllungen mehr ertragen konnte. Wenn der restliche Inhalt der Kiste genauso explosiv war wie das, was sie gerade herausgefunden hatte, sollte sie damit besser warten, bis die Präsentation der Kollektion vorüber war. Sie hatte genug zu tun, ohne dass sie noch mehr Leichen aus dem scheinbar riesigen Keller ihrer Großmutter zutage brachte.

Melissa starb eine Woche später. Will schickte Fabienne nur eine kurze Nachricht. *9.05 heute Morgen. Ruhe in Frieden, Liss.*

Fabienne starrte ihr Telefon hilflos an. Was antwortete man auf eine solche Nachricht? *Ich könnte den Tag freinehmen und vorbeikommen, wenn du möchtest*, schrieb sie schließlich.

Danke, aber ich habe viel zu tun. Ich komme schon klar. x

Die Nachricht brachte jegliche Kreativität zum Erliegen, die sie hier in New York endlich wiedergefunden hatte. Also ging sie nach unten in die Werkhalle und half dem Atelierleiter, Stoff um hölzerne Schneiderpuppen zu drapieren, um zu sehen, welche Variationen machbar wären und ob sie die Originalentwürfe womöglich verbesserten.

Die Beerdigung war noch trauriger und ergreifender als die ihrer Großmutter. Die ganze Zeit war spürbar, dass Melissa viel zu früh gestorben war, vom Alter der Anwesenden bis hin zu dem Bild, das vorn in der Kirche hing: In ihrem goldenen Kleid saß Melissa auf dem Bett, sie strahlte, Will hatte den Arm um sie gelegt und lächelte ebenfalls. Fabiennes Foto. Sie musste an Estella und an deren Schwester denken, die ebenfalls jung gestorben war.

Will hielt eine wunderschöne, bewegende Rede, bei der alle Anwesenden zu weinen anfingen. Beim anschließenden Essen waren wiederum so viele Leute, dass Fabienne ihn nur kurz auf die Wange küssen und begrüßen konnte, aber sie spürte, wie er sie fester und länger in den Armen hielt als irgendjemanden sonst, und hörte ihn »Danke« flüstern.

Nach einer Stunde nahm sie ein Taxi nach Downtown, öffnete mit ihrem Schlüssel das Tor zum Gramercy Park und setzte sich auf eine Bank, umwoben vom grünen Baldachin der Bäume. Sie schloss die Augen, ließ sich die Sonne ins Gesicht scheinen und dachte an die Frauen, die sie verloren hatte, an Melissa und Estella. Um sie herum zwitscherten die Spatzen in den Vogelhäuschen, und wenn sie die Augen öffnete, sah sie vor sich Estellas Haus, das nun ihr gehörte. Bei seinem Anblick durchströmte sie ein innerer Friede, und auf einmal hatte sie das Gefühl, es könne sich alles so fügen, wie es sollte.

Sie stand auf und nahm ein Taxi zu Wills Haus. Als er die Tür öffnete, konnte er sich kaum auf den Beinen halten und seine Augen waren rot. »Trinken?«, fragte er und hielt eine fast leere Flasche Rotwein hoch.

»Schlafen«, sagte sie entschieden. »Komm mit.«

Sie brachte ihn ins Wohnzimmer und sagte ihm, er solle sich aufs Sofa setzen. Er kam der Aufforderung bereitwillig nach, lehnte sich zurück und schloss die Augen, plötzlich so verletzlich, dass Fabienne fast die Tränen kamen.

»Ich werde verrückt«, sagte er. »Ich trinke zu viel. Genau wie mein Vater. Ich kann mich nicht …«

Er unterbrach sich, aber Fabienne wusste, was er dachte. *Ich kann mich nicht in eine Beziehung stürzen, um den Schmerz zu lindern, wie er es getan hat.*

Also lief sie in sein Zimmer hinauf, nahm das Kissen vom Bett, das so intensiv nach Wills Aftershave roch, dass sie den Duft am liebsten in sich aufgesogen hätte, ging zu ihm zurück und platzierte das Kissen aufs Sofa.

»Leg dich hin«, sagte sie sanft, und er tat es ohne Widerrede.

Sie fand eine Wolldecke und deckte ihn damit zu, aber er war bereits eingeschlafen. Leise zog sie einen Schlüssel aus der Tasche, schrieb die Adresse des Hauses in der Rue de Sévigné auf und fügte hinzu, dass ihre Großmutter immer gesagt habe, Paris sei das beste Heilmittel für jede Wunde. Er solle nach Paris fahren und ein paar Tage in dem Haus bleiben. Sich Zeit nehmen. Sich erholen. Sie würde ihn schrecklich vermissen, aber es würde ihm nicht guttun, hierzubleiben, wo er von Erinnerungen an Melissa umgeben war.

Dann küsste sie ihn auf die Wange und flüsterte: »Träum was Schönes«, bevor sie ging.

Viel zu schnell rückte die Präsentation ihrer Frühjahrs-/Sommerkollektion näher. Bei ihrer morgendlichen Tasse Kaffee las Fabienne Zeitung, ein Lächeln auf den Lippen. Will war gestern aus Paris zurückgekommen. Sie hatten fast jeden Tag telefoniert, und er klang wieder mehr wie er selbst. Paris habe ihn so inspiriert, hatte er ihr erzählt, dass er seine neue Schmuckkollektion komplett fertiggestellt habe.

Ihr Lächeln verblasste, als ihr eine Schlagzeile ins Auge fiel: *Enkelin berühmter Designerin bekommt Druck zu spüren.*

Fabienne las weiter und musste feststellen, dass es natürlich um niemand anders als sie selbst ging. Ein paar Tage zuvor hatte sie eine Mitarbeiterin feuern müssen, weil sie ein Musterexemplar mit nach Hause genommen und zu einer Party getragen hatte, so dass es die ganze Welt in Augenschein nehmen konnte, bevor es auf dem Laufsteg präsentiert worden war. Nun hatte sie offenbar der Presse einen Wink gegeben.

Die Modewelt erinnert sich an den Wirbel um Xander Bissettes erste und einzige Kollektion für Stella Designs, die echte Innovation und spannende Originalität verhieß. Doch mit der Begeisterung war es schnell vorbei, als er seinem Herzen nach Down Under folgte und man nie wieder etwas von ihm hörte. Fabienne Bissette ist seine Toch-

ter, doch es bleibt abzuwarten, ob sie das Talent ihres Vaters und ihrer Großmutter geerbt hat oder ob sie nur auf der Erfolgswelle ihres Familiennamens reitet.

Sie blätterte um.

Von der nächsten Seite lächelte ihr Wills Gesicht entgegen. Sie las den zugehörigen Artikel über seine Rückkehr zur Arbeit, nachdem er sich eine Auszeit genommen habe, um angemessen um seine Schwester trauern zu können, und über seine mit Spannung erwartete neue Kollektion, die er in Paris designt habe und die in zwei Wochen im Tiffany-Katalog enthüllt werden würde. Der Autor schwärmte von dem glänzenden Erfolg, den Will der ohnehin schon starken Marke Tiffany eingebracht habe, und der Gewissheit, dass seine nächste Kollektion seinen Ruf als einen der weltweit führenden Schmuckdesigner festigen würde.

Sie freute sich für ihn. Doch als sie ihren Kaffee schlürfte, schmeckte sie nichts als Bitterkeit. Sie hasste sich dafür, dass sie neidisch war auf das, was über Will geschrieben worden war, und sich schämte, weil man über sie nichts Positives zu berichten wusste. Doch das bedeutete nur eines, nämlich, dass sie noch härter arbeiten musste als bisher. Alles musste perfekt werden.

Ihr Smartphone klingelte, und sie nahm das Gespräch an, ehe ihr bewusst wurde, dass es Will war.

»Hi«, sagte er und klang fast wieder so, wie sie ihn kannte. »Ich hab dich schon so lange nicht gesehen. Wollen wir heute Abend ausgehen?«

Ja, war ihr erster Gedanke. Doch stattdessen sagte sie: »Ich kann leider nicht. Ich hab zu viel zu tun.«

Er antwortete nicht gleich. »Hast du heute Morgen die Zeitung gelesen?«

»Ja.«

»Du bist nie auf der Erfolgswelle eines anderen geritten.«

»Ich muss mich beweisen, Will. Damit das alle anderen auch wissen. Ich darf Estella nicht enttäuschen.«

Er schwieg erneut, und sie hoffte inständig, dass er ihre Beweggründe verstand. »Ich brauche Zeit«, versuchte sie es noch einmal. »Um mich ganz auf meine Kollektion zu konzentrieren.«

Zeit. Das schien alles zu sein, was sie beide brauchten. Zeit, um zu trauern. Zeit, um zu arbeiten. Aber nie Zeit, um zusammen zu sein.

»Ich muss ins Büro«, seufzte sie.

»Du hast mir Zeit gegeben, als ich sie brauchte«, sagte er. »Nimm dir so viel, wie du brauchst. Ich glaube nur, dass du nicht so viel brauchst, wie du denkst.«

Teil 11

ESTELLA

Kapitel 33

DEZEMBER 1941 | Janie und Sam versuchten, die Stimmung mit ihrem Geplauder aufzuheitern, als sie in dem Auto, das Janie von Nate geliehen hatte, nach New York zurückfuhren. Doch nach einer halben Stunde ohne die geringste Reaktion Estellas gaben ihre Freunde auf. Als sie endlich in Gramercy Park ankamen, winkte ihnen Estella kurz zum Abschied, sprang aus dem Auto, eilte die Treppe hinauf und ließ fast ihre Tasche fallen, als sie auf den Stufen mit einem Mann zusammenstieß.

»Bitte entschuldigen Sie«, sagte er und reichte ihr die Hand. »Ich bin Newt Fowler. Miss Thaws Anwalt.«

»Ich dachte, Alex Montrose sei ihr Anwalt«, erwiderte Estella argwöhnisch.

»Ich glaube, das war er. Doch sie hat mich engagiert, um ihr bei einer ganz bestimmten Angelegenheit zu helfen. Können wir reingehen?«

Estella schloss die Tür auf, machte Licht und führte ihn ins Wohnzimmer. Sie bat ihn, Platz zu nehmen, blieb jedoch selbst am Kamin unter dem Bild von Frida Kahlo stehen.

»Die Nachricht von Miss Thaws … ähm … Tod hat mich leider verspätet erreicht«, sagte er, setzte sich auf den Stuhl, legte seine Brieftasche auf den Schoß und öffnete sie. »Sie hat mich angewiesen, eine Estella Bissette ausfindig zu machen – ich hoffe, das sind Sie? –«, Estella nickte, »und ihr diesen Brief zu geben. Ich war die letzten zwei Wochen zu verschiedenen Zeiten hier, weil ich gehofft hatte, Sie anzutreffen. Miss Thaws Anweisung, den Brief nicht mit der Post zu schicken, war unmissverständlich.«

Er hielt Estella den Brief hin, und sie nahm ihn widerwillig entgegen. Was hatte das nun wieder zu bedeuten? Was stand ihr an diesem grauenhaften Tag noch alles bevor?

»Danke«, sagte sie. »Ich begleite Sie nach draußen.«

»So einfach ist das leider nicht. Ich muss hierbleiben, während Sie den Brief lesen. Miss Thaw hat gehofft, dass Sie danach einige Dokumente unterzeichnen würden.«

Also öffnete Estella den Brief und las, von Mr Fowler aufmerksam beobachtet.

Liebe Estella,
das ist der anmaßendste Brief, den ich je geschrieben habe, denn er setzt zwei Dinge voraus, derer ich mir unmöglich sicher sein kann. Erstens, dass ich früh sterbe. Und zweitens, dass Du meine Schwester bist. Letzteres glaube ich von ganzem Herzen, und Ersteres – sagen wir einfach, ich hatte schon immer einen sechsten Sinn, wenn es um die Zukunft geht.

Ich habe Mr Fowler gebeten, Dir diesen Brief im Falle meines Todes zu geben. Vielleicht wirst Du ihn niemals lesen, doch ich möchte, dass Du den Grund für mein plötzliches Verschwinden vor Deiner Modenschau erfährst. Ich war schwanger. Obwohl ich nur einmal mit Alex geschlafen und dabei Vorsorge getroffen habe, hat mir das Schicksal wieder einmal einen Streich gespielt.

Natürlich habe ich Alex nichts davon verraten. Er hat mir einmal erzählt, dass man an der Front nur stark sein kann, wenn man nichts zurücklässt, was man liebt. Und ich wusste, dass er unser Kind lieben würde. Ich dachte, vielleicht sage ich es ihm, wenn der Krieg vorbei ist. Vielleicht wäre ich aber auch zu feige und würde es ihm nie erzählen. Ich weiß es nicht.

Alles, was ich sicher weiß, ist, dass ich kein Kind großziehen kann. Wie sollte ich mit meiner Vergangenheit dazu in der Lage sein? Außerdem mache ich mir schreckliche Sorgen, was passiert, wenn Harry Thaw von der Existenz des Kindes erführe. Würde er es mir wegnehmen und ihm das Gleiche antun wie mir? Um für seine Sicherheit zu sorgen, musste ich dieses Baby also weggeben.

Ich habe es vorerst in Mrs Pardys Obhut gelassen, bis ich eine andere Lösung finde. Aber ich wusste schon immer, was die beste Lösung wäre, nämlich, dass Du es adoptierst und es als Dein eigenes Kind großziehst. Und vielleicht kannst Du Alex eines Tages sagen, dass dieses Kind das seine ist. Ich glaube, diese Nachricht würde er sehr gern von Dir hören.
In Liebe
Lena

»Was?«, murmelte Estella fassungslos, als sie zu Ende gelesen hatte, und sah zu Mr Fowler, der seelenruhig auf seinem Stuhl saß, als wäre er hier, um mit Estella einen Aperitif zu trinken.

»Hier sind die Adoptionsunterlagen«, sagte er. »Wenn Sie bereit sind, die Verantwortung zu übernehmen, die Miss Thaw Ihnen zugedacht hat, brauchen Sie nur hier zu unterschreiben.« Er deutete auf die betreffende Stelle des Dokuments und hielt ihr einen Stift hin.

»Aber Alex ist der Vater. Ich kann das Kind nicht adoptieren. Es ist seines.«

»Miss Thaw meinte, seine Arbeit ließe es nicht zu, dass er sich um ein Kind kümmert, zumindest, solange noch Krieg herrscht. Sie hat mich eine Klausel einfügen lassen, die Ihr Recht auf die Fürsorge für das Kind widerruft, falls Mr Montrose diese nach dem Krieg übernehmen möchte. Ich glaube, eigentlich wäre ihr Wunsch gewesen, dass Sie beide das Kind gemeinsam aufziehen.« Mr Fowler musterte Estella über seine Brillengläser hinweg. »Denken Sie, das wäre vorstellbar?

Wenn ja, würde das die Sache für alle Beteiligten deutlich vereinfachen.«

Nach dem, was sie Alex angetan hatte, konnte sie von Glück sagen, wenn er je wieder mit ihr redete. Und die Scham, die Harrys Enthüllung in ihr entfacht hatte, tobte nach wie vor in ihr, tief in ihrem Herzen verborgen, und dort würde sie auch bleiben, niemals durfte Alex davon erfahren. »Das ist leider absolut ausgeschlossen«, sagte Estella niedergeschlagen. »Weiß Alex von dem Kind?«

Mr Fowler schüttelte den Kopf.

»Entschuldigen Sie mich bitte einen Moment.« Abrupt stand Estella auf und ging zum Telefon. Auch wenn es ihr nach allem, was zwischen ihnen vorgefallen war, davor graute, mit Alex zu reden, musste er doch wissen, dass er ein Kind hatte.

Mrs Gilbert, die Haushälterin, antwortete. »Hallo, meine Liebe«, sagte sie. »Sie haben ihn gerade verpasst. Er ist vor einer Stunde nach Newark abgereist.«

»Nach Newark?«, fragte Estella verblüfft.

»Wieder mal zurück nach London. Er sagte, er würde vorerst nicht wiederkommen. Ich schließe das Haus gerade ab.«

»Wissen Sie, wie ich ihm eine Nachricht zukommen lassen kann?«

»Nein, das weiß ich doch nie.« Mrs Gilberts Verwirrung war ein deutliches Zeichen, dass sie nicht ahnte, was zwischen Alex und ihr vorgefallen war.

»Wenn er sich meldet, könnten Sie ihm bitte ausrichten, dass ich dringend mit ihm reden muss? Es ist wichtig. Bitte.«

»Das würde ich gern, wenn ich könnte, meine Liebe. Aber ich erwarte nicht, etwas von ihm zu hören.«

Estella legte auf und starrte Mr Fowler ratlos an.

»Gehe ich recht in der Annahme, dass Sie nicht an dem Kind interessiert sind?«, fragte Mr Fowler und steckte die Unterlagen zurück in seine Aktentasche.

»Nein, nein, ich bin natürlich an dem Kind interessiert«, entgegnete Estella. »Was muss ich tun? Wo ist das Kind? Wann kann ich es sehen?«

Mr Fowler hob beschwichtigend die Hände. »Eins nach dem anderen. Wenn Sie die Papiere unterzeichnen, müssen Sie einer Bedingung zustimmen. Miss Thaw hat darauf bestanden, dass Sie sich, wenn Sie das Kind adoptieren, damit einverstanden erklären, ihm niemals zu sagen, wer seine wirklichen Eltern waren. Dass Sie die Mutter dieses Kindes sein werden. Und dass der Mann, den Sie heiraten, sein Vater wird. Mr Montrose ist der Einzige, der diese Vereinbarung für nichtig erklären kann, falls er dem Kind sagen möchte, dass er sein Vater ist.«

»Aber das kann ich nicht!«, rief Estella bestürzt aus. »Das Kind verdient es doch, zu wissen, wer seine wahren Eltern sind. Warum sollte Lena so etwas wollen?«

Kaum war die Frage aus ihrem Mund, wusste Estella, was Lena dazu bewogen hatte. Lena schämte sich genauso für ihre Herkunft wie Estella, und sie wollte, dass das Kind frei von ihrer schrecklichen Vergangenheit aufwuchs, nicht mit einer Mutter, die von grausamen Männern missbraucht worden war.

Mr Fowler streckte ihr den Stift hin. »Das sind die Vertragsbedingungen. Wenn Sie den Jungen adoptieren möchten, dürfen Sie ihm nichts von seinen wahren Eltern erzählen.«

Ein kleiner Junge. Estellas Herz pochte, bereits erfüllt von Liebe zu einem Kind, das sie noch nie gesehen hatte. Sie konnte nicht ablehnen, nur weil sie fand, dass Lena mit ihrer letzten Bedingung unrecht hatte. Estella musste ihren Neffen zu sich nehmen, für ihn sorgen, ihm die Chance geben, Alex eines Tages kennenzulernen.

Sie unterzeichnete den Vertrag.

»Mrs Pardy wird Ihnen das Kind in zwei Wochen herbringen«, sagte Mr Fowler. »Ich gebe Ihnen etwas Bedenkzeit, falls Sie Ihre Meinung ändern. Denn sollte das der Fall sein, dann tun Sie es lieber früher als später.«

»Ich werde meine Meinung nicht ändern«, sagte Estella entschieden. »Er ist mein Neffe.«

»Wie dem auch sei, so steht es im Vertrag. Wenn es Ihnen ernst ist, sollten zwei Wochen ausreichen, um das Haus auf die Ankunft eines Kindes vorzubereiten.«

Ein Kind. Alex' und Lenas Kind. Ein Kind, von dem Alex nichts wusste, von dem er nie erfahren würde, wenn es Estella nicht irgendwie gelang, ihn zu kontaktieren. »Wie heißt er?«

»Ich glaube …« Mr Fowler sah in seinen Unterlagen nach. »… Xander, ja. Ich bin sicher, Sie können den Namen ändern, wenn Sie möchten.«

Xander. »Nein, er ist perfekt.«

―

Am nächsten Tag war Estella bei der Arbeit mit den Gedanken nicht bei der Sache und stach die arme Janie beim Anpassen ein halbes Dutzend Mal mit der Nadel. Schließlich verlor Janie die Geduld und sagte: »Okay, raus damit. Was ist los?«

Estella, die vor ihr auf dem Boden kauerte, blickte auf und schüttelte den Kopf, als könne sie damit die seltsame Trance beenden, in die sie Mr Fowlers Nachricht versetzt hatte. »Alex und Lena haben ein Kind«, antwortete sie bedächtig. »Einen Sohn. Und er kommt in zwei Wochen hierher. Ich habe ihn adoptiert.«

Janies Augen wurden so groß, dass es aussah, als wollten sie ihr aus dem Kopf springen.

»Hol deine Handtasche«, befahl sie. »Darauf müssen wir was trinken.«

»Es ist zehn Uhr morgens.«

»Vielleicht wird deine Hand dadurch ruhiger«, versuchte Janie zu scherzen, aber Estella war nicht zum Lachen zumute.

Wenig später saßen sie in der nächstbesten Bar, und Janie bestellte zwei Sidecars. »Erzähl mir alles.«

Und das tat Estella. Sie schilderte den ganzen verdammten Schlamassel. Was in Paris passiert war. Was Harry Thaw ihr erzählt und was der Anwalt gesagt hatte. Dass es keine Möglichkeit gab, Alex in Kenntnis zu setzen.

»Ich brauche noch einen Drink«, verkündete Janie, als Estella fertig war. »Zwei Whiskey bitte. Mit Eis«, rief sie dem Barkeeper zu. »Für dieses Gespräch ist ein Sidecar nicht stark genug.« Dann senkte sie die Stimme. »Du solltest dich wegen Harry nicht schämen. Du hast diese grauenhaften Dinge nicht getan. Sondern er.«

»Meine Mutter hat mit ihm geschlafen!«, sagte Estella. »Wie konnte sie nur? Und dann hat sie ihm Lena überlassen. Ich weiß nicht, wer mir mehr zuwider sein sollte. Harrys Verhalten lässt sich zumindest dadurch erklären, dass er wahnsinnig war. Die einzige Entschuldigung, die meine Mutter hat, ist mangelnde Urteilsfähigkeit.«

»Warum schreibst du ihr nicht? Vielleicht gibt es für alles eine Erklärung.«

»Nein, dafür gibt es keine Erklärung«, erwiderte Estella und nippte an ihrem Whiskey, um Trauer und Scham zu ertränken. »Außerdem kann ich ihr nicht schreiben. Ich weiß nicht, wo sie ist.«

»Ohnehin solltest du Alex entscheiden lassen, ob es für ihn ein Problem ist oder nicht.« Janie nahm ihre Hand und drückte sie sanft.

»Weißt du, was das für ein Gefühl ist, aufzuwachen und mich zu erinnern, dass Harry Thaw, ein Mörder und Vergewaltiger, mein Vater ist? Dass meine Mutter ihm meine Zwillingsschwester ausgeliefert hat? Jedes Mal, wenn ich daran denke, möchte ich sterben. Harry Thaw ist tausendmal schlimmer als Alex' Vater. Das Mitleid in seinen Augen, wenn ich ihm davon erzähle, könnte ich nicht ertragen.«

»Du meinst also, es ist besser, ihm das Herz zu brechen?«

Estella entzog Janie ihre Hand und leerte ihr Glas in einem Zug.

»Ich würde meine Seele dafür geben, ihm nicht wehtun zu müssen. Aber bei ihm zu bleiben und ihn ein Leben lang zu verletzen wäre viel schlimmer, als dass wir beide diesen einen Verlust durchmachen müssen. Aber genug von mir.« Sie stellte ihr Glas ab. »Lass uns bitte über etwas anderes sprechen. Hast du schon ausprobiert, was ich dir geraten habe?«

»Noch nicht, nein.« Im Nu war Janies Entschlossenheit verflogen.

»Fang an, mit deinem Ehemann auszugehen«, wiederholte Estella ihren Rat. »Finde heraus, wer Nate ist. Lerne ihn richtig kennen. Der Druck zu heiraten ist weg; ihr habt euch ja schon füreinander entschieden. Entspannt euch und genießt, was ihr miteinander habt. Schaut, was daraus wird. Wenn eure Gefühle füreinander auch nur halb so stark sind wie meine für Alex …« Estella unterbrach sich. Diese Überleitung war alles andere als hilfreich. Sie zündete sich eine Zigarette an und tat so, als würde der Rauch sie zum Husten bringen und nicht etwa ihre Gefühle.

Janie musterte sie eingehend. »Vielleicht werde ich deinen Rat befolgen«, sagte sie. »Nate kommt heute Abend zurück. Allerdings fürchte ich, ich kann, so oft ich will, mit meinem Mann ausgehen, er wird nie ein Gesicht machen wie du, wenn du über Alex redest.« Auch Janie zündete sich eine Zigarette an. »Ich beneide dich fast«, sagte sie wehmütig. »Wenigstens weißt du, wie sich wahre Liebe anfühlt. Hättest du das lieber nie gewusst, weil du dann …?«

»Weil ich mich dann nicht so fühlen würde?«

Janie nickte.

Estella klopfte ihre Zigarette im Aschenbecher ab. »Ich weiß es nicht. Ich denke jeden Tag an unseren ersten richtigen Kuss, ein berauschendes Gefühl. Aber Alex hatte Skrupel, daraus mehr werden zu lassen, weil er sich für seinen Vater geschämt hat. Und meiner ist noch viel schlimmer.« Sie hatte Mühe weiterzusprechen, Tränen schnürten ihr die Kehle zu. »Was Alex gesagt hat, erinnert mich nun daran, warum ich ihn verlassen musste, und doch hätte er es nie gesagt, wenn wir uns nicht geküsst hätten. Ohne die eine Erinnerung gäbe es die andere nicht, deshalb kann ich mir nicht wünschen, dass es nie passiert wäre. Aber ich wünschte, es wäre anders gekommen.«

Eine Weile schwiegen sie beide, und als ein Mann sich ihnen mit einer Runde Drinks näherte, starrte Janie ihn so bitterböse an, dass er hastig umdrehte. Dann stand sie auf. »Ich gehe nach Hause und lade meinen Mann ein, heute Abend mit mir auszugehen«, sagte sie. »Vielleicht hast du recht und das, was wir haben, ist es wert, mehr daraus zu machen.«

Nachdem sie weg war, trank Estella langsam ihren Drink aus. Wenigstens gab es etwas, wofür sie dankbar sein konnte: Xander. Sie würde ihr Bestes für ihren Neffen geben, für Alex' Sohn. Sie würde dafür sorgen, dass Xander nur Liebe kannte, keinen Schmerz.

Die nächsten zwei Wochen widmete sich Estella voll und ganz den Kleidern für die Modenschau, die im März im Barbizon stattfinden würde. Allerdings überdachte sie die ausgewählten Stoffe und passte sie den Rationierungen an, die ihnen nun, da Amerika sich am Krieg beteiligte, wahrscheinlich bevorstanden. Baumwolle, Jersey, leichte Wolle, Stoffe, die man von Männerkleidung kannte, wären immer zu bekommen, weswegen sie sie nun vermehrt einsetzte. Die quergerippte Faille-Seide, die sie bei einer Spinnerei zu einem Sonderpreis bekam, weil das Restaurant, das den Stoff für Tischtücher bestellt hatte, bankrottgegangen war, eignete sich indes perfekt für ein Kleid, das ihr vorschwebte – schulterfrei, um die Schlüsselbeine elegant zur Geltung zu bringen, mit gerafften Ärmeln, Wickeloberteil und einem halblangen, ausgestellten Rock. Die schmale Taille und die Akzentuierung der Schultern entsprachen der Kontur, die man in dieser Zeit gewohnt war, allerdings wurden bei diesem Kleid die Schultern in ihrer natürlichen Linie betont und nicht künstlich aufgepolstert.

Estella begann die Tage bis zur Ankunft des Babys zu zählen. Am Morgen, an dem Xander eintreffen sollte, rannte sie zur Tür, als es klingelte, aber auf der Schwelle stand nur Janie. Sie sah irgendwie anders aus; glücklicher, regelrecht befreit, mit einem strahlenden Lächeln auf den Lippen.

Sie kam herein, und bevor sie auch nur Handschuhe und Hut abgenommen hatte, verkündete sie: »Ich habe mit Nate geredet. Ich habe ihn gefragt, was ihn so richtig glücklich macht, und er hat erzählt, dass er früher Baseball gespielt und vor allem das Gefühl geliebt hat, wenn der Ball auf den Schläger traf. Ich habe ihn gebeten, mich zu einem Baseballspiel mitzunehmen, und dann haben wir dort Hotdogs gegessen, er hat mir die Regeln erklärt, und es hat wirklich Spaß gemacht – schon allein, weil er Spaß hatte und glücklich war. Also habe ich ihm erklärt, dass ich nicht nur den Traum hatte zu heiraten, sondern auch den, als Model zu arbeiten. Und dass ich einfach nicht immer nur zu Hause rumsitzen möchte. Dass ich ausschließlich für dich arbeiten würde, wenn du damit einverstanden bist. Dass mich das glücklich machen würde, wie ihn Baseball glücklich macht. Dann sind wir nach Hause gegangen und haben uns geliebt, und es war nicht so zielgerichtet wie sonst.« Janie grinste, und Estella stellte zu ihrer Überraschung fest, dass sie tatsächlich noch lachen konnte.

»Das freut mich so für dich!«, rief sie. Eine glückliche Janie war ein wundervoller Anblick – als würde die warme Sonne Australiens plötzlich alles heller machen.

»Wollen wir anfangen?«, fragte Janie.

Estella schüttelte den Kopf. »Nein, heute kommt das Baby.«

»Dann morgen«, sagte Janie. »Ich komme um neun. Mrs Pardy wird dir bestimmt mit dem Baby helfen.«

Estella konnte der verwandelten Janie nur zunicken und wünschte sich im Stillen die gleiche Zuversicht für sich selbst. Als sie Janie zum Abschied auf die Wange küsste, erinnerte sie sich für einen kurzen Moment daran, was für ein Gefühl es war, den atemberaubenden Rausch der Liebe zu erleben.

Nicht lange nachdem Janie gegangen war, klingelte es erneut, und vor der Tür stand Mrs Pardy mit einem Baby auf dem Arm. Ein wundervoller kleiner Junge, pummelig, pausbackig und mit seinen neun Monaten so hinreißend, dass Estella ihn spontan mit den Worten willkommen hieß: »Du bist ja ein Süßer!«

Xander strahlte sie an und ruderte mit seinen feisten Ärmchen.

»Darf ich?«, fragte sie Mrs Pardy zur Sicherheit und streckte die Arme nach ihm aus.

»Natürlich. Er hat in seinem Leben bisher nur wenige Menschen gesehen, aber er ist so ein neugieriger kleiner Junge. Er will jeden und alles um sich herum erforschen.«

Und das tat er. Kaum hatte Estella ihn Mrs Pardy abgenommen, da kniff er sie in die Wange, steckte ihr einen Finger in den Mund und einen anderen ins Auge, und Estella konnte nur mit Mühe verhindern, dass er ihr auch noch in der Nase bohrte. Sie lachte. »Du bist genauso ein Wildfang wie dein Vater.« Die Worte kamen ihr so impulsiv über die Lippen, dass es sie selbst erschreckte.

»Kommen Sie doch herein, Mrs Pardy«, sagte sie schnell, um ihre Gefühlsaufwallung zu überspielen.

Mrs Pardy musterte sie forschend. »Wenn ich es nicht besser wüsste, würde ich sagen, Sie leiden an gebrochenem Herzen.«

Estella drückte Xander fester an sich. Er wand sich in ihren Armen und sah sie mit seinen dunkelbraunen Augen an, die denen seines Vaters so ähnlich waren, dass Estella die Tränen nicht mehr zurückhalten konnte.

»Wir brauchen Tee und Gebäck«, sagte Mrs Pardy. »Sie lernen den kleinen Kerl besser kennen, und ich bin in einer halben Stunde mit etwas, was Sie sicher aufmuntern wird, wieder da.« Sie tätschelte Estellas Arm und verschwand in die Küche.

Dann war Estella allein mit Xander, dem Sohn von Lena und Alex. Sie saß auf dem Sofa, das Kind auf dem Schoß, und Xander strahlte sie an. Durch den Tränenschleier erwiderte sie sein Lächeln, denn sie wusste, dass sie sich soeben Hals über Kopf verliebt hatte. Wenn sie Alex nicht haben konnte, dann war Xander eindeutig die beste Alternative, die sie sich vorstellen konnte.

Kapitel 34

Jeden Tag lag Xander eine Zeit lang auf einer Decke bei Estella im Atelier oder hüpfte in seinem Bettchen herum, gurrte fröhlich, wenn Janie auftauchte, und gurrte fröhlich, wenn Sam sich nach Feierabend zu ihnen gesellte. Hin und wieder nahm Mrs Pardy den Kleinen zu einem Spaziergang mit oder brachte ihn ins Bett, meistens jedoch war er bei Estella, vollauf zufrieden damit, ihr bei der Arbeit zuzuschauen und von ihr mit Liebe überschüttet zu werden. Estella kam aus dem Lächeln gar nicht mehr heraus, weil Xander jedes Mal, wenn sie ihn anlächelte, vor Freude kicherte, lachte und kreischte.

Schließlich hatten die drei Freunde genügend Musterstücke zusammen. Die Modenschau sollte abends stattfinden, wenn die Frauen mit der Arbeit fertig waren und ins Barbizon zurückkehrten. Im Aufenthaltsraum im ersten Stock war eine Bühne aufgebaut, auf der die im Haus wohnenden Schauspielerinnen und Musikerinnen oft ihre Stücke und Konzerte aufführten. Es gab keine weitere Dekoration als die umlaufende hölzerne Balustrade, die sanft wehenden Palmen in den Ecken und den schwarz-weiß gekachelten Boden – und natürlich die Frauen, die plauderten, lachten und gespannt darauf warteten, was Estella ihnen präsentieren würde. Estella hatte jeder von ihnen ein Bestellformular in die Hand gedrückt und ihnen versichert, dass sie die neuen Entwürfe als Allererste zu Gesicht bekommen würden. Dann setzte sie sich zu ihnen ins Publikum, um genau zu beobachten, wie sie auf ihre Kreationen reagierten, denn sie wusste, dass ihre Gesichter ihr alles sagen würden, was sie wissen musste.

Janie schwebte auf die Bühne, führte einen Entwurf nach dem anderen vor, beginnend mit sportlich-legeren Kombinationen, die sich perfekt zum Squashspielen auf den Spielfeldern im Keller des Gebäudes, aber auch für ein anschließendes Abendessen im Speisesaal eigneten. Ihnen folgten baumwollene Badeanzüge für den Swimmingpool des Barbizon, die jedoch zusammen mit passenden Wickelröcken getragen werden konnten, so dass niemand den Zorn der Hausmutter auf sich ziehen würde.

Danach kamen die Kleider. Als die schulterfreie Seidenkreation namens *Freiheit* tosenden Beifall erntete, konnte Estella sich ein zufriedenes Grinsen nicht verkneifen. Beim Modell *Stars and Stripes* – hier hatte sie marineblauen Jerseystoff mit schmalen weißen Streifen zu einem Kleid mit ausgestelltem, durch zwei Kellerfalten üppig, in der Taille jedoch schmal wirkendem Rock und einem Oberteil verarbeitet, auf das direkt über dem Herzen ein roter Stern gestickt war – kritzelten die Frauen emsig auf ihre Bestellformulare. Und *Bastille Day* – ein roter Baumwollrock, darüber ein ärmelloses weißes Oberteil mit kleinem Kragen und einer marineblauen Schärpe um die Taille – erntete ebenfalls großen Beifall. Jedes Kleid war dazu noch mit einer Pfingstrose in Rot, Weiß oder silbern schimmerndem Blau verziert.

Die Modenschau endete mit einem Kleid für einen ganz besonderen Anlass, einem wahren Meisterstück des Designs, beruhend auf der Idee des Kleides, das Estella für ihr Treffen mit Alex im Jimmy Ryan's entworfen hatte, als sie damals Lena zum ersten Mal begegnet war. Mit seinem Zuschneidetalent hatte Sam verwirklicht, was Estella auf dem Papier ersonnen hatte: ein rückenfreies, smaragdgrünes Jerseykleid mit einer langen Schärpe, die als Nackenträger diente, der wiederum über der Brust gekreuzt wurde, die Hüfte umschmeichelte und an der linken Hüfte zur Form einer Pfingstrose gebunden wurde. Ohne jegliche Verschlüsse, damit es günstiger zu produzieren war. Estella hatte es *I'm Lucky* genannt, im Gedanken daran, dass sie alle hier im Barbizon, fern einer Kriegszone, sich doch glücklich schätzen mussten.

Am Schluss gab es donnernden Applaus und insgesamt zweihundert Bestellungen. Zweihundert Kleider, die innerhalb kürzester Zeit angefertigt werden mussten, weil Estella versprochen hatte, sie innerhalb von zwei Wochen zu liefern.

Mithilfe des Geldes von Lena mietete sie sich ein richtiges Atelier in der Seventh Avenue, nahe der Hausnummer 550. Es war nicht schwer, Sam zu überreden, seinen Job aufzugeben und die Leitung der neuen Produktionsstätte zu übernehmen. Sie stellte zwei Frauen zunächst für einen Monat ein, und Janie versprach, jeden Tag zur Anprobe zu erscheinen. Babe Paley von der *Vogue* war zu Gast bei der Modenschau im Barbizon gewesen, hatte sich mit einigen der Frauen unterhalten, die Kleider bestellt hatten, und nun kam sie, um mit Estella ein Interview über ihre ungewöhnliche Verkaufsstrategie zu führen. Sie brachte die Fotografin Louise Dahl-Wolfe mit, die Estella bei der Arbeit fotografierte, und versprach, den Artikel im nächsten Monat zu veröffentlichen.

Nach Ablauf der zwei Wochen lag ein großer Kleiderstapel auf Estellas Arbeitstisch, und Sam sah aus, als würden ihm jede Sekunde die Augenlider zufallen. Janie öffnete eine Flasche Sekt.

»Wir haben es geschafft«, flüsterte Estella.

»O ja, das haben wir«, rief Janie triumphierend.

Sam umarmte Estella.

»Danke«, sagte sie.

»Ich habe zu danken«, erwiderte er grinsend. »So viel Spaß hatte ich schon lange nicht mehr.«

»Hoffentlich sind all diese Kundinnen zufrieden und bestellen wieder bei uns«, sagte Estella mit einem besorgten Stirnrunzeln.

Janie reichte ihr ein Glas. »Genieß den Moment. Darüber können wir uns später Sorgen machen. Lass uns feiern, wie viel wir schon erreicht haben.«

Estella nickte. »Auf Lena«, sagte sie und hob ihr Glas.

»Und auf dich«, fügte Sam hinzu.

Und während Estella mit ihren Freunden Sekt trank, hoffte sie inständig, dass sie das Atelier nicht nur für die sechs Monate, die sie es gemietet hatte, sondern noch lange Zeit danach würde behalten können. Sie hoffte so sehr, dass Stella Designs von den Frauen Manhattans mit offenen Armen empfangen würde.

———

Langsam, aber kontinuierlich trudelten dann Bestellungen von Freundinnen der Frauen im Barbizon ein. Die Forsyths-Kaufhauskette bestellte die gesamte Kollektion, und Leo Richier, die Frau des Eigentümers, wurde sowohl im *Stars and Stripes* als auch in Estellas Kreation aus Faille-Seide gesichtet. Als dann der Artikel in der *Vogue* erschien, erhielt Estella Post von weiteren sechs Kaufhäusern.

Estella rannte ins Atelier, packte Sam am Arm, zog ihn vom Arbeitstisch weg und hielt ihm freudestrahlend die Briefe unter die Nase.

»Termine!«, jubelte sie. »Mit den Einkäufern von Lord & Taylor, Saks, Best & Co. und Gimbels, die sich die Kollektion ansehen wollen!«

»Wirklich?« Sam überflog die Briefe und grinste bis über beide Ohren. »Hurra!«, rief er, umfasste ihre Taille und wirbelte sie herum. Sie brachen beide in schallendes Gelächter aus, und Estellas Mitarbeiterinnen starrten sie verwundert an.

»Wir sind im Geschäft«, teilte Estella ihnen mit.

»Du warst die Einzige, die je daran gezweifelt hat.« Sam küsste sie auf die Wange.

Als er sie losließ und ihr Blick auf die Gruppe der Schneiderinnen fiel, die so viel Ähnlichkeit mit ihrer Mutter, Nannette, Marie und nicht zuletzt ihr selbst in früheren Zeiten hatten, verflog ihr Lächeln. Genau das hatte ihre Mutter für sie erhofft, dazu hatte sie Estella vor fast zwei Jahren in jenen Zug gesetzt, der sie von Paris fortbrachte. Und sie hatte es geschafft. Doch jetzt konnte sie ihrer Mutter weder schreiben noch ihr davon erzählen, ja, sie wusste nicht einmal, ob sie das wollte. Und ob ihre Mutter überhaupt noch lebte.

Doch als sie so in ihrem eigenen Atelier stand, wusste Estella, dass sie sich trotz allem mehr als alles andere wünschte, dass ihre Mutter lebte. Und Alex ebenfalls. Wann würde sie nur etwas von den beiden hören?

Ein Jahr verging. Als Estella die Tür zu ihren Büroräumen in der Seventh Avenue öffnete, fragte sie sich, wie es möglich sein konnte, dass es schon März im Jahr 1943 war. Über dem Eingang hing ein Schild mit dem silbernen Schriftzug *Stella Designs Incorporated*. Sie ging durch den Empfangsbereich, wo eine Rezeptionistin in einem Stella-Kleid sie begrüßte. Sie warf einen Blick in den Salon, der mit einer Art-déco-Chaiselongue, drei Sesseln und Couchtischen eingerichtet war. An der Wand hingen Fotos von Janie in Stella Designs.

Dann ging sie ins Atelier, wo dreißig Frauen um die Tische herum saßen. Ihr fröhliches Geplauder erfüllte den Raum, Kleider wurden zugeschnitten, genäht, bestickt und konfektioniert, Bestellungen gingen ein und wurden verschickt. Im Zentrum des Ganzen stand Sam und sorgte dafür, dass alles reibungslos lief. Er winkte Estella zu, als sie zu ihrem Arbeitstisch direkt am Fenster ging und die Designs durchsah, an denen sie für die Sommerkollektion arbeitete.

Auf ihrem Tisch lag ein Brief von Elizabeth Hawes, in dem sie Estella anbot, ihren Platz in der Fashion Group zu übernehmen, weil sie zurücktreten werde. Estella hatte den Brief schon vor einer Woche bekommen, jedoch noch nicht geantwortet. Wusste sie wirklich genug, war sie wirklich erfolgreich genug, um neben diesen Frauen zu sitzen, die so viel erfahrener waren als sie? Neben dem Brief stand ein Foto von Xander, der aus ihrem Leben nicht mehr wegzudenken war. Es hatte nicht lange gedauert, bis er ganz auf sie fokussiert war und sie allen anderen Menschen vorzog. Im Handumdrehen nannte er sie Maman, wie auch Mrs Pardy sie bezeichnete, allen Protesten Estellas zum Trotz, dass sie doch gar nicht seine Mutter sei.

»Sie sind mehr eine Mutter für ihn als irgendjemand sonst«, hatte Mrs Pardy entschieden erwidert.

Aber er braucht auch einen Vater. Obwohl Estella den Gedanken nicht laut aussprach, wusste sie, dass es so war. Sie hatte nichts von Alex gehört, hatte keine Ahnung, wo er war oder wo sie nach ihm suchen könnte. Der Krieg war immer schrecklicher, immer blutiger und bedrohlicher geworden. *Bleib am Leben*, betete sie jeden Tag. *Bleib am Leben, damit du Xander kennenlernen kannst, wenn es vorbei ist. Und du auch, Maman.*

Xander verbrachte die Vormittage bei Mrs Pardy und die Nachmittage bei Estella, stapfte um die Tische, hob Nadeln auf, spielte mit Knöpfen und allem anderen, was womöglich gefährlich für ihn hätte sein können, doch er verletzte sich nie. Seine Haare waren so dunkel wie die seines Vaters und seiner Mutter, und er hatte Alex' braune Augen und Lenas feingliedrige Statur. Doch sein unvergleichliches Lächeln, seine immerwährende Fröhlichkeit und sein offenes Lachen gehörten ihm ganz allein.

Über Babe Paley und Leo Richier, zwei Frauen, die zweifellos das Zeug hatten, jeglichen Tratsch im Keim zu ersticken, hatte Estella in Manhattan verbreiten lassen, dass Xander der Sohn einer verstorbenen Verwandten war. Dieses Risiko musste sie eingehen, weil sie als unverheiratete Frau mit Kind kein Unternehmen führen konnte – niemand würde mit einer derart unmoralischen Person Geschäftsbeziehungen aufnehmen wollen. Zum Glück war Estella bei ihrer ersten

Modenschau 1941 ganz offensichtlich nicht schwanger gewesen, was sie hätte sein müssen, um ein Kind in Xanders Alter zu haben, daher blieb den Leuten nichts anderes übrig, als ihr zu glauben.

Heute war kein gewöhnlicher Tag, denn sie war zu den American Fashion Critics' Awards eingeladen worden und hatte vor, den Abend mit Sam, Janie und Nate zu genießen. Sie hatte beschlossen, das smaragdgrüne, rückenfreie Jerseykleid zu tragen, das ihr bei der Modenschau im Barbizon so viel Erfolg eingebracht hatte. Janie hatte sie ein Kleid aus Tüll – ein günstiges Material, das nicht rationiert wurde und daher perfekt für Stella Designs war – in Sonnengelb geschneidert, das hervorragend zu Janies sonniger Natur passte. Es war trägerlos, so dass Janies Figur bestens zur Geltung kam, mit einem herzförmigen Ausschnitt, Rüschen um die Taille und einem wallenden langen Rock, in dem Janie wie die Prinzessin aussah, die sie war.

Gleich nach dem Lunch machte Estella sich auf den Weg. Sie hatte sich die Haare ausnahmsweise nicht einfach nur hochgesteckt, sondern zu glänzenden Locken eindrehen lassen, die sie selbst ziemlich eindrucksvoll fand.

Sam holte sie ab, und obwohl er das Kleid selbst zugeschnitten und schon tausendmal gesehen hatte, stieß er einen anerkennenden Pfiff aus. »Du siehst hinreißend aus«, sagte er und küsste Estella auf die Wange. Sie lächelte, denn sie wusste, dass er das in jedem Fall sagen würde, ganz gleich, was sie anhatte. Er hatte sich immer und immer wieder als wahrer Freund erwiesen, und sie war jeden Tag aufs Neue zutiefst dankbar für das große Glück, ihn auf dem Schiff nach New York kennengelernt zu haben.

»Du solltest dich mal wieder verabreden, jetzt, wo wir das Schwierigste hinter uns haben«, sagte sie, als sie mit ihm ins Taxi stieg. Das letzte Jahr über hatten sie alle so viel gearbeitet, dass Sams Liebesleben so gut wie gar nicht mehr existierte. »Sonst bekomme ich noch das Gefühl, dass ich dein Leben ruiniere.«

»Estella, du hast genau das Gegenteil getan.«

Es klang ernst gemeint, dennoch nahm sie sich vor, ihm auf der Party genügend Freiraum zu lassen, damit Frauen ihn ansprechen konnten, ohne dass Estella ihnen in die Quere kam.

Sie erreichten das Metropolitan Museum of Art zur gleichen Zeit wie Janie und Nate, und als Estella sah, wie Nate seine Frau beäugte, wusste sie, dass Janies Kleid auf jeden Fall zu denen gehörte, die in Produktion gehen mussten. Sie hakte sich bei Sam unter, und gemeinsam betraten sie das Museum.

Die erste Person, die sie sah, war Alex.

Vor Schreck blieb sie so abrupt stehen, dass die Frau hinter ihr sie anrempelte.

»Entschuldigen Sie bitte«, hörte sie Sam sagen, denn sie selbst brachte kein Wort heraus.

Alex – er war es wirklich und wahrhaftig – stand auf der anderen Seite des Raumes, umwerfend schön in seinem weißen Smoking, und unterhielt sich lachend mit einem anderen Gast. Seinem Stoppelbart zufolge war er vermutlich gerade erst in Amerika angekommen und sofort zur Party geeilt. Er wirkte müde, sein Gesicht verhärtet, als hätte er Dinge gesehen, die ihn für immer verändert hatten. Angesichts all dessen, was er früher schon erlebt hatte, mochte Estella sich gar nicht vorstellen, was es gewesen sein mochte, das diese Wirkung auf ihn gehabt haben könnte.

Sam folgte ihrem Blick. »Oh«, sagte er, als er Alex erkannte.

»Ich hatte keine Ahnung, dass er in Manhattan ist«, flüsterte Estella.

Im selben Moment hakte sich eine blonde Frau in einem weißen Kleid mit Reifrock – ein Stil, den Estella hasste – bei Alex unter, und als er aufblickte, entdeckte er Estella. Der Schock, der sich auf seinem Gesicht zeigte, schien ebenso heftig wie ihrer, und er trat der blonden Frau versehentlich auf den Fuß. Sie schmollte, während Sam Estella in Richtung der Bar zog.

»Einen doppelten Sidecar«, bestellte er.

»Estella! *Bonsoir.*« Babe Paley küsste sie auf die Wangen und deutete mit dem Kopf auf ihr Glas. »Du siehst aus, als wolltest du dich heute amüsieren.«

»Das stimmt«, antwortete Estella fröhlich, als wäre alles in bester Ordnung.

»Komm, ich stelle dich ein paar Leuten vor«, sagte Babe. »Sam, du hast doch nichts dagegen, wenn ich mir Estella kurz ausleihe, oder?« Die Frage machte Estella klar, dass Babe davon ausging, sie und Sam wären ein Paar.

Anscheinend hatte Sam die Bemerkung genauso verstanden, denn er grinste Estella breit an. »Bis bald, Liebste«, sagte er und winkte ihr zum Abschied zu, was Estella immerhin zum Lachen brachte. Was gut war, denn Babe hielt direkt auf die blonde Frau zu, die Alex mit einfältigem Blick anhimmelte. Als sie die Gruppe erreichten, hatte Estella die Fassung noch längst nicht wiedergewonnen.

»Eugenie, das ist die Frau, von der ich dir erzählt habe: Estella Bissette. Sie hat das Kleid, das ich trage, entworfen«, erklärte Babe der Begleiterin von Alex.

»Entschuldigen Sie, dass ich noch nie von Ihnen gehört habe.« Eugenies aufgesetztes Lächeln war ordinärer als eine Neonreklame. »Ich möchte Sie nicht beleidigen, aber ich bin an meine Pariser Designer gewöhnt. Natürlich ist in diesem schrecklichen Krieg nichts wirklich Modisches zu bekommen, und ich sage Daddy immer wieder, dass er seine Freunde im Senat überzeugen muss, Stoffe nicht länger zu rationieren und uns so viele Kleider kaufen zu lassen, wie wir wollen, aber darüber lacht er nur.«

Estella hätte schwören können, dass Alex bei Eugenies salopper Bemerkung genau wie sie selbst zusammenzuckte. Aber sie hielt den Blick starr auf Eugenie gerichtet. »*Enchantée*«, sagte sie, denn aus unerfindlichen Gründen hatte sie das Gefühl, sie könne nur die Ruhe bewahren, wenn sie sich so französisch wie möglich benahm.

»Oh, Sie sind Französin?«, strahlte Eugenie, als hätte sie dadurch gleich eine viel höhere Meinung von ihr. »Was machen Sie dann hier, am anderen Ende der Welt?«

»Offensichtlich allerlei Unfug und wunderschöne Kleider«, warf Alex, der sich augenscheinlich von seinem Schreck erholt hatte, in dem aalglatten Ton ein, den er – wie damals im Théâtre du Palais-Royal – immer bei seinen Aufträgen hören ließ. Estella mochte diesen Ton überhaupt nicht, hoffte jedoch, dass Alex ihn auch heute Abend aus professionellen Gründen anschlug, denn das wäre für sie die einzig plausible Erklärung gewesen, warum er eine Frau wie Eugenie ausführte.

Nun beugte er sich vor, um sie auf die Wange zu küssen. Seine Lippen berührten sie so kurz und so leicht wie möglich, und dennoch hatte Estella das Gefühl, als ließe er seine Hand über ihre Wange zu ihrem Hals und von dort bis zu ihrem Unterleib hinunterwandern.

»Nun, Letzteres bestimmt«, sagte sie. »Den Unfug überlasse ich jedoch dir.«

Er lachte über ihre Bemerkung und ähnelte endlich wieder dem Alex, den sie kannte.

»Kennt ihr euch?«, erkundigte Eugenie sich mit noch schrillerer Stimme als zuvor, blickte zwischen ihnen hin und her und trat einen Schritt näher an Alex heran, als wolle sie ihren Besitzanspruch klarstellen.

»Eugenie ist die Tochter von Senator Winton-Wood«, erklärte Babe. »Sie interessiert sich sehr für Mode und absolviert zurzeit ein Praktikum bei der *Vogue*. Wir machen sie mit der amerikanischen Mode vertraut. Vielleicht könnte ich Eugenie morgen dein Atelier zeigen, damit sie sieht, was bei Stella Designs entworfen wird?«

»*Certainement*«, willigte Estella großzügig ein. »*J'ai hâte de vous voir demain.*« Natürlich freute sie sich nicht wirklich darauf, Eugenie morgen wiederzusehen, aber sie schuldete Babe diesen kleinen Gefallen.

Um sich abzulenken, kramte sie in ihrer Handtasche nach einer Zigarette, doch sie hatte sie kaum im Mund, als Alex sich schon zu ihr beugte, um ihr Feuer zu geben. Eine ganz normale Geste – das taten Männer jeden Tag für Frauen überall auf der Welt. Aber in diesem Moment fühlte sich jedes Detail schrecklich intim an: wie er näher an sie herantrat, wie er sie beobachtete, wie der Schein seines Feuerzeugs über ihre beiden Gesichter flackerte. Als sie sich dann abwandte und den Rauch ausstieß, hoffte sie inständig, dass ihre Hand nicht zitterte.

»Bitte entschuldigt mich«, sagte sie zu Babe und Eugenie.

Während sie sich auf die Suche nach der Toilette machte, hörte sie Eugenie einen wilden Mischmasch französischer Wörter rufen, der wohl *Freut mich, Sie kennengelernt zu haben* heißen sollte, jedoch absolut keinen Sinn ergab. Im Badezimmer setzte sie sich auf einen Stuhl, rauchte ihre Zigarette und wünschte sich, sie könnte den ganzen Abend hier bleiben.

Als sie sich schließlich durchrang, zu der Party zurückzukehren, stand sie auf einmal Harry Thaw gegenüber. Doch anstatt in Panik auszubrechen, erkannte sie, dass er ihr nichts mehr anhaben konnte. Er hatte das Geheimnis aufgedeckt, sie hatte Alex verloren, mehr konnte er nicht zerstören.

»Ach, wenn das nicht Harry Thaw ist«, sagte sie so laut, dass möglichst viele Leute sie hören konnten. »Wen wollen Sie heute Abend erschießen?«

Sein irres Grinsen erstarrte, als sich die Umstehenden zu ihm umdrehten. Offensichtlich hatte er nicht damit gerechnet, dass Estella ihn so direkt konfrontieren würde, und ein kaum merkliches, aber eindeutig feindseliges Raunen ging durch die Menge.

Er versuchte, das Ganze mit seinem typischen Lachen abzutun, doch nun erkannte Estella darin nicht mehr als die Verzweiflungstat eines Möchtegerntyrannen, der einem starken Gegenüber nichts entgegenzusetzen hatte, eines Feiglings, der schon viel zu oft straflos davongekommen war. »Sie stehen in einem Raum voller Frauen. Ich weiß besser als irgendjemand sonst, wie Sie Frauen belästigen und missbrauchen. Also wenn Sie nicht wollen, dass ich all Ihre abscheulichen Taten aufzähle, sollten Sie jetzt gehen und in Zukunft die Frauen, denen Sie begegnen, in Ruhe lassen.«

Einen langen Moment standen Harry und sie sich Aug in Auge gegenüber. Doch dies war ihr Revier. Hier war sie die Stärkere. Er hatte keine Macht mehr über sie.

Und so war er es auch, der schließlich den Blick senkte.

»Auf Nimmerwiedersehen, Harry«, sagte Estella. Und sie wusste, dass sie ihn das letzte Mal gesehen hatte.

Als er ging, teilte sich die Menge, um ihn durchzulassen, und schloss sich hinter ihm. Diesmal bot sie ihr Schutz, nicht ihm.

Noch ehe Estella sich von dem Schock erholen konnte, wurden die Gäste aufgerufen, ihre Plätze einzunehmen. Sam, dem die Besorgnis deutlich anzusehen war, führte sie zu ihrem Tisch auf der anderen Seite des Saals.

»Mir geht es gut«, flüsterte sie ihm zu. Und das stimmte. Die Angst, wann sie Harry Thaw das nächste Mal begegnen würde, war verschwunden. Sie hatte ihm gegenübergestanden und es überlebt, jetzt musste sie über andere Dinge nachdenken. Zum Beispiel über Alex, dessen kerzengerade aufgerichteten Rücken sie auf einmal direkt vor der Nase hatte. Ab und an beugte er sich zu Eugenie und lächelte höflich über etwas, was sie gesagt hatte, und sie nutzte jede Gelegenheit, ihm die Hand auf den Arm zu legen oder ihm ihr Dekolleté zu präsentieren.

Unterdessen wurden einige leidlich interessante Reden gehalten. Dann betrat Babe die Bühne, und alle klatschten, weil es unmöglich war, diese kluge, lebendige Frau nicht zu mögen.

»Das ist für mich der schönste Teil des Abends«, verkündete sie.

»Wir vergeben heute einen neuen Award an eine Designerin, die in der Modewelt auf sich aufmerksam gemacht hat und von der wir überzeugt sind, dass sie nächstes Jahr wieder hier stehen und ihr Name in aller Munde sein wird. Eine Designerin, deren Kleider Sie besser so bald wie möglich erwerben sollten, weil sie nächstes Jahr das Doppelte kosten werden. Eine Frau, die uns wachgerüttelt hat, die stilvolle Kleider entwirft, die Frauen tatsächlich jeden Tag tragen können. Estella Bissette, komm auf die Bühne und nimm deinen Preis entgegen.«

Estella schüttelte fassungslos den Kopf. »Hat sie gerade meinen Namen gesagt?«, flüsterte sie Sam zu, doch sie wusste, dass es so sein musste, denn er jubelte ihr zu, drückte ihr einen Kuss auf die Wange und sagte grinsend: »Steh auf! Hol dir deine Auszeichnung. Du hast sie dir verdient.«

Irgendwie schaffte sie es aufzustehen. Der Applaus hielt an, und einige Leute erhoben sich sogar, um ihr zu gratulieren, als sie an ihnen vorbeikam. Ihr Weg führte direkt an Alex' Tisch vorbei, und es verschlug ihr den Atem, als auch er aufstand, ihr eine Hand auf den Rücken legte, so dass seine Finger ganz leicht über ihre nackte Haut strichen, und sich zu ihr herunterbeugte, um ihr ins Ohr zu flüstern: »Gratuliere. Ich bin so stolz auf dich.«

Während sie auf der Bühne stand und zuhörte, wie Babe noch mehr über sie und ihre Kreationen erzählte, wanderte ihre Hand wie von selbst zu ihrem Ohr, in das Alex geflüstert hatte, und sie vernahm erneut sein leises Murmeln, diese Stimme, die ihr allein vorbehalten war: *Ich bin so stolz auf dich*. Und danach, so leise, dass sie ihn fast nicht gehört hätte: *Gott, ich vermisse dich so sehr*.

Babe reichte Estella die Hand und überließ ihr das Mikrophon. Estella wusste genau, was sie sagen wollte.

»Diese Auszeichnung gebührt meiner Mutter, die mir alles beigebracht hat, was ich weiß. Sie hat mir, als ich vier Jahre alt war, eine Nadel und ein Stück Stoff in die Hand gedrückt und mir gesagt, ich solle etwas daraus machen. Ich stümperte etwas zusammen, was ich für eine genaue Nachbildung einer Robe von Elsa Schiaparelli hielt. Auch wenn meine Mutter wohl kaum etwas Derartiges im Sinn hatte.

Niemand, der auf einem Podium steht und einen Preis erhält, bekommt ihn für etwas, was er allein bewerkstelligt hat. Ohne die Hingabe und das Engagement meiner Mutter stünde ich heute nicht hier. Genauso wenig stünde ich heute ohne meine Freunde Janie und Sam hier. Ohne meine Schwester Lena.« Ein Murmeln ging durch die Menge, als sie zum ersten Mal offiziell Lena als ihre Schwester erwähnte. »Und ebenso wie alle Kunst von Handwerk und Können abhängt, hängt sie auch vom Gefühl ab. Denn die Inspiration entsteht erst aus dem, was der oder die Betreffende kennt, erlebt, fühlt. Und deshalb muss ich einer weiteren Person danken, nämlich dem Mann aus dem Théâtre du Palais-Royal – danke, aus tiefstem Herzen.«

Damit wandte sie sich ab, um die Bühne zu verlassen, in dem Bewusstsein, dass alles andere unehrlich gewesen wäre, denn ohne Alex wäre ein ganzer Teil von ihr nie zum Leben erwacht.

Der Rest der Nacht zog an Estella vorüber wie ein einziger verschwommener Bilderwirbel. Eine Weile tanzte sie mit Sam, und sie probierten lachend jeden verrückten Tanzschritt, der ihnen in den Sinn kam. Estella trank einen Cocktail nach dem anderen und ließ sich von einem Dutzend Zeitungen und Zeitschriften fotografieren. Sie setzte sich an einen Tisch, um sich mit Babe zu unterhalten, aber ständig kamen Leute, um ihr zu gratulieren, und sie begann von der Zeit zu erzählen, als sie Zeichnerin gewesen war und kopierte Entwürfe nach Amerika geschickt hatte. Dank ihrer whiskeyinduzierten Euphorie formulierte sie so geistreich und komisch, dass sich immer mehr Leute um sie scharten, und bald wurde ihr klar, dass sie von einer Menge von Fachkollegen umgeben war, denen sie wichtig genug war, um ihr zuzuhören.

Erst nach einer ganzen Weile zerstreute sich die Menge wieder. Estella ging hinaus aufs Dach des Museums, und der Blick raubte ihr fast den Atem: Wie ein komplex gemusterter Stoff breitete sich New York City vor ihr aus, besetzt mit Lichtern, bestickt mit Wolkenkratzern, und über allem leuchtete der Mond. Sie lächelte, innerlich jubilierend vor Freude. Sie hatte erreicht, was sie sich vorgenommen hatte, als sie Paris verließ. Sie hatte ihr eigenes Modelabel, für das sie einen Preis bekommen hatte. Warum fühlte sich ihr Glück dennoch unvollständig an?

Weil sie Lena nicht an ihrer Seite hatte und ihr nicht zeigen konnte, dass die Welt auch Gutes hervorbrachte. Weil sie nicht wusste, ob sie ihrer Mutter jemals würde vergeben können. Und weil sie sich wünschte, dass der Mann, dessen Seele sie einmal in Händen gehalten hatte wie das schönste und kostbarste Geschenk der Welt, dem sie sich jedoch hoffnungslos und unwiderruflich entfremdet hatte, in diesem Augenblick an ihrer Seite wäre.

―

Alex beobachtete sie lange. Ihr Lächeln traf ihn direkt ins Herz, und plötzlich fühlte er sich lebendig. Diese Augen – das Silberlicht der frühen Morgenstunden, als er sie in Paris zurückgelassen hatte, weil sie zu viel voneinander erfahren hatten und er sich nur umso mehr in sie verliebt hatte. Er konnte die sonnengebräunte Haut ihres Rückens sehen, die sanfte Biegung ihrer Wirbelsäule im Ausschnitt ihres Kleides, ihre schlanken, wunderschönen Arme. Er wollte nur die Hände auf ihre Haut legen, zusehen, wie ihre Augen sich schlossen, fühlen, wie sie sich zu ihm beugte, und dann würde er sie küssen, wie er sie jede Nacht in seinen Träumen küsste.

Doch stattdessen trat er hinter sie, sagte ihren Namen und sah, wie sie erstarrte, wie jeder Zentimeter ihres Körpers sofort in Habachtstellung ging, sah, wie ihre Hände nach dem Geländer griffen und die Freude aus ihrem Gesicht verschwand.

»Wie geht es dir?«, fragte sie desinteressiert.

»Gut«, antwortete er.

»Wie lange bleibst du?«

»Nur eine Woche. Treffen mit der Regierung. Eugenies Verabredung hat in letzter Minute abgesagt, und ihr Vater hat mich gebeten, sie an seiner Stelle zu begleiten.« Er hoffte, sie würde die unterschwellige Botschaft verstehen: *Ich möchte nie mit einer anderen Frau zusammen sein als mit dir.*

Sie wandte sich um und sah ihn an. »Sieht aus, als wäre es hart in Frankreich gewesen«, sagte sie leise. »Das tut mir leid.«

Was sollte er darauf antworten, wo er doch sehr versuchte, es zu verbergen? Wie ihr sagen, dass er jede Nacht zu Bett ging mit Alpträumen im Kopf, noch bevor er die Augen schloss? Man hatte ihn gebeten, mit Amerika Verbindung aufzunehmen, dem Kriegsministerium der Vereinigten Staaten zu helfen, eine Einheit nach dem Vorbild des britischen MI9 zusammenzustellen. Aber er hatte abgelehnt und war wieder an die Front gegangen, wo es nichts als Gefahr und Risiko gab und keine Chance, an etwas anderes zu denken als ans Überleben. Unmöglich, ihr davon zu erzählen. Er konnte ihr nicht sagen, dass ihr Land zerstört war. Konnte ihr nicht von all den Menschen erzählen, die gefoltert wurden und auf den Tod hofften, jedoch nicht sterben durften, weil ihre Feinde sie leiden sehen wollten.

»Dann ist es schlimmer, als es in den Zeitungen steht?«, fragte sie und las in seiner Unfähigkeit zu antworten alles, was er nicht hatte sagen wollen.

Er nickte nur. »Letzte Woche habe ich gesehen, wie ein Viehwaggon mit jüdischen Kindern in ein Lager gebracht wurde.« Abrupt unterbrach er sich. Er hatte schon zu viel gesagt.

Sie atmete aus. »Und die Welt dreht sich einfach weiter. Ich mache Kleider, wir stehen hier und schlürfen Champagner.«

»Damit aufzuhören würde nichts ändern.«

»Ich weiß. Aber es kommt mir falsch vor, dass wir es einigen Leuten wie dir überlassen, die Last zu tragen, die der Rest von uns nicht zu übernehmen imstande ist. Danke.«

Verdammt! Er würde weinen müssen, er konnte die Tränen schon spüren, die sich in seinen Augen bildeten. Hastig machte er sich daran, eine Zigarette zu suchen und anzuzünden, sich von ihr wegzudrehen, als störe ihn der Wind, den es gar nicht gab.

»Deine Mutter ist am Leben«, sagte er unvermittelt. »Ich habe sie nicht gesehen, ich weiß nur, dass sie wieder auf einer der Fluchtrouten arbeitet. Allerdings nicht in Paris.«

Estella erstarrte. Tränen rannen ihr übers Gesicht. Ehe er die Hand ausstrecken konnte, um sie mit den Fingerspitzen aufzufangen, wischte sie sie hastig ab.

»Gott sei Dank«, murmelte sie schließlich. Ihre Hände zitterten, als sie ihre Tasche öffnete und hektisch eine Zigarette heraussuchte.

Er betätigte das Feuerzeug, sah die Flamme aufleuchten, sah, wie sie die Lippen um die Zigarette legte, wie ihre Augen seine fixierten, und sosehr er wegschauen wollte, war es unmöglich, sich diesem Blick zu entziehen.

»Danke«, sagte sie erneut leise. Dann, sein Kinn musternd: »Du hast eine neue Narbe.«

Sein Herz machte einen Sprung, als er sich erinnerte, wie sie damals die Narben auf seinem Körper erforscht hatte. Aber er erwähnte die Nacht in seiner Villa am Hudson vor über einem Jahr nicht. Auch nicht ihre letzte schreckliche Begegnung. Er hatte ohnehin immer erwartet, dass sie ihn verlassen würde.

Gerade wollte er ihr danken für das, was sie in ihrer Rede gesagt hatte, als sie etwas Merkwürdiges hinzufügte: »Ich muss dich treffen und dir etwas zeigen. Lena zuliebe. Bitte. Ja?«

Lena zuliebe? Was zum Teufel meinte sie damit?

»Im Gramercy Park. Morgen früh um neun.« Im nächsten Augenblick drehte Estella sich um und verschwand in der Menge der Gäste. Er sah sie den Saal durchqueren und mit Sam sprechen, der sie aufs Tanzparkett führte, wo sie kurz darauf fröhlich zu lächeln begann.

Plötzlich hatte Alex einen schrecklichen Gedanken, was sie ihm morgen im Park eröffnen würde. Denn sie hatte ihn definitiv nicht so angesehen, wie sie es gerade bei Sam getan hatte.

Kapitel 35

Am nächsten Tag fiel es Estella sehr schwer, sich zu konzentrieren. Bei der Party hätte sie Alex nicht von Xander erzählen können, das wäre in Anwesenheit Eugenies und all der anderen unmöglich gewesen, außerdem hätte sie gar nicht gewusst, wie sie es ausdrücken sollte, unvorbereitet, wie sie war. Nicht, dass es jetzt anders wäre. Zum Glück kam Sam vorbei, um sie abzulenken. Vor Aufregung konnte sie sich kaum die Haare bürsten, geschweige denn sich um Xander kümmern, deshalb nickte sie dankbar, als Sam anbot, mit dem Kleinen zum Ballspielen in den Park zu gehen, so dass sie sich in Ruhe anziehen konnte.

Alex kam etwas zu früh und zog sich vor ein Apartmenthaus an der Nordostecke des Parks zurück, wo er so tat, als lese er Zeitung, die Umgebung jedoch unablässig im Auge behielt.

Nach einer Weile erschien Estella vorm Haus, und ein stechender Schmerz durchzuckte Alex. Wie konnte sie nur so wunderschön sein? Allerdings war sie ganz offensichtlich nervös: die Frisur chaotisch, das Kleid falsch geknöpft. Alex ahnte nichts Gutes.

Er sah, wie Estella das Tor zum Park mit ihrem Schlüssel öffnete, sah sie zu einem Mann hinübergehen, der auf einer Bank saß, Alex halb den Rücken zuwandte und irgendetwas auf dem Schoß hatte. Bei näherem Hinsehen erkannte er Sam. Mit einem Kind auf den Knien.

Estella setzte sich neben Sam, und Sam blickte von dem Kind zu ihr auf, als hätte er ihr etwas zu berichten – wie Eltern es eben taten. Alex sah Estella lachen, sah, wie Sam den Arm um ihre Schultern legte und sie auf den Kopf küsste. Drei Menschen, die für alle Welt aussahen wie eine Familie.

Alex' Herz zog sich so heftig zusammen, dass er wusste, er würde sich davon nie mehr erholen. Er musste weg, ehe sie ihn entdeckte. Estellas Botschaft war allzu deutlich – sie hatte nun eine Familie, und Alex sollte sie ein für alle Mal vergessen.

Was er niemals könnte.

―

Estella streckte die Arme nach Xander aus, um ihn Sam abzunehmen. Im gleichen Moment packte der Wind Xanders Mütze und wehte sie ihm vom Kopf. Als Estella herumwirbelte, um sie einzufangen, sah sie einen Mann die Straße hinuntereilen, weg vom Park, einen Mann, den sie überall auf der Welt erkannt hätte.

»Alex!«, schrie sie, so laut sie konnte. »Alex!«

Doch so schnell sie auch durchs Tor rannte, der Mann war verschwunden, als sie die Ecke erreichte.

»O nein!«, schrie sie verzweifelt.

Dann hörte sie Xanders Stimme, der ihr nachgewackelt kam und nach ihr rief. »Maman!«

Und sein Ausruf machte ihr auf einen Schlag klar, dass sie sich geirrt hatte. Alles, was sie bisher für wichtig gehalten hatte, war es nicht. Xander war das süßeste, fröhlichste und wunderbarste Kind, völlig unabhängig von der Tatsache, dass durch seine Adern das gleiche Blut floss wie durch die Harry Thaws. Mit Liebe, Geduld und Warmherzigkeit hatte Xanders Familie – und das waren Estella, Mrs Pardy, Janie und Sam – dafür gesorgt, dass der Junge Harry niemals ähneln würde. Xander war eine eigenständige, unabhängige Persönlichkeit.

Auch die Erkenntnis, die sie bei der Party in Bezug auf Harry Thaw gehabt hatte, ging noch nicht weit genug: Ja, es gab nichts mehr, was Harry zerstören konnte, doch sie selbst war dabei, ihre Zukunft mit Alex zu zerstören, noch bevor sie richtig begonnen hatte – mit dem Mann, den sie unendlich liebte. Harry hätte sich schämen müssen, nicht sie! Als sie Alex gesagt hatte, sie habe einen Fehler gemacht, hatte sie ihn keinesfalls beschützt, sondern vielmehr Harry Thaw zu einem weiteren abscheulichen Sieg verholfen.

Sie rieb sich die Tränen aus den Augen, sie konnte Alex nicht mehr einholen. Er wusste besser als jeder andere, wie man Verfolger abhängte und sich vor anderen Menschen versteckte. Und sie bezweifelte, dass er bald wieder nach Manhattan kommen würde. Aber das spielte keine Rolle.

Sobald dieser verdammte Krieg vorbei war, würde sie Xander zu Alex bringen und ihm sagen, dass sie einen schrecklichen Fehler gemacht hatte. Weil sie ihn weggestoßen hatte. Sie würde ihm sagen, dass sie ihn noch immer liebte und dass sie den Rest ihres Lebens mit ihm verbringen wollte. Dass sie mit jeder Faser ihres Körpers und ihrer Seele hoffte, dass er sie ebenfalls liebte.

Vorausgesetzt, er überlebte den Krieg.

Bitte, Gott, dachte sie, *so grausam kannst du nicht sein. Bitte lass ihn am Leben. Bitte lass mich ihm Xander schenken. Bitte lass uns endlich zusammen sein.*

―

In Marseille traf Alex zufällig Estellas Mutter. Er war ihr noch nie begegnet, die Versorgung der Fluchtrouten gehörte inzwischen zu Peters Aufgaben. Aber als er diese Frau sah, die ihn so sehr an Estella erinnerte, streckte er ihr, ohne darüber nachzudenken, die Hand hin und fragte: »Ist Estella Bissette Ihre Tochter?«

Sie sah ihn verständnislos an, aber er wusste, dass sie nur reagierte, wie man es ihr beigebracht hatte – sie hatte gelernt, alle derartigen Fragen mit »Nein« zu beantworten, um sich nicht in Schwierigkeiten zu bringen. Erst als er ihr seinen Codenamen sagte, folgte sie ihm in ein Café. Dort setzten sie sich in den hinteren Teil des Raums, wo sie die deutschen Soldaten im Auge behalten konnten. Sie sprachen Französisch miteinander, weil Alex laut seiner aktuellen Tarnung Franzose war, ein kriegswichtiger Arbeiter in der Munitionsfabrik, der Mittagspause machte.

Über den Tisch hinweg starrte sie ihn an, mit den gleichen Augen wie Estella, auch wenn sie ruhelos wirkten.

»Ich kenne Ihre Tochter«, sagte er.

»Wie geht es ihr?«, fragte Jeanne.

»Gut«, antwortete er. »Aber sie ist traurig Ihretwegen.«

»Sie sind derjenige, der mir ihre Briefe weitergeleitet hat. Sie bedeutet Ihnen etwas.«

Er antwortete nicht darauf, denn er wusste, dass man es in seinem Gesicht lesen konnte – alles, was er für Estella empfand. Auch sein gebrochenes Herz. Dennoch versuchte er abzulenken. »Wir sind befreundet. Aber sie liebt einen anderen, Sam, und sie hat ein Kind mit ihm.«

»Hat sie die Sache mit Lena herausgefunden?«

Er nickte wieder. »Haben Sie vielleicht einen Brief, irgendetwas, was ich ihr bringen kann? Es würde Estella glücklich machen, von Ihnen zu hören.«

Und so begann sie zu schreiben, zwei Seiten in ihrer kleinen, ordentlichen Handschrift. Als sie fertig war, gab sie Alex den Brief.

»Sie sollten ihn lesen«, sagte sie.

Als er den Kopf schüttelte, wiederholte sie nur dringlicher: »Sie sollten ihn lesen.«

Schließlich tat er es. Er las, dass Harry auch Jeanne vergewaltigt hatte. Und auf einmal wurde Alex bewusst, wie töricht er gewesen war, als er gedacht hatte, Estella hätte ihn seinetwegen verlassen. Nein, sie hatte ihn verlassen, weil sie sich selbst nicht ins Gesicht sehen konnte.

Er schloss die Augen und erinnerte sich daran, wie elend sie an jenem Nachmittag im Hudson Valley ausgesehen hatte, als sie ihm sagte, wie leid es ihr tue. Hätte er doch nur nicht aufgegeben, wäre er doch nur nicht nach Europa zurückgerannt. Doch nun war es zu spät. Sie hatte ein Kind.

»Ich werde dafür sorgen, dass sie den Brief bekommt«, stieß er mit mühsam kontrollierter Stimme hervor, als er die Augen wieder öffnete.

»Danke«, sagte Jeanne. Dann ging sie davon.

In dieser Nacht erfuhr er von Peter, dass ein *passeur* in Marseille verhaftet, gefoltert und getötet worden war. Und er wusste sofort, wer es war.

Es dauerte drei Monate, bis der Brief durch Hände, denen Alex vertraute, seinen Weg nach New York und zu Estella fand.

Als sie Alex' vertraute Handschrift auf dem Umschlag erkannte, riss sie ihn sofort auf. Darin war eine kurze Nachricht sowie ein weiterer Umschlag, in der Handschrift ihrer Mutter an sie adressiert.

Alex' Notiz lautete nur: *Es tut mir sehr leid. A.*

Sie wusste sofort, was das bedeutete – ihre Mutter war tot. Schluchzend las sie den Brief ihrer Mutter. *Es tut mir so leid, Maman*, dachte sie. *Es tut mir so leid.*

Kapitel 36

Erst Anfang 1945 konnte Estella ein Schiff nach Europa besteigen. Zwar hatte sie keine Ahnung, wo Alex sich aufhalten könnte, aber irgendwo musste sie ja mit ihrer Suche anfangen. Sie dachte – oder genauer: hoffte –, dass er vielleicht noch immer das Haus in der Rue de Sévigné benutzte. Aber wie lange sollte sie dort warten und beten, dass sie richtig geraten hatte, ehe sie es anderswo versuchte? Und wo könnte das überhaupt sein?

In Le Havre gingen Xander und sie an Land und nahmen den Zug durch das zerstörte Land nach Paris. Dort angekommen, führte Estella, in jeder Hand einen Koffer, ihren Sohn zu dem Haus im Marais. Vor der Eingangstür hielt sie inne, dann nahm sie Xanders Hand, und sie betraten den Hof. Durch ein offenes Fenster wehte Klaviermusik zu ihnen. Es gab nur einen einzigen Menschen, der so spielen konnte.

Estella umfasste Xanders Hand fester, öffnete die Haustür, und sie stiegen die Treppe hinauf. Xander plapperte vor sich hin. Das Klavierspiel hörte auf.

Sie gingen weiter den Korridor hinunter, bis sie zu dem Zimmer kamen, in dem Estella damals Alex gepflegt hatte. Die Tür war nur angelehnt, und als Estella ihn nach all der langen Zeit vor sich sah, lebendig, schön wie immer und – von tieferen Falten auf der Stirn abgesehen – unverändert, war sie so überwältigt, dass sie sich mit einer Hand am Türrahmen festhalten musste, während die andere Xanders Hand noch etwas fester umschloss.

»Ich möchte dir jemanden vorstellen, Alex«, sagte sie leise.

Alex' Hände blieben auf den Tasten liegen, er sah Estella nicht an. »Deinen Sohn«, sagte er mit völlig ausdrucksloser Stimme.

»Nein«, entgegnete sie leise. »*Deinen* Sohn. Deinen und Lenas Sohn.«

»Was?« Ein Flüstern, so leise wie ein Lufthauch.

»Du hast einen Sohn. Als ihr damals zusammen wart, ist Lena schwanger geworden. Ich habe ihn bei mir behalten, weil ich wusste, dass du ihn nicht allein würdest aufwachsen lassen wollen.«

»Was?«, fragte er noch einmal, und jetzt war seine Stimme so voll Emotion, so nah daran zu brechen, dass Estella sich fragte, wie lange sie es aushalten würde, ihn so sprechen zu hören, ohne ihn im Arm zu halten.

»Das ist Xander«, sagte sie und wünschte sich inständig, dass Alex endlich den Blick heben und sie ansehen würde. »Dein Sohn.«

Etwas ängstlich sah Xander sie an, denn er merkte natürlich, dass mit den Erwachsenen im Raum irgendetwas nicht stimmte. »Maman?«, fragte er leise.

Estella wurde rot. »So nennt er mich nur, weil ich mich um ihn gekümmert habe«, erklärte sie hastig. »Er ist noch zu klein, man kann ihm noch nicht erklären, was passiert ist.«

Langsam hob Alex die Hände vom Klavier, stand auf und machte einen Schritt auf Xander und Estella zu. Als der Junge sich Schutz suchend an Estella schmiegte, blieb Alex sofort stehen.

Dann ging er auf halbem Weg in die Hocke, so dass er auf Augenhöhe mit dem Kleinen war. »Hallo, Xander«, sagte er. »Wir haben fast den gleichen Namen. Ich bin Alex, das ist eine Abkürzung von Alexander.«

Auch Estella beugte sich zu ihm hinab. »Alex ist mein ... Freund. Ich habe dir ja gesagt, dass wir herkommen, um einen Freund zu besuchen.«

Schüchtern lächelte Xander seinen Vater an, und Estella sah, wie sich Alex' Augen – die denen seines Sohns so ähnlich waren – mit

Tränen füllten, sah, wie er den Kiefer zusammenpresste, um den Rest des Gesichts ruhig zu halten und den Kleinen nicht zu erschrecken.

Er streckte die Hand aus. »Freut mich, dich kennenzulernen, Xander.«

Xander sah zu Estella, und als sie nickte, ging er voran und gab seinem Vater die Hand.

»Darf ich dich vielleicht umarmen?«, fragte Alex. »Ich bin ein bisschen traurig, weißt du, und ich glaube, wenn ich dich einen Moment festhalten darf, würde es mir schon viel besser gehen.«

Und Xander, dieses süße, wunderbare Kind, legte die Arme um Alex' Hals und umarmte ihn so sanft und zart, dass Estella nicht mehr an sich halten konnte. Ihr Schluchzen war so laut, dass Xander sich sofort mit besorgtem Gesicht zu ihr umdrehte, weil er offensichtlich befürchtete, etwas Falsches getan zu haben.

Estella sah, dass auch bei Alex die Tränen in Strömen über seine Wangen flossen. Und wieder einmal staunte sie über die Macht, die ein Kind besaß.

»Danke«, sagte Alex mit rauer Stimme zu Xander. »Jetzt ist es viel besser.«

Xander streckte die Hand aus, berührte eine Träne auf Alex' Gesicht und tupfte sie sorgfältig ab. Dann wandte er sich lächelnd zu Estella um, als wolle er sagen: *Siehst du, ich habe ihm geholfen.*

»Gut gemacht, Xander«, lobte sie ihn.

»Das hast du getan?«, fragte Alex. »Du hast für meinen Sohn gesorgt? Wie lange?«

»Drei Jahre«, antwortete sie. »Ich habe versucht, dir mitzuteilen, dass er bei mir ist. Deshalb wollte ich mich mit dir im Gramercy Park treffen. Aber du warst fort, ehe ich Gelegenheit dazu hatte. Und danach wusste ich nicht, wie ich dich finden sollte.«

»Ich dachte ...« Alex hielt inne und holte zittrig Luft. »Ich dachte,

Xander wäre dein Kind. Das Kind von dir und Sam. Dass du Sam geheiratet hättest.«

»Wärst du nur geblieben«, erwiderte sie mit sanftem Tadel. »Aber ich war so grässlich zu dir …« Sie konnte nicht weitersprechen, die Erinnerung daran, wie sie Alex gesagt hatte, dass sie ihn nicht heiraten könne, schmerzte zu sehr.

»Nachdem ich dich mit Sam und dem Kind gesehen hatte, dachte ich, du wolltest nicht mit mir zusammen sein, weil du dich in Sam verliebt hattest.«

Estella schüttelte den Kopf. »Nein. Damals habe ich herausgefunden, dass … dass Harry Thaw mein Vater ist.« Mit Müh und Not schaffte sie es, den Blick nicht abzuwenden, während sie es aussprach.

Alex richtete sich langsam auf, und sie folgte seinem Beispiel. »Ich weiß«, sagte er. »Deine Mutter hat mich gebeten, ihren Brief an dich zu lesen. Sie wollte uns wohl zu verstehen geben, dass es keine Rolle spielt, wer dein Vater ist. Was zählt, ist, was wir daraus machen. Und wir haben beide so viel aus allem gemacht. Nur aus einem nicht.«

»Was meinst du?«, hauchte Estella kaum hörbar, für den Fall, dass er nicht das sagen würde, was sie sich erhoffte.

»Das«, antwortete er, legte die Arme um sie und zog sie an sich. »Uns.« Dann wandte er sich Xander zu, der die beiden etwas verwundert beobachtete. »Xander, würde es dich stören, wenn ich deine Maman küsse?«

Xander schüttelte den Kopf. Nein, das würde ihn überhaupt nicht stören.

Und Estella auch nicht.

Später, nachdem sie mit Xander gegessen, ihn gemeinsam gebadet und ihn in seinen Pyjama gesteckt hatten, nachdem Alex ihm eine Geschichte von einem kleinen Jungen, der in einem fernen Land aufwuchs und gegen Piraten und Räuber kämpfen musste, erzählt hatte, nachdem sie ihn ins Bett gepackt, warm zugedeckt und ihm einen Gutenachtkuss gegeben hatten, bei dem Xanders Arme sich auf ebenso innige Art um Alex' Hals schlangen wie um Estellas, sahen sie sich an. Und dann stolperten sie los, ineinander verschlungen, ohne ihren Kuss zu unterbrechen, verzweifelt an den Kleidern des anderen zerrend, bis sie endlich ihre Zuflucht auf dem Bett im Musikzimmer fanden.

Dort angekommen löste Alex die Lippen von ihren. »Ich muss dich ansehen. Damit ich glauben kann, dass du wirklich hier bist.«

»Für immer«, schwor sie.

Er küsste sie nicht wieder, obwohl sie es sich so sehr wünschte, dass es wehtat, sondern hielt seine Lippen einen Atemzug von ihren entfernt, weil es das reine Glück für ihn war, sie anzuschauen. So konnte er sehen, wie ihr Atem schneller wurde, als er ihr die Bluse aufknöpfte, konnte sehen, wie ihre Wangen sich röteten, als er ihr den Rock auszog, wie ihr Mund sich öffnete, während er langsam und lustvoll ihr Schlüsselbein liebkoste und seine Hände von dort erst zur einen und dann zur anderen Brust wanderten. Konnte das Verlangen auf ihr Gesicht geschrieben sehen, als seine Hände auf ihren Hüften haltmachten.

»Ich liebe dich, Estella«, sagte er.

»Und ich liebe dich«, antwortete sie. Er hatte nicht mehr daran geglaubt, diese Worte jemals wieder aus ihrem Mund zu hören.

Sie genossen drei Monate der Glückseligkeit. Obwohl es Februar war, öffneten sie die Fenster des Hauses in der Rue de Sévigné, um Luft und Sonne hereinzulassen. Sie ließen die Wände streichen und die nötigsten Reparaturen erledigen, und vor ihren Augen entfaltete sich das Haus wie eine aufblühende Rose, die sich endlich aus der engen Knospe befreit hatte.

Alex musste mehrmals nach London fliegen. Estella und Xander begleiteten ihn, und auch wenn sie in Paris waren, hatte Alex gelegentlich Termine, und Estella stellte ihre Entwürfe bei Printemps und La Samaritaine vor und schaffte es, die *Grandes Dames* der Pariser Kaufhäuser zu überzeugen, dass es sich lohne, die Marke Stella Designs ans Lager zu nehmen.

Zwischendurch genossen sie es einfach, zusammen zu sein. Sie saßen auf der Place des Vosges und schauten Xander beim Herumtollen zu oder spielten zu Hause gemeinsam Klavier – Alex und Estella in perfekter Harmonie, während Xander auf die Tasten einschlug, wie es ihm passte, stets neu und unerwartet. Natürlich waren da auch noch die Abende, an denen Huette auf Xander aufpasste und Estella mit Alex das Théâtre du Palais-Royal besuchte.

Dort trug Estella das goldene Kleid, dessen Strahlkraft mit der Zeit nichts eingebüßt hatte, aus Nostalgie und um beobachten zu können, wie der Puls an Alex' Hals schneller schlug, wenn er sie anschaute, sie dann an sich zog und ihr ins Ohr flüsterte: »Ich liebe dich.« Jedes Mal mussten sie der Versuchung widerstehen, einfach zusammen im Haus zu bleiben, nackt im Bett. Doch im Theater genoss Estella die gleiche Intensität der Gefühle zwischen ihnen, die es ihr fast unmöglich machten, Alex anzuschauen, seine Hand auf ihrem Bein oder seine Finger auf ihrem Handgelenk zu spüren, und dabei genau zu wissen, was später, wenn sie wieder zu Hause waren, zwischen ihnen geschehen würde.

Bis zu dem Tag, an dem Alex mit gerunzelter Stirn zu ihr kam und sie unwillkürlich die Hand nach ihm ausstreckte, um die Falten zu glätten.

»Ich muss ein paar Tage fort«, erklärte er. »Heute Abend schon. Nach Deutschland. Diesmal kann ich euch leider nicht mitnehmen.«

»Wir werden ein paar Tage ohne dich schon überleben«, meinte sie leichthin, wohl wissend, dass sie bald nach New York zurückkehren und dort ohnehin ein etwas konventionelleres Leben würden führen müssen, in dem sie sich nicht ganz so oft sehen konnten.

»Ich habe meinen Abschied eingereicht«, sagte er. »Das ist mein letzter Auftrag. Ich werde in Manhattan ein langweiliger Anwalt sein, und ...« Er hielt inne und sah sie mit solcher Liebe an, dass ihr der Atem stockte. »Und wir werden unser Leben leben, Estella«, vollendete er den Satz.

»Unser Leben leben«, wiederholte sie. Und sie glaubte es, glaubte daran, dass ihr gemeinsames Leben besonders sein würde, unvergesslich.

Bis zum nächsten Morgen, als Xander zu ihr ins Bett kletterte und sie etwas klimpern hörte.

»Was war das?«, fragte sie schläfrig.

Xander öffnete seine Pyjamajacke, und dort auf seiner Brust lag an einer Kette, die viel zu lang für ihn war, Alex' Medaillon. »Das hat Daddy mir gestern gegeben«, murmelte er, während er sich an sie kuschelte. »Er hat gesagt, damit wir in Sicherheit sind, solange er nicht da ist.«

Und da fühlte Estella es. Sie fühlte die Explosion, fühlte den Moment, in dem Alex aufhörte zu existieren, und sie konnte nichts tun, konnte nur das Medaillon umklammern, Xander an sich ziehen und denken: *Nein, nein, nein.*

Teil 12

FABIENNE

Kapitel 37

AUGUST 2015 | Vierzehn Tage nach dem Artikel in der *New York Times* kam Fabienne wie üblich früh ins Büro und lächelte Rebecca zu, die bereits an ihrem Schreibtisch saß und intensiv in einem Heft blätterte.

»Was ist das?«, fragte Fabienne und stellte eine Tasse Kaffee neben Rebecca auf den Schreibtisch.

Rebecca schob ihr eine helltürkisfarbene Zeitschrift über den Tisch. »Das Blue Book«, erklärte sie. »Der Tiffany-Katalog. Seit meine Mutter mir zu meinem einundzwanzigsten Geburtstag eine Kette mit einem Tiffany Key gekauft hat, kriege ich jedes Jahr einen Katalog zugeschickt. Schau dir mal das hier an. Das ist wunderschön. Und es trägt deinen Namen.«

Fabienne las den Titel auf der Seite: »*Die neue Tiffany-Kollektion: Die Frauen, die ich liebte.*« Und darunter in kleinerer Schrift: *Es wird Ihnen schwerfallen, in unserem neuesten Katalog, den unser Designchef Will Ogilvie den beeindruckendsten Frauen seines Lebens widmet, nicht etwas zu finden, das es wert ist, die Einzigartigkeit der Frauen zu feiern, die Sie lieben.*

Auf der Seite funkelte ein umwerfender Kettenanhänger aus glänzendem weißen Stein, in der Mitte das Skelett eines Seepferdchens. *Wie ein Fossil Jahrmillionen überlebt, seine Geschichte in der zurückbleibenden Kontur gespeichert, so kann die Liebe eines Lebens die Zeit überdauern. Schmuckanhänger Fabienne. $ 110 000.*

»Was ist?«, rief Rebecca verwundert, als Fabienne sich von dem Anblick der Seite losriss und in ihr Büro rannte.

Sie knallte die Tür hinter sich zu und griff nach dem Telefon. Was für eine Idiotin sie gewesen war. Ja, sie wollte, dass ihre Kollektion ein Erfolg wurde. Sie wollte alles, was sie hatte, in ein Geschäft investieren, das eine Liebe ihres Lebens war. Aber in ihrem Leben gab es auch noch eine andere Liebe.

Sie hatte sich nur darum gekümmert, wie sie es allen recht machen konnte – Estellas Vermächtnis, dem Andenken ihres Vaters, den Medien –, und dabei völlig vergessen, dass sie nur einen einzigen Menschen glücklich machen konnte, nämlich sich selbst. Und um glücklich zu werden, brauchte und wollte sie nicht nur Stella Designs, sondern auch Will.

Sie wählte seine Nummer.

»Hallo?«, meldete sich seine Sekretärin. Fabienne fragte nach Will, erhielt aber die Auskunft, er sei in einem Meeting. Also hinterließ sie eine Nachricht für ihn.

Dann ging sie zehn Minuten in ihrem Büro auf und ab, ehe sie schließlich nach ihrem Smartphone griff und ihm eine SMS schrieb. *Können wir uns um 8 in der Momofuku Ssäm Bar im East Village treffen? Ich muss mit dir reden.*

Dann ließ sie ihr Telefon entschlossen auf dem Schreibtisch zurück, um nicht alle fünf Minuten nachsehen zu können, machte sich mit neuem Selbstbewusstsein auf den Weg zu den letzten Anproben und verbrachte den Tag bei den Models, justierte und korrigierte die Musterstücke und kehrte erst in ihr Büro zurück, als das letzte fertig war. So kurz und unpersönlich Wills Antwort auch war, enthielt sie immerhin das Wörtchen *Ja*, und Fabienne atmete auf.

Dann flitzte sie nach Hause, um zu duschen und sich umzuziehen. Weil sie in ihrem Kleiderschrank nichts fand, was zu ihrer Stimmung passte, öffnete sie den Wandschrank in der Kammer, in der ihre Großmutter – der ordnungsgemäßen Aufbewahrung ihres sorgsam kuratierten Nachlasses zum Trotz – mehrere Roben von Stella Designs aufbewahrt hatte, von denen sie sich einfach nicht trennen konnte. Eines war ein leuchtend grünes Kleid, wahrscheinlich zu schick fürs Momofuku – Estella hatte es an dem Abend getragen, als sie ihre erste Auszeichnung erhalten hatte –, aber Fabienne hatte das Gefühl, dass sie etwas von dem Wagemut brauchen konnte, der noch in seinen Nähten schlummerte.

Sie schlüpfte hinein, dankbar, dass sie und ihre Großmutter immer dieselbe Größe getragen hatten. Dann schminkte sie sich und trat hinaus in die Nacht.

Das Momofuku war nicht weit von Gramercy Park, also ging sie zu Fuß. Doch je mehr sie sich der Second Avenue näherte, desto aufgeregter wurde sie. Als sie durch die Tür kam, sah sie Will sofort, er saß mit leicht gerunzelter Stirn an einem der Tische.

»Hi«, sagte sie, zog einen Stuhl hervor und setzte sich.

»Hi.« Er blickte von der Speisekarte auf. Im Restaurant war es so dunkel, dass sie nicht sehen konnte, ob das Stirnrunzeln anhielt, aber gelächelt hatte er ganz bestimmt nicht.

Am besten, sie kam direkt zur Sache, ehe sie den Mut wieder verlor. »Es tut mir so leid«, platzte sie heraus. »Es tut mir leid, dass ich so beschäftigt war. Aber es gab so viel zu tun, ich musste so viel über mich lernen. Mir ist klar geworden, dass ich die Kollektion für mich entwerfen muss, nicht für die Medien oder für die Kritiker oder um das Vermächtnis von Stella Designs zu bewahren. Ich habe keine Ahnung mehr, wie es dir nach Melissas Tod jetzt geht, du warst eine Weile weg, ich habe mich in meine Arbeit vergraben, aber ich sage es nun trotzdem, weil ich es den Rest meines Lebens bereuen würde, wenn ich es nicht täte.«

Sie holte tief Luft. Will hatte ihr die ganze Zeit ins Gesicht gesehen, doch sein unergründlicher Gesichtsausdruck hatte sich nicht verändert. »Ich liebe dich, Will. Ich möchte mit dir zusammen sein. Nichts mehr als das.«

Ein Kellner erschien, lächelte strahlend und fragte, ob sie bereit waren zu bestellen. »Wir haben es uns anders überlegt«, sagte Will abrupt und stand auf.

Auch Fabienne erhob sich, obwohl ihre Beine es eigentlich nicht wollten. Genau genommen wollte ihr ganzer Körper viel lieber auf dem Stuhl sitzen bleiben und einen warmen Sake bestellen. Eigentlich war alles besser, als mit Will auf die Straße hinauszutreten, wo er ihr womöglich die Hand schütteln oder – schlimmer noch – höflich auf die Wange küssen, ihr für ihre Gefühle danken und ihr erklären würde, dass er sie leider nicht teilte. Sie spürte, wie ihr Unterkiefer starr wurde, als sie ihm durch die Tür folgte und ein Stück den Gehweg entlangging, wo er sich endlich zu ihr umdrehte.

Jetzt kommt es, dachte sie. *Beiß die Zähne zusammen, nicke, sag, dass du es verstehst, und fang bloß nicht an zu heulen. Erst wenn er weit genug weg ist.*

Aber stattdessen griff er nach ihrer Hand. »Deine Wohnung ist näher.«

»Wie meinst du das?«, fragte Fabienne kopfschüttelnd.

Er zog sie an sich und flüsterte ihr ins Ohr: »Ich liebe dich, Fabienne. Und ich will dich. So sehr.«

Als das Verlangen, das seine Worte in ihr entflammten, sie durchströmte, verstand sie endlich.

Später, im Bett in Gramercy Park, küsste Will sie zärtlich, und sie lächelte ihn an. »Mir fehlen die Worte, um zu beschreiben, wie es mir jetzt geht«, sagte sie.

»Mir auch«, erwiderte er und küsste sie von Neuem. Dann drehte er sich auf den Rücken, nahm sie in den Arm, sie legte den Kopf auf seine Brust, und er strich ihr zärtlich über die Haare.

»So habe ich mir die Nacht gar nicht vorgestellt«, gestand sie.

»Warum?«, fragte er. »Du bereust doch nicht, dass …?«

»Nein!«, fiel sie ihm ins Wort. »Ich bereue überhaupt nichts. Eigentlich«, fuhr sie mit einem durchtriebenen Kichern fort, »eigentlich möchte ich es sogar gern sehr bald wiederholen.«

Er lachte. »Ich denke, das können wir arrangieren. Aber wie hast du dir die Nacht denn vorgestellt? Vermutlich dachtest du, wir würden tatsächlich etwas essen. Tut mir leid.«

Jetzt fing sie an zu lachen. »Wenn ich die Wahl zwischen essen gehen und dem hätte, was wir gerade getan haben, würde ich mich für Letzteres entscheiden. Nein, ich wusste einfach nicht mehr, was du fühlst. Aber dann habe ich heute den Tiffany-Katalog gesehen …«

Er beugte sich über die Bettkante und tastete auf dem Boden herum, fand seine Hose und holte eine kleine Schachtel aus der Hosentasche. Eine Tiffany-Box. »Für dich«, sagte er.

Sie öffnete das Band. In der Schachtel war der Fabienne-Anhänger, das Fossil im glatten weißen Stein – selbst in etwas, das vor langer Zeit gelebt hatte, existierte die Schönheit in all ihrer Komplexität weiter und zeugte davon, dass das Staunen und die Ehrfurcht immer überleben würden.

»Es ist das phantastischste Schmuckstück, das ich je gesehen habe«, sagte sie.

Will nahm den Anhänger aus der Box, und sie hob ihre Haare an, als er ihr die Kette umlegte. Dann wandte sie sich ihm zu, und er lächelte. »Es lenkt etwas ab, dass du momentan nackt bist«, stellte er fest. »Ich hatte keine Vorstellung, wie es an dir aussehen würde, wenn du sonst nichts anhast.«

»Ich kann mich ja wieder anziehen«, scherzte sie.

Er nahm ihre Hand. »Du bist perfekt, so wie du bist.«

Als Fabienne später mit dem Omelett, das ihr Abendessen sein sollte, zurück ins Zimmer kam, sah sie, dass Will die Schachtel mit den Memorabilien ihrer Großmutter beäugte, die offen auf dem Nachttisch neben dem Stapel Papiere stand, die sie schon gelesen hatte.

»Was ist das alles?«, fragte er, während er Kissen für sie zum Anlehnen stapelte.

»Antworten auf die Geheimnisse der Vergangenheit«, sagte sie und erzählte ihm, was sie bisher über ihre Großmutter in Erfahrung gebracht hatte. »Ein Brief ist noch in der Kiste. Ich war erst nicht sicher, ob ich ihn lesen möchte. Aber jetzt bin ich mir sicher, dass ich es will. Stört es dich?«

»Nein. Schauen wir doch mal, was es ist.«

Also zog Fabienne das letzte Stück Papier aus der Schachtel, einen Brief in der eleganten Handschrift ihrer Großmutter, und begann vorzulesen.

Meine liebste Fabienne,
ich habe diesen Brief absichtlich auf den Boden der Kiste gepackt. Wenn Du nicht stark genug gewesen wärst, alles andere zu lesen, wärst Du nicht gewappnet für das Folgende. Doch ich bin mir sicher, dass Du stark genug bist, auch wenn ich weiß, dass Du oft an Dir zweifelst.

Inzwischen weißt Du, dass Xander – Dein Vater – mein Neffe war und nicht mein Sohn, und Du weißt, dass ich eine Zwillingsschwester namens Lena Thaw hatte, von deren Existenz ich lange Zeit nichts wusste. Und im Brief meiner Mutter hast Du erfahren, wie es dazu kam.

Schwieriger zu erklären ist die Sache mit Alex, Xanders Vater. Ich bin ihm eines Nachts in Paris begegnet, im Théâtre du Palais-Royal, und obwohl es mir damals nicht klar war, habe ich mich augenblicklich in ihn verliebt und er sich in mich. Doch das Leben hat uns in unterschiedliche Richtungen geführt.

Erst sehr viel später begriff ich, was für ein Mensch Alex war, nämlich der mutigste, bewundernswerteste Mann, den ich jemals kennengelernt habe. Ich liebte ihn auf eine Art und Weise, die ich niemals für möglich gehalten hätte, ohne jeden Zweifel, rückhaltlos. Auf der ganzen Welt gab es nichts, was dieser Liebe hätte gleichkommen können.

Aber er arbeitete für den MI9, eine britische Spionageabteilung. Bei seinem letzten Auftrag fuhr der Wagen, in dem er saß, über einen Blindgänger. Die Bombe explodierte, und alle Insassen des Wagens wurden getötet. So auch Alex. Es war das Ende meiner Welt.

Aber ich hatte Xander zu versorgen. Gott sei Dank. Denn wenn ich ihn nicht gehabt hätte …

Einige Jahre nach Alex' Tod war dann Sam da, sanft, freundlich und zuverlässig. Er war schon immer für mich da gewesen, und so verliebte ich mich nicht in ihn, wie ich mich in Alex verliebt hatte, spektakulär und atemberaubend, mit Leib und Seele. Meine Liebe zu Sam wuchs langsam in mir, jedoch war sie nicht weniger wahrhaftig, sie brauchte nur länger, um sich zu offenbaren. Er verstand und respektierte, was zwischen mir und Alex gewesen war, und wollte nie damit konkurrieren, wollte nie ein anderer sein, als er war. Und was für ein Leben wir zusammen hatten.

Ich hoffe, Du kannst mir verzeihen, dass ich Dir all das nie erzählt habe. Lena hat es mir verboten. Sie glaubte sich der Liebe ihres Kindes nicht würdig und wollte, dass Xander nur mich als seine Mutter ansah. Er war erst vier Jahre alt, als Alex starb, und hatte später keine Erinnerungen mehr an ihn. Deshalb habe ich Xanders Geburt ordnungsgemäß eintragen lassen. Ich wünschte mir nur, Dein Vater hätte den Mut gehabt, den Du hattest: mich danach zu fragen.

Schon während ich all das aufschreibe, vermisse ich Dich so sehr, Fabienne. Du bist in jeder Hinsicht Alex' Enkeltochter. Und ich hoffe, Du wirst eines baldigen Tages eine Liebe finden, in der sich jene bei-

den vereinen, die ich erleben durfte. So wiederhole ich die Worte, die einst meine Mutter zu mir sagte, denn sie sind das Vermächtnis, das es wert ist, an Dich weitergegeben zu werden:

Sei mutig. Liebe viel und mit aller Leidenschaft. Sei die Frau, die ich schon immer in Dir gesehen habe.

Kapitel 38

Am Tag, an dem die neue Kollektion von Stella Designs vorgestellt werden sollte, strahlte das Haus in Gramercy Park, wie es ihm gebührte. Auf dem Boden des Korridors wiesen kleine Leuchten den Weg ins vordere Zimmer, wo die Schau stattfinden würde. Zu Ehren von Estellas erster Kollektion hatte Fabienne beschlossen, Stella Designs zu ihren Ursprüngen zurückzuführen, zurück zu jenen ebenso furchtlosen wie alltagstauglichen Entwürfen, die ihre Großmutter in ihrem provisorischen Arbeitsraum zum Leben erweckt hatte, zeitlose Designs, die heute fast spektakulärer wirkten als damals. Fabienne trug das schwarze Samtkleid, das damals das Finale der Schau gewesen war, ein immer noch überaus mutiges, gewagtes Kleid.

Je länger sie in den letzten zwei Wochen über Estellas Brief nachgedacht hatte, desto klarer war Fabienne geworden, dass ihre eigene Generation viel zu vorsichtig war, dass die Menschen um sie herum stets ihr Herz und ihr Ego vor allem in Acht nahmen, weil sie im Gegensatz zu Fabiennes Großvater Alex nie ihr Leben hatten schützen müssen. Dabei spielte es doch überhaupt keine Rolle, ob die Zuschauer ihre Kollektion schrecklich fanden. Fabienne war stolz auf ihre Arbeit, und sie wusste, dass ihre Großmutter ebenso stolz auf sie gewesen wäre. Estella hatte so viele Fehlschläge überstanden, und Fabienne wusste nun, dass auch sie dazu fähig war.

Und jetzt, in dem Raum hinten im Haus, in dem Fabienne die Umkleide für die Models eingerichtet hatte, waren alle bereit. »Los geht's«, rief Fabienne, und die Models jubelten ihr zu.

Den größten Teil der Schau verbrachte sie hinter der Bühne, aber vor dem Finale schlich sie sich nach vorn und setzte sich neben Will. Er beugte sich zu ihr, küsste sie höchst unkeusch, und Fabienne sah ein Dutzend Blitzlichter aufleuchten, um es zu dokumentieren.

Will lachte. »Tut mir leid, aber du bist einfach zu schön, um nicht geküsst zu werden.«

»Entschuldige dich bloß nie wieder dafür, dass du mich küsst«, entgegnete sie und lachte ebenfalls.

In kühner goldener Seide wurde schließlich das letzte Kleid auf dem Laufsteg präsentiert, begleitet von spontanem lautstarken Applaus. Und als die Zuschauer sich erhoben, um ihre Anerkennung zum Ausdruck zu bringen, meinte Fabienne zu spüren, wie die Geister all der Menschen ihrer Vergangenheit – Lena, Sam, Alex, ihre Großmutter Estella und Xander, ihr Vater – sie als eine der ihren in ihrem Kreis willkommen hießen, ehe sie sich zurückzogen und ihren Griff um die Gegenwart lockerten.

Und dann nahm sie Wills Hand in ihre.

NACHWORT DER AUTORIN

Harry Thaw, Evelyn Nesbit, John Barrymore und Stanford White haben wirklich gelebt. Harry Thaw marschierte tatsächlich ins Rooftop Theater des Madison Square Garden und erschoss Standford White aus Eifersucht vor den Augen einer Menschenmenge aus nächster Nähe. Sowohl von Stanford White als auch von Harry Thaw wird berichtet, dass sie Evelyn Nesbit vergewaltigt haben. Letzterem wurde außerdem vorgeworfen, Evelyn entführt, ausgepeitscht und missbraucht zu haben. Was mich an der Geschichte am meisten entsetzte, ist die Tatsache, dass Harry Thaw für seine Verbrechen an Evelyn und den anderen Frauen, die er Berichten zufolge missbrauchte und misshandelte, nie strafrechtlich belangt wurde. Lediglich wegen des Mordes an Stanford White und später noch aufgrund eines tätlichen Angriffs auf einen weiteren Mann wurde ihm der Prozess gemacht.

Warum gab es für die Frauen, die dieser Mann misshandelt hat, niemals Gerechtigkeit? Natürlich liegt die Antwort auch in der langen Geschichte von Frauen, die zu verängstigt und beschämt waren, um solche Verbrechen anzuzeigen, und in dem Versagen eines Rechtssystems, das solche Taten nicht als Verbrechen wertete. Mit diesem Buch wollte ich sichtbar werden lassen, was für ein Vermächtnis es den Frauen hinterlässt, dass ein Mann in der Lage ist, sie immer und immer wieder zu terrorisieren und damit ungestraft davonzukommen. Natürlich kann ich es nicht einmal ansatzweise erklären, dennoch wollte ich versuchen, die Konsequenzen zu verstehen. Obwohl ich historische Romane schreibe, kommt es mir vor, als habe sich nicht allzu viel geändert, denn noch heute gelangen Männer allzu leicht in die Position, Frauen mit Worten ebenso wie mit Taten erniedrigen und missbrauchen zu können, ohne dafür bestraft zu werden.

Während diese Menschen also real sind, habe ich einige ihrer Erlebnisse frei erfunden. Es wurde seinerzeit weithin spekuliert, dass Evelyn Nesbit von John Barrymore – den sie angeblich liebte – mehrmals schwanger wurde und dass diese Schwangerschaften entweder abgebrochen wurden oder sogar Kinder daraus hervorgingen. Wie es das Privileg einer Autorin ist, habe ich daraus Schlüsse gezogen und nach dem Motto *Was wäre, wenn?* meine Phantasie spielen lassen.

Gehen wir zu etwas Erfreulicherem über: Auch viele andere Figuren im Buch beruhen auf realen Vorbildern, unter ihnen Elizabeth Hawes, die berühmte amerikanische Designerin und Autorin der Autobiographie *Zur Hölle mit der Mode,* sowie Babe Paley von der *Vogue.*

Viele Ereignisse des Buchs beruhen auf Fakten, so der Exodus aus Paris 1940, die Begegnung der *SS Washington* mit einem deutschen U-Boot und noch viele mehr, die ich hier nicht alle aufzählen kann. Ebenso real sind die Gebäude, in denen meine Figuren leben, zum Beispiel das faszinierende Barbizon Hotel for Women, die London Terraces im Chelsea District von Manhattan, wo Sam wohnt, und auch die Jeanne d'Arc Residence. Estellas Haus in der Rue de Sévigné ist eine Mischung aus verschiedenen *Hôtels particuliers* im Pariser Marais. Auch der MI9, der britische Militärgeheimdienst, für den Alex arbeitet, existierte wirklich; er wurde Ende 1939 gegründet.

DANK

Wie immer geht mein größter Dank an Rebecca Saunders von Hachette Australia, die eine ganz besondere Verlegerin ist. Als ich sie Ende 2015 anrief und ihr die kaum durchdachte Idee unterbreitete, ein Buch über die Modeindustrie in den 1940er Jahren zu schreiben, antwortete sie sofort: *Schreib es. Das ist ein Buch, das ich lesen möchte.* Und so schrieb ich diesen Roman, und Rebecca unterstützte mich bei jedem Schritt des Wegs, stets einfühlsam und scharfsichtig in ihrem Lektorat.

Auch der Rest des Hachette-Teams ist großartig. Verkauf, Marketing, Öffentlichkeitsarbeit, Lektorat – ich schätze mich sehr glücklich, mit solch außergewöhnlichen Menschen zusammenzuarbeiten.

Beim Schreiben dieses Buches bin ich auch der wundervollen Margaux zu Dank verpflichtet, meiner Reiseführerin von Your Paris Experience, die mich durch den Marais und das Quartier du Sentier, das historische Modeviertel von Paris, geführt und für mich gedolmetscht hat. Sie nahm mich mit ins Atelier Legeron, wo ich den Frauen zusehen konnte, die wie Estella Blumen- und Federdekorationen für Couture-Kleider herstellten. Außerdem zeigte Margaux mir das wunderschöne Théâtre du Palais-Royal, und ich wusste sofort, dass es in meinem Roman eine Rolle spielen musste.

Mein Dank geht außerdem an Matthew Baker von Levys' Unique New York für eine fabelhafte Tour durch Gramercy Park und Umgebung und an Mike Kaback für seine erhellende Führung durch den New Yorker Garment District.

Ich habe schon immer davon gesprochen, wie sehr ich staubige Archive liebe, und bei diesem Buch gebührt Jenny Swadosh, der Archivarin der New School in Manhattan, großer Dank dafür, dass sie mir Zutritt verschafft hat zur Skizzensammlung Claire McCardells und zur Skizzenkollektion der André Studios. Außerdem hat sie mich auf die Alumni-Newsletter hingewiesen, die meine Aufmerksamkeit auf die Existenz der Paris School lenkten.

Die National Archives in Kew waren eine wahre Schatzkammer von Informationen über den MI9, die ich ausgiebig genutzt habe.

Für meine Recherche habe ich darüber hinaus zahlreiche Bücher gelesen, von denen ich die hilfreichsten nennen möchte: *MI9: Escape and Evasion 1939–1945* von Michael Foot und J. M. Langley; *Fleeing Hitler: France 1940* von Hanna Diamond; *Avenue of Spies* von Alex Kershaw; *Paris at War: 1939–1944* von David Drake; *Les Parisiennes: How the Women of Paris Lived, Loved and Died in the 1940s* von Anne Sebba; *1940s Fashion: The Definitive Sourcebook* von Emmanuelle Dirix und Charlotte Fiell; *Zur Hölle mit der Mode* von Elizabeth Hawes; *Claire McCardell: Redefining Modernism* von Kohle Yohannan und Nancy Nolf; *The American Look: Fashion, Sportswear and the Image of Women in 1930s and 1940s New York* von Rebecca Arnold; *Fashion Under the Occupation* by Dominique Veillon; *Paris Fashion: A Cultural History* von Valerie Steele; *Forties Fashion: From Siren Suits to the New Look* von Jonathan Walford; *Women of Fashion: Twentieth Century Designers* von Valerie Steele; *A Stitch in Time: A History of New York's Fashion District* von Gabriel Montero; *American Ingenuity: Sportswear 1930s-1970s* von Richard Martin und *Ready-to-Wear and Ready-to-Work: A Century of Industry and Immigrants in Paris and New York* von Nancy L. Green.

Das Zitat über schöne Kleider und französische Couturières auf Seite 162 stammt aus Elizabeth Hawes' Buch *Zur Hölle mit der Mode*. Die Schlagzeile des Zeitungsartikels, den Alex auf Seite 177 Estella zeigt, ist entlehnt aus der *Washington Times* vom 26. Juni 1906. Das

Gedicht, aus dem sowohl Alex als auch Fabienne zitieren, heißt *Do Not Stand at My Grave and Weep* von Mary Elizabeth Frye.

Meine Familie gerät über meine Geschichten stets ebenso in Aufregung wie ich – Ruby, Audrey und Darcy, ich liebe Euch über alles. Und Russell danke ich von Herzen für seine unermüdliche Unterstützung.

Letztlich ist ein Buch nichts ohne seine Leser, und ich habe die besten, treuesten und enthusiastischsten Leser der Welt. Dank an all die, die jemals ein Buch von mir gelesen habe. Ich hoffe, dass Euch auch dieses hier gefällt.

ANMERKUNG ZUR ÜBERSETZUNG

Die Gedichte von Mary Elizabeth Frye (S. 319, 343–344) und Rudyard Kipling (S. 332) wurden von Christine Strüh übersetzt.

LESEPROBE

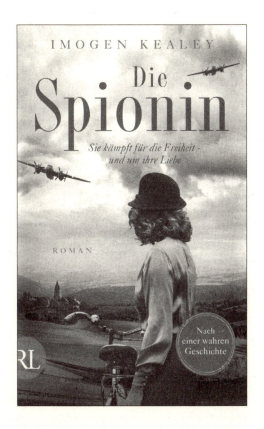

TEIL I

Südfrankreich/London 1943

Kapitel 1

Das war keine gute Idee gewesen. Ganz und gar keine gute Idee. Verdammt.

Nancy duckte sich und lehnte sich gegen das, was von der gesprengten Hausmauer übrig geblieben war. Für einen Moment schloss sie die Augen. Der beißende Brandgeruch drang durch ihre Nase bis in den Rachen, der Rauch brannte in ihren Augen. Sie versuchte, noch tiefer in Deckung zu gehen, und spürte, wie ihre Muskeln verkrampften. Die deutsche Patrouille war nicht mehr weit entfernt, ihre Stimmen wurden immer lauter.

»Da, auf der linken Seite!«

Die Mauer der Wohnung, hinter der Nancy sich verbarg, war am Vortag noch Teil eines Hauses gewesen – des Heims einer Familie. Sie hatte zu den schmalen alten Miethäusern Marseilles gehört, in denen die weniger angesehenen Bürger der Stadt lebten, liebten, sich in die Haare gerieten und mit Gaunereien über Wasser hielten.

Nancy schaute sich um. Sie trug ihren zweitbesten Mantel und ihre drittbesten Pumps, und nun hockte sie in diesem Schuttloch, vor ihr Mauerreste, leere Fensteröffnungen – und nur eine Tür. Ihre Schuhe drückten. Sie ließ ihren Blick nach oben wandern und blickte in den wolkenlosen Winterhimmel.

Diese verfluchten Nazis. Überall waren sie dabei, Sprengsätze zu zünden und die Bewohner des Viertels Le Panier zu vertreiben. Andere kontrollierten, ob sich noch jemand in den zerstörten Häusern aufhielt, und sie nahmen alles unter Beschuss, was ihnen über den Weg lief.

Nancy hörte, wie sie auf ihr Schlupfloch zukamen.

Irgendwo schlugen Granaten ein, fielen Mauern berstend in sich zusammen, weiter oben am Hang wurde geschossen.

»Wir haben noch ein paar Ratten aufgestöbert«, sagte jemand, der nach einem älteren Mann klang, wahrscheinlich ein Offizier.

»Dabei wollen wir doch eine weiße Maus«, warf ein zweiter ein, und alle lachten.

Der Großteil von Nancys wohlhabenden Freunden hätte nicht einmal im Traum daran gedacht, Le Panier zu betreten, weder jetzt noch vor dem Krieg. Es war für sie das Reich der Unterwelt.

Doch als Nancy vor fünf Jahren in die Stadt kam, war sie irgendwann auch in diese Gegend geraten. Sie sah die engen, steilen Gassen, die Ganoven, Trinker und Spieler, und sie verliebte sich sofort in das Viertel. Die verblichenen Farben der heruntergekommenen Häuser, das aufbrausende Temperament der Menschen, das Zwielichtige ihrer Geschäfte, all das zog sie an. Sie hatte von jeher ein Talent besessen, sich an Orten aufzuhalten, die man besser mied. Früher als Journalistin war ihr das zugutegekommen, und hier in Marseille wusste sie, dass man ihr als Australierin Dinge nachsah, die sich eine Französin niemals hätte erlauben können.

Noch vor wenigen Tagen hatte Nancy sich in den verwinkelten Gassen wie zu Hause gefühlt. Sie teilte ihre Zigaretten mit den kleinen Ganoven, die bei krummen Touren an den Ecken Schmiere standen, und wenn sie sich mit einem der Bosse unterhielt, benutzte sie dieselbe Sprache wie er. Auch seitdem sie mit einem der reichsten Geschäftsmänner der Stadt liiert war, hatte sie nicht aufgehört, durch die übel beleumundete Gegend zu streifen. Und es hatte sich bezahlt gemacht. Denn als der Krieg begann und die Lebensmittel sogar im unbesetzten Süden Frankreichs knapp wurden, war Nancy mit der Hälfte der Schwarzmarkthändler von Marseille auf Du und Du.

»Hier unten ist alles geräumt«, hörte sie draußen jemanden sagen.

»Also weiter.«

Dann besetzten die Deutschen den Süden Frankreichs, die Illusion, von ihnen verschont zu bleiben, löste sich in Luft auf. Auch in der Altstadt von Marseille lernte man ihre Schreckensherrschaft kennen, und nun sprengten sie hier seit dem Vortag die Häuser, um all die *provocateurs*, die Schmuggler und Diebe zu verjagen, die Nester des Widerstands zu zerstören und Juden aufzuspüren. Und all diejenigen, die sich nicht rechtzeitig davonmachten, wurden erschossen.

Nancy hätte sich ohrfeigen können. Wie war sie bloß auf die Schnapsidee gekommen, sich hier mit ihrem Kontaktmann zu treffen? Hatte sie nicht gewusst, dass die Deutschen überall sein würden? Hatte sie vergessen, dass diese gestiefelten Mörder nach nichts begieriger Ausschau hielten als nach der Weißen Maus, einem Phantom, das als Kurier und Fluchthelfer für die Résistance agierte? Und dass es vielleicht eine wirklich schlechte Idee sein könnte, ausgerechnet hierher zu kommen, da sich dahinter niemand anders als sie selbst verbarg – Nancy Wake, einst Journalistin, heute verwöhntes Mitglied der Marseiller Oberschicht?

Sie zwang sich zur Ruhe. Das Treffen war ihr wichtig gewesen, und es hatte an diesem Tag stattfinden müssen, selbst wenn die Deutschen dabei waren, die Straßen ringsum in Schutt und Asche zu legen. Und so hatte sie auf volles Risiko gesetzt, war Patrouillen ausgewichen und hatte ihren Kontaktmann aufgespürt, diesen windigen Kerl, bei dem sie bis zuletzt nicht gewusst hatte, ob er sich an ihre Abmachung halten würde.

Doch nun steckte die Beute unter ihrem Arm, eingeschlagen in eine der verlogenen Zeitungen der Vichy-Regierung. Tausend Francs hatte der Spaß sie gekostet, aber das, was sie erstanden hatte, war ihr jeden Centime wert – vorausgesetzt, sie schaffte es lebend nach Hause.

Nancy warf einen Blick auf ihre Uhr. Verdammt, sie musste los. Sie überlegte, was sie tun würde, wenn sie auf dem Rückweg an eine deutsche Patrouille geriet, und beschloss, gegebenenfalls ihre übliche Masche abzuziehen und so zu tun, als hätte sie sich verlaufen. »Du liebe Güte, wie bin ich bloß hierher geraten?«, würde sie mit Unschuldsmiene flöten. »Ich muss vom Friseur die falsche Abzweigung genommen haben. Wie gut Sie in Ihrer Uniform aussehen. Ihre Mutter muss sehr stolz auf Sie sein.« Natürlich konnte sie nie sicher sein, damit durchzukommen, aber bisher hatte es immer geklappt. Rot geschminkte Lippen, Augenzwinkern, ein tiefer Blick – und schon schaffte man es durch eine Kontrolle, ohne dass jemand die Handtasche durchsuchte, unter deren Futter sich Ersatzteile für ein Funkgerät verbargen, oder den Körper abtastete und entdeckte, dass eine Geheimnachricht an der Innenseite ihres Schenkels befestigt war.

Aber wie sollte sie von hier fortkommen? Zwei der Deutschen hatten das, was von diesem Haus übrig war, gerade betreten. Nancy überlegte. Wenn es ihr gelänge, sie zurückzuscheuchen, könnte sie über den Hof verschwinden. Wenn nicht, müsste sie sich den Weg freischießen.

Sie holte den Revolver aus ihrer Handtasche. Zeit, lange nachzudenken, hatte sie nicht mehr. Sie reckte den Hals und spähte durch die Fensteröffnung auf die Straße. Das gegenüberliegende Haus brannte, nur der erste Stock war noch halbwegs intakt. Durch die aufgerissene Fassade konnte sie ein vollständig eingerichtetes Zimmer erkennen, bis hin zu einer Blumenvase auf dem Tisch, in der die unergründlichen Wege des Lebens eine einzelne Rose das Geschehen hatten überdauern lassen.

Nancy öffnete die Trommel ihres Revolvers, ließ die Kugeln in ihre Hand fallen und schleuderte sie über die schmale Gasse in das brennende Haus.

Draußen drehte sich ein Soldat um, er musste die Bewegung aus dem Augenwinkel wahrgenommen haben.

Nancy presste sich gegen die Mauer und zählte mit angehaltenem Atem. Eins, zwei – dann kam der Knall. Das Feuer hatte die erste Kugel erreicht. Der zweite Knall folgte umgehend.

»Feuer erwidern!«, brüllte jemand.

Die beiden Deutschen stürzten hinaus in die Gasse und schossen ins Nichts. Nancy rannte durch das, was einmal eine Hintertür gewesen war, und durchquerte den Hof. Gleich darauf hastete sie durch das Labyrinth kleiner Straßen, bis sie die Rue du Bon Pasteur erreichte, wo weit und breit keine Deutschen zu sehen waren. Erleichtert atmete sie auf und lief den Hang hinunter, eine behandschuhte Hand auf ihrem Hut. Ihr Päckchen war gerettet.

Unten angekommen, lief sie beinahe doch noch einer Patrouille in die Arme. Glücklicherweise standen die Männer mit dem Rücken zu ihr. Nancy drückte sich an die Mauer eines Hauses und bewegte sich schrittweise rückwärts.

Im Fenster des Hauses saß eine Katze, die sie beobachtete. Nancy beschwor das Tier, lautlos sitzen zu bleiben, und hoffte, es spürte nicht, dass sie eine Hundefreundin war. Hinter ihrem Rücken öffnete sich eine Gasse, so eng, dass sie sich gerade so hineinzwängen konnte, und voller Unrat.

Nancy versuchte, mit dem Mantel nicht an die schmierigen Hausmauern zu stoßen. Der Gestank hier war schlimmer als der des Fischmarkts im Hochsommer. Nur noch durch den Mund atmend warf sie einen Blick auf ihre verdreckten Pumps und hoffte, dass Claudette wusste, wie man sie reinigen konnte. Es waren teure Schuhe gewesen, an denen Nancy hing, auch wenn sie drückten. Sie hörte die Stimmen der Soldaten. Offenbar hatten sie jemanden gefasst und brüllten ihn an. Seine Erwiderungen waren kaum zu verstehen, klangen jedoch verzagt.

Zeig ihnen nicht, dass du Angst hast, befahl Nancy ihm stumm. *Angst stachelt sie an.*

»Auf die Knie!«

Nancy blickte zu dem schmalen Streifen blauen Himmel hinauf und betete.